LIEBER HEINI!
ICH HABE MICH
OŚWIĘCIM-AUSCHWITZ
b. hitlerowski obóz zagłady.
Fragment ogrodzenia i wieża strażnicza.
The former Nazi extermination camp.
Part of the enclosure and guard tower.
Ancien camp hitlérien d'extermination.
Détail de l'enceinte et mirador.
Das ehemalige Nazi-Vernichtungslager.
Fragment der Umzäunung und der Wachtturm.
ОСВЕНЦИМ
бывший гитлеровский лагерь смерти.
Часть ограждения и караульная вышка.
DEUTSCHES REICH
HAVRANKOVA
HANSPAULKOU
Therese Ehrlich
MARIÁNSKÉ LÁZNĚ
MARIENBAD
EIGENE VORSICHT
BESTER UNFALLSCHUTZ
Deutsches Reich
Kunstverlag Oppel & Hess, Jena
Heinz LICHTWITZ
Swansea
Moc pozdrowień z Oświęcimia przesyła Tereso.

POSTALES DEL ESTE

REYES MONFORTE

POSTALES DEL ESTE

PLAZA JANÉS

Papel certificado por el Forest Stewardship Council®

Primera edición: marzo de 2020

Printed in Spain – Impreso en España

ISBN: 978-84-01-02359-0
Depósito legal: B-1621-2020

Compuesto en Comptex & Ass., S. L.

Impreso en Unigraf
Móstoles (Madrid)

L 0 2 3 5 9 0

Penguin
Random House
Grupo Editorial

Postales del Este es una historia de ficción basada en hechos reales que sucedieron en escenarios reales y fueron vividos por personas reales.

Para Jose, siempre

Es muy probable que la literatura contenga más verdad que la realidad.

VIRGINIA WOOLF

Primero fue un esbozo. Escribía silencios, noches, anotaba lo inexpresable. Fijaba vértigos.

ARTHUR RIMBAUD

Ocurrió. En consecuencia, puede volver a ocurrir. Esto es la esencia de lo que tenemos que decir. Puede ocurrir, y puede ocurrir en cualquier lugar.

PRIMO LEVI

Domingo

Es domingo. Los domingos puede pasar cualquier cosa. Esa sensación de novedad repentina, por momentos temida como a instantes anhelada, que fertiliza un terreno abonado para lo imprevisible. Algo súbito, fortuito, en lo que tropiece la vida y la precipite.

Me gustan las tardes de domingo. Mi madre me enseñó que la vida empieza a escribirse los domingos, cuando todo está a punto de suceder pero todavía no ha pasado nada. Un trozo de papel inmaculado esperando a ser caligrafiado con palabras, frases e ideas cosidas con trazos gruesos y finos. Aún hoy, sigue alimentándome el recuerdo de aquellas tardes dominicales que pasábamos escribiendo cartas destinadas a nuestros familiares y amigos. «Seres queridos», le gustaba llamarlos a mi madre. Según ella, esa expresión sonaba mejor, «y las palabras están para eso, para hacer que todo parezca más bonito». Incluso llegamos a escribir a personas que ni siquiera conocíamos y que aguardaban en la cama de un hospital, en la sala de estar de un orfanato o en la habitación compartida de un centro de acogida, y necesitaban saber que alguien se interesaba por ellos lo suficiente como para escribirles. «Si alguien te dedica unas palabras, es porque sabe que existes, y eso te hace sentir querido», me explicaba con la clarividencia de un experto. Tenía su lógica, aunque mi temprana edad me impidiera entenderlo en aquel instante.

—¿Tú crees que leerán nuestras cartas, mamá? —preguntaba con la cautela infantil de quien lo desconoce todo porque no ha vivido nada—. ¿Quién va a leer la carta de un desconocido?

—Cualquiera que la reciba. No hay nada más triste que las cartas no leídas. Y la gente no quiere estar triste, Bella.

Al principio, yo solo garabateaba algún dibujo con forma de animal o de flor. Los sombreaba con diferentes colores al final de cada hoja de papel que mi madre pintaba con su escritura perfecta; porque mi madre no escribía, mi madre pintaba las palabras. Todavía no he logrado encontrar un trazo más bello y perfecto que el suyo. Con ese tono solícito que infiere autenticidad a cualquier afirmación que sale de la boca de una madre, Ella decía que cada historia, como cada persona, merece un relato propio y eso lo legitima para tener una caligrafía inherente. «Las palabras nos delatan», solía decirme a menudo. Mi madre nació para escribir cualquier historia sobre un papel, y su trazo lograba mudar el testimonio más triste del mundo en el más esperanzador. Recuerdo con orgullo acudir al colegio con mi nombre bordado en la ropa, y cómo las cinco letras que lo conformaban resaltaban en la tela del uniforme, bordadas en una grafía exquisita. Era difícil no envanecerse ante la admiración de mis compañeras de clase, que deslizaban las yemas de los dedos sobre los hilos caligrafiados, como si de un código braille se tratara.

Cuando mi madre escribía *Bella*, convertía mi nombre en la palabra más hermosa del mundo. Me daba la impresión de que cada línea trazada de su puño y letra escondía algo que la hacía diferente, única.

Si tuviera que pedir un deseo que a buen seguro me fuera concedido, sería el de poder transmitir a mi hija esa sensación especial que otorgan los domingos, tal y como mi madre hizo conmigo. Y estaba a punto de descubrir si podría hacerlo.

Sonreí e inspiré con fuerza, como si necesitara dar oxígeno

a mis deseos. Miré la hora en el reloj de mi muñeca. Cualquiera que lo viese sabría que no era el lugar idóneo para ese reloj antiguo de oro amarillo, marcadamente masculino, con la esfera color vainilla —aunque siempre supuse que en su día habría sido blanca—, con una distribución de números un tanto peculiar, en la que los consabidos dígitos *12* y *6* se dejaban acompañar en la esfera por unos irreverentes *2*, *4*, *8* y *10*, colocados en su sitio pero de manera indolente o descuidada, como dados agitados en un cubilete y lanzados sobre el tapete de juego al albur de un destino incierto. Era un Baume & Mercier con dos minúsculas esferas a modo de cronógrafo a ambos lados del dial, una especie de reliquia familiar de la que no sabía mucho, excepto que había pertenecido a mi abuelo André y que mi madre lo heredó.

No conocí a mis abuelos maternos, ni siquiera en una de esas fotografías en blanco y negro que evidencian el paso del tiempo y que toda familia suele guardar entre las páginas plastificadas de un álbum, en una lata de galletas danesas o en un portarretratos colocado sobre algún aparador del salón. A los paternos sí, ambos con la llamada «flema británica» que mamá respetaba pero nunca llegó a entender. Tampoco le importaba demasiado; para ella eso tenía tan poca relevancia como para mí las dimensiones desproporcionadas del reloj del abuelo. Era grande, mi muñeca pequeña; había que aprender a conllevarse para poder vivir juntos. Otra frase de mi madre. Me quedaba holgado, a juzgar por el baile de la caja sobre mi muñeca, pero me gustaba: era un reloj de apariencia rasa, como si esa sencillez dejara entrever un supuesto desinterés de su propietario por el tiempo. Además, era el que siempre llevó mi madre, y de su muñeca pasó a la mía.

Las manecillas doradas marcaban el mediodía. Era una buena hora para comprobar si nuestro deseo de ser padres se haría por fin realidad, tras casi ocho años intentándolo en vano. Saqué el Predictor de su caja, aunque tampoco confiaba mucho en aquel artilugio que llevaba un tiempo en el mercado y prometía revolucionar el mundo de la mujer. Tenía casi treinta y cinco años, y para algunos ya llegaba tarde a la maternidad. Tampoco es que me preocupara la opinión de los demás, otra lección rubricada por mi madre, pero si podía evitarme la visita al médico para confirmar o no el embarazo, mi ánimo lo agradecería.

Empezaba el ritual. Saber esperar era uno de mis puntos fuertes. La paciencia siempre me había recompensado en la vida, y pensaba seguir así. Me gustaba que esa prórroga impuesta al tiempo tuviera su olor; eso siempre ayudaba a revivirlo en un futuro. Vertí el agua caliente en el recipiente cilíndrico de la cafetera de émbolo, donde previamente había colocado varias cucharadas de café con un velo de canela molida para darle un sabor especial, y acerqué la nariz para que el aroma me animara el espíritu. Mientras aguardaba los cuatro minutos de rigor antes de presionar el émbolo, miré a través de la ventana de la cocina.

Algunas nubes blancas entreveradas por desafiantes vetas grises se desplegaban en un cielo azul cerúleo, amenazando el radiante sol de aquella primera semana de abril. Mi cumpleaños estaba próximo; tan solo unos días más y los treinta y cinco me atraparían sin remedio. Entreabrí tímidamente la ventana. Olía a lluvia inminente, a tierra que intuía ya el agua pero todavía debía esperar. Los domingos estaban hechos para esperar. Me encantaba la lluvia aunque mi madre la odiara. Cuando llueve todo parece distinto, todo huele diferente, y esos momentos previos al aguacero hacen que se renueve el aire y la mente se refresque. Cerré el ventanal, no sin antes echar una última mirada de izquierda a derecha: Mia se retrasaba, algo extraño en ella. Mi tía podía cruzarse el mundo, plegar el mapa por sus cuatro puntos cardinales y saltar de hemisferio en hemisferio, pero siempre llegaba a la hora señalada. Esa puntualidad y la velocidad que imprimía en sus desplazamientos le habían valido el mote familiar de Concorde Humano desde que, hacía cuatro años, en 1976, el avión supersónico del mismo nombre, exponente de la ingeniería franco-británica, comenzara sus vuelos comerciales. «La puntualidad demuestra seguridad y control de la situación. Eso te da ventaja frente al adversario», decía, remarcando sus palabras con una convicción de hierro. Siempre me sorprendió que una doctora de prestigio que se dedicaba a salvar vidas plagara su vocabulario de términos bélicos. La adoraba y, desde el fallecimiento de mi madre hacía dos meses, ese sentimiento había ido a más.

A Ella se la había llevado un alzhéimer brusco y galopante. Su muerte había sido tan devastadora que entendí que el mundo de Mia se hubiera trastocado y, con él, su pretendido control. Enfermedad de Alzheimer. Yo nunca había escuchado aquella palabra ni sabía que existiese tal dolencia, a la que siempre habíamos denominado «fallos de memoria propios de la demencia senil». El conocimiento médico de Mia nos lo descubrió y le puso un nombre: el del médico alemán que identificó el primer caso. «Alzhéimer» no era una palabra bonita. A mamá no le habría gustado ni aunque no la sufriera. No sonaba bien.

Tuve que esperar unos minutos más para oír el motor de su coche, cuando ya el olor a café inundaba la casa, tal y como le gustaba a mi madre, aunque jamás bebió una sola taza: «Solo quiero olerlo. No necesito más». Ella prefería el té con leche.

En poco más de dos horas llegarían León y mi padre que, como de costumbre y buscando afianzar aún más la alianza yerno-suegro, empezaban el domingo jugando al golf. Se prometía un domingo feliz. Uno más, aunque la ausencia de Ella siguiera pesando.

—Casi media hora de retraso. Alguien está abandonando sus principios —comenté con cierta sorna, sabiendo que Mia aceptaría de buen grado mi pequeña provocación—. Llegas tarde y eso te hace perder el control. ¿Un café? —pregunté sin mirarla, dando por hecho su reacción.

Imaginaba su sonrisa y cómo improvisaba una excusa para

su demora, pero nada de eso ocurrió. Al no recibir respuesta, me giré hacia ella. Estaba de pie, a un metro y medio de la puerta principal. No se había quitado el abrigo ni había dejado el bolso en el perchero de la entrada, como hacía habitualmente. Se había convertido en una invitada que esperaba el permiso para poder pasar.

—¿Qué sucede, Mia? ¿No vas a entrar?

—Nada, no sucede nada. No siempre tiene que pasar algo —dijo, como si se hubiera dado cuenta en ese instante de que su lenguaje corporal no invitaba a albergar buenos augurios—. He traído algo que debo enseñarte. Me lo dio Ella para ti. Ven, acércate. Tienes que verlo.

La mención de mi madre y el hecho de que mi única tía materna me estuviera mirando sin apenas parpadear lograron que me olvidara del café, del Predictor y de todo aquello que habitaba mi cabeza hasta ese extraño momento. Instintivamente, mis ojos descendieron desde el rostro de Mia hasta sus manos, que sujetaban una caja de color marrón, de unos veinticinco centímetros de ancho por veinte de largo y poco más de diez de alto. Se me daban bien los números, eso también me diferenciaba de Ella y de su exclusivo patrimonio de las palabras. Si era un regalo de mi madre, no entendía por qué no me lo había dado ella. No había nada que le hubiera pertenecido que yo no conociera. La seguridad y el control de mi tía seguían ahí, pero había algo artificial en su presencia. El Concorde Humano parecía haberse congelado en el cielo; o para ser más exactos, en el recibidor de casa.

—Mia, me estás preocupando.

—No deberías. Solo tienes que venir al salón y sentarte. Y, como siempre has hecho, mantener la mente bien abierta. ¿Sabes qué? Creo que sí quiero esa taza de café que me ofrecías hace un minuto —añadió, y confié en que el brebaje negro con olor a canela ayudaría a que tragara aquello que parecía tener alojado en la garganta.

Obedecí, con toda la calma de la que fui capaz. Le serví una taza de café, en la que olvidé poner los dos terrones de azúcar que siempre se echaba Mia, y tomé asiento en una de las sillas que flanqueaban la mesa del salón, sobre la que mi tía ya había depositado la caja. Seguía sin desprenderse del abrigo y el bolso continuaba colgado de su hombro. No sé por qué reparé en ese detalle, en vez de fijarme en lo que había encima de la mesa.

—No te preocupes por mi abrigo. Concéntrate en esto —dijo mientras señalaba la caja con la mirada. Le dio un pequeño sorbo al café. Estaba claro que no le apetecía, ni siquiera pudo tragarlo, no sé si por amargo o por lo que estaba a punto de decir—. Antes de morir... —Mia hizo una pausa; en realidad, se refería a antes de que su memoria feneciera, algo que sucedió previamente a que lo hiciese su cuerpo, pero yo lo entendí—, Ella me pidió que te entregara esto. Me hizo prometerle que esperaría a que se hubiera ido. —No le sorprendió que frunciera el ceño al oír sus palabras, supongo que porque ella misma había reaccionado igual cuando escuchó la petición de su hermana—. Quiero que te tomes tu tiempo. Es algo que todos conocemos desde hace años, prácticamente desde que sucedió. Pero las cosas llegan cuando deben llegar, no antes ni tampoco después.

—¿Qué se supone que quiere decir eso? —pregunté algo confusa. Esa forma de hablar no era propia de mi tía.

—La verdad es que no lo sé. Fue lo que me dijo tu madre, esas fueron sus palabras exactas: «Las cosas llegan cuando deben llegar, no antes ni tampoco después». Yo tampoco lo entendí. Creí que quizá tú...

—Me estás asustando —le confesé sin dejar de mirarla, evitando observar una vez más la caja cuya presencia en la mesa amenazaba la mía.

—No lo estés. Nadie puede hacerte daño. Ya no.

Cuanto más se extendía Mia en los prolegómenos, más crecía el nudo gordiano que estrangulaba mi estómago. Ante mi parálisis, fue ella quien abrió la caja y extrajo una lata redonda algo roída por el tiempo, con la tapa oxidada pero aún prendida al cuerpo de latón. Era un bote de leche condensada o, al menos, así rezaba la etiqueta. Sobre los restos de papel blanco que envolvía la lata, todavía se podía leer en grandes letras azules *Lion Brand* en la parte superior, y *Condensed Milk* en la inferior. Dos leones rampantes flanqueaban una especie de escudo rojo coronado con algo similar a una tiara, en el que aparecía escrito *Quality First*. Levanté la tapa. Dentro de la lata había algo. Lo observé durante unos instantes, en silencio y sin entender nada. La mano de Mia se adelantó para sacar una bolsita de cuero, anudada timoratamente con un cordón, en cuyo interior intuí lo que parecía un fajo de papeles.

—Son postales que tu madre escribió cuando estuvo en el Este.

Cuanto más hablaba, menos lograba entenderla. ¿Mi madre en el Este? ¿Cuándo estuvo mi madre en el Este? ¿Qué hacía allí y dónde, exactamente? Y sobre todo, ¿por qué mi tía pronunciaba la palabra «Este» con una fonética desgajada?

Mia esbozó una sonrisa melancólica.

—Así solía llamarlas: las postales del Este. Ella quería que las tuvieses y, por supuesto, que las leyeras. Y que lo hicieras a su debido tiempo. Ese tiempo es ahora.

—¿Qué es todo esto? —pregunté, ahora sí, asustada más que intrigada.

Ante mis ojos, y ayudada por mis dedos entumecidos, no sé muy bien si por el miedo o la reserva, empezaron a aparecer fotografías de personas desconocidas, retratos familiares de hombres, mujeres, niños, bebés, un retablo de rostros que no había visto en mi vida, y junto a todo ello, postales en blanco y negro y fragmentos de partituras que no parecían tener ninguna conexión entre sí, dejando el imprevisto hallazgo huérfano de sentido. Me llevó unos segundos encontrarlo en el reverso de las postales, en el envés de las fotografías y en el dorso de aquellas partituras. Allí apareció una caligrafía que me resultaba familiar. Era la letra de mi madre, la que tantas veces había leído, la que admiraba y elogiaba, la que me había hecho sentir orgullosa, aquella que lograba convertir lo feo en bonito, la misma que engrandecía mi nombre al escribirlo. Lo que no sabía es cómo había llegado hasta allí. Tampoco entendí el significado de las palabras escritas en un pequeño trozo de papel ambarino, magullado por los pliegues del tiempo:

Misma hora, mismo día, mismo lugar.

Aquella letra era la única que no pertenecía a mi madre.

Miré a Mia buscando una explicación.

—Tómate el tiempo que te haga falta. No tengas prisa. León y tu padre no vendrán a comer. Yo estaré fuera, por si me necesitas, aunque sé que no lo harás.

Se incorporó de la silla y me dejó con el contenido de la caja desplegado sobre la mesa, dispuesto a que yo lo examinara. Me dio un beso en la frente, como solía hacer mi madre después de regresar de uno de esos silencios espesos que la secuestraban durante minutos, a veces horas. Nunca me gustaron los besos en la frente, jamás me resultaron tan tiernos como la gente pensaba.

En la mirada de Mia se arremolinaba un tiovivo de emociones, ninguna de ellas calmada.

Aquella tarde de domingo supe que la vida tropieza en algunas miradas. También en algunos recuerdos preñados de respuestas a preguntas que ni siquiera sabía que existían.

Pude intuir que muchas de las evocaciones que guardaba de mi madre, una colección de pequeños detalles que imaginé intrascendentes, iban a cobrar sentido en mi cabeza. Empezaría a entender por qué a Ella no le gustaban las sirenas, ni los zapatos grandes, ni los edificios de ladrillo rojo, ni los perros que ladran, ni los motores encendidos de los camiones, ni el barro convertido en lodazal, ni los guantes blancos; por qué las pisadas fuertes la despertaban alterada a medianoche, por qué entraba en pánico cuando una persona se desmayaba a su lado y sus pulsaciones se disparaban a más de doscientos al oír el timbre de una bicicleta. Había una razón para que se estremeciera ante una obertura de Franz von Suppé, la *Danza húngara n.º 5* de Johannes Brahms, el *Rêverie* de Robert Schumann o cualquier aria de *Madama Butterfly* de Giacomo Puccini. Comprendería por qué odiaba el perfume de rosas, el olor a humo, a betún, a caucho sintético, a gasolina y a tabaco alemán; por qué detestaba caminar bajo la lluvia; por qué mi madre nunca me permitió ir a un campamento de verano en el bosque; por qué no le gustaban las botas altas de cuero negro pulcramente lustradas, las alfombras de piel de lobo, el jabón grasiento, los lápices de mina roja y la tinta azul Pelikan, y por qué despreciaba la mermelada, la mantequilla, la sopa, las conservas y los tréboles de cuatro hojas. Hallaría una explicación a por qué Ella siempre se quejaba de un dolor en la columna vertebral que solo parecía estar en su cabeza, y deduciría el motivo de los trastornos de equilibrio que sufrió durante toda su vida. Las respuestas se desbordarían ante mí a modo de salvaje cascada, a nada de romper la presa de contención que la encerraba. Estaba a punto de saber por qué mi madre escribía en el envés de las fotografías un nombre, una fecha o una palabra en clave que solo ella entendía; de conocer por qué bebía un vaso de leche cuando necesitaba serenar el cuerpo y el alma, a pesar de que durante toda su infancia la había repudiado; por qué pasaba horas acariciando la encuadernación de tapas verdes de una edición antigua del *Fausto* de Goethe, sin ni siquiera abrir el libro, que ocupaba un lugar de honor en la biblioteca de casa, y por qué extraña razón coleccionaba de forma compulsiva decenas de sujetadores que ni siquiera llegó a estrenar.

Y sobre todo, descubriría, por fin, por qué a Ella le gustaban las tardes de domingo.

No sé si los instintos se heredan. Siempre había oído que los judíos poseen el instinto del peligro. Solo puedo decir que yo fui capaz de sentirlo nada más empezar a leer aquellas postales del Este.

37 años antes

Diciembre de 1943
Campo de concentración y exterminio de Auschwitz-Birkenau
Polonia ocupada por la Alemania nazi

Todo el que alguna vez ha construido un nuevo cielo encontró antes el poder para ello en su propio infierno.

FRIEDRICH NIETZSCHE,
La genealogía de la moral

1

Las manos de Ella volteaban la postal entre los dedos. Veinticinco palabras, contando el destinatario y la dirección. No les permitían escribir más. «Decidles que estáis bien. No facilitéis información del campo. Y datad vuestra postal en Waldsee.» Esas eran las órdenes de las SS, las mismas instrucciones que las *blokovas* y los *kapos* —las jefas de cada barracón y de los diferentes comandos del campo, respectivamente, ellos mismos presos a los que las SS daban cierta autoridad para supervisar al resto— se encargaban de repetir a los prisioneros que estaban bajo su vigilancia y que habían sido escogidos para escribir a sus familiares.

¿Qué se puede decir en veinticinco palabras? ¿Por dónde empezar cuando, después de cumplir las estrictas órdenes de los uniformados, apenas le quedarían diez? Aquella sensación no era nueva, ya se había enfrentado a una encrucijada similar.

La primera vez que tuvo que escribir una postal sin conocer al destinatario fue en el interior del vagón de tren que la trasladaba desde el campo de internamiento de Drancy, a escasos quince kilómetros de París, al campo de Auschwitz-Birkenau, en la Polonia ocupada por la Alemania nazi. La joven que estaba a su lado apenas se sostenía en pie, e intentaba acomodarse sobre un pequeño montículo de paja colocado en un rincón del vagón, que hizo las veces de letrina para los deportados durante los cuatro días que duró el trayecto. La Gestapo la había detenido en la ciudad de Brest cuando se dirigía como cada mañana a comprar el periódico para su padre. La acusaron de pertenecer a la resistencia francesa. Fue inútil intentar explicar a sus interrogadores que no repartía el diario de la resistencia en su ciudad, ni tampoco participaba en la transmisión de comunicados secretos como correo humano, que nunca había colaborado en el rescate de aviadores ingleses que aparecían en la costa francesa, que no los ayudaba a desprenderse de su uniforme ni les facilitaba ropa civil para la huida, y que mucho menos sabía nada de ningún submarino aliado que se dirigiera a Inglaterra.

La habían torturado salvajemente durante el interrogatorio. Le destrozaron las manos a martillazos, después de introducirle agujas bajo las uñas. Sus captores sabían que asistía a clases de piano tres veces por semana y aprovecharon esa información. El estado de sus dedos le impedía escribir la postal que llevaba escondida entre la ropa y que pretendía arrojar por una de las ranuras del vagón antes de cruzar la frontera francesa, confiando en que alguien la encontrara y aceptara correr el riesgo de enviarla a la dirección indicada.

—Escríbela tú por mí —le pidió a Ella.

Más tarde supo que la joven se llamaba Odette, que justo ese día cumplía dieciséis años y que, antes de la guerra, soñaba con convertirse en una pianista de fama mundial. Pero en ese momento no hizo preguntas: se limitó a transcribir lo que le dictó esa chica sobre la que el destino se había cebado antes de tiempo. Fue la primera vez que su propia letra le resultó extraña, adulterada, como si no le perteneciera.

Querida familia. Os quiero mucho. Gracias por cuidarme y amarme tanto.

Seguramente, esta será la última carta que recibáis de mí. No sé si volveré a veros.
Por favor, no me olvidéis.

No volvió a verla, ni en el campo, ni en el bosque, ni en las letrinas, ni en los pases de revista, ni en los procesos de desinfección, ni en la pradera del exterior, ni en las alambradas, ni en las fábricas, ni siquiera en el hospital; en ningún barracón. Cuando ella misma arrojó la postal desde el tren, el rostro de Odette se relajó por fin, como si se hubiera liberado de una carga pesada y su conciencia descansara tranquila.

Aquel día y por primera vez, Ella pensó qué palabras elegiría si tuviera que mandar esa última carta a un ser querido. Por un segundo, se sintió reconfortada de no tener que especular sobre ello, porque sus padres viajaban en el vagón contiguo, y su prometido, Joska, lo hacía junto a ella. No tenía a nadie de la familia a quien enviar una carta, ya que a su hermana Mia no pensaba escribirle nada porque eso la pondría en peligro, a pesar de que Suiza, a donde pudo huir gracias a la ayuda de unos amigos de la familia, parecía un lugar seguro. Además, su padre ya le había dicho cuanto necesitaba saber antes de que los condujeran a todos, menos a ella, al campo de Drancy. «Tú tienes que salvarte, Mia. Vete. Desaparece. No dejes que te encuentren. Miente si tienes que hacerlo para sobrevivir, no importa cómo. Reniega de todos y de todo.» Este último consejo lo hizo extensivo a toda la familia.

Pero ahora, en Auschwitz-Birkenau, era distinto. No tenía nada que ver con Odette ni con su postal. Era ella la remitente, eran sus veinticinco palabras.

Sabía que todo en la vida, lo bueno y lo malo, empezaba con ellas. Una simple letra podía dar más información que su mero trazo.

Cuando vio la letra B de la palabra *ARBEIT* colocada boca

abajo en el cartel soldado en hierro que coronaba la entrada del campo —*ARBEIT MACHT FREI*—, entendió que su vida iba a dar un vuelco, que alguien estaba a punto de ponerla boca abajo y que poco podría hacer para remediarlo. Más tarde, un grupo de presas le confió que aquella letra forjada de manera invertida no era fruto de un error, sino una señal de rebelión de los primeros prisioneros polacos que llegaron al campo en septiembre de 1939, y que fueron obligados a emplomar aquel letrero contra su voluntad. Pero dejaron su impronta y algún día el mundo lo entendería.

Desde hacía unas semanas, Ella estaba haciendo lo mismo, aunque nadie lo supiera. Debía asegurarse de que continuara siendo un secreto, si quería seguir viva.

Aquella cartulina en tonos grises y de tacto rugoso que le quemaba entre las manos acabaría matándola si permanecía tan inmaculada como hacía veinte minutos, cuando le había sido entregada por la temible y todopoderosa *SS-Lagerführerin* Maria Mandel, la jefa de campo. «Escribe una carta a tu familia. Yo me encargaré de enviarla.» La mujer más poderosa, cruel y sanguinaria de la maquinaria nazi le había dado una orden y, si quería sobrevivir en Auschwitz-Birkenau, debía obedecerla, aunque tampoco eso representara una firme garantía.

Tenía miedo de su letra, de sus veinticinco palabras, especialmente de las que conformarían la dirección y el destinatario. Aquel era un regalo envenenado, como todo lo que venía de las SS, y poseía un triple interés oculto: conocer el paradero de otros judíos que aún no habían sido detenidos ni deportados a los campos de concentración y exterminio instaurados por el Tercer Reich; engañar a los que residían en los guetos, que se tranquilizaban al ver que sus familiares y amigos podían escribirles una postal en la que leían que estaban trabajando en Alemania y en buen estado de salud; y promover el envío de paquetes de víveres, dinero y cualquier otro producto de valor al campo, que irían directamente a las manos, cuando no a los bolsillos, de las SS. Mentiras con matasellos, eso eran aquellas postales.

Dirección y destinatario, repetía Ella mentalmente en su cabeza. Dirección y destinatario. Volvió a mirar la tarjeta, pero detuvo la vista en sus manos. En Auschwitz, los domingos se dedicaban a mirarse las manos porque los pies ya estaban perdidos por la falta de calzado o lo inadecuado del mismo. Volvió a recordar a Odette, sus manos destrozadas, y la postal escrita a sus padres y arrojada desde el vagón del tren de ganado. Se dio cuenta en ese instante. Quizá esa era la solución. Recordaba perfectamente la dirección que había escrito. Podía volver a hacerlo. Si la postal de Odette había llegado a sus padres, ya estarían señalados, si no detenidos y deportados por los nazis. Otra postal más no cambiaría su destino... Pero existía la posibilidad de que nadie hubiera encontrado aquel trozo de papel, que no se hubiera enviado y que Ella estuviera condenando a muerte a dos personas que, con toda probabilidad, ya habrían perdido a su hija.

Pensó en los padres de Joska, en su antigua dirección en Hungría. Hacía tiempo que decidieron poner tierra de por medio y huir a Canadá, vía Inglaterra, cuando los rumores de lo que estaba pasando con los judíos recorrían las calles de cualquier ciudad de Europa, aunque la mayoría no quiso creerlo. También el padre de Ella pensó en reaccionar y huir a otro país, incluso a otro continente, después de la gran redada que vivió París los días 16 y 17 de julio de 1942, cuando alrededor de nueve mil gendarmes franceses detuvieron a más de trece mil judíos y los confinaron durante días en el Velódromo de Invierno, en unas condiciones pésimas, sin agua, comida ni abrigo, antes de ser deportados a distintos campos de concentración y de exterminio instaurados por el régimen nazi en el este de Europa. El padre de Ella contaba que habían sacado de sus casas, de su lugar de trabajo o detenido en plena calle a algunos de sus amigos, «sin mediar palabras inútiles y sin comentarios», como rezaba la orden de la máxima autoridad policial francesa. Así, el régimen de Vichy se plegaba al régimen nazi y asumía las directrices de la Sección IVB4 de la Gestapo, dirigida por el *SS-Obersturmbannführer* Adolf Eichmann.

A esas alturas de 1942 resultaba fácil localizarlos incluso fuera del gueto, ya que en Francia, desde el 1 de junio de ese año, era obligatorio que los judíos llevaran la estrella de David cosida en las ropas. No era algo nuevo. Desde el 23 de noviembre de 1939, los judíos mayores de diez años que vivían en los territorios polacos ocupados por la Alemania nazi, bajo el denominado Gobierno General, estaban obligados a llevar un brazalete blanco con una estrella azul de seis lados en la manga superior derecha de sus prendas exteriores, bajo la amenaza de imponer graves sanciones a los que incumplieran dicha orden. Suiza parecía un buen lugar al que huir. También Nueva York podría haber sido una buena opción, ya que su padre tenía algunos compañeros médicos que podrían facilitarle la entrada y posterior estancia en el país, pero la enfermedad de la madre de Ella hizo imposible abandonar París.

Recordaba perfectamente la calle y el número de la casa de los padres de Joska. Podría ser la solución, no perjudicaría a nadie. Cogió el lápiz de mina azul que había sobre la mesa alargada que cubría buena parte de la pared del Bloque de Música, donde a diario las copistas —las llamadas *Schreiberinnen*— se esmeraban en escribir la música en las partituras de la orquesta. No estaba del todo convencida de lo que iba a hacer, pero la duda y la inacción representaban un peligro mayor. Cuando la punta de la mina iba a rozar el papel, algo hizo que la mano de Ella se desplazara por la postal, dejando un pequeño borrón de color azul. Por menos de eso, alguna copista había sido golpeada, obligada a fregar de rodillas el suelo del bloque, o castigada sin comida ni agua durante días.

—Yo me lo pensaría antes de hacerlo. —Aquella voz había

logrado sobresaltarla, inmersa como estaba en el rompecabezas de las veinticinco palabras.

La presencia de la prisionera polaca, una de las veteranas de Auschwitz-Birkenau, siempre le inquietaba.

Al igual que Maria Mandel, Alicja había llegado del campo de Ravensbrück. La trasladaron en marzo, cinco meses después de que destinaran a Mandel a Auschwitz el 7 de octubre de 1942. Cuando la todopoderosa jefa de campo la vio en uno de los pases de revista, se sorprendió de encontrarla con vida. «No estás cumpliendo con tu obligación de presa —le dijo—. Debiste morir hace cinco meses. Voy a tener que castigarte por ello.» Y lo hizo. Se conocían muy bien. En el campo de Ravensbrück, Alicja había sido su mascota judía. En Auschwitz-Birkenau era una simple *muselmann*; así se llamaba a los presos moribundos, que solían andar encorvados, casi arrastrándose por el campo.

A Ella se lo explicaron al poco de llegar. «¿Por qué musulmanes?», preguntó. «¿Es que no has visto rezar a un musulmán? Cuando lo hacen, se inclinan, se encorvan —le había aclarado una de las presas—. A las SS no les gustan: los prisioneros *muselmann* no arden bien. No tienen grasa.»

—Da igual lo que escribas —dijo Alicja señalando la postal con un gesto de la barbilla—. Te matará. En Ravensbrück la vi matar a una joven por escribir un poema en un billete de diez zlotys. Pobre infeliz. Fela, se llamaba. Tenía unos ojos azules enormes, parecidos a los tuyos, y siempre los tenía abiertos, todo el día, hasta cuando dormía. Llevaba el miedo escrito en la cara y, para esta gente, eso no es bueno. Fela, la bella Fela. La infeliz repetía una y otra vez que su nombre significaba «Afortunada». Mandel la mandó a su bloque preferido, al Búnker, la ató boca abajo a un taburete sujeto al suelo de la celda y comenzó a azotarla. El castigo favorito de las SS: *Fünf-undzwanzig*, las veinticinco flagelaciones, que le obligó a contar en voz alta. La desgraciada no llegó ni a contar cinco, pero Mandel siempre esperaba a que recobrara la consciencia para continuar. Después la desnudaba, la obligaba a salir fuera del edificio, la duchaba con agua fría y cuando estaba a punto de morir congelada, la devolvía a la celda y vuelta a empezar. Un día tras otro. Aun estando en los sótanos del Búnker, se oían los gritos. Jamás había escuchado gritar así, aquellos alaridos no eran humanos. ¿Sabes que si gritas amortiguas el dolor de los golpes?

Alicja se quedó en silencio. Su mirada se perdió en un tiempo pasado, no demasiado lejano. En su cabeza comenzaba a levantarse el complejo de dieciocho barracones, doce de ellos destinados a las presas, construido a escasos cien kilómetros al norte de Berlín, el mayor campo de concentración para mujeres, ampliado en cuatro ocasiones, hasta la construcción de Auschwitz-Birkenau. El lugar que Maria Mandel convirtió en una escuela de tortura y muerte para las miles de futuras guardianas de las SS en los campos nazis. Una de las estancias favoritas de la cruel supervisora en Ravensbrück era una sala especial en la parte baja del edificio, a la que ella misma bautizó como *Prügelraum*, la «sala de flagelaciones». Su otro lugar predilecto era el *Erschiessungsgang*, el estrecho pasillo de tiro situado en la parte principal del recinto, muy cerca del crematorio, donde se realizaban muchas de las ejecuciones. Todo ello rememoraba Alicja y se reflejaba en sus ojos mientras relataba la historia de Fela.

—Así un día tras otro, hasta que la vi salir en una carretilla, sin vida, con el cuerpo destrozado y convertido en una masa deforme, llena de barro, sangre y un líquido amarillo que ni siquiera puedo imaginar qué era. —Alicja calló y prendió con un fósforo el cigarrillo que sostenía entre los dedos. Lo habría conseguido de contrabando, seguramente a cambio de su ración de sopa o de pan. Los «musulmanes» solían hacerlo. Sabían que apenas les quedaba tiempo y preferían fumar a comer, quizá con la esperanza de apremiar el final de una vida que ya no les pertenecía—. Supongo que a la Bestia no le gustó el poema. O puede que fuese la letra... La tuya, sin embargo, le agrada y mucho —dijo mientras dejaba escapar el humo entre los dientes.

—No deberías fumar. Y menos aquí. Si te descubren... —le reprochó Ella, ignorando sus palabras. Temía que apareciera algún miembro de las SS, o algún *kapo* o *blokova*, gritando el consabido *Ab! In den Block!*, «¡Fuera de aquí! ¡A tu bloque!».

—Veinticinco flagelaciones, lo sé. El mismo castigo que si escribes un poema en un billete. ¿No te parece triste? Si reaccionan así, es porque tienen miedo de lo que podamos escribir en un trozo de papel. Es reconfortante saber que nos tienen miedo por algo. Deberíamos aprovecharlo más. Lo mismo que hacen ellos con nosotros: usan nuestro pelo, nuestra sangre, la piel, la grasa...

La polaca sabía bien de qué hablaba: los nazis utilizaban el pelo de los presos para rellenar cojines y trenzar las fundas de los cables eléctricos, incluso hacían distinciones: el de hombre lo usaban para hacer fieltro industrial, mientras que el de las mujeres se destinaba a fabricar calcetines de «lana humana»; transfundían su sangre a los soldados alemanes heridos en el frente; hacían jabón con la grasa de sus cuerpos; con la piel tatuada confeccionaban lámparas.

Alicja dio otra calada y soltó una risita.

—Claro que de mí poca grasa van a sacar para hacer esos asquerosos jabones que nos dan cuando podemos ducharnos... —dijo a modo de consuelo; toda ella era un saco de huesos y pellejos—. Pordioseros. Hasta cuando ya hemos desaparecido y no queda nada de nosotros, nuestras cenizas asfaltan los caminos de este campo y sirven de fertilizantes para los jardines privados de las SS. Para ser una raza superior, nos necesitan demasiado para subsistir, ¿no crees? Y todo a base de gritos e insultos en alemán, como si no fuéramos a obedecer si nos lo pidieran en voz baja.

Siempre había gritos en Auschwitz: *Achtung, zum Appell! Fünf zu fünf!*, «¡Atención, llamada! ¡En formación de a cinco!»; *Verfluchte Juden!*, «¡Malditos judíos!»; *Polnische Banditen, Polnische Schweine!*, «¡Polacas canallas, cerdas polacas!»; *Blöde Kuhe, Scheiss Kopfe!*, «¡Vacas estúpidas, cabezas de mierda!».

—He aprendido el maldito alemán gracias a los gritos de estos cerdos: *Arbeiten, Arbeiten!*, «¡Trabajad, trabajad!». ¿Qué tal si trabajan ellos un poco y dejan de esclavizarnos? —preguntó retóricamente Alicja, apurando su cigarro. Por su expresión, ni siquiera le gustaba aspirar el humo y mucho menos tragárselo, pero era una manera de ejercer su resistencia en el campo, ya que las presas tenían prohibido fumar—. No te preocupes. Mandel tenía razón: hace mucho que debería haber muerto. Ya en Ravensbrück era una «joya», una *Schmuckstück*. Allí nos llamaban así a las presas moribundas, no «musulmanas» como aquí. Cada campo tiene sus propias palabras, aunque signifiquen la misma mierda.

Ella la escuchaba con los ojos bien abiertos, aunque su boca permaneciera cerrada. Acababa de descubrir de dónde salía ese jabón aceitoso que se entregaba a las presas en las duchas, y la razón de su nauseabundo olor. De todo lo que había salido de la boca de la polaca, eso fue lo que más la impactó. Alicja podía ser un esqueleto viviente y estar más cerca de la muerte que de seguir respirando ese olor infecto que impregnaba el campo —como si la vida se hubiera podrido— y se alojaba en la garganta, donde anidaba una tos crónica que obligaba a los presos a un continuo carraspeo, pero nunca mentía. Había pasado demasiado tiempo en los campos de concentración para saber lo que sucedía en ellos, y jamás exageraba. No le hacía falta. El mundo se había superado a sí mismo, había desbordado sus dimensiones reales y se había disfrazado de eterno esperpento, y entonces habían nacido Auschwitz, Mauthausen, Ravensbrück, Buchenwald, Bergen-Belsen, Treblinka, Sobibor, Belzec..., nombres que Ella desconocía antes de entrar en el recinto de Auschwitz-Birkenau, pero con los que pronto se fue familiarizando.

Alicja dejó de hablar al ver la expresión de terror en el semblante de su callada interlocutora. No tenía derecho a soltarle sin más algo que a ella le había costado años asimilar. Aunque en el fondo, le estaba haciendo un favor: cuanto antes abriera los ojos y perdiera la ingenuidad, mejor le iría. La inocencia mataba a ese lado de las alambradas. Pero también en aquel infierno cada persona necesitaba su tiempo para entender lo que estaba pasando, si es que alguien era capaz de comprenderlo. Por un instante, se sintió mal por su verborrea arrolladora. Siempre le había dado problemas, y mucho se temía que continuaría haciéndolo hasta que la mataran, porque lo de dejarse morir era un privilegio vedado en Auschwitz. Además, Ella era una de las presas privilegiadas, el nuevo capricho de Maria Mandel, su «mascota», como ella misma lo había sido durante su estancia en el campo de Ravensbrück.

La joven francesa no era ni presa política ni miembro de una familia importante de un país ocupado —un «reo especial», los denominados *Ehrenhäftling* o *Sonderhäftling*—, pero el antojo de Mandel le había conferido el privilegio de convertirse en un preso con un trabajo mejor, un *Lagerprominent*. Por ese motivo trabajaba en el Kanada, el bloque del almacén de ropa y objetos donde iban a parar las pertenencias de los deportados. Por ese motivo se había incorporado al equipo de copistas de la orquesta de mujeres del campo, creada por decisión y capricho de Maria Mandel. Por ese motivo sus pies no estaban descalzos ni quedaban atrapados en el lodazal de barro que alfombraba el complejo, lo que hacía que las presas cayeran al suelo, tragadas por el lodo y golpeadas por la Bestia y sus secuaces, que las acusaban de vagas y débiles. Por ese motivo su cuerpo no estaba rasurado, ni su boca llena de llagas, ni su piel sucia y oscura como la del resto de las presas, ni la devoraban los piojos ni el tifus, al menos de momento.

Esa era la frase favorita de Mandel, para insistir en la caducidad de sus caprichos. Todo podía cambiar de la noche a la mañana. Pero, al menos de momento, Ella pertenecía al grupo de las prisioneras especiales.

En la misma rampa de llegada del tren que la transportó desde el campo de Drancy, el doctor Josef Mengele y la *SS-Lagerführerin* Maria Mandel habían decidido, durante la primera selección, que Ella fuera a la derecha de la fila y no a la izquierda —lo que significaba la muerte inmediata, el camino más directo a la cámara de gas y al crematorio—, y que su cabeza no fuera rapada ni su brazo tatuado, tal y como sucedía con casi todos los presos. Existían otros planes para la francesa que juraba y perjuraba que no era judía, que todo era un error, que no sabía qué hacía allí. A veces sucedía que un miembro de las SS se encaprichaba de una prisionera y la convertía en su «mascota». Eso había ocurrido con Ella. Alicja la miró, y se vio reflejada en su mirada. Pensó que la joven tenía derecho a descubrir su propio destino, y a que la ignorancia restara espacio al miedo.

—No me hagas caso —le pidió la polaca, bajando un tono de voz ya de por sí bajo; como el resto de las presas, hablaba como un pajarillo, quizá para marcar el contraste con los ladridos de las SS—. Perdóname. No he debido decirte todo esto. Con un poco de suerte, me descubren fumando o con las manos escondidas en las mangas, o caminando despacio, o con algo parecido a un cinturón con el que sujetarme la ropa, y me matan rápido, y así no tendrás que escucharme más. —Sonrió—. ¡No pongas esa cara! Me matarán de todas formas, así que cuanto antes mejor. Al final, Fela tenía razón y sí que era afortunada. Está muerta. Ya no sufre más. No se me ocurre mayor fortuna dentro de este infierno.

Alicja no tenía miedo a morir. Superó esa aprensión hacía mucho tiempo. En realidad, solo hacía unos meses, pero el tiempo, al igual que el mundo que conocía hasta su detención y encarcelamiento, había sufrido una drástica transformación, modificando por completo sus magnitudes, sus variables y sus medidas, e instaurando unas nuevas. El temor por dejar de existir ya no tenía cabida. Contaba esas historias a todo aquel que quisiera escucharlas, sin miedo al castigo. Era una veterana en el nuevo mundo construido por los nazis y eso, en una prisionera, era un grado. A Maria Mandel no le gustaban los cuchicheos entre las presas y, cuando las descubría hablando entre ellas, las golpeaba sin piedad, ya fuera con el látigo, con la fusta o asestándoles patadas en cualquier parte del cuerpo, especialmente en el vientre y en la cara. Pero la polaca sentía la necesidad de hacerlo, como si no quisiera morir sin contar lo que había vivido, por miedo a que esa narración desapareciera con ella. A eso sí que le tenía miedo: al desconocimiento y al olvido.

El de los experimentos médicos que los doctores de las SS realizaban en Ravensbrück sobre el cuerpo de la mujer era el relato más estremecedor que salía de su boca. Había visto cómo los doctores les rompían los huesos o amputaban miembros a las presas, a las que denominaban *Kaninchen* porque eran sus conejillos de Indias, para después implantárselos a ellas mismas o a otras; había sido testigo de cómo les extirpaban órganos, cómo les inyectaban productos químicos para esterilizarlas, cómo las obligaban a abortar o a engendrar hijos para experimentar con ellas y con los fetos, cómo hacían transfusiones de distintos grupos sanguíneos para ver cómo reaccionaba el organismo...

—He visto tantas atrocidades que no sé cómo no me he quedado ciega. Y todas amparadas y permitidas por esa bestia de Maria Mandel. Ella estaba el día en el que el doctor Karl Gebhardt me inyectó ese líquido azul en el útero. Sentí que me quemaba por dentro, y realmente lo estaba haciendo. Sin anestesia, sin control médico, sin unas mínimas condiciones higiénicas. Primero me desapareció la menstruación, decían que así era más productiva en la fábrica, y luego me esterilizaron. Y todo mientras un horrible hombre no paraba de hacer fotos.

Nunca lo entendí. Yo tuve suerte, era el capricho de Mandel, pero ni siquiera eso me salvó. Ese maldito doctor, con sus manos rechonchas... Me dijeron que era el médico personal de Heinrich Himmler, pero seguro que con él no hacía experimentos. Con nosotras no se molestaba ni en ponerse guantes —le confió Alicja, mientras sus recuerdos iban reproduciéndose como una película en su mente—. Un día, un grupo de presas decidimos hacer un escrito al comandante del campo de Ravensbrück para denunciar las atrocidades que estaban cometiendo con nosotras, y pedir que cesaran los experimentos quirúrgicos. —Dio un golpe con el puño sobre la mesa; el lápiz azul rodó unos centímetros, como huyendo de ella—. ¡Éramos prisioneras políticas! ¡Yo ni siquiera soy judía! Nos habían llevado allí para trabajar en las fábricas, para construir componentes del V-2 en Siemens y otras tareas, no para mutilarnos, torturarnos y matarnos de esa manera. ¡Qué inocentes éramos! —exclamó con una ironía lastimera—. Nos armamos de valor y nos dirigimos a la oficina del comandante con el escrito. Mandel no sabía nada. Nos dijeron que nuestra carta era una patraña, un invento histérico de las mujeres. Nos acusaron de mentir, y nos advirtieron de que pagaríamos las consecuencias. Y lo hicieron todas, excepto yo. Fueron asesinadas en el famoso pasillo del fusilamiento después de ser torturadas al antojo de la Bestia que, por supuesto, no tardó en enterarse de nuestra osadía. Yo lo pagué de otra manera; ahora ya no me sorprende, pero hasta aquel momento, nunca pensé que podría ser violada por una mujer y marcada a fuego con sus iniciales.

Alicja se levantó la chaqueta de su uniforme y dejó ver en su espalda la marca en forma de dos emes que un hierro candente había dejado en su piel. Las iniciales de Maria Mandel estarían para siempre grabadas en su piel.

—Y a pesar de todo lo que hicieron con mi cuerpo, nunca pude quitarme de la cabeza cómo quemaron nuestra carta de denuncia, sin importarles lo más mínimo, riéndose de nosotras, como cuando queman las fotografías familiares que intentamos esconder y que siempre descubren. —Alicja hizo otra pausa y la miró directamente a los ojos—. Por eso me parece bien lo que haces: quedarte con las fotografías que encuentras en el Kanada, entre las pertenencias de los deportados.

—¿Cómo lo sabes? —preguntó Ella sorprendida, aunque la polaca se limitó a seguir hablando.

—No sé por qué lo haces, pero si evitas que quemen las fotografías de esas personas, al menos alguien sabrá que estuvieron aquí. Puede que a ellos los quemen, pero sus fotografías se salvarán. Es una manera de conservar su memoria. Podrán recordarlos tal y como eran.

Ella apenas podía articular palabra. Había actuado con cautela, siempre alerta ante posibles miradas indiscretas. Si Alicja había logrado verla y descubrir su gran secreto, cualquier SS podría hacerlo. Sintió pánico, la misma sensación paralizante que le recorría la espina dorsal cuando las pisadas contundentes de Maria Mandel se acercaban a su espalda. Sabía que si sorprendían a alguien en el campo escribiendo en un trozo de papel, sería castigado.

—Me han dicho que la muerte por gas no duele —continuó Alicja, sin inmutarse ante la ansiedad que su revelación había provocado en Ella—. Escribe eso en una de tus postales. Pero no en esa que te ha dado la Bestia. Me refiero a las otras, las que guardas en esa lata tuya.

Ella se sobresaltó. No solo la había visto quedarse con las fotografías y las postales y escribir en ellas, sino que sabía dónde las escondía. La revelación le provocó una angustia casi incontrolable. Alicja optó por tranquilizarla.

—No te preocupes, no pienso decir nada. Aquí todo el mundo escribe cuando piensa que nadie observa. Todos, excepto yo. No sabría qué escribir. Tú podrías escribir algo de mí en esas postales, por si algún día alguien las lee cuando todo esto acabe, por si no queda nadie para contarlo.

—Alicja, tienes que prometerme que no se lo dirás a nadie —le rogó, consciente de lo absurdo de su petición. Había visto cómo la información reconvertida en rumores pasaba de boca en boca por los barracones del campo, y cómo se intercambiaba, como si fuera un objeto más, en el mercado negro instaurado por los prisioneros y permitido por las SS. Aun así, insistió de nuevo—: No se lo digas a nadie. No robo nada, no quiero quedarme con algo que no es mío. Solo intento que no lo destruyan todo.

—Se nota que solo llevas tres meses en este infierno. Aquí no se roba, aquí se «organiza». Tú trabajas en el Kanada, el bloque más envidiado de este maldito campo. Todo lo que llega en las maletas de los deportados acaba en vuestras manos para que lo clasifiquéis y lo mandéis en camiones para enriquecer aún más al Tercer Reich. ¡Claro que no robáis! Tan solo «organizáis»... ¿Es cierto que encontráis brillantes, rubíes, joyas, oro y carteras llenas de billetes? Aunque yo preferiría las conservas de pescado, los trozos de carne, las galletas, el chocolate, las latas de leche condensada... En una de ellas es donde escondes tu arsenal de postales, ¿verdad? —preguntó, aunque conocía perfectamente la respuesta.

Cuantos más detalles iba dando, más palidecía Ella. Y esa apariencia enfermiza de extrema debilidad, en Auschwitz-Birkenau, era un pasaporte directo a la cámara de gas.

—Por favor, tienes que escucharme y entender lo que hago. No es por mí, no obtengo nada de esto. No puedes contar nada —insistió una vez más.

—No lo haré. Te doy mi palabra. —Alicja forzó una media sonrisa—. Ya sé que eso aquí no vale nada, pero es lo único que tengo: mi palabra. Puedes confiar en mí. En realidad, te envidio, eres muy valiente. Además, no creo que me quede mucho tiempo para contar nada. Pronto me verás salir de una de esas enormes torres de ladrillo que escupen fuego y siembran cenizas. ¿A ti no te dijeron cuando llegaste que era el único lugar por el que podríamos escapar de aquí? La primera vez que un miembro de las SS se refirió a mí diciéndome *Durch Kamin*, aún no sabía el suficiente alemán como para entender que me estaba mostrando el camino del crematorio.

Ella no podía comprender de dónde era capaz Alicja de sacar el sarcasmo. Más tarde descubriría que era algo habitual entre las presas, en sus horas más bajas: recurrir a un humor negro que fuera de ese lugar ni se plantearían.

—Pero olvidemos todo eso. He venido a decirte que la Bestia quiere verte en su oficina. Y que vayas rápido. Ya sabes: *schnell, schnell!* —intentó imitar la voz gutural de Maria Mandel cuando apremiaba a las presas para caminar más deprisa o formar de a cinco en los pases de revista.

—¿Por qué no me lo has dicho antes? —le recriminó Ella, sabiendo que a la jefa de campo no le gustaba que la hicieran esperar.

Aquella no era una buena noticia. Por unos instantes, barajó la posibilidad de que Alicja hubiera compartido su descubrimiento con Mandel. Eso le garantizaría algún privilegio que alargara su vida en el campo: una ración extra de sopa, una porción de mantequilla, una cucharada de mermelada o unos zapatos del número correcto. Si fuera así, no podría culparla. En Auschwitz-Birkenau, lo primero que aprendía una presa era que la muerte de una propiciaba la vida de otra; si una estaba viva, es porque otra moría. Parecía injusto, inhumano, pero no lo habían inventado ellas. Y aun así, resultaba extraño lo normal que parecía. La normalización del mal. Eso era Auschwitz-Birkenau.

2

Antes de caer enferma, la madre de Ella, Nadine, solía llevar a sus dos hijas a la playa todos los domingos. Era una apasionada del mar y había pasado gran parte de su vida estudiando su naturaleza que, según ella, ayudaba a entender cualquier historia que sucediera en tierra firme. De su boca aprendió que las mareas dependen de la luna y que suelen cambiar cada seis horas. Siempre le costó entender los conceptos de pleamar y bajamar, cómo era posible que, en tan corto espacio de tiempo, el agua del mar pudiera pasar de alcanzar su máxima altura, a descender a la más baja. Lo que no imaginó es que lo comprendería en Auschwitz.

A punto de entrar en la oficina de Maria Mandel, Ella recordó aquella enseñanza materna. Su supervivencia en Birkenau se asemejaba mucho a las mareas: su vida dependía de la aparición y la influencia de la *SS-Lagerführerin* Mandel y, a diferencia del influjo lunar, las fases del comportamiento de la Bestia podían mudar en un intervalo de tiempo mucho menor a las seis horas.

La mujer más poderosa del campo de Auschwitz-Birkenau imponía hasta robar el aliento. Su sola aparición provocaba temblores en las presas, que difícilmente podían mantener el equilibrio dentro de la fila de a cinco que Mandel ordenaba formar cada mañana, incluso varias veces al día, en especial si las condiciones meteorológicas eran adversas. Solo había una cosa que a la Bestia le agradaba más que ver a una presa temblar de miedo o de dolor, y era verla temblar de frío.

Desde su llegada a Auschwitz hacía tres meses, en septiembre de 1943, Ella se había convertido en su mascota favorita, aunque a la jefa del campo de mujeres de Auschwitz-Birkenau —dentro del mayor campo de concentración del Tercer Reich— los caprichos le duraban poco.

Maria Mandel había sido tajante: «Escribe una carta a tu familia. Yo me encargaré de enviarla». Las órdenes de la Bestia eran de obligado cumplimiento, la única ley en el campo. Pero esa había dejado de ser la gran preocupación de Ella. Que Alicja hubiese descubierto lo de las postales y las fotografías sustraídas del Kanada era lo que realmente le inquietaba.

Golpeó con los nudillos la puerta de la oficina de Mandel. Era diciembre y hacía frío, pero las manos le sudaban. Tenía mucho que ver con que el corazón galopara a mil dentro de su pecho, dejando las pulsaciones en su nivel máximo. Sin duda, su cuerpo estaba en pleamar. Cuando oyó el permiso de entrada, tuvo la impresión de acceder al infierno. Mandel estaba de pie, ligeramente encorvada sobre el escritorio, escribiendo sobre un papel el nombre de la obertura de Suppé que acababa de escuchar en la radio, y que solicitaría a Frau Alma Rosé, la directora de la orquesta de mujeres del campo de Auschwitz, para que fuera interpretada en un próximo concierto. Ni siquiera se inmutó cuando Ella entró en la estancia.

Vestía con el uniforme de todos los domingos, impecable, limpio y sin una sola arruga o mancha que desluciera su imagen impoluta de poder y orden. Una enorme capa de cuero cubría el uniforme de color gris, compuesto por camisa blanca, corbata negra, chaqueta, falda larga y medias. A Ella siempre se le iban los ojos a esas medias de seda que envolvían sus piernas cada domingo. El resto de la semana podía prescindir de ellas, pero resultaba notorio que los domingos representaban un día especial para Mandel, y la celebración de uno o varios conciertos a cargo de la orquesta que ella misma patrocinaba tenía mucho que ver, así como la asistencia de varios miembros masculinos de las SS. Tenía unas piernas largas y esbeltas, en justa proporción con la longitud de sus brazos y sus estilizadas manos. El dedo índice de Mandel era capaz de despertar más temor entre las presas que los ladridos de los perros por los que se hacía acompañar muchos días, con el único afán de intimidarlas. Algunos domingos decidía no ponerse las botas de cuero altas, pero ese día hacía frío, había estado lloviendo toda la madrugada hasta primera hora de la mañana, y las botas de cuero eran obligadas para toda SS que se dignara llamarse así. Luego a la propia Ella le tocaría abrillantarlas con una buena dosis de betún hasta que quedaran lustrosas, perfectas: una vez más se dejaría la piel en la misión y después tendría que esforzarse para desprenderse de la brea negra, viscosa y de un penetrante olor, que quedaba siempre entre sus dedos. Aquella lata redonda de crema espesa representaba una pesadilla, sobre todo si tras lustrar las botas tenía que acudir rápidamente a pasar revista de limpieza.

Mandel todavía no se había puesto el pequeño gorro y su pelo, nutrido y brillante, lucía sin ataduras. Su larga melena, dividida en dos gruesas trenzas peinadas en un recogido alrededor de la cabeza, era la envidia de todo el campo, especialmente de las presas. Uno siempre valora más lo que no tiene o aquello que le han arrebatado. A Ella le sorprendía que las mismas prisioneras a las que la *SS-Lagerführerin* golpeaba sin piedad y enviaba a la enfermería, cuando no a la cámara de gas y al crematorio, alabaran su belleza o la del capitán de las SS Josef Mengele. Maria Mandel era el prototipo de la raza aria, tan aclamada por la propaganda nazi: alta, rubia, de constitución fuerte y gallarda, piel blanca, mejillas sonrosadas, labios finos, una dentadura prácticamente perfecta y nívea, y los ojos grandes y azules. A sus casi treinta y dos años —los cumpliría en apenas unos días, el 10 de enero de 1944—, en su rostro no podía verse ni un ligero rastro de maquillaje, y su ausencia no le restaba un ápice de belleza. En eso se diferenciaba de algunas compañeras de las SS, la mayoría más jóvenes que ella, como Irma Grese.

Esta era una de las acólitas y alumnas más aplicadas de Mandel, y no le iba muy a la zaga en crueldad. Grese desprendía a su paso un penetrante olor a perfume de agua de rosas, y siempre aparecía maquillada y perfectamente peinada, gracias a la labor de un prisionero francés que había sido peluquero en uno de los mejores salones de belleza de París, y al que había encomendado el estado de su melena a cambio de seguir con vida y alguna ración extra de sopa y pan. Su gran sueño era ser actriz de cine, «pero será cuando salga de este apestoso lugar —solía comentar, incluso entre las prisioneras—. Un día me veréis en la gran pantalla y en todas las portadas de las revistas. Aunque, en realidad, no creo que vosotras lleguéis a ver nada. Habréis muerto mucho antes».

A menudo, Ella no podía evitar pensar dónde estarían aquellas mujeres de apariencia perfecta, de no haber una guerra enfrentando nuevamente al mundo como ya lo hizo años atrás la Gran Guerra. Dónde estaría Maria Mandel si Hitler no hubiese llegado al poder en Alemania en 1933 con el cuarenta y cuatro por ciento de los votos de los alemanes, y con la clara y anunciada intención de exterminar a los judíos y a todos aquellos que no cumplieran con los requisitos de la raza aria. En qué lugar estaría aquella endiablada mujer con cara de ángel de no existir los campos de concentración y de exterminio asentados en Alemania y en media Europa, donde podía dar rienda suelta a su perversidad. Qué sería de la Bestia de no existir los uniformes militares cosidos con hilos de poder y autoridad, y una buena paga en marcos imperiales, los codiciados Reichsmarks.

Al menos de momento, Mandel estaba en su oficina, irguiéndose y aproximándose a Ella. En los espacios cortos, su andar era diferente y perdía el ligero contoneo que marcaba su paso entre los barracones del campo.

—¿Has escrito ya tu postal?

La Bestia lo había preguntado mientras se atusaba el pelo. Ese ademán se conocía en todo el campo, casi tanto como el poder de su dedo índice sobre la vida de las prisioneras. No constituía un buen augurio; era un gesto que solía hacer antes de golpear a una presa o de matarla. Tampoco era buena señal que estuviese desprendiéndose poco a poco de los guantes, tomándose un tiempo innecesario en despojar cada una de sus falanges de la tela blanca que las cubría, y que Mandel dobló con una delicadeza extrema, un tanto teatralizada, para introducirlos en el bolsillo de su chaqueta. Eso hubiera tranquilizado a cualquier presa de Auschwitz-Birkenau, pero no a Ella. A la Bestia le gustaba golpear con los guantes puestos y ver cómo se llenaban de sangre, pero con su mascota judía, casi todo era distinto.

—Estaba a punto de hacerlo, cuando...

No pudo terminar su explicación. La mano desnuda de Mandel le había cruzado la cara, tumbándola en el suelo y sin respiración de un solo golpe. Ni siquiera le dolió. Ya no. Solo sentía un ardor que se extendió rápidamente por el oído derecho, en el se había alojado un ensordecedor pitido, arrebatándole por unos segundos el sonido de la realidad. Quizá esa sordera hizo que no fuera consciente de lo inapropiado de su pregunta. Quizá pensó que solo la había pronunciado en su cabeza, aunque no fuera así.

—¿Por qué?

Esas dos palabras parecieron borrar del rostro de Mandel la curiosidad por las veinticinco que Ella aún no había escrito. Sus ojos azules se agrandaron; todos temían ese brillo en la mirada de la Bestia, porque anunciaba la muerte inmediata. Estaba pletórica, henchida de poder. Tenía a su víctima donde quería, en el suelo, anulada, incapaz de defenderse, entregándose a la voluntad de su torturadora.

—¿Por qué? —repitió Mandel vocalizando de manera exagerada—. Por esto.

Un nuevo golpe le cruzó el lado opuesto de la cara, cuando Ella aún estaba en el suelo; no le había dado tiempo a incorporarse tras el primer golpe. Estaba demasiado aturdida para pensar, mucho menos para reaccionar. Su visión se había vuelto borrosa, el silbido en los oídos había dejado un sabor metálico en su boca, y el ardor inicial de su rostro se había convertido en un sudor frío que la atravesaba de arriba abajo. Se quedó quieta, esperando un nuevo golpe; quizá esta vez sería en el estómago o en el bajo vientre, donde más le gustaba golpear a Mandel. En realidad, le daba igual. Solo podía pensar en que una indiscreción de Alicja había revelado su secreto, y aquello no había hecho más que empezar. Aguardaba la confirmación en forma de una avalancha de golpes. Ni siquiera pudo taparse la cabeza; estaba prohibido cuando un miembro de las SS golpeaba a un prisionero.

Pero nada de eso llegó. De nuevo, la luna desconcertaba el ciclo de las mareas.

—No te he hecho llamar para eso, aunque quiero que me entregues esa postal después del concierto de esta tarde. Necesito saber a quién tienes fuera, y me lo dirás antes de lo que crees —dijo mientras la instaba a levantarse.

No tuvo problema en ayudarla, al ver que los golpes habían dejado a la presa sin equilibrio, algo que sin duda le hacía sentirse orgullosa. Ella mantenía la mirada en el suelo, en el mismo lugar donde yacía aovillada unos segundos atrás, pero sabía que los ojos azules de Mandel la estaban observando. Era consciente de que no podía mirarla, a no ser que la *SS-Lagerführerin* se lo ordenara. Por ese atrevimiento enviaba a diario a cientos de presas a las celdas de castigo o a la enfermería, lo que era mucho peor. También sabía que no podía hablar a no ser que le ordenara hacerlo y, sin embargo, no había podido reprimir ese infructuoso «¿Por qué?». De nuevo, el sentimiento de culpa la dominaba. Era una nueva victoria de Mandel: conseguir que las presas creyeran que las represalias eran responsabilidad suya. «Vuestra culpa os condena», solía decirles, al ver la falta de reacción por parte de las prisioneras.

Para su sorpresa, la Bestia comenzó a ajustarle el uniforme que, como el resto de las mujeres que conformaban la orquesta femenina del campo, consistía en una falda azul marino, medias de lana negras, blusa blanca, chaqueta a rayas, zapatos que eran la envidia de todo el campo, y un pañuelo blanco que le cubría la cabeza. Era este último el que, debido a los golpes, se había desplazado y había dejado el pelo largo y rubio de Ella al descubierto.

—Eres parte de la aristocracia de las prisioneras. —Mandel empezó a anudarle nuevamente el pañuelo—. Y tú lo eres por partida triple: perteneces al Bloque de Música, trabajas en el Kanada y frecuentas a las SS. Debes estar presentable para que el resto de las presas os siga odiando por haberos convertido en los juguetes de las SS, en unas traidoras a vuestra raza y condición. Os aborrecen tanto como a nosotros. Pero ese odio os mantiene vivas. ¿Has visto cómo os miran, cómo os llaman «vendidas», «guarras judías», cómo os escupen y os insultan? Si pudieran, os matarían. Y eso no las hace tan distintas a nosotros como ellas se creen. —Se esmeraba en recoger el pelo de Ella dentro de la tela—. Qué largo lo tienes. El doctor Mengele estará contento.

La mención de ese nombre siempre lograba alterarla.

—¿Crees que tus compañeras se preguntan por qué conservas el pelo, mientras ellas son rasuradas una y otra vez, en todas las partes de su cuerpo?

No esperaba respuesta y tampoco la escuchó, aunque estuviera deambulando por la cabeza de Ella, amordazada, como todas las respuestas en aquel lugar. Mandel se alejó de ella para dirigirse al escritorio. La razón por la que había hecho llamar a su mascota judía era otra, y estaba sobre la mesa.

—Me gustó cómo escribiste la dedicatoria en el libro que le regalé al comandante de campo Josef Kramer por su cumpleaños.

Ella recordaba aquel libro de tapas gruesas, de un extraño color verde oscuro, que Mandel había regalado a Josef Kramer el pasado 10 de noviembre. El título se había borrado de su mente, pero creía recordar la palabra «Piratas» en su portada, algo que le pareció llamativo.

—Sinceramente, le echo de menos —dijo con cierta melancolía—. Será un gran comandante en su nuevo destino, en Natzweiler-Struthof. Cuando haces las cosas bien, te ascienden. Mírame a mí: de *SS-Aufseherin* en la cárcel de Lichtenburg en 1938, a *SS-Oberaufseherin* en Ravensbrück en el verano de 1942. Y ahora ascendida a *SS-Lagerführerin* en Auschwitz-Birkenau. Todo un premio. Eso es porque están satisfechos con mi trabajo. Y lo seguirán estando.

A Mandel le gustaba alardear de sus nombramientos cada vez que tenía ocasión. Se sentía orgullosa. Su carrera estaba siendo meteórica: de guardiana, a supervisora y de ahí a jefa de campo de Birkenau, por debajo del comandante del campo, el *SS-Obersturmbannführer* Arthur Liebehenschel, que desde finales de noviembre o principios de diciembre había sustituido a Rudolf Höss, y del *SS-Hauptsturmführer* Josef Mengele. Pocas mujeres podían presumir de un rango similar en las Schutzstaffel —las temidas Escuadras de Protección, las SS— y mucho menos en la Wehrmacht —las fuerzas armadas unificadas de la Alemania nazi—. Sin embargo, como mujer, eso era todo a lo que podría aspirar: pequeños premios disfrazados de ascensos. Todo un logro para una muchacha austríaca que había empezado trabajando de cocinera en la casa de un médico en la localidad suiza de Brig-Glis, más tarde como criada de una familia en Innsbruck, y finalmente se convirtió en funcionaria de Correos de su ciudad natal, Münzkirchen. Ella conocía toda esa información gracias a las confidencias compartidas por Eva, una presa oriunda del mismo pueblo de Mandel, cuya familia solía contratar los servicios de su padre, zapatero de profesión. Eva conocía a sus tres hermanos, incluso llegó a tontear con el menor, el que pretendía seguir los pasos remendones de su padre y pasaba las tardes de domingo practicando entre hormas y cueros en el garaje de la casa familiar. Según Eva, las dos familias solían encontrarse todos los domingos en la iglesia. «En el pueblo se decía que Maria había tenido un pretendiente polaco que gritaba consignas contra Hitler y contra todo el Tercer Reich, y que le dio más de un problema. Quizá por eso odia tanto a los polacos.» Algo de cierto debía de haber en toda la información compartida por la presa austríaca porque, desde el principio, Mandel la tomó con ella, encomendándole las tareas más pesadas, infligiéndole los castigos más duros, hasta que un día dejaron de verla. Así se moría en Auschwitz-Birkenau: un día dejaban de ser vistas.

—Aquí tienes la pluma. Mójala con cuidado en el tintero, es un regalo muy especial. Escribe con esa letra que te ha hecho tan popular. Espero que sepas que esa caligrafía tuya te está salvando la vida. Te lo digo para que tengas claro tu lugar en este mundo. —Mandel le hizo una señal para que se acercara al escritorio y le tendió una postal navideña—. Aquí tienes el nombre y lo que deseo que escribas, igual que hiciste con la de Frau Alma: el mismo tipo de letra, el mismo trazo, el mismo tamaño. Es perfecta.

A Ella le llevó unos segundos entender de lo que hablaba, hasta que su cabeza, aún algo embotada por los golpes recibidos, le devolvió la imagen. Hacía unos días, la directora de la orquesta del campo, Alma Rosé, le pidió que caligrafiara una dedicatoria en la tarjeta navideña que tenía pensado entregarle a una de sus grandes amigas y aliadas presas en el campo: la doctora Mancy. Recordaba la sencillez de la tarjeta. La había pintado una presa polaca, seguramente agradecida a Alma por algún favor que le habría salvado la vida. En su cara principal, asomaban dos mujeres vestidas con una especie de traje popular, como si estuvieran bailando delante de algo parecido a un abeto navideño. Creyó distinguir que una de las mujeres llevaba en las manos un instrumento musical, una guitarra o un violín, no pudo verlo bien. Tampoco le importó, debía concentrarse en el interior de la tarjeta y allí volcar su escritura:

Liebe Manzi	*Querida Manzi*
Frohe Weihnacht	*Feliz Navidad*
Wünscht Dir von Herzen	*Te lo deseo de corazón*
Deine Alma	*Tu Alma*
Weihnacht 1943	*Navidad 1943*

También tuvo que escribir dos palabras justo al lado del dibujo: *Frohe Weihnacht*, «Feliz Navidad». Por supuesto, aquella tarjeta era para consumo interno.

Alma Rosé era la auténtica favorita de Maria Mandel, por su preparación musical y por su labor al frente de la orquesta de mujeres. Contaba con esa condición de privilegio desde que llegó al campo en el mes de julio, dos meses antes que Ella. Una presa la reconoció cuando la internaron en el Bloque 10, el temido pabellón de los experimentos médicos de Auschwitz. Era la famosa violinista austríaca, sobrina del compositor Gustav Mahler, cuya ascendencia judía hizo que la policía secreta de la Alemania nazi la detuviera en Suiza, la trasladara al campo de Drancy y la deportase a Auschwitz. Cuando la Bestia supo de su presencia en el campo, la mandó llamar inmediatamente y le propuso mejorar la orquesta de mujeres que, hasta ese momento, estaba bajo la batuta de la polaca Zofia Czajkowska, que continuó acompañando a Alma pero cediéndole todo el protagonismo musical.

Ella se disponía a tomar asiento, cuando tuvo que frenar su ademán en seco.

—No te sientes —ordenó tajante Mandel, de nuevo sin mirarla—. ¿Acaso crees que eres Alma?

Era cierto. Ella había presenciado cómo algunas tardes, al caer la noche, la Bestia hacía llamar a su despacho a la directora de la orquesta de mujeres para hablar con ella, y cómo le autorizaba a tomar asiento en su presencia. Allí permanecían durante treinta minutos, algunas veces incluso más. En aquellos encuentros, Maria Mandel se permitía la licencia de poner en el gramófono de su despacho la pieza *Ich bin der Welt abhanden gekommen*, «He abandonado el mundo», una de las *Rückert-Lieder*, las cinco canciones basadas en poemas de Friedrich Rückert, que Gustav Mahler había compuesto para voz y orquesta, o piano. La Bestia canturreaba la canción; se sabía la letra de memoria y se encargaba de poner especial énfasis en algunas palabras.

Ich bin der Welt abhanden gekommen,
Mit der ich sonst viele Zeit verdorben,
Sie hat so lange nichts von mir vernommen,
Sie mag wohl glauben, ich sei gestorben!

He abandonado el mundo
en el que malgasté mucho tiempo,
hace tanto que no se habla de mí
¡que muy bien pueden creer que he muerto!

Ella estaba convencida de que se trataba más de una tortura para Alma, que de un guiño o gesto personal para hacerla sentir mejor. La maldad gratuita de las SS. Aquello tenía que hacerle más daño que bien. Rosé también lo pensaba, aunque nunca lo expresó en voz alta. Además, no era de sus composiciones favoritas. Alma prefería el *Adagietto*, el cuarto movimiento de la Quinta Sinfonía de Mahler. Pensaba que jamás nadie podría componer algo tan hermoso, bello y delicado, algo que incidiera tanto en el poder conmovedor de la música. Sabía que su tío lo escribió para su esposa Alma, en lo que fue su declaración de amor más sincera. Pero nunca lo compartió con la Bestia. Estaba segura de que no lo comprendería. Y tampoco quería permitirle acceder a un territorio tan íntimo.

Ese encuentro entre prisionera y verdugo de las SS era algo impensable con cualquier otra presa, mucho menos si era judía. Aquel detalle llamó mucho la atención en el campo. Algunas prisioneras lo interpretaron como un agravio hacia ellas, incluso hablaron de humillación, de falta de solidaridad de la violinista con el resto de la población reclusa, especialmente la de origen judío. Mientras otras morían por abrazar una religión, ella sobrevivía entreteniendo con su música a sus torturadores. Rosé sabía de la existencia de esos comentarios, siempre malintencionados o indoctos de la verdadera realidad, y prefería ignorarlos. Estaba demasiado ocupada en mantenerse con vida y hacer que las mujeres de su orquesta también lo hicieran. Pero Ella nunca lo vio así. Le caía bien Alma. Gracias a ella y a su labor en la orquesta del campo, muchas mujeres habían salvado la vida, comían mejor, se abrigaban más y podían usar un calzado adecuado. Con ella siempre había sido amable, y se sentía agradecida por ello. Aunque para sobrevivir en Auschwitz-Birkenau no valía con ser amable. Había que obedecer, una y otra vez; no había otra alternativa. Era necesario agachar la mirada, aguantar los golpes, los insultos y las amenazas. Además, las decisiones y los caprichos de Mandel eran incuestionables. La Bestia hacía y deshacía, quitaba la vida o la perdonaba, mandaba a la cámara de gas o a su oficina. Una dualidad que solo controlaba ella.

—Cuando acabes, vuelve al Bloque de Música y termina de escribir tu postal. En dos horas empezará el concierto. Tienes tiempo de sobra. Espabila. Te pasas el día escribiendo para los demás. Esta vez escribe para los tuyos, sean quienes sean y estén donde estén —dijo mientras se colocaba de nuevo los guantes blancos, ajustándose la tela en cada uno de los dedos como si quisiera tapizarlos—. Y asegúrate de tener bien limpios los zapatos. De lo contrario, enfadarás a Alma. Y me enfadarás más a mí.

Ella recordó las confidencias de la desaparecida Eva. Quizá esa obsesión enfermiza de Mandel por los zapatos le venía desde la infancia, al ver a su padre trabajando como zapatero. Sabía el valor de ir bien calzado y lo que ello significaba. Por eso solía ordenar que las presas, tanto en Ravensbrück como en Auschwitz-Birkenau, fueran descalzas por el campo. Disfrutaba cuando la lluvia anegaba el suelo hasta convertirlo en una trampa mortal de barro y lodo, o cuando, en temporada seca, la gravilla les abrasaba la planta de los pies e imposibilitaba sus largas caminatas. Los zapatos se convirtieron en un lujo dentro del campo. Su posesión determinaba la vida o la muerte. La máxima autoridad lo sabía, y por eso procuraba convertir el calzado en un instrumento de tortura, entregando a los presos un par de zapatos de distinto número, a su llegada al campo; o los odiosos *Holzschube*, aquella especie de zuecos de madera que abrasaban los pies, colmándolos de llagas y heridas abiertas, que se infectaban hasta inhabilitarlos para el trabajo; eso se traducía en una condena a muerte en la cámara de gas, previo paso por su antesala, el fatídico Bloque 25.

Pero a Ella no le importa nada de eso en ese instante. Mandel no le había dicho nada de las fotografías robadas. Al menos de momento, podía respirar. Estaba a salvo con su particular cruzada.

Faltaban dos horas para el concierto de la orquesta de mujeres. Ese domingo llovía, así que, como siempre que el tiempo impedía tocar al aire libre, estaba previsto que el recital se celebrase en el Bloque de la Sauna, muy cerca del Kanada y del crematorio IV: era allí donde trasladaban a los recién llegados que hubieran superado el proceso de selección en la rampa del andén del campo, la temida *die Rampe*, para ser desinfectados, rasurados, desprovistos de sus ropajes y sus pertenencias y finalmente tatuados. Pero los planes cambiaron. Las cuarenta y siete mujeres que conformaban la orquesta tocarían para las presas más enfermas en el hospital del campo, que lindaba con el extremo opuesto del almacén. Era una decisión desconcertante y un escenario poco habitual, por no hablar del público. Más tarde, alguien dijo que había sido una orden directa del doctor Josef Mengele, y no tardaron en descubrir el horror que encerraba aquella medida, que resultó del agrado de Mandel.

Aquel domingo estaba prevista además una segunda audición, pero solo para los miembros de las SS. En las últimas semanas, el trabajo de la orquesta estaba siendo frenético. Las SS parecían necesitadas de acallar su conciencia y solo sabían hacerlo escuchando música. La actuación doble, y hasta triple —si alguna autoridad decidía acudir al Bloque de Música una vez entrada la noche para que la orquesta tocara alguna pieza en particular—, entorpecía sus planes para las tardes de domingo. Era la única parcela de tiempo libre que a Ella le quedaba para llevar a cabo su singular resistencia.

Fue el comandante de Auschwitz, Rudolf Höss, el que había decretado el 15 de abril de 1942 que los prisioneros no estarían obligados a trabajar en domingo, a no ser que tuvieran que cumplir un turno en las cocinas o realizar algún trabajo de urgencia, casi siempre relacionado con el mantenimiento del recinto. Estaba segura de que escribir una tarjeta navideña para la *SS-Lagerführerin* Maria Mandel no podía considerarse como un trabajo de urgencia, pero tampoco pensaba protestar.

Ella agradeció volver al pequeño mundo de los atriles, las partituras, la tarima de madera en el suelo, la estufa que desprendía un calor que no existía en el resto de los barracones —excepto en el edificio de la Administración del campo y en las oficinas de las SS—, la luz, las mandolinas, las flautas, los violines, hasta el piano de cola que había aparecido en el Bloque de Música, sin que nadie supiera cómo. Debieron de robarlo de la casa de alguna familia judía, en cualquier gueto de cualquier ciudad europea donde los nazis se hubieran asentado. Cuando entró en el bloque, Alma ya estaba pasando revista al estado de limpieza y aseo de las integrantes de la orquesta, asegurándose de que todas hubieran pasado por la ducha —una obligación diaria para las componentes de la orquesta, mientras para el resto de la prisioneras del campo era un anhelo imposible de alcanzar—, que sus ropas estuvieran como debían, sus manos limpias y sus zapatos relucientes. Todo tenía que estar perfecto, no podía permitirse ninguna baja. Cada concierto era una prueba de fuego, una selección encubierta: cualquier fallo podía ser fatal.

Unos días atrás, una de las mujeres de la orquesta se había manchado la camisa con un poco del oscuro brebaje al que denominaban «café». Faltaban solo unos minutos para presentarse ante la plana mayor del campo, y hacerlo con una mácula en el uniforme solo podía interpretarse como un acto de rebeldía que sería castigado, una expiación que no solo afectaría a la infractora, sino a toda la orquesta. Alma entró en cólera; estaba tan nerviosa que no dejó de gritar a la joven que había cometido la torpeza y la irresponsabilidad de beber un sorbo de café antes de un concierto. Eso, en el mundo de Alma Rosé, estaba prohibido y por eso se dejó la garganta en protestas y reprimendas. Lo hizo en francés, como siempre que se enfadaba. La mayoría no entendía lo que salía de su boca, pero Ella sí. Descifraba todos los gritos que vinieran en francés, alemán, húngaro, polaco, inglés e italiano. Eran los seis idiomas que dominaba y que le habían servido para superar la primera selección realizada en la rampa del tren de Auschwitz. Las palabras volvían a ser su pasaporte a la supervivencia. Las SS necesitaban intérpretes que trasladaran sus órdenes al idioma de los deportados: húngaros, rusos, griegos, polacos, españoles, franceses, eslovenos, italianos, checos... Necesitaban que los entendieran aunque, aun haciéndolo, la comprensión de la nueva realidad les resultara imposible.

Cuando Ella accedió al Bloque de Música, Alma la evaluó de arriba abajo, hasta detener la mirada en sus zapatos.

—Llegas tarde. Y además, llegas sucia —sentenció con un inequívoco gesto de desaprobación que era permanente en su rostro en los momentos previos a un concierto. Le daba igual que fuera estuviese lloviendo y que el barro llenara los caminos. No existían las excusas, y tampoco la posibilidad de cometer ningún fallo.

—Lo siento, Frau Alma. Lo arreglo enseguida. —Ella se quitó inmediatamente los zapatos para proceder a su limpieza.

El lodo tampoco era culpa suya pero era su responsabilidad. A Alma sí le estaba permitido responderle. Siempre había excepciones en el campo, como la que posibilitaba anteponer el trato de *Frau* al nombre de una judía, algo impensable con cualquier otra prisionera. Una concesión de Mandel, una muestra de consideración, una deferencia estudiada y calibrada, como lo era todo en la mente de la Bestia. Incluso en aquel lugar, todo, lo bueno y lo malo, la vida y la muerte, seguía empezando con una palabra.

—Estaba en la oficina de la jefa de campo... —empezó a justificarse.

—Sé de sobra dónde estabas —la interrumpió Alma, al tiempo que se ajustaba un brazalete negro con una lira blanca dibujada en él.

No lo hacía como el resto de los *kapos* y *blokovas*, que tocaban insistentemente y muy ufanos sus brazaletes para dejar claro que ese trozo de tela les confería el poder sobre sus semejantes. En Alma era una especie de tic nervioso que repetía sin ser consciente de ello cuando algo la alteraba. Alma parecía alterada. Y no era por los zapatos de Ella, ni por la resolución por parte de la orquesta del *Rêverie* de Schumann y el *Allegro* de

La muerte y la doncella de Schubert, dos de las favoritas de Josef Mengele, que asistiría al concierto como casi todos los domingos, y que Alma se había asegurado de incluir en el repertorio. Tocar en el interior del hospital no le agradaba, tampoco era lo habitual. Algo no le cuadraba.

Fueron dos horas y media de concierto. No estaba previsto que la representación se alargara tanto, aunque tampoco era la primera vez que la orquesta se veía obligada a tocar una y otra vez, sin límite de tiempo, ante las constantes y caprichosas peticiones de algún miembro de las SS. No había descanso para ellas; estaban allí para agradar y complacer a la autoridad y, en cuanto dejaran de hacerlo, no servirían más que como combustible para los hornos, como solía definir la Bestia a las sentenciadas a muerte. Ella y Mengele eran los que más solicitaban una ración extra de música. Todo dependía de su estado anímico, y aquel domingo parecían tensos.

Lo que más le impresionaba a Ella de aquellos conciertos era la absoluta y desconcertante ausencia de aplausos al final de cada representación. Era como presenciar el nacimiento de un niño sin escuchar su llanto final, algo que truncaría la posibilidad de un final feliz. En aquel infierno, había espacio para los finales, pero ninguna oportunidad para que fueran dichosos. Cuando los instrumentos musicales se abrazaban a la elipsis marcada en la partitura, el silencio reinaba en el interior del barracón y parecía chocar contra las cuatro paredes, como en una carambola macabra. Era una mudez tenebrosa, como la que guardaban las presas a la espera del golpe, como el silencio que mantenían las SS antes de anunciar o ejecutar el castigo, con el único propósito de alargar la ansiedad de las sentenciadas. Cuando la autoridad del campo no estaba, algunas presas se permitían la libertad de aplaudir, incluso vitorear la actuación de la orquesta, pero, con las SS presentes, nadie movía un músculo sin que se lo permitieran previamente.

Aquella tarde tampoco hubo aplausos pero sí reacciones calladas. Ella observó la metamorfosis de los rostros de algunas de las prisioneras enfermas cuando escucharon el solo de violín de Alma Rosé interpretando las *Sonatas y Partitas* de Bach, en especial «La Chacona», el último de cinco movimientos de la *Partita n.º 2* en re menor para violín solo, o cuando sonó la *Danza húngara n.º 5* de Brahms. Por un instante, y viendo cómo la música parecía tomar forma de milagro medicinal, pensó que la idea de celebrar un concierto en el Bloque del Hospital había sido buena, aunque hubiese salido de la enfermiza mente del doctor Josef Mengele. No tardó en entender lo equivocada que estaba. La bondad no era un rasgo que distinguiera el comportamiento de las SS, siempre yermo de empatía y de cualquier viso de afección emocional hacia sus víctimas. Algo intuyó cuando vio que el doctor Mengele abandonaba el hospital silbando el aria «E lucevan le stelle» de la ópera *Tosca* de Puccini. Un ligero diastema en la boca del *SS-Hauptsturmführer* facilitaba el silbido, que escapaba libremente por esa hendidura entre los incisivos centrales, sin cortapisas, como lo hacía el viento helado a través de las grietas de los tablones de cada barracón de prisioneros. Ese espacio vacío se había convertido en una pesadilla para Ella, que demasiadas veces lo había tenido a escasos centímetros de su cara, antes de una acometida violenta contra su cuerpo. Al doctor le gustaba silbar mientras hacía las selecciones, recorría el campo o realizaba los experimentos médicos y las inspecciones ginecológicas en el hospital. Escucharle silbar el «Adiós a la vida» cuando abandonaba el bloque le resultó inquietante.

Al finalizar el concierto, las prisioneras que no estaban ingresadas en el hospital pero habían asistido a la representación musical se dirigieron a sus respectivos barracones. Antes de salir del bloque, Alicja apareció de nuevo.

—Tengo algo para ti —le confió a Ella en voz baja; vocalizó cuidadosamente en su oído el nombre de una calle y un número—. Es la dirección de unos familiares, Anna y Pavel. Escríbeles a ellos.

—No puedo hacer eso. Los pondré en peligro.

—No lo harás —dijo con demasiada seguridad como para desconfiar de ella—. Ya no pueden hacerles daño. Están muertos. Me lo ha confirmado tu novio Joska esta mañana. —Era consciente de que esa información le daría la vida.

—¿Has hablado con Joska? —preguntó Ella aturdida, mientras la expresión de su cara se transformaba por completo, sin saber si aquella información le alegraba más que le sorprendía. No había tenido noticias de su prometido desde hacía tres meses, cuando fueron obligados a apearse del vagón de tren que los había llevado a Auschwitz y los separaron en la rampa, durante la primera selección—. Entonces ¡está vivo! Pero ¿lo has visto? ¿Cómo está? ¿Se encuentra bien, le han hecho algo? ¿Te ha dicho algo más? ¿Está con mi padre?

—Claro que está vivo. Al menos de momento, como diría la Bestia. Está en el crematorio IV o el V, ahora mismo no me acuerdo, en el grupo de trabajo de los *Sonderkommandos*, ya sabes. —Al ver el gesto de inopia cincelando la expresión de Ella, se explicó con más detalle—: Son los prisioneros que encierran a los judíos en la cámara de gas y, cuando ya están muertos, trasladan los cadáveres al crematorio para quemarlos.

Ella la miraba ojiplática, como si estuviera asistiendo a una revelación tan divina como terrorífica.

—¿Qué crees que sale por esas chimeneas, muchacha? ¿Las pavesas de las fotografías que no puedes robar de los equipajes del Kanada? No pongas esa cara, es un trabajo como otro cualquiera. Al menos, aquí lo es. Y también tiene sus privilegios. Son doce horas de trabajo pero duermen sobre colchones de paja y se cubren con mantas, una para cada preso, nada de compartir una para cinco o para doce. Hasta los he visto cenar en una mesa con mantel.

El gesto de Ella se retraía más con cada información de Alicja, incapaz de gestionarla.

—¿Te acordarás de la dirección que te he dado? —insistió la

polaca—. No te preocupes, nadie puede reconocerla. Mandel nunca me pidió que escribiera una postal a nadie, no puede tenerla fichada, ni tampoco esos nombres, así que ya tienes una dirección que escribir en tu postal. No te distraigas con los detalles, ni siquiera pienses en ellos, aquí dentro no sirven de nada.

Ella asintió con la cabeza como una autómata, con la mente centrada solo en Joska.

—Alégrate, mujer, tu prometido está vivo. Buscará la forma de ponerse en contacto contigo, eso me ha dicho. —Le apretó las manos, asegurándose de que ningún guardia estuviera mirando, ya que gestos como ese eran duramente castigados—. Adiós, Ella. Recuerda escribir algo sobre mí en esas postales que guardas. Solo preocúpate de que no te descubran. Si tú no guardas nuestra memoria y la salvas de la quema, estos malditos nos matarán dos veces.

Alicja se alejó de Ella, dejándola en un estado de excitación tal, que apenas podía controlarlo. Se sentía bullir por dentro. Joska estaba vivo, daba igual el trabajo que estuviera acometiendo; en aquel lugar no podía hacer otra cosa más que obedecer. Y podría saber de él en cualquier instante. La siguiente preocupación que asaltó su pensamiento fueron sus padres. Quizá ellos también estaban vivos. No había vuelto a saber nada de ninguno. Cualquier pregunta sobre su paradero resultaba inútil. Nadie sabía nada. Solicitar información era peligroso; las autoridades no lo permitían, y los presos sabían que preguntar más de la cuenta podía acarrearles problemas. La última vez que los había visto fue en el apeadero del tren que los trasladó desde Drancy hasta Auschwitz. Un oficial de las SS había seleccionado a su padre y a Joska, y ambos siguieron el mismo camino en la dirección contraria a la de Ella, tras la separación entre hombres y mujeres. La última imagen de su madre fue con una sonrisa forzada, mientras un uniformado la alejaba. Tenía aquel recuerdo difuminado en la memoria porque, justo en ese momento, una mujer húngara le rogó que se hiciera cargo de su bebé —una niña de apenas unos meses, que no dejaba de llorar—, mientras ella iba a buscar a sus otros hijos perdidos entre la multitud de deportados. «Tranquila. Resiste. Volveremos a vernos», le prometió su madre. Tal vez Joska supiera algo de ellos. Tuvo que controlarse para acallar los gritos que podía sentir abriéndose paso desde sus pulmones hasta la garganta.

Aquella efervescencia le duró poco, lo que tardó en salir del Bloque del Hospital. La lluvia había vuelto, y lo había hecho con fuerza. En Auschwitz, llovía de la misma manera en que actuaban las SS: con odio, con rabia, sin límite. Aquel ímpetu de la naturaleza solo contribuía a hacer más apocalíptico el pase de revista que Maria Mandel había decidido realizar, sin previo aviso. Eran sus favoritos, los que nadie esperaba, los que sorprendían a las víctimas porque ni siquiera podían prepararse, ni física ni mentalmente, para resistirlos. Ya había efectuado uno a primera hora de la mañana, cuando el reloj marcaba las seis, algo poco habitual en domingo. Aquel era el segundo.

Miles de mujeres completamente desnudas permanecían de rodillas y con los brazos en alto en el exterior de los barracones. Ella se preguntó cuándo habría ordenado esa nueva inspección la Bestia. No se había movido del asiento que ocupaba en la primera fila del concierto, junto al doctor Josef Mengele. En varias ocasiones, desde su posición a un lado de la orquesta donde solían permanecer las copistas, la vio marcar el compás de la pieza de música con la punta de la bota, como si fuera una batuta, pero más firme y poderosa. Había disfrutado sobre todo con la perfecta interpretación de las *Czardas* de Vittorio Monti que le había encargado personalmente a Alma Rosé, y que la directora de la orquesta acometió con brillantez. La forma en la que su cabeza tendía a volcarse sobre el violín, como acariciando la madera, invitaba a pensar que Alma se encontraba muy lejos de allí, quizá en un teatro de París, de Londres o de

Nueva York. Era un viaje corto. Las *Czardas* solo regalaban cuatro o cinco minutos antes de volver a la realidad.

Todo empezó a cuadrar, como las piezas de un mecano. Ahora entendía la ausencia de dos de sus secuaces de confianza. Ellas habían sido las encargadas de sacar a las prisioneras de sus barracones y hacerlas formar en el exterior. *Alles raus, alles raus!*, «¡Todas fuera, todas fuera!». La música les impidió oír los gritos de la formación. *Achtung. Zum Appell. Fünf zu fünf!*, «Atención. Llamada a revisión. ¡En formación de a cinco!».

Seguramente, el millar de mujeres permanecía en esa posición desde que comenzó el concierto, con los cuerpos desnudos y temblorosos alfombrando las calles del campo. Algunas de ellas se habían desmayado, y muchas presentaban signos de hipotermia. No solo llovía, también nevaba. Las bajas temperaturas y el fuerte viento se habían aliado con la desmesura de las SS. Ella se convenció de que muchas estaban muertas y de que el resto no sobreviviría. Era imposible. Los milagros no existían en Auschwitz y la fe tampoco encontraba acomodo en el espíritu de las prisioneras. Si alguna de ellas bajaba los brazos, por agotamiento o por el entumecimiento de sus extremidades, acuciado por el intenso dolor que sentían por un principio de congelación, era azotada y golpeada salvajemente por los «monstruos grises», como solía llamarlos Alicja, que estaban bien abrigados frente a la desnudez de sus víctimas. Ni siquiera les permitían descansar los brazos apoyando las manos en la cabeza. *Hände hoch, Hände hoch!*, «¡Manos arriba, manos arriba!».

No fueron las únicas que se quedaron bajo la lluvia, hundidas en el lodazal de barro y agua, prácticamente clavadas en él, aprisionadas en una trampa mortal de la que a duras penas saldrían con vida. Como si se hubiera abierto un agujero aún más negro en mitad del campo, las presas enfermas, que minutos antes estaban en el hospital escuchando el concierto, se unieron a ellas. Muchas apenas podían caminar, otras llevaban vendajes empapados en pus y sangre, con heridas abiertas en la cabeza, en el abdomen, en las piernas, delirando por la fiebre, vomitando sin control, descomponiéndose por minutos debido a la diarrea permanente, la famosa *Scheisserei*, causada por las enfermedades intestinales, consecuencia del tifus, la falta de comida y de agua, y de unas condiciones de salubridad ínfimas que solían llevar a la muerte a muchas prisioneras. Algunas aprovechaban para acercar la boca a los charcos y beber, sin importarles aumentar con ello el listado de sus enfermedades; no vivirían tanto como para tener que preocuparse por ello.

Así estuvieron durante unos minutos hasta que se abrió una tercera escena, a la que salieron nuevos actores de reparto. Eso parecían, figurantes de una obra teatral. Como si de la representación de una ópera se tratara, las prisioneras del Bloque 25, el conocido «bloque de la muerte», también se unieron a ellas y todas se levantaron y comenzaron a desfilar en una marcha mortuoria camino del crematorio. Era una orden directa del doctor Josef Mengele. De repente, todo parecía haberse precipitado. Por un momento, Ella no supo lo que era real y lo que no. Todo parecía nebuloso, no solo por la niebla, la lluvia y la ventisca que azotaban el campo, sino también por la bruma que se asentó en su cabeza. Intentaba entender qué había pasado, pero no podía. ¿Por qué ofrecer un concierto a las presas enfermas si pensaban matarlas? ¿Para qué perder el tiempo? ¿Por qué esa mentira?

En su mente, volvió a cobrar vida su primera noche en Auschwitz-Birkenau y cómo la fingida amabilidad de algunos miembros de las SS con los presos contrastaba con la realidad que ocultaban. En aquella rampa del tren, los uniformados lanzaban indicaciones a los recién llegados: «No tienen nada de lo que preocuparse. Se darán una buena ducha, les entregaremos ropa limpia y luego podrán cenar algo caliente»; «Les doy mi palabra de que todos ustedes se reunirán de nuevo muy pronto»; «Dejen sus pertenencias en este montón. Escriban su nombre y su dirección en ellas. Nosotros nos encargaremos de hacérselas llegar»... La farsa llegaba a la antesala de las cámaras de gas, donde se aconsejaba a los prisioneros que recordaran el número de percha en el que dejaban la ropa. Uno de los guardias enseñó a un niño de cuatro años a atar los cordones de sus zapatos y colgarlos en el gancho del perchero, antes de entrar en las duchas. «No querrás que nadie coja lo que no le pertenece, ¿verdad?», le dijo con toda la amabilidad de la que fue capaz. El niño entró convencido de que gracias a aquel hombre encontraría sus zapatos al salir. Todo estaba estudiado para evitar que el pánico de los deportados dificultara el trabajo de las SS durante la selección. Era un modo de tener controlada una posible reacción violenta por parte de los miles de prisioneros recién llegados al campo, aunque las armas y los perros que acompañaban a los guardias no dejaban mucho espacio a la rebelión. Sin embargo, nada paralizaba tanto a los presos como el no entender qué estaba ocurriendo.

Las burdas mentiras de los uniformados siempre ocultaban algo. La crueldad de los mandos de aquel lugar no dejaba de sorprenderla.

—¡Volved a vuestros barracones y permaneced en ellos! —La orden de Maria Mandel sonaba estridente, como todas las suyas.

Tenían razón las presas cuando decían que su voz se hacía una octava más aguda cuando aullaba un mandato. Sus cuerdas vocales formaban un aquelarre en constante y abrupto movimiento. Disfrutaba sembrando el terror y no solo se traducía en su voz, sino también en el brillo que mostraba su rostro: sus mejillas se iluminaban con la misma intensidad que sus ojos. Solo ella sabía lo que iba a pasar, y eso le daba un poder absoluto y un placer indescriptible.

—Salvo nueva orden, queda suspendido el concierto de esta tarde —dijo dirigiéndose a Alma, para acto seguido ampliar su auditorio y gritar aún más alto a las presas no seleccionadas—: ¡No salgáis de vuestros barracones bajo ningún concepto! Es domingo. Aprovechad para hacer lo que no podéis el resto de la semana.

La vida seguía para los que no formaban parte de los elegidos para morir aquella noche. Mandel siempre lo expresaba así después de un trabajo de selección, de la imposición de un castigo o de descerrajarle un tiro en la cabeza a una prisionera. *Das Leben muss weitergehen*, musitaba: «La vida debe seguir». La Bestia no mostraba ningún sentimentalismo hacia las víctimas en el desempeño de su trabajo, cumpliendo así con uno de los pilares del nacionalsocialismo de su líder supremo, Adolf Hitler, y abrazando uno de sus lemas favoritos sobre la aniquilación de los judíos: el exterminio del más débil representa la vida del más fuerte.

A los seleccionados aún les quedaban horas de calvario hasta llegar a las cámaras de gas y al crematorio. No bastaba con destrozar sus cuerpos, había que derrotar sus ánimos, anularlos como personas, humillarlos hasta que desearan la muerte y, entonces, concederles el favor de dársela.

Para el resto de los presos del campo, incluida Ella, la tarde no había terminado. De hecho, estaba empezando. La mayoría de las internas aprovechaban los domingos para deambular por el campo, ya que no tenían que trabajar, pero aquel domingo no podrían, y muchas se dedicarían al despioje, arañando con las uñas las cabezas rapadas de sus compañeras y las suyas propias, a la limpieza del cuerpo utilizando la propia saliva a falta de agua, a lavar la ropa —y las más afortunadas, la cuchara y el cuenco que empleaban para comer— con el agua que podían obtener de los charcos que la nieve y la lluvia habían formado en el exterior, pero con cuidado de que nadie las descubriese fuera de su barracón, porque se unirían a la marcha fúnebre. Otras se conformarían con descansar, tumbándose en el suelo o compartiendo camastro con otras cinco presas, o intentarían curar las heridas de sus pies, o se animarían a beber su propia orina para calmar la sed, habitual en la fiebre tifoidea.

Por su parte, Ella tenía otra forma de pasar las tardes de domingo como aquella. Su escondite estaba en el Bloque de Música o en el barracón destinado a las trabajadoras del Kanada, mejor acondicionados que el resto. La Bestia tenía razón. Pertenecía a la aristocracia de Auschwitz-Birkenau. Su vida en el campo consistía en copiar la música en las partituras y escribir en el reverso de las fotografías y de las postales que conseguía «organizar» en el Kanada. Era una oportunidad. Quizá así podría reescribir la historia.

3

La decisión de Ella no fue fruto de la premeditación. Fue algo sobrevenido, como la vida en Auschwitz-Birkenau. En su mapa genético no estaba presente ni la valentía ni un irrefrenable espíritu rebelde, como el que bullía a fuego lento en algunos de los prisioneros, esperando la mecha propicia para estallar. Pero las circunstancias a veces empujan a romper las reglas de la naturaleza humana y condicionan su comportamiento. Así lo sintió un día, semanas atrás, cuando desempeñaba su trabajo en el Kanada y descubrió algo que le hizo comprender en qué consistiría su particular rebelión dentro de las alambradas.

Al barracón del almacén no solo iban a parar las pertenencias de los deportados; también se apilaban los paquetes que los familiares de los presos les mandaban, tras recibir las postales. La mayoría contenía casi en su totalidad comida y extensas cartas escritas a mano que nunca llegaban a sus verdaderos destinatarios, bien porque estaban muertos, o bien porque otros se lo apropiaban por el camino. En el Kanada, un grupo de presas especiales se encargaba de sacar el contenido de las maletas, separarlo, ordenarlo y clasificarlo: cada objeto debía quedar registrado. Todas las prisioneras querían que las destinaran allí. «¿Qué hay que hacer para trabajar en el Kanada? Haré lo que haga falta, no me importa el qué», decían.

El primer día, Ella preguntó el porqué de aquel nombre. «¿No has visto todo lo que hay aquí? No falta de nada: comida, ropa, joyas, libros, discos, instrumentos musicales, perfumes, zapatos, diamantes, billetes, oro... Es el bloque con más riqueza del campo. Así debe de ser Canadá: un país lleno de oportunidades y de fortuna, una tierra prometida. Además, allí no hay guerra, es el paraíso. ¿Cómo íbamos a llamar a este oasis en mitad del infierno?», le explicó Ada, una de las prisioneras, que llevaba casi un año trabajando en el almacén.

En el Kanada se podía encontrar cualquier cosa: un camisón de encaje, un abrigo de piel, cepillos de dientes, una caja de galletas, un anillo de diamantes, un broche de esmeraldas, la primera edición de un libro de Sigmund Freud, pastillas de jabón de Marsella, peines y cepillos, gafas, medias de seda, latas de conserva, jamones envueltos en papel de periódico, paquetes de cigarrillos, espejos, pañuelos, tubos de pasta dentífrica, tabletas de aspirinas, botellas de vino... Todo lo que se consideraba un lujo en el resto de los barracones, y que por ende estaba prohibido, se hallaba en el almacén del Kanada, y en grandes cantidades. Su destino último era Berlín. Cada semana, las pertenencias con las que los deportados habían llegado a Auschwitz partían en varios trenes rumbo a la capital de Alemania, donde pasarían a engrosar las arcas del Tercer Reich: una gran inyección para la economía germana. Pero en el proceso de selección, algunos de los productos acababan discretamente en manos de los presos o los miembros de las SS, que se dejaban caer por el bloque del almacén para hacer acopio de aquello que se les antojara: una pitillera de oro, una cámara fotográfica, una botella de licor, una combinación de seda para su mujer, un jersey de angora para alguna amante, un frasco de perfume de una prestigiosa casa parisina; aunque lo que todos perseguían era hacerse con algún diamante.

De vez en cuando aparecía alguna excentricidad, como un lote de discos de pizarra, una máquina de coser, un gramófono o incluso un violonchelo, que rápidamente provocó la aparición de un alto mando para confiscarlo y llevarlo al Bloque de Música por orden directa del comandante del campo, a instancias de Maria Mandel. Los uniformados rara vez cogían algo de comida, a no ser que fuera algún producto exclusivo, como caviar, vodka o alguna exquisitez extraña. Casi siempre eran perecederos como pan, pasteles, panceta, galletas o carne, que cuando llegaban al Kanada ya habían comenzado a estropearse. Otra consideración distinta tenían las conservas, con el pescado ahumado y las latas de leche condensada como productos estrella, junto a la mantequilla, las confituras y el chocolate. Después de los alemanes, los siguientes en afanar algún producto eran los *kapos* y las *blokovas*; por último, las prisioneras que trabajaban allí y que solían usarlo como moneda de cambio en el mercado negro del campo, donde resultaba habitual cambiar unas botas del número correcto por un anillo de diamantes, o una botella de aguardiente por un brazalete de oro. Ella había visto cambiar tres patatas por tres rubíes, y un trozo de panceta por un abrigo de piel.

El valor de cada objeto lo marcaba la necesidad. Los productos básicos eran ahora el mayor de los lujos. Un kilo de jamón ahumado podía costar mil marcos; una libra de margarina, doscientos cincuenta marcos de oro; un cepillo de dientes, cien gramos de azúcar; una aspirina, la ración de sopa de cuatro días; siete cigarrillos, una ración extra de pan durante ocho días... La comida y la ropa eran los objetos más demandados en el mercado negro, y si para comprar un jersey había que pagarlo con un collar de brillantes «organizado» en el Kanada —del que posteriormente sacarían alguna prebenda al entregárselo a un miembro de las SS o autoridad del campo—, eso se hacía, sin entrar en otras consideraciones que solo tendrían sentido fuera del campo de concentración. Igual que la vida de los presos, algunos productos perdían su valor estipulado en el mundo real en cuanto entraban en Auschwitz. Ahí dentro la vida tenía un precio distinto y también entraba dentro de los márgenes establecidos en el mercado negro. Era la dinámica surrealista de la ley de la oferta y la demanda, imposible de entender fuera de aquellas lindes.

Los prisioneros debían extremar la prudencia al realizar este tipo de transacciones. Si los descubrían robando algo, se los castigaba según el objeto sustraído, y las condenas iban desde las veinticinco flagelaciones —el temido *Fünf-und-zwanzig*— hasta enviarlos al Bloque 25 o directamente a la cámara de gas. El precio era demasiado alto, pero el riesgo valía la pena. «El que no arriesga no cruza el mar», repetía sin cesar Ada, y el refrán familiar se convirtió en un grito de guerra en el Kanada.

El primer trabajo de Ella en el Kanada fue despegar los forros de los abrigos, las blusas, las chaquetas y los pantalones, y hacer la misma operación con las suelas de los zapatos. Cada una de las prendas se inspeccionaba a conciencia, especialmente si se trataba de ropa interior de mujer. Cualquier dobladillo podía ser un buen escondite. Era allí donde los judíos deportados solían ocultar sus posesiones de mayor valor, ya fueran brillantes, rubíes, diamantes, piedras preciosas, joyas, collares de perlas o cualquier objeto de oro o billetes y monedas de cualquier país del mundo. Sin duda, este era el principal hallazgo y el más deseado por las SS, una fuente de riqueza que jamás habían imaginado; cuando la descubrieron, destinaron un comando especial de prisioneros para trabajar sin descanso. Los presos tenían orden de introducir cualquier objeto de valor que encontrasen en una caja de madera con una abertura en su parte superior, situada en el centro de una gran mesa que ocupaba buena parte del barracón. El trabajo de Ella incluía escribir un informe detallando todo lo que había llegado al Kanada, para después entregarlo en la oficina de la Administración del campo. Sin embargo, no tardó en encontrar otras cosas valiosísimas en sus manos y sin valor alguno para la codicia de los uniformados.

Una mañana, al descoser el dobladillo de un abrigo infantil de color azul marino, con el cuello de terciopelo verde y botones dorados, halló un pequeño papel doblado en cuatro. Se quedó observándolo sin saber cómo reaccionar, con la respiración acelerada. No le gustaba inspeccionar, ordenar y registrar la ropa de niño, en especial si era de bebé, porque le resultaba cruel pensar en la suerte que la vida les depararía a esas criaturas. Apenas se veían menores en el campo y eso solo podía significar una cosa. Tardó unos instantes en alzar la mirada, sin mover un ápice la cabeza. Ningún músculo de su cuerpo se alteró. Debía seguir su desempeño con la mayor normalidad posible. Comprobó que Frau Schmidt, la *kapo* supervisora del Kanada, no estuviera controlándola en ese momento: era una mujer ruda, gritona, capaz de vender a cualquiera bajo sus órdenes, si eso le hacía ganar la aprobación de las SS, y sigilosa como un espectro, ya que desaparecía y aparecía de la vista de las presas para cernirse como una sombra sobre ellas. Tampoco estaba pendiente de ella ninguna interna, preferían concentrarse en su trabajo. Volvió a mirar el trozo de papel. No podía dejarlo sobre la mesa ni tampoco eliminarlo sin más. Pensó en metérselo en la boca, pero todavía le quedaba mucha jornada de trabajo y era probable que se deshiciera y no tuviera más remedio que tragárselo. Quería saber lo que había garabateado en ese trozo de papel. Si alguien se había molestado en escribir una nota y esconderla en el dobladillo de un abrigo infantil, lo que tenía que decir sería importante.

Apenas lo pensó. Cogió el papel y con una destreza que a ella misma le sorprendió, se lo escondió en el sujetador. Bendijo pertenecer al bloque del Kanada y haberse podido quedar con una de las prendas más buscadas por las mujeres de Auschwitz-Birkenau. El sostén no solo era un artículo de lujo en el campo, sino que además representaba un billete para la supervivencia: en sus crueles selecciones, Maria Mandel y el doctor Mengele evaluaban los pechos caídos de las reclusas para dirimir si las enviaban directamente a la cámara de gas o les daban la oportunidad de trabajar y seguir con vida.

Un golpe febril la envolvió y ascendió en forma de descarga eléctrica por la espalda hasta alojarse en sus mejillas. Las sentía arder. Así de fácil había logrado ese rubor artificial que las presas se afanaban en conseguir antes de cada selección, pellizcándose las mejillas o haciéndose sangre en las yemas de los dedos o en el labio, para posteriormente extenderla sobre los pómulos hasta difuminarla y parecer más saludables.

Lo había hecho. Solo tendría que esperar a la noche para ver qué había escrito en ese trozo de papel.

La jornada se le hizo eterna.

Cuando por fin llegó la noche, Ella aprovechó el silencio que reinaba en su barracón, donde ya todas dormían, para rescatar la nota de su escondite. Se sentó en su camastro mientras desdoblaba con cuidado el trozo de papel. Celebró que fuese una noche de luna llena, y que la oscuridad no fuera total, aunque eso no evitó que tuviera que forzar la vista hasta distinguir una palabra de otra.

Mi nombre es Jacob y mis padres se llaman Helena y David.

Así rezaba el mensaje escondido en un dobladillo. Estaba escrito en primera persona, pero la letra no era la de un niño. Supuso que fue su madre quien decidió escribir ese grito de supervivencia, enviando un mensaje de socorro que seguramente llegaba tarde. Su reacción delataba el miedo que sentía ante la posibilidad de desaparecer, de que su pequeño se soltara de la mano de sus padres, pero también denotaba la esperanza de ser encontrado. Confiaba en que, dejándolo escrito, alguien lo ayudaría, alguien reaccionaría, alguien haría algo por él.

Aquella visión la revolvió por dentro.

Los días posteriores, Ella acudió al Kanada con más energía de lo habitual, ávida de seguir buscando en el interior de los dobladillos, de los forros, bajo las suelas de los zapatos, en el interior de los sombreros, en los bolsillos secretos cosidos en el envés de las prendas, en el fondo de las maletas, en el revés de los bolsos, en los tirantes de los sujetadores, entre los encajes de la ropa interior de mujer. Estaba convencida de que habría más mensajes como el de Jacob, más trozos de papel, más palabras cosidas, prendidas, bordadas, escondidas entre los pliegues de la ropa. Era un nuevo modo de comunicación, una esperanza para la conversación negada; que no se pudiera hablar en el campo no significaba que no pudieran decirse cosas. Fue entonces cuando, de entre los montones de pertenencias que se apilaban en el Kanada, empezaron a aparecer ante sus ojos cartas escritas a mano, fotografías, retratos familiares, etiquetas bordadas con nombres, apellidos y direcciones. Mensajes escritos en las guardas de los libros, garabateados en las páginas de primeras ediciones, de tesis doctorales, de partituras, de diarios personales, de los pasaportes, trazados en documentos oficiales, escrituras de propiedad, títulos académicos, certificados de bautismo falsificados que no llegaron a representar el salvoconducto deseado para los judíos que los adquirieron... Cualquier trozo de papel era una posibilidad de sobrevivir a la muerte. La realidad volvió a darle la razón: todo empieza con una palabra.

Ella tenía orden de deshacerse de todo el papel que cayera en sus manos, arrojándolo al contenedor de hierro ubicado en una de las esquinas del enorme almacén, donde las llamas devorarían cualquier rastro de memoria y de vida pasada.

—Nada de esto es de provecho ni tiene ningún valor. A ellos no les hará falta allí donde van —decía, con una sonrisa lúgubre, el mando de las SS que daba las instrucciones a Frau Schmidt mientras señalaba las chimeneas del crematorio—. Y a nosotros no nos interesa. Es solo basura que ocupa un lugar que no tenemos —sentenciaba mientras quemaba unas fotografías acercando la llama de una vela al reverso de los retratos que, poco a poco y sin remedio, se fueron arrugando, consumiendo, tiñendo de negro y desapareciendo en un acervo de pavesas grises.

A Ella le horrorizó aquella imagen por lo que significaba. No se conformaban con quemar las vidas de los prisioneros una vez. Necesitaban hacerlo una segunda.

Pero el verdadero detonante de su particular resistencia en Auschwitz-Birkenau sucedió unos días más tarde, la mañana en que enviaron a Ella a recoger la ropa de los niños, que habían estado encerrados en uno de los barracones del campo.

Habían llegado en un transporte especial durante la noche, hacía unas dos semanas, y en vez de enviarlos directamente al crematorio, los mantuvieron con vida, alimentándolos dos veces al día, obligándolos a realizar una tabla de ejercicios y con el doctor Mengele haciéndoles visitas periódicas. Sus cabezas no fueron rapadas. Sus brazos no fueron tatuados. No les dieron el uniforme del campo. No los trasladaron al Bloque de la Cuarentena, ni los condujeron a las duchas para una desinfección rápida, como era habitual entre los recién llegados a Auschwitz. No les hicieron nada de lo acostumbrado. Hasta que una noche desaparecieron. A la mañana siguiente, ya no estaban. Nadie oyó nada. Nadie vio nada. Pero el barracón de los niños amaneció vacío. Solo quedaban sus ropas, que acabarían en el Kanada para su posterior registro.

Al entrar en aquel barracón fantasma, la respiración de Ella se evaporó como lo habían hecho los menores que horas antes ocupaban aquella estancia. Lo que vio en una de las paredes era difícilmente procesable. Tuvo que acercarse para desterrar cualquier rastro de incredulidad que actuara como protección ante el horror. Resultaba algo bastante común en el campo: no creer las atrocidades que se estaban cometiendo. Era el único modo de protegerse del miedo y la brutalidad. Exactamente como sucedía al otro lado de las alambradas electrificadas de los campos de exterminio, donde tampoco se quería ver ni creer lo que pasaba dentro para no verse obligados a digerirlo y gestionarlo.

Ella se aproximó a aquella pared con paso vacilante.

Los niños habían escrito sus nombres en ella, utilizando su

propia sangre. Junto a sus nombres y apellidos había otros, seguramente los de sus padres. También habían escrito pequeños mensajes, la mayoría de despedida y de amor hacia sus progenitores, hermanos, abuelos y amigos. Su trazo era irregular, como las firmas temblorosas que aparecían en algunos documentos de sus padres que Ella había visto en la Administración del campo. Sabían que iban a ser eliminados, la madurez les había sobrevenido en los quince días que estuvieron recluidos en el barracón. De una u otra forma, vislumbraron su destino. No querían morir pero, de tener que hacerlo, querían asegurarse de que alguien lo supiera. El nombre era lo que los distinguía de los demás, lo que los hacía únicos e irrepetibles. Fue una reacción improvisada, no respondía a ningún acto de soberbia, prácticamente anulada en aquel lugar. Era algo mucho más sencillo: el deseo de sobrevivir a la muerte, la humana reacción de rebelarse contra el olvido. Necesitaban que no los olvidaran para reivindicar que un día existieron. Si escribían su nombre, es que habían sido; significaría que un día habían existido y alguien los recordaría. Quizá se lo habían visto hacer a sus padres, o quizá el fin de su inocencia se hizo palabra de aquella manera. Una reacción limpia, sincera, natural. Encarar la muerte desde su propia identidad. Un acto de afirmación ante tanta barbarie, el último grito de libertad de unos pequeños a los que no les habían concedido el tiempo de aprender a rebelarse.

Ella alargó la mano para tocar aquellos nombres pero frenó su ademán en seco, como si alguien le hubiera golpeado los dedos. Pensó que rozar aquellas palabras trazadas con la sangre de los niños sería como profanar la memoria de quienes las escribieron. Sintió la necesidad de grabar en su mente aquellos nombres. Ojalá hubiera tenido un trozo de papel, una de esas postales que las SS entregaban a los prisioneros instándolos a escribir a sus familiares, cualquier soporte sobre el que transcribirlos, como los niños habían hecho sobre las paredes.

Oyó una manada de pisadas en el exterior y la sangre le retumbó en las sienes. Se asomó para ver qué pasaba: enviaban a un comando de presas al barracón de los niños para limpiar la sangre. Le faltaba tiempo y memoria. Sería imposible recordar todos los nombres y almacenarlos en su mente. Consiguió hacerlo con quince, con diez... Alwin, Yad, Klaus, Werner, Rom, Jiri, Leo, Edith... Un número que fue mermando a lo largo del día, con la misma parsimonia indolente con que las fotografías se redujeron a cenizas cuando el oficial de las SS las acercó a la llama de la vela.

Al final, solo pudo recordar cinco.

Solo cinco nombres sobrevivieron al olvido y acamparon en su memoria. Creyó que les había fallado y se prometió que no volvería a pasar.

Cuando esa noche regresó a su bloque, lo hizo con una idea en la cabeza. Se encargaría de hacerlo por ellos, seguiría escribiendo sus nombres, sus mensajes, su historia. Si una de las primeras medidas de las SS era privar a los prisioneros de su identidad, arrebatarles su nombre y asignarles un número que llevarían cosido en su uniforme y tatuado en la piel, era porque sus nombres les daba miedo. El nombre les recordaba que eran personas y todo resultaría más sencillo si los cosificaban.

Esa misma noche, escribió su primera postal improvisada en el papel escrito por la madre del pequeño Jacob, con los cinco nombres de aquellos niños que habían sobrevivido al olvido y permanecido en su memoria:

Alwin, Yad, Klaus, Werner, Rom

Desde ese día, Ella fue quedándose con algunas de las fotos que llegaban ocultas entre las pertenencias de los deportados. Observaba los rostros que la miraban, la mayoría sonriendo, con una pose de orgullo y felicidad. Todos los retratos se asemejaban, como seguramente lo harían las personas que aparecían en ellos y sus historias. Imaginaba la vida de aquellos desconocidos, si serían médicos, maestros, poetas, comerciantes, granjeros, ingenieros, artistas, si estarían enamorados, si los niños que salían en las fotos eran hijos suyos, o serían sobrinos, hermanos, amigos... Al mirar las caras de quienes aparecían en las fotos, Ella veía el semblante de sus seres queridos. Contemplando ese retablo de rostros se preguntó dónde estarían sus fotografías familiares, y deseó que alguien, en otro lugar, estuviera haciendo lo mismo que ella.

Era una misión peligrosa y complicada, a todas luces suicida. No resultaba sencillo coger las fotografías sin despertar sospechas entre los guardianes y también entre las propias trabajadoras, y tampoco se antojaba fácil salir del Kanada y esconderlas en algún lugar seguro, teniendo en cuenta que no había ninguno en el campo. Las primeras fotos consiguió ocultarlas entre la ropa. Había hecho un pequeño agujero en el dobladillo de su falda, y había enrollado la fotografía a modo de cilindro, para atarla con un hilo rescatado del pañuelo que le cubría la cabeza y ocultarla en el nuevo escondrijo. Cuando llegaba a su barracón, las extraía del pliegue y escribía en su reverso. A veces era el nombre de quienes en ellas aparecían —algo que solo sabía cuando otro tipo de documento acompañaba el retrato—; otras, algunas palabras que definieran el día que estaba a punto de terminar. Lo importante era escribir algo en el envés de las fotografías que diera cuenta de la vida en el campo.

Al principio solía guardarlas en su camastro, pero decidió cambiar de ubicación por miedo a los *Bettkontrolle*, los «controles de camas», en los que las SS encargadas del registro —especialmente la sanguinaria *SS-Aufseherin* Margot Drexler— levantaban sin piedad la suerte de colchón sobre el que dormían las presas, las mantas, los cobertores, incluso registraban los tablones de madera sobre los que se asentaban, todo con un exceso de violencia que se multiplicaba por diez cuando encontraban un mendrugo de pan, un espejito, un cepillo de dientes, una toalla, una cuchara o una diminuta pastilla de jabón. La cólera era absoluta si descubrían algún trozo de papel garabateado. Entonces, la prisionera tenía pocas posibilidades de sobrevivir. La escritura en Auschwitz-Birkenau era un delito penado con la muerte, como se repetía tan a menudo. Registraban cada rincón, valiéndose de sus fustas y sus botas de cuero para que todo saltara por los aires. Ella necesitaba un escondite mejor y también un recipiente donde poder guardar el pequeño arsenal de celulosa que estaba atesorando.

Pensó en una botella de cristal verde que había visto en la basura del Kanada: podría introducir las fotografías enrolladas por la boca del envase, y habría espacio suficiente para unas decenas. Aquel día se dio prisa en cogerla. El vidrio era algo muy valorado en el campo por sus múltiples usos: las presas solían utilizarlo para comprobar que sus compañeras de cama no habían muerto durante la noche, acercándoselo a la nariz para ver si el aliento lo empañaba, algo que no siempre sucedía. Otras también lo empleaban como último recurso para acabar con su vida: un corte en la yugular —no siempre certero, lo que eternizaba la agonía—, y todo habría terminado. A buena parte de las SS les contrariaba que un prisionero se suicidara: no soportaban que nadie hiciera un trabajo para el que se consideraban altamente capacitados y del que se sentían orgullosos. Por esa razón, si veían a un prisionero en pésimas condiciones, se adelantaban y lo sentenciaban. No querían a nadie derrotado, para eso ya estaban ellos.

Aquel cofre de vidrio de color verde le valió durante un tiempo. Decidió que lo más inteligente sería enterrarlo en el exterior de un barracón y no guardarlo con ella, lo que la señalaría en caso de ser descubierto. Las proximidades de los crematorios IV y V eran una buena opción, aunque arriesgada. Se decantó por el crematorio IV, más cercano al Kanada. Maria Mandel se sentía muy orgullosa de los nuevos edificios de ladrillo rojo con los que se ampliaron las instalaciones del campo de Auschwitz, no solo porque se habían edificado en sus dominios, sino porque el responsable de la planificación y edificación de los cuatro complejos de crematorios y cámaras de gas —así como del resto de las instalaciones del campo—, en funcionamiento desde ese verano de 1943, era uno de sus amantes —al menos, eso se rumoreaba en el campo—: el arquitecto e ingeniero de las SS, el *SS-Sturmbannführer* Karl Bischoff, que había estado al mando de la Dirección de Construcción de las Waffen-SS y Policía, Auschwitz, Alta Silesia.

Durante un tiempo, Ella decidió enterrar su secreto cerca de las letrinas. Allí pocos miembros de las SS se acercaban, a pesar de la alta concentración de prisioneros. Preferían huir del nauseabundo olor y del foco de enfermedades que representaban los retretes comunes de los presos, aunque eso no impedía que el lugar estuviera vigilado.

Cuando la botella de color verde se quedó pequeña, empezó a guardar las fotografías en una lata de leche condensada. Había sido un obsequio de Mandel para las integrantes de la orquesta después de un concierto en el que, según se decía, Josef Kramer había llegado a derramar alguna lágrima, conmovido al final de la interpretación del solo de violín de *Zigeunerweisen* de Sarasate, realizada por Alma Rosé. Lloraba el mismo hombre que aquella mañana del concierto había reventado la cabeza de una presa de un disparo por no haberse detenido cuando le gritó que lo hiciera. No valoró el hecho de que fuera sorda; ese no era su problema, ni un motivo para no cumplir la orden de un miembro de las SS. El hombre que se emocionaba hasta el llanto con ese *Aires gitanos* del compositor y violinista español Pablo de Sarasate, al tiempo que asesinaba a gitanos en la cámara de gas.

Una lata de leche condensada para todas las integrantes de la orquesta de mujeres, que en esos momentos eran cuarenta y siete, incluyendo las tres copistas. Ella era una de las premiadas por decisión de la *SS-Lagerführerin* Mandel, que seguía conservando el idilio con su letra. Los obsequios no solían durar mucho, especialmente si consistían en comida, porque las afortunadas nunca sabían qué les depararía el futuro ni si llegarían vivas a la noche. En Auschwitz, ser previsor con la comida no merecía la pena. Las mujeres de la orquesta decidieron darse un pequeño festín y durante cuatro días estuvieron reuniéndose cada noche para tomar su ración de leche condensada, a cucharadas o untada en unas raciones extra de pan que habían conseguido. Cuando la lata se vació, Ella se encargó de lavarla en un charco en el exterior del barracón, haciendo una pasta, mezcla de agua y tierra, que logró desprender la sensación pegajosa de su interior. Sabía que no debía lavar nada en las pozas que se formaban en el campo cuando llovía, porque esos socavones de agua estancada eran un foco de enfermedades. De hecho, esa solía ser una de las órdenes favoritas de Maria Mandel: obligar a las presas a fregar en los cenagales sus utensilios de comida, cucharas, tenedores o platos, e incluso también sus ropas, sabiendo que era una buena y rápida manera de que se propagara alguna epidemia que se cobraría la vida de muchas presas.

—¿Para qué quieres una lata de leche condensada vacía? —le preguntó Sonya, una de sus compañeras copistas, una pianista ucraniana que se sentaba a su lado en el Bloque de Música—. ¿Es que tienes mucho que guardar en ella?

—Me la pidieron en el Kanada para depositar en ella los brillantes que encontramos. —Ella sintió que debía ampliar su explicación, al tiempo que comprendía que debía mejorar en el arte de la mentira—. Los de un tamaño mayor, ya sabes. Al parecer, es algo que le han pedido a Frau Schmidt.

—¿En el Kanada? Pero si allí debéis de tener miles de latas como esta.

—Sí, pero están todas llenas. Es difícil encontrar una vacía —respondió, y agradeció que su compañera perdiera el interés por el supuesto uso que daría al recipiente.

Valía la pena correr el riesgo. Como decía Ada, «el que no arriesga no cruza el mar».

Guardar aquellas fotografías era conservar la memoria de sus dueños. Si la descubrían, siempre sería mejor morir por una buena causa que hacerlo por ir del brazo de otra presa, por no formar de manera correcta en un pase de revista, por no levantarse nada más recibir un golpe de un miembro de las SS o por mirar directamente a los ojos de Maria Mandel.

A las fotografías pronto se unieron las postales. Estas no las encontraba en el Kanada, sino en el grueso de tarjetas que las SS entregaban a los recién llegados para que escribieran rápidamente a sus familiares, contándoles que se hallaban en un campo de trabajo, que estaban bien de salud y que podían enviarles paquetes de comida o de otro tipo de enseres materiales. Como muchos de los deportados no sabían alemán y el campo se había convertido rápidamente en una torre de Babel, Mandel ordenó a Ella que se encargara de traducir las órdenes a los prisioneros y escribir las postales por ellos. Esas postales no estaban numeradas; era de lo poco no numerado en Auschwitz. Las autoridades del campo exigían que no sobrara ninguna tarjeta, lo que significaría que nadie se habría quedado sin escribir a algún familiar. Sin embargo, muchos conocían la trampa y no querían caer en ella, así que el remanente de postales, que nunca era demasiado numeroso, lo utilizaba Ella para escribir los nombres de los deportados a los que podía acceder, a veces acompañado de un mensaje o cualquier historia que quisieran escribir los reos, y en vez de entregarlas a la Administración del campo, se quedaba con ellas y las enterraba en esas inmediaciones del crematorio IV.

Estaba convencida de que si algún día aquella aberración terminaba, solo tendrían que levantar el suelo de Auschwitz-Birkenau para encontrar los nombres y las historias de muchos de los que pasaron por allí y cuya vida intentaron borrar y eliminar. Lo último podrían hacerlo; lo primero sería más complicado, si su plan seguía adelante. Constituiría una buena venganza y también una manera de reivindicarse, por si en algún momento los nazis se sentían tentados de negarlo todo. En su fuero interno, Ella siempre pensaba que no lograría salir de allí con vida, como la mayoría de los que llegaban a bordo de los trenes de la muerte. Pero sentía la necesidad y casi la obligación de que algún día el mundo supiera lo que allí había sucedido, como los niños que necesitaron escribir sus nombres en la pared del barracón, utilizando su propia sangre. Solo esperaba que su iniciativa tuviera un desenlace mejor que la de esos menores. Aquella lejana mañana, mientras Ella recogía la ropa de los niños, el comando de limpieza logró borrar los nombres de la pared. No quedó ninguno. Ni rastro. Como horas antes había sucedido con los pequeños.

Ella no pudo quitarse de la cabeza el tétrico mural con la caligrafía infantil, convertido en historia gracias a la acción del agua y de un componente químico que había dejado en el barracón un olor fortísimo, de los que asfixian los pulmones e irritan la garganta. Por muchos retratos y postales que pasaran por sus manos, esa fotografía mental estaba grabada en su memoria y, a veces, se quedaba colgada de ella, pensaba en todos los que se fueron y unía sus nombres a los de esa pared escrita en sangre. ¿Dónde estarían sus padres?, ¿qué suerte habría corrido su hermana Mia? ¿Y Joska?, ¿por qué no había aparecido ya?, ¿por qué no había ido a buscarla como le comentó a Alicja? La polaca no había vuelto a mencionarle, pero su nombre se repetía una y otra vez en la mente de Ella, así como en sus postales. Joska. Joska... Tan cerca y a la vez tan lejos, en algún lugar de aquel infierno que compartían aunque no se hubieran encontrado. Y durante horas recordaba sus nombres, los acariciaba con los dedos de la memoria.

Sumida en esas cavilaciones se encontraba una mañana de mediados de enero de 1944, semanas después de la desconcertante marcha mortuoria de las presas camino del crematorio.

Solo la inesperada presencia de Maria Mandel en el almacén logró desterrar aquella imagen. La jefa de campo la observaba con su férrea mirada azul y la barbilla en alto, como hacía cuando escuchaba embelesada los primeros compases de *Madama Butterfly*, su ópera favorita de Giacomo Puccini, la que siempre exigía que se incluyera en el repertorio de la orquesta.

—Tengo un trabajo para ti.

El anuncio de Mandel logró inquietarla tanto como sorprenderla. Ninguno de los dos estados se prometían halagüeños cuando venían enunciados por unas palabras de la Bestia.

4

—¿Sabes cuál es la esperanza de vida de un gran danés? Las preguntas de la *SS-Lagerführerin* Mandel siempre encerraban trampas mortales y la principal de ellas era forzar la respuesta que terminaría por condenar al interlocutor. La Bestia robaba las respuestas como hacía con la respiración, el ánimo y la propia existencia. Esta vez, Ella no cayó en la fullería. Esta vez no. Como prisionera, se había acostumbrado a mantener conversaciones mudas, con respuestas que solo podía escuchar en su cabeza. No se equivocó. La réplica no tardó en salir de la misma boca que había planteado la pregunta. En Auschwitz-Birkenau, nadie buscaba charlas intrascendentes, mucho menos un miembro de las SS con una presa.

—Entre seis y nueve años. Esa es su esperanza de vida. ¿Sabes cómo llaman a esa raza? El Apolo de los perros, porque es una raza fuerte, regia, grande, única. Son perros alemanes, no daneses. «Dogo alemán», ese es su nombre real, el que mejor define su linaje —matizó Mandel, como si tuviera la necesidad de reivindicar su nomenclatura racial y su procedencia geográfica; ya desde 1880, en Alemania era obligatorio por ley hablar de «dogo alemán» y no de «gran danés»—. Son perros guardianes, fieles; si los adiestras correctamente, pueden cazar y matar cualquier jabalí salvaje que se les cruce. Pueden ser muy agresivos con otras razas, aunque en el fondo son muy cariñosos y juguetones. Se llevan muy bien con los niños. —Se encerró en un breve silencio mientras observaba la vía del tren por la que había llegado un nuevo transporte—. ¿Cuál crees que será la esperanza de vida de esos pequeños? —preguntó levantando el mentón para señalar al centenar de niños que se apeaba de los vagones de mercancías, a lo lejos.

A su lado, Ella guardó otra vez silencio y Mandel se limitó a darle la espalda y echar a andar hacia las vías y los recién llegados. Ella aún siguió allí de pie unos segundos, con el corazón latiéndole a mil pulsaciones. Pensó que el de aquellos niños tenía que ir al menos igual de rápido.

A Mandel no le gustaban los niños. Los perros sí, como al resto de las SS, y por eso se hacía acompañar por ellos para amedrentar, torturar y asesinar a los presos. A la señal de un uniformado, los animales saltaban sobre el prisionero y lo destrozaban a dentelladas, hasta acabar con su vida. A la mayoría los despedazaban en apenas dos o tres minutos, no necesitaban más para descuartizarlos, especialmente si eran mujeres o críos, sin fuerzas para intentar defenderse o mostrar una mínima resistencia.

Era una orden directa del *Reichsführer-SS* Heinrich Himmler, el comandante en jefe de las SS, uno de los principales dirigentes del partido nazi, para muchos el segundo hombre más poderoso del Tercer Reich. Así lo dictaminó después de recibir informes sobre varios oficiales que habían dado muestras de compasión hacia los prisioneros, al tiempo que esos mismos hombres cuestionaban algunos de los castigos infligidos. Muchos oficiales no entendían la especialización de la crueldad requerida para estar al frente de un campo de concentración y exterminio. No bastaba con matar a los prisioneros, había que humillarlos, pisotearlos y torturarlos. «Las SS son un grupo de élite al servicio de Alemania. No hay lugar para sentimentalismos», solía repetir en sus periódicas visitas a los campos el hombre fuerte de Hitler, el encargado de planificar y ejecutar la llamada Solución Final. A través de las gafas de cristales redondos que atrincheraban su miopía, el *Reichsführer-SS* examinaba el comportamiento de sus hombres. Eficacia, orden y control, y sobre todo lealtad a las órdenes. Solía posar las manos rechonchas sobre la hebilla del cinturón del uniforme, donde aparecía grabado el lema de las SS: *Meine Ehre heißt Treue*, «Mi honor es la lealtad». Obediencia y fidelidad absolutas al líder y a sus decisiones. Himmler necesitaba soldados que no flaquearan en el cumplimiento del deber, que no se dejaran llevar por la compasión, que aniquilaran la piedad de sus convicciones y no respondieran a la conciencia. En las SS, lo primero era la obediencia y luego, si había tiempo y ocasión, la moralidad y la ética. Su comportamiento debía ser ejemplar a ojos del Reich, y eso alejaba la mínima muestra de empatía hacia los prisioneros. Debían actuar sin pensar, como los perros. Por eso, Himmler dio orden de incorporar pastores alemanes en los procesos de selección y obligó a emplearlos en los castigos que se imponían a los presos. Confiaba en el beneficio del castigo corporal de los internos, que ordenó intensificar de manera cruel e inhumana, así como en la ampliación de las instalaciones con fines exterminadores.

Maria Mandel repetía los mensajes del *Reichsführer-SS* como si fueran consignas divinas. «Hasta el niño judío en la cuna debe ser pisoteado como un sapo venenoso. Vivimos en una época de hierro, en la que es necesario barrer con escobas de hierro.» Lo coreaba una y otra vez en cada selección de niños que realizaba. Rara vez se salvaba alguno del crematorio. Los bebés iban directos a los hornos y a las cámaras de gas, así como los menores de catorce años —en un principio se estipuló la edad en los dieciséis—, aunque a algunos de ellos, su altura y su perspicacia para mentir cuando el doctor Mengele les preguntaba su edad les salvó la vida.

Por lo general, los niños eran mercancía defectuosa, inservi-

Desde hacía un par de días, la Bestia se dejaba ver por el campo acompañada de un niño de apenas dos años. Era complicado saber su edad exacta. Lo había arrancado de las faldas de su madre, una joven y bella gitana recién llegada en uno de los convoyes del fin de semana. Como era habitual, no había mediado explicación ni permiso alguno, pero el primer aullido de queja de la progenitora se tornó consuelo cuando vio el buen trato que le dispensaba a su pequeño. No podía creerlo, pero se convenció en pocos minutos: la mujer era una recién llegada y pensó que, quizá, aquel lugar no era tan malo como le habían hecho creer, que era posible que existiese una consideración especial con los niños.

Las pulsaciones de las prisioneras se disparaban cuando veían cómo los zapatos del pequeño se posaban sobre el uniforme de la *SS-Lagerführerin*, manchándolo de barro. «Lo va a matar», pensaban. Para asombro de todos, la Bestia no estrellaba al niño contra la pared del primer barracón que encontraba en su camino ni metía su cabeza en un cubo de agua hasta que su cuerpo dejaba de moverse, como había hecho en otras muchas ocasiones, incluso con bebés recién nacidos. Tampoco decidió arrojarlo a la parte trasera de un barracón para que las ratas se dieran un festín a su costa, como había sucedido con otros críos hacía unas cuantas noches. Las ratas se habían convertido en los perfectos aliados de los guardianes nazis, mataban tanto como ellos. A veces, su presencia desbordaba las previsiones de la autoridad del campo y —como había sucedido a finales del mes de septiembre, coincidiendo con la llegada de Ella a Auschwitz-Birkenau— tenían que tomar medidas. El primer mensaje que escuchó por los altavoces del campo, modulado como si fuera un recital de ladridos, informaba a los presos de que se abstuvieran de recoger restos de comida y demás desperdicios orgánicos de la basura que se acumulaba alrededor de los barracones, ya que se había procedido a una desinfección de las instalaciones utilizando un potente veneno, con el fin de matar a las ratas. A Ella le sorprendió el mensaje. No alimentó muchas esperanzas cuando supo que los presos comían lo que encontraban en la basura.

Esta vez, todo era distinto. A Mandel sí parecían gustarle los niños. Al menos, uno. Lo cogía en brazos, le reía las gracias y tenía largas conversaciones con él, como si realmente el pequeño pudiera entender algo de lo que la Bestia le decía.

Cuando estaba con él, su voz se volvía maternal, dulce, se deshacía en mimos con la criatura, que respondía a todos los gestos de cariño con su inocencia natural. No se cansaba de lavarle, de peinarle, no había perfume ni crema suficiente para embadurnar al crío. Le cambiaba de ropa tres o cuatro veces al día. El niño parecía un bebé ario, con todos los privilegios que su raza y su lugar de nacimiento le habían negado en un principio. Nada hacía presagiar su origen ni su condición. Un húngaro gitano en brazos de una mujer aria de las SS. «¿Os habéis dado cuenta? Tiene los ojos tan azules como yo», solía comentar con sus compañeras uniformadas, o incluso, para asombro de todos, con alguna presa de confianza que no tenía más remedio que asentir. «¿Y qué quiere comer mi niño hoy?», preguntaba al bebé, que solo sabía abrazarse a ella y reírse. «Mi niño.» Siempre que Mandel había utilizado ese adjetivo posesivo había tenido otros significados, como cuando llamaba «mis mascotas judías» a las prisioneras a las que azotaba con el látigo o golpeaba con un palo hasta la muerte.

Gracias a ese niño, Ella descubrió que Maria Mandel sabía reír, y que su garganta, aparte de almacenar gritos y desbordar órdenes como si fueran aullidos de animal, podía fabricar carcajadas. Y algo aún más sorprendente: las piernecitas del pequeño habían obrado el milagro de que Mandel dejara a un lado el paso militar firme y acompasado, desterrara las prisas y adaptara su ritmo al del niño. Además, a él le permitía el contacto directo, por más que, dada su condición de prisionero, el crío debería caminar a tres metros de ella, tal y como se había estipulado después de que en octubre de 1943 una presa procedente de Bergen-Belsen lograra arrebatarle el arma a un miembro de las SS y le disparara, provocando su muerte inmediata y causando heridas a otro oficial.

Lo que más le extrañó a Ella fue ver a la Bestia besar al niño. Se comía a besos a la criatura. Le besaba en los mofletes, en la frente, en la cabeza, en la boca, en la tripa, en los pequeños y rollizos muslos; le cogía las manos y las atrapaba delicadamente entre los dientes, propinándole mordisquitos que, lejos de dañar al niño, le hacían cosquillas. Las besaba y acariciaba sin control, sin importarle que estuvieran manchadas de restos de galleta, de leche condensada o de chocolate. Aquella mujer malvada y cruel sabía besar. Eso es que alguna vez había besado y había sido besada. Esas cosas no se olvidan nunca, pensaba Ella. Sería imposible. Quizá había esperanza. Era más un deseo que una suposición.

Desde que ese chiquillo había llegado al campo, el látigo de Maria Mandel no cortaba el viento en busca de cuerpos para destrozar, no pateaba los vientres de las presas si estas se tropezaban o perdían un zapato en el barro, el arma que siempre llevaba consigo no había salido de la cartuchera de su cinturón y no se mostró tan estricta en el castigo cuando sorprendió a una prisionera parada en mitad del campo intentando recuperar el aliento, después de trasladar una gran olla de sopa a uno de los barracones. Un simple niño había obrado el milagro. Un niño gitano, moreno, lustroso en carnes, de enormes ojos azules y manos regordetas. Ni siquiera sabía su nombre ni su historia, tan solo que «Mi niño» había conseguido humanizar a la Bestia.

Seguía seleccionando cada día ropa infantil de color azul en el Kanada. Llevaba una semana haciéndolo y no parecía que su misión tuviera un final próximo. Aquel domingo también tuvo que dedicarse al encargo personal de Mandel. Le contrarió no poder disfrutar de su tarde dominical en compañía de las postales, fotografías y retratos familiares de un grupo de desconocidos, pero había sido una semana frenética a causa de las peticiones de la *SS-Lagerführerin*. Ella tenía la costumbre, previa orden de la Bestia, de acercarse a su oficina a llevarle la ropa de niño antes de finalizar el día y retirarse a su barracón. Esa noche no la encontró en su despacho. Durante unos minutos, dudó si dejar sobre el escritorio el montón que traía para el niño gitano, esperar a que regresara, o marcharse y volver más tarde. Eso supondría un peligro para su integridad, ya que ninguna presa podía deambular por el campo a partir de cierta hora de la noche. Titubeó unos instantes que le resultaron eternos. Se quedó observando el reloj de arena, tallado en bronce y decorado con una esvástica en la parte superior, que había sobre la mesa de Mandel. Ese objeto tenía algo hipnótico que le impedía dejar de mirarlo. Demasiado simbolismo mortuorio. La inquietud fue creciendo en su interior. No podía permanecer sola en aquella oficina, donde todas las luces estaban encendidas y cualquiera podría verla desde fuera. No era Alma Rosé, no tenía rango para eso por mucho que respondiera a una orden de Maria Mandel. Al final, optó por dejar la ropa infantil sobre una de las sillas dispuestas frente al escritorio, justo donde solía sentarse la directora de la orquesta de mujeres del campo cuando la reclamaba la Bestia y se veía obligada a escuchar cómo el gramófono escupía el *Ich bin der Welt abhanden gekommen* de las *Rückert-Lieder*.

Antes de ir a su barracón, Ella se pasó por el Bloque de Música. Tenía pendiente copiar una partitura y Alma no permitiría más retrasos porque nadie se los toleraría a ella. El concierto de aquel domingo había resultado del agrado de Maria Mandel, aunque echaba de menos la presencia de Rudolf Höss y, en especial, la de Josef Kramer, que sabía apreciar la labor que estaba haciendo con la orquesta de mujeres. El nuevo comandante de Auschwitz, el *SS-Obersturmbannführer* Arthur Liebehenschel, llevaba cerca de dos meses en el campo y todavía no había tenido tiempo de acudir a uno de los conciertos, algo que contrariaba a Mandel. Estaban previstas dos nuevas incorporaciones a la orquesta de mujeres —dos nuevos y flamantes instrumentos: un violonchelo y una flauta, con sus respectivas prisioneras—, y aunque la incorporación no fuera inminente, Ella debía dejar las partituras preparadas, por si acaso. El trabajo extra en el Kanada buscando ropa de color azul le había quitado un tiempo que tenía que recuperar de algún modo.

Fue entonces cuando todo sucedió de manera atropellada. Maria Mandel entró con paso decidido en el Bloque de Música, como si la capa de cuero negra que siempre llevaba la ayudara a elevarse y a caminar más rápido. Iba vestida con el mismo uniforme de gala que solía ponerse los domingos. Respetaba demasiado la música para no asistir con una vestimenta adecuada. Eso es lo que siempre decía. Pero el vestuario era lo único que permanecía invariable con respecto al concierto celebrado aquella misma mañana. El brillo y el tono rosado de su rostro habían desaparecido, dando paso a una lividez casi enfermiza, solo oscurecida por las sombras que ennegrecían su expresión. Sus ojos ardían en fuego, tenía el ceño fruncido, al igual que sus labios, que parecían empeñados en sellar herméticamente su boca, como si quisieran evitar que de ella saliera algún tipo de secreto. Había regresado su habitual mirada opaca, pero no era enfado ni rabia lo que se reflejaba en sus facciones. Era tristeza, algo más cercano a la ansiedad, a la impotencia, a una desolación taciturna. Era más un sentimiento de resignación, de abandono melancólico prendido de la nostalgia, como el *Adagietto* mahleriano. Una Mandel desconocida, como lo había sido durante toda la semana pasada.

Sin quitarse la capa ni dejar la gorra sobre la silla contigua a la suya, tomó asiento en el centro del Bloque de Música, justo delante del semicírculo delineado por los atriles, sobre los que descansaban algunas partituras aún sin recoger. Las miradas de todas las presas se centraron en ella. No sabían qué sucedía pero, fuera lo que fuese, estaba a punto de estallar. Se quedaron en silencio, abandonadas a la paresia de todo su cuerpo. Ni siquiera eran conscientes de si respiraban, de si el aire había entrado ya en sus pulmones o seguía esperando a un desenlace incierto, como lo aguardaban las presas. Ella tampoco se movió de su sitio. La irrupción de Mandel la había sorprendido sentada a la mesa de las copistas, a punto de terminar una partitura. Alma Rosé fue la única que se atrevió a aproximarse a la Bestia, aunque sin mediar palabra alguna. La conocía bien; sabía que tenía que esperar a que ella hablase. Y lo hizo, sin fijar la mirada en nadie, como hacen los bebés cuando son demasiado pequeños, frágiles ante un mundo que les es desconocido.

—El aria «Che tua madre dovrà» de *Madama Butterfly*. Acto segundo. Tocadla. Cantadla. Ahora.

Alma necesitó un instante para reaccionar. Sin perder tiempo, miró a las integrantes de su orquesta, que ahora miraban a su vez hacia su directora, olvidándose por un segundo de la *SS-Lagerführerin*. No sabían si era una prueba, una trampa o uno de los experimentos psicológicos con los que tanto disfrutaban las SS. Ignoraban qué ocurría, pero obedecieron las órdenes de Alma. Los instrumentos volvieron a sus manos y las primeras notas inundaron el barracón. Maria Mandel permanecía inerte cuando las primeras palabras salieron de la garganta de la cantante que, a pesar de la tensión que amordazaba sus cuerdas vocales, sabía que no era momento de que su voz se resquebrajara, como parecía haber hecho el ánimo de la Bestia. Había que concentrarse en la letra, en la música, en las entradas, en los tonos, en que nada fallara. Solo existía la música. Nada más. Todo lo demás sobraba.

Che tua madre dovrà prenderti	*Que tu madre tendrá que*
in braccio ed alla pioggia e al vento	*cogerte en brazos*
andar per la città	*y correr a la ciudad*
a guadagnarsi il pane e il vestimento.	*bajo la lluvia y el viento*
Ed alle impietosite genti	*para ganar tu pan y tu ropa.*
la man tremante stenderà	*Y a la gente sin piedad*

gridando: Udite, udite
la triste mia canzon.
A un infelice madre la carità,
muovetevi a pietà...

le extenderá la mano, gritando:
escuchen, escuchen mi triste canción.
Hacedle caridad a una madre infeliz,
¡tened piedad de ella!

Tampoco esa vez se oyó ningún aplauso al finalizar el improvisado concierto. Ni siquiera una palabra de aprobación, una mirada de anuencia, un gesto de conformidad. La respiración de las mujeres de la orquesta quedó secuestrada en su caja torácica. Ni una tos, aunque fuera nerviosa, ni un incontrolable carraspeo. Ni siquiera la cantante se atrevió a tragar saliva, pese a haber acabado con la boca seca, por el esfuerzo y los nervios. Nada podía romper el silencio. Hubo quien se planteó si la Bestia habría escuchado algo. Por primera vez, su bota de cuero negro no había marcado el compás, ni había levantado la barbilla como si cada nota la hiciera levitar, ni había cerrado los ojos para dejarse llevar en los momentos más emotivos, como en alguna ocasión hacían el doctor Mengele o el propio Josef Kramer, que no tenían problema en exclamar de qué manera la pieza los había estremecido. «Es imposible no emocionarse con Schumann», reconocía el primero al escuchar la *Kreisleriana* o la *suite* para piano de *Papillons*, op. 2. «Te llega al corazón», apuntaba el segundo. Ella nunca entendió cómo la *Patética* de Beethoven conmovía a Josef Kramer, cuando minutos antes sus manos habían quebrado el cráneo de una prisionera, o su pistola Luger P08 calibre 9 mm Parabellum había reventado la cabeza de un niño. También Rudolf Höss adoraba esa pistola, en parte por la precisión de su disparo. Era como una reliquia para él y se negó a reemplazarla por la Walther P38 que la industria armamentística nazi había fabricado para sustituir a la Luger.

La sequía de réplicas continuaba en el Bloque de Música. Mandel tampoco asintió levemente con la cabeza, evidenciando cierta contrariedad, como hacía cuando el concierto había sido correcto pero no había llegado a la excelencia que siempre exigía. Un desierto de reacciones y de gestos que resultaba más inquietante que cualquier ladrido. Después de unos segundos que parecieron petrificarse en el tiempo, la Bestia se levantó de su asiento sin la determinación que solía caracterizarla, como si le costara, y abandonó el barracón en un completo mutismo. Ni una palabra, ni un gesto, ni un rugido. Algo de ese silencio contagió a las integrantes de la orquesta, que se conformaron con buscar en las miradas ajenas la explicación que se les escapaba. No era la primera vez que un miembro de las SS aparecía en el Bloque de Música a horas intempestivas, exigiendo escuchar una pieza en particular. Josef Mengele solía hacerlo después de una selección de prisioneros complicada o tras una larga jornada de experimentos médicos en el Bloque 10 de Auschwitz, su lugar favorito del campo. Era el modo que tenían de serenar su espíritu, porque de la conciencia, como bien les había marcado Heinrich Himmler, no debían preocuparse. Pero la irrupción de Mandel aquella noche escondía algo más.

Alma le dijo a Ella que se quedara a dormir con el resto de las integrantes de la orquesta. No era la primera vez que lo hacía ni sería la última. Podía acabar el día en el Bloque de la Música, en el Kanada, en la oficina de Mandel o en cualquier dependencia habilitada por alguna autoridad del campo, si alguna de las fiestas organizadas por las SS la obligaba a ello. La directora de la orquesta de mujeres quería evitar que Ella saliera al exterior, y no solo por el toque de queda. Hacía una noche fría, llovía como si de una venganza del cielo se tratara y el viento sembraba de aullidos cada rincón del campo que simulaba devorar a dentelladas. Pero la verdadera tormenta se estaba desatando en el interior de la Bestia. Si Ella hubiese regresado a su barracón, habría pasado cerca de la oficina de Mandel y habría escuchado los gritos de animal herido que salían de su garganta, mientras de una patada mandaba al otro extremo de la habitación la silla donde Ella había dejado el último petate con la ropa de niño color azul. Por una vez, los rugidos desgarrados, como si un ejército de cristales rasguñara las cuerdas vocales, salían de la garganta de una SS y no de la faringe de los prisioneros.

A la mañana siguiente, todos supieron lo que había pasado. Mandel había recibido una orden directa de la autoridad del campo, a cuyos oídos había llegado la especial relación que mantenía con el niño gitano, hijo de una prisionera húngara, y lo inapropiado de aquel comportamiento. Un mandato que, como buena guardiana de las SS, debía cumplir sin cuestionar ni rebatir. En realidad, a Mandel no le sorprendió. Su buen amigo Josef Mengele supo cómo convencerla para no minar su autoridad. Compartió con ella la historia de Rosa Bernile Nienau, la niña de siete años que logró sacar el lado más sensible de Adolf Hitler.

Durante cinco años, el Führer disfrutó de las meriendas a base de fresas y crema batida con la pequeña y su madre en el Berghof, la segunda residencia de Hitler en la región bávara de Obersalzberg. El líder de la Alemania nazi permitía que le escribiese cartas encabezándolas con un «mi querido tío Hitler», celebraba que ambos cumplieran años el mismo día, el 20 de abril, y le agradaba que los suyos la conocieran como «la niña de sus ojos» o «la pequeña novia de Hitler». Hasta que uno de sus hombres de confianza, su secretario privado, Martin Bormann, descubrió que Rosa Bernile era descendiente de judíos. La sangre judía de su abuela materna la condenó. No era una alemana pura. Según las leyes raciales aprobadas por el propio Hitler, Rosa era una *mischlinge*. Allí acabó todo. Al Führer le costó superarlo y se lo echó en cara a su secretario: «Hay personas que tienen un verdadero talento para arruinar mi alegría», se lamentó el hombre más poderoso del Tercer Reich. La niña no apareció más en la vida del Hitler, que tuvo que conformarse con el recuerdo de algunas de las fotografías que se tomaron juntos durante el transcurso de alguna celebración. Mengele le confesó a Mandel que la niña había fallecido hacía más de tres meses, el 5 de octubre de 1943, en el hospital Schwabing de Múnich, a causa de una polio espinal.

La Bestia entendió el mensaje. Su pequeño capricho era un problema. «Mi niño» debía dejar de serlo. Siguió su instinto y las enseñanzas recibidas. Ninguna muestra de sentimentalismo. La afectividad y la compasión mataban. Cero empatía. Las directrices de Heinrich Himmler marcaban sus actos. Solo le quedaba obedecer. Ese era su trabajo, su verdadera razón de vida, y daba lo mismo si compartía o no las órdenes, si le gustaban o le contrariaban.

La *SS-Lagerführerin* cogió en brazos al pequeño y ella misma lo llevó a la cámara de gas. Pensó en lanzarlo directamente al horno crematorio para que las llamas consumieran su cuerpo cuanto antes, y poner fin a una espera de más de media hora que requería el proceso de la muerte por gas. Pero desistió de su idea, como si estuviera infligiéndose un castigo que entendía merecido por su incomprensible e inexcusable debilidad humana. Durante todo el procedimiento, su rostro parecía esculpido en cera. Tan solo el temblor de una vena que le recorría la sien izquierda reflejaba la tensión que estaba viviendo. No retiró la mirada de la puerta de hierro que el *Sonderkommando* había cerrado tras introducir al niño en el interior de la sala de gas, junto a otros prisioneros que aquella noche eran más invisibles que nunca. Su mente se esforzó en mantener alejado el llanto desesperado del niño que la había hecho reír durante algo más de un semana, al que vistió con ropa de color azul y llevó en brazos como si fuera lo más valioso del mundo.

La espita de gas no se abría de manera inmediata una vez cerrada la puerta de la sala. Los ingenieros habían informado a los responsables de las SS que cuanto mayor fuera la temperatura en el interior de la cámara, más letal resultaría el gas. Era un proceso que Mandel había observado a menudo a través de los tragaluces de las cámaras de gas, a los que se asomaba para ver cómo morían los presos. Esta vez declinó hacerlo.

Pasados cuarenta y cinco minutos, se abrió el pesado portalón. Hizo falta el uso de las pértigas equipadas con un afilado gancho en el extremo para que los trabajadores del crematorio sacaran los cadáveres, transformados en una masa uniforme que resultaba difícil de separar por lo pegados que estaban, como si el gas los hubiera soldado unos a otros.

Mandel esperó con el gesto impertérrito hasta que uno de los *Sonderkommandos* recogió del suelo de la cámara de gas el cuerpo del niño gitano, para introducirlo en el crematorio. Algo prolongó la escena. El niño aún se movía. Su pecho se levantaba, intentando eliminar los restos del gas Zyklon B alojados en sus pulmones y en sus vías respiratorias. No movía las extremidades, los ojos permanecían cerrados, pero su respiración sonaba agónica, como la de un pez recién sacado del agua. Era bastante habitual que algunos gaseados no murieran de inmediato. Quizá en la cámara se encontraban demasiado lejos de la ducha o de la rejilla colocada en lo alto de la pared o en el techo, cubierta por un cristal protector, por donde saldría el gas. Con los niños pasaba a menudo. Cuando la cámara de gas estaba por encima de su capacidad, el encargado del comando crematístico arrojaba a los pequeños por encima de la cabeza de los adultos. La mayoría caía al suelo, enredada en una maraña de piernas nerviosas que intentaban controlar en vano el pánico del encierro. Mientras los hombres y las mujeres trepaban clavando las uñas en la carne de sus compañeros de fatiga y utilizando cualquier resquicio del instinto de supervivencia para librarse de una muerte segura, pisoteaban sin querer a los más pequeños, empujándolos hasta que acababan en un rincón, hechos un ovillo.

El *Sonderkommando* encargado cogió al niño entre sus brazos e hizo lo que siempre hacía cuando un condenado a muerte se aferraba demasiado a la vida. Otros compañeros suyos optaban por enviarlos al crematorio aunque estuvieran vivos, esperando que el fuego terminara de hacer su trabajo, pero él no actuaba así, sobre todo si eran bebés o niños pequeños. Extendió el cuerpo del niño gitano sobre una camilla y le tapó la nariz y la boca con las manos hasta que dejó de respirar definitivamente. Tan solo tuvo que esperar unos segundos, que ya ni siquiera contaba para sí. Al principio, el *Sonderkommando* apartaba la mirada de lo que estaba haciendo pero luego se acostumbró a mirar de frente al horror de la muerte, normalizada e industrializada en aquellos sótanos. Era su trabajo, su única esperanza de seguir con vida un día más, unas horas más, aunque sabía que tarde o temprano también a él le matarían. Ese era el destino de todos los *Sonderkommandos*: la muerte. Habían sido testigos de demasiadas cosas que avergonzarían al mundo y criminalizarían a un régimen y a todo un país.

Antes de introducir el cadáver del niño en el crematorio, hizo lo estipulado en el procedimiento para seguir colmando las arcas nazis: le cortó el pelo y lo metió en una bolsa de tela que Mandel le había entregado previamente. Los mechones del niño no terminaron en el saco donde se almacenaba los kilos de cabello de los recién asesinados, y que serían reutilizados en otros menesteres, puesto que el pelo humano era una de las materias primas más valoradas en la industria nazi. Al ser demasiado pequeño, el *Sonderkommando* se evitó el paso de abrirle la boca al niño para extraer alguna pieza de oro de su dentadura, como hacía con el resto de los cadáveres.

Maria Mandel había cogido el fardel de seda roja con el pelo del niño, sellado con un cordón fruncido en su parte posterior, y cuando levantó la mirada, se encontró con la del *Sonderkommando*. Era un contacto visual prohibido, nada habitual. El preso debía agachar la cabeza y quitarse la gorra ante la presencia de cualquier miembro de las SS, para después volvérsela a poner cuando la autoridad se hubiera ido —el obligatorio *Mütze ab, Mütze auf*, cuyo olvido había costado la vida a más de un prisionero—. Pero él no lo hizo. Siguió allí, de pie, observándola, sin desviar la mirada aunque sin emitir ningún sonido o palabra. Para Maria Mandel, los rostros de todos los presos eran idénticos pero el de aquel hombre lo recordaría durante mucho tiempo. Había algo hipnótico en su mirada que anulaba cualquier reacción violenta por parte de la Bestia, como si escondiera algo o le recordara a alguien. Quizá fuera solo la conciencia. Los ojos negros del prisionero parecían enseñarle el camino de regreso, si es que realmente ese camino existía. Era la primera mirada de un prisionero que contemplaba cargada de poder, incluso atisbó cierta superioridad. No supo si se sentía atraída por esa fuerza o si lo que corroía su estado de ánimo venía dictado por el miedo y la inseguridad.

La *SS-Lagerführerin* dio media vuelta y se marchó, sosteniendo entre los dedos la única prueba de que lo vivido la semana anterior había sido real. Salió de allí empapada en sudor y domesticando el jadeo animal encerrado en su pecho, mientras encaminaba los pasos hacia el Bloque de Música. No miró atrás para contemplar cómo las llamas salían de la chimenea del crematorio, como si quisieran alcanzar el cielo a bocados. Se obligó a olvidar el recuerdo del niño gitano y a estrangular la compasión por él. Era algo del pasado, simple humo negruzco en el presente. Tras ella quedaba lo que nunca debió suceder. Su boca rumiaba el viejo concepto alemán grabado a fuego: *Deutschland über Alles*, «Alemania por encima de todo». Era la misma inscripción cincelada en la hoja de la daga que el doctor Mengele tenía en su despacho, en cuyo mango aparecía una esvástica con otra leyenda: «Orden y lealtad. La traición se paga con sangre». Sin embargo, para llevarles la contraria a las palabras que salían de su boca, su mente solo podía pensar si las cenizas del pequeño terminarían abonando el jardín de alguna granja o residencia cercana al bosque de abedules que rodeaba el campo de Auschwitz, o en el fondo del río Vístula. De cualquier forma, lo tendría cerca.

Apenas una semana había durado el nuevo capricho de Maria Mandel. Ese desenlace puso aún más claro en el mapa de Ella la fragilidad de su destino. El niño gitano había vivido menos que un gran danés. Sentada en su camastro, se preguntó cuál sería su esperanza de vida, cuánto tiempo le quedaría a ella.

Antes de dormir, encontró un lugar en el reverso de una de sus postales para escribir dos palabras:

Mi niño

El pequeño gitano de grandes ojos azules que hizo reír a la Bestia. No conocía su nombre. No le hacía falta. Había hecho reír a Mandel y qué mejor prueba de haber existido que la risa, aunque fuera contagiada en la boca de un verdugo.

5

En Auschwitz, la luz invernal teñía la vida de muerte. La densa niebla gris legaba una pátina de tonos lánguidos que esparcía una sensación de fatalidad difícil de superar. El aire estaba tan viciado como el destino de los prisioneros, y resultaba asfixiante. La pastosa bruma nunca se levantaba en Birkenau, aunque las nubes fueran desterradas del cielo. La neblina viscosa, preñada de las cenizas de los cuerpos quemados de los que un día fueron, se alzaba sobre el campo, sacudiéndolo en un estremecimiento de muerte. El culto al gris era un hecho, un gris acero, un gris industrial que atestiguaba la presunción de realidad de una muerte impuesta. Ni siquiera cuando salía el sol conseguía brillar. El sol de febrero no resplandecía como el de abril. Era un sol lánguido y opaco, especialista en desnudar la vida que pretendía iluminar, haciendo que pareciera sucia, mustia y oscura. «Un eclipse de Dios. Eso es este lugar», le había escuchado decir a un preso judío perteneciente a la orquesta masculina de Auschwitz I, que se había acercado al Bloque de Música para dar unas clases de violonchelo a la prisionera encargada del nuevo instrumento de la orquesta de mujeres.

Ese día, Ella comprobó que su piel se había teñido del mismo gris del cielo. No reconocía su desnudez e intentaba ocultarla siempre que podía o se lo permitían. Vivía en un permanente estado de otredad; no reconocía sus manos, sus pies, su pelo, su boca, sus labios, tampoco sus andares, sus recuerdos, su forma de mirar y de hablar, ni siquiera su voz parecía pertenecerle, tan solo el trazo de su letra que, salvo alguna excepción que intentaba no reseñar, mantenía su identidad. Su vida, como su piel, se asemejaba a un objeto de metal que cuando deja de ser pulido, baldeado y lustrado pierde su esplendor, su verdadero color, y en su superficie aparecen las sombras que dibujan manchas abstractas, hasta que se oscurece y queda abocado al negro. Su piel perdió el brillo como lo hizo el sol de abril cuando llegó febrero.

La misma piel que envolvía su desnudez y la había convertido en algo ajeno, en un arma contra sí misma en manos de las SS.

La desnudez y la humillación resultaron ser la venganza de Maria Mandel por la obligada desaparición del niño gitano. La Bestia sí se reconocía en su piel, que brillaba con más intensidad cuanta más crueldad desprendía por cada poro de su dermis aria.

Despertó como cada día en el campo, con el estruendo de los tres pitidos que escupían con saña los altavoces, a las cinco y media de la mañana. Ella nunca supo con seguridad si realmente eran tres los golpes de sirena; algunas prisioneras solo oían dos, otras juraban que solo era uno. La voz de los altavoces anunciaba la agenda del día. Una sola palabra conseguía teñirla de negro. Aquella mañana se anunciaba a las presas que iba a realizarse una desinfección. Era uno de los momentos más temidos por la población reclusa, tan doloroso como humillante, tan regular como letal. Mandel orquestaba la operación a gran escala. Había regresado la Bestia altiva, soberbia, ebria de su propio poder, con su rictus fruncido, su mirada enlutada y sus labios apretados. Sus ojos azules en nada se parecían al turquesa de los ojos del niño gitano, como tanto había presumido. En tan solo unos días, había recuperado la voz de la que se vio privada aquella aciaga noche en el Bloque de Música, para aullar a las presas y responsabilizarlas de la mugre, la suciedad y los focos de infección que devoraban el campo, como si fuera algo nuevo, como si los piojos, las ratas y el tifus no formaran ya parte de la escena cuando la Bestia llegó en octubre de 1942. Su gestión había logrado empeorar la situación hasta límites impensables. Su decisión de aglomerar a prisioneras en cada barracón de Auschwitz-Birkenau, metiendo en cada uno de ellos a más de mil mujeres cuando su capacidad real era de cien o ciento cincuenta, lo convertía en una bomba de relojería. Pero tenía unos números que cumplir, y cómo los consiguiera no era el problema del Tercer Reich.

El proceso de desinfección podía durar de uno a tres días, dependiendo de varios factores, aunque el principal de todos era la necesidad de acabar con la vida de las prisioneras. La mayoría de ellas no superaba la esterilización. Ese era el verdadero motivo de aquellas humillantes jornadas de «limpieza general», como solía denominarlas Mandel. Era la primera desinfección que vivía Ella: no lo hizo en propia piel, pero sí con la acuciante amenaza de que también las prisioneras especiales, tanto las trabajadoras del Kanada como las integrantes de la orquesta, tendrían que someterse a la peculiar asepsia.

El campo se convirtió en un ir y venir enloquecido de presas, un caos hilvanado a gritos que transportaba órdenes e insultos. Parecía un campo de batalla con ejércitos descabezados corriendo de un lado a otro, desnortados, enloquecidos, sin tener muy claro hacia dónde debían ir ni a quién debían seguir. El miedo conminaba a las presas a obedecer en la misma medida que los gritos conseguían anularlas.

Todas las guardianas del campo, gobernadas por la Bestia, participaron en la operación. Comenzaba una macabra yincana que obligaría a las presas a recorrer durante horas los bloques de la Sauna, los baños y sus propios barracones. Conducían a las reclusas a los barracones de los lavabos, donde las obligaban a deshacerse de sus ropas, que otras presas recogían para proceder a su fumigación. Mientras ponían a remojo en agua los uniformes de rayas para una raquítica e inútil limpieza, las presas empezaban su particular viacrucis. A empujones, las metían en las duchas colectivas. Ante esa visión, las que tenían más información del campo y de las instalaciones de las cámaras de gas intentaban retroceder, presa del pánico. Cuando comprobaban que era agua y no gas lo que salía de las espitas colocadas cada dos o tres metros en la tubería que recorría el techo de los baños, se tranquilizaban, aunque la temperatura del agua se asemejaba a los témpanos de hielo que colgaban de los tejados de los barracones, y que algunas presas chupaban para intentar calmar la sed, no sin antes asegurarse de que ningún guardián estuviera observando la escena. Mientras caía el agua, una oficial de las SS, o en su defecto una *kapo*, se desgañitaba ordenando a las prisioneras que se frotasen el cuerpo con pedazos de jabón que les entregaron al entrar en las duchas y que irían pasando de una a otra.

La ducha apenas duró un par de minutos. Cuando el agua dejó de caer, los gritos de las guardianas regresaron con fuerza: *Schnell, schnell!* No había tiempo que perder, todo debía hacerse con la mayor rapidez, como si solo importara el final. Con la humedad atravesando sus pellejos y cristalizándose en sus huesos, las presas fueron conducidas a otra estancia donde una trabajadora espolvoreaba sobre ellas una especie de tinte azul que se les alojaba en la garganta, dificultando la respiración. Sin tiempo para que el extraño polvo garzo hiciera su trabajo, se iniciaba una precaria fumigación del cuerpo para exterminar los piojos que habitaban en pelo, heridas, cejas y vendajes, el momento más desagradable para casi todas, o al menos, eso creían entonces. El comando de mujeres encargadas del trabajo se acercaba a las presas con un trapo untado con un desinfectante en cuyo recipiente se leía Cuperx, y lo pasaban con fuerza y sin miramientos por todas las zonas cubiertas de pelo. Eso incluía la cabeza y, muy especialmente, las partes íntimas de las mujeres. Una sensación de quemazón irritante les recorría la superficie frotada con aquella pasta maloliente. Con los mismos paños se desinfectaba a todas las presas, sin ninguna medida de control sanitario. Las que se quejaban recibían las reprimendas de las guardianas. «Es mejor esto que ser devorada por los piojos. Si no fuerais tan sucias, puercas polacas», les chillaban entre risas e insultos las SS, lo que conseguía humillarlas más que la cruda desinfección de su cuerpo desnudo.

Varios hombres uniformados asistían de principio a fin al proceso y disfrutaban haciendo comentarios obscenos sobre la desnudez de las prisioneras, mientras fumaban y bebían de pequeñas petacas de plata. Algunas de esas habían pasado por las manos de Ella en el Kanada, y si habían acabado en los bolsillos de los uniformes nazis, era por algún robo o intercambio.

Ella seguía los pasos de Maria Mandel, sin respetar los tres metros de distancia estipulados por las SS. No era forzosamente una buena señal, teniendo en cuenta que el niño gitano tampoco los respetó y terminó de la manera en que lo hizo. Las concesiones y los privilegios duraban lo mismo que los caprichos de la Bestia: el tiempo necesario para regresar a la realidad. Volvió a recordar las mareas al amparo de la luna, rescatadas de las enseñanzas maternas. Quizá fue el agua de la ducha lo que le evocó el sonido del mar. A veces, su sonido se parecía. Sacudió la cabeza. No debía distraerse en pensamientos que no la ayudarían a cumplir con su trabajo. Había recibido la orden de hacer una lista con los números de todas las presas sometidas a la desinfección. «En la columna derecha escribe los números de las que han comenzado el proceso. En la izquierda, los de las prisioneras que no hayan superado la desinfección. ¿Lo has entendido?», le preguntó la Bestia con tono inquisitorio. Lo había entendido perfectamente, incluso mejor de lo que creyó en un principio. De nuevo la izquierda y la derecha, de nuevo la delgada línea entre la muerte y la vida. En ningún momento soltó el lápiz de mina roja que, desde primera hora del día, se colocó entre los dedos de la mano derecha.

Eran los mismos lapiceros de color rojo que había visto en el edificio de la Administración, donde acudía con regularidad para entregar los informes sobre la entrada de objetos en el Kanada. Allí, un oficial los empleaba para escribir en la séptima columna de los documentos del registro principal del campo. En las primeras seis, anotaba con un lápiz de mina azul o gris el número del prisionero, el nombre completo, la fecha y el lugar de nacimiento, la profesión, el comando de trabajo al que se le había asignado y el número del barracón. La última se reservaba para anotar la fecha en la que el preso era trasladado al hospital o al temido Bloque 25, o, en última instancia, para escribir la fecha de su muerte. El color rojo no era buena señal en el campo. Le había llamado la atención el primer día, ya que la mina que solía utilizar para copiar la música en las partituras era de color azul, el mismo que empleaba para garabatear en el reverso de las postales y las fotografías, y que escondía en el dobladillo de su falda como si fuera uno de esos diamantes que aparecían en los forros de los abrigos de los deportados. El día de la desinfección, su escritura se pintó de color rojo. Y no fue lo único.

Mientras esto ocurría en el Bloque de la Sauna, en los baños y en el exterior de los barracones, en el interior de estos se vivía un actividad semejante. Con la excusa de la limpieza, el mundo irreal que las presas habían construido saltaba por los aires. Las mantas raídas infectadas de piojos, que las prisioneras compartían una entre diez, eran retiradas y la mayoría no regresarían al mismo lugar, ya que serían quemadas o llevadas a otros barracones. La desinfección arrasaba con todo, también con las pocas pertenencias que las internas escondían en sus camastros, algún mendrugo, un jersey conseguido en el mercado negro, la cuchara que alguna presa intercambió por varias raciones de pan para tomar la sopa sin tener que beber directamente del cuenco grande que se pasaban unas a otras, un trozo de vidrio, un pequeño artilugio hecho a mano con diminutas púas que utilizaban las mujeres para despiojarse en las tardes de domingo, un cepillo de dientes, un trozo de espejo... El mundo secreto y escondido construido por las prisioneras desaparecía, se esfumaba, una eficacia que la desinfección no lograba con los piojos ni con las ratas. No había mayor miseria que esa; no tenían nada, pero incluso eso, la entelequia de la miseria, les era arrebatado.

Weiter gehen, Weiter gehen!, «¡Sigan, sigan!», vociferaban las adláteres de Maria Mandel a las prisioneras para que abandonaran los lavabos, mientras se las conducía al exterior del campo, donde debían permanecer en formación, completamente desnudas, bajo el frío invernal, a merced de la lluvia y el viento cortante que actuaba como un afilado bisturí sobre los cuerpos. *Laufen, laufen!*, «¡Corred, corred!», no paraban de gritarles. En fila de a cinco, sin moverse un centímetro de su ubicación, con la mirada clavada en el suelo, como estaban sus pies desnudos, enterrados en el barrizal del campo en el que cada vez se hundían más porque la lluvia no pensaba tomarse un descanso en todo el día. Auschwitz-Birkenau estaba construido sobre un terreno pantanoso, propenso a la aparición del fango. El lodo era un enemigo más, se había convertido en una obsesión peligrosa para las prisioneras, que veían cómo sus zapatos se perdían en él, y con ellos, sus vidas. Debían permanecer en esa posición hasta que sus uniformes hubieran sido fumigados, y Maria Mandel se aseguró de que esa espera se dilatara en el tiempo. Le divertía el espectáculo, le calmaba la ansiedad que la devoraba por dentro. Aquella visión le daba vida. Estaba en su hábitat y no tenía prisa por salir de él.

Pero todavía faltaba algo: la música.

Ordenó a Alma Rosé que preparase a la orquesta de mujeres para que tocase durante las diversas fases de desinfección de la población reclusa. Quería que la música estuviera presente «para dignificar aún más nuestro trabajo», decía con una excitación próxima a la locura, mientras se acercaba a la fila de presas, examinando la formación de a cinco y golpeándose con la fusta las botas de cuero, cuando no directamente el cuerpo de alguna de las reclusas. Lo hacía de manera aleatoria, para divertirse durante la espera. No hacía falta que una prisionera la mirase a los ojos, ni que se desmayara, ni que se desplazase unos centímetros de la línea de formación. Lo hacía por placer, porque podía, porque era la autoridad.

La orquesta tocó durante horas, hasta que la intensa lluvia impidió seguir haciéndolo en el exterior. No les preocupaba el bienestar de las presas que conformaban la orquesta, sino el estado de sus instrumentos. No era fácil conseguirlos y las condiciones climatológicas adversas, especialmente el viento y la lluvia, que además traían partículas arenosas, acabarían por dañarlos.

Pero la Bestia tenía solución para todo. La música saldría de los altavoces distribuidos por el campo. Y las presas debían acompañar el espectáculo.

—¡Cantad más alto! —les gritaba con su voz convertida en trueno—. Quiero el espíritu de mis presas bien alto. Estamos aquí para trabajar. *Singen, singen!* —se desgañitaba Mandel—. ¡Cantad, cantad más fuerte!

La música transformaba todo en una ficción de surrealismo extremo. Sonaba a un volumen desorbitado, que distorsionaba la melodía y embotaba aún más la cabeza de las prisioneras, como si alguien estuviera interesado en que no procesaran pensamiento alguno. En eso consistía todo, en acatar, dejando el juicio fuera de la ecuación. Con eso también conseguían acallar los gritos, los llantos y las peticiones de clemencia que salían de las gargantas de las prisioneras. Entonar determinadas canciones como el *Horst Wessel Lied*, el himno nazi, representaba una tortura adicional para la moral de las presas que, si se negaban a hacerlo, eran golpeadas en la boca con látigos o palos de madera. Las reclusas cantaban, como si escupieran un vómito que les revolvía las tripas pero que debían expeler para que su estómago se limpiara.

Die Fahne hoch!	*Con la bandera en alto y*
Die Reihen fest geschlossen!	*la compañía en formación cerrada,*
SA marschiert	*las tropas de asalto marchan*
Mit ruhig und festem Schritt.	*con paso decidido y silencioso.*
Kam'raden, die Rotfront	*Camaradas, caídos frente a los rojos*
und Reaktion erschossen,	*y reaccionarios,*
Marschier'n im Geist	*en espíritu marcháis*
In unser'n Reihen mit.	*en nuestra formación.*

Muchas no podían contener las lágrimas, aunque no estaba permitido llorar en el campo. La Bestia se encargaba de recordárselo a diario, especialmente en los instantes previos a un castigo, una selección o cuando eran conducidas a los hornos crematorios. El aguacero que caía sobre el campo se convirtió en un aliado imprevisto para las prisioneras, permitiendo que el desahogo se confundiera con las gotas de lluvia. Pero los amigos cómplices no duraban en aquel lugar y pronto se transformaban en enemigos. Llorar bajo la lluvia no resultaba tan buena idea porque el frío intenso congelaba las lágrimas que, mudadas en pequeños cristales, terminaban cortando la piel del rostro y haciéndola sangrar.

Zum letzten Mal	*Por última vez*
Wird zum appell geblasen!	*se lanza la llamada*
Zum Kampfe steh'n.	*para la lucha.*
Wir alle schon bereit!	*¡Todos estamos listos!*
Schon (Bald) flattern Hitlerfahnen	*Pronto ondearán las banderas*
über allen Straßen.	*de Hitler en cada calle.*
Die Knechtschaft dauert	*¡La esclavitud*
Nur noch kurze Zeit!	*durará solo un poco más!*

La imagen resultaba dantesca: presas enfermas, moribundas, sangrando por las heridas, desmayadas, con signos de hipotermia, con los cuerpos violentados por constantes espasmos, obligadas a cantar canciones populares alemanas, marchas militares y cánticos arios que herían al salir por la garganta. Más tarde, y como colofón, llegó la música de Richard Wagner para acompañar el delirio y la muerte de un gran número de prisioneras. Muchas maldecían un dicho alemán que, cargado de sorna, solía recorrer los barracones cada vez que la orquesta tocaba en mitad de una selección o durante la llegada de nuevos convoyes de deportados. «Si oyes cantar, puedes estar tranquilo, porque para la mala gente no hay canción que valga.»

Ella se lo había escuchado por primera vez a Alicja, que siempre había odiado la música, incluso antes de entrar en el campo de concentración de Auschwitz. Decía que era un disfraz engañoso, en los buenos y en los malos momentos, que tergiversaba la realidad y los sentimientos, convirtiéndose en la banda sonora de la más eficaz manipulación. «La música es tramposa por naturaleza. ¿No escuchas a Wagner? ¿Cómo un hombre que nació en la judería de Leipzig, en su día la mayor comunidad judía de Sajonia, puede componer algo tan antisemita como *El anillo del Nibelungo*? Pero qué esperar de alguien que considera a Mendelssohn una copia barata de Bach, despreciándole solo por ser judío, un judío cultivado, según él.» Alicja le habló del artículo «El judaísmo en la música» que Wagner publicó bajo seudónimo en la revista *Neue Zeitschrift für Musik* de Leipzig, donde negaba la capacidad de los judíos para componer música al considerarlos insensibles, antiestéticos y burdos en sus formas artísticas. A Ella le sorprendió el conocimiento musical de Alicja, y se preguntó por qué no lo había utilizado para entrar en la orquesta, lo que le hubiera dispensado una existencia mejor en el campo, muy alejada de la que tenía. «La música es un poder superior. Ellos lo saben y por eso la utilizan. ¿Sabes lo que dice el gusano de Hitler? Que no se puede entender el nacionalsocialismo si no se comprende a Wagner. Pues no. No quiero hacerlo. No me creo la música. No entiendo por qué tiene tan buena prensa», insistía Alicja.

Sus palabras la delataron: le gustaba la música pero no la manipulación interesada que se hacía de ella. En parte, la realidad le estaba dando la razón.

Evocar a la controvertida presa polaca hizo que Ella se preguntase por su paradero. La había visto por la mañana, saliendo del barracón de los baños en unas condiciones deplorables. Era un saco de huesos y pellejos que caminaba a duras penas, doliéndose a cada paso, como si en cada zancada recibiera una descarga eléctrica. Sabía que en su condición de *muselmann* no lograría sobrevivir al proceso de desinfección, y mucho menos, al pase de revista en el exterior. «Ya he superado la categoría de musulmana. Ya puedo considerarme una verdadera *lunatik*», le había reconocido con su sorna característica, refiriéndose al grado siguiente al de *muselmann*, el estado terminal en el que se encontraba, donde la esperanza de vida no superaba las veinticuatro o cuarenta y ocho horas. Ella quería ayudarla, pero no sabía cómo hacerlo sin poner en riesgo su vida y la de otras reclusas. En el campo, siempre que una presa se saltaba una orden, una regla no escrita o, sencillamente, cometía un error, el castigo se ampliaba a otras cien, y si el oficial de las SS de turno tenía un mal día, podría ampliarse a doscientas. Pocas veces Ella se había visto tan presionada en el campo como entonces: su caligrafía podía condenar a muerte a varias mujeres. Mandel le había encargado la elaboración de una lista con el número de cincuenta, cien o doscientas reclusas. El castigo sería ejemplar y ampliable a todas ellas. Si una intentaba huir, las SS mataban a cien. Si una presa era sorprendida robando, se azotaba a cincuenta. Si una interna caminaba del brazo de otra, ambas serían enviadas al Bloque 25, la antesala de la cámara de gas, y con ellas, otras ciento cincuenta. Si pillaban a una prisionera escribiendo en un trozo de papel, la autoridad del campo enviaba a cien presas al crematorio. No existía el equilibrio ni la proporcionalidad.

Tenía que pensar rápido. Estaba en deuda con Alicja por la dirección que le había facilitado y que utilizó en la postal que

Mandel le ordenó escribir. Miró los números en rojo que aparecían en la libreta de hojas cuadriculadas que iba a acompañarla durante todo el día. En ese momento, supo lo que iba a hacer. Aunque fuera una temeridad, decidió no incluir en su lista el número que Alicja llevaba tatuado en el brazo. Ya era un cadáver andante, solo había que convertirlo en un fantasma. A los invisibles no se los registraba. No escribiría el número de Alicja en color rojo. Quizá no le estaba haciendo ningún favor; podía suceder que la siempre deslenguada polaca prefiriera morir cuanto antes, acortar aún más su ya breve esperanza de vida.

—Cuando salgas de aquí, escóndete en los barracones de las letrinas —le susurró Ella a primera hora de la mañana, cuando comenzó la desinfección—. No vayas al Bloque 25 ni mucho menos al Bloque del Hospital. Allí nadie está a salvo. Las SS suelen evitar las letrinas. Pero ten cuidado no te vea algún *kapo*. No pierden la oportunidad de hacer méritos ante las SS. Y tú eres un blanco fácil.

—No merece la pena —contestó Alicja, que parecía más desmotivada que nunca, aunque la muestra de amistad de Ella logró conmoverla.

—Yo decido si merece o no la pena —respondió con una carga de severidad en el tono. No tenía tiempo para discutir. Al menos ese día, su mano sostenía un lápiz de color rojo y eso le daba cierta autoridad, también para tomar decisiones.

—Estás pasando demasiado tiempo con la Bestia. Le estás cogiendo el gusto al ordeno y mando —intentó bromear Alicja.

—No voy a escribir tu número en esta lista —le reveló Ella, obviando su último comentario—. Desaparece. Sobrevive hasta esta noche. Ya veremos qué hacemos después.

—No pueden matarme. Yo ya estoy muerta.

—Creía que las polacas erais más luchadoras.

—Y yo que las francesas erais más realistas. —Alicja la observó con la mirada ligeramente desnortada, como si su interés fuera otro—. ¿Has escrito ya tu postal?

A Ella le costó unos segundos comprender a qué se refería: aquella postal que le reclamó la Bestia la había escrito hacía ya meses, antes de que acabara el año. La polaca parecía confusa, como si hubiera perdido los referentes temporales. No le extrañó teniendo en cuenta su estado.

—Sí, lo hice —respondió sin entrar en detalles—. Y lo que también voy a escribir es tu número en esta lista, a no ser que me hagas caso y empieces a moverte.

—Adiós, Ella —le dijo, acompañando su despedida con una tímida y lastimera sonrisa.

Era el segundo adiós que oía de boca de Alicja. Los adioses no proliferaban entre las prisioneras del campo, era una de las palabras prohibidas, ni hablada ni escrita, ni siquiera en la clandestinidad de las postales ni en el reverso de las fotografías. Y, sin embargo, la polaca había pronunciado la palabra tabú hasta dos veces. No parecía una más de sus muchas provocaciones. Si el primer adiós —después de darle la dirección que podría escribir en la postal— le había sonado raro, el segundo no presagiaba nada bueno.

Desde entonces, Ella no había vuelto a verla. Y su número de cuatro dígitos, tampoco. Era uno de los números más bajos del campo. Algún día le preguntaría si había alguna explicación o era algo aleatorio. En su caminar de un sitio a otro junto a Mandel, intentó buscar la cara de Alicja entre las que se mantenían en formación de a cinco y las que marchaban al Bloque 25 o directamente a la cámara de gas. No la encontró. Prefirió entenderlo como una buena señal y eso le confirió cierto alivio. Quizá le había hecho caso. Quizá aquella vez lo hubiera logrado. Ganar tiempo a la muerte, ese era el principal reto de todas las prisioneras, por muy sentenciadas que estuvieran.

Pasaron las horas sobre el campo de Auschwitz-Birkenau y sobre sus presas, sin agua, sin comida, sin poder moverse, obligadas a entonar cánticos que iban contra ellas mismas. Poco a poco, habían ido cayendo como fichas de un lúgubre juego de efecto dominó, empujándose las unas a las otras, sin fuerza, sin voluntad, en cadena, como parte de una perfecta obra de ingeniería. La mayoría estaban muertas, otras habían perdido el conocimiento, las menos sobrevivían sin saber muy bien por qué. Habían pasado doce horas y era el momento de la selección. Resultaba más absurdo que nunca porque apenas quedaba nadie que seleccionar. Las muertas se contaron por cientos, por miles, conforme iba entrando la noche. Las sentenciadas a muerte fueron encerradas en el Bloque 25, donde esperaron para tomar el relevo de una remesa anterior de penadas que habían sido conducidas a la cámara de gas y, posteriormente, al crematorio. Las más afortunadas —¿de verdad lo eran?— regresaron a sus respectivos barracones, casi todas vistiendo un uniforme que no era el mismo que se habían quitado horas antes para que lo fumigaran. Era otro distinto, de una talla menor o mayor, con un olor diferente y un tacto extraño. Algunos desprendían un fuerte hedor que no correspondía al del producto desinfectante. La mayoría de las presas todavía no conocía ese olor, la fetidez que dejaba el Zyklon B empleado en la cámara de gas.

Después de un día entero de gritos, desinfecciones, duchas, uniformes fumigados, cánticos ensordecedores y desnudez expuesta, aún quedaba tiempo para algo más. Los planes de Maria Mandel nunca terminaban. En Auschwitz-Birkenau, cuando todo parecía a punto de terminar, era cuando empezaba de nuevo.

—Ve a mi oficina. Hay que hacer una lista de prisioneras sospechosas de mal comportamiento. Serán las próximas en desaparecer —le ordenó la Bestia, que no parecía saciar su sed exterminadora.

Ella odiaba hacer esas listas. Le hacía sentirse cómplice de la maldad de la *SS-Lagerführerin*. Mandel lo intuía y decidió ahondar en esa rara sensación de culpa obligándola, en más de una ocasión, a seleccionar ella misma los números de las sentenciadas a muerte. Una especie de lotería lúgubre a la que se veía abocada a jugar por decreto.

Sin poder desprenderse de su inseparable lápiz rojo, se disponía a cumplir la nueva orden cuando tuvo que frenar en seco, ante la imagen que atrapó su mirada camino a la oficina de Mandel. Necesitó acercarse a la alambrada para comprobar que sus sospechas eran ciertas. Acostumbrada a caminar deprisa por las calles del campo, ella misma se extrañó de cómo se ralentizaron sus pasos, como si no quisiera llegar al destino para confirmar su impresión inicial. No era la primera vez que veía el cuerpo de una presa enganchado a la valla electrificada que bordeaba el recinto. Era imposible no verlos, porque las autoridades del campo ordenaban mantener los cadáveres durante varios días para que todos los prisioneros los contemplaran. Pasado ese tiempo, los trabajadores del comando encargado de retirarlos de la alambrada aparecían con pértigas de unos dos metros de largo coronadas con un gancho de hierro, las mismas que se utilizaban para sacar los cuerpos de la cámara de gas y trasladarlos a los hornos crematorios. Los encargados de esa desagradable misión solían ser los *Sonderkommandos*, que ya habían mostrado su destreza en la recogida de cadáveres. Pero no era lo mismo contemplar un cadáver abrazado a la alambrada cuando era el de una persona conocida. La visión de Alicja atrapada en las garras de la valla electrificada le revolvió el estómago. Seguramente llevaba allí horas. Se acercó un poco más, como si le debiera ese último adiós. Por unos segundos, levantaba la prohibición a esa expresión maldita. Pronunciaría esa palabra en voz baja, casi inaudible, y también la escribiría en una postal, porque seguía sintiéndose en deuda con ella.

Contempló los rastros de sangre seca coagulada en su nariz y en su boca. Su cuerpo se mostraba rígido, y sus manos y dedos estaban agarrados con fuerza a la alambrada, aferrándose más a una muerte desconocida que a una vida repudiada. A pesar de esa visión, su rostro parecía estar en paz. Solo había una cosa que no casaba con ese descanso anhelado. Alicja tenía los ojos abiertos, y aunque su expresión no era de terror, Ella sintió que debían estar cerrados. Acercó la mano tímidamente, olvidando la precaución de mirar alrededor para evitar testigos. A punto estaba de tocarla, cuando una voz la detuvo.

—No la toques.

La frase sonaba más a consejo que a orden, lo que la tranquilizó al entender, incluso antes de verla, que no venía de un uniformado sino de una prisionera. Miró el rostro de quien le había hablado: una mujer de grandes ojos negros, que parecía algo mayor que ella. La reconoció como una de las presas judías polacas que trabajaban en uno de los comandos encargados de la ropa, muy cerca del crematorio IV. Alguna vez se habían cruzado en el Kanada, por donde aparecía a menudo sin que a nadie le llamara la atención, aunque no tenía mucho contacto con ella. Lo que sí conocía era su nombre: Róża.

—Terminarías como ella. ¿Es eso lo que quieres?

—Pero es Alicja...

—Ya no. Para ser sincera, hace mucho tiempo que dejó de ser ella. Es mejor que te apartes y la dejes.

—Nadie quiere morir solo. Eso sería peor que simplemente morir. Es Alicja —insistió Ella, como si pronunciar su nombre le fuera a dar la razón.

—A la verdadera Alicja tú ni siquiera la conociste. Y ahora vete, antes de que te vea quien no debe verte. —El consejo resultaba curioso viniendo de alguien que solía estar en muchos sitios donde no debía ser vista.

Ella miró de nuevo el cuerpo sin vida de la polaca. Róża tenía razón. Nunca llegó a conocer a la verdadera Alicja, como la polaca nunca llegó a conocer a la auténtica Ella. Volvió a preguntarse qué hubiera pasado de haber conocido en otro lugar a sus compañeras de campo, y también a los verdugos, de no haber existido el emplazamiento donde estaban, de haberse encontrado en otras circunstancias. ¿Serían los mismos Josef Mengele, Maria Mandel, Irma Grese o Josef Kramer? ¿Serían distintos? ¿Y si se hubieran caído bien? ¿Y si se hubiesen hecho amigos? ¿Cómo se podía llegar a conocer realmente a las personas? Sabía que el comportamiento de los individuos variaba mucho según sus experiencias vitales y los escenarios donde se desencadenaran. «Somos diferentes en momentos diferentes.» Era algo que siempre le decía su padre, porque lo veía a diario en su consulta del hospital. «Los hombres más poderosos tiemblan como gatitos cuando saben que su vida va a cambiar por una enfermedad, y los más malvados se olvidan de todo cuando les comunicas que van a ser padres. La condición humana es muy singular, muy cambiante ante el ruido exterior», le explicaba su progenitor. No era la primera vez que se planteaba esas dudas, aunque nunca las compartió con nadie en el campo por miedo a que no fueran entendidas. También a ella le asustaban más las respuestas que las preguntas descabelladas. Pero todo eso daba igual. Quizá Róża estaba en lo cierto y jamás conoció a la verdadera Alicja. Sin embargo, fuera quien fuese la persona que aparecía soldada a la alambrada, había formado parte de su vida y eso es lo que contaba.

Se quedó mirándola unos instantes más, incapaz de culparla. En cierta manera, se sintió aliviada por ella. Fuera de Auschwitz, ese pensamiento no hubiera existido en su cabeza, pero habitaba un mundo paralelo e irreal donde nada era lo que parecía. Entendía la decisión de Alicja. Era un acto desesperado, el último episodio de rebeldía que le quedaba como prisionera: decidir sobre su muerte, ya que le habían hurtado el derecho a dictaminar sobre su vida. Era el último bastión de libertad que le quedaba allí dentro: ser ella y nadie más quien dispusiera cómo y cuándo poner fin a la pesadilla. Seguro que fue su particular motín contra los «monstruos grises», como le gustaba denominar a las SS. Por eso dijo adiós dos veces, por eso había pronunciado la palabra prohibida. No iba a permitirles que le negaran la oportunidad de despedirse, como hacían siempre. Sin poder dejar de observar su cuerpo prendido en la alambrada, a Ella le pareció escuchar su voz: «Es mi último acto de venganza. En el mundo tiene que existir cierto equilibrio».

Al darse la vuelta hacia Róża, ya no la encontró. Le seguía sorprendiendo la facilidad de las personas para desaparecer en aquel lugar, a ese lado de las alambradas. También ella debía irse. Mandel no soportaba que la hicieran esperar.

Era difícil engañar a la cabeza y centrarse en otros pensamientos. Observaba con temor la cuartilla de papel en la que tendría que escribir la nueva lista de prisioneras, no podía pensar en otra cosa. Ya no hacía falta ocultar el número de Alicja en el registro. Al contrario, su inclusión salvaría de la muerte a otra presa. La insolente polaca se había convertido en la protagonista de un acto heroico sin pretenderlo. Pero esas cosas no se eligen, como no se escoge el país de nacimiento o la religión de unos padres, que habitualmente heredan los hijos. Tan solo se asumen. Sin saberlo, o quizá siendo muy consciente de ello, después de la recomendación que Ella le hizo en el Bloque de la Sauna, Alicja se fue, haciendo un favor a otra presa. Un número escrito en un trozo de papel y tatuado en la piel condenaba a muerte, y al segundo siguiente, ese mismo número podía salvar una vida. La macabra marea de Auschwitz, la pleamar y la bajamar en su versión más antinatural acontecida en tierra firme.

Cuando entró en la oficina, Mandel estaba llenando uno de los vasos que había dispuestos sobre una cómoda alta de varios cajones. El líquido que vertía en él procedía de una botella de cristal tallado y tenía un color dorado, por lo que supuso que sería algún tipo de licor. Ella no guardaba buenos recuerdos de las noches que la obligaban a pasarse por la oficina de la Bestia o de cualquier autoridad del campo. Las fiestas privadas y las cenas de los miembros de las SS siempre acababan en orgías de violencia. Había vivido algunas, y su cuerpo había terminado ultrajado de varias maneras. Maria Mandel se acercó el vaso a los labios y lo inclinó ligeramente para verter parte del contenido en su boca. Siempre emitía un sonido extraño, desagradable, en forma de sorbo. Su gesto mostraba cansancio pero no abatimiento. La corbata negra, que conseguía ajustar el cuello de la camisa a su garganta, estaba suelta, rompiendo la perfecta comunión de la tela sobre la piel. El gorro y los guantes blancos descansaban sobre el escritorio. Se había soltado el pelo y sus dedos se enredaban en él, deshaciendo las trenzas. La lluvia le había mojado el cabello pero, una vez seco, seguía conservando el mismo brillo, en consonancia con el que reflejaba la piel de su rostro. Se dejó caer en uno de los sillones de la oficina. Parecía orgullosa de lo que había hecho.

—Resulta reconfortante ese momento. Ver cómo ellos mueren te hace sentir más viva —dijo con la mirada anclada en el infinito, mientras bebía un nuevo trago. Estuvo a punto de quitarse las botas, pero prefirió no hacerlo, quizá por miedo a que ese gesto le restara autoridad—. La muerte alimenta la vida, mi querida Ella. —Sabía cuánto le repugnaba a la prisionera que la llamara así, y por eso lo hacía—. ¡Alégrate! Al menos esta vez no has sido tú. ¿Por qué os cuesta tanto mostrar un poco de gratitud?

Ella se mantenía a unos pasos de la puerta de entrada. Sabía que no debía avanzar más hasta que la Bestia se lo ordenara. Como a menudo le recordaba, ella no era Alma Rosé. Aunque esa noche le permitió parecerlo.

—Ven, acércate. —Señaló el escritorio con los dedos índice y corazón, los mismos que utilizaba durante las selecciones, imitando burdamente el ademán característico del doctor Mengele—. Debemos elaborar esa lista de prisioneras. Los próximos días van a pasar cosas importantes. Esperamos la visita del *SS-Obersturmbannführer* Otto Adolf Eichmann, no podemos cometer errores. Es una eminencia, el cerebro de la deportación de los judíos europeos por nuestra red ferroviaria hasta los campos de Treblinka, Chelmno, Belzec, Majdanek, Sobibor y, por supuesto, Auschwitz. Como diría el *Reichsführer-SS* Heinrich Himmler, hay que «despejar a fondo»...

A Ella le llamaba la atención la cantidad de eufemismos que utilizaban los nazis para referirse a la muerte y al asesinato: «tratamiento especial», «reasentamiento», «evacuaciones», «recuperación», «experimentación», «liquidación», «Solución Final»... Los había leído todos en los informes que llegaban a la Administración del campo desde las altas instancias del Tercer Reich, y nunca dejaba de sorprenderle la facilidad para retorcer y maquillar las palabras con el fin de tergiversar la realidad.

La Bestia seguía hablando.

—Himmler tiene razón. Puede que muchos se pregunten por qué estamos haciendo esto. Pero si no lo estuviéramos haciendo nosotros, ¿qué serían capaces de hacernos los judíos? Tenemos el derecho moral, estamos obligados con nuestro pueblo a exterminar a esas personas que querían matarnos a nosotros. —Mandel emulaba el discurso pronunciado por Himmler el 4 de octubre de 1943 en Poznan, ante un grupo de generales de las SS, donde justificó el exterminio de los judíos europeos—. Tenemos que evitar los mismos errores que cometimos en el pasado, lo que ya vivimos en la Gran Guerra cuando los judíos nos hundieron. Si no hacemos algo nosotros, ellos lo volverán a hacer. Es simple supervivencia. Los judíos son los enemigos de Alemania; en realidad, lo son de todo el mundo.

Cuando la *SS-Lagerführerin* hablaba así, con un tono sereno y calmado, sin gritos ni estridencias, como si estuviera explicando la vegetación en las montañas de la Alta Silesia, conseguía aterrarla más. Una argumentación sosegada en boca de una depredadora que acababa de mandar a la muerte a miles de personas inquietaba mucho más que los alaridos, los insultos y las amenazas. Sobre todo si el alcohol iba surtiendo su efecto.

—Tú no lo entiendes. No estabas allí, no pudiste escuchar cómo el *Reichsführer-SS* explicaba a un selecto grupo de militares, oficiales y altos mandos que no le parecía razonable exterminar a los hombres y dejar que sus niños crecieran para que un día pudieran vengarse en nuestros hijos. Esta historia va más allá de nosotros mismos.

Mandel se puso en pie y se sirvió otro vaso del líquido de color cobre, antes de seguir hablando o, más bien, recitando las palabras pronunciadas por Himmler, como si fueran una suerte de plegaria.

—«Hay un principio que debe constituir una regla absoluta para las SS: debemos ser honrados, correctos, leales y buenos camaradas ante las gentes de nuestra misma sangre, pero con nadie más. Lo que pase con los rusos, con los checos, me es completamente indiferente. La sangre de buena calidad, de la misma naturaleza que la nuestra, que los demás pueblos puedan ofrecernos, la tomaremos y, si es necesario, cogeremos a sus hijos y los educaremos entre nosotros. Si las otras razas viven confortablemente o se mueren de hambre, solo me interesa en la medida en que podemos necesitarlos como esclavos de nuestra cultura; aparte de eso, me son indiferentes. Que diez mil mujeres rusas mueran de agotamiento cavando una fosa antitanque solo me interesa siempre y cuando la fosa sea terminada para Alemania.»

Ella se preguntó si Mandel habría estado en Poznan para escuchar el discurso de más de dos horas de Himmler o si, como siempre, se lo había contado alguno de sus amantes de las SS con los que solía compartir cama e información. Siempre hablaba por boca de otros, con palabras ajenas grabadas a fuego en su portentosa memoria, y eso resultaba estrafalario para una mujer que daba tantas órdenes.

—Son demasiados, los malditos judíos nos están dando excesivo trabajo para el poco valor que tienen. Y no tenemos mucho tiempo. Sabemos que algunos prisioneros se están mostrando revoltosos. Quiero que empieces a escribir sus nombres y sus números. Serán los próximos.

—Pero yo no sé... —titubeó Ella, espantada ante la petición y la posibilidad de que se le encomendase esa selección encubierta—, no sabría cómo...

—Mejor que empieces a saber, si quieres seguir viva. Yo te ayudaré.

Durante algo más de una hora, estuvo escribiendo los nombres de las prisioneras —una columna en el papel que las SS casi ni miraban, ya que solo se fijaban en los dígitos y sobre ellos actuaban— y sus correspondientes números, bajo la mirada inquisidora de Mandel. Conocía las consecuencias que tendría aquella lista. A primera hora de la mañana, un oficial de las SS cantaría los números que aparecían en el documento, obligando a las prisioneras a salir fuera de los barracones y, desde allí, serían enviadas a trabajar dentro o fuera del campo en jornadas extenuantes; cuando comenzaran a desmayarse por el cansancio o por la enfermedad, llegarían los castigos corporales que las romperían aún más y, entonces, sería enviadas al barracón del hospital, de ahí al Bloque 25 y, tras una nueva selección en el exterior, acabarían camino de la cámara de gas y del crematorio. Lo único que pudo hacer Ella, como traía decidido, fue incluir el número de Alicja en la lista. Se sabía de memoria aquellos cuatro dígitos. De esa manera, salvaría una vida. Y eso era mucho, sobre todo para la afortunada y su familia. Siempre pensaba que quizá la persona salvada sería la que conseguiría salir de allí y contárselo al mundo. Era parte de la heroicidad involuntaria de Alicja.

Antes de abandonar la oficina, la voz de trueno de la *SS-Lagerführerin* hizo que Ella frenara su salida. Tenía esa endiablada costumbre de decir las peores cosas cuando las prisioneras estaban de espaldas.

—Tú también tendrás que pasar por una desinfección y por una revisión médica. Será en breve. —Cambió el tono para envolverlo en ironía—. Eres una privilegiada, una auténtica *Sonderhäftling*. No puedes permitirte un solo piojo, recuerda que formas parte de la aristocracia de Auschwitz. Cuando corresponda, el doctor Mengele se encargará personalmente.

La mención del doctor Mengele dejó en un segundo plano el malestar que siempre le provocaba la elaboración de una lista. Ya conocía sus revisiones. Sabía el infierno que se le avecinaba, fuera cuando fuese. Un escalofrío la recorrió sin que pudiera hacer nada para evitarlo, lo que dibujó una sonrisa de placer en el rostro de Maria Mandel. Esa mueca confirmó sus temores. Se armó de valor para reanudar el paso y abandonar la estancia. Sabía lo que tenía que hacer: se aferró al presente y desterró de su pensamiento lo que estaba por venir. En Auschwitz, solo importaba el ahora porque quizá mañana ya no estaría viva para preocuparse por ello.

Con el cuerpo roto y el espíritu hermanándose en esa renqueante condición, se tumbó sobre el camastro de su barracón. El sonido del día le seguía martilleando en la cabeza. Allí continuaban los gritos y los lamentos de las prisioneras durante el apocalíptico proceso de desinfección. Y a ellos se unieron otros más recientes que se aproximaban por las vías del tren. Un nuevo transporte estaba llegando al campo. Era una cadena maldita, una serpiente gris. Aquella noche tampoco sería capaz de conciliar el sueño.

Se había acostumbrado a dormirse con la lluvia golpeando con fuerza sobre los tablones de madera de los barracones, como si fuera una burda imitadora de los brazos uniformados. Pero era imposible domesticar al oído y acostumbrar a la mente al sonido de un nuevo transporte. El silbido chirriante del metal de las ruedas de los trenes contra las vías era la antesala de un desfile de cadáveres, de los gritos pidiendo ayuda, los chillidos de desesperación, los llantos de los perdidos, los más pequeños gritando su propio nombre para que sus padres, en el caso de que estuvieran vivos, pudieran identificarlos, y así saber que seguían con vida. Ese era el sonido más desgarrador para Ella, el de los niños gritando sus nombres para que sus familiares los reconocieran, para que alguien los encontrara y fuera a por ellos, para que todos supieran quiénes eran, llamando, clamando por una identidad que estaba a punto de desaparecer. Hacía tiempo que se había dado cuenta de que todos los niños menores de catorce años que llegaban en los transportes se volvían invisibles. Nadie los veía al día siguiente, uniformados con el traje de rayas como el resto de los prisioneros, cargando piedras de un lado a otro, cavando zanjas, preparándose para un nuevo pase de revista o haciendo cola para obtener su ración diaria de pan y de sopa. Desaparecían en la noche, sin explicaciones, sin palabras, de la misma manera que habían sido detenidos, retenidos y deportados. Sus nombres dejaban de ser tronados al aire, ya por entonces corrompido por un recuerdo hecho cenizas. Aquel era el destino de todos los menores, excepto un reducido número que las SS seleccionaban para determinados trabajos en el campo, como el realizado en las fábricas de munición, donde sus diminutos dedos entraban con más facilidad en los orificios de las balas, o en la limpieza de ciertos conductos por donde solo podía entrar el cuerpo de un niño. Los pocos pequeños que se veían en el campo tenían tareas muy específicas, siempre dependiendo de sus características físicas.

Ella escuchaba las palabras gritadas e intentaba memorizarlas, algunas veces con más éxito que otras. Intentaba retener cada nombre para caligrafiarlo más tarde en sus postales. En el eco de cada bramido, hecho de nombres propios y apellidos, se alzaba la sombra del miedo a oír un día el de su hermana. «¡Soy Mia! ¡Me llamo Mia! ¡Mi nombre es Mia!» Ahí residía su principal temor. Eran las palabras que no quería escuchar ni tener que escribir en el reverso de ninguna postal ni fotografía, que guardaría en una lata y enterraría en la tierra para dar testimonio de que los invisibles existieron. En su cabeza se abría una puerta a la ansiedad. ¿Qué habría sido de Mia? ¿Habría logrado escapar a Suiza como estaba planeado y mantenerse a salvo?

¿Habría continuado con sus estudios de Medicina, emulando los pasos paternos? ¿Seguiría con vida? ¿Estaría detenida en Drancy o la habrían deportado a otro campo? ¿Habrían sido capaces de torturarla? ¿Estaría mintiendo, tal y como le recomendó su padre, o sería una más de los muchos que atestaban los trenes?

Otra pregunta la rondaba. ¿Sabría Mia lo que estaba sucediendo allí? ¿Era posible que no lo supiera, ni ella ni el resto del mundo? ¿Acaso no estaría buscándolos? La ausencia de respuestas hacía que se concentrara en los sonidos de la noche, en la retahíla de gritos y ruidos extraños y, sin embargo, terriblemente familiares. Cerraba los ojos para concentrarse mejor. O quizá era una manera de aislarse de ese mundo que ansiaba ajeno, pero que le era descarnadamente propio. Se abandonaría a un sueño que no sería reparador. Pero antes tenía que cumplir una promesa.

«Recuerda escribir algo sobre mí en esas postales que guardas», le había pedido Alicja.

Y lo hizo.

Adiós, Alicja

6

«Ten miedo de todo aquel que te haya visto desnuda.»
La frase de su madre se repetía una y otra vez en su cabeza, y continuaría haciéndolo durante toda la jornada, ya fuera en el Kanada, el Bloque de Música o su barracón, día tras día, hasta que por fin se cumpliera la advertencia de Maria Mandel y Ella tuviese que presentarse en la consulta del doctor Mengele para su revisión médica. Las amenazas de la Bestia siempre surtían el efecto deseado: amordazar la moral de la víctima antes de golpear su cuerpo, lo que obligaría a la prisionera a permanecer en un estado de tensión constante, acrecentando el sufrimiento. El miedo como antesala del dolor, un mecanismo de tortura perfecto.

«Ten miedo de todo aquel que te haya visto desnuda.»

Más que un consejo había sido todo un presagio.

En Auschwitz-Birkenau, las dos primeras personas que contemplaron su desnudez y la convirtieron en un instrumento de poder y en una eficaz arma de humillación y control fueron Maria Mandel y Josef Mengele. Tenía motivos para temerlos a ambos.

Conocía las revisiones de ese al que ya por entonces apodaban *Todesengel*, «el Ángel de la Muerte». La primera la vivió nada más llegar al campo, cinco meses atrás, en septiembre de 1943. Su recuerdo le hizo revivir el verdadero comienzo de la pesadilla cuando, en la rampa de la estación de ferrocarril de Auschwitz, la esperanza murió dando a luz a la rendición, la inocencia le fue arrebatada de cuajo y sin anestesia, y el reino de la maldad se le mostró sin filtros. Volvió a sentir el miedo de ese primer día, el sentimiento de desprotección, el terror por un devenir incierto que le agarrotó cada músculo. Todo revivió en su cabeza y en otras partes de su cuerpo, como si el tiempo se hubiera plegado y esa doblez consiguiera que el presente regresara al pasado.

A sus oídos tornó el sonido chirriante de las puertas de los vagones abriéndose en el interior del campo para proceder al vaciado de la carga, compuesta por miles y miles de deportados, todos distintos, con diferente nacionalidad, sexo, edad, profesión, fe y también con diferente lengua; pero todos ellos con el semblante parejo, idéntica mirada, la misma sensación de pérdida, una precariedad semejante y un análogo desconcierto. Era de noche, lo que hacía que todo pareciera más tétrico y peligroso. La oscuridad no era buena aliada del optimismo, no animaba a abrigar un mínimo de confianza, aunque el desconocimiento de lo que estaba a punto de suceder podía apaciguar la ansiedad de los recién llegados En realidad, ese era el objetivo de los uniformados que los recibieron en el andén. La mayoría eran hombres, algunos de ellos acompañados por perros, aunque también pudo ver a alguna mujer. Junto a ellos esperaban otras personas de aspecto más similar al de los recién llegados, si no fuera por sus ropas: un atuendo de rayas que parecía más un pijama que un uniforme. Muy cerca de Ella, un joven lo achacó a lo tardío de la hora en que habían llegado; en una situación de incertidumbre como aquella, bien valía abrazar cualquier explicación ingenua que abriese una puerta a la esperanza o una cierta normalización de la vida, por absurda que fuera. Esa necedad revestida de inocencia fue lo que le hizo creer a una de las prisioneras, veterana en varios campos, cuando al divisar por una de las rendijas del vagón un edificio de ladrillos rojos, de cuya chimenea salía una mezcla de humo y fuego, le aseguró que era la panadería del campo. No todos reaccionaron igual. Unas horas antes, cuando el tren permaneció parado a pocos metros del destino final y todavía quedaba luz natural, uno de los hombres se acercó a la puerta del vagón para pedir agua. No le hicieron caso, pero pudo atisbar lo que había fuera.

—Conozco este lugar. Es Oswiecim. Mis tíos viven aquí. Al menos, lo hacían hasta hace unos años, cuando me fui a vivir a París. Podría reconocer este bosque por su olor, huele a abedules. Mi padre me traía aquí a buscar tréboles de cuatro hojas cuando era pequeño. Él era carpintero y yo podría reconocer el olor de cualquier madera que me pongan. Lo que hay ahí fuera es un *Birkenwald*, un bosque de abedules. Y si la memoria no me falla, la estafeta de correos está a unos trece o catorce kilómetros, quizá a quince, en aquella dirección. —Señalaba con la mano hacia el otro extremo, que nadie pudo ver—. No estamos en Alemania. Esto es Polonia.

Así se enteraron de cuál era su ubicación real, algo que los desconcertó todavía más.

Unos grandes y potentes focos, que parecían venir de lo alto de una torre, iluminaban lo que pasaba en el andén. Cuando empezaron a desalojar los vagones, las preguntas comenzaron a tomar lugar tanto como las mentiras. «¿Hay algún zapatero entre ustedes?» «¿Cuántos años tiene usted, señora? Y el niño, ¿qué edad tiene?» «¿Es suya esa maleta? No se preocupe, nosotros nos haremos cargo de ella y se la haremos llegar.» «No teman por sus documentos de identificación ni por las fotos. También nos haremos cargo de ello. Aquí no los van a necesitar.» «¿Alguno de ustedes es médico, carpintero, ingeniero, traductor? ¿Algún dentista?» «¿Tienen hambre? Podrán comer algo caliente en cuanto se duchen y puedan asearse, después de un viaje tan largo.» «¿Quién necesita atención médica? ¿Usted, señor? ¿Puede caminar hasta aquel edificio del fondo, o prefiere ir en un transporte? Tenemos ambulancias que pueden acercarlos si están enfermos», decían, señalando los camiones militares con enormes cruces rojas dibujadas sobre círculos blancos, dando a entender a los deportados que eran vehículos de la Cruz Roja cuando, en realidad, era el transporte directo a la cámara de gas y al crematorio.

Aquella noche en la que Ella y su familia llegaron al campo no hubo gritos, ni amenazas, ni insultos. Los perros no ladraban, los látigos y las fustas que llevaban los uniformados no buscaban el cuerpo de los presos. Todo era cordialidad dentro de la rigidez imperante. A todos les sorprendió que les hablaran de usted.

Entre el caos de la dudosa bienvenida, Ella distinguió el rostro de su padre. Le había visto por última vez en Drancy, cuando a su madre y a él los metieron a la fuerza en el vagón contiguo al de Joska y ella. La alegría inicial se tornó rápidamente en un gesto de decepción al ver cómo su progenitor negaba con la cabeza, impidiéndole que se reuniera con él, como ella pretendía. Le conocía muy bien. Algo pasaba, algo sabía que le hacía frustrar el reencuentro, como estaban haciendo la mayoría de las familias. «No os separéis. Permaneced juntos. Sea lo que sea lo que nos ocurra, pasaremos por ello juntos», se decían los unos a los otros. En ese momento, Ella recordó el consejo de su padre a su hermana pequeña Mia: «Miente si tienes que hacerlo para sobrevivir, no importa cómo. Reniega de todos y de todo».

Mientras intentaba entender la reacción de su padre, oyó una tos con la que llevaba tiempo familiarizada, la causante de que la familia no hubiera podido huir a Estados Unidos. Se giró como pudo en el andén abarrotado, hasta ver a su madre, que tosía sin parar e intentaba detener con un pañuelo la sangre que expectoraba. Sus miradas se cruzaron. A Ella le inquietó la desnudez de sus ojos, sin las inseparables gafas. Con la misma prudencia mostrada por André, Nadine apenas pudo compartir un susurro —«Tranquila. Resiste. Volveremos a vernos»—, aunque se esforzó por sonreír para infundirle un ánimo y una tranquilidad que ella misma no tenía. Y desapareció entre la multitud de deportados, de la misma manera que su marido. Ella estaba aturdida y esa confusión la llevó a buscar a Joska.

Había estado a su lado durante todo el trayecto y, en unos segundos, había desaparecido. Maldijo a las dos mujeres que la habían empujado para salir más rápido que ella del vagón. Tampoco podía culparlas, tenían sed y les faltaba el aire; lo único que querían era respirar y escapar cuanto antes de la cárcel en la que habían viajado durante cuatro días. Ella volvió a otear a su alrededor, ahora con un bebé, una niña de apenas unos meses, en brazos: la madre se la había dejado mientras buscaba angustiada al resto de sus hijos. Había demasiadas personas en un espacio reducido. Pero consiguió verle. Caminaba a unos metros de su padre, acompañado de otros hombres, que fueron enviados a la derecha del andén. Rogó por que se diera la vuelta para poder verle y que él la viera a ella. Dudó si gritar su nombre para llamar su atención. Solo necesitaba un mínimo contacto visual al que aferrarse para soportar todo aquello. Siempre habían tenido tiempo para un adiós. Aquella vez no pudo ser. Algo consiguió desconcentrarla.

—¿Alguien sabe idiomas?

Fue la única pregunta que escuchó responder en boca de alguien cercano, alguien que había decidido incluirla en la contestación sin su permiso.

—Sí. Ella sabe seis idiomas. Los habla y los escribe.

Era la voz de Odette que, antes de hablar, ya había levantado su maltrecha mano para señalar a Ella. La miró desconcertada. No acertó a discernir si aquello era bueno o malo. Tampoco pudo recordar en qué punto del trayecto le confió su dominio de lenguas. Solo podía recordar sus manos destrozadas, la postal que escribió con su letra prestada y el momento en el que arrojó la tarjeta por una de las rendijas del vagón de ganado que las transportaba.

En ese instante, una mujer alta, uniformada de manera impecable de los pies a la cabeza, con un andar regio y seguro, aupada en unas botas de cuero altas y tan relucientes que brillaban en aquella oscuridad grisácea salpicada por los haces de los potentes focos de luz, se acercó a Ella. Era la *SS-Lagerführerin* Maria Mandel. La Bestia. La mujer más cruel de Auschwitz y, seguramente, de toda la Alemania nazi. Permaneció unos segundos observándola en silencio, escrutándola hasta el punto de que bien podría haber esbozado su retrato.

—¿Es cierto lo que dice tu amiga? —preguntó con una voz gutural, mientras sus enormes ojos azules inspeccionaban a Ella y a la niña que tenía en brazos, que se agitaba inquieta y se llevaba el diminuto puño a la boca.

—No soy su amiga —se adelantó a aclarar con premura Odette, por miedo a que el motivo de su arresto por la Gestapo, que supuso habrían puesto en conocimiento de las autoridades del campo, perjudicara de algún modo a Ella. Había visto demasiado para saber cómo se confunden las cosas y cómo una mirada o un simple saludo podía condenar a cualquiera por muy inocente que fuese—. En realidad, apenas la conozco. Pero la escuché hablar ahí dentro con otras personas en distintos idiomas. —Calló al darse cuenta de que estaba hablando demasiado; un exceso de información siempre terminaba condenando al inocente.

—Sí. Es cierto —respondió Ella, con más temor que seguridad, mientras aupaba de nuevo a la pequeña, que ya había comenzado a llorar ante la prolongada ausencia de su madre.

—¿Qué idiomas sabes? —preguntó Mandel, consciente de la necesidad de las SS por encontrar prisioneros que entendieran el alemán y pudieran traducir sus órdenes a los presos de distintas nacionalidades que habitaban el campo, especialmente a los trabajadores de las oficinas y las factorías.

—Francés, alemán, polaco, húngaro, italiano e inglés —enumeró Ella, como si estuviera pasando lista. No sabía si debía sentirse orgullosa o temerosa. Seguía diciendo la verdad, sin saber si actuaba bien o mal, y si ignorar el consejo de su padre le traería nefastas consecuencias.

—Aquí inglés hablamos poco. —La *SS-Lagerführerin* hizo resbalar su respuesta, mostrando abiertamente su desprecio y desinterés por todo lo anglosajón.

La conversación atrajo el interés de un hombre alto, de cabeza cuadrada, en justa proporción con su cuello, cabello negro peinado hacia atrás y con una marcada raya al lado, y un pecho abultado a modo de coraza que arqueaba la chaqueta de su uniforme. Observaba la escena a una distancia de dos o tres metros. Mientras se acercaba, la luz de los focos colisionaba en su espalda, haciendo que una neblina grisácea perfilara el contorno de su silueta, engrandecida por el uniforme. El efecto óptico parecía envolverlo en una especie de aura. Ella ya se había fijado en él. Era de los pocos uniformados que no hablaban; se limitaba a observar a los que se apeaban del tren, a mirarlos como si sus ojos negros tuvieran la facultad de verlo todo con un solo vistazo, y a gesticular discretamente algún tipo de orden, ya que los oficiales de rango inferior y los hombres con el uniforme de rayas le obedecían de inmediato. Hasta ese instante, se había limitado a mover la mano mientras señalaba a los deportados, a los que ordenaba que se incorporasen a la izquierda o a la derecha. Lo hacía sin necesidad de articular palabra, con un simple movimiento del dedo índice de su mano diestra, que de vez en cuando introducía parcialmente entre la botonadura de su chaqueta militar, a modo de descanso. A Ella le recordó el gesto que siempre había visto en los retratos de Napoleón, el ademán de un hombre de poder, seguro de sí mismo, que se sabía protagonista de la historia, cualquiera que esta fuese. Era el doctor Josef Mengele. Desde abril de ese año, capitán de las SS Josef Mengele.

—¿Esa niña es de usted? —le preguntó a Ella, que continuaba sosteniendo a la pequeña, envuelta en un descorazonador llanto. Su voz profunda acompañaba su imagen de hombre robusto y decidido.

—No, señor. Una mujer húngara me ha pedido que se la cuidara mientras buscaba a sus otros hijos —respondió de nuevo con el temor de haber acertado o no. No había mentido, lo que quería decir que había desobedecido a su padre, otra vez.

—No debe usted coger nada que no sea suyo. Eso sería robar y aquí somos muy estrictos con la ley. —Josef Mengele la miraba con más detenimiento que al resto de los deportados; habría conseguido incomodarla si no estuviera tan intimidada por su presencia que incluso tuvo que apartar la mirada—. Su amiga se encargará del bebé —sentenció mientras con un gesto ordenaba a Odette que se encaminara hacia el lado izquierdo de la rampa. La joven pianista estuvo tentada de insistir en que no eran amigas, pero desistió.

—No puede cogerla —intentó aclararle Ella, sin conocer todavía que replicar a un uniformado estaba prohibido—. Tiene las manos rotas.

—Los brazos los tiene en perfecto estado. Es todo lo que necesita. —El hombre se volvió hacia Maria Mandel—. Llévela al hospital para la revisión médica. Me encargaré personalmente. —No solía atender a los prisioneros, solo a los que él mismo elegía y seleccionaba por diferentes razones, ninguna de ellas laudatorias—. Y que no le corten el pelo: la quiero así. —Estaba a punto de regresar a su lugar en el andén, cuando se volvió para añadir algo más—: Y que tampoco la marquen, al menos de momento —le dijo con un gesto cómplice a Mandel, tomando prestada una de sus frases favoritas.

Ella tardaría unos días en acostumbrarse a esta muletilla. También tardaría en conocer que aquellos deportados que en la rampa del apeadero del tren habían sido enviados a la izquierda del andén estaban condenados a muerte por ser mayores de cuarenta y cinco años, menores de catorce, por ser madres con niños pequeños, enfermos, inválidos o considerados no aptos para el trabajo por ser demasiado débiles. Los que fueron seleccionados para ir a la derecha se habían salvado, de momento, aunque se habían convertido en esclavos que trabajarían doce horas diarias sin recibir nada a cambio, excepto una ración de sopa y un trozo de pan negro.

Sin embargo, tan solo necesitó unas horas para entender el significado del último comentario del doctor Mengele sobre su pelo.

Lo comprendió cuando la condujeron, junto a un nutrido grupo de mujeres, a un barracón, donde se darían la primera ducha en el campo de Auschwitz-Birkenau y se someterían a la primera desinfección rápida y de manera atropellada. Todas las mujeres deportadas estaban desnudas, después de haber sido obligadas a desprenderse de sus ropas. Pero algo las diferenciaba de ella. A todas les habían rapado la cabeza y rasurado el pelo de otras partes del cuerpo. A Ella no, algo que la condenó a sentirse distinta entre el resto de las presas y ante las miradas ajenas. No sabía qué significado tenía aquello. Tampoco supo por qué mientras llevaban a casi todas las mujeres a otro edificio cercano, de donde salían con un número tatuado en el antebrazo, a ella la trasladaban a una estancia más apartada, situada dentro del Bloque del Hospital.

Se encontró en una sala sin ventanas, con las paredes alicatadas hasta media altura con azulejos blancos, una tarima en el suelo que —excepcionalmente, como más tarde comprobaría— lucía limpia y, a juzgar por el fuerte olor que impregnó al instante sus fosas nasales hasta subirle al cerebro, había sido desinfectada hacía poco. Aquel habitáculo era ajeno al ruido exterior. Estaba iluminado por cuatro flexos, uno de ellos de gran tamaño y mucho más potente que el resto, que enfocaban una camilla de hierro barnizada en blanco sobre la que no había ninguna sábana, trapo o manta. A su lado, dos mesitas llenas de aparatos metalizados y material quirúrgico, algunos de ellos depositados en cubetas de aluminio con forma de riñón.

Junto al biombo blanco de tres bastidores articulados, a poco más de un metro de la mesa a modo de escritorio cubierta de papeles y documentos oficiales —a juzgar por los matasellos—, Ella distinguió algo que parecía fuera de lugar: encima de una de las sillas había un gramófono, con la caja de madera de roble y una corneta en forma de flor abierta, de un intenso color dorado. Se identificó con él; aquel tampoco era su sitio. Cerca de la pared vio un pequeño lavabo de color blanco, y más allá dos armarios de dos metros y medio, de color blanco y con dos puertas acristaladas que mostraban el contenido dispuesto en las diferentes repisas: botellas de cristal con una cruz roja en la superficie, frascos con líquido transparente en su interior, cajas metalizadas, jeringuillas, ampollas de cristal oscuro, vendas, gasas, rollos de esparadrapo, tubos cilíndricos que contenían medicamentos, algunas toallas blancas y, en uno de los rincones, tarros con una pegatina en la que había dibujada una calavera sobre dos huesos cruzados. Al distinguir el símbolo del veneno, se tensó más de lo que ya estaba. Como si fuera parte del mobiliario, sus ojos se centraron por fin en el doctor Josef Mengele. Permanecía con la espalda encorvada sobre la mesa repleta de documentos, escribiendo algo sobre un papel. Junto a la camilla, a una distancia de unos dos metros, estaba Maria Mandel, y en el otro extremo de la estancia aparecieron dos uniformados más, ambos oficiales de las SS. Ninguno de ellos llevaba bata blanca, aunque cabría esperarlo en un hospital, como rezaba el cartel en el exterior del edificio al que acababa de acceder.

Cuando Josef Mengele la vio entrar, le ordenó que se acercara a él. Era más alto que ella, y decidió apoyarse en la mesa para quedar, más o menos, a su altura.

—¿Es usted judía?

—No —mintió Ella por primera vez, como forma de supervivencia, pensando en lo orgulloso que se sentiría su padre. Le sorprendió que su voz no temblara ni se rompiera teniendo en cuenta el miedo que la situación le provocaba—. Soy francesa.

—No son conceptos incompatibles —matizó su respuesta el doctor, sin variar un ápice el tono de su voz, mientras la observaba pormenorizadamente, como si buscara en ella alguna señal que la delatara.

Por segunda vez ante aquel hombre, Ella desvió la mirada. Aún no sabía que estaba prohibido mirar a los ojos a un miembro de las SS, pero no le hizo falta. La intimidación era demasiado grande. No necesitó mirarle para saber que estaba escrutando su físico. Era algo que ya había visto en algunos barrios de París, cuando los soldados nazis o los gendarmes detenían en plena calle a una mujer o un hombre judío y, sin mediar explicación, sacaban un aparato metálico con el que le medían la nariz o la distancia entre el mentón y la frente o la separación de los ojos. A algunos les colocaban una especie de casco para medirles el cráneo ya que, según la propaganda nazi, la condición de judío se reflejaba en unos supuestos rasgos físicos. «Braquicéfalo. Cráneo corto. Es judío», exclamaban, como si de verdad supieran de lo que hablaban. El trato que se les dispensaba a aquellas personas siempre le resultó indignante. Pero las instrucciones de su padre eran claras: no mediar por nadie en la calle, no enfrentarse a los soldados, escuchara lo que escuchase y viera lo que viese. En ese sentido, y aunque adoleciera de cierto egoísmo que disculpó en un comprensible sentimiento de supervivencia, su fisonomía le hacía sentirse protegida.

A primera vista, nada hacía pensar que Ella fuera judía. Había sido educada en un ambiente judío liberal, sus padres se encargaron de que asistiera a un colegio donde había alumnas católicas y protestantes, y también judías. No había nada que indicara que lo fuera, excepto la denuncia que realizó un médico compañero del padre que terminó con gran parte de la familia en el campo de internamiento de Drancy. Pero su documentación no había aparecido. Se había apeado del tren sola, y con toda probabilidad el hecho de que su padre evitase el reencuentro familiar le había salvado la vida. Físicamente, Ella era la personificación de la raza aria y en eso se estaba deteniendo el escrutinio del doctor Mengele. Era una mujer de un metro y setenta centímetros de altura, y unos cincuenta y cinco kilos de peso, pelo rubio y largo, apenas ondulado, ojos azules con destellos tornasolados, y una piel clara, delicadamente blanquecina, que mudaba con timidez en un tono rosado según el clima. Su cabeza tenía forma redondeada, los huesos del rostro estaban bien marcados y la nariz recta, un tanto respingada, acogía ligeras aureolas de pecas dispersas por sus mejillas. Mengele deslizó los dedos sobre la nariz y la zona malar. Ella siempre había odiado sus pecas, incluso las intentaba disimular con maquillaje, pero para los demás resultaban agradablemente llamativas. «Te dan un aire jovial —solía decirle su hermana Mia—. Yo en cambio, mírame, no sé dónde meter este apéndice ganchudo que tengo por nariz.»

Prefería mantener ocupado el pensamiento con las quejas de Mia y los recuerdos familiares de París, pero la voz del doctor la devolvió a la sala blanca con olor a éter etílico. El doctor Mengele había situado las manos a ambos lados de su cabeza, obligándola a levantarla lo suficiente para captar su mirada.

—Míreme. —Su orden sonó tajante y, pese al trato formal, un golpe de terror impactó sobre el estómago de Ella. Había tardado pero, al final, el doctor lo había visto. Era de esperar, teniendo en cuenta los numerosos focos de luz que había en la sala—. ¿Tiene usted los ojos de diferente color? —preguntó sin poder disimular la excitación por el hallazgo.

Los ojos de Ella eran azules, de un azul turquesa que recordaba al mar Mediterráneo que bañaba la Italia natal de su madre. Cuando la luz era muy intensa, uno de ellos cambiaba de color. Era una heterocromía parcial, muy leve, apenas detectable, que afectaba solo a la parte central de la pupila del iris de su ojo derecho, que adquiría un color violeta diferente al azul turquesa de la parte ciliar, del anillo exterior de la pupila. Ante la pregunta, Ella desestimó comentar que su anomalía en el iris estaba relacionada con una carencia de melatonina, tal y como le diagnosticó un médico francés colega de su padre. Estaba claro que, a ojos del doctor Josef Mengele, tan obsesionado con las coloraciones del iris como para intentar alterarlas químicamente en los múltiples experimentos que realizaba con algunos prisioneros en el famoso Bloque 10 de Auschwitz —y que no cesaba de enviar muestras de córneas al Instituto Kaiser Wilhelm para que analizaran los resultados de su estudio—, era un hallazgo único que le hacía inmensamente feliz.

Sonreía con los labios entreabiertos, mostrando su diastema. Esa fue la primera vez que lo vio Ella.

—Es maravilloso. Es un caso de heterocromía bellísimo, delicado, casi indetectable, pero ahí está. No me cansaría de observarlo nunca.

—Yo tuve un gran danés, perdón, un dogo alemán, con heterocromía congénita. —Maria Mandel no disimuló una mueca de vanidad, lo que provocó que el doctor Mengele se volviera hacia ella y asintiera durante unos instantes en los que no dejó de sonreír—. Era espectacular. Un ojo marrón y el otro azul. Inspiraba verlo, la verdad. Tuvimos que sacrificarlo. Al pobre animal se le complicó una neurofibromatosis.

—Me ha hecho usted muy feliz... ¿Ella? ¿Es ese su nombre? —preguntó.

Ella se limitó a asentir con la cabeza. No podía entender lo que estaba pasando pero la mención del sacrificio del gran danés había conseguido amedrentarla.

—Veamos si podemos continuar apostando por esa felicidad —dijo el doctor Mengele, y se separó unos pasos, dejando el campo libre para Maria Mandel.

Lo que estaba a punto de suceder prefería observarlo desde la distancia, mientras abría su chaqueta para extraer de ella la misma pitillera de oro que Ella había visto en la rampa hacía unas horas. Mengele sacó un cigarrillo de boquilla dorada, le dio unos ligeros golpes sobre la cigarrera y se lo colocó en los labios. Uno de los hombres uniformados que continuaban en la sala le ofreció una caja de cerillas. A Ella le dio tiempo a escuchar cómo la cabeza inflamable del fósforo arañaba el raspador lateral de la caja y la prendía, antes de que la voz de Mandel apareciera:

—Tendrás que probar que todo lo que dices es verdad. De momento, escribe aquí en esos seis idiomas que aseguras conocer. —Le entregó una hoja de papel con un texto de unas diez líneas, escrito en alemán.

Era un fragmento de *Mi lucha*, de Adolf Hitler. Cuando cumplió la orden, la mujer le arrebató el papel antes de que pudiera entregárselo. Las buenas maneras habían desaparecido desde que había entrado en aquella estancia de un blanco frío y enfermizo, y se había convertido en un conejillo de Indias sin ni siquiera saber cómo ni por qué.

—Ahora léelo. En voz alta.

Ella obedeció y comenzó a leer lo que había escrito en los seis idiomas.

—¡Más alto! —gritó Mandel, sabiendo que su aullido conseguiría atemorizarla más de lo que ya estaba.

> *Toda la cultura está detentada por la raza aria nórdica, que es la verdadera representante de toda la humanidad; por esto, el pueblo alemán debe mantener su pureza racial. La raza germánica es superior a las otras razas y la lucha contra el judío, contra el eslavo, contra todas las razas inferiores es una guerra santa.*
>
> *Si el judío, con la ayuda de su credo socialdemócrata, o bien, del marxismo, llegase a conquistar las naciones del mundo, su triunfo sería entonces la corona fúnebre y la muerte de la humanidad. Nuestro planeta volvería a rotar desierto en el cosmos, como hace millo-*

nes de años. La Naturaleza eterna inexorablemente venga la transgresión de sus preceptos. Por eso creo ahora que, al defenderme del judío, lucho por la obra del Supremo Creador.

—Tiene una letra bonita —sentenció Maria Mandel dirigiéndose al doctor Mengele y obviando a Ella, como si no se encontrara allí, como si no pudiera escucharlos opinar sobre ella. Fue la primera vez que asumió su nuevo estado de invisibilidad en el mundo. Podía desaparecer aquella misma noche y nadie lo sabría—. Y una caligrafía perfecta. Ni siquiera hay un temblor, ni un solo trazo irregular. Tampoco en este fragmento del texto. —Se lo mostró y ambos sonrieron al leerlo.

Que los judíos no eran amantes de la limpieza, podía apreciarse por su simple apariencia. Infelizmente, no era raro llegar a esa conclusión hasta con los ojos cerrados. Muchas veces, posteriormente, sentí náuseas ante el olor de esos individuos vestidos de chaflán. Si a esto se añaden las ropas sucias y la figura encorvada, se tiene el retrato fiel de esos seres. Todo eso no era el camino para atraer simpatías. Cuando, sin embargo, al lado de dicha inmundicia física, se descubrían las suciedades morales, mayor era la repugnancia.

—Sabremos utilizarla. Me hace falta una copista en el Bloque de Música y estoy segura de que sabrá escribir las notas como las palabras. He tenido dos bajas importantes desde que a una puerca polaca le dio por vaciar un cubo de agua sucia donde no debía, y a otra la sorprendí meando en la parte trasera de su barracón. Siguen sin entenderlo. «El barracón es tu casa. No estás en un sanatorio» —repitió la advertencia con un deje de cansancio—. Y eso que se lo hemos hecho escribir en las paredes: «Un piojo, tu muerte» —dijo con un exceso de teatralización: *Eine Laus, dein Tod*. Decidió regresar a un tono más neutro y al tema que realmente le interesaba: la nueva prisionera—. Además, nos vendrá bien su caligrafía para algunos trámites de la Administración del campo. La chica es completa.

El doctor Mengele había observado la escena sentado en una silla, a menos de un metro de la mesa sobre la que Ella había escrito, sin poder sentarse, lo que le ordenaron. La voz de Mandel logró devolverle la visibilidad perdida.

—Y ahora, comprobaremos si eres o no judía —dijo, mientras recogía el papel y regresaba a su ubicación inicial, rodeando la camilla de hierro.

Era el turno del doctor, que acababa de tirar al suelo su segundo cigarrillo, antes de macharlo insistentemente con la suela de su bota, como había hecho con el primero.

—¿Está usted embarazada? —Apenas dejaba unos centímetros de distancia entre su cara y el rostro de la joven.

Ella se tragó el correoso aliento del doctor y el olor del tabaco alemán se le alojó en la garganta, provocándole una ligera tos que supo controlar a tiempo para que no desembocara en una arcada.

—No —dijo con la voz rota por el picor.

—¿Seguro? No me gustaría descubrir que me está mintiendo. Suelo reaccionar mal a los embustes. Se lo volveré a preguntar para que tenga tiempo de pensarlo. ¿Está preñada? —preguntó, demorándose en su interrogatorio como antes en el examen de su aspecto físico. La contestación de Ella fue la misma. Su negación pareció satisfacer al doctor—. Mucho mejor. Auschwitz no es una maternidad.

Josef Mengele se alejó para coger una bata blanca, que colgaba de una percha metálica prendida en el pared, y se la puso, mientras hacía un gesto a las dos mujeres que habían trasladado a Ella hasta la sala; rápidamente procedieron a desnudarla y la obligaron a tumbarse sobre la camilla. Siguiendo de nuevo las indicaciones del doctor, abandonaron la habitación pero no el barracón, esperando en el pasillo exterior por si volvían a requerirse sus servicios. Ella se estremeció al notar el frío contacto del hierro blanquecino de la parihuela sobre su piel. Su respiración ya se había acelerado, y jadeaba nerviosa, como si se estuviera asfixiando. Cuando el doctor Mengele le ató con fuerza una goma en el brazo y le introdujo una aguja en la cara anterior del antebrazo para extraerle sangre, empezó a sufrir unos temblores incontrolables, que hicieron que la aguja se saliera de la vena donde había sido prendida y una buena cantidad de sangre brotara del orificio dejado por la púa.

No era el dolor del pinchazo lo que la hizo reaccionar así, sino el miedo. Cuando sintió que un ataque de ansiedad iba a apoderarse de ella, una de las manos de Mandel apareció para golpearla con fuerza en la cara y luego en el vientre. Las convulsiones cesaron. El dolor de los golpes la dejó sin aliento y logró paralizarla. Ni siquiera advirtió que la aguja había vuelto a penetrar en su vena, estaba demasiado ocupada en intentar que el aire regresara a sus pulmones. Desde entonces, el doctor Mengele trabajó sin tener que preocuparse por temblores involuntarios de la presa. Cuanta más sangre extraía, más se aceleraba su corazón. Ella no entendía nada de lo que estaba pasando, pero sabía que no podría preguntar. La voz de Maria Mandel volvió a oírse.

—Medio litro, doctor.

—Suficiente, al menos de momento —precisó, mientras extraía la aguja del brazo con una delicadeza que Ella no esperaba.

Sobre la herida que había dejado la aguja, el doctor enrolló una venda de color blanco, con tanta fuerza que pareció cortarle la circulación; encima, un buen trozo de esparadrapo. Sin perder un segundo, cogió un pequeño taburete y se sentó frente a la camilla, mientras abría sin miramientos las piernas de Ella.

—Vamos a ver si me ha mentido. Como le he dicho, soporto

mal el engaño. Me asegura usted que no está embarazada, ¿verdad? —Sin la protección de unos guantes, un gesto poco habitual en su trato con los prisioneros, introdujo tres dedos en el conducto vaginal de Ella; colocó la otra mano sobre su bajo vientre, lo que la obligó a soltar un grito de dolor. A juzgar por la expresión de Maria Mandel, la escena era de su agrado—. Tranquilícese. Si supera el examen ginecológico, todo irá bien.

Un dolor indescriptible atravesó su columna vertebral, como si una corriente eléctrica recorriera su médula espinal, subiera hasta los oídos y se alojara en sus ojos, que creyó inyectados en sangre. El pinzamiento había conseguido nublarle la visión durante unos segundos y de su garganta salió un aullido que le costó reconocer como propio. A pesar de que Mandel le había ordenado no gritar, no pudo evitarlo, pero esta vez no hubo represalias en forma de golpes. Ella sintió correr por sus piernas un líquido viscoso, caliente, que le llegó hasta los tobillos. Hacía demasiado frío en la estancia, por lo que el calor de aquel fluido resbalando por sus piernas pareció marcarle la piel a fuego.

—No ha mentido, no está usted embarazada. Hacía mucho que no pasaba por aquí una mujer virgen —comentó el doctor con un atisbo de sorna.

Cuando consideró que había terminado el examen vaginal, volteó a Ella sobre la camilla para iniciar una nueva exploración, esta vez rectal. De nuevo el dolor indescriptible y desconocido hasta entonces que le levantaba el estómago y repercutía en sus dientes, como si una aguja estuviera atravesándolos, dejándole un sabor metálico en la boca. El dolor era tan intenso que creyó desmayarse, pero Maria Mandel, advertida por otros casos que seguro había visto sobre aquella misma camilla, le vertió una jarra de agua fría sobre la cabeza y aproximó a su nariz una ampolla con un olor fuerte y penetrante que le llegó al cerebro. No querían que perdiera la consciencia y no lo hizo, aunque deseó que ocurriera. Era incapaz de descifrar lo que estaba pasando en su cuerpo y qué clase de instrumento se había introducido en él para aquella revisión médica, tal y como lo había calificado el doctor Mengele. Frío y calor se alternaban dentro de ella, y su cabeza no fue capaz de distinguir entre material quirúrgico, manos humanas o cualquier otro tipo de utensilio. Solo quería que terminara lo antes posible.

Todo cesó de golpe, exactamente como había comenzado. Sin explicaciones. «Sin mediar palabras inútiles y sin comentarios», como rezaba la orden de la policía francesa durante la Redada del Velódromo de Invierno. Cada uno de los músculos de Ella seguía en tensión, con la desconfianza de si en verdad el martirio había llegado a su fin o el infierno volvería a desatarse sobre ella. Esperó unos segundos sin ser capaz de mirar hacia otro lugar que no fuera la camilla sobre la que continuaba tumbada boca abajo, la posición en la que la había colocado el doctor Mengele para su última exploración. Los latidos de su corazón se convirtieron en el diapasón que marcaba el ritmo de la escena. Unas palabras pronunciadas por el doctor Mengele, inaudibles para Ella, motivaron que la sala se vaciara. De reojo y aún tumbada sobre la camilla, pudo observar cómo los dos oficiales de las SS y Maria Mandel abandonaron la estancia. Si la memoria no la engañaba, solo quedaba Mengele. Intuyó su presencia a su espalda, gracias al sonido de sus pisadas. En ese instante, Ella descubrió que existía una pequeña parcela de vello en su nuca, hasta entonces inadvertida; pudo notar cómo se erizaba, como si fuera un puercoespín que, ante la presencia de un depredador o cualquier otro enemigo, reacciona erizando las púas. Pero Ella no tenía armas de las que valerse, mucho menos en su anatomía. Las pisadas del doctor se dirigieron hacia el gramófono que tanto le había llamado la atención al entrar, y supo que se había equivocado al pensar que aquel no era lugar para un objeto semejante, como lo había hecho al suponer que la pesadilla había finalizado. En Auschwitz-Birkenau, las peores cosas ocurrían cuando se creía que todo había terminado. En Auschwitz-Birkenau, las normas imperantes se aprendían sobre la marcha.

Pudo distinguir cómo el doctor colocaba un disco de pizarra en el plato giratorio y cómo la aguja se desplazaba por los surcos, como si estuviera escribiendo en él algún tipo de mensaje. La habitación se vació de silencio y se llenó con el *Rêverie*, «Ensueño», la pieza número 7 de las *Kinderszenen*, las «Escenas Infantiles», el opus 15 de Robert Schumann, una de las obras favoritas de Josef Mengele. Subió el volumen al máximo. Las notas calmadas interpretadas al piano, que modulaban la sonoridad de la novena en el tercer tiempo del tercer compás sobre la dominante, fueron las únicas que no engañaron a Ella, que descifró aquella calma como el comienzo de la verdadera tempestad. Hizo ademán de incorporarse, pero una mano en su espalda y otra sujetándole el cuello se lo impidieron, y volvió a caer sobre la camilla. Mengele se convirtió en un animal, un perfecto depredador abalanzándose sobre su presa, incapaz de reaccionar de ninguna manera. El acorde de fa menor en el segundo tiempo del compás siete acompañaba las continuas embestidas. Las novenas sobre las dominantes del sol menor y re menor significaron una nueva agresión cuando Mengele giró nuevamente a Ella. En el infierno sonaba la música, quizá para conseguir que la escena fuera aún más aterradora.

Una mezcla de lágrimas, sudor frío y demás fluidos corporales que su cerebro no fue capaz de distinguir la envolvían y hacían que resbalara una y otra vez por la camilla, lo que obligaba al doctor Mengele a sujetarla, cada vez con más fuerza, y a aplicarse más en sus acometidas. Por primera vez en su vida, Ella perdió la noción del tiempo y el sentido de la realidad. No sería la última.

Las agresiones cesaron. Sintió que el cuerpo de Mengele abandonaba el suyo, y cómo su falta de sujeción contra la camilla hizo que cayera al suelo. La música también cesó cuando la aguja se trasladó por los surcos del disco, rayándolo bruscamente. El padre de Ella siempre decía que, en el *Rêverie* —como él llamaba al *Träumerei* de Schumann—, el músico había tocado lo absoluto y lo infinito con las yemas de los dedos. Aquel fue un recuerdo inoportuno que consiguió herirla aún más; sintió que se asfixiaba, se le entrecortaba la respiración, hilvanada a base de ahogos que se habían mantenido mudos durante la violación.

Incapaz de moverse, oyó correr el agua. Supuso que procedía del lavabo pequeño y de color blanco, anclado en una de las paredes de la sala, en el que se había fijado al entrar. El agua siguió fluyendo durante varios minutos. No podía verlo, pero intuyó que el doctor Mengele se estaba lavando y retirando el rastro de su brutal ataque. Luego un chirrido agudo anunció que el grifo se había cerrado, y sintió las pisadas del doctor deambulando por la sala, de izquierda a derecha. Cada paso representaba el recuerdo de un golpe. Cuando sus zancadas se aproximaban a ella, un estremecimiento la sacudía por dentro, aunque permaneció inmóvil. Volvió a escuchar el sonido del fósforo encendido y de nuevo el olor a tabaco alemán. Y, de repente, dejó de oír. Silencio absoluto.

Se habría movido si sus piernas, su espalda y sus brazos la hubieran obedecido. Pero el dolor y el shock que la gobernaban, fruto del estupro y la humillación sufridos, le impedían reaccionar. Pasados unos minutos, el dueño de las pisadas se acercó al cuerpo maltrecho que continuaba en el suelo, hecho un ovillo, como un animal abatido. A Mengele le pareció más pequeño que cuando lo había visto por primera vez en la rampa del tren, e incluso horas después, tendido en la camilla. Ella cerró los ojos y se abandonó a un destino que le jugaba en contra desde que subió al tren en Drancy, e incluso antes. Recordó las palabras del hombre que reconoció aquel lugar desde el interior de su mismo vagón —«Es Oswiecim. No estamos en Alemania. Esto es Polonia»— y entendió que estaba perdida, en un lugar equivocado, en un territorio que no era el suyo. Sintió que lo mejor era abandonarse. Si cerraba los ojos, quizá podría verse en el bosque de abedules del que hablaba el hijo del carpintero. Sabía que el abedul se enraíza y prende en los terrenos más desolados, que logra repoblar la tierra arruinada con nueva vida. Necesitaba la esperanza para aislarse de aquel infierno. Pero la voz preocupada de aquel joven polaco se apagó como lo había hecho minutos antes el *Rêverie* de Robert Schumann, y otra se asentó sin permiso en su cabeza.

—Dentro de unos días volveré a hacerle la misma pregunta. Espero que su respuesta no haya cambiado y siga sin estar embarazada. No nos gustaría perderla tan pronto. Permítame darle un consejo que le será útil aquí dentro: debe recomponerse rápidamente y habituarse a su nueva realidad. No hay otra salida —dijo el doctor Mengele, mientras se aproximaba a la puerta—. La vida debe continuar.

Das Leben muss weitergehen. Esas últimas palabras pronunciadas en el sonoro alemán que caracterizaba el hablar de Mengele seguían resonando en su cabeza mientras observaba, aún desde el suelo, cómo el doctor abandonaba la estancia. En algún momento se había quitado la bata blanca. Continuó oyendo su voz detrás de la puerta entornada, a modo de murmullo. Su tono era demasiado fuerte para que un intento de susurro lo enmudeciera. Escuchó la conversación que mantuvo con Maria Mandel, cuya silueta había vislumbrado durante todo el episodio de la violación, a través de los cristales traslúcidos.

—Regístrala como tu nueva doncella personal. Que no la marquen, ni con tinta, ni con placas, ni con fuego. Y que tampoco la rapen. Hazte cargo de ella. El Kanada puede ser un buen lugar. Al margen de eso, utilízala para lo que necesites.

—Me recuerda a Alma Rosé. Llegó igual de aturdida. Y casi la perdemos, ¿te acuerdas? Si no llego a recuperarla del Bloque 10, no habría sobrevivido a los tratamientos especiales —dijo refiriéndose a los experimentos médicos de Mengele—. Menos mal que alguien me advirtió de la presencia de una famosa violinista que resultó ser la sobrina de Gustav Mahler.

—Esta ha tenido otro recibimiento, pero se ahorrará la estancia en el Bloque de la Cuarentena. —El doctor Mengele terminó de ponerse la chaqueta del uniforme e hizo un gesto a las dos mujeres que esperaban en el pasillo para que entraran y se ocuparan de Ella—. Mahler, ese judío converso... Si no fuera por su imponente Tercera Sinfonía en re menor, por ese cuarto movimiento, «Lo que me contó la noche»... —Negó con la cabeza—. Tuvo un gran acierto incluyendo un arreglo para voz con fragmentos de *Así habló Zaratustra* de Friedrich Nietzsche. Y esas conseguidas pausas entre las frases te hacen aislarte del todo, de las mismas palabras... —reconoció, antes de comenzar a tararear la pieza que tenía en mente:

Oh Mensch! Gieb Acht!	*¡Oh, hombre! ¡Atento!*
Tief ist ihr Weh,	*Profundo es tu dolor,*
Lust, tiefer noch als	*el placer, más profundo*
Herzelei,	*aún que la pena,*
Weh spricht: Vergeh!	*el dolor dice: ¡Pasa!*
Doch alle Lust Will Ewigkeit,	*Pero todo placer quiere eternidad,*
Will tiefe, tiefe Ewigkeit!	*¡quiere profunda, profunda eternidad!*

—¿La inscribo como medio judía, como hice con Alma? —preguntó Maria Mandel mientras asentía a sus palabras sobre Mahler.

Siempre apreciaba el gusto del doctor Mengele por la música clásica, así como su decisivo apoyo para la formación de la orquesta de Auschwitz-Birkenau, la primera y única orquesta de mujeres en un campo de concentración en todo el territorio del Tercer Reich, y su leal asistencia a los conciertos que se celebraban cada domingo.

—Inscríbela como aria. Esta francesa no es judía como Alma. Conviene que la pasión por la música no nos ciegue, Mandel —le dijo, con un amigable tono de reprimenda.

Ella abandonó la sala tras su primera inspección médica, como se habían empeñado en denominarla, flanqueada por las mismas dos mujeres que la habían trasladado desde los baños. No eran soldados ni miembros de las SS, se parecían más a los hombres con el uniforme de rayas que esperaban en el andén de la estación la llegada de nuevos deportados. La ducharon de nuevo, cada una con una manguera, alternando chorros de agua fría y agua caliente. La presión del agua convertía las gotas en afilados cristales sobre su cuerpo, pero ni siquiera fue consciente de cuánto dolía. Solo vio cómo la sangre se mezclaba con el agua en el suelo de la ducha y, una vez más, decidió cerrar los ojos. La vistieron con un uniforme parecido al suyo. «Mañana te daremos otro más acorde con tu condición de presa privilegiada. Aunque no lo creas, eres una prisionera favorecida», le informó Maria Mandel. Fue la primera vez que escuchó esa palabra refiriéndose a su estatus especial dentro del campo. Si eso era verdad, no quiso pensar cómo estaría el resto de las prisioneras, ni cómo estarían su madre, Joska, su padre...

Al día siguiente, le entregaron su uniforme, que incluía ropa interior, medias de lana o el pañuelo en la cabeza que no tenían la gran mayoría de la población reclusa, pero con los que sí contaban las presas de la orquesta de mujeres y las prisioneras que trabajaban en el Kanada o en la oficina de la Administración del campo.

Nadie le tatuó el brazo, tal y como había ordenado el doctor Mengele, pero le fue adjudicado un número incluido en la etiqueta identificativa cosida en su uniforme, a la altura del pecho, y en una de las mangas, en la que, además del número, se incluían las letras FKL (*Frauen-Konzentrationlager*, «Campo de Concentración de Mujeres»), Auschwitz y un triángulo con el vértice invertido de color rojo, con una letra F en su interior, que indicaba su nacionalidad. Otro símbolo invertido, como la B del cartel *ARBEIT MACHT FREI* situado a la entrada del campo bajo el que pasaban los prisioneros, casi todos ellos conscientes de lo que esas palabras significan. «Hemos decidido que eres presa política. El rojo siempre favorece a las francesas. Y tú eres francesa, ¿verdad?», le comentó Mandel. El tono cáustico le dejó claro a Ella que la mujer más cruel y poderosa de Auschwitz no terminaba de creerse su condición de no judía. «Por lo que parece, te libras de ser marcada como una *Jüdin*, al menos, de momento», dijo refiriéndose al triángulo amarillo que identificaba a los judíos y que llevaban superpuesto al primer triángulo, uno con el vértice hacia arriba y el otro hacia abajo, formando una peculiar estrella de David.

El mundo de las palabras estaba sufriendo una revolución en el universo de Ella y eso dificultaba su comprensión. «Revisión médica.» Hasta ese instante no fue consciente de que las palabras no siempre llevan implícita la veracidad de lo que expresan. En Auschwitz-Birkenau, las mentiras se encapuchaban con palabras para disfrazarlas de verdades.

Por eso, cuando meses después de su primera revisión facultativa Maria Mandel le anunció que también ella pasaría por el proceso de desinfección y por una nueva inspección médica, y que el propio doctor Mengele se encargaría de ella, supo que la realidad sería bien distinta. «Eres una privilegiada, una auténtica *Sonderhäftling*. No puedes permitirte un solo piojo, recuerda que formas parte de la aristocracia de Auschwitz», le había dicho. No era un privilegio lo que se les concedía sino una orden que las condenaba a soportar otro tipo de castigos. Ella pertenecía a ese grupo de presas que, al estar en contacto permanente con las SS, tenían la obligación de ducharse a diario y mantener una higiene corporal que en nada se parecía a la del resto de las prisioneras, infectadas de cualquier clase de epidemia que apareciera en el campo, como la difteria, la escarlatina y las dolencias que se agarraban a sus cuerpos para no abandonarlos nunca, como los edemas, los panadizos, la avitaminosis, la forunculosis, las pulmonías, los flemones o una particular diarrea permanente, esa que los presos denominaban *Scheisserei*, y los alemanes, *Durchfall*. «Somos víctimas por partida doble. Si no nos matan las SS, nos matarán los piojos y las ratas. Ellos serán los únicos supervivientes», solían decir las prisioneras privilegiadas. Si alguna de las elegidas contraía alguna infección o enfermedad contagiosa, podía esperar un castigo y una marcha segura al crematorio, sin que nadie pudiera hacer algo por ella. Algunas de las privilegiadas, al igual que las SS, habían sido vacunadas contra el tifus y otras enfermedades mortales provocadas por la ingente cantidad de piojos, ratas y suciedad reinante en el campo, artífices directos de la muerte de miles de prisioneros.

Ella era una de las afortunadas. Por eso era consciente de que lo suyo no sería una revisión médica, ni sería sometida a ningún tipo de desinfección que no se hubiera realizado ya. Sabía a lo que se enfrentaba, llegara cuando llegase —«En breve», le había dicho la Bestia—. Las revisiones con el doctor Mengele siempre se convertían en episodios de abusos sexuales, en humillaciones constantes que solían terminar en episodios de violencia.

«Ten miedo de todo aquel que te haya visto desnuda.»

La voz de su madre colonizaba de nuevo su cabeza. Sus pensamientos, al igual que los planes de Maria Mandel, no le concedían un respiro.

7

Todavía estaba allí. Permanecía impertérrito, dando fe de que Auschwitz desafiaba las leyes del tiempo, deteniéndolo y petrificándolo. Nadie había retirado el cuerpo contorsionado, aferrado a la alambrada electrificada con la fortaleza con la que no pudo o no quiso agarrarse a la vida. El cadáver de una joven prisionera se había convertido en un espectáculo a modo de reclamo para recordar a los presos su verdadero destino. Ella intentó evitar que su mirada se desviara hacia la valla, para ahorrarse ver a los dos soldados de las SS que en ese instante orinaban sobre el cadáver, haciendo mofas y apostando por quién sería capaz de alcanzar el objetivo. También porque le recordaba demasiado a Alicja. Apretó los dientes y el paso. Hacía un frío gélido, así se despedía marzo de Auschwitz. La *SS-Lagerführerin* Maria Mandel había requerido su presencia, obligándola a abandonar a toda prisa su trabajo en el Kanada.

Ese día, apenas había encontrado fotografías en los equipajes de los deportados, pero una de ellas le había llamado la atención, vislumbrada entre las páginas de una primera edición del *Fausto* de Goethe, con una delicada encuadernación de piel en tonos verdes. Era el retrato de una madre y su hijo; en él aparecía una mujer elegantemente sentada, con el aire distinguido que caracteriza a la burguesía, sosteniendo a un bebé regordete y sonrosado que sonreía feliz a la cámara. Era una fotografía hermosa y enigmática, quizá por la mirada de la mujer, que parecía cobrar vida cada vez que la contemplaba. Pensó en enrollarla e introducirla en el dobladillo secreto de su falda; rumió incluso esconderla bajo el pañuelo de la cabeza, un escondite que le había funcionado en otras ocasiones. En el campo nadie de las SS tocaba el pelo a una presa si no era para raparlo, por temor al contagio de piojos. Al final y sin saber por qué, apartó el libro, y dejó el retrato en su interior. Se alegró de su decisión porque hubiese tenido que desprenderse de la fotografía cuando una de las presas encargadas de llevar mensajes de un lado a otro del campo le informó de la apremiante orden de la Bestia para que se presentara ante ella. O al fin había llegado el día de realizar la revisión médica, esa que llevaba ya más de un mes cerniéndose como una espada de Damocles sobre su cabeza, o algo estaba pasando.

Cuando llegó a la explanada cercana al andén de la estación donde arribaban los trenes con miles de deportados, contempló otro tipo de diversión, distinta a la que habían organizado con el cuerpo de la presa atrapada en las alambradas. Los uniformados tenían algo que celebrar, una especie de inauguración que justificaba los vítores y el júbilo que mostraban. Se había construido un nuevo ramal ferroviario, que permitía la entrada de los trenes directamente en el interior del recinto de Birkenau, muy cerca de los crematorios II y III y de sus cámaras de gas, lo que facilitaba el trabajo de los uniformados.

Aquel monstruoso panteón crecía cada día. El vasto complejo de Auschwitz, el más grande erigido por el Tercer Reich, se dividía en tres campos: Auschwitz I, el enclave original, construido como campo de concentración; a tan solo tres kilómetros, Auschwitz II, referido como Auschwitz-Birkenau, ideado más como un campo de exterminio; y por último, Auschwitz III, más conocido como Auschwitz-Monowitz, destinado casi exclusivamente como centro de trabajos forzados, donde se ubicaba un conglomerado de empresas químicas con el nombre de IG Farben, que explotaba la mano de obra de los presos de Auschwitz. Aquella bestia arquitectónica no paraba de crecer porque cada día la alimentaban más, y cada día se mostraba más hambrienta.

Con el nuevo ramal, ya no tendrían que perder tiempo trasladando a los deportados desde la rampa del ferrocarril ubicada entre Auschwitz I y Auschwitz-Birkenau. Significaría una mejora de la producción: ahorraría costes y tiempo. El Tercer Reich estaría agradecido. Durante meses, Ella había visto cómo muchos prisioneros del campo gitano, el llamado *Zigeunerlager*, trabajaban sin descanso en la construcción del nuevo andén. Los distinguía por la cruz roja que llevaban pintada en la espalda, ya que no vestían el uniforme de rayas y tampoco sus cabezas estaban rapadas. Había oído que en el *Zigeunerlager* las familias gitanas podían vivir juntas, que no separaban a sus miembros como ocurría con el resto de la población reclusa, pero más allá de un privilegio, intuía que aquello enmascaraba algún tipo de engaño por parte de las SS, que en algún momento se descubriría.

Como si de una celebración familiar o un pícnic entre amigos se tratara, habían colocado varios tablones de entre tres y cuatro metros de longitud a modo de mesa, apoyados sobre unas borriquetas de madera, y los habían cubierto con manteles de seda. Sobre ellos reposaba una retahíla de tazas y platos de porcelana, acompañada de tenedores, cucharas y cuchillos de plata, con los que cortaban las numerosas tartas distribuidas por los tableros en varias fuentes de cristal labrado, esperando a ser devoradas. Parecía un trampantojo diseñado a conciencia. Un surtido de pasteles variados, frutas escarchadas, confituras, tartas y chocolates desplegados a lo largo de las mesas, todo escoltado por enormes jarras y termos de café que las SS no se cansaban de beber ni tampoco de comer, ante la mirada famélica de los recién llegados.

Era un *Kaffee & Kuchen*. Así lo anunciaban los cuatro carteles de madera que presidían las mesas, en los que aparecían talladas esas dos palabras. Ella reconoció la mano de Bronislaw Czech en aquel trabajo de orfebrería. Era un prisionero con un don para tallar la madera. Le había conocido un día que se acercó al Kanada, acompañado de un oficial de las SS, en busca de formones, gubias o algún cuchillo de talla. Corrían muchos rumores sobre él; el más popular hablaba de que había pertenecido a la resistencia polaca contra los nazis al principio de la guerra, en 1939, hasta que fue detenido y enviado a Auschwitz. El día que apareció en el Kanada, una presa polaca preguntó si se trataba del mismo Bronislaw Czech que había sido campeón de esquí: «Recuerdo a mi padre hablando de él, de su participación en los Juegos Olímpicos de Invierno de 1936, en Garmisch-Partenkirchen. Siempre hablaba de sus impresionantes saltos de esquí y decía que, además, era artista. ¿Pensáis que será el mismo? Vi su foto en el periódico, pero está muy cambiado». Por supuesto que habría cambiado. Todos lo habían hecho.

Una autoridad del campo se había encaprichado de su pericia con el cincel y le puso a trabajar en la galería de arte que se ubicó en el cuartel general de Auschwitz. Muchos de los oficiales guardaban una de sus tallas en sus oficinas. Sus cajas labradas con una minuciosidad extrema, con el exclusivo código de la belleza implícito en las manifestaciones artísticas; tenía la admiración de todo el campo, tanto prisioneros como miembros de las SS. Al menos de momento. No tardaría mucho en ver cuán profética era la frase de Maria Mandel.

Aquellos carteles en los que había tallado *Kaffee & Kuchen* debieron de ser sus últimas piezas porque, desde hacía unas semanas, había sido destinado a un comando de limpieza en el que se destrozó las manos. Algo sucedió para que Bronislaw perdiera su condición de preso privilegiado y la protección que ese estatus le concedía. O quizá no era más que el capricho de un uniformado que un día se cansó de él. Pero su obra permanecía allí, sobre las mesas de las SS, rotulando la jornada de café y tarta organizada para las autoridades del campo.

La imagen de los hombres y las mujeres de las SS tomando café y devorando dulces, bebiendo, charlando animadamente, fumando, haciendo chistes, dándose palmadas en la espalda en señal de aprobación y riendo a carcajadas, mientras miles de personas malvivían bajo la amenaza constante de las cámaras de gas, resultaba tan hiriente como estremecedora. La naturalidad con la que se desenvolvían mientras a su alrededor se esparcía la muerte dejaba claro que no sentían el menor cargo de conciencia por sus actos. No existía en ellos ninguna muestra de empatía hacia los hombres, mujeres y niños que, conscientes o no de su suerte, los contemplaban atónitos, viendo cómo degustaban una merienda mientras ellos, que llevaban cuatro o cinco días de ayuno encima, caminaban hacia las cámaras de gas o los crematorios. Era la maldad en estado puro, el refinamiento de la crueldad. La escena se volvió aún más grotesca cuando un miembro de las SS se acercó con un trozo de tarta a un hombre que intentaba proteger a su hijo tras su espalda y, mofándose de él, le gritó:

—¡Te daría algo, pero no es *kosher*!

Aquello provocó las risas del resto de los uniformados, sobre todo cuando la tarta cayó sobre la tierra y el pequeño abandonó la protección de su padre para arrodillarse y comer los restos del pastel embadurnado de barro.

Ella contemplaba la escena, tan incapaz de digerirla como los demás deportados. Era más propia de un circo de dos pistas centrales bien diferenciadas: a un lado, los que se creían dioses y aireaban esa deidad sobrevenida; al otro, las criaturas que aceptaban la fatalidad de esa ira divina. Dos mundos distintos, uno irreal y otro aún más ficticio, un siniestro juego de espejos, un universo paralelo fuera de cualquier lugar del cosmos. Las palabras de Alicja volvieron a su pensamiento. «He visto tantas atrocidades que no sé cómo no me he quedado ciega.»

La imagen de la presa polaca sujeta a la alambrada regresó a su mente, en especial su mirada. Ella no lograba entender por qué los cadáveres de los prisioneros siempre tenían los ojos abiertos. No encontraba ninguna razón para que murieran con los ojos abiertos, salvo que fuera para guardar en su retina la prueba del infierno desatado en la tierra.

Había corrido para llegar cuanto antes a la llamada de la *SS-Lagerführerin* Mandel y ahora su rostro estaba encendido por la premura de sus zancadas, lo que había dibujado una aureola rosada en sus mejillas. Pudo ver cómo el doctor Mengele la observaba mientras apuraba la taza de café y volvía a ponerla sobre el plato. Ni siquiera se dio cuenta de que había derramado café en el mantel de seda que cubría la mesa. Esos detalles no le preocupaban, no era problema suyo lo que sus acciones podían provocar a su alrededor, ya habría alguien para limpiarlo. Los mismos dedos que decidían la vida y la muerte de los prisioneros señalando el camino de la derecha o de la izquierda limpiaron los restos de bebida en sus labios, sin dejar de mirarla. Mientras trataba de recuperar poco a poco el aliento, Ella intuyó la pregunta que formulaba su cerebro enfermo sin necesidad de que la verbalizara, la misma que le había hecho la primera noche en el campo, la misma que mudó en amenaza antes de abandonar la sala del Bloque del Hospital donde le realizó la primera revisión médica y que cumpliría en una próxima cita si las cosas no estaban como él quería.

La voz de Maria Mandel rompió el contacto visual entre ambos.

—No se cansan nunca de llegar. No dejan de darnos trabajo —dijo, refiriéndose a los deportados de una manera tan despectiva que se transformó en cómica, a juzgar por las risas soterradas de las SS presentes—. Húngaros, italianos, polacos, franceses, griegos... Habla con ellos y que escriban las postales a sus familiares en el gueto, o donde demonios estén esos judíos de mierda, esos perros judíos.

La forma de los labios de Mandel se transformaba al pronunciar sus insultos favoritos, *dreckjude, dreckhund.* Se fruncían de una manera muy similar a como se contraían los del doctor Mengele cuando silbaba algún aria.

—Ya sabes, veinticinco palabras, incluyendo dirección y destinatario. Asegúrate de que lo entiendan bien. Nada de palabras huecas ni poesía. No hay tiempo para eso. Que se acuerden de pedirles que envíen paquetes a la dirección indicada. Con que lo haga un miembro por familia es suficiente. Esta basura judía va a terminar arruinándonos con tanto franqueo postal.

—Igual nos pasó con las balas —comentó Irma Grese, la alumna más aventajada de Maria Mandel.

Desde que coincidieron en el campo de Ravensbrück, no había dejado de dar buena muestra de lo rápido que se aprende la crueldad cuando se tiene una buena maestra. La Bestia había movido los hilos necesarios para traer a su pupila favorita a Auschwitz-Birkenau, y lo había conseguido, como todo lo que se proponía: una habilidad que desarrolló desde pequeña, cuando ya en el colegio lograba hacerse con los favores de profesores y compañeras utilizando su belleza y su capacidad de persuasión. Un par de palabras zalameras depositadas en el oído de su interlocutor, una mirada azul bebé, una sonrisa infantil y unos andares seductores y en apariencia inocentes que encandilaban al personal hasta que daban su brazo a torcer. En su edad adulta, conservaba la mirada azul, el particular contoneo de sus caderas al andar y las maneras laudatorias y serviles hacia sus superiores, que solían acarrearle los réditos codiciados. Y Grese tomaba buena nota de todo.

—Nos hemos gastado un dineral en matarlos de un tiro en la cabeza cuando se podía acabar con ellos de una manera más económica. ¡Con la falta que les hace a nuestros soldados en el frente la munición que desperdiciamos con estos salvajes!

—¿Te ha quedado claro? —le preguntó la jefa de campo a Ella, que asintió rápidamente con la cabeza.

En su interior, solo deseaba que, con la llegada de un nuevo transporte y la celebración del *Kaffee & Kuchen*, Mandel se hubiera olvidado de su revisión médica pendiente. Pero los deseos, como los caprichos, duraban poco en Auschwitz-Birkenau. Bronislaw, con su maestría artística en el talla de la madera, ya lo había comprobado.

—También debes hacer una lista de los recién llegados. Rápido, sin pérdidas de tiempo ni contemplaciones. Ni siquiera hay tiempo para registrarlos. El doctor Mengele te dará las indicaciones pertinentes.

No se lo dijo en ese momento, pero el Ángel de la Muerte necesitaba nuevas prisioneras para realizar determinados experimentos médicos e intervenciones quirúrgicas, después de que la última desinfección vaciara de *Kaninchen*, conejillos de Indias, el Bloque 10 donde realizaba sus ensayos. El resto de los integrantes de aquella nueva remesa era material inservible, combustible para las chimeneas, como se jactaban las SS de definir a los deportados. De nuevo, el reino de las palabras embusteras, pensó Ella.

—Cuando hayas terminado, llévalo todo a mi oficina. Esta noche hay una cena en la casa de la comandancia y puede que te necesite allí. Además, tenemos algo pendiente. —Alargó el silencio para que las pulsaciones de Ella se dispararan—. Como ya sabrás, hay una nueva cantante en la orquesta. Esta noche la escucharemos —dijo con una sonrisa de satisfacción.

Mandel había mencionado a Mengele pero había obviado la visita al hospital. Ella quiso creer que la había olvidado, pero en realidad sabía que se engañaba. Apenas le dio tiempo a elucubrar sobre si aquello era bueno o malo, cuando vio aproximarse al doctor, que se detuvo ante ella. Cuando levantó la mano, Ella se tensó y retrocedió unos centímetros por temor al golpe, pero él solo le quitó el pañuelo blanco con el que cubría su cabeza, dejando su cabello suelto. El aire que se había levantado desde el mediodía, y que había obligado a sujetar con piedras los manteles de seda que cubrían los tablones del *Kaffee & Kuchen*, se entretuvo en despeinar los mechones rubios de Ella, un espejismo en el oasis de cabezas rapadas, paraíso de piojos y liendres que representaba Auschwitz. Todas las prisioneras, y también los miembros de las SS, observaron su pelo rubio y largo, las primeras preguntándose qué había hecho para que no le raparan la cabeza como al resto, y los segundos deseando ser ellos los que un día pudieran dar la orden de cortárselo. Las manos de Josef Mengele se acercaron al rostro de Ella para limpiar con el pañuelo la pátina de sudor que lo cubría. En ese momento, volvió a alegrarse de no haber escondido la fotografía de la mujer elegante con el niño regordete y sonrosado en brazos que había encontrado entre las páginas del *Fausto*. Eso logró serenar su espíritu, que el doctor Mengele insistía en torturar.

—Confío en que el motivo de su rubor sea el esfuerzo de la carrera y no otro bien distinto —le espetó, mientras dejaba el pañuelo sobre uno de los tablones—. Muy pronto saldremos de dudas.

Sin esperar respuesta, volvió a la rampa a seguir con su selección de vida y muerte. Ella fue tras él, colocándose el pañuelo de nuevo en la cabeza, con la libreta de hojas cuadriculadas en una mano y el lápiz de mina roja en la otra, como le había ordenado Maria Mandel y como entendió en la mirada resbaladiza del propio Mengele. Él no se dirigió a ella en ningún instante. Le siguió como una sombra, observando el movimiento de sus labios y la dirección que marcaban sus dedos: izquierda, derecha; izquierda, derecha. Hacía comentarios que Ella tenía que interpretar y transcribir como si fueran mandamientos. En cierto sentido, lo eran.

Las manos del doctor Mengele y la colección de rostros y miradas perdidas de los deportados; los dos mundos seguían conviviendo pero en realidades distintas. Mientras las primeras acariciaban la divinidad y se alzaban con calma sobre la barbarie, los segundos se hundían cada vez más en el fango. Los mismos rostros, las mismas preguntas sin respuestas, los mismos miedos tatuados en sus facciones, en sus palabras, gritos idénticos, la misma desesperación. Eran las mismas familias rotas, los mismos equipajes, las mismas maletas sobre las que habían escrito con tiza blanca su nombre y su dirección y, en algunos casos, unas palabras de despedida o un último mensaje de amor dirigido a quien seguramente no volverían a ver. Nadie entendía nada, ni comprendía, ni sabía. Ni siquiera el olor a carne quemada ni la densa humareda negra que salía de las chimeneas de los edificios de ladrillo rojo hacia donde se encaminaban les hacía albergar una idea de lo que ocurría. Unas manos extrañas habían escrito el final de sus vidas y eran incapaces de leerlo porque estaba en un idioma desconocido, ininteligible, humanamente incomprensible. Ignoraban las reglas del nuevo mundo al que habían llegado; a duras penas podrían interpretarlas.

La primera no tardaron en aprenderla. En Auschwitz, todo era susceptible de empeorar. Y lo hizo. Empezó a llover. Todo era mucho peor con la lluvia, quizá por eso Ella odiaba sentirla sobre la piel, porque sabía que terminaría anegando todo su ser. Con los cuatro crematorios de Auschwitz-Birkenau a pleno rendimiento, el humo y las cenizas que escupían las chimeneas no llegarían al cielo que, en días despejados, se ofrecía como la única vía de escape para aquella niebla artificial y aquellos olores indescifrables. Pero en días lluviosos, una densa capa de pavesas y polvo se quedaba sobrevolando el campo y no tardaba en caer sobre sus cabezas, cubriéndolos por completo. Las favilas de los cadáveres incinerados se asemejaban a una siniestra nevada que alfombraba el suelo. Si uno se fijaba bien, podía encontrar restos de dientes, de pelo, de huesos o pequeños trozos de piel. Quizá por eso nadie miraba hacia abajo cuando nevaba cenizas sobre el campo. Aquellos que conocían su procedencia, apenas se atrevían a quitárselas de encima, por respeto, por dolor, por un sentimiento póstumo de solidaridad. Era una especie de duelo extrañamente gestionado, de recogimiento sentido, de aceptar la realidad con la dignidad que los monstruos grises se empeñaban en quemar.

Después de un rato, Ella empezó a tener la impresión de que las SS estaban más nerviosas de lo que sus risas y sus aspavientos dieron a entender durante el *Kaffee & Kuchen*. Las noticias que llegaban de Berlín no eran buenas para los intereses bélicos de la Alemania de Hitler. Cada vez que el avance de las tropas aliadas conseguía replegar las fronteras del Tercer Reich, los nazis evacuaban los campos de concentración afectados por la victoria aliada y sus prisioneros eran reubicados en otros campos, especialmente el situado en la Polonia ocupada. Eso se traducía en una exigencia mayor en la gestión de los campos de concentración reconvertidos en campos de exterminio, como lo era Auschwitz y sus departamentos estrella: las cámaras de gas y los hornos crematorios. Debían ser más rápidos, no había tiempo que perder. Berlín clamaba por productividad y eficacia, los dos grandes pilares de la economía de la Alemania nazi. La maquinaria debía acelerarse, sin importar los medios que se emplearan para lograrlo. Eran frases sueltas que Ella escuchaba en la oficina de la Administración, en la boca de los uniformados o en las conversaciones clandestinas que mantenían algunas presas con los *kapos* y *blokovas*.

Siempre había conversaciones robadas en el exterior de los barracones, en especial en la zona de las letrinas, donde se juntaban prisioneros para realizar trueques de todo tipo, pero también en el exterior del Kanada, donde el mercado negro no se limitaba a cambiar zapatos, sostenes, jerséis, anillos de oro y cigarrillos por unas rodajas de salchichón, un cepillo de dientes o unos gramos de mantequilla, sino también por información, que a veces salvaba más vidas que unos zapatos y tenía más valor que el diamante rescatado del forro de un abrigo. Y siempre evitando la vigilancia de Frau Schmidt, Alma Rosé o cualquier miembro de las SS, cuando los encuentros se producían cerca del Bloque de Música, porque —a pesar de que las inmediaciones del barracón donde se alojaba la orquesta era un punto de encuentro habitual— el peligro era evidente, ya que solían aparecer miembros de las SS sin avisar a cualquier hora del día o de la noche.

No supo en qué momento de la selección había sucedido, pero el doctor Mengele desapareció de la vista de Ella. Asustada y con una asfixiante sensación de pérdida, le buscó con la mirada, pero no pudo localizarle. Un descuido así podría costarle la vida. Los miembros de las SS eran los únicos que cuando desaparecían podían volver a aparecer, al contrario que los prisioneros. Los motores de los camiones ya estaban encendidos, la caravana hacia las cámaras de gas ya estaba organizada, y en unas horas habría más humo enturbiando el aire y condenando al cielo a un empedrado de podredumbre que intentaba rechazar con un exceso de lluvia. Ella estaba empapada y era incapaz de encontrar al doctor Mengele. Se hacía tarde. Se dirigió al Bloque de Música para cambiarse de ropa y asearse antes de aparecer ante Maria Mandel. En el camino, vio que la luz de su oficina permanecía encendida. Sabía que la *SS-Lagerführerin* estaba esperándola. También lo sabía Alma Rosé, que tenía escrita la regañina en la cara cuando la vio entrar en el barracón de la orquesta.

—Vas a terminar metiéndome en problemas. ¡A todas! —la reprendió Alma.

Ella sabía que llegaba tarde, pero tenía que cumplir las órdenes de Mandel y la lluvia había hecho que todo se ralentizara. No era culpa suya, desde luego, pero eso no era problema de nadie excepto de ella. Los mandatos de la Bestia siempre se contradecían, se contraponían con la realidad y eso terminaba complicándole la vida al resto.

—Hoy tenemos un recital importante en la casa de la comandancia. Maria Mandel quiere que nuestra nueva cantante actúe por primera vez ante el *SS-Obersturmbannführer* Arthur Liebehenschel. Llegó hace casi cuatro meses a Auschwitz y todavía no hemos logrado que se interese por la música y por la orquesta tanto como lo hizo Höss. Eso solo puede jugar en nuestra contra. Por cierto, ella es Fania —dijo a modo de escueta presentación, señalando a una mujer de complexión normal, estatura media y mirada expresiva.

En realidad, Fania Fénelon no era nueva en el Bloque de Música. Según contaban en los corrillos que formaban algunas mujeres de la orquesta, había sido miembro de la resistencia francesa. Ella había oído hablar de su carácter fuerte y su lengua irreverente, y recordaba haberla visto antes, aunque nunca habían hablado.

Fania había llegado a Auschwitz-Birkenau a finales de enero. Como sucedió en su día con Alma, alguien la reconoció en el Bloque de la Cuarentena. Fue una violinista francesa quien la recordaba de sus actuaciones en algunos cabarets de París, durante la ocupación alemana, y se lo contó a Alma, haciendo que sus días en el Bloque de la Cuarentena terminaran antes de tiempo y se incorporara a la orquesta, aunque tan solo Alma Rosé y Maria Mandel habían podido escucharla en audiciones privadas a modo de prueba. A la Bestia le gustó tanto su manera de interpretar fragmentos de *Madama Butterfly*, que rápidamente la designó como su *klein sängerin*. Puccini era lo único que conseguía relajar la ira de la *SS-Lagerführerin*. Pero esa noche se trataba de agradar a la máxima autoridad del campo y eso significaba un repertorio completo de Mozart, Beethoven, Wagner y Schumann, más del gusto de los altos mandos de las SS.

Apostó por fragmentos de la Sonata n.º 8 en do menor, opus 13, la *Patética* de Ludwig van Beethoven y por *El anillo del Nibelungo* de Richard Wagner. Se jugaban mucho. Quizá como colofón, y siempre según se desarrollara la fiesta, Puccini tendría su oportunidad con el aria «Con onor muore» de *Madama Butterfly*. Alma conocía muy bien cómo acababan las cenas en las que las SS, hombres y mujeres, comían y bebían sin control, con la lengua demasiado suelta y el apetito sexual desaforado.

En realidad, lo sabían todas excepto Fania, para quien sería la primera vez en la casa de la comandancia, aunque, por la actitud que mostraba, eso no parecía preocuparle.

—Os entenderéis bien, aunque solo sea porque habláis el mismo idioma —le dijo Alma—. Fania también es francesa. Y viene del mismo lugar que viniste tú...

La expresión de Ella le dejó claro que no entendía nada, lo que obligó a Alma Rosé a ser más precisa.

—Del campo de internamiento de Drancy. Solo espero que no me dé tantos problemas como me estás dando tú esta noche.

Ella no tuvo en cuenta la reprimenda. La violinista estaba nerviosa. Cada actuación concertada para los miembros de las SS era una responsabilidad para ella y para el resto de las mujeres de la orquesta, pero el mayor peso lo llevaba la directora. Sabía que la dureza que mostraba en la dirección de aquel grupo de prisioneras era para salvar su vida, o al menos, su supervivencia inmediata.

—¿Tú también cantas? —preguntó Fania, mientras entrizaba la blusa en la falda. La nueva cantante no parecía demasiado impactada por el lugar en el que se encontraba. Ni tampoco por la presión que sí parecía afectar a la directora.

—No. Yo no canto.

—¿Tocas algún instrumento?

—Tampoco.

—Entonces ¿qué haces?

—Escribo —respondió Ella, mientras se frotaba la cabeza con un trozo de tela que le había dado Alma para quitar el exceso de humedad de su pelo, ya que librarse del frío que se le había metido en los huesos sería imposible.

—¿Y qué escribes, si puede saberse?

—Últimamente, de todo —contestó y repasó en su mente el *collage* de postales, fotografías, retratos familiares, partituras y listas repletas de números de prisioneros.

—Es copista de la orquesta. Como ellas. —Alma señaló a

las tres mujeres que continuaban en la mesa cercana a la pared, volcadas sobre las partituras y con restos de mina azul en los dedos, para disgusto de la directora, que siempre exigía la máxima limpieza en el aseo personal, también a las copistas—. Y además tiene una caligrafía perfecta. Si puedes encargarte de realizar los arreglos musicales que te pedimos el otro día, Fania, te vendrá bien contar con Ella. Y ya está bien de cháchara. Tú, guarda la voz. Y tú, cámbiate de ropa y corre a la oficina de la *SS-Lagerführerin*. Irás a la casa de la comandancia con ella. A no ser que decida otra cosa sobre la marcha. En tal caso, obedeces.

Ella acató las órdenes. Apenas tardó unos minutos en asearse y presentarse en la oficina de Maria Mandel. Llamó con los nudillos a la puerta y esperó la señal acordada para acceder a la estancia. Tenía las listas que le había pedido, y la mayoría de las postales de los recién deportados.

Al entrar, se sorprendió al no verla sentada frente al escritorio, sirviéndose un vaso de algún licor dorado o sintonizando la radio con el oído pegado a ella para dar con la emisora musical que siempre escuchaba y que representaba una fuente de inspiración para realizarle todo tipo de peticiones musicales a Alma Rosé.

—Llegas tarde. Muy tarde. —La observación de la Bestia hizo que Ella se girase sobre los talones. La voz venía desde el otro extremo de la oficina, a su espalda—. Y además vienes con el pelo mojado.

Ella se tocó el pelo, como si necesitara comprobar la certeza de la observación de Mandel. El pañuelo no había logrado ocultar los restos de humedad de su cabello. Pensó en decir que llovía, pero ese seguiría siendo su problema, no el de la *SS-Lagerführerin*. Así que optó por guardar silencio.

—¿Tienes las listas?

Ella sacó un pequeño fardo de piel en el que guardaba la libreta de hojas cuadriculadas que Mandel le entregaba cada vez que tenía que realizar una lista, y el centenar de postales que había conseguido que escribiesen los deportados, aunque algunos conocían la trampa y se negaron a hacerlo.

Lo que Ella le mostró no pareció agradarle.

—¿Esto es todo? —Mandel envolvió la pregunta en un trueno de voz—. ¿Esta miseria es lo que me traes después de toda una jornada de trabajo? ¿Qué quieres que haga el doctor Mengele con esta pobreza? ¿Quién te crees que eres para ralentizar el trabajo de un genio? —gritó y le arrojó a la cara la libreta.

En una reacción involuntaria, Ella esquivó el impacto encogiendo el cuerpo y volviendo el rostro. Sabía que no debía hacerlo. Conocía las reglas del campo. Ninguna prisionera podía evitar el golpe de un miembro de las SS, nada de cubrirse la cabeza con los brazos para impedir el golpe de las botas de un uniformado, nada de encorvarse antes de que el látigo rasgara la piel porque, si lo hacían, el castigo se multiplicaría por cien.

—¿Cómo te atreves, puerca judía?

Maria Mandel entró en cólera. Su mirada pareció cristalizarse, haciendo añicos su iris azulado como si fueran esquirlas de cristal que irradiaban destellos de fuego. Los músculos de su rostro se tensaron, la vena que le nacía en mitad de la frente y desembocaba en la sien triplicó su volumen como siempre que algo no era de su agrado, su boca se había fruncido para el insulto y cuando la abrió, de ella salieron improperios envueltos en perdigones de saliva. Ella ya estaba acostumbrada a los agravios y a las amenazas. Había aprendido a interiorizarlos para después vaciarlos al exterior, aunque no siempre resultaba fácil.

—Te voy a enseñar a obedecer —le espetó mientras recogía la fusta que le había acompañado durante todo el día—. Desnúdate. ¡Rápido ¡No puedo perder más tiempo contigo!

A Ella ni siquiera le dio tiempo a obedecer cuando el primer golpe de fusta le impactó sobre el lado derecho de la cara. Sintió como si la cabeza se le abriera, mientras un calambrazo le recorría la mejilla, rozándole el ojo. Cayó al suelo, sobre una alfombra de piel de lobo que ya conocía de encuentros anteriores. Después de la primera sacudida vino la segunda, y rápidamente la tercera. Mandel estaba tan enloquecida que se olvidó de ordenarle que contara las arremetidas en voz alta, y era ella quien lo hacía, como si así descargara la rabia acumulada. Fue la Bestia quien también terminó de desnudarla para poder golpearle la espalda y el resto del cuerpo de manera más certera.

—¡Cuatro! ¡Cinco! ¡Seis! ¡Siete!... —gritó fuera de sí. Sus bramidos coléricos ascendían por su particular escala numérica—. ¡Date la vuelta! —aulló sin que Ella obedeciera, y no porque se rebelara, sino porque estaba complemente bloqueada.

Había cerrado los ojos. Lo último que había visto era la piel de lobo de la alfombra. Si Mandel la mataba, no quería morir como todos, con los ojos abiertos.

Paró de contar cuando llegó a quince. Ella se quedó esperando el alarido que trajese el dieciséis, pero no llegó. El brazo de Mandel arrojó la fusta al suelo, a pocos metros de donde estaba ella, de nuevo acurrucada por el miedo. La respiración de la Bestia era más jadeante que la de su víctima, que se encerró en el mutismo habitual. El esfuerzo para infligir el castigo había sido titánico, a juzgar por el acaloramiento que reflejaba su rostro, el brillo de sus ojos, y el pelo —siempre perfecto, impoluto, ordenado en dos milimétricas trenzas que no permitían la rebelión de ningún mechón— ahora revuelto. En ese momento, parecía recién salido de un vendaval. Había sufrido una catarsis tan intensa que necesitó recostarse sobre el sofá de piel marrón de su oficina.

—No hay salvación sin sufrimiento —dijo entre ahogos, intentando recuperar el ritmo acompasado de su respiración—. Luchar contra la muerte también te mantiene viva. Recuérdalo, sucia judía. —Siempre que la golpeaba, se refería a ella como «judía», lo que aún la desconcertaba más—. Deberías agradecerme todo este esfuerzo que hago porque te mantiene atenta. Y por lo tanto, viva. —Se incorporó pasados unos minutos, ya con el aliento calmado, y se sirvió un vaso de aquel licor dorado que nunca faltaba en la botella labrada—. Vístete. ¡Rápido! Y recoge este desorden —dijo refiriéndose a las postales que habían quedado esparcidas por el suelo de la estancia—. Tenemos que irnos.

Llegaron a la casa de la comandancia, situada a cierta distancia del campo, unos minutos más tarde. Al final, Ella se unió al grupo de la orquesta por orden de Maria Mandel, que parecía repeler su presencia. Ya había hecho con ella lo que seguramente tenía planeado antes de comprobar la lista de prisioneras y el número de postales de los deportados, en su mayoría húngaros. Le había sucedido algo durante el día que la mantenía contrariada, y Ella había sido su terapia. Hubiese dado igual que convenciera a diez mil húngaros para que escribieran otras tantas postales con la dirección de algún familiar, porque el castigo habría sido el mismo. Al entrar, había visto la fusta preparada sobre el escritorio, junto al reloj de arena de bronce con la inscripción de la cruz gamada. No había sido algo improvisado. El lugar habitual de la fusta era encima de la radio, siempre que no estuviera en la mano de su propietaria. Pensaba hacerlo de todas maneras. Era su capricho y no servía de nada buscarle ningún sentido. Seguramente el niño gitano y Bronislaw tampoco lo habrían hecho.

Camino de la casa de la comandancia, Alma miraba a Ella consciente de que algo había pasado, y no solo por la señal que la fusta había dejado en su rostro y por su renqueante caminar. Pero lo mismo que Ella no respondía, Alma no preguntaba. Era consciente de dónde estaba y del lugar que ocupaba cada uno. Víctimas y verdugos, no había más estatus en Auschwitz.

Ver desfilar a las mujeres de la orquesta, con sus instrumentos a cuestas, era una escena bastante habitual. Pero hacerlo mientras salían fuera del recinto del campo, a última hora de la tarde, con la oscuridad de la noche cayendo sobre sus cabezas, no resultaba tan frecuente. Algún domingo lo habían hecho para acompañar la celebración organizada por un miembro importante de las SS, como una cacería o una selección especial, pero no solía ser lo normal.

Era la primera vez que Ella traspasaba las alambradas electrificadas del campo y se adentraba en un camino del bosque que, hasta entonces, solo había contemplado desde el interior del recinto, como si fuera un cuadro pintado al óleo. Varios oficiales de las SS las escoltaban. A cada metro que recorrían, el paisaje cambiaba. Veinte minutos más tarde pudo percibir el frescor de la arboleda e incluso el olor a madera del que hablaba aquel hombre polaco en el interior del vagón el día que llegaron a Auschwitz. Seguro que si se ponía a buscar, encontraría uno de esos tréboles de cuatro hojas que el joven salía a buscar de pequeño, cuando su padre lo llevaba al bosque. Se convenció de que ya no quedarían tréboles de la buena suerte, como ya no existiría el padre carpintero y, seguramente, tampoco quedaría nada del hijo del carpintero.

Ella podía sentir la huella de cada acometida salvaje de la fusta. Lo revivía a cada movimiento. La Bestia había marcado su piel como ella marcaba con su lápiz de mina roja a las prisioneras cuando incluía su número en las listas. Le sorprendió la dureza de su pensamiento pero era la única forma de aceptar un castigo que carecía de sentido, como no lo tenía ninguno de los que se infligían a diario sobre los presos, como nada de lo pasaba en aquel lugar irreal.

Unas palabras de Joska le cruzaron la mente: «A veces, las personas no son capaces de distinguir el mal ni aunque lo tengan delante».

Joska.

No era el momento de desmoronarse, pero pensar en él casi consiguió quebrarla como no lo había conseguido el látigo de la Bestia.

Joska.

¿Por qué no le había visto en el campo, en algún comando de trabajo? ¿Por qué no había hecho algo para encontrarla o reunirse con ella? ¿Sería verdad lo que le dijo Alicja, seguía vivo? ¿Y si solo se lo dijo para animarla? Se consoló recordando que Alicja no era de animar a nadie, más bien era de mostrar la realidad, por dura que fuera. ¿Le volvería a ver algún día?

Como si de una aparición se tratara, le regresaron los rostros de los miles de judíos húngaros recién llegados al campo hacía unas horas. ¿Alguno conocería a Joska? ¿Y si le hubiera tocado a él convencer a sus compatriotas para entrar en las cámaras de gas y luego extraer sus cadáveres con un gancho para meterlos en el crematorio? Quizá lo estaba haciendo en ese instante, mientras ella estaba vestida de «muñequita azul», como algunas prisioneras del campo se referían a las mujeres de la orquesta, al considerarlas unas traidoras por ceder a los caprichos de las SS. Algunas veces se preguntaba si sería posible sobrevivir a tanto odio. Odio del igual, del diferente, del propio, del extraño. Su mundo se había llenado de enemigos, incluso ella misma se erigía como su propia rival. Aquel lugar cambiaba a las personas, a las buenas y a las malas. Por eso necesitaba ver a Joska, para reconciliarse con las personas; también con ella misma.

8

Si el bosque de abedules le había regalado la sensación de adentrarse en un territorio nuevo, cuando accedió a la casa de la comandancia creyó que el mundo recuperaba sus dimensiones reales, que su vida anterior al campo no había sido un sueño. Luz eléctrica, agua corriente, lámparas de araña, muebles de diseño, espejos, alfombras, cubertería, cristalería, loza, candelabros, velas, jarrones con flores, libros, toallas, servilletas, vasos, cortinas, interruptores, cojines, relojes, teléfonos, portarretratos de plata con retratos familiares, cuadros colgados en las paredes, algunos de ellos verdaderas obras de arte... Nada de eso había desaparecido del mundo, tampoco el olor a limpio. Eran ellos, los habitantes de Auschwitz, los que habían desaparecido de ese espejismo.

El eco de las carcajadas se podía escuchar desde el exterior. Era una casa de piedra gris, estructurada en al menos dos alturas, con varias ventanas en su frontal, un tejado de tejas rojas del que sobresalían varias buhardillas y dos chimeneas estrechas, y un camino empedrado que conducía hasta la entrada principal. En la parte anterior, una terraza con más flores, fresales, un arenero donde solían jugar los niños, y una puerta que permitía un acceso directo al campo de concentración que la familia conocía como «puerta al infierno».

También había un jardín al que el anterior comandante, Rudolf Höss, denominaba «paraíso de flores» en reconocimiento al trabajo y al tiempo que su mujer, Hedwig, dedicaba a cuidarlo. Estaba repleto de begonias, flores y plantas de colores en macetas azules y verdes, y un rosal que cubría estratégicamente el grueso muro de hormigón que separaba la casa de la comandancia del campo de concentración. En realidad, ese trabajo lo hacían los prisioneros del campo, y quizá por eso lucía igual, a pesar de que hacía casi cuatro meses que los Höss habían abandonado la residencia, el pasado mes de diciembre. En un principio, allí tenía pensado ofrecer su concierto la orquesta, pero la amenaza de que regresara la lluvia era demasiado alta, y ni los instrumentos ni los altos mandos de las SS merecían empaparse de nuevo. Las prisioneras nunca importaban, por muy bien que tocaran el violín, o por muy bien que cantaran; podrían aguantar lo que fuera, y si no, se las reemplazaba.

Unas presas que trabajaban como parte del servicio doméstico de la residencia les indicaron el lugar donde deberían esperar hasta que la plana mayor del campo terminara la cena. Para muchas presas era un trabajo tan codiciado como el del Kanada, desde que a principios de junio de 1943 el entonces comandante de Auschwitz, Rudolf Höss, había permitido a las prisioneras ser empleadas en las casas de las familias de las SS, que pagaban veinticinco Reichsmarks al mes por el servicio a la Administración del campo, nunca a ellas.

La sala a la que accedieron era lo bastante grande como para albergar a las integrantes de la orquesta. Alguien se había encargado de colocar, partiendo desde el centro de la sala hasta el final, el semicírculo de atriles metálicos sobre los que reposaban las partituras con el repertorio seleccionado personalmente por Alma Rosé. También habían dispuesto una silla detrás de cada atril. Esta vez no tendrían que tocar de pie durante horas, como muchas veces sucedía. Ante la sorpresa de todos, Maria Mandel hizo acto de presencia en la habitación.

—Si necesitáis algo, dímelo —le confió a Alma en un tono de voz bajo pero que todas pudieron oír—. Agua o algo de comida.

—Estamos bien, Frau Mandel.

Algunas presas de la orquesta no entendían por qué su directora respondía de esa manera, por qué no aceptaba el ofrecimiento de la *SS-Lagerführerin*, como si no quisiera molestarla con sus peticiones. Muchas de ellas estaban hambrientas. La propia Ella no había comido en todo el día, excepto el brebaje de color oscuro que hacían pasar por café y que les entregaban cada mañana con un trozo de pan. En su caso, y por formar parte del Kanada y del Bloque de Música, tenía más suerte porque con el pan siempre le daban un poco de queso, un pequeño corte de margarina y una porción equivalente a una cuchara de confitura, habitualmente de fresa o algo que se le parecía, no en sabor, pero sí en el color bermellón. Sin embargo, Alma no quería distracciones en su orquesta, ni mucho menos que una inoportuna mancha en el uniforme diera al traste con la actuación de la noche. Su responsabilidad iba más allá de lo que alcanzaban a entender muchas presas, Fania Fénelon entre ellas. «Antes del concierto ni se come ni se bebe. Solo se está concentrado en la música. Solo importa la música. Eso nos salvará», solía repetir con voz firme. Por su parte, Ella se fiaba de sus palabras, aunque solo fuera porque Alma Rosé era la única prisionera judía, en realidad *mischlinge* —así había sido registrada, lo que las SS denominaban un híbrido, una mezcla de razas ilegal y venenosa según las leyes raciales imperantes en la Alemania de Hitler—, que no variaba su tono de voz cuando hablaba con Mandel.

La estancia en la que las hicieron esperar no estaba muy lejos del comedor de la residencia, donde los hombres y mujeres de las SS estaban cenando. Sus gritos, sus risas, el eco de sus conversaciones —de las que sobresalían algunas palabras sobre el resto, casi siempre de naturaleza grosera— y sus brindis

—que siempre sellaban con un *Heil Hitler!*— podían escucharse sin problema, más cuando Alma había exigido a la orquesta permanecer en silencio, solo roto por algún murmullo que era rápidamente chistado para abolirlo sin contemplaciones. Solo había que prestar un poco de atención y pegar el oído a la puerta corredera de la sala, para escuchar el tintineo de la campana para llamar al servicio, el sonido de los cubiertos contra la vajilla, el descorche de las botellas, el ruido del encendedor que prendía el cigarrillo alemán, el entrechocar de las copas en los brindis... Era el sonido del mundo real.

Ella no ocuparía un sitio entre los atriles, ya que habitualmente las copistas se quedaban en la periferia de ese semicírculo, a una cierta distancia, en un puesto a medio camino entre la platea donde se sentarían las SS y el espacio dispuesto para la orquesta. Eso le permitió situarse más cerca de la puerta y escuchar algunas de las conversaciones. No pretendía espiar lo que decía la plana mayor del campo, pero sus voces eran fuertes y roncas, siempre proyectadas en un tono elevado, como si supieran que nadie los escuchaba. Nadie. Eso eran para las SS las personas que los esperaban a escasos metros de distancia para entretenerlos al final de su velada. Un grupo de nadie. En realidad, no les importaba que los escucharan, primero porque la mayoría no entendía más alemán que el de las órdenes básicas, y segundo porque, aunque lo entendieran, como era el caso de Ella y de Alma, tampoco representaba una amenaza real el hecho de que conocieran sus planes. Jamás saldrían vivas de allí, ni las integrantes de la orquesta ni las prisioneras que conformaban el servicio doméstico de la casa. Daba igual lo que oyeran. Hacía mucho que no existían. No había peligro de una indiscreción. Antes de que eso ocurriera, la maquinaria de las SS lo destruiría, lo quemaría, como haría con la documentación y los papeles que guardaban en la Administración del campo, en las oficinas centrales o en el Bloque del Hospital, por si las cosas se torcían, como parecía estar sucediendo en el campo de batalla y sobre los mapas que se amontonaban en las mesas de los principales despachos del Tercer Reich. Y esa destrucción incluía también a los presos. Era comprensible la indolencia de las SS a la hora de hablar sin la cautela de bajar la voz para evitar ser escuchados.

—¿Y cómo están los ánimos por Berlín? —preguntó uno de los oficiales, cuya voz Ella no puedo reconocer. Seguramente se trataría de uno de los destinados al campo principal, a Auschwitz I.

—Por las nubes, siempre con honor y lealtad —contestó el anfitrión de la velada, el *SS-Obersturmbannführer* Arthur Liebehenschel—. Pero no les voy a engañar, están preocupados. Quieren resultados y los quieren ya. Y las noticias que llegan de algunos campos de trabajo no son las deseadas. Les inquieta la corrupción de algunos responsables de las SS, los abusos que se puedan cometer dentro de los campos, no tanto por la gestión de los prisioneros como por la imagen que podamos dar al exterior si todo esto sale a la luz.

Las miradas de los comensales colisionaron entre sí, como bolas sobre la tela verde de una mesa de billar.

—El caso del comandante Karl Otto Koch y de su mujer Ilse en el campo de Buchenwald es un buen ejemplo de ello que nos avergüenza a todos —resumió.

—Bueno, siempre hay garbanzos negros. Eso es inevitable. No podemos generalizar. No sería justo —medió Josef Mengele.

—La corrupción está más extendida de lo que podamos pensar. Es un cáncer silencioso que va destruyendo poco a poco los tejidos de un cuerpo sano hasta terminar con su vida. Usted, como doctor, debe saberlo. Y como hombre de honor de las SS, también. —Le señaló con su copa de cristal antes de acercarla a los labios. Después de un trago corto, el comandante prosiguió con su argumento—: Siempre está más cerca de lo que pensamos. Aquí mismo, en Auschwitz, los robos, el contrabando, el mercado negro organizado en torno al Kanada, en el que están implicados no solo los presos sino las propias SS... Admiro y respeto a mi predecesor, el comandante Rudolf Höss, a quien tuve el honor de sustituir al frente de este campo hace unos meses. Pero la investigación del juez Konrad Morgen, realizada sobre el terreno, tuvo unos resultados preocupantes.

La mención de aquel nombre tensó el gesto de los presentes. Se trataba del famoso *SS-Sturmbannführer* Georg Konrad Morgen: el mayor de las Schutzstaffel que recorría los campos de concentración nazis en busca de corrupciones protagonizadas por los hombres de las SS. Todos en esa mesa le conocían personalmente. Pudieron verle en Auschwitz-Birkenau el día que se presentó para investigar sobre el terreno el envío sospechoso de un paquete que contenía dientes de oro de los prisioneros y cuyo transporte, lejos de seguir el proceso postal establecido a través de los mismos trenes que salían hacia Berlín con las pertenencias de los deportados, se asignó a un trabajador del servicio sanitario. Alguien localizó ese paquete en una inspección postal y la información llegó a Berlín. Hacía tiempo que la gestión de Rudolf Höss, en lo tocante a las pertenencias de los prisioneros, estaba siendo investigada. Él lo sabía y, sospechosamente, unas horas antes de la llegada del juez Konrad Morgen, se produjo un incendio en una de las oficinas de la Administración del campo que provocó la pérdida de documentación importante y reveladora sobre la riqueza gestionada en Birkenau. A pesar de ese incidente que le dejó sin pruebas, el juez abrió procedimiento contra Rudolf Höss y el responsable local de la Gestapo, Maximilian Grabner, por varias irregularidades económicas y por asesinar a los presos para quedarse con sus pertenencias —en vez de ponerlas al servicio del Reich—, aunque el proceso contra ambos quedó suspendido.

—Habla usted del mismo Georg Konrad Morgen que absolvió a un maestro por infligirle un castigo corporal a un alumno miembro de las Juventudes Hitlerianas, y que por eso fue destituido como juez de Szczecin —apuntó Mengele, incómodo ante las insinuaciones del nuevo comandante de Auschwitz. El juez Morgen no era del agrado de los compañeros de Rudolf Höss presentes en aquella mesa.

—El mismo Konrad Morgen que sirvió con honor y lealtad en las filas de las Waffen-SS y que en 1940 tomó parte de la invasión de Francia —puntualizó el comandante Liebehenschel—. Y, por si le interesa, la denuncia del alumno fue una venganza. No existió tal dureza en el castigo corporal. Ustedes deberían entenderlo mejor que nadie, conviven con ello a diario. —Su voz era firme, segura y sin mácula de vacilación. Sus palabras sembraron un silencio que incomodó a todos menos a él, que parecía disfrutar dejando claro que estaban en su casa como invitados, pero también como subordinados.

—Le desmovilizaron para nombrarle juez de la Corte Judicial de las SS. Pero no fue enviado a Múnich, sino al Tribunal de Cracovia. —El doctor Mengele no pensaba dar su brazo a torcer—. Un poco más lejos del verdadero centro de poder, y por tanto, de la confianza de Berlín. Polonia siempre ha sido un buen lugar para esconder lo que no se quiere que se vea. Y eso sí que lo podemos atestiguar los que estamos sentados a esta mesa, con eso sí que convivimos a diario.

—Veo que le conoce usted bien, doctor. Entiendo que también sabrá que Konrad Morgen no solo persigue la corrupción instalada en algunos mandos de las SS, sino que hostiga y condena con la misma firmeza los casos de contaminación de la raza. Estando en Cracovia procesó a un buen número de oficiales de las SS. Seguramente les resulte familiar el nombre de Hermann Fegelein.

—¿El ayudante personal del comandante en jefe Himmler? ¿Se refiere al general de división de las Waffen-SS? —preguntó Maria Mandel, con una mezcla de sorpresa y vacilación.

—El mismo —confirmó Liebehenschel—. El mismo que está a punto de casarse con Gretl Braun. Creo que el enlace está previsto para principios de junio. Supongo que Hitler estará presente en un momento familiar tan señalado como la boda de la hermana de su amada Eva. El caso es que, hace unos años, Konrad le procesó por apropiación indebida: al parecer se quedó con las joyas de gran valor incautadas a los judíos. También le acusó de apropiarse de una empresa con la inestimable ayuda de una joven amante, de la que siempre sospechamos que trabajaba para la inteligencia polaca. Y por si eso fuera poco, a los cargos se añadió uno nuevo, algo más grave: el de violación.

Las miradas de Mengele y Liebehenschel no solo se cruzaron, sino que se mantuvieron en alto como espadas en un campo de batalla. El duelo se prolongó durante unos segundos que parecieron eternos. Nadie se atrevía a decir nada. Los iris de aquellos dos hombres ya decían demasiado.

—Si no me equivoco, comandante, el proceso quedó suspendido y el juez Konrad Morgen fue degradado a teniente y enviado a la Quinta División Panzergrenadier SS Wiking, la antigua Germana, hasta que se llenó de escandinavos y tuvieron que cambiarle el nombre por la Wiking —insistió Mengele en su pulso verbal, pecando de una controlada soberbia, para después vaciar la copa de vino en su boca—. Pero seguro que combatió como un héroe en el Frente Oriental.

—No se equivoca, doctor. El mismísimo Himmler se encargó de ello. Temía la mala imagen que pudiera darse de las SS. Fue a mediados de 1943, lo recuerdo porque acababa de empezar la batalla de Járkov, cuando Konrad Morgen estaba en Ucrania y Himmler le recuperó para Berlín para su inmediata incorporación a la RKPA. —El comandante hablaba del Reichskriminalpolizeiamt, la Oficina de Investigación Criminal del Reich, creada en 1936 para combatir la delincuencia, desde la estafa hasta la falsificación, pasando por pornografía, tráfico de drogas, juego ilegal, y, especialmente, la corrupción de los mandos de las SS—. Y de las primeras cosas que hizo fue continuar con la investigación abierta por el *SS-Obergruppenführer* Josías de Waldeck-Pyrmont contra el matrimonio Koch, iniciada ya en 1941, cuando trasladaron a Otto Koch al campo de concentración de Majdanek por existir fundadas sospechas de una conducta delictiva en Buchenwald. Según me contaron, durante la investigación, Ilse decidió quedarse en la casa de la comandancia del campo de Buchenwald, a pesar de que su marido estaba en Majdanek. Supongo que encontró algo que la tuviera entretenida.

—Conozco la historia —apuntó Maria Mandel para sorpresa de algunos de los presentes, entre ellos del propio Mengele; agradeció que alguien tomara el relevo en aquella conversación que estaba resultando bastante tensa—. Podemos decir que la viví de cerca. Coincidí en alguna ocasión con el matrimonio Koch, en alguna cena como esta que estamos celebrando esta noche, gracias a su amabilidad, comandante Liebehenschel. Por entonces, yo estaba en el campo de Ravensbrück. Déjenme recordar, no soy buena con las fechas... —pidió mientras empequeñecía sus ojos azules—. Llegué a ese campo en 1939, me acuerdo muy bien porque ese año cumplí veintisiete y todavía no me habían ascendido a supervisora jefe primera, lo que sucedió antes del verano de 1942, unos meses antes de que me enviaran aquí, a Auschwitz-Birkenau. Así que debió de ser entre 1939 y 1940 cuando coincidí con ellos.

Las cábalas de la *SS-Lagerführerin* siempre eran correctas, a pesar de su falsa modestia. Su memoria era portentosa, rara vez se le escapaba una fecha, sobre todo si estaba relacionada con un lugar que había significado tanto para ella como el campo de concentración de Ravensbrück.

—Las cenas de los Koch eran auténticos espectáculos circenses —siguió—. Siempre empezaban con una ruidosa fiesta al aire libre y acababan de la misma manera: en orgías descontroladas en las que todos participaban: oficiales, mujeres de oficiales, altos mandos de las SS y sus acompañantes, fueran las que fuesen. Sobre todo Ilse, ya me entienden...

Claro que lo entendían: al respecto de los Koch, los rumores hablaban de «amantes improvisadas», que en muchas ocasiones incluían a prisioneras hermosas a las que obligaban a participar, y también a prisioneros. Se decía que el apetito sexual de Ilse Koch no hacía distinciones. Tampoco le preocupaba en exceso la *Rassenschande*, la «contaminación de la raza».

—Nuestro amigo, el juez Konrad Morgen, no estaría nada contento con ella.

—Tampoco nuestro Führer, como bien sabrá usted, Frau Mandel —interrumpió Liebehenschel, conocedor, como todos, de la oposición de Adolf Hitler a la contaminación de la raza y a las infidelidades.

—Por supuesto, comandante.

—Pero permítale que continúe con el relato de los Koch, ya que ha sacado usted el tema —intervino Irma Grese cortésmente, aunque sus intenciones eran muy distintas—. Que nos hable más sobre esas fiestas —pidió para satisfacción de la Bestia, que aceptó encantada tras dedicarle una sonrisa a su pupila.

—No he visto nada igual. Si me permiten decirlo, Ilse era una auténtica ninfómana y se vanagloriaba de ello. Y a su marido no parecía importarle, más bien al contrario.

El relato de Maria Mandel tenía entretenidos a todos los comensales, con excepción del comandante que, aunque conocía la veracidad de lo que se estaba narrando, tampoco lo entendía como un tema apropiado para una velada en su casa. La incomodidad del *SS-Obersturmbannführer* parecía divertir a Mengele, una razón más para que la Bestia continuara con su particular ejercicio de memoria.

—Ilse era tan..., cómo decirlo, tan estrambótica, tan salvaje. Su afición favorita era confeccionar lámparas con la piel de los prisioneros, pero no cualquier tipo de piel: debía estar tatuada. Se pasaba el día observando a los prisioneros mientras trabajaban, examinando sus cuerpos cuando los castigaban o durante el pase de revista. Incluso se acercaba al hospital para seleccionar los tatuajes más llamativos. Si los enfermos no estaban desnudos, les mandaba desprenderse de sus ropas o lo hacía ella misma, con sus propias manos. Seleccionaba a los que tenían los tatuajes más espectaculares.

—Qué original —apostilló Mengele, buscando la mirada complaciente de Irma Grese, que estaba disfrutando con el nuevo cariz de la conversación.

—Tenía especial predilección por los más exóticos y, con la complicidad del doctor del campo, el *Lagerarzt* Erich Wagner, y por supuesto del coronel Koch, enviaban a esos presos al hospital, les ponían una inyección de fenol, los prisioneros morían en pocos minutos y su piel era extirpada y tratada químicamente para que luciera perfecta en las pantallas de las lámparas de Ilse. Su creación artística se extendía a fundas de cuchillos y navajas, guantes, encuadernaciones de libros, zapatillas, portadas de discos, estuches para la manicura, manteles de mesa, alfombras... Yo no lo vi, pero me contaron que llegó a usar estos tatuajes incluso en su ropa interior.

Irma frunció la nariz, asqueada, pero sin la menor intención de zanjar el tema.

—¿Te regaló alguna de sus creaciones? —preguntó como si hablara de un lienzo, de algún recuerdo artesanal del campo.

La Bestia asintió con la cabeza.

—Era muy generosa. A mí me obsequió con una lámpara que tuve en mi oficina durante mucho tiempo. Debí de caerle bien, porque incluyó un pulgar momificado de un preso a modo de interruptor. Hasta que alguien me propuso que me librara de ella, algo que por supuesto hice.

Mandel hizo un inciso en su narración y observó la sed por conocer más de todos sus compañeros de mesa, a excepción del comandante y anfitrión de la noche. Después de apurar el vino que le quedaba en la copa de cristal labrado, decidió no defraudarlos. Desde pequeña, le gustaba sentirse escuchada y aprovechaba cualquier ocasión para embaucar a su audiencia.

—Llegó a adornar con cabezas humanas su casa, una casa

muy parecida a esta —dijo mientras recorría con la mirada el amplio salón—. Las empequeñecía, como hacen esas tribus indígenas en el sur de América, y las colgaba de las paredes, las colocaba sobre la mesa o sobre algún mueble. Los prisioneros la temían tanto como la odiaban. Era tal el poder que Ilse ejercía sobre los presos, que se referían a ella como *Commandeuse*, la «señora comandante». En realidad, la llamaban la «zorra de Buchenwald», pero siempre a sus espaldas. Yo creo que Ilse lo sabía y estaba encantada con el título, aunque obligaba a los prisioneros a que se dirigieran a ella como *Gnädige Frau*, como «señora». La temían más que al viento helador del Ettersberg que azota la explanada del campo de Buchenwald.

Al igual que ocurría en Auschwitz, los prisioneros que entraban en el campo se encontraban con su destino escrito en acero. Allí, el mensaje decía: «Con justicia o sin ella, ¡mi patria!». Y cuando salían a trabajar cada mañana y regresaban por la noche, leían una inscripción en la puerta de hierro del campo: *Jedem das seine*, «A cada uno lo suyo». Una funesta pero veraz declaración de intenciones de los nazis, labrada en hierro por sus prisioneros para que ninguno de ellos pudiera llevarse a engaño de lo que iba a ser su vida en aquel recinto. Lo que no podían sospechar era que el comandante Koch se divertiría utilizando contra ellos un látigo que mandó fabricar ex profeso y que tenía en su vértice una pequeña colección de cuchillas de afeitar, como en ese momento contaba Mandel a su entregada audiencia.

—Cuando él y su mujer estaban borrachos, se entretenían marcando a los prisioneros, en especial a algunas presas, con ese látigo o con hierros candentes formando sus iniciales, mientras gritaban como si estuvieran endemoniados la máxima del comandante de Buchenwald: «¡Mi honor es la lealtad!». —Mandel imitó como pudo el grito, y el *Meine Ehre Heißt Treue!* retumbó en el salón provocando las carcajadas de Irma y los gestos de aprobación de Mengele y de algunos oficiales de las SS—.

Desde un principio, controlaron el campo a su antojo. Cuentan que incluso se encargaron de realizar el proyecto de las instalaciones y que obligaron a los prisioneros a talar el bosque que lo rodeaba, una deforestación salvaje de la que, según dicen, tan solo se salvó el roble bajo el que Goethe escribió su *Fausto*. Para que luego digan que los Koch solo pensaban en la fiesta —comentó irónica, sin querer disimular la risa que tenía alojada en la garganta desde hacía un rato.

Al otro lado de las puertas de la habitación donde aguardaba la orquesta, aquella mención del *Fausto* cortó la respiración de Ella, que seguía escuchando el devenir de la charla desde su privilegiado escondite. Por un segundo, se imaginó el roble de Goethe, solo, abandonado en mitad de un terreno devastado, entendiéndose fuera de lugar, obligado a permanecer allí, ante una imposibilidad absoluta de huir o desaparecer. Exactamente igual a como permanecía el libro *Fausto* en el Kanada, donde lo había encontrado hacía unas horas. Exactamente como ella. No pudo evitarlo. Se sintió identificada con aquella imagen.

Se entretuvo unos segundos en la surrealista visión, mientras la *SS-Lagerführerin* Mandel seguía hablando, poblando el aire de imágenes de Ilse Koch en la explanada del campo, ataviada siempre con vestidos elegantes, con un abrigo de piel del que nunca se separaba, sobre todo en los meses de duro invierno, cuando el frío glacial llevaba los termómetros a los veinte grados bajo cero mientras los presos, vestidos con finas telas convertidas en harapos, tiritaban de frío y morían de hipotermia severa. Ilse siempre aparecía con una imagen impecable, con su melena pelirroja peinada a diario por un preso que había sido peluquero y que tenía como principal y casi única misión que la *Commandeuse* luciera un aspecto perfecto. De todo ello se acordaba Mandel. Y de mucho más que decidió seguir compartiendo con sus compañeros de velada.

—Todo era un exceso. Se llegó a comentar que traía cajas de vino de Madeira para bañarse en él y conservar la firmeza de su piel. También escuché que todas las semanas entraban en el campo cargamentos especiales de limones, con los que se frotaba la dermis para conservarla joven y brillante, ¡y puedo dar fe de que lo conseguía! Estaba obsesionada con la belleza y con la piel, la propia y la ajena —rememoró mientras concedía unos segundos de silencio a la conversación—. Pero también es cierto que corren muchas leyendas por los campos y no todas son ciertas. Hay que tener cuidado con los rumores y los chismes, comandante Liebehenschel. Los alimenta el diablo.

—Hasta que un día apareció un documento interno de las SS exigiendo que cesaran de inmediato aquellas excentricidades, que habían llegado a oídos de Berlín. La vanidad por ostentar la riqueza con la que se vive, ese pequeño detalle de soberbia mal gestionada, siempre pierde a los torpes —continuó el comandante Liebehenschel al ver que a sus invitados les divertían demasiado las irregularidades cometidas por algunos mandos de las SS—. A finales de 1941, los primeros investigadores de las SS llegaron al campo de Buchenwald exigiendo a su comandante los libros de contabilidad, y no solo encontraron las lámparas de su mujer sino unos números más preocupantes que dejaban al descubierto todo el dinero y las joyas robados por los Koch a los prisioneros que llegaban al campo. Cuando el juez Konrad Morgen se hizo cargo de la investigación, mantuvo las acusaciones de corrupción, conducta sexual inapropiada, embriaguez, incitación al asesinato... —remarcó esta última palabra y la acusación velada hizo que el baile de miradas de los comensales volviera a entablar una particular partida de billar—, y conforme iba avanzando en la investigación, presentó nuevos cargos contra Koch, imputando también a su mujer, Ilse, por fraude, malversación de fondos... ¡Por Dios! —exclamó visiblemente contrariado—. Se descubrieron numerosas cuentas a su nombre a las que había desviado un auténtico dineral que tendría que haber ido a las arcas del Tercer Reich. A finales de diciembre de ese año, el juez Morgen ordenó a la Gestapo la detención de Koch.

—Por lo que veo, el coronel Karl Otto Koch sacó provecho de su trabajo en una entidad bancaria antes de la guerra —comentó irónicamente el doctor Mengele, una apostilla jocosa que tampoco resultó del agrado del comandante Liebehenschel, tal y como él se encargó de hacer evidente con una mirada de desaprobación.

—Pero después de su primera detención el 17 de diciembre de 1941, a Karl Koch le pusieron en libertad en menos de veinticuatro horas, también por mediación de Himmler... —Maria Mandel no aclaró si su comentario era acusatorio o perseguía simplemente restar importancia a la excitación del comandante Liebehenschel.

—Cierto. Pero ya le había dado tiempo a ordenar el asesinato del doctor Walter Krämer, jefe de hospital en Buchenwald y, por lo que pudieron saber los investigadores, a uno de sus asistentes, Karl Peixof. Al parecer, quería evitar que divulgasen que padecía sífilis; viendo la vida que se traía, tampoco es de extrañar. La información es poder. Un nuevo delito, el de incitación al asesinato, que sumar a una larga lista que avergüenza sin duda a las SS —explicó el comandante.

—Tampoco le sirvió de mucho al juez engrosar la lista delictiva de Karl Koch, si todo terminó en nada.

—¿Terminar, Frau Grese? Todavía no ha terminado. Los imagino informados de que Karl Otto Koch fue arrestado el 23 de agosto de 1943 y puesto a disposición de un tribunal de las SS que se encargará de juzgarle, y llegado el caso, condenarle. Como ven, está muy lejos de acabar en nada. —El anfitrión estaba orgulloso de tener, por fin, la última palabra en el asunto de los Koch, a pesar de que algunos de los comensales parecían empeñados en arrebatársela—. No se puede robar a Alemania, señores. Como tampoco creo que la imagen del Tercer Reich sea la de un obeso comandante supremo de la Luftwaffe Hermann Goering, llegando a París a bordo de un descapotable y robando cuadros de los museos. Supongo que al menos en eso, estaremos todos de acuerdo —cortó en seco el comandante Liebehenschel.

Decidió no perder más tiempo enumerando los más de ochocientos procedimientos abiertos por el juez Konrad Morgen por diversos delitos contra los comandantes de algunos de los campos nazis más importantes como los de Dachau, Treblinka, Majdanek, Flössenbürg, Sobibor, Bergen-Belsen, Sachsenhausen o Herzogenbusch. Prefirió no perderse en detalles ni en individualidades, en especial si afectaban a amigos y compañeros de los presentes que parecían estar mejor informados de lo que creyó en un primer momento.

—Las propiedades de los deportados pertenecen única y exclusivamente al Tercer Reich. Y eso es lo que Berlín teme que salga a la luz: la corrupción, el trapicheo, la falta de disciplina, de lealtad y de honor de nuestras SS. Pero para evitar que eso suceda, estoy yo aquí. Y espero contar con su honestidad y su férrea obediencia al Führer para conseguirlo —dijo arrancando el asentimiento general de sus invitados, unos más convencidos que otros.

—*Heil Hitler!* —gritó desaforada Irma Grese, incorporándose de pronto con el brazo en alto, en un tono estridente. Pero ante esas dos palabras, reconvertidas en saludo institucional, nadie se pudo negar.

—Y dígame, comandante Liebehenschel —preguntó el doctor Mengele, mientras aplastaba uno de sus cigarrillos de boquilla dorada sobre la base de un cenicero ubicado sobre la mesa—. ¿Se debe anteponer la ley a la ideología?

Antes de que tuviese ocasión de responder, el timbre del teléfono sonó retumbante en toda la residencia. La tensión que no logró deshacer el *Heil Hitler!* de Grese la cortó el timbrazo de la llamada. Incluso Ella se asustó al escuchar aquel sonido que creía olvidado, tanto como las conversaciones en libertad. Aquel eco estrepitoso logró romper algo en su interior: era el sonido de la normalización de la vida, de la comunicación con el mundo exterior que se les negaba y que su nueva realidad parecía haber aniquilado. Su timbre le pareció música para los oídos, y no el *Rêverie* de Schumann o la *Serenade* de Schubert que tanto extasiaban al doctor Mengele.

Una empleada que no era prisionera —ya que no vestía el uniforme del campo— se adentró en el comedor y, acercándose al oído del comandante, le comunicó algo en voz baja. Tras disculparse ante sus comensales y dirigir un gesto a su asistente, instándole a acompañarle, Liebehenschel abandonó la estancia. Pero la conversación en el comedor no cesó. De hecho, a Ella le pareció que la verdadera tertulia empezaba entonces, aunque tuvo que afinar un poco más el oído, ya que todos bajaron el tono de voz como medida de precaución para no ser escuchados, un gesto de cautela casi innecesario ya que el despacho del comandante donde se encontraba el teléfono estaba a una distancia considerable, en el otro extremo de la residencia.

Ella se separó de la puerta corredera justo cuando el comandante y su asistente pasaron ante la sala donde esperaba la orquesta, y los vio caminar aún unos metros más hasta adentrarse en su despacho. Luego se apresuró a pegar de nuevo el oído.

—Herr Liebehenschel nos ha salido un poco exquisito. Entre él y el *SS-Obersturmbannführer* Fritz Hartjenstein en Auschwitz-Birkenau, esto se va a convertir en un jardín de infancia. —La observación de Josef Mengele llegó envuelta en un murmullo perfectamente audible para los comensales y para Ella—. ¿Le habéis visto durante la selección del transporte de judíos húngaros que nos ha llegado hoy? Parecía repugnarle lo que hacíamos. Por un momento, creí que iba a vomitar.

—No sé si quedarme con su cara o con la del juez Konrad Morgen cuando vio el barracón del burdel a la entrada de Auschwitz —comentó Maria Mandel—. No sé por qué se sorprendió tanto de ver un prostíbulo. Si estuvo en Buchenwald ajustándole las cuentas al matrimonio Koch, también debió de ver el que había allí. Además, fue una idea de Heinrich Himmler. Si se llaman tanto como dicen y se llevan tan bien...

—Bueno, las ideas del *Reichsführer-SS* son inescrutables. Recordad el Tíbet...

Hablaba Mengele de la expedición científica al Tíbet que Himmler patrocinó entre 1938 y 1939 para encontrar los orígenes de la raza aria ancestral, algún vestigio de una raza superior primigenia de hombres con la piel blanca y los cabellos rubios.

—¿Cómo se llama esa fundación científica que Himmler se encargó de integrar en las SS? —preguntó Maria Mandel.

—Ahnenerbe —respondió Mengele—: Sociedad para la Investigación y Enseñanza sobre la Herencia Ancestral Alemana. Sería interesante estudiar los resultados de sus investigaciones antropológicas. Quizá algún día.

—¿No fueron al Himalaya para encontrar caballos que resistieran al frío? La verdad, nos habrían venido bien en esta guerra. —Irma Grese parecía algo perdida.

—Más bien creo que la expedición fue por motivos puramente estratégicos; «puro y simple espionaje», lo llamaron los británicos. No se mostraron muy felices al ver cómo la expedición científica de las SS cruzaba la India británica para llegar a su destino final. —Mandel negó con la cabeza—. Malditos británicos, siempre desconfiando de todo. ¿Acaso quieren quedarse con todo el planeta?

—No nos desviemos del tema, señores. El nuevo comandante de Auschwitz no disfruta con su trabajo. Y eso puede ser un problema. —La voz de Grese era dulce cuando no gritaba a las prisioneras, a «mis esclavas», como solía referirse a ellas mientras las azotaba con su látigo. Tenía un tono coqueto, pretendidamente embaucador.

—Nadie le pide que disfrute. Estamos cumpliendo órdenes directas del Führer y el acatamiento de las mismas incumbe a cada uno —observó el doctor Mengele—. Pero que lo primero que haga al llegar al campo sea ordenar una serie de reformas a favor de los prisioneros es complicado de entender. No le gustaba el Bloque 11, ni el Búnker, ni las celdas de castigo en las que los prisioneros solo podían estar de pie. ¡Si hasta ordenó paralizar las ejecuciones en el Muro Negro! ¿De verdad alguien puede creer que esas eran las medidas más urgentes que acometer en Auschwitz?

—El comandante Höss era más pragmático, aunque también tuviera días en los que parecía que le costaba cumplir las órdenes de Hitler —continuó Irma Grese—. Su mano dura, su capacidad para administrar todo esto y su disciplina de hierro fueron un ejemplo. No creo que se hayan portado bien con él, aunque lo hayan vendido como un ascenso. ¿A qué se dedica el jefe de la SS-WVHA, que para colmo era el puesto que ocupaba Liebehenschel? —Hablaba de la SS-Wirtschafts-Verwaltungshauptamt, la oficina principal para la administración económica de las SS.

—A convencerlos de las maravillas del gas Zyklon B —contestó el doctor Mengele—. La orden que Heinrich Himmler le dio a Rudolf Höss era bien clara: convertir Auschwitz en el mayor centro de exterminio de toda la historia de la humanidad. Es un mandato directo de Hitler. Si quieren efectividad y rapidez con los judíos, esa es la solución. No hay otra. La llegada del cargamento de húngaros de esta mañana solo ha sido el principio. En los próximos días y semanas, se espera que lleguen cientos de miles, y este campo debe acondicionarse para poder proceder a su exterminio a una velocidad mayor. La mejor solución es el Zyklon B que empleamos aquí. Ya sabemos los pésimos resultados del monóxido de carbono generados por motores en Treblinka y los camiones de gas en Chelmno. Y os aseguro que las balas en la cabeza y las inyecciones de fenol en el corazón no son baratas. Sin olvidar que su producción tampoco es ilimitada.

—Auschwitz es ese lugar en el mundo —añadió Irma, como si alguien le hubiera encomendado una labor divina que estaba dispuesta a acometer—. Es aquí donde se puede hacer lo que Berlín ordena.

—Esa maldita investigación... —Maria Mandel regresó a la figura del juez Konrad Morgen—. Ese maldito juez, con sus gafas redondas, como si fuera un judío, mirándonos a través de ellas, como si nos examinara y nos enjuiciara nada más vernos. Hasta los judíos saben que deben quitarse las gafas para no ir directos del tren a la cámara de gas. Hay personas que se empeñan en driblar al destino y lo único que consiguen es burlar el destino de los demás. Ese hijo de un maquinista de locomotoras. Jamás debió dejar de trabajar en un banco ni ponerse a estudiar Derecho.

—¿Qué han robado Rudolf Höss o el pobre Josef Kramer? ¿De qué corrupción hablan? ¿Nos hemos vuelto locos? Creí que esto era una guerra contra los judíos, no contra nosotros mismos. —Irma parecía sentir la necesidad de salir en defensa del antiguo comandante de Auschwitz, con el que había compartido muchas cosas demasiado evidentes, a juzgar por el rubor de sus mejillas—. ¿Cómo era eso que decía siempre el comandante Höss?

—«El deber de destruir a un enemigo dentro del Estado no se diferencia en nada del que nos obliga a aniquilar a nuestro adversario fuera, en el campo de batalla» —repitió de memoria Maria Mandel las palabras de Rudolf Höss.

—Brindo por ello. —Mengele levantó la copa, asintiendo con la cabeza.

—Corrupción. Robo. ¡Y qué más da! — Irma volvió a su argumentación anterior—. Para eso están los judíos, para que les robemos. ¿Acaso no lo hacen todos? Incluso ellos mismos roban a los suyos y nos roban a nosotros, al Tercer Reich. Han organizado todo un mercado negro entre los barracones. El otro día cambiaron un diamante por una botella de vino. ¿Es que creen que no lo sabemos?

—No creo que el comandante dure mucho en Auschwitz.

Berlín necesita a alguien con mano dura y al que no le tiemble el pulso. Esto le queda grande a Liebehenschel —vaticinó Maria Mandel.

—No sé. Liebehenschel es leal a las SS. Un hombre de Hitler. Toda la familia lo es. Incluso su perra, su pastor alemán, Ossie, terminó en la academia de perros policía de las SS. ¿Se puede pedir más entrega e implicación? Si se va de aquí, será para ascender.

—Todos los que se van de un campo de exterminio en esas condiciones lo hacen para ascender, doctor, pero es una patada en el culo lo que los impulsa. Mirad lo que le ha pasado a Rudolf Höss —replicó Irma Grese a las palabras de Mengele.

—El nuevo comandante es leal al partido, pero no a su familia. Abandonó a su mujer Gertrud y a sus hijos porque se enamoró de su secretaria, Anneliese Huettemann. Dicen que su destino en Auschwitz es una especie de castigo, aunque lo hayan vendido como una promoción, una de esas patadas en el culo, como bien dice Irma. Tuvo que mediar Himmler para apaciguar los ánimos. Un miembro de las SS cometiendo adulterio, ¿dónde vamos a llegar? ¿Qué pensará sobre eso el juez Konrad Morgen? No deja de ser una conducta sexual reprobable. —El comentario sarcástico de Maria Mandel despertó las risas de los demás comensales.

—Que se lo digan al doctor Goebbels. —Mengele conocía los detalles del idilio que mantenía el ministro de Propaganda de Hitler con la actriz checa de veintidós años Lída Baarová, un romance que había estado a punto de crear un cisma en el Tercer Reich y en el que el propio Führer tuvo que intervenir para prohibir que su ministro se divorciara—. Claro que Goebbels de quien realmente está enamorado es de Hitler.

—Al menos Rudolf Höss tuvo el detalle de enamorarse de una prisionera política austríaca. —A Mandel no parecía gustarle que saliera a relucir el nombre de Goebbels—. ¿Cómo se llamaba?

—Eleonore Hodys. —Irma Grese lo pronunció con una enorme sonrisa en la cara—. Era realmente hermosa.

—¿Era? —preguntó el doctor Mengele con curiosidad.

—¿Acaso has vuelto a verla? —repreguntó Irma, subrayando en su rostro una pretendida mueca traviesa que dejaba ver su maldad. Le encantaba que Josef Mengele le prestara atención, y en ese momento lo estaba consiguiendo—. Se quedó embarazada de nuestro comandante. Una torpeza. Y ya sabemos que Auschwitz no es una maternidad, ¿verdad, doctor? Lo último que escuché es que la metieron en una celda, intentando que abortara, que muriera de hambre o que el frío la matara. Cualquier cosa antes que volver como costurera al servicio doméstico de la casa familiar de los Höss. Me contaron que la señora Höss no podía disimular su alegría el día que desapareció.

—Tenía una amiga, creo que también era austríaca, a la que tampoco he vuelto a ver. La última vez fue en mi oficina, y no tenía buen aspecto. Algunas compatriotas están muy perdidas. —Maria Mandel sonrió. Había visto a esa mujer sobre la misma alfombra de piel de lobo en la que acababa de azotar a Ella, apenas unas horas antes.

—¿Acaso volvimos a ver al asistente del juez Konrad, ese tal *SS-Stabsscharführer* Gerhard Putsch, en nuestro campo? —preguntó Irma—. Desapareció, sin más. Algo muy normal en Auschwitz, nada de lo que preocuparse.

—Reconozcámosle al comandante Liebehenschel el detalle de invitarnos a cenar a su casa. Desde que Höss se marchó, no habíamos vuelto a pisar esta residencia —precisó el doctor Mengele, dejando ver una amplia sonrisa en su rostro.

—Eso lo dices para protegerte las espaldas. Puede que haya puesto algún micrófono en este comedor —comentó la Bestia—. Los comunistas de Stalin son auténticos especialistas. He oído que han sembrado de micrófonos el Hotel Metropol, como si fuera un campo de minas. Me han contado que en el piano de cola que Stalin mandó colocar en la habitación de Serguéi Prokófiev para intentar convencerle de que regresara a la madre patria había más micrófonos que teclas. —Vació la copa para lubricar su siguiente maldad—: ¿Os habéis dado cuenta de que Liebehenschel se ha llevado a su asistente, al único miembro de las SS de esta mesa que no trabaja en Birkenau? ¿Y si de verdad el comandante ha ordenado colocar micrófonos para escuchar lo que realmente pensamos de él?

Hubo algunas sonrisas nerviosas, pero nadie quiso creerlo.

—Tengo noticias de que Himmler está trabajando para que Rudolf Höss regrese a Auschwitz en breve —anunció Irma Grese, ante el asombro de los presentes—. Y también Josef Kramer, que ya está aburrido de su puesto de comandante en el campo de Natzweiler-Struthof. Como él dice, Francia sigue estando demasiado lejos para un alemán, por mucho que Alsacia sea territorio anexionado al Tercer Reich. Le conozco muy bien. Kramer enseguida se aburre de sus caprichos y el barracón 13 con los prisioneros NN —*Nacht und Nebel*, «noche y niebla»— ya no le divierte. Se cansó de la desaparición forzada de personas. Los echo de menos, a los dos. Y Auschwitz también, puede que más que yo. Hacedme caso, Höss y Kramer regresarán muy pronto: Höss como comandante de Auschwitz I y Kramer como jefe de campo de Auschwitz-Birkenau; puede que en mayo ya estén con nosotros. Está prácticamente hecho. El Tercer Reich necesita que esto se haga aún más grande y, para eso, la maquinaria no puede parar. No hay tiempo. Esa es la frase que más se escucha en Berlín. No hay tiempo.

—¿Cómo sabes todo eso? —preguntó el doctor Mengele.

—Irma acaba de regresar de la capital —contestó la Bestia por ella.

—Allí se oyen las cosas mucho antes de que lleguen aquí. Aunque a mí no me han hecho ni caso —comentó con gesto apesadumbrado Grese, que aún no había digerido el fracaso del verdadero motivo de su reciente viaje a Berlín: convencer a la plana mayor de las SS de formar un ejército de mujeres. Se consoló pensando que no le habían dado un no rotundo, pero, en ese momento, estaban demasiado ocupados con el mapa de Inglaterra desplegado sobre la mesa—. A veces pienso que a las mujeres solo nos quieren para procrear.

—Una madre de cinco, seis o siete niños sanos y bien educados hace más por el régimen que una abogada —pronunció Mengele, de manera algo teatral. Sus palabras dibujaron un enojo igual de impostado en el rostro de Irma—. No lo digo yo. Lo dijo Hitler ante la Organización de Mujeres Nacionalsocialistas en 1934. Y no fue lo único que dijo: el Führer también rechazó la igualdad de derechos entre sexos porque la consideraba una pretensión marxista, porque arrastra a la mujer a un ámbito en el que será «necesariamente inferior» y eso, lejos de fortalecer su posición, la debilita. Eso dijo.

—¿Dónde estabas tú en 1934, Frau Mandel? —preguntó Grese, siempre atenta al camino de su maestra.

—Yo estaba en Núremberg, en el congreso del Partido. Y allí estaba el Führer. Y también habló para decir que... —la voz de la Bestia se engoló, tornándose en una inflexión monótona, para evidenciar que no eran sus propias palabras sino las del líder supremo— «lo que el hombre ofrece en heroísmo en el campo de batalla, la mujer iguala en su infinita perseverancia y sacrificio, con infinito dolor y sufrimiento. Cada hijo que trae al mundo es una batalla, una batalla que ella emprende por la existencia de su pueblo». No os tengo que decir cómo fue la ovación, ¿verdad?

—¿Lo tienes memorizado? —Irma estaba sorprendida.

—Claro que lo tengo memorizado, y a veces añado algo de mi propia cosecha. Y no es el único que recuerdo al pie de la letra. No estuve en el que comenta el doctor Mengele, pero sé perfectamente lo que dijo: «La expresión "emancipación de las mujeres" fue creada por intelectuales judíos. Si el mundo del varón pertenece al ámbito del Estado, su lucha, su entusiasmo por dedicar sus fuerzas al servicio de la comunidad, entonces podemos decir que el mundo de la mujer es un mundo más pequeño; porque el mundo de la mujer es su marido, su familia, sus hijos, su casa. ¿Qué sucedería en el mundo más grande si no hubiese nadie cuidando del pequeño? El mundo grande no puede sobrevivir sin la estabilidad del pequeño. Creemos que las mujeres no deben interferir en el mundo del varón. Creemos que lo natural es que los dos mundos sigan siendo distintos». ¿Tú no lo crees, Irma? —le preguntó Mandel con un gesto de complicidad.

—¿Es que no ven que valemos tanto como los hombres? ¿Acaso alguien aquí maneja el látigo contra los prisioneros con mayor precisión que tú misma? Acabamos de escucharlo de boca de Mandel: los presos de Buchenwald temían más a Ilse que a su marido.

—Sobre todo si tenían dragones escupiendo fuego tatuados en alguna parte del cuerpo... —comentó entre risas Josef Mengele, que seguía llenando su vaso e ingiriendo alcohol como si la noche no tuviera fin.

—Que no se me malinterprete —apostilló Irma Grese—. No digo que las mujeres no procreemos. Yo misma estaría encantada de darle un hijo al Führer, y eso que el embarazo no entra en mis planes. ¿Os imagináis la escena, con mi vientre preñado, paseando por la explanada de Auschwitz, sabiendo que llevo en mis entrañas al hijo de Hitler? Creo que este mundo no estará a salvo hasta que nuestro líder supremo tenga descendencia. Os lo digo muy en serio, yo sería capaz de sacrificarme. No necesito que nadie me dé lecciones de entrega y lealtad.

—Eso lo sabemos. Pudimos ver tu entrega hace unos días cuando disparaste sobre aquella preciosa prisionera romaní embarazada. ¿Qué fue lo que dijiste? —preguntó Mandel, en busca de las palabras exactas de su pupila.

—¿Te refieres a los enemigos de Hitler? Lo dije y lo escribí en el cuaderno que me regaló Höss cuando cumplí años. —Irma se aclaró la voz y, como si estuviera ante los focos de un teatro, su verdadera vocación, empezó a recitar—: «El placer que siento al disparar a las prisioneras tan solo es superado por el placer que siento cuando advierto que están preñadas, porque en ese momento soy consciente de que estoy eliminando a dos enemigos de Hitler».

—Asombroso. Revelador —aplaudió el doctor Mengele—. No somos dignos de ti, querida Irma. Pero te pedí que no te deshicieras de la quinceañera romaní hasta que pasara por mis manos. Tenía interés en revisar su estado clínico y no pude.

—Es cierto, y te ruego que me disculpes. Tú mejor que nadie sabes cómo me cuesta controlar mi fervor a la hora de hacer mi trabajo. Pero ya me han contado que tienes nuevo entretenimiento. Nunca te ha costado encontrarlo.

La mención de Irma Grese hizo que Ella se diera por aludida, y no pudo evitar estremecerse de nuevo, como hizo cuando Mandel habló del roble de Buchenwald y el *Fausto*.

—Si es cierto lo que cuenta Irma sobre un regreso inminente de Rudolf Höss y de Josef Kramer, tendremos que hacer un último brindis por el bueno del comandante Arthur Liebehenschel —propuso el doctor Mengele, alzando la copa por enésima vez esa noche, al tiempo que bajaba el tono de voz—. Mucho me temo que esa conversación telefónica está siendo demasiada larga, y puede que no muy prometedora con respecto a su futuro en Auschwitz.

Las pisadas de Liebehenschel y su asistente sobre la madera pulida de la residencia viraron la conversación de sus invitados a otros territorios y arruinaron el brindis, aunque no con la premura esperada.

—¿Llego a tiempo para ese brindis? —preguntó el comandante de Auschwitz antes de justificarse por la tardanza, excusándose en la comunicación telefónica que le había entretenido más tiempo de lo normal—. Era Berlín. Tendré que viajar mañana a primera hora.

—¡Por usted, comandante! —dijo Irma, copa en mano, con

la mirada cómplice repartida entre los comensales, que la siguieron con la sombra conspirativa aún en sus rostros—. ¡Y por Alemania! ¡Y por nuestro Führer!

—Y por la encomiosa labor que estamos haciendo aquí —añadió Maria Mandel recogiendo el envite, no solo por convencimiento, sino para atajar el ardor patriótico de su alumna más aventajada.

La conocía desde hacía años y sabía que era propensa a la sobreactuación en cualquier terreno, ya fuera un brindis o un castigo. Grese siempre se dejaba llevar por la situación. No conocía límites.

—Seguro que ese viaje le traerá buenas noticias, comandante —le auguró Mengele, sin dejar entrever el menor rastro de ironía—. Sinceramente, creo que estamos haciendo un buen trabajo. La labor que viene realizando desde hace tiempo el mayor Karl Bischoff ha sido encomiable. —Miró a Maria Mandel, ya que conocía la estrecha amistad que mantenía con el oficial encargado de la construcción de la mayor parte de la ampliación de las instalaciones del campo de Auschwitz-Birkenau, especialmente en lo concerniente a las nuevas cámaras de gas y crematorios. Buscaba un apoyo en la mesa y sabía que la Bestia era una incondicional suya, más cuando hablaba bien de uno de sus amantes—. ¿Ha visto los números de producción? Los hornos podrían eliminar algo más de cuatro mil quinientos cadáveres en tan solo veinticuatro horas.

Mengele evocó el informe realizado por el *SS-Sturmbannführer* Bischoff y presentado el 28 de junio de 1943. Cada día podrían quemar trescientos cuarenta cadáveres en el crematorio I de Auschwitz; mil cuatrocientos cuarenta en el crematorio II, e igual número en el crematorio III; setecientos sesenta y ocho cuerpos en el crematorio IV, y otros tantos en el crematorio V. En total: 4.756 cuerpos quemados. «Siempre podemos redondear con los cadáveres de los niños. Caben más», le había comentado Bischoff.

—Los datos de eficacia son aún mejores —apuntó la Bestia, aprovechando que tenía información de primera mano—, el mayor Bischoff ha pecado de modesto en sus cálculos. Se pueden incinerar hasta ocho mil cuerpos al día, introduciendo los cadáveres en el horno de dos en dos, y no de uno en uno, como se venía haciendo hasta ahora. Fácil. Toneladas de cenizas. Solo debe preocuparnos que el río Vístula siga drenando.

El comandante de Auschwitz asistía a la conversación a dos que parecía haberse adueñado de la velada. Sin mostrar el mismo entusiasmo, escuchaba la pasión que Josef Mengele y Maria Mandel derrochaban. Desconocía si esa excitación se debía a un firme convencimiento o a los efluvios del alcohol. Liebehenschel prefería permanecer en silencio mientras los escuchaba. Su pensamiento parecía más centrado en la reciente llamada, que en los cómputos optimistas de sus invitados. Sin duda, sería una orden importante y casi inminente si no podían comunicársela por teléfono y requería su presencia física en Berlín. Pensándolo bien, le pareció que el brindis que le habían dedicado sus invitados había pecado de un exceso de euforia.

—Los romanos construían acueductos para impresionar a sus súbditos. El Tercer Reich construye campos de exterminio con cámaras de gas y crematorios para conseguir el mismo efecto —reconoció Mandel.

—Hagan números. —El doctor Mengele parecía haber hecho sus deberes para impresionar al comandante—. En un año podemos deshacernos de más de un millón y medio de personas. Eso, haciendo un cálculo a la baja.

—Quizá no tengamos un año —terció el comandante Liebehenschel.

—¿Y por qué no vamos a tenerlo? —preguntó Irma.

—Porque estamos en una guerra en la que también juegan los enemigos. También ellos habrán hecho sus números.

—Con todos mis respetos, comandante, estamos haciendo historia —insistió el doctor Mengele.

—Hay muchas maneras de hacerla, doctor —le cortó el comandante, con una mirada conminatoria.

—Comparto la opinión expresada por Himmler en Poznan, cuando se refirió a la Solución Final de la cuestión judía, reconociendo que esta es una página gloriosa de nuestra historia que nunca ha sido escrita y que nunca será escrita. Suscribo cada palabra.

Ella identificó la voz de Maria Mandel. Cuando hablaba en público, sobre todo si estaba en presencia de los altos mandos que admiraba, como el doctor Josef Mengele, su voz se engolaba. No pudo evitar sonreír ante la afirmación de Himmler, aunque fuera por un mero análisis semántico. «Una página gloriosa de nuestra historia que nunca será escrita.» Se acordó de su caligrafía en el reverso de las postales y de las fotografías que rescataba de los equipajes de los deportados. Claro que sería escrita, aunque tuvieran que desenterrarla del subsuelo de Auschwitz para poder leerla. Comprendió que era un sentimiento absurdo pero, por un instante, se sintió victoriosa sobre el mismísimo jefe de las SS, Heinrich Himmler.

En su oído apareció una nueva voz, mucho más cercana, que captó toda su atención y la distrajo del verdadero centro de interés en aquella casa.

—¿Estás bien? —Alma Rosé parecía más interesada en una de sus copistas, aunque fuera un interés frío y distante como siempre que había concierto, que en las conversaciones de las SS. O bien ya conocía todo lo que hablaban, o no le interesaba más que la música. O quizá ambas cosas.

—Sí, bien. —La respuesta de Ella se asemejaba a la que Alma le había dado a Mandel cuando le preguntó si necesitaban agua o algo de comida. Mentía, pero la mentira se daba por buena.

—Ha insistido en que tenías que estar —le dijo sin necesidad de nombrar al sujeto de la frase; ambas sabían que se refería a la Bestia—. No sé qué ha pasado esta tarde en su oficina pero tienes que olvidarlo. Es la única forma de sobrevivir a esto. Tienes que crear tu propio mundo dentro de este lugar y aislarte en él, que nadie consiga sacarte de tu propio universo. Hazme caso. Sé de lo que hablo.

El gesto afirmativo de Ella la convenció de que lo había entendido.

Un ruido de sillas arrastrándose por el suelo presagió la entrada inminente de las SS en la estancia donde esperaba la orquesta. La llamada de teléfono había precipitado todo. El comandante del campo Arthur Liebehenschel prefirió adelantar el final de la velada. A primera hora de la mañana tendría que viajar a Berlín y eso le exigía apretar los horarios previstos. Además, se convenció de que prefería escuchar el repertorio musical que Alma Rosé hubiera preparado para la ocasión, que seguir oyendo las palabras de sus subalternos, que parecían estar demasiado bien informados, algo que siempre le contrarió.

Apenas unos minutos más tarde, preparada ya al frente de su orquesta, la espalda de la directora adquiría una rigidez idéntica a la de su batuta.

Su mirada exigía a las suyas una actitud igual de profesional, aunque la mayoría fueran *amateurs*. Observándola, parecía que estuviera en cualquier teatro de Europa al frente de la orquesta Die Wiener Walzermädeln, su verdadera orquesta de mujeres fundada por ella misma en 1932 y con la que cosechó éxito y reconocimiento. Sin duda, había creado su propio mundo en Auschwitz-Birkenau, ese en el que poder aislarse para sobrevivir. La seriedad con la que se tomaba su trabajo al frente de la orquesta no solo la mantenía con vida a ella y a las prisioneras que la conformaban, sino que la transportaba a su existencia anterior, a la de verdad, a la que anhelaba regresar aunque las noches de fiebre alta y fuertes convulsiones que le turbaban el cuerpo le hiciesen pensar que no habría retorno.

Alma siempre escogía una pieza emblemática con la que empezar una velada tan especial como la de aquella noche. Cuando se tocaba ante personalidades destacadas de las SS —como había ocurrido días atrás durante la visita del *SS-Obersturmbannführer* Adolf Eichmann—, había que entronizar a Schumann, a Beethoven, a Wagner, la plana mayor de la excelencia musical germánica, siguiendo el criterio del auditorio. Mozart y Schubert, aunque austríacos, también solían entrar en la terna. Nada de canciones populares, ni operetas, ni piezas de cabaret ni éxitos musicales del germano-austríaco Peter Kreuder. Solo la excelencia alemana. No le costó decidir la apertura: la Quinta Sinfonía de Ludwig van Beethoven sería la elegida. Era perfecta. La habían ensayado hasta la saciedad, podrían tocarla incluso con los ojos cerrados, sin necesidad de mirar la partitura, con la seguridad de no cometer fallo alguno. Ella misma interpretaría al violín el *Allegro con brio*. Nada podía malograrse. Alma sabía la efectividad de los *crescendos* del primer movimiento, enérgico, dramático e intenso, con sus primeros cinco compases, las primeras ocho notas, la repetición obsesiva de las primeras cuatro notas, tres cortas y una larga, de manera arrebatada, vehemente, violenta, al gusto de las SS.

Pero algo falló. Y lo hizo de una forma estrepitosa, al estilo beethoviano, de un modo que nadie podía imaginar.

9

Y entonces, la vida se detuvo. De golpe, sin previo aviso. No había salida ni solución posible. En uno de los momentos álgidos del movimiento, con la sinfonía en pleno fortísimo, antes de ceder el testigo bajando a un piano, Alma Rosé eternizó la fermata de la última nota en la segunda repetición, y paró la interpretación de la Quinta Sinfonía de Beethoven de manera abrupta. La música se despeñó por la sala y un plomizo silencio actuó de sudario sobre los casquetes de pentagramas y notas musicales.

La directora de la orquesta dejó de tocar y, tras ella, como si fuera una escala musical afónica y desorganizada, el resto del conjunto, cuyas integrantes palidecieron tan deprisa como enmudecieron sus instrumentos. Alma se retiró furiosamente el violín del cuello y se quedó con los brazos abiertos, sosteniendo en una mano el arco y en la otra la tabla de resonancia, elegante y siempre perfectamente barnizada. No era un Stradivarius, como muchos creían, pero lo semejaba, por su acústica y cuidado aspecto. Parecía contrariada, visiblemente excitada, como si un brote de fiebre repentina hubiera humedecido su rostro hasta encenderlo.

—Así es imposible. Así no puedo tocar.

El silencio pesaba en la sala, como si el acero grisáceo que regía el cielo de Auschwitz hubiera caído a plomo sobre sus cabezas. Los rostros impertérritos de las SS se petrificaron al igual que lo hizo el gesto de las prisioneras, cuyas manos empezaron a temblar y el contagio alcanzó aprisa a sus piernas. No sabían dónde mirar, así que optaron por fijar los ojos en Alma. Lo que le pasara a su directora le pasaría al resto. Ella, que se había mantenido en la misma ubicación desde que había llegado, justo al lado de la puerta, contuvo el aliento con tanta fuerza que la presión le hizo daño. «Nos van a matar a todas —pensó—. Y lo van a hacer aquí mismo, de un disparo, sin molestarse en llevarnos a la cámara de gas. Será rápido y limpio.» El silencio persistía. Nadie parecía tener planes de romperlo. La imaginación de Ella seguía lubricando designios. «Quizá sea Joska quien recoja mi cuerpo para introducirlo en el crematorio. Así volveremos a encontrarnos. Aunque quizá no nos lleven allí. Quizá obliguen a otros prisioneros, si no a nosotras mismas, a cavar una fosa y nos quemarán en ella.» Mientras la palabra no rompiera el silencio, las elucubraciones de Ella serían el único sonido renqueando en su cabeza. «Nos van a matar. Aquí va a terminar todo», se reafirmó, al observar las miradas de los asistentes. No podía ser de otro modo. Por menos de eso había visto a los perros de las SS despedazando a prisioneros. La reacción de Alma había conseguido que la espalda le dejara de doler, que perdiera la memoria del sufrimiento anterior, como si la fusta de Mandel nunca hubiera existido, como si su anatomía no estuviera marcada con trazos que le cosían el cuerpo. El miedo era el mejor anestésico. «Por favor, que alguien diga algo», pensó. Alma Rosé le leyó el pensamiento y cumplió su deseo.

—Discúlpenme, pero se necesita silencio. Sin él, la música no es posible —insistió Rosé dirigiendo la mirada a Maria Mandel, buscando un gesto de complicidad de su máxima mentora, confiando en que la entendiera y secundara su protesta. Su rostro no reflejaba miedo, a diferencia del resto de los miembros de su orquesta, cuyas facciones empezaron a cincelarse en cera.

—Tiene razón, Frau Alma —le respondió la *SS-Lagerführerin* Mandel.

También la Bestia había escuchado los murmullos entre algunos de los asistentes, ya que a la representación musical se había unido personal de las SS recién llegado del campo principal que, por lo visto, desconocían la regla máxima de un buen auditorio: el silencio.

—Por supuesto que la tiene. Toda la razón —dijo el comandante Arthur Liebehenschel, para sorpresa del resto. Sin duda, había oído hablar del respeto que las SS guardaban al trabajo de aquella mujer, a pesar de su condición de judía. En ese momento, Ella entendió que Alma Rosé era la única prisionera de Auschwitz que podía permitirse el lujo de reprender y hacer callar a las SS. Ella sí que pertenecía a la aristocracia del campo. Las demás eran plebe—. Le ruego nos disculpe y continúe con el concierto. Tiene usted mi palabra de que no volverá a suceder. Prosiga, por favor.

Alma Rosé interpretó aquel *Bitte weiter* final del comandante como un nuevo inicio. Y así se lo hizo ver al resto de la orquesta, que poco a poco fue recuperando el color, la compostura y el aliento. La música era su tabla de salvación. Había que volver a ella cuanto antes.

El arte melódico era lo único que respetaban las SS y lo demostraron con creces desde el punto de inflexión que significó el exabrupto de Alma Rosé. El concierto continuó sin ningún altercado más. Después de la Quinta Sinfonía de Beethoven, entró en escena la *Patética*, que sin duda calmó los ánimos y las reverberaciones de la inesperada reprimenda. Más tarde, una pequeña selección de valses vieneses, muy del gusto del comandante Liebehenschel, fueron desfilando por la sala, y complacieron a los presentes, serenando la ansiedad mostrada por algunos comensales durante la cena y relajando los ánimos del personal de servicio, que también asistía al concierto desde una zona apartada y que, por unos instantes, temió que la reacción de Alma le complicara su situación en la residencia.

Las composiciones de Beethoven y Schumann formaban el tándem perfecto para una velada como aquella. Cualquiera que hubiera entrado en esa casa construida en mitad de un bosque de abedules habría jurado que nada pasaba en el mundo lo suficientemente grave como para preocuparse.

Cuando los violines interpretaban *El Danubio azul* de Johann Strauss —otra excepción de la noche en la dictadura musical teutona, pero el compositor austríaco había sido una petición personal del comandante del campo—, Ella vio cómo una silueta que ocupaba una de las sillas preferentes del auditorio se incorporaba sigilosamente y se encaminaba hacia la puerta. Era el doctor Josef Mengele. Nadie le dedicó un vistazo, tan solo el comandante Arthur Liebehenschel ladeó apenas el mentón al intuir aquella presencia envuelta en un susurro preguntando por el excusado, pero no permitió que nadie le distrajera del vals en una noche en la que necesitaba algo vivo, alegre y optimista. Al salir de la sala, Mengele le hizo una señal al oficial que había acudido con él a la cena, quien cumplió las órdenes y aguardó un par de minutos antes de asir del brazo a Ella y —sin que nadie se percatara, excepto una prisionera de dieciséis años que trabajaba como criada en la residencia y que era consciente de que su discreción sería su única salvaguardia— forzarla a recorrer el mismo camino que había hecho el doctor.

Subieron unas escaleras que los condujeron hasta la primera planta, cuyo descansillo central permanecía casi a oscuras, apenas alguna luz encendida iluminando algunos puntos estratégicos del pasillo que distribuía las habitaciones. En una de ellas, la penúltima al final del corredor, el oficial de las SS hizo entrar a Ella. No había pronunciado ninguna palabra en todo el trayecto. No hacía falta.

La habitación estaba igual de sombría que el pasillo. Solo el resplandor que entraba por las dos ventanas de la sala moldeaba el interior de la estancia. Empezó a reconocer diferentes siluetas de objetos cuando sus ojos se habituaron a la penumbra: una butaca, una mesa redonda rodeada de cuatro sillas, un armario de grandes dimensiones, un escritorio, un tocador con un espejo... Fue en ese espejo donde vio encenderse un punto naranja, y comprendió que la realidad de aquel reflejo venía del otro lado de la habitación. El doctor Mengele había vuelto a aparecer. Estaba de pie, esperándola, con uno de sus cigarrillos con boquilla dorada entre los labios. Con cada calada, la punta del cigarro se encendía y el rostro del doctor se iluminaba como si fuera una aparición. El humo le salía por la hendidura que separaba sus dos dientes frontales.

—Acérquese. Rápido —le ordenó mientras su cuerpo uniformado se aproximaba a la ventana.

Siguiendo sus instrucciones, se colocó frente a él, a escasos centímetros, y pudo percibir el característico olor del tabaco alemán saliendo de su boca, un aliento viciado, mezcla de picadura en comunión con el dulzón aroma del ron. Su mirada rehuyó la del doctor y se ancló en el suelo, como la habían aleccionado.

—Levante la cabeza.

Ella fijó su horizonte en la botonadura dorada de la chaqueta del uniforme alemán. Hasta allí llegaba su atrevimiento. Las manos de Mengele terminaron de elevar su rostro, al tiempo que lo aproximaba a la ventana. Se quedó mirando el verdugón que atravesaba parte de su frente y desembocaba en su mejilla, donde había impactado el primer golpe de fusta de Maria Mandel durante su último arranque de ira. Los dedos de Mengele reclamaron el protagonismo sobre la piel de Ella. Cuando sus yemas terminaron de recorrer la reciente cicatriz del rostro, le abrió la chaqueta del uniforme y después la camisa, hasta desvestirla por completo. Fue observando el recorrido de la fusta de Mandel por toda su anatomía, mientras ella tiritaba. Hacía frío en aquella habitación y los temores que azoraban su pensamiento estaban lejos de abrigarla. Mengele le dio la vuelta para inspeccionar sus heridas de manera más pormenorizada. Milagrosamente, ninguna sangraba. Había tenido suerte. De haber sido azotada con el látigo, su piel se habría levantado y estaría hecha jirones. Lo había visto demasiadas veces para conocer lo que pasaba en la dermis humana cuando un látigo se estrellaba contra una prisionera. Mengele continuaba observando las heridas de su cuerpo magullado, ahora en su espalda, con delicadeza, en silencio; tanto que Ella podía oír la pesada respiración del doctor, envuelta en un ligero ronquido varado en sus bronquios, seguramente por el exceso de tabaco. Ella no sabía lo que iba a pasar, pero era consciente de que ni siquiera había empezado. Cuando volvió a encararla, lo hizo para lanzar una pregunta:

—¿Mandel?

No obtuvo más respuesta que el silencio de Ella, que intentaba enterrar la mirada de nuevo en el suelo de madera de la habitación.

—Procure usted no caer en manos de Irma, no creo que le dejara un centímetro de piel en su sitio. He visto cómo la miraba hoy junto a las vías, y también esta noche durante el concierto. Le gustan las cosas bonitas, siente una debilidad irrefrenable por la belleza, pero no se conforma con observarla; tiene que destruirla, es algo que no puede evitar. He visto cómo les destroza los pechos a las mujeres más hermosas del campo con su látigo recubierto de celofán y no se detiene hasta desfigurarles el rostro. Luego me las envía a mí para que intente reconstruirlas. Y me ruega que lo haga sin anestesia. No se separa de la mesa de operaciones; no quiere perderse un detalle, un grito de dolor, la visión de la carne abierta y la sangre saliendo de las heridas... Creo que obtiene un placer especial al verlo.

La voz de Mengele no cambió de registro en ningún momento. Ella sabía que decía la verdad. Había escuchado historias sobre la crueldad y el sadismo de Irma Grese, pero nunca de boca del hombre con el que, según se rumoreaba en el campo, también compartía cama y todo un recital de sádicos juegos sexuales. Irma era conocida por su crueldad, por una ferocidad animal que le permitía disparar a una prisionera o soltar a sus perros para que atacasen y destrozasen a un niño, y también por su ninfomanía, que la instaba a mantener relaciones sexuales con miembros de las SS, como el doctor Mengele o su adorado Josef Kramer, al mismo tiempo que obligaba a las presas más bellas a participar en orgías que siempre terminaban con la prisionera en la cámara de gas. Ella conocía todas las leyendas que corrían en el campo sobre Irma, «el Ángel Rubio», como la apodaban las presas, pero no era ella quien le preocupaba en ese instante.

—Siente una extraña obsesión por las mujeres gitanas —siguió Mengele. Su respiración se le encaramaba a los bronquios y paría un jadeo quejumbroso—. Ese gusto lo compartía con Rudolf Höss. Y eso la salva a usted, aunque no sé por cuánto tiempo. No ha dejado de observarla: sus ojos, su pelo, su piel, su rostro, sus pecas y especialmente sus pechos. A Irma ni siquiera yo puedo controlarla cuando ve a una mujer hermosa. Y usted lo es. Procure alejarse de ella, de su látigo y de sus perros.

La declaración del doctor Mengele vació de palabras sus labios, que empezaron a perderse por el cuerpo de Ella, agarrotado, anestesiado por la incertidumbre y la impotencia, completamente paralizado, más por la inesperada reacción del doctor que por los golpes de Mandel: esperaba una acometida violenta, pero él se recreaba en las heridas y eso logró tensarla aún más. Estaba segura de que aparecería en cualquier momento. No existía otra salida. Cuando se hallaba ante aquel uniforme, eternamente limpio y pulcro, la violencia siempre encontraba un camino.

Esa noche volvió a violarla, sin importarle que alguien pudiera entrar en la habitación, sin preocuparse de la presencia de la plana mayor del campo en el piso inferior de la casa del comandante, con la seguridad de que sus actos no tendrían consecuencias. La arrogante confianza propia de las SS le otorgaba una sensación de impunidad absoluta. Esta vez, las embestidas las gobernaba la rabia más que la violencia. Como si quisiera vengarse de algo o de alguien, más que hacerle daño o saciar su sadismo. Las palabras del comandante Liebehenschel durante la cena sobre las prácticas sexuales inapropiadas y los delitos de violación cometidos por parte de las SS y perseguidos por el juez Konrad Morgen habían logrado enfurecerle y aquella era su manera de rebatirle, de responderle en su propia casa, mientras él escuchaba un concierto en la planta baja.

Ella se había convertido en un mecano autómata en brazos de Mengele, se contorsionaba a su merced. Ni siquiera un inesperado crujido de las maderas de la escalera hizo que se planteara parar. Había retirado las manos de la boca de su presa, consciente de que su víctima no iba a proferir grito alguno, ni de dolor, ni de queja ni mucho menos de socorro. Hasta ese punto llegaba su infalibilidad despótica. Ella no existía, solo era un objeto mudo, ausente, sin control sobre su existencia, en manos de un uniformado. Las palabras del comandante Liebehenschel no habían logrado trastocar la realidad. Situó a Ella contra los cristales de la ventana orientada al campo de concentración. Allí estaba. El monstruo de madera y ladrillo rojo se alzaba con una magnificencia siniestra, a tan solo unos kilómetros. Resultaba extraño verlo a distancia, y mucho más desde aquella perspectiva.

Mientras su cuerpo chocaba contra el vidrio de la ventana en cada embestida del doctor, Ella no quiso cerrar los ojos. No lo hacía casi nunca cuando la forzaban o golpeaban. «Es mejor que fijes la mirada en un punto inmóvil y te concentres en él —le había recomendado Alicja, cuando intuyó lo que le estaba pasando en sus encuentros con Mengele y Mandel—. El dolor es solo físico. Si no se lo permites, no entrará en tu cabeza.» Con los ojos bien abiertos, lo vio. Desde aquella ubicación se divisaban perfectamente los barracones como pespuntes de una tela extensa en la que se había convertido Auschwitz. También uno de los crematorios, su chimenea y cómo de su interior salían densas columnas de humo y enormes lenguas de fuego. Se distinguía perfectamente gracias a los focos luminosos que salían de las torres de vigilancia del campo y lo alumbraban todo. Si se podía ver con claridad de noche, de día se avistaría incluso con mayor nitidez. Los eternos pases de revista en formación de a cinco, las SS golpeando a los prisioneros, una ristra de cadáveres caminando por las calles del campo, la llegada de los trenes, miles de personas entrando en un edificio de ladrillo rojo del que nunca salían, niños que gritaban sus propios nombres o llamaban a voces a sus padres hasta que un disparo en la cabeza o en la espalda los enmudecía, perros destrozando a los presos, cadáveres aferrados a la alambrada electrificada... Ni siquiera la ceguera era una excusa para no saber lo que allí sucedía.

El fuerte olor, perenne durante todo el día, evidenciaba el infierno que se estaba viviendo: un hedor orgánico que no tenía nada que ver con las industrias de caucho sintético, de piezas de armamento o con los depósitos de gasolina. Estaba segura de que los gritos de los prisioneros cuando los trasladaban a los bloques de castigo, a las cámaras de gas o cuando los quemaban vivos, en las fosas que se excavaban en las inmediaciones, también se oían. Aquella imagen del campo le dolió más que el nuevo estupro que estaba sufriendo. Era imposible obviarlo, imposible no saber lo que estaba pasando al otro lado de las alambradas. Solo se necesitaba la voluntad de verlo. Pero Auschwitz no era terreno abonado para las voluntades. La realidad se estrelló contra su pensamiento, como su cuerpo contra la ventana. «Lo saben —se decía, mientras su ánimo flaqueaba más que sus piernas—. Lo saben y les da igual.» En ese momento, se convenció de que jamás saldría de allí, de que nadie llegaría a tiempo de salvarla. Como tampoco nadie subiría a la primera planta de la residencia del comandante, entraría en aquella habitación, ordenaría al doctor Mengele que parase y lo detendrían para procesarle por violación. Las leyes del juez Konrad Morgen no se cumplían en esa estancia.

Al terminar, Mengele le ordenó que se vistiera con rapidez y Ella obedeció. Cuando el doctor observó su rostro, pareció sorprenderle lo que vio: Ella nunca lloraba en su presencia. Al igual que les sucedía a quienes vivían en aquella residencia, el Ángel de la Muerte tampoco sabía interpretar lo que tenía delante de sus ojos y, mucho menos, la verdadera naturaleza de unas lágrimas.

—No puedes llorar —le recordó con el tuteo que solía utilizar después de agredirla, como si interpretara que esa violación los acercaba más o definía una intimidad que solo podría existir en una mente enferma como la del doctor—. No tienes derecho a hacerlo —le dijo mientras le enjugaba las lágrimas. Se diría que trataba de borrar de su rostro un nuevo motivo para golpearla.

Se ayudó de las manos para alzarle, de nuevo, la cara. Esta vez Ella no pudo esquivar su mirada, le sujetaba la cabeza a la altura de las sienes con demasiada fuerza. Era la primera vez que ambos mantenían un contacto visual que superase las milésimas de segundo. Como prisionera no podía llorar, pero tampoco le estaba permitido mirarle. Sin embargo, las manos del capitán de las SS la forzaban a hacerlo.

—Tus ojos. Necesito mirarlos. Tengo que estudiarlos. He soñado con estos iris alguna noche pero no he tenido tiempo. Demasiado trabajo. —Los ojos de Mengele desprendían destellos que a Ella le recordaron las llamas que escupían las chimeneas de los crematorios hacía tan solo unos instantes—. Dime la verdad, ¿eres judía? —preguntó esperando una respuesta que tardaba en llegar—. ¡Responde!

—No —contestó Ella, con la seguridad que otorga repetir una mentira hasta convertirla en verdad.

—¿Por qué debería creerte?

—Porque es cierto. Los judíos no reniegan de sí mismos.

—Los judíos renegarían de su madre si con eso pudieran salvar la vida.

Mengele seguía inspeccionando cada gesto de su rostro, cualquier mueca involuntaria, cualquier mohín revelador, cualquier tic que evidenciara que mentía. Pero no lo encontró.

—Frau Mandel no te cree. Está convencida de que eres judía, por eso te golpea con tanta saña. A estas alturas ya debes saberlo. No me gusta que me mientan.

—¿Por qué iba a mentir? ¿De qué me serviría? Voy a morir de todas maneras.

La respuesta de Ella hizo que el doctor se quedara pensativo, debatiéndose entre la duda y la convicción, hasta que una sonrisa le delató.

—Eso es verdad. Pero seré yo quien decida cuándo morirás, no tú.

Terminó de abrocharse la botonadura de la chaqueta y utilizó el espejo de la cómoda para asegurar que su imagen luciera impoluta.

—Espere aquí —dijo volviendo a su formalidad impostada—. Vendrán a por usted. No baje hasta que vengan a buscarla —le ordenó sin mirarla.

Estaba a punto de abandonar la habitación cuando se detuvo al oír las notas de la pieza musical que en aquel momento interpretaba la orquesta. Era la pieza número 7 de las «Escenas Infantiles», el *Rêverie* de Schumann, la misma que sonaba en el gramófono de la sala del hospital donde la violó por primera vez la noche que Ella llegó a Auschwitz. El ensueño de Schumann se había convertido en la ensoñación del doctor Mengele, y Ella le vio sonreír a través del espejo, la misma luna donde vislumbró la mueca de complacencia de Mengele al escuchar el *Rêverie*, mostrando su satisfacción sin ningún tipo de reparo.

—Ya podemos decir que usted y yo tenemos una canción.

Ella oyó cómo las botas de cuero de Mengele golpeaban la

madera de los peldaños. Ahora eran ellos los que crujían, como antes habían crujido sus propios huesos. Esperó, mientras dirigía las manos al bajo vientre. El dolor volvió en forma de punzadas afiladas. Siempre lo hacía cuando desaparecían las personas causantes del daño, como si tampoco el sufrimiento tuviera el derecho de manifestarse y expresarse libremente en presencia de los uniformados. El silencio y la soledad le permitieron pronunciar un murmullo de queja, con la esperanza de aliviar el tormento, pero no funcionó. Sintió que algo le bajaba por las piernas y deslizó los dedos bajo la falda y las medias de lana, por el interior del muslo. Se acercó a la ventana para aprovechar la luz que entraba del exterior y contemplar las yemas. Estaba sangrando, no mucho, pero lo suficiente para resultar un problema hasta que lograse regresar al barracón. Miró sus ropas buscando de dónde rasgar un trozo de tela para limpiarse y detener el sangrado.

—¿Te duele? —le preguntó Mandel como si le importara.

Había aparecido en la habitación como un fantasma, sin hacer ruido, sin advertir su presencia, consiguiendo que Ella se tambaleara ante la inesperada presencia. Esperaba al oficial de las SS que se había encargado de llevarla hasta allí, o a otra prisionera reconvertida en servicio doméstico de la residencia del comandante, pero no a la Bestia.

—Te lo dije hace unas horas: no hay salvación sin sufrimiento. Ni siquiera debería dolerte. El doctor Mengele te está haciendo un favor. Debes ser consciente de los favores y mostrarte agradecida. Es la regla máxima de la lealtad y, sin ella, aquí no se sobrevive. Lo estás viendo a diario. No sé por qué os cuesta tanto aprenderlo.

Mandel se aproximó y le agarró la mano.

—No sé si prefiero que estés menstruando o que esto sea obra del doctor —le dijo mientras sacaba un pañuelo del bolsillo de su falda. El trozo de tela que le ofreció era lo bastante grande para limpiarse y frenar la hemorragia—. Casi prefiero lo primero. Nos aseguraríamos de que no estás embarazada y que cuando te vacunamos contra el tifus, lo hicimos con el producto correcto, y no con el polvo blanco que solemos poner en la comida de las presas para retirarles los menstruos.

La Bestia cogió la jarra de agua del mueble lavamanos y vertió un poco en la jofaina de metal esmaltada en blanco. La miró a través del espejo del mueble, el mismo donde se había reflejado la lumbre del cigarrillo de Mengele minutos antes. Le hizo un gesto para que se acercara y se aseara; Ella la miraba sin entender nada. ¿Por qué había subido la jefa de campo? ¿Qué iba a pasarle? ¿Pensaba seguir golpeándola? ¿Se lo había pedido él?

—Te iría mejor si le admiraras. El doctor Mengele es un genio, un hombre que busca soluciones a los problemas para mejorar la humanidad. —Habló con la mirada perdida más allá del cristal de la ventana, dándole tiempo a Ella a limpiarse los restos de sangre en las piernas—. ¿No viste cómo terminó con la última epidemia de tifus que asoló el campo? Encontró la causa y la erradicó. El campamento gitano era una amenaza. Y cuando algo contamina tu vida y conmina tu mundo, no cabe más que extirparlo.

Mandel se refería a la decisión del doctor de enviar a miles de deportados gitanos a la cámara de gas. Una extirpación limpia y de raíz del problema, así lo había definido. Su rostro ni siquiera se inmutó al pronunciar estas palabras, como si el niño gitano al que tanto protegió y con quien tanto sonrió no hubiera existido nunca. Era imposible que lo hubiese olvidado. Pero Auschwitz era el paraíso de lo imposible, además de un edén para el olvido.

—Solo un hombre sabio actuaría así. ¿O acaso crees que cualquiera puede obtener un doctorado en Medicina *cum laude* y otro más en Antropología? Es un genio. Un día no muy lejano, el mundo le admirará por su labor científica. Trabaja para conseguir un mundo mejor y eso solo se puede alcanzar puliendo la raza. Es un hombre de ciencia, no está hecho para sentimentalismos. Las emociones arruinaron a Alemania, son una losa, restan honor y erradican la dignidad. Solo la lealtad salvará al mundo. Aunque en tu caso, tampoco importa mucho. Al final, tú morirás como todas.

La última frase puso sobre aviso a Ella de que quizá fuera la Bestia quien hizo crujir las maderas que escuchó mientras Mengele la violaba, y que este o no lo oyó o ignoró la señal de alarma porque sabía que era una presencia amiga la que merodeaba por el lugar, como si fuera un animal.

—Sé lo que piensas, lo que rumiáis muchos. Es sencillo, lleváis el pensamiento grabado en el rostro. Pero os equivocáis. Él no es un asesino, no es un monstruo. Ninguno lo somos, por mucho procedimiento abierto por el juez Konrad Morgen que exista. No hacemos nada que no debamos. Nuestro deber es obedecer y eso es lo que hacemos. Además, si estuviera haciendo algo malo, ¿no tendría acaso mala conciencia? No la tengo. Y a Dios tampoco parece importarle mucho porque, de lo contrario, ya me lo habría hecho pagar. ¿Crees que Dios permitiría todo esto si no estuviera de acuerdo? Dios también os odia. Algo lógico, teniendo en cuenta que vosotros le matasteis —reconoció divertida Mandel. Su voz estaba subiendo de tono, volviéndose más cantarina, casi chillona—. Como hicisteis con los alemanes. Los judíos provocasteis la Gran Guerra y traicionasteis a Alemania. Nos obligasteis a empezar una nueva guerra. Y ahora Alemania os extermina. Es justo, ¿no te parece?

Si la diatriba de la *SS-Lagerführerin* era irracional cuando el alcohol no había entrado en su cuerpo, cuando se encontraba ebria su razonamiento, a modo de monólogo, era aún más disparatado y abría la senda para aterrorizar al que estuviera más cerca. Aunque su aliento no hubiera prevenido a Ella de su estado de embriaguez, su voz, su discurso y su mirada lo habrían hecho.

Las notas de *La Cabalgata de las valquirias* de Richard Wagner, que ascendían desde la planta baja, inyectaban mayor dramatismo a la escena. Ella agradeció que finalmente Alma no incluyera ningún aria de *Madama Butterfly*, porque si Puccini hubiera aparecido, la excitación de la Bestia habría sido mucho mayor y quizá el resultado de su visita a la primera planta de la residencia no habría sido el mismo. Debía de haber bebido mucho durante la cena, porque Mandel era de las que aguantaban bien el alcohol. Si la guerra convierte a las personas en animales, el alcohol también consigue la metamorfosis. Y aquella guerra necesitaba de una nueva batalla.

—Un día tú y yo deberíamos hablar de Dios —le dijo a Ella, que ahora estaba más asustada que cuando vio a la Bestia entrar en la habitación—. Yo iba todos los domingos a la iglesia con mis padres. Mi padre era un gran hombre. Trabajador, serio, leal... Él me enseñó a valorar los zapatos: el olor de la piel al curtirse, el olor a betún, a cuero, a limpieza, siempre me recuerda a él. En cambio, mi madre... —No acabó la frase, se dejó llevar por el recuerdo hasta algún lugar recóndito en su memoria que llenó de sombras su semblante—. No me gustan las madres. Mi madre no se portó bien conmigo y no lo entiendo, porque yo me ocupé de ella cuando enfermó, incluso tuve que volver a Münzkirchen para hacerlo. Mi madre se transformó en una mujer amargada; se volvió violenta, irracional, parecía odiar al mundo, especialmente a mí. Disfrutaba humillándome, volcaba su ira sobre mi persona y se divertía con ello. Se convirtió en mi enemiga, como si yo tuviera la culpa de su maldita hidropesía. Mi padre intentaba justificarla diciendo que su enfermedad afectaba a su sistema nervioso, pero yo no era capaz de entenderlo. No era justo. Yo estaba agradecida, ¿por qué no lo pudo estar ella? —preguntó dirigiéndose a Ella, que seguía aguardando una reacción violenta.

Mandel parecía otra; Ella jamás había sido su confidente, la jefa de campo siempre se había limitado a lanzar su soliloquio, sobre el que no permitía la menor de las respuestas, y nunca había dado muestras de sus debilidades, de sus complejos, ni de sus traumas. Era una SS, una guardiana nazi, no podía facilitar ese tipo de información a una enemiga, y Ella, aunque inscrita en el registro del campo como su doncella personal, era el adversario. Era inferior, no tenía derecho a conocer sus secretos más personales. Temió que todo aquello cambiara a la misma velocidad que solía cambiar el humor de Mandel, de un segundo a otro. Pensó en salir corriendo de allí, bajar las escaleras lo más rápido que pudiera y ocupar el mismo lugar junto a la puerta corredera en el que se había escondido durante toda la velada. Pero resultaría inútil. Mandel la perseguiría, como siempre hacía, y la alcanzaría. No había lugar hacia el que correr, ni territorio al que huir, como tampoco había dónde esconderse. Su vida era un callejón sin salida, un laberinto lleno de trampas, mentiras y pruebas. Cuanto antes lo entendiera y aceptara, mejor.

—Dime, ¿tu madre se portó bien contigo?

Ahí estaba. El golpe que llevaba esperando desde que la vio aparecer en la habitación. La pregunta consiguió que su rostro se contrajera.

—Contesta, ¿se portó bien contigo? ¿Y tú con ella? —Mandel esperaba una respuesta y lo hizo alargando el silencio lo suficiente para provocar que la respiración de Ella se agitara hasta rozar el ahogo—. ¿Tu madre iba contigo en el mismo vagón en el que llegaste a Auschwitz?

—No —contestó con la voz deshilachada. Necesitaba que aquello fuera cierto tanto como el respirar.

—Entiendo —contestó Mandel, sobreactuando en su respuesta. Eso también se lo había enseñado a Irma Grese—. Entonces, tu madre no era la mujer que se apeó del vagón contiguo al tuyo y que se quedó mirándote como si supiera que jamás volvería a verte, murmurándote algo pero negándote el último beso, el último abrazo, porque creía que así te salvaba la vida. ¿Seguro que no era ella? ¿No era tu madre la que viajaba en ese transporte? Porque esa mujer sí que parecía judía.

—No, no lo era —repitió en un tono casi inaudible.

La negación era su salvación. Recordó las palabras del doctor Mengele hacía unos minutos sobre cómo el judío era capaz de negar a su madre si con eso salvaba su vida. Debía hacerlo. Se lo había prometido a su padre. Además, había crecido escuchando que para los judíos la vida humana es lo más sagrado y, según el judaísmo, había que hacer todo lo posible para salvarla. Tenía que hacerlo y lo hizo, por el bien de todos.

—Te creo. Y quiero que tú me creas cuando te digo que me alegro —dijo Mandel—. Porque esa mujer murió esa misma noche. Demasiado enferma, demasiada tos, incluso sangraba por la boca. Y esas gafas que intentó quitarse a última hora tampoco la ayudaron. No era apta para el trabajo. No tuvo suerte esa mujer.

Mandel sonrió al ver cómo Ella se derrumbaba y se doblaba sobre sí misma como no lo había hecho durante los castigos que le había infligido, ni siquiera cuando el doctor Mengele disponía de ella como le complacía. Aquel dolor sí había aparecido en el momento de acometer el golpe. Y eso era motivo de orgullo para la Bestia. La imagen de una Mandel dolida, abatida, la que parecía mostrar cierta debilidad por los recuerdos de su madre, había sido un espejismo. La verdadera Bestia estaba ante Ella y había regresado con las peores noticias.

—No, no tuvo suerte esa mujer. A la suerte le pasa como a Dios: nunca está cuando se necesita.

El retorno al campo de Auschwitz-Birkenau se le hizo más largo que la ida. Esa sensación de fugacidad en la partida y lentitud en el regreso le resultaba familiar a Ella. Desde pequeña, los viajes de partida siempre se le antojaron más llevaderos que los de vuelta. El regreso se hacía con una mochila pesada que llevar a cuestas. Y en ese retorno al campo pesaba más que nunca la ausencia de su madre. La noticia que le había dado Mandel la había destrozado. No volvería a ver más a su madre. Era algo que había temido a diario. Cada vez que veía un cadáver aferrado a la alambrada rezaba para que no fuera el de ella, imploraba para que la prisionera destrozada a mordiscos por los perros de Irma no fuera Nadine, que el torso abrazado al potro de castigo mientras Mandel lo golpeaba sin piedad no perteneciera a su madre... Se había aferrado a la esperanza, desterrando esos pensamientos, hasta aquella noche. La mujer a la que más amó en la vida había desaparecido, como Mandel lo hizo de su vista desde el instante en que regresaron a la planta baja. Mientras la Bestia ocupaba su asiento para disfrutar del colofón del concierto, Ella se mantuvo junto a la puerta, luchando para que el dolor, más emocional que físico, no la venciera y terminara cayendo al suelo.

Su caminar se volvió quejumbroso. El cuerpo le dolía más que cuando fue golpeado y ultrajado, como si la memoria del vilipendio punzara más que el momento real. La cabeza estaba a punto de estallarle, las piernas no le respondían, la espalda se había convertido en una losa demasiado pesada y el vientre le quemaba por dentro. Hubiese dado media vida por dejarse caer en mitad del camino y sentir el frescor de la vegetación del bosque. A pesar de la oscuridad, notó que la hierba ya había brotado regenerada en esa época del año; incluso allí empezaba la primavera, no solo en el calendario. La humedad se hacía notar tanto como el peligro. Si no fuera porque los zapatos eran el pasaporte para seguir vivo en Auschwitz-Birkenau, se los habría quitado para sentir la frescura tan anhelada de la naturaleza que se le negaba desde su llegada. Pensó en dejarse caer y terminar con todo. Lo había visto mil veces. Las SS apaleaban hasta la muerte al prisionero que se desmayaba porque no podía más y decidía abandonarse como forma de liberación. Serían unos minutos, con suerte solo unos segundos, y todo acabaría. No era demasiado sacrificio para tanto descanso. Si su piel, sus músculos y sus huesos soportaban minutos y horas de violencia, ¿por qué no iban a tolerar unos segundos más, teniendo como mecanismo redentor la certeza de que serían los últimos?

Pensó en Alicja. ¿Qué habría pensado en los instantes previos a arrojarse contra la alambrada electrificada? Si hubiera podido escribir una postal de despedida como lo hizo Odette, ¿cuáles habrían sido sus palabras? ¿Qué se le pasaría por la mente? ¿Arrepentimiento, felicidad, algún recuerdo, algún lugar, un sabor especial, un olor, el último beso o el último abrazo que no tuvo oportunidad de dar? Sus pensamientos pesaban más que su determinación y se sintió cobarde al no encontrar el valor que había hallado Alicja para ser ella quien decidiera cuándo terminaba su vida. Las palabras de Mengele conseguían atarla incluso cuando no estaba presente. «Seré yo quien decida cuándo morirás, no tú.» Tenía razón. Por segunda vez en la misma noche, su verdugo tenía razón. No mentía el doctor, al contrario que ella.

—¿Te has fijado? —La pregunta de Fania la sacó de su ensimismamiento, pero no pudo entenderla, sumergida como estaba en su mundo, en sus detalles, en sus dimensiones.

La miró. A pesar de la oscuridad de la noche, comprobó que su rostro no mostraba la tensión que existía en el suyo. Sin duda, había tenido mejor noche que ella. Y se alegró por su compañera.

—El camino está cubierto por las cenizas que extraen de los crematorios. Nos convierten en arena para pisarnos a diario, incluso después de muertos. Humillarnos se ha convertido en una necesidad vital, incluso cuando no se dan cuenta. Eso sí, se aseguran de plantar unas flores, unas fresas y una begonias, horrendas, por cierto, y colocar un rosal para tapar el muro que los separa del infierno real. Y así, no lo ven y no existe. —Fania calló, aunque su habla estuviera envuelta en susurros por miedo a la reacción de sus guardianes. Al contemplar el rostro de Ella, comprendió que no había elegido el mejor momento para compartir su hallazgo—. No tienes buena cara. Pero ¿sabes qué? Tengo algo para ti que te alegrará. Mañana domingo te lo daré. Hasta entonces, resiste y deja de pensar. En este lugar no es bueno pensar demasiado.

Conforme iban acercándose al campo, un fuerte olor a gasolina y descomposición arrasó con la algarabía instalada en su cabeza. A unos doscientos o trescientos metros, una columna de deportados caminaba en sentido contrario a la marcha de las integrantes de la orquesta. Entre los gritos de los *kapos* y escoltados por varios miembros de las SS, se dirigían a una fosa abierta, junto a la que aguardaban ya dos camiones. Era un agujero en la tierra del que salían enormes llamaradas que se alzaban al cielo, descomponiéndose en un humo espeso. La luz que desprendía el fuego, como si fuera un dragón furioso enterrado en las entrañas de la tierra, iluminaba la zona. Las órdenes de los oficiales de las SS que custodiaban a las mujeres de la orquesta las instaban a caminar más deprisa, como si no quisieran que contemplaran aquella escena. Lo hicieron, a pesar del cansancio, de la sed y del hambre que les arañaba las tripas. Pero Ella tuvo tiempo de vislumbrar algo que logró arrancarle el dolor. Al principio, no fue capaz de distinguir qué eran aquellos objetos de pequeño tamaño que caían sobre la enorme fosa. Necesitó unos segundos para entender que la carga de los camiones que se acercaban a la orilla de la fosa para vaciar su contenido estaba compuesta por los cadáveres de niños y de bebés. A juzgar por sus gritos y los de sus padres, no todos ellos estaban muertos antes de que las llamas los devoraran.

La máquina de destrucción no paraba nunca. En aquel lugar no había tiempo para llorar el luto, porque la cadena de la muerte era constante. Se preguntó si desde la ventana de la habitación de la residencia del comandante se verían las llamaradas que salían de la fosa, y cómo se hacían más grandes cuando los cuerpos de los pequeños eran arrojados al interior del agujero. Se preguntó si los hijos de Rudolf Höss o los de Arthur

Liebehenschel lo habrían visto alguna vez. Le hubiera gustado preguntarles qué pensaban ellos de todo aquello, en el caso de que les importara.

Realmente, a Ella tampoco le interesaba saberlo. Cada vez le quedaba menos gente que le incumbiera. Su mundo se estaba reduciendo demasiado para que nada ni nadie le concerniese. Pensó en su padre, André. Pensó en Joska. Deseó que estuvieran vivos, aunque fuera por puro egoísmo.

Su vida se iba quedando sin personas, vaciándose de seres queridos. Sin embargo, las postales y las fotografías se iban llenando de nombres, y cada vez había menos espacio en ellas para tanta historia.

10

Fania cumplió su palabra. Tenía algo para Ella y no le mintió al decirle que sería de su agrado. Se lo entregó antes del concierto del domingo que la orquesta de mujeres ofreció por la mañana. Tocarían cerca de donde estaba previsto que se celebrase un partido de fútbol entre un equipo de presos —principalmente *Sonderkommandos*— y uno de oficiales de las SS, en cuyas filas siempre se colaba algún *kapo* de confianza de los uniformados. No era algo festivo ni una actividad para mejorar las relaciones entre verdugos y víctimas. Era una obligación, como cuando Maria Mandel e Irma Grese forzaban a los prisioneros a hacer gimnasia o a participar en sus orgías sexuales. E igual que en esas ocasiones, esos encuentros nunca terminaban bien.

Solían celebrarse en una suerte de campo de fútbol, delimitado en una explanada cerca del crematorio III, y a escasos metros de la nueva rampa donde llegaban los trenes a Birkenau. La realidad del campo volvía a desbaratar las dimensiones del mundo real: mientras unos jugaban al fútbol, otros llegaban a bordo de los transportes y eran conducidos directamente a las cámaras de gas, al crematorio o a algún bloque experimental. Todos ellos se estaban jugando la vida en un partido que, al margen del resultado y del tiempo, terminarían perdiendo. Si por un exceso de orgullo o de rabia los prisioneros goleaban a los oficiales, si hacían faltas o celebraban los goles, acabarían en los hornos. Si se dejaban ganar, tampoco se librarían de encaminarse hacia el crematorio, por no entregarse lo suficiente o por simple capricho de las SS, que querían seguir divirtiéndose.

El concierto previsto para las cuatro de la tarde había sido suspendido porque las SS ya habían disfrutado la noche anterior de una actuación especial de la orquesta en la casa de la comandancia. Ella se alegró de la anulación. Podría disponer de la tarde de domingo para ella sola. Era poco probable que Maria Mandel enviara a buscarla después de la intensa jornada del día anterior. Había tenido suficiente —entre los fustazos y su papel posterior como ufana mensajera de las peores noticias sobre la suerte de su madre— aunque esa medida era difícil de calcular en alguien como Mandel, un monstruo con un insaciable apetito de muerte y sadismo. Confió en que el cansancio la mantuviera tranquila. Seguramente, la Bestia estaría aburrida de Ella, como terminaba hastiada de todos sus caprichos.

La tarde de domingo se prometía solo para ella. No tuvo dudas. El regalo de Fania llegaba en el mejor momento.

—Cuídalo bien. Sé que le sacarás todo el partido —dijo entregándole el lápiz de mina azul que se había sacado del dobladillo de la falda. Al comprobar el gesto de sorpresa de Ella cuando vio el escondite elegido por Fania, se adelantó a sus comentarios—. Aquí se aprende rápido. Tú escondes papeles y yo escondo lápices. Formamos un buen tándem. El día que nos descubran fuera del Bloque de Música, a mí con un lápiz y a ti con un trozo de papel, nos cuelgan del gancho de la entrada para dar ejemplo.

Fania hablaba con libertad; ni siquiera bajaba la voz, como si sus palabras estuvieran alejadas de los temores que irremediablemente la asolaban, como a todos, aunque quisiera disimularlo. Era una buena cantante, lo había demostrado hacía unas horas en la casa de la comandancia deleitando al comandante Liebehenschel, y como actriz también mostraba sus habilidades.

—No me mires así. Ya sé que apenas llevo dos meses en el Bloque de Música, pero soy muy observadora, aunque sea para evitar que estas bestias me maten. Y tú deberías fijarte un poco más en lo que acabo de regalarte. Lee. —Le mostró uno de los lados del lapicero y cuando vio sonreír a Ella, se sintió orgullosa—. ¡Que se jodan!

Horas después, Ella sonreía de nuevo al recordar las palabras de Fania. «¡Que se jodan!» Lo hizo cada vez que sus dedos giraron el lápiz para ver la inscripción que la nueva voz de la orquesta había grabado en él. *Made in England*. Solo podía pensar en la cara de algún oficial de las SS si descubriera que el temido enemigo había entrado en el campo, aunque fuera a través de unas letras grabadas en un trozo de madera, cubriendo un carboncillo de color azul. No era la única que se rebelaba escribiendo palabras, y eso le reconfortó. Eran sus particulares actos de resistencia, los que podían llevarlas a la muerte pero las armaban para encarar la vida en el campo.

Dedicó la tarde de domingo a escribir un único nombre en el reverso de una de las postales que cogió de las destinadas a los deportados húngaros llegados en el último transporte. Nunca lo hacía, pero esta vez la eligió a conciencia. Era una postal de una playa desierta, con la única presencia de una mujer que, con el rostro oculto bajo el ala de un sombrero, miraba a la inmensidad del mar. Un homenaje póstumo a su madre, a aquellos domingos familiares en la playa, explicando su teoría sobre la pleamar y la bajamar. Lástima que su madre no les hablara de las corrientes oscuras que esconden las mareas y que podían resultar mortales.

Nadine Nadine Nadine Nadine Nadine Nadine Nadine Nadine

Necesitaba escribir el nombre de su madre una y otra vez, que su mano caligrafiara el trazo de cada letra porque así la devolvería a la vida, como si la mina azul del lapicero de Fania fuera en realidad una transfusión de sangre al recuerdo de su madre. Escribir el nombre de una persona conseguía que regresara a la vida, que existiera sobre el papel y su memoria perdurase en él.

Pensó en guardar la postal, en llevarla siempre consigo para poder ver escrito el nombre de Nadine y sentirse más cerca de ella. Pero rápidamente desestimó la idea por suicida. Mejor enterrarla como hacía con las demás y saber que las vidas que los monstruos grises aniquilaban seguían existiendo, escondidas en algún lugar de ese campo sin que las SS sospecharan de aquella resurrección. No pudo imaginar mayor venganza. Por eso le divirtió tanto cuando supo que Fania, aprovechando que se había ofrecido voluntaria para hacer los arreglos instrumentales de algunas partituras, incluía de manera aleatoria la obra de algún músico judío sin que las SS lo advirtieran. Las prisioneras judías sonreían al reconocer la pieza y la sensación de victoria era mayor cuando observaban a los hombres uniformados prestar atención a una música compuesta por alguien a quien deseaban exterminar.

Esa tarde de domingo no escribiría más nombres que el de Nadine. Solo había lugar en la postal para su madre. Era su particular homenaje. En su mundo, únicamente tenía cabida ese nombre.

Hasta que alguien pronunció el suyo.

—Hola, Ella.

Una voz de mujer apareció a su espalda. Ni siquiera había oído los pasos. Le extrañó porque en aquel lugar siempre se tenía una mirada anclada en la nuca y resultaba fundamental intuir las presencias. Pero aquella vez, el radar de la supervivencia falló. Escribir el nombre de su madre la distrajo. Esa era la clase de despistes que costaban la vida en Auschwitz-Birkenau. Sobre todo si entre los dedos se tenía una postal y un lápiz con la inscripción *Made in England.*

—¿Y tú quién eres? —preguntó, mientras los escondía entre la ropa.

Observó a la mujer. La conocía, pero su imprevista aparición y los nervios por ocultar lo que no debería tener entre las manos fuera de su barracón de trabajo la mantenían confusa. Junto a la recién llegada apareció otra presa que no era una de las «privilegiadas» del campo: llevaba la cabeza rapada, vestía un uniforme de rayas dos o tres tallas mayor de lo que requería y lo mismo sucedía con sus zapatos, que no eran parejos ni en número ni en forma. Pero al menos, tenía calzado. En el campo se dedicaba a un trabajo manual, uno exigente; lo supo al ver sus dedos. Algunas de sus falanges estaban quemadas, enrojecidas y despellejadas, pero no parecían dolerle, quizá porque su cuerpo ya había asumido el dolor como propio. Pensó que aquella prisionera era una de las muchas que observaban con recelo a la llamada «aristocracia» del campo, a las mujeres que tenían la inmensa suerte de trabajar en el Kanada, en el Bloque de Música o en la Administración.

—¿Quieres saber mi nombre? ¿Para qué? ¿Para escribirlo en una de tus postales? —Sonrió al observar la reacción de Ella—. No te asustes, no voy a decir nada. Tampoco lo dijo Alicja y también conocía tu secreto. Aquí todos tenemos secretos y los escondemos como podemos. Y créeme que algunos son mucho más peligrosos que los tuyos.

—Yo te conozco... —Intentó bucear entre sus recuerdos en busca de un nombre. Lo conocía, estaba segura. Ya había visto aquel rostro en alguna ocasión.

—Eso da igual. Pero si quieres saberlo, me llamo Róża. Nos vimos el día que Alicja se lanzó contra la alambrada. Te pedí que no la tocaras. También te dije que te fueras. Y como no me hiciste caso, fui yo quien se largó. ¿Te acuerdas ahora de mí?

—Sí. Me dijiste que no conocía a la verdadera Alicja.

—Y no te mentí. Tampoco lo hago ahora si te digo que conozco a tu novio, quizá no tanto como tú, pero lo conozco.

—¿Joska? —preguntó con la agitación de querer saber más.

—Tienes que darte una vuelta por el Kanada ahora mismo, aunque sea domingo. No te puedo decir nada más.

—¿Joska está bien?

—Te he dicho que no te puedo decir más. Pero tienes un novio muy valiente. —Antes de irse, Róża se volvió hacia Ella. Necesitaba decirle algo—. Por cierto, ella se llama Ester. Y deberías escribir su nombre en esas postales. Un día, el mundo sabrá quién fue.

Y sin más, el domingo se llenó de nombres. Los nombres de las personas desaparecían muy pronto en Auschwitz, quedaban atrapados en el pasado, borrados, aniquilados, enterrados, como los zapatos en el barrizal del campo, ahogando toda esperanza de supervivencia. Si no eran sustituidos por números que se tatuaban en la piel, ardían en los crematorios. El desprecio por la identidad era una norma. Los nombres dejaban de existir mucho antes de que lo hicieran las personas, lo que significaba la antesala de la muerte. «Si no saben cómo te llamas, no sabrán quién eres y mucho menos quién fuiste. Si mueres, nadie te echará de menos, nadie sabrá que no estás porque nadie pronunciará tu nombre. Con suerte, se acordarán de tu número, eso si no se lo entregan a otro preso, y entonces tu existencia se convertirá en un error administrativo. Así funciona esto», le había dicho una de las presas más veteranas el mismo día de su llegada al campo.

Mientras enrollaba la postal con el nombre de Nadine monopolizando el papel y la escondía en el dobladillo de su falda, asegurándose de tensar y atar bien los hilos interiores para que la tarjeta no se escapara por el agujero, Ella se prometió no olvidar los nombres de Ester y Róża. Pero había otro que sobresalía sobre los demás. Joska.

No esperaba oír el sonido de esa palabra en boca de nadie.

La omnipresencia de las seis letras que forjaban el andamiaje del recuerdo de su madre parecía tener vetados otros nombres, hasta que llegó el de Joska. Era la segunda vez que alguien pronunciaba su nombre en voz alta desde que llegó al campo. Primero Alicja, ahora Róża. Estaba vivo. Tenía que estarlo. Róża no era Mandel, no podía ser tan cruel de hablar de él en presente para luego decirle que estaba muerto. De ser así, se lo hubiera desvelado allí mismo, donde no había nadie excepto ellas. En Auschwitz, las malas noticias no se guardaban a la espera de un momento mejor, a no ser que formara parte de una tortura. Birkenau era un desierto de momentos mejores.

Las pulsaciones de Ella se aceleraron mientras se dirigía al bloque del Kanada con la mente en blanco, como las postales, esperando a que las palabras le dieran sentido y razón de ser. No le importaba que su secreto, tejido en papel y escondido en una lata de leche condensada enterrada en el suelo del campo, estuviera en boca de algunos. Tampoco le preocupaban las consecuencias que tendría para su persona si la Bestia lo descubriera. Solo le importaba Joska. ¿Estaría aguardándola en el Kanada cuando llegara? ¿Sería eso lo que no podía decirle Róża aunque se lo había dado a entender de manera implícita, tanto por sus insinuaciones como por su gesto? Por fin podía esperar a alguien e ir a su encuentro.

El trayecto le pareció eterno. Casi siete meses sin saber nada de él, sin verle, sin hablarle, sin abrazarle, tan solo pensándole. Esa distancia temporal alargó el recorrido que intentó acortar recordando la última vez que le había visto. Fue en el andén de la estación de tren, en la maldita rampa en la que fueron descargados y separados, primero de sus familias y después del derecho a seguir vivos. Volvió a ver el gesto de su padre negándole el encuentro y, cerca, el perfil ladeado de Joska, que no se volvió para contemplarla, seguramente porque no pudo o no supo. Aquella última vez estaba a punto de convertirse en la penúltima. Necesitaba ese encuentro para mitigar el golpe de la muerte de Nadine. Solo diez metros y estaría en el interior del Kanada. No iba a recoger la fotografía de ningún extraño sino a encontrarse con la imagen real de alguien a quien conocía muy bien, y con el que había deseado pasar el resto de su vida, desde que su padre le invitó a casa para que compartiera la cena con su familia dos años atrás.

«Es un joven colega del hospital. Será un gran médico algún día, si no se distrae con las faldas», comentó jocoso, provocando el rubor del joven. Pero Joska ya había encontrado al otro extremo de la mesa a la única persona con la que le interesaba distraerse y a quien le costó dejar de mirar durante toda la cena. Aquello divirtió bastante a la hermana pequeña, Mia, que se reía traviesa ante las miradas que se cruzaban los dos jóvenes. «Tengo mucha fe en él. Joska es húngaro, de Pécs. ¿Recuerdas el viaje que hicimos por los montes Mecsek, Nadine? Un gran país Hungría. Ese pueblo siempre ha dado muestras de coraje, dedicación, habilidad y trabajo, que es justo lo que necesita una persona para ser un buen médico.»

Desde entonces, las cenas se multiplicaron como lo hicieron las miradas, los encuentros y también las distracciones. Hasta que llegó una denuncia, como de costumbre, anónima —luego averiguarían que fue un colega del padre, aunque no pudieron saber si por voluntad propia o instigado por algún tipo de tortura o amenaza—. Y después de ella el miedo, la vergüenza, la cautela, los silencios, las mentiras y la escenificación del terror, cuando fueron detenidos y llevados al campo de detención de Drancy y de ahí, tras cuatro días de trayecto en tren, a Auschwitz. Casi siete meses habían pasado desde que se abrió entre chirridos la compuerta del vagón de la compañía alemana de trenes Deutsche Reichsbahn, a la que las SS pagaban medio *pfenning* por cada prisionero judío transportado, el mismo precio por kilómetro que se cobraba a un pasajero civil alemán. Casi siete meses desde que una mujer húngara puso a su bebé en los brazos de Ella para que cuidara de él hasta que encontrara a sus otros hijos. Casi siete meses desde que Maria Mandel le habló por primera vez preguntándole cuántos idiomas dominaba. Casi siete meses desde que el doctor Mengele hizo sonar en su gramófono el *Rêverie* de Robert Schumann mientras le realizaba la primera revisión médica, como él lo denominaba. Una espera que estaba a punto de terminar en cuanto entrara en el Bloque del Kanada.

Corrió los últimos metros para acortar la ansiedad de la llegada, como hizo el día previo cuando llegó al *Kaffee & Kuchen*, pero por motivos muy diferentes.

Entró en el Kanada sin aliento, olvidándose incluso de respirar, buscando con la mirada al hombre que llevaba una eternidad sin ver. Sus ojos recorrieron la estancia. Vio la mesa principal, la caja de madera con la amplia ranura en la tapa superior donde debían depositar los diamantes y las piedras preciosas que encontraban entre las pertenencias de los deportados, el libro del registro donde Ella escribía cada entrada, el cubo de agua con el pequeño vaso metálico del que los presos bebían... pero ni rastro de Joska. Aquella ausencia le sacudió el ánimo. No podía ser mentira. La desesperación comenzaba a ganar enteros, ahogando su pecho, machacando sus sienes y envolviendo su cuerpo en un sudor frío que siempre aparecía cuando temía un peligro. No podía ni moverse. Empezó a pensar que todo podía ser una trampa o, aún peor, una broma de Róża. Al fin y al cabo, tampoco la conocía tanto. No eran amigas, se habían visto dos veces y siempre con una actitud distante, incluso de cierta soberbia por parte de Róża, presumiendo siempre de saber más que ella. Esa superioridad la asustó. Temió que todo fuera un trampa para hacerla ir al Kanada con otras intenciones distintas a las insinuadas. Tardó unos instantes en hacerse una idea de la situación a la que podía enfrentarse. Acababa de verlo claro. Estaba segura de que el doctor Mengele aparecería por la puerta y lo que había ocurrido hacía unas horas en la casa de la comandancia volvería a suceder. Ella miró la mesa alargada que prácticamente ocupaba el barracón del almacén. Supo que sería allí. Se dio cuenta de que llevaba la postal con el nombre de su madre escrito escondida en el dobladillo de la falda. Pensó en cómo deshacerse de ella, de la manera que fuera, ingiriéndola si era necesario. Pero no se atrevió. Solo quería llorar, no de miedo sino de impotencia. Si sus temores se cumplían, la atormentaría más la decepción de no ver a Joska que cualquier acto violento del doctor Mengele.

Y sin más, su nombre apareció en el aire.

—Ella.

Y al girarse hacia la voz, le vio.

Jamás se había sentido así desde que llegó al campo. En ese instante, todo desapareció como si un enorme agujero se abriera bajo sus pies y los dos cayeran por él, lejos del campo, de Maria Mandel, de Josef Mengele, de los crematorios, del lodo, de la orquesta de mujeres, de las postales, de las cámaras de gas, de los piojos, de las ratas, de las partituras, de los dobladillos secretos, de las alambradas electrificadas, de las fosas, de los pases de revista, de los bosques de abedules, de los lápices de mina azul y de mina roja... Igual que desapareció el mundo real, de repente y sin previo aviso, desapareció el mundo de las dimensiones irreales.

—¡Joska! ¡Eres tú! —Corrió hacia él y se entregó en un abrazo en el que le faltaba fuerza y diámetro de abarque.

Ni siquiera se paró a contemplar su rostro. No había tiempo para eso. Tenía que besarle. Llevaba casi siete meses sin dar un beso. Todo lo demás podía esperar.

Cuando al fin separaron sus labios, se contemplaron. Fue entonces cuando Ella pudo verlo ante sí. Eran sus ojos pero su mirada parecía otra. Sus manos, donde las venas se habían marcado como raíces enredadas de un árbol legendario, parecían más grandes, más anchas, más fuertes, como si sobre ellas el tiempo hubiera dejado su huella y la vida hubiera escrito una enciclopedia de aconteceres. Los pómulos se le habían marcado, pero no por delgadez, sino por el gesto esculpido a golpe de horrores. Los labios se habían contraído en una mueca y enmarcaban una sonrisa confinada que le costaba salir, aunque consiguió hacerlo. Su cabeza parecía más grande, y no era por el afeitado habitual de los presos: Joska conservaba su pelo negro y abundante, cubierto por una gorra que todavía no se había quitado —al contrario de como hacía siempre en presencia de un oficial de las SS— porque Ella no le había dado oportunidad de hacerlo. Simplemente su cabeza parecía descompensada con su cuerpo, abrigado por una musculatura distinta a la que solía abrazar. Era él, pero sin serlo. Resultaba una sensación inusitada para ambos, inimaginable, pero placentera.

Tuvo que volver a besarle para comprobar que era él y allí le encontró. Joska la miraba como si no quisiera perderse nada en ella, como si temiera olvidar alguno de sus rasgos. Se separaron lo suficiente para poder dotar de perspectiva sus miradas y regalarse el privilegio de contemplarse. No sabrían cuánto duraría aquel momento ni si tendrían oportunidad de repetirlo. El presente era lo único que poseían.

—Tu pelo —comentó Joska mientras sus dedos se perdían en él—. ¿Por qué lo conservas? ¿Por qué no te lo han cortado como a todas las presas? —El silencio y la sonrisa forzada de Ella para intentar ocultar lo que guardaba su mirada le dieron la respuesta—. ¿Qué te están haciendo? He oído que Mandel te ha convertido en su mascota judía. —Recorrió con los dedos la señal que la Bestia había dejado sobre su frente y su mejilla. Con el paso de las horas, había ganado en intensidad rojiza y la marca era más apreciable que cuando la fusta impactó contra su piel—. Esa hija de puta... No es bueno convertirse en el capricho de estos animales. Es demasiado peligroso. Lo he visto con mis propios ojos.

—Estoy bien, no te preocupes.

—¿Cómo quieres que no me preocupe? Te digo que lo he visto con mis propios ojos —insistió Joska, que intentaba hablarle más con la mirada que con las palabras. Pero aquel lenguaje que tiempo atrás era tan suyo, tan de ellos, ya no funcionaba. Quizá porque sus miradas ya no hablaban el mismo idioma y el entendimiento resultaba imposible. Joska decidió explicarse—: Yo era el *Sonderkommando* que estuvo la noche que Mandel llevó al niño gitano a la cámara de gas. Fui yo quien se encargó de él. La Bestia no se separó de mí ni un segundo. Contempló todo el proceso sin mover un músculo de la cara, sin abrir la boca, sin pestañear un solo instante. Ni un gesto de empatía, de dolor, de arrepentimiento. Nada. Ni siquiera dijo en voz alta el nombre del niño, dudo incluso que lo conociese. Hasta a los perros se les pone un nombre y la Bestia no fue capaz ni de buscarle uno. Eso hubiera sido dignificarle demasiado, darle una importancia que no tenía. ¡Maldita zorra! Era un niño de dos años al que arrojaba a la muerte, y ni siquiera se inmutó. ¿Cómo se puede matar a un niño y no derramar una lágrima? Me contaron que durante una semana le trató como si fuera hijo suyo.

—Lo sé —dijo Ella con un hilo de voz, todavía impresionada porque Joska hubiera sido el *Sonderkommando* que estaba trabajando aquella aciaga noche.

Si al principio su mirada le parecía apátrida en sus recuerdos, ahora le daba la impresión de que ni siquiera estaba allí, que se había trasladado a miles de kilómetros, que deambulaba por una dimensión distinta, que no la veía aunque la tuviera delante. Se asustó, pero no dijo nada al respecto. Prefirió seguir hablando del niño.

—Me hizo llevarle toda la ropa infantil de color azul que encontrara en el Kanada: zapatos, abrigos, gorros, calcetines, pantalones... No había juguetes suficientes para la criatura, ni dulces, ni caramelos, ni chocolates. Jamás la había visto reír como cuando tenía al pequeño en brazos. Le besaba, Joska, le besaba como si fuera lo que más quisiera en el mundo.

—Esta gente no entiende ni sabe de sentimientos. No quieren a nadie, ni siquiera a ellos mismos, de lo contrario, no actuarían como lo hacen. Son piedras, como las que obligan a cargar a los prisioneros de un lado a otro con la única intención de agotarlos hasta la muerte. Es todo mentira, una farsa, un entretenimiento cruel. No son como nosotros. Ellos son los inferiores. Tengo la mirada de esa bestia clavada en el alma. La veo hasta cuando cierro los ojos. Está ahí, grabada a fuego; no consigo olvidarla por mucho que lo intento. Sus ojos azules. Esos ojos...

Joska sacó un paquete de cigarrillos de su pantalón y encendió uno. Jamás le había visto fumar y le impresionó la imagen, casi tanto como le desconcertó ver un paquete de cigarrillos en el campo. Uno, dos o tres sueltos, sí; eran mercancía codiciada en el mercado negro. Pero un paquete entero, no, al menos en manos de un preso. Le miró. No pudo imaginar todo lo que habría hecho, visto y escuchado para poder acceder a un paquete de cigarrillos, patrimonio casi exclusivo de las SS.

—Miré a Mandel directamente a los ojos, sin desviar la mirada. Y ella miró en los míos. Se vio reflejada en ellos, estoy seguro. Y le horrorizó lo que contempló porque se reconoció, y esa imagen es imposible de digerir. Por primera vez, esa bestia sintió un terror hondo y oscuro, se vio caer por un agujero sin fondo del que no podrá salir en la vida. Y una persona con miedo es muy peligrosa. —Los labios de Joska forzaron una sonrisa como si hubiera encontrado algo en su cabeza que le satisficiera. Volvió a dar una calada al cigarrillo, esta vez mucho más intensa—. No creo que haya olvidado mis ojos, eso te lo puedo asegurar. Por eso no quieren que los miremos, porque, si lo hacemos, no nos olvidarán jamás y lo arrastrarán toda la vida —dijo retirando a Ella de su horizonte, quizá por temor a que también ella viera lo que había en el fondo de su mirada—. Y tú me pides que no me preocupe por lo que puedan estar haciéndote...

—Joska, mírame. Te digo que estoy bien —insistió Ella, que

solo quería restarle preocupaciones al rostro plagado de sombras y de cargas demasiado pesadas.

—«Estoy bien», eso tienen que decir los presos en sus postales, la misma mentira. —Tomó las manos de Ella entre las suyas, después de deshacerse del cigarro. Fumar se había convertido en un acto de resistencia más que en algo apetecible—. ¿Sabes? He reconocido tu letra en algunas de esas tarjetas que los presos guardan en los bolsillos antes de entrar en la cámara de gas, creyendo que se van a dar una ducha antes de la cena. Te parecerá algo macabro pero, cada vez que veo tu letra, respiro tranquilo porque sé que estás viva. Y eso me hace olvidar que estoy ayudando a matar a gente inocente, a personas como tú y como yo. —Joska besó las manos de Ella antes de continuar hablando—. Te miran y te reconocen como uno de los suyos, e interpretan que nunca los engañarías, y menos en este lugar. Y algunos te sonríen, como si encontraran en ti un cómplice, un compañero, alguien en quien poder confiar porque, llegado el caso, te pondrás de su parte y les cubrirás las espaldas. Y puedes decirles algo pero tienes que apartar la mirada porque las palabras mienten, pero los ojos siempre dicen la verdad. Y si los miras, te descubren. Igual que hacen las SS con nosotros. Al final, va a resultar que no somos tan distintos. También nosotros, los *Sonderkommandos*, apartamos la vista de los sentenciados para no tener que recordarlos. Es la esencia del mal más absoluto. Para ganar, nos hacen cooperar en el exterminio, convirtiéndonos en sus cómplices.

—No digas eso, Joska. Ni se te ocurra volver a pensar algo así. Tú no estás matando a nadie. Estás salvando tu vida, no tienes otra salida. O haces lo que te piden, o te matan.

—¿Cómo sabes todo esto? ¿Acaso en el campo conocen lo que hacemos los *Sonderkommandos*?

—Algo sabemos. —Ella le apretó fuerte entre las suyas esas manos grandes, grabadas con carreteras de sangre—. A mí me lo contó Alicja. Si no llega a ser por ella... Fue la primera que me habló de ti. Creía que te había perdido, que quizá te habían... ¿De qué os conocíais? ¿Y de qué conoces a Róża?

—Son de confianza. Por ahora, es todo lo que necesitas saber —le contestó él con una recuperada ternura en la voz. No quería ponerla en peligro hablándole de sus actividades clandestinas en el campo—. «Portadores de secretos», así nos llaman. ¿Esto también lo sabías? Somos una amenaza para ellos porque conocemos sus secretos. Sabemos demasiado de lo que ocurre aquí, la manera en la que exterminan a cientos de miles de personas. Por eso ninguno de nosotros saldrá vivo de este lugar. Nos matarán a todos. —Joska se dio cuenta de que sus palabras no la estaban ayudando, pero no podía evitarlo. Necesitaba contarlo—. El peor momento es cuando algunas madres intentan esconder a sus hijos bajo la montaña de ropa, para tratar de salvarlos de la muerte, y no puedes concederles ni siquiera ese deseo.

—Ayer supe que mi madre murió la misma noche que llegó al campo. Me lo dijo Mandel.

—Nadine... —suspiró Joska, y ella pensó que ese nombre también llevaba casi siete meses sin oírlo en voz alta—. Yo...

—Tampoco sé nada de mi padre —le interrumpió sin poder controlar su nerviosismo—. ¿Y si también le mataron ese mismo día, Joska? ¿Y si está muerto?

—Tu padre está bien —la tranquilizó—. Lo he visto. De hecho, lo veo casi todos los días, en el trabajo. Confía en mí.

La abrazó intentando infundirle el ánimo y la tranquilidad que había perdido.

—Lo siento tanto, Ella. Esa perra de Mandel... —dijo con tanta rabia como odio le profesaba—. Si no lo cuenta, no disfruta lo suficiente. Lo hace porque siente que así mata dos veces: cuando lo hace y cuando lo recuerda. Y de paso, te hunde a ti. Esa cerda austríaca se pasea por el campo en nombre de Alemania, contoneando sus caderas, sintiéndose segura y superior, y ni siquiera debe de saber que las alemanas fueron un sexo inferior hasta 1918. No podían ni participar en actividades políticas y solo les permitieron votar en 1919, gracias a la Constitución de Weimar. Resulta ridículo verla tan presuntuosa, ignorándolo todo. Si no llega a ser por la Gran Guerra, mujeres como Mandel ni siquiera habrían entrado a trabajar en las fábricas, ni en correos, ni en los ferrocarriles. Estarían en casa cuidando de sus hijos y de su marido, cumpliendo a rajatabla las tres kas: *Kinder, Küche, Kirche*, «niños, cocina, iglesia».

Sus palabras hicieron que Ella recordara la conversación mantenida por las SS la noche anterior en la casa de la comandancia. Le asustó que las conversaciones en ese lugar, independientemente de qué boca salieran, se asemejasen demasiado. Desterró de su cabeza la imagen de la cena de las SS. Prefería centrarse en Joska que, una vez más, pareció leerle el pensamiento.

—Sé lo que hace el doctor Mengele con las mujeres guapas que llegan al campo. Y no solo en la residencia del comandante, en la oficina de Mandel, en la suya, en el Bloque del Hospital, en la Sauna... Solo le falta ir a las letrinas para desfogarse, como hace el resto de los prisioneros.

—Conmigo no lo ha hecho —mintió Ella, consciente de que no podía cargarle con el peso de más preocupaciones. Se señaló el verdugón de la frente—. Esto me lo hizo Mandel. Cada vez que llegan nuevos transportes, enloquece y yo estaba en medio. Pero te prometo que estoy bien. No hago trabajos forzados, me alimentan mejor que a los demás, puedo vestir ropa interior, incluso me aseo todos los días. Las mujeres del Bloque de Música y del Kanada tenemos ducha diaria, dormimos solas en una cama, incluso con fundas para las almohadas; cada una tenemos un cobertor y una manta, no la compartimos con doce presas más como hace el resto. ¡Hasta tenemos algunos caprichos! ¿Sabes lo que cuestan un sujetador o unas medias en el mercado negro?

—¿Te estás oyendo? —le respondió Joska, apartándola de

él tímidamente—. Parece que debamos dar gracias porque nos pongan un collar alrededor del cuello y nos llamen por nuestro nombre. Nos han convertido en animales domésticos y, como por ahora no nos matan, ladramos para contentarlos.

—Joska, ¿recuerdas ese refrán que siempre decía mi madre? ¿Cómo era? —Trató de hacer memoria—: «Está permitido, en tiempo de peligro, andar con el diablo hasta haber atravesado el puente». Así era. ¿Te acuerdas?

—Por supuesto que lo recuerdo. —Joska sonrió, mientras afirmaba con la cabeza—. Pero es un proverbio búlgaro, no un refrán. Si te escuchara tu madre rebajarlo a la categoría de refrán... —Siguió sonriendo y la besó.

Por unos minutos, se olvidaron de todo. Necesitaban dejar de hablar del campo, de las SS, de sus trabajos. Debían concentrarse en ellos mismos, reencontrarse en todos los sentidos. Tenían suerte. Estaban solos; dos prisioneras de confianza vigilaban que la encargada del bloque, la *kapo* Frau Schmidt, no regresara de la cocina donde estaba dando las indicaciones de cómo quería que fuera el menú de su fiesta de cumpleaños, que celebraría en pocos días. Tenía buena relación con las SS y le habían concedido realizar una celebración de aniversario, a la que algunas de ellas estarían invitadas. Por ese motivo, Alma Rosé también estaba preparando algo especial para Frau Schmidt, realizando un arreglo especial de la canción de cumpleaños que solía cantarse en Alemania, *Hoch soll sie leben.* Los preparativos exigían bastante tiempo y solo tenían las tardes de domingo para organizarlo.

Eso les permitió a Ella y a Joska recuperar los abrazos perdidos, los besos no dados y el encuentro de sus cuerpos, que se había desnortado. Jamás pensó que su primera vez con Joska sería de esa manera, y mucho menos en aquel lugar. Intentó que la memoria del ultraje que llevaba escrito en la piel no la privara de sentirse libre y amada en brazos de la persona que amaba. Solo tenía que borrar el recuerdo de su vez primera convertida en una brutal agresión y sustituirla por la primera vez que su cuerpo respondía al deseo mutuo de dos personas enamoradas. No le resultó fácil. Ella tomó la precaución de no quitarse la ropa por completo para que Joska no viera las huellas de los ataques de la noche anterior. No soportaría darle más motivos de preocupación. Pero las palabras regresaron a sus bocas, y lo hicieron antes de lo que hubiera deseado.

11

—Tienes que dejar de hacer lo que haces.

La observación de Joska ensombreció el rostro de Ella y lo sembró de confusión. No sabía a qué se refería exactamente. Por su cabeza pasaron las exigencias de Mandel y las violaciones del doctor Mengele, pero frente a ellas, poco podía hacer. No estaban dentro de su ámbito de decisión, si es que eso existía en Auschwitz. Ella, como todos, se dedicaba a sobrevivir y no tenía tiempo para más. Se quedó mirando a Joska, esperando escuchar algo que la ayudara a disipar su desconcierto.

—Tienes que dejar de escribir esas postales. Debes dejar de robar fotografías para escribir en ellas. Es muy peligroso. Estás en permanente contacto con las SS. Pueden descubrirte en cualquier momento y matarte.

—No lo saben. Lo llevo haciendo mucho tiempo. Tomo precauciones. Nadie sabe nada.

—Lo sé yo y lo saben personas de mi confianza. ¿Cuánto crees que tardará en llegar a oídos de las SS?

—Tengo que hacerlo, Joska. Es lo único que me hace sentir bien en este lugar. A veces creo que lo hago por mí más que por ellos. Me tranquiliza, me da fuerza. Me hace sentir útil y, sobre todo, diferente a ellos.

—Da igual cómo te sientas. Escribir nombres en fotografías

y postales no arreglará nada. Hazme caso, las palabras no sirven de nada.

—Eso no es verdad —dijo contrariada porque la única persona que existía en su mundo no entendiera la importancia de lo que hacía—. Si escribo sus nombres, los mantengo con vida. El mundo tiene que saber que estuvieron aquí, y si ven sus nombres o sus fotografías será una prueba de que un día existieron. Quizá sus cuerpos ya no estén, porque los hicieron desaparecer, pero estará su memoria y sus seres queridos podrán mantenerla viva. Lo más duro es que te olviden. Es lo único que podemos evitar que maten, su recuerdo. ¿No te gustaría que alguien hiciera lo mismo por mí? Porque a mí sí que me gustaría que lo hicieran por ti. Y cuando esto acabe...

—¿Cuando esto acabe? —la interrumpió—. Esto no va a acabar nunca, Ella. La esperanza no nos va a salvar, al contrario, nos está condenando. Esperar a que todo esto acabe es una actitud que nos lleva a la desesperanza, a no hacer nada, a no reaccionar; nos condena a la muerte. No podemos negar la realidad. Esta pesadilla está pasando y va a seguir alimentándose como se nutren los hornos a diario. Esto no se acaba solo. Lo tenemos que acabar nosotros. Y no lo haremos con palabras, puedes creerme.

—¿Qué es lo que vais a hacer? ¿Y quiénes sois «nosotros»?

—Vamos a volar uno de los crematorios.

—Pero ¿de qué estás hablando?

—De escribir nuestro destino. Pero no en una postal, sino en nuestra vida. ¿De qué hablo? De lo mismo que hablábamos tú y yo antes de que nos arrojaran en este agujero. De una vida juntos, de unos hijos, de una casa con jardín, de escapadas al mar, de paseos por la ciudad, de veladas con vino, de noches enteras abrazados... De eso hablo cuando digo que vamos a volar un crematorio: de recuperar nuestra vida, nuestros sueños, de recuperarnos a nosotros mismos.

—Eso es imposible. —Ella observó su rostro, que había adquirido una luminosidad de la que carecía unos minutos atrás—. ¿Te has vuelto loco?

—Yo todavía no, pero puede que no tarde mucho. Algunos de mis compañeros ya lo han hecho. Un día, uno de los *Sonderkommandos* vio a su mujer y a sus dos hijos entrar en las instalaciones de las cámaras de gas. No se lo pensó dos veces y corrió en busca de Josef Kramer para pedirle que lo evitara. Era uno de sus prisioneros de confianza favoritos, porque cuando encontraba algún objeto de valor en los cadáveres de los presos gaseados, como diamantes o brillantes, se lo entregaba a él directamente. Fue algo inaudito ver a todo un comandante de Auschwitz-Birkenau correr por el campo para que la mujer y los hijos de un *Sonderkommando* no fueran exterminados. Y lo consiguió. Llegó a tiempo, sofocado y sudando como un cerdo. Logró salvar a los tres. Estuvimos días preguntándonos por qué lo había hecho, si realmente existía algo de humanidad bajo aquel uniforme. A las tres semanas, el propio Josef Kramer ordenó asesinar al preso de confianza y a su familia. Pero antes de morir, el *Sonderkommando* tuvo que escuchar sus gritos, pidiendo ayuda, llamándole por su nombre. No pudo reaccionar. Se quedó quieto, con todo el cuerpo en tensión. Cuando todo acabó, sacó los cadáveres de sus dos pequeños y de su esposa para introducirlos en el horno. No volvió a decir una palabra ni a mirar a nadie a los ojos. Él sí se volvió loco. Por suerte para él, le mataron al día siguiente. —Joska calló unos segundos mientras regresaba a la mirada de Ella—. Esa es la bondad de las SS. Eso es lo que puedes fiarte de ellos. Ellos matan cada día. El día que te maten a ti será un día más en sus vidas. No hay caprichos, no hay favoritos, no existe la mínima muestra de piedad. Ni siquiera te recordarán. Como Maria Mandel con el niño gitano.

A Ella le costaba reconocerle. No solo por las palabras que salían de su boca, sino por su aspecto. Su actitud, su manera de mirar, de caminar, de mover los brazos, incluso de beber, como hacía ahora del pequeño vaso metálico, lleno de agua. No era una cuestión física, como creyó entender en el primer beso. No parecía el mismo porque no era la misma persona que había entrado junto a ella en Auschwitz. Ella tampoco era la misma. Quizá murieron cuando se apearon del vagón y pusieron un pie en la rampa. Desde entonces, unos desconocidos habitaban sus cuerpos y así sería hasta que las SS los gasearan. Róża estaba en lo cierto: no conoció a la verdadera Alicja, y Ella no estaba viendo al verdadero Joska. El hombre que salvaba vidas en el mismo hospital que su padre hablaba ahora de aniquilarlas, de matar. No era el mismo. Era imposible que lo fuera. Llevaba casi siete meses colaborando en la muerte de sus semejantes, engañándolos para que entraran en las cámaras de gas, esperando a que el Zyklon B hiciera efecto, abriendo la pesada puerta de hierro, extrayendo los cadáveres y llevándolos a los hornos para que el fuego los redujera a cenizas. No podía ser el mismo. Daba igual que le obligaran, que le amenazaran con ser él el gaseado; el alma no entendía de circunstancias y la razón por la que Joska parecía otro era porque su alma era otra.

Sintió el impulso de abrazarlo. Necesitaba hacerle ver que le quería, que ella sí sabía cómo era en realidad, que le había conocido en el mundo real, mucho antes de que la pesadilla se desatara y desbordara su existencia. Por eso le abrazó y le besó como si nada hubiera pasado en los últimos siete meses.

—¿Sabes lo que no me deja dormir por las noches? —le preguntó él después de unos segundos de silencio—. Que un día seas tú la que aparezcas por la puerta de la cámara de gas y tenga que decirte que cuelgues tu ropa en uno de los ganchos, que no te olvides del número de la percha para que puedas encontrarlo a la salida, y permitir que mi presencia te tranquilice y te convenza de que todo irá bien. Esa es mi única pesadilla. Que tú seas la próxima en entrar por esa puerta. Que tú seas uno de ellos.

—Tienes que olvidarte de hacer volar el crematorio. No saldrá bien. Es imposible —le pidió Ella, después de besarle para intentar borrar de su mente la pesadilla que le atormentaba.

—No puedo. Es la única manera de que ahí fuera se den cuenta de lo que está pasando aquí dentro. El mundo no reacciona a las palabras, lo hace ante el ruido; cuanto más estrepitoso, mejor. Las personas no entienden las palabras porque las desprecian e incluso las niegan porque les molestan. Siempre es más cómodo desentenderse de lo que no te afecta o te puede complicar la vida. ¿Acaso alguien reaccionó a los insultos contra los judíos en la calle, en los mercados, en las fábricas, en los restaurantes, en los parques, en los acontecimientos deportivos, en los teatros, en los cines, en los hospitales, en las librerías...? ¿Alguien salió en defensa de nuestros hijos cuando los humillaban en el colegio y les decían que no podían reaccionar ni defenderse porque eran judíos y no tenían derecho a hacerlo, y los mandaban al final de la clase o se reían de ellos preguntándoles si ya habían comprado el billete a Palestina? ¿Tú viste a alguien atender a las palabras escritas en el infame libro infantil *Der Giftpilz*, «La seta venenosa», donde se compara a los judíos con las setas y se explica a los niños arios lo difícil que resulta distinguir una seta buena de una venenosa porque, como los judíos, intentan disfrazarse? ¿Alguien protestó cuando comercializaron el juego de mesa *Juden Raus!*, «¡Judíos fuera!»? —preguntó con insistencia Joska, mientras su rostro iba endureciéndose, como si unas manos invisibles lo estuvieran esculpiendo en hierro—. Piensa, Ella, ¿alguien levantó la voz al ver los eslóganes antisemitas que publicaban en portada los periódicos, cuando se profanaban rollos de la Torá, cuando en las fiestas populares se mofaban de nuestro pueblo luciendo narices judías, o cuando los doctores y los maestros iban a trabajar con brazaletes con la esvástica cosida en ellos, cuando nos negaron la entrada en sus establecimientos y nos miraban como si estuviéramos ocupando un lugar que no nos correspondía, o cuando los vehículos recorrían las calles de Berlín con letreros en los que se leía SEAMOS ALEMANES, NO JUDÍOS? ¿Viste a alguien reaccionar cuando nos humillaban en plena calle ante la indiferencia de todos, incluso de algunos judíos, cuando nos obligaban a dragar los ríos a mano o a limpiar con palas la nieve de las calles, o borrar con ácido las pintadas en las aceras? ¿Alguien protestó cuando en Núremberg se llevaron a un grupo de judíos a un estadio de fútbol y los forzaron a segar la hierba con los dientes, o cuando en Viena paraban por la calle a mujeres, niños, ancianos y hombres y se los llevaban a limpiar letrinas, a quitar con sus propias manos la mierda de los nazis?

La voz de Joska no flaqueó en ningún momento, pero los surcos en su rostro se iban haciendo cada vez más profundos. Ella le miraba sin poder interrumpirle y, lo que más le dolía, sin capacidad para consolarle.

—Nadie reaccionó cuando en la Noche de los Cristales Rotos, el 9 de noviembre de 1938, se llevaron a un grupo de judíos al campo de Buchenwald y se les obligó a depositar sus objetos de valor y a dejar por escrito que nada de todo aquello les pertenecía. ¿Alguien hizo algo cuando se empezó a hablar de los banquetes de la muerte? Tu propia amiga, Luka, la traductora alemana, estuvo en uno de ellos y nos contó cómo un día en Riga, en casa de unos amigos, levantaron las copas y brindaron por la muerte de los judíos. Y sus palabras, esas en las que tanto confías, sí que iban en serio, porque a Luka y al resto de los invitados los llevaron al jardín de la parte trasera de la casa donde alguien había cavado una fosa de más de veinte metros de largo y dos de ancho. ¿Recuerdas lo que Luka nos contó que había dentro? Una docena de judíos agonizando, observados por otros quince o veinte que esperaban su turno en el extremo de la fosa, mientras el jefe de policía, sus hombres y sus propios invitados les disparaban a bocajarro en la nuca, uno a uno. Todos estaban encantados de participar en la diversión. ¿Te acuerdas de eso, Ella? ¿Alguien hizo algo? ¿La propia Luka, escandalizada cuando nos los contaba, pudo o quiso hacer algo?

Las palabras de Joska desfilaban por la mente de Ella como si fuera el metraje de una película familiar, repleta de evocaciones, de vivencias, de personas que habían abandonado su memoria hacía mucho tiempo y que ahora regresaban con fuerza. Lo rememoraba todo, como si cada uno de esos instantes cobrara vida en su cabeza. Todo lo que salía de la boca de Joska era cierto, y quizá por eso se le resecó tanto la garganta que necesitó beber otro vaso de agua del cubo de metal antes de poder continuar.

—No recuerdo que palabras como «Oficina de Raza y Reasentamiento de las SS» o «Ley de Protección de la Sangre y el Honor Alemanes» hicieran recapacitar a alguien sobre lo que estaba sucediendo. Tampoco lo hizo el libro lleno de palabras antisemitas y dibujos con carboncillo de Joseph Goebbels publicado en 1928, *Das buch Isidor*, «El libro de Isidoro»; ni la película *El judío eterno*, de Fritz Hippler, donde se comparaba a los judíos con las ratas; ni la novela escrita por Hans Grimm, *Volk ohne Raum*, «Pueblo sin espacio», que resultó un éxito de ventas en 1926, en plena República de Weimar, contribuyendo al debate sobre el espacio vital, el *Lebensraum*, y la preocupación que debería sentir Alemania por la falta de tierras, de territorios, no en terreno lejano, sino en Europa Occidental. No recuerdo que ninguna de esas palabras escritas o pronunciadas removieran conciencias. ¿Y tú quieres que tus palabras abran los ojos de los que están fuera para que, «cuando esto acabe», como tú dices, el mundo venga a escarbar la tierra de lodo, cenizas y sangre de este cementerio de almas, en busca de documentos, de cartas, de postales, de fotografías con nombres escritos a lápiz? ¿De verdad crees que eso va a suceder?

Joska se acercó a Ella para abrazarla y la besó en la frente, en las mejillas, en los labios, hasta que sus manos le rodearon la cabeza para que lo mirase y entendiera lo que quería, como hacían antes, sin necesidad de palabras, sin necesidad de hablar, utilizando su propio código.

—Si las palabras sirvieran de algo, si realmente hubiéramos escuchado lo que nos decían y hubiésemos sabido interpretar las señales que nos enviaban a diario, tendríamos que haber reaccionado al ver cómo sacaban a nuestros vecinos de sus casas a medianoche y nos gritaban si íbamos a permitirlo, si acaso no veíamos lo que estaba pasando. Y no hicimos nada. Ni siquiera nosotros, que somos judíos. De nuevo, hemos vuelto a llegar tarde. Tu padre tenía razón. No sabes las veces que me acuerdo de aquella noche... —reconoció Joska, buscando en la mirada de la mujer a quien amaba la complicidad del recuerdo.

Aquellas palabras sembraron de desolación el semblante de Ella. Le apenaba lo que escuchaba, no solo por la herida que le producía observar a Joska convertido en otra persona distinta a la que había dejado una noche de septiembre de 1943, sino por la verdad que encerraban sus argumentos.

Ella también se acordaba de aquella velada en la que su padre llegó a casa abatido e indignado, acompañado de Joska, que quiso llevarle personalmente al domicilio familiar cuando vio en qué estado se encontraba. Acababa de conocer lo que había ocurrido durante dos años, desde el otoño de 1939 hasta agosto de 1941, en algunas instalaciones hospitalarias utilizadas como centros de exterminio de personas enfermas. Fue un compañero del hospital quien le habló de la Aktion T4, un programa para asesinar a enfermos mentales y a discapacitados aprobado por Adolf Hitler para deshacerse de los hombres, mujeres y niños «no válidos», inútiles para el régimen nazi, como forma de garantizar la superioridad de la raza en la que se había empeñado. A las personas se las seleccionaba y transportaba a determinados centros, donde se las introducía en cámaras de gas y posteriormente se las incineraba. El propio Führer ordenó detener la operación, no por remordimientos morales, sino por temor a las protestas que pudieran tomar la calle si la opinión pública alemana llegaba a conocer esta práctica. El colega del padre le había confiado, en un intento desesperado de limpiar su conciencia, que él era uno de los médicos a los que obligaron a participar en el proyecto, bajo amenaza de tomar represalias contra él y su familia en caso de negarse a colaborar. Había pasado casi un año en el castillo Grafeneck, situado a sesenta kilómetros de Stuttgart, reconstruido durante el régimen nazi en un centro de eutanasia forzada gracias a un decreto del Ministerio del Interior de Wurtemberg del 12 de octubre de 1939, que ordenaba la confiscación del castillo, propiedad de la Smariterstift, una fundación samaritana, desde 1920, «por necesidades del Reich».

«Les inyectábamos una solución de morfina y escopolamina antes de introducirlos en las cámaras de gas. Cuando fallecían, sacaban sus cuerpos y procedíamos a abrir muchos de ellos, a diseccionarlos para su estudio. Después quemaban los cadáveres y distribuían las cenizas en pequeñas cajas que acompañaban con una carta para la familia, en la que se les informaba de que su ser querido había fallecido por causas médicas. Todo era falso, André: el parte médico, las causas de la muerte, incluso la firma de los facultativos. Los nombres de los médicos que aparecían en la documentación eran ficticios. Todo era mentira, una farsa. Nunca escribimos nuestros nombres verdaderos, así nunca habría pruebas, nadie podría hablar como testigo de lo que allí ocurría porque nuestros nombres reales no figuraban en ningún sitio. Nos convertimos en asesinos, nos obligaron a ello. Solo en Grafeneck, durante el año que yo estuve, asesinaron a más de diez mil personas, más de setenta mil en toda Alemania, aunque las cifras reales hablaban de más de doscientas mil. Nos llegaban personas desde otras instalaciones situadas en Baviera, Baden, Wurtemberg... Recuerdo haber visto en el registro enfermos procedentes de veinte emplazamientos distintos. No pude comprobarlo, pero estoy convencido de que no solo había enfermos mentales y discapacitados: también llegaban judíos, prisioneros de guerra, personas no aptas para el régimen nazi. Y nosotros le hicimos el trabajo sucio. Nos disfrazaron de médicos pero éramos asesinos, igual que disfrazaron el castillo de Grafeneck de centro hospitalario aunque realmente fuera un centro de exterminio. Había altos mandos de las SS que nos decían que la muerte por gas no dolía, que no nos preocupáramos por las víctimas, que no sufrían. No sé cómo voy a vivir con esto. No puedo olvidar esas cartas de pésame a las familias, repletas de mentiras y de falsedades. No sé si podré hacerlo algún día.» El padre recordaba entre sollozos las palabras de su compañero médico, que se suicidó meses más tarde.

Ella rememoraba todo lo que vivió aquella noche: a su padre, con el rostro desencajado por las revelaciones de su amigo, negando con la cabeza, tapándose la cara con las manos, mientras Nadine intentaba que no perdiera el ánimo, tratando de convencerle de que él no podía hacer nada, y de que se tranquilizara porque iba a despertar a Mia, que dormía en el piso de arriba y a la que suponían ajena a todo, aunque no lo estuviera. Pero tampoco las palabras de su madre parecían surtir el efecto deseado en su padre, hundido como nunca lo había visto. «Hemos llegado tarde, Nadine. Ya es demasiado tarde», repetía una y otra vez. Entonces empezó a hablar de los derechos civiles suspendidos en febrero de 1933, días después de la llegada de Hitler al poder, de la disolución de sindicatos, del boicot a los comercios de judíos, de la elaboración de árboles genealógicos en los colegios para pujar por quién era el más ario de todos, de la quema de libros, de las jubilaciones forzadas y de los despidos generalizados en estamentos de la Administración pública de todos aquellos cuyo linaje no era lo suficientemente ario. «Llegamos demasiado tarde al enojo. Llevamos años llegando tarde —solía decir su padre en aquellas noches de candil y susurros que se multiplicaron a lo largo del tiempo—. Nuestros padres llegaron tarde, nuestros abuelos, nuestros bisabuelos, nuestros tatarabuelos llegaron tarde porque se quedaron esperando a que algo pasara, a que alguien hiciera algo», decía mientras se levantaba y rescataba de una carpeta marrón de cuerdas rojas unas páginas raídas por el paso del tiempo pertenecientes a la portada del periódico *La Libre Parole*, de 1891, con el lema *La France aux Français*, «Francia para los franceses». Con la mano temblorosa señalaba el texto donde la publicación aseguraba que Francia, y especialmente París, se había convertido en la capital del antisemitismo de Europa, e ilustraban el reportaje con una familia judía rodeada de dinero, mientras un hombre francés de convicciones revolucionarias se dirigía a recuperar su país. Junto a este diario, también guardaba un ejemplar del semanario satírico francés *Le Rire* de 1898, con una caricatura de Charles Léandre en la que aparecía un anciano identificado como un miembro de la familia Rothschild, una dinastía europea de origen judío, con una corona aparentemente inspirada en los rollos de la Torá, que sostenía entre las manos, con forma de garras, el globo terráqueo, y con una aureola a su espalda en la que se leía la inscripción *Dieu prot(ège) Israel*, «Dios protege a Israel».

El recuerdo de aquella noche le devolvió las voces de su padre y de Joska, los rostros preocupados, el silencio doliente de Nadine, los planes de huida, la necesidad de irse de Francia, de abandonar Europa y poner rumbo a Canadá o a Nueva York, como habían hecho los padres de Joska. Aquella noche tan pretendidamente lejana en el tiempo, Ella vio a su padre vencido, irreconociblemente pesimista, y deseó que todo fuera fruto de un mal día, de un exceso de información, de un cúmulo de circunstancias que habían colocado un vidrio oscuro y agrietado que impedía la entrada de luz en la mirada de su progenitor. Pero su padre no se equivocaba nunca. Tampoco en eso. Y Joska parecía ser de la misma opinión, mientras la miraba como si encontrara en Ella una pared de ladrillos que intentaba derribar para abrirse camino hasta la persona que más le importaba en el mundo. Ahora era ella misma, y no su madre, la que trataba de calmar el desasosiego de quien le estaba relatando un mundo de palabras y de hechos ante el que nadie quiso, supo o pudo reaccionar, como tampoco lo hizo su amiga Luka en el banquete de la muerte celebrado en una casa de Riga. A Joska le sobraban los ejemplos para corroborar sus argumentos, que parecían inagotables.

—Nadie dejó de danzar en la fiesta de Carnaval de Colonia, cuando el 27 de febrero de 1933, durante el baile del Pájaro del Paraíso, un joven con una máscara y un disfraz gritó a los asistentes: «¡El Reichstag está en llamas!». Si no dejaron de bailar entonces, ¿por qué iban a dejar de hacerlo ahora? ¿Qué demonios quieres conseguir con las palabras? El mundo necesita que todo salte por los aires para entenderlo, Ella. Hay que zarandearlo para que reaccione.

—Pero necesita palabras para hacerlo. Y nosotros también necesitamos escribirlas para sentirnos mejor, para saber que seguimos vivos.

—¿Sabes qué harán cuando encuentren tus palabras? —le preguntó Joska, seguro de su respuesta—. Las destrozarán. Ellos tendrán preparadas sus propias palabras. Y yo sé cuáles serán, las que han sido siempre: *Ich habe nichts davon gehört*, *Ich kann nicht sagen*, *Mir ist nichts daruber bekannt*, *Ich weiss nicht mehr...* «No oí nada sobre eso», «No le puedo decir», «No sé nada al respecto», «No recuerdo nada»...

Ella negó con firmeza, entristecida.

—No te recordaba así, Joska. Me cuesta reconocerte cuando hablas de esa manera.

—Las palabras significan lo que expresan, lo que simbolizan, y no lo que queremos que parezcan. ¿Sabes lo que llevan las ambulancias con la enorme cruz roja en su costado que van detrás de los transportes de deportados? Botes del gas Zyklon B. —Joska se acercó a Ella, le cogió las manos y su voz terció de verbalizar una orden a pedirle un favor—: Te lo ruego, deja de escribir esas postales. Métete esto en la cabeza: las palabras nos delatan. Y yo no quiero que te maten. No creo que pudiera soportarlo.

—Está bien —respondió Ella, asintiendo con la cabeza aunque sabía que no podría cumplir su promesa—. Te doy mi palabra, aunque no creo que te sirva de mucho si no confías en ellas —intentó bromear sin conseguirlo.

—Ella, por favor —le suplicó Joska, y creyó que Ella aceptaba cuando volvió a refugiarse en sus brazos. Aunque lo que realmente hacía era esconderse de su mirada, ante lo que estaba a punto de confiarle.

—Yo también he cambiado. ¿Te acuerdas de cuando me decías que tenía que aprender a mentir? Pues ya he aprendido. He mentido sobre mi condición de judía. Cada vez que me preguntan si soy judía, lo niego. Y eso significa que reniego de lo que soy.

—¿Ves como tengo razón sobre las palabras? —Quería que se sintiera mejor—. No estás haciendo nada malo. Es tu manera de sobrevivir. Mentir no hace que la realidad cambie pero, a veces, te protege de ella. Eso es lo único que importa. Además, es lo que te dijo tu padre que hicieras. Seguro que estaría orgulloso de ti.

—¿Estaría? Antes me has dicho que estaba vivo. —Ella abandonó el abrazo protector, asustada por el tiempo verbal que había utilizado para referirse a él.

—Tu padre está vivo. Está en mi comando de trabajo aunque no siempre hacemos los mismos turnos. Hace unas semanas que nos han separado. A veces, nos doblan los turnos, dependiendo de los transportes que lleguen; últimamente están llegando muchos, sobre todo húngaros, y según hemos podido saber, vendrán muchos más transportes desde Hungría a partir de ahora. —A Joska le costaba hablar de ciertas cosas. En eso, no había cambiado.

—Prefiero que no me mientas. Si mi padre está muerto, quiero saber la verdad —le pidió con una dureza desconocida en su voz.

—¿Cuándo te he mentido yo? —La besó de nuevo y la observó con una mezcla de admiración y ternura—. Siempre has sido mejor que yo, Ella.

—No es cierto.

—Sí lo es. Y por eso quiero pedirte algo más.

Estaba a punto de seguir hablando, cuando Róża y Ester entraron en el bloque, cada una por un extremo. Su gesto reflejaba una amalgama de premura y preocupación, que contagió a la pareja.

—Tenéis que iros. Ya mismo. Vienen dos guardianas. Y Frau Schmidt con ellas. Hay que salir de aquí, de inmediato —se apresuró a decir la polaca.

—¿Tan pronto? —protestó Ella, que no quería vivir otra separación, aunque desde el momento en que entró en el Kanada supo que sucedería—. No, escondámonos.

—Joska, ¡ya! Vas a poner todo en peligro —le instó Róża, con la voz más firme.

Él obedeció. No tenía derecho a poner en riesgo la misión en la que había embarcado a muchas personas. Abrazó a Ella, la besó con la presteza que impone el peligro y, en voz muy baja para que nadie más que ella pudiera escucharle, le dijo que la quería.

—¿Qué ibas a pedirme? —Ella olvidó devolverle el «te quiero»—. Dímelo.

—No hay tiempo. —La besó de nuevo, como si fuera la última oportunidad que tendría de hacerlo.

—Sí lo hay. Dime qué necesitas.

—Consígueme una cápsula de cianuro. No te costará encontrarla entre las pertenencias de los deportados, en especial si son médicos. Es urgente —le dijo, mientras terminaba de vestirse y observaba la cara de desconcierto de Ella—. Volveremos a vernos muy pronto. Te lo prometo.

—¿Cómo lo sabes?

—Hay cosas que se saben, y punto. Consígueme esa cápsula. Es muy importante.

Ni siquiera pudo observar la huida de Joska. Tampoco tuvo tiempo de ver por dónde se escabullía Ester. Róża tiró de Ella para sacarla del Kanada lo antes posible. Pero, como de costumbre, las entradas y salidas siempre se precipitaban en Auschwitz. Las dos guardianas del campo y Frau Schmidt las sorprendieron cuando se disponían a abandonar el bloque del almacén. Los rostros de las uniformadas interrogaban por sí solos.

—¿Qué hacéis aquí? —preguntó la *kapo* del Kanada, cuyo registro de voz también se hacía una octava más agudo cuando la autoridad estaba presente y necesitaba expresar su afinidad con los verdugos.

—No podemos decir nada —respondió Ella en un tono tan inocente que enfureció a Frau Schmidt y contrarió a Róża, que la miró como si temiera lo que pudiera decir.

—¿Eres estúpida? —La *kapo* se hizo con el protagonismo de la reprimenda, y así evitó que las *SS-Aufseherinnen* intervinieran.

—Es una sorpresa por su cumpleaños, Frau Schmidt. Alma me matará si sabe que no he sido capaz de guardar el secreto hasta el 2 de abril —improvisó Ella con tanta firmeza en la voz que hasta Róża se lo creyó. Cuando vio cómo el semblante de la *kapo* se relajaba, respiró tranquila.

—¡Alma! Sí que se está tomando en serio mi cumpleaños. Al final, voy a tener que invitarla, y no solo para que toque. Así Frau Drexler estará contenta; no para de insistir en que Alma esté presente. De repente, le gusta la música, cuando hay que llevarla casi a rastras a los conciertos —comentó, fingiendo un comadreo interesado con las guardianas—. Está bien. Pero ahora, las dos fuera. Ya terminaréis lo que tengáis que hacer en otro momento. Es domingo, ¡aprovechadlo!

Róża y Ella emprendieron el trayecto de vuelta caminando la una junto a la otra. Al principio sin mirarse y en silencio, hasta que la distancia entre ellas y el Kanada fue considerable, y las palabras se hicieron un hueco en el silencio teatralizado que mantenían ambas.

—Tienes madera, Ella. Quizá hasta puedas ayudarnos —dijo entre dientes Róża.

—Ayudaros, ¿a qué?

—Eso le corresponde a Joska. Muy pronto lo sabrás. —Se separó de ella para coger el camino hacia su barracón—. No olvides lo que te ha pedido.

—Dejaré de escribir postales.

—No, no lo harás. A mí no puedes engañarme como a él. Yo no estoy enamorada de ti. —Róża la miró, mostrándole por primera vez una sonrisa amable—. Las dos sabemos que no dejarás de escribir esas postales. Pero sí conseguirás la cápsula de cianuro. Ahí no puedes fallarle.

12

Ella se asustó de lo que acababa de hacer. Lo que en verdad le sobrecogió fue la falta de remordimiento, el no sentir nada al acometer la acción. Intentó remediar el estremecimiento retirando rápidamente el pie de la fila de hormigas que acababa de aplastar. No sabía por qué lo había hecho, si por aburrimiento, por asco, por miedo, porque eran diferentes o solo porque podía, porque tenía la oportunidad y la potestad para actuar de ese modo. Ni siquiera las odiaba. Nunca había sentido aprensión por ellas, como le pasaba a su hermana Mia, que huía de las hormigas como de las arañas, sobre todo cuando venían en grupo porque las consideraba una amenaza; solo con verlas, le mudaba el gesto. Era algo incontrolable. Sencillamente lo hizo, y se quedó observando cómo desaparecían bajo sus pies, cómo sus zapatos, los que había conseguido en el Kanada con el consentimiento de Frau Schmidt, las aniquilaban sin piedad. No había sentido nada. Le eran indiferentes. No tuvo que esforzarse para terminar con las hormigas.

Eso era lo que debían de sentir las SS cuando pisoteaban y exterminaban a los prisioneros, cuando mostraban su maldad gratuita. Y eso era lo que acababa de sentir Ella. Recordó una frase que Maria Mandel solía repetir a menudo en un tono neutro, como si fuera algo insustancial e insignificante: «Es tan fácil mataros que llega a aburrir». Así explicaba la Bestia el afán por recrearse en algunas muertes, así justificaba los castigos, las violaciones, las torturas y las humillaciones. Era sencillo arrebatarles la vida, porque ya venían condenados. Era demasiado simple someterlos porque ya llegaban doblegados. No había margen para la diversión a no ser que se indujera a ella. «Hay que huir de la rutina para que no te arrastre a la desidia. Estamos mejorando la raza, no fabricando cacerolas de acero. Tampoco es fácil para nosotros. ¿Lo sería para vosotros?», le preguntó en una ocasión, después de cometer un castigo estrambótico e innecesario contra una prisionera.

Ella miró el camino de hormigas que su pie había partido en dos. Se avergonzó por romper la rutina de unos seres que no le habían hecho nada excepto existir y convivir en un mismo territorio. Se abochornó, pero no pudo odiarse. Podía estar volviéndose loca, pero eso también entraba dentro de la rutina. Y debía romperla aunque para eso tuviera que anular la promesa que le hizo a Joska de no escribir más en el reverso de las fotografías y de las postales. Si no creaba, se veía forzada a destruir, y eso sí que le hubiera parecido grave.

Desde su encuentro con Joska solo podía pensar en él, en sus palabras, en su mirada, en su rabia combativa, que rápidamente se convertía en ternura cuando le hablaba de su vida anterior y de sus planes de futuro. Se había encontrado a dos Joskas distintos y no tenía que escoger, quería a los dos. Necesitaba volver a verle, pero no sabía cómo hacerlo. Le había dicho que esperara, que sería él quien organizara el próximo encuentro, y no le quedó más remedio que aceptarlo y asumirlo para engañar a su rutina. Aceptando su condición de actriz secundaria en aquella representación, continuó copiando una partitura en la mesa del Bloque de Música, un arreglo especial que había realizado Fania después de intercambiar opiniones con la directora de la orquesta, con la que seguía sin llevarse bien. Fue entonces cuando Alma Rosé llamó su atención.

—Ella, acompáñame un momento —le dijo en francés, algo que solía hacer cuando se enfadaba ante la errónea ejecución de las notas de alguna partitura. Pero su voz no mostraba enfado ni tensión. Más bien, al contrario.

El requerimiento de Alma la inquietó. El engranaje de su cerebro empezó a movilizarse, haciendo que sus pensamientos se entrecruzaran con la misma desorganización y enredo que una maraña de hilos. Los pocos metros que separaban la mesa repleta de partituras, papeles y lápices, donde se sentaban las copistas para realizar su trabajo, de la habitación privada que Alma Rosé tenía en el bloque tomaron forma de carretera interminable. Conjeturó si Frau Schmidt le habría informado sobre su inesperado encuentro en el Kanada, si su trabajo no estaba siendo de su agrado o si Maria Mandel le había comentado algo que la pusiera en una situación aún más complicada. Cualquier cosa podía pasar.

Cuando accedió a su habitación y Alma cerró la puerta, Ella se alarmó. No le gustaba el sonido que hacían las puertas al cerrarse. No desde que estaba en Auschwitz. Cuando una puerta se cerraba, siempre pasaban cosas desagradables ante las que no podía luchar ni reaccionar. También le extrañó que la asistente personal de Alma, Regina, una de sus mayores confidentes y amigas, no entrara con ellas en la habitación, algo bastante habitual. Pero Regina continuó ordenando unos papeles que había sobre la mesa de las copistas, ajena e indiferente a quién accedía a la estancia privada de la directora. Seguramente porque ya sabía lo que iba a suceder en su interior.

—Siéntate —le pidió, señalándole la silla que había cerca de su mesa.

Ella obedeció, después de unos instantes de duda y cierto desconcierto. Le pareció estar imitando la escena que solían protagonizar Maria Mandel y Alma Rosé en la oficina de la *SS-Lagerführerin*, y que tantos comentarios suscitaba entre las presas, no siempre buenos. No pudo evitar que sus ojos se dirigieran a la puerta. Le resultaba complicado gestionar su ansiedad por lo que pudiera suceder dentro y, sobre todo, por quién pudiera entrar. Alma, sin embargo, se mostraba relajada, después de una temporada estresante, marcada por la visita del *SS-Obersturmbannführer* Adolf Eichmann al campo a finales de febrero, con visita incluida al Bloque de Música, donde quiso comprobar personalmente la calidad de la orquesta de mujeres de la que Mandel tanto presumía. Ese día, la Bestia estaba casi tan nerviosa como su protegida. Alma también necesitaba tener a sus superiores contentos y el más mínimo error podía hacer que todo saltara por los aires. Se jugaba mucho en esa visita y su salud lo pagó con episodios de ansiedad, terribles jaquecas, pérdidas de equilibrio que se traducían en mareos y en algún desmayo, y largas noches de insomnio. Pero en ese momento se mostraba contenta, en parte, porque el ensayo previo al concierto del día siguiente había sido de su agrado.

—Sabes que mañana es el cumpleaños de Frau Schmidt. —Dirigió la mirada al almanaque colgado en una de las paredes, en el que aparecía en rojo el domingo 2 de abril.

—Sí, lo sé. Frau Alma, el otro día en el Kanada...

—Me da lo mismo el otro día, y también el Kanada —interrumpió el intento de justificación de Ella, sin abandonar su tono suave, que casaba extrañamente con el idioma francés.

Alma siempre hablaba con firmeza, con seguridad, con una estudiada inflexión de superioridad en la voz que no tenía nada que ver con la soberbia, sino con el ser consciente de la posición que ocupaba en aquel teatro en el que la habían obligado a actuar a diario. Ella notó un brillo especial en sus ojos. Estaba feliz y no era únicamente por el buen desarrollo del último ensayo, en el que el violonchelo por el que tanto habían esperado dio algún que otro problema. Había algo que la encendía por dentro y, a juzgar por su expresión y el resplandor que irradiaba su mirada, era algo bueno.

—Estoy demasiado emocionada para que me importe nada

excepto... —dijo, constriñendo su respuesta, como si se quedara con ganas de decir algo pero se obligase a contenerse por lo inadecuado que sería revelarlo. Sonrió, se colocó un mechón de su pelo negro detrás de la oreja, en un claro gesto de nerviosismo, y volvió a la verdadera razón de aquel encuentro—. Lo que quiero pedirte es que me escribas este texto en la tarjeta de felicitación para Frau Schmidt. Tu caligrafía lo hace todo más bonito; eso ya lo sabes, no necesitas que te lo diga. Todavía recuerdo lo bien que quedó la tarjeta navideña que me escribiste para mi querida doctora Mancy. Y mañana es un día especial. ¿Me harás ese favor?

—Por supuesto —contestó extrañada Ella.

La palabra «favor» se le antojaba desarraigada, daba igual en qué idioma la escuchara. En Auschwitz-Birkenau no solía oírse porque, directamente, no se pedían favores. Podían hacerse, sobre todo entre las presas, pero lo único que se oía eran las órdenes que se pronunciaban en alemán. El rostro iluminado de Alma la hizo ir un poco más lejos. No eran buenas amigas, no solían encerrarse en aquella habitación como la directora de la orquesta hacía con Regina, con su gran amiga y confidente la doctora Mancy, o incluso con Hilde, la jefa de copistas de la orquesta, con quien compartía gustos literarios, además de musicales. Pero Alma Rosé siempre se había preocupado por Ella, como por todas las integrantes de su grupo, sin importarle nacionalidad ni religión, aunque, entre ellas, la concordia no siempre era posible. Alma tenía treinta y siete años, dieciséis más que Ella, y en esa diferencia de edad, y también de estatus, se apoyaba para darle consejos, para dirigirle miradas de apoyo en momentos delicados, ofreciéndole gestos de confianza y muestras de protección. Incluso en alguna ocasión había evitado un castigo que empezaba a nacer en la boca y en la mano de la *SS-Lagerführerin* Mandel, y que Alma supo contener a tiempo. Como esa vez que Ella, en presencia de la Bestia, derramó el bote de tinta azul sobre la partitura que estaba escribiendo en la mesa de las copistas, y solo la mediación de Alma evitó que Mandel estrellara su fusta contra ella. En ese instante, también parecía estar sujetando algo en su interior por temor a que un descuido inoportuno lo arruinara todo. Ella aprovechó para preguntar:

—¿Ocurre algo, Frau Alma?

—Sí. Ocurre algo. Para hablar con propiedad, está a punto de ocurrir. Lo que llevo esperando tanto tiempo desde que llegué aquí... —le dio tiempo a decir, antes de detener su habla.

Una repentina emoción la obligó a girarse para evitar mostrar cómo las lágrimas se amontonaban en sus ojos. A Alma no le gustaba desnudar sus emociones, excepto cuando se trataba de música. Estaba convencida de que eso haría que pareciera más débil, y no podía permitirse esa licencia mientras estuviera encerrada en aquel lugar. Ella la contemplaba en silencio. No entendía nada, pero por su manera de hablar y de comportarse, lo que la mantenía muda y excitada no parecía algo negativo.

Mientras aguardaba una reacción o al menos que Alma volviese a darse la vuelta, la mirada de Ella se posó sobre un objeto situado en la pequeña mesa ante la que estaba sentada para escribir la tarjeta de felicitación de Frau Schmidt. No podía creérselo. Sintió que una bofetada la arrancaba de aquella habitación y la trasladaba a otro lugar, en un tiempo pasado.

Allí estaba, como si llevara tiempo esperándola: el *Fausto* de Goethe, el mismo libro encuadernado en piel verde que había tenido en sus manos en el Kanada y entre cuyas páginas había una fotografía de un bebé sonriendo sobre el regazo de su elegante madre. La misma foto que estuvo a punto de esconder entre sus ropas y que en el último instante decidió devolver al libro, sin saber que más tarde Mandel la requeriría para acudir al improvisado *Kaffee & Kuchen* organizado por las SS. Como si una sombra hubiese cruzado la habitación y la hubiera transportado a otra dimensión, Ella se olvidó de Alma y solo pudo concentrarse en aquel libro. Todo parecía un baile de máscaras.

Auschwitz se había convertido en un continuo juego de escondite donde todos ocultaban cosas que de manera imprevista aparecían en otro lugar, sin motivo, sin explicación, con la única certeza de atesorar un mensaje cifrado, y todo ello adquiría una visión adulterada, engañosa. Era parte de una pesadilla en la que cada objeto ocupaba un lugar que no le correspondía, y lo convertía en algo deformado y ficticio.

Recordó las palabras de Mandel durante la cena de la casa de la comandancia sobre el único roble que el matrimonio Koch había salvado de la deforestación acometida en el campo de Buchenwald, porque bajo sus ramas Goethe había escrito su *Fausto*. Aquel libro de tapas verdes ejercía en ella una especie de hipnosis, una extraña fascinación. Le tentaba abrirlo y comprobar si la fotografía continuaba escondida entre sus páginas. Era como una segunda oportunidad, quizá una señal ante la que debía reaccionar. Pero el miedo paralizó el impulso de su especulada rebeldía. ¿Y si era una trampa? ¿Y si habían colocado ese libro allí para que se delatara? Su cabeza se colapsó de preguntas, aunque todavía hubo espacio para una más.

—¿Podrás guardarme un secreto? —preguntó Alma, mientras volvía a girarse hacia Ella, que seguía con la mirada fija en el libro encuadernado en piel verde, un ensimismamiento que no pasó inadvertido a los ojos de Rosé—. ¿Te gusta Goethe? —quiso saber, sopesando si en su interpelación ganaba la sorpresa o el reconocimiento por un gusto compartido.

—No. Bueno, sí... Quiero decir... —corrigió sobre la marcha Ella de una manera tan atropellada que a Alma le pareció cómica. Todavía estaba aturdida por la visión del libro para poder hablar sin tropezar en las palabras.

—No tienes que avergonzarte. No todos los alemanes son iguales. Y este es de los buenos —le confió bajando la voz aunque resultara una prudencia inútil, ya que el francés no era un idioma que conocieran las mujeres que estaban al otro lado de la puerta.

En ese instante, las integrantes de la orquesta eran de nacionalidad rusa, ucraniana, polaca, alemana, húngara, griega, austríaca, checa, belga y suiza. Había solo cuatro francesas, dos de ellas cantantes y otras dos violinistas. Y de las cuatro, tan solo Fania estaba en el Bloque de Música aquella tarde de sábado. Pero un exceso de cautela siempre había sido el norte en la brújula de Alma y, hasta el momento, le había permitido no perderse.

—La buena de Hilde me lo ha regalado esta semana, ese y otro libro de poemas de Rainer Maria Rilke, que debe de estar por aquí. Los libros han sido mi salvación, el único lugar donde podía aislarme de verdad y que no tuviera forma de pentagrama. No sé cómo ni dónde los consiguió Hilde, supongo que de la misma manera que hemos conseguido un piano o el dichoso violonchelo, del que no sé si mañana podremos sacar una correcta interpretación de la *Cello Suite n.º 1* de Bach. Y no me preocupa el inicio de arpegios en semicorcheas, eso es sencillo, puedo resolverlo con horas de ensayo, ¡qué problema va a tener un preludio en estilo *moto perpetuo*! Pero el arpegio ascendente, ese que remata en un calderón, ese me preocupa más —comentó Alma, distrayéndose una vez más con la música, como sucedía habitualmente, y donde solían terminar todas sus conversaciones. Al ver la expresión de Ella, sonrió y volvió al *Fausto* de Goethe—. Cuando me vaya, si a Hilde le parece bien, podrás quedártelo.

La última afirmación de Alma hizo que Ella se olvidara del libro, de sus pastas de piel verde, de la fotografía que aún debía de seguir en su interior, de la sonrisa del niño regordete y de la elegante seriedad de la madre que lo sostenía en el regazo. Tuvo que despejar la cabeza de detalles que, por culpa de tres palabras, se habían convertido en prescindibles. Alma Rosé había dicho «cuando me vaya», y eso era algo que no se escuchaba en el campo, al menos en voz alta y como una posibilidad verosímil. La prudencia y el miedo a preguntar algo que no debiera mantuvieron los labios de Ella sellados, perceptiblemente apretados, lo que daba fe de las ganas que tenía de indagar y de lo poco conveniente que le resultaba hacerlo. No se atrevió a repetir las palabras recién escuchadas, ni mucho menos lo que ellas significaban. Joska volvió a aparecer en su cabeza, pronunciando una de las frases que le había dicho el pasado domingo, casi hacía una semana, en su encuentro furtivo en el Kanada. «Las palabras significan lo que expresan, lo que simbolizan, y no lo que queremos que parezcan.»

—¿Puedes hacerlo? —preguntó divertida Alma.

—¿Escribir la dedicatoria en la tarjeta de cumpleaños? —Ella aún estaba demasiado perdida en esas tres palabras para que su pensamiento rigiera con la debida claridad—. ¿Leer a Goethe?

—No. —Alma sonrió como pocas veces había sonreído en su presencia y en la de cualquiera. Estaba feliz, y ese estado es difícil de disimular incluso para una gran artista como Alma—. Guardar un secreto.

—Claro que sí. Lo que no sé es si... voy a ser capaz de... de... ¿Has dicho «cuando me vaya»? —preguntó sin más, desechando los miedos y un absurdo sentimiento de precaución. Estaban las dos solas en la habitación, con la puerta cerrada, nadie podría escucharlas y Alma había iniciado la conversación—. ¿Vas a salir de aquí?

—¿Te lo puedes creer?

—La verdad es que me está costando mucho. Pero ¿cómo salir? ¿A qué te refieres? ¿De verdad vas a poder irte de aquí?

—Todavía no es oficial, pero Mandel me lo confió hace unas horas y, seguramente, me lo confirmará mañana.

La irrupción de aquel nombre propio en la charla hizo temer a Ella que todo se tambalease y adquiriese un sentido diferente. Pero se trataba de Alma Rosé. Todos conocían la relación especial que existía entre la jefa de campo de Auschwitz-Birkenau y la directora de la orquesta de mujeres. Ninguna prisionera era como Alma. Para la Bestia, Rosé era más que un capricho, más que una presa privilegiada. En alguna ocasión le había dicho que ella sería la última judía a la que llevarían a la cámara de gas, algo que en su lenguaje letal significaba una protección bastante segura. Alma Rosé y su orquesta de mujeres eran una creación de Mandel y, por tanto, le pertenecían, eran propiedad suya o, al menos, así lo consideraba ella. Y como parte de su creación, la protegía y la defendía. Era algo tan complicado de entender como que la Bestia se emocionara hasta el llanto escuchando un aria de *Madama Butterfly* y no derramara una lágrima al arrojar al niño gitano a la cámara de gas. Nada tenía sentido, ni explicación, ni siquiera se lo buscaba. Era como pisar una fila de hormigas porque sí, porque estaban allí, por el simple hecho de poder hacerlo.

—En unos días saldré para actuar fuera de este campo. Tendré que tocar para soldados de la Wehrmacht, aunque puede que tenga que actuar también para altos mandos de las SS y no solo para las fuerzas armadas. Pero Mandel me ha asegurado que tocaré también en un teatro, en el Katowice Opera House. ¿Te lo imaginas? ¿Sabes lo que eso significa? —le preguntó a Ella, al tiempo que le cogía las manos y las apretaba con fuerza entre las suyas—. Necesitaba contárselo a alguien y sé que tú eres discreta. Siempre tan callada, siempre observando, quizá por eso te gusta tanto escribir y lo haces tan bonito. Por eso te pido que me guardes el secreto. Ni siquiera se lo he dicho a Regina, aunque se lo comunicaré mañana, cuando todo se confirme. No quiero que el resto de la orquesta se entere antes de tiempo y las chicas se preocupen. No hay nada por lo que inquietarse. Es una buena noticia para todas: si yo salgo, las demás también podréis hacerlo algún día. —La excitación que envolvía sus palabras era evidente y le estaba costando un gran esfuerzo controlarla, mucho más hacerlo manteniendo un tono bajo, para no levantar sospechas—. Me encantaría poder brindar contigo con un poco de champán, pero ni lo tengo ni me iba a sentar bien —dijo aludiendo a su intolerancia al alcohol—, así que brindemos con un abrazo, Ella. —Y la envolvió entre sus brazos, esmerándose en el afecto.

Si esa era la antigua Alma Rosé, la verdadera, la que existía antes de entrar en Auschwitz, Ella supo que le gustaba y que, de haberse conocido antes, se habrían hecho grandes amigas.

—No sé qué decir —reconoció, todavía imbuida en el abrazo y algo desconcertada; no acababa de entender la auténtica dimensión de las palabras de Alma.

No era una mujer inocente a la que resultara fácil engañar con un par de patrañas. Tenía un carácter fuerte, calculador y frío que actuaba como coraza de un interior amable, dulce y tierno, que prefería no mostrar a los demás para que no la hiriesen y la traicionaran como había sucedido en el pasado, entre ellos, sus dos grandes amores. Alma sabía mucho más de la vida que Ella: había conocido el éxito, los aplausos, el reconocimiento del público y de la crítica, había viajado por el mundo y conocía las diferentes clases de personas que lo habitan. No era de las que se ilusionaban con cualquier cosa, no era de promesas fáciles y menos si salían de la boca de un uniformado. Si se mostraba tan feliz y segura de lo que decía, era porque debía de haber una base muy sólida para defenderlo.

—No sé qué decir, Frau Alma, excepto que me alegro mucho por ti y que me hace muy feliz.

La directora de la orquesta irradiaba felicidad. Parecía otra persona. A Ella le seguía resultando increíble cómo unas palabras podían cambiar tanto la vida de alguien, y hacerla ascender del infierno al paraíso. El poder curativo de las palabras. Había visto mil veces esa magia que encierran las letras al fusionarse. Volvió a acordarse de Joska y de su poca fe en las palabras. Estaba equivocado; al menos, en eso, lo estaba. Las palabras podían cambiar el mundo para bien. También para mal. Tenían la potestad de alterar una vida. Esa reacción, pero en negativo, la veía cuando las SS decían a las mujeres recién llegadas al campo que iban a morir en dos días y sus cuerpos reaccionaban desterrando de ellos la menstruación, sin necesidad de inyecciones ni de ácido nitrato en las comidas. Sí, Alma parecía otra. En cuanto le hablaron de la posibilidad de regresar a su antigua vida, de recuperar su existencia y su verdadero yo, había mudado de piel, de mirada, de gesto, de luz.

Intentando controlar la emoción, Ella caligrafió lo mejor que pudo la tarjeta de felicitación para Frau Schmidt. Lo hizo empleando la misma tinta azul que solía utilizar Mandel y que contenía el pequeño tintero que había sobre el escritorio de su despacho, la misma tinta azul que se utilizaba en todo el campo. Puso toda la atención y delicadeza de las que fue capaz, pero estaba tan alterada por la noticia que algún resto de aquella tinta azul tiñó sus dedos. Aun así, la tarjeta quedó impoluta. Cuando Alma vio el resultado final de su caligrafía, expresó su agrado.

—Y recuerda —le insistió antes de salir, sujetándola de la mano—. Guárdame el secreto. Y yo te guardaré el *Fausto*.

Cuando Ella abandonó la habitación privada de la directora, parecía caminar en una nube, como si su cuerpo se hubiera vuelto espiritoso, como el champán al que aludía Alma para brindar por la buena nueva. No había muchos motivos de celebración en el campo, así que había que aprovechar cualquier fleco de optimismo para dejarse llevar por la apoteosis de lo imposible. Volvió a ocupar su lugar en la mesa de las copistas, donde Hilde la observó por encima de unas partituras que ya estaba inspeccionando cuando Alma mandó llamarla. Ella cogió su lápiz de mina azul, el que le había regalado Fania, e intentó que el ligero temblor motivado por el nerviosismo de lo vivido no emborronara la partitura, lo que conllevaría un castigo. Apartó la mina del papel y disimuló la excitación haciendo como si leyese las notas ya escritas. Trató de limpiarse con saliva los restos de la tinta azul entre los dedos. No podía dejar de pensar en la confesión de Alma. Quería alegrarse por ella, lo deseaba, incluso lo necesitaba, pero había algo que no terminaba de convencerle. ¿Cómo las SS iban a permitir que una mujer judía, aunque estuviera inscrita como medio judía, como *mischlinge*, obtuviera la libertad? Aunque fuera por unas horas, por unos días, ¿cómo iba a ser posible? Al igual que los *Sonderkommandos*, Alma sabía demasiado de lo que sucedía en el campo.

Regresó a ella el recuerdo del compañero de Joska por el que Josef Kramer había cruzado corriendo el campo de Birkenau, solo para salvar a su familia de ser gaseada, y cómo a las tres semanas ordenó matarlos. Como ellos, Alma era una portadora de secretos, y la única manera de mantenerlos ocultos y evitar que otras personas los conocieran era quedándose para siempre en ese lugar. Y eso significaba pasar por la cámara de gas y el crematorio. Tampoco daba verosimilitud al hecho poco probable de que Maria Mandel quisiera prescindir de su mejor valedora en la orquesta. Era su alma, en todos los sentidos. Sin ella, nada sería igual. Y sin embargo, según Alma, era la Bestia la que había movido los hilos para concederle el mayor de sus deseos: la libertad, la posibilidad de salir de allí y volver a su antigua vida, si eso era posible. Era todo demasiado obtuso para entenderlo sin más. Pero también resultaba confuso que una orquesta de mujeres, vestidas como si pertenecieran a un correccional estudiantil, se paseara por un campo de exterminio tocando piezas de Puccini, Wagner o Schumann, mientras cientos de miles de deportados llegaban en los transportes, salían a realizar trabajos forzosos, se mantenían durante horas en fila de a cinco esperando a finalizar el pase de revista, o marchaban hacia el crematorio. Nada era normal allí. Nada tenía sentido, pero no por eso dejaba de suceder.

El enjambre de pensamientos y elucubraciones que mantenía enredadas sus reflexiones empezaba a punzarle las sienes. Comenzó a notar demasiado calor.

—¿Y a ti qué te pasa? —le preguntó Fania, al observar su estado de excitación.

—Nada —dijo con un gesto de culpabilidad en el rostro.

—A mí no me engañas. Tienes un rubor en las mejillas que ni en el escenario del cabaret más céntrico de Berlín y, créeme, sé perfectamente de lo que hablo. A ti te pasa algo. ¿Qué te ha dicho Frau Alma cuando os habéis encerrado las dos en su despacho?

—No me ha dicho nada. Quería que escribiera una tarjeta de cumpleaños para Frau Schmidt. Y no nos hemos encerrado en ningún sitio, no seas paranoica.

—No me gusta cuando habláis en francés. Me hace sentir extraña.

—Fania, tú eres francesa. No puede resultarte raro.

—Sí, pero en vosotras suena distinto —se quejó Fania, que no pudo evitar mirar los restos de tinta en las falanges de Ella—. ¿Y has escrito la tarjeta con los dedos, o es que han intentado tatuarte un número? —preguntó, mientras se levantaba la manga y le mostraba la inscripción azul en su brazo: 74862. Era el mismo azul alojado entre los dedos de Ella—. Tinta azul Pelikan. La traen en cantidades industriales para marcarnos a todos. Cuando salga de aquí no volveré a utilizar este maldito color. —Ante el mutismo de Ella, Fania siguió insistiendo—: ¿Y qué? ¿Me vas a decir qué ha pasado ahí dentro o prefieres escribirlo?

—No ha pasado nada, no seas pesada. Estás nerviosa por el concierto de mañana. Eso es lo que te pasa —le espetó Ella, dando por hecho que la presencia de las máximas autoridades del campo podía afectar a la aparentemente férrea seguridad de la nueva voz de la orquesta.

—Y tú estás muy rara —dijo como si la conociese de toda la vida y no de su estancia en el campo; también en eso el tiempo tenía en Auschwitz sus propias varas de medir—. Mejor que te concentres en copiar bien los arreglos que he hecho para el concierto de mañana, si no quieres que tu amiga Alma te ponga a fregar el suelo. Yo me encargaré de mi voz y de mis nervios, nadie más. —Y se alejó airada de la mesa.

Parecía enfadada, pero Ella consiguió lo que quería, que se marchara y dejara de sonsacarle información. De seguir allí más tiempo, y conociendo la facilidad de Fania para hacer deducciones, aunque no siempre fueran certeras, hubiese podido averiguar algo más. La observó hasta que la perdió de vista, al tiempo que se lamía con fuerza los dedos, incluso haciendo uso de los dientes, para conseguir que la tinta desapareciera por completo de su piel. Azul Pelikan. Hasta el color de la tinta tenía un nombre, una identidad, esa que negaban a los presos.

El concierto del domingo 2 de abril fue uno de los mejores que la orquesta de mujeres ofreció en el campo. Todo había salido a la perfección, como si directora, orquesta y público se hubieran unido en una comunión hermética y fastuosa en la que nada podía fallar. Y no lo hizo. Fueron más de dos horas de interpretación ininterrumpida, más un pequeño concierto exclusivo para las autoridades del campo, en el que no faltaron Maria Mandel, Irma Grese, Josef Mengele... Estaban todos, incluso la *SS-Aufseherin* Margot Drexler —una de las adláteres de Maria Mandel, con la que formaba la temida terna de Birkenau junto a Irma Grese—, que, sin embargo, no disfrutaba de la orquesta de mujeres como lo hacía el resto, por considerarla una pérdida de tiempo, un frivolidad, un gasto absurdo que no reportaba fruto alguno y que privaba a sus integrantes de realizar trabajos forzados, que era para lo que teóricamente se las habían enviado. Pero era la Bestia quien mandaba, y Drexler no podía hacer nada más que ausentarse, si así lo deseaba. Aun así, aquel domingo quiso estar presente, y lo más curioso fue que pareció disfrutar de la música. Nadie daba la impresión de estar cansado ni con ganas de abandonar el mundo que recogían las partituras.

Al término del concierto, Ella vio cómo Alma se dirigía a la oficina de Maria Mandel. Esperó un tiempo prudencial a que saliera de allí, deseando ver su reacción y que esta pareciera alentadora, pero la salida se demoraba y optó por regresar al Bloque de Música. Había decidido retomar la escritura de las postales y las fotografías. La promesa que le hizo a Joska había durado una semana, pero estaba segura de que él lo entendería.

El lápiz que le había regalado Fania permanecía en uno de los bolsillos de la chaqueta de su uniforme de miembro de la orquesta; los bolsillos, un privilegio prohibido para el resto de los presos. Se palpó el dobladillo de su falda que estaba vacío, pero en el que pronto habría escondida una nueva postal o una fotografía. Tenía mucho que escribir, que revivir, muchos nombres y situaciones que forzar a un recuerdo futuro. Hacía un buen día, a pesar de no tener noticias de Joska. Esperaría, como parecían esperar las nubes que empezaban a confabularse para arrebatarle el brillo al sol que, de momento, resistía estoico. Al igual que el astro rey, Ella tenía una extraña sensación de calma, aunque intuyera una presencia cercana claramente amenazante.

Después de unas horas, Alma Rosé entró en el Bloque de Música. Su cara lo decía todo. Su gesto confirmaba que la confesión que le hizo a Ella la tarde anterior en su despacho se había validado tras la visita a la oficina de Mandel. Fue la primera en sonreír de todas las presentes, que enseguida conocieron la noticia de boca de la propia directora.

—En unos días saldré del campo. Voy a actuar para la Wehrmacht.

La reacción fue sucediéndose en cadena, como cabía prever: primero sorpresa e incredulidad en los rostros de quienes conformaban la orquesta, luego alegría, gritos, vítores y la necesidad de felicitar a Alma, y después esperanza, confianza y expectación, antes de que una cascada de preguntas se precipitara de sus mentes a sus bocas. Querían saber más, tenían dudas, necesitaban más información. Todo eran alabanzas y ovaciones en mitad de un mar de interpretaciones e interpelaciones donde, de repente, una ola se desbordó prometiendo un tsunami. Ni siquiera los buenos momentos podían ser completos.

—¿Vas a entretener a los soldados alemanes? —preguntó Fania desde su ubicación en la periferia del círculo formado por las mujeres de la orquesta. Su voz acalló la algarabía del resto—. ¿Es eso lo que vas a hacer, colaborar con los nazis?

—¡Cállate, Fania! —le gritó Hilde—. Siempre estás igual. Tienes tanta envidia que ni siquiera te permite alegrarte por Alma, ni entender lo que esto puede significar para todas nosotras. ¿Es que no vas a dejar nunca de competir por algo que ni siquiera te corresponde porque sencillamente no está a tu alcance?

—¿Qué crees que haces tú cuando cantas ante Mandel, Mengele y compañía? ¿Alimentar almas? ¿Juegos malabares? Lo mismo piensas que te estás rebelando contra ellos porque te escuchan en silencio —la increpó Regina, que nunca había soportado los continuos encontronazos entre Fania y su querida Alma, porque los consideraba una falta de respeto y un serio peligro ante la posibilidad de abrir más de una brecha en el grupo. Esa fisura ya existía entre algunas de las integrantes por su condición de judías o de arias, un riesgo que Alma siempre intentaba zanjar con autoridad y más ensayos.

—¿Cómo puedes ser tan mala, Fania? —preguntó Anita, una violonchelista de origen judío que había llegado a la orquesta cuando el violonchelo arribó por sorpresa al Bloque de Música.

—¿Y tú cómo puedes estar tan ciega, querida Anita? ¡Y tan sorda! Si no nos gasean a todas después de tu horrenda interpretación del preludio de la *Suite n.º 1* de Bach, podemos estar seguras de que jamás lo harán. ¿Es que no tanteaste la afinación del violonchelo, o es que ni siquiera calentaste los dedos? Dime, ¿estabas improvisando o pensaste que el *ritornello* de cuatro compases fue una mala decisión de Bach, quizá demasiado retórico?

—Mejor sorda que afónica —le recriminó Violetta, una judía francesa que hacía las veces de cantante y violinista en la orquesta, y que ya había tenido sus encontronazos con Fania—. Soy Puccini y escucho lo que has hecho con «Un bel di, vedremo», y yo misma te extermino. Cantando así has conseguido que al marido de Madama Butterfly, el teniente de la marina Benjamin Franklin Pinkerton, se le quiten las ganas de regresar junto a ella.

—No mereces estar aquí —añadió Flora, una presa holandesa de origen judío que tocaba el acordeón, y que entendía lo que Alma Rosé había hecho por ella y por todas.

—En eso te doy la razón —le respondió Fania, intentando no alterarse en cada contestación—. Por supuesto que no merezco estar aquí.

—Dejadla —intercedió Alma en un tono calmado, convencida de que nada ni nadie iba a estropearle aquel día.

Si las SS no habían conseguido hundirla, no lo iba a hacer Fania Fénelon, a la que ella misma había dado la oportunidad de una existencia mejor en el campo al convencer a Maria Mandel de que entrara a formar parte de la orquesta. La traición era algo habitual en Auschwitz, aunque siempre costaba acostumbrarse a ella.

—Se ve que Fania no ha cantado lo suficiente hoy y necesita seguir haciéndolo. Que lo haga. Es domingo. Y esta tarde no tenemos que dar más conciertos. Así que aprovechad y haced lo que queráis. Eso es lo que pienso hacer yo y no permitiré que nadie me lo estropee. —La aguardaba la cena de cumpleaños de Frau Schmidt, que se celebraría en unas horas, y para la que tenía preparado un regalo especial—. A saber cuándo volveremos a tener una tarde de domingo para nosotras.

Todas las integrantes de la orquesta se acercaron para felicitar a Alma, unas porque lo sentían de verdad, otras porque sabían que debían hacerlo para no dar la mala impresión que acababa de ofrecer Fania, y otras muchas madurando la oportunidad que para ellas podía representar aquella noticia. Es cierto que las mujeres no judías de la orquesta no terminaban de creerse ni de aceptar que una judía como Alma Rosé saliera del campo con vida y lo hiciera antes que ellas, pero ahora no tocaba expresar su disconformidad. Para eso siempre habría tiempo. Además, Alma no tenía la culpa; la decisión la habían tomado otras personas.

La reacción de Fania había decepcionado y extrañado a Ella. Sus palabras incomodaron al resto y a la propia Alma Rosé, a pesar de sus esfuerzos para tapar lo implícito. No le gustaron por la traición que encerraban, por la falta de agradecimiento, por la desnaturalizada memoria, por el egoísmo de lo ingrato. Pero así era Fania.

Ella se había quedado un poco apartada al final del bloque, ofreciendo su lugar a las mujeres de la orquesta que, hasta entonces, no habían tenido oportunidad de expresar su alegría. Era justo que lo hicieran; ella lo sabía desde hacía veinticuatro horas, ahora era el momento de las demás. En Auschwitz, siempre había que respetar los momentos porque abrían caminos y definían a las personas. Fue Alma quien, después de recibir los parabienes de la mayoría, unos más sinceros que otros —aunque ninguno llegó a rozar la sinceridad inoportuna y viciada expresada por Fania—, atravesó parte del Bloque de Música para acercarse a ella.

—Te libero del secreto —le confió al oído.

—Ha sido fácil —le respondió Ella con una sonrisa—. Pero me debes el *Fausto*.

—Yo siempre cumplo mi palabra. Es lo único que nos queda y que nunca podrán quitarnos. Recuerda eso también.

Alma Rosé se fue a la cena de cumpleaños con un gesto de satisfacción que no quiso disimular. No había hecho nada malo, al contrario, siempre había intentado ayudar a las demás, incluso dándoles cabida en su orquesta a mujeres que no sabían tocar un instrumento. Ya se encargaría ella de maquillar la falta de preparación y talento con horas de ensayo. Había salvado vidas sin requerir que nadie se lo agradeciera. Lo hacía porque sentía que era lo correcto. Si alguna vez se había mostrado dura en sus reprimendas, se había extralimitado en sus gritos, había lanzado la batuta contra alguna de las mujeres por errar una nota o le había ordenado limpiar el suelo del Bloque de Música como castigo, era para salvaguardar la continuidad de la orquesta y, con ella, la supervivencia de todos sus miembros. Las envidias, los celos, las ambiciones y los odios ancestrales, heredados o sobrevenidos, eran otro tipo de música a la que Alma no quería prestar atención. Y mucho menos aquella noche del domingo 2 de abril.

Entrada la madrugada, un grito despertó bruscamente a Ella, que se había quedado a dormir en el Bloque de Música. No eran los gritos habituales que solían oírse de noche, procedentes de la columna de deportados, que caminaban desde un tren recién llegado hasta la cámara de gas. No eran los llantos de los niños ni los bramidos de los padres. Era la voz de Violetta, que venía con la respiración rota a pedazos y las palabras deshilachadas saliéndole de la boca.

—¡Alma! ¡Es Alma!

13

La preocupación cincelaba el rostro de todas las presas que rodeaban la cama de Alma Rosé como una guardia pretoriana. Su reina no estaba bien y necesitaba de su protección. Sus gestos las delataban: los cuerpos nerviosos, incapaces de encontrar una dirección correcta ni una ubicación adecuada donde permanecer sin molestar; el hablar enclaustrado en diminutos murmullos; los ojos extraviados de un objetivo fijo al que poder mirar para no perder el equilibrio, y los andares abocados a círculos viciosos. Parecía que Miguel Ángel hubiera tomado un fragmento del bloque de mármol blanco extraído de las canteras de Fantiscritti para su emblemático *David*, y lo hubiese empleado para esculpir el semblante de aquel grupo de mujeres, que parecía sacado de un retablo bíblico. Pero la República de Florencia quedaba muy lejos de Auschwitz y la Ópera del Duomo, institución que en 1501 encargó la escultura para la catedral de Santa María del Fiore, distaba aún más de la habitación privada de Alma, donde el aire comenzó a viciarse de malas profecías.

Igual que el viento gélido y ronco que entraba a escondidas por las ranuras de los barracones del campo de Auschwitz-Birkenau, Ella intentaba colarse por algún resquicio del muro humano, en apariencia infranqueable, que formaban las espaldas de Regina, Flora, Violetta y Hilde, pero sin el éxito esperado. Quería ver a Alma, y únicamente avistaba un cuerpo cubierto por un tropel de mantas, bajo el que se agitaba como si fuera un animal herido, presa de convulsiones y sacudidas que nadie sabía cómo controlar. Pudo verla cuando Violetta dio un paso atrás a petición de Hilde, que ya había mandado a una de las integrantes de la orquesta ir en busca de un médico.

—Dile que se trata de Alma Rosé. Y si no le encuentras o no quiere venir, avisa a Mandel. Ella sabrá qué hacer —le ordenó la jefa de copistas, que sabía mantener la calma en situaciones adversas, aunque la fiebre alta y las ronchas moradas, como si fueran moratones, que habían aparecido en la piel de la directora hacían complicado disimular la preocupación.

—Pero ¿qué ha pasado? —acertó a preguntar Ella, cuando pudo hacerse una composición de lugar—. Estaba bien hace unas horas cuando la vi salir a la cena de cumpleaños de Frau Schmidt.

—No lo sé. —Violetta intentaba contener la congoja para que el hipo no hiciera ininteligible su habla, pero le resultaba difícil. Seguía impactada por lo que había sucedido hacía unos minutos y le costaba concentrarse. Sin embargo, trató de hilar un relato de lo ocurrido—. Estaba bien, hablando tranquilamente, departiendo con todas, comentando la buena noticia con los asistentes; incluso hacían chistes y bromeaban. Habían preparado abundante comida, había *plazki*, gelatinas, jamón, conservas de pescado y hasta ese guiso a base de salchichas de carne que tanto le gusta a Alma, y que debía de estar exquisito porque repitió un par de veces. ¿Sabes cuál te digo, Regina? Ese que viene en una lata redonda y que en el Kanada puedes encontrar en los equipajes más selectos. Tú trabajas allí, Ella, ¿sabes a cuál me refiero? —preguntó, mientras la interpelada asentía con la cabeza sin saber muy bien por qué lo hacía, ya que no tenía ni idea de lo que hablaba Violetta.

La única lata que ella tenía en mente era la de leche condensada llena de fotografías y postales manuscritas de su puño y letra, enterrada en el exterior de un barracón cercano, pero no era momento para pensar en ello. No sabía a qué lata de conserva se refería Violetta, pero necesitaba que siguiera hablando, explicando qué había pasado para que Alma se hallara en semejante estado.

—Todo iba bien, incluso se animó a beber un poco de vino que le ofreció Frau Schmidt, solo un poco, apenas se mojó los labios. Yo no lo probé. No quería comer ni beber nada antes de cantar el *Hoch soll sie leben* para Frau Schmidt, como Alma nos pide siempre. Después de la canción de cumpleaños, ella tocó una pieza al violín, era... esa que... —Balbuceó unos instantes, intentando recordar qué obra había interpretado, como si eso fuera importante, como si cada detalle pudiera tener la clave de todo. Pero estaba demasiado confusa y desistió de seguir haciendo memoria—. Y, de repente, empezó a sentirse mareada. Yo creí que sería por el vino porque no está acostumbrada, pero es imposible, porque apenas lo probó, lo mínimo para acompañar el brindis. Me dijo que tenía frío y le dejé mi abrigo, el tuyo, Ella, el que me prestaste para que no me enfriara al regresar por la noche, el que cogiste del Kanada —comentó directamente a la aludida, que esta vez sí sabía a qué se refería—. Pero cuando creí que empezaba a entrar en calor, se puso a tiritar sin control, cada vez más, con fuertes convulsiones; apenas podía andar, dejó de hablar, se puso pálida y comenzó a vomitar. Era imposible que parase. Se quejaba de que le dolía el estómago, como si le estuvieran pinchando con agujas por dentro, y tenía un dolor muy agudo en los riñones, aquí, en la parte baja de la espalda. —Se llevó la mano a la zona referida en su cuerpo, mientras todas las presentes la observaban en silencio, sin querer perderse un detalle de su alterada narración—. Gritaba porque le dolía mucho la cabeza, decía que le iba a explotar, y la tumbamos en el suelo. Se calmó durante unos minutos, pero luego volvieron los espasmos, muy violentos, ni siquiera entre dos podíamos sujetarla. Empezó a sudar, divagaba, pronunciaba palabras sin sentido, como si estuviese en otro lugar, o medio inconsciente. Y entonces se puso a gritar: «¡Los rusos ya están aquí! ¡Ya vienen los rusos!». Una y otra vez, en voz alta, incluso levantaba la mano como si los viera y los estuviera saludando. «¡Los rusos ya están aquí! ¡Miradlos, ya llegan los rusos!» Parecía que se había vuelto loca: su mirada, su voz, su aspecto, sus dedos, sus manos... Y entonces, se desmayó. Perdió la consciencia. Y es cuando decidimos traerla aquí. —Violetta ahogó su relato en lágrimas hasta que pudo continuar—. No sé qué le ha pasado. No sé qué más podría haber hecho yo. Todo estaba bien y, de repente, todo estaba mal.

Sin pretenderlo, Violetta había hecho el mejor resumen de lo que era la vida en Auschwitz.

—Cálmate. Ya hemos llamado al médico. Estará a punto de llegar —le pidió Hilde, en un intento de serenar los ánimos de todas—. Aquí hay demasiada gente. Es mejor que esperéis fuera y conf...

Una inesperada visión le impidió terminar la frase, y las palabras retrocedieron en su boca, al igual que coartó el ademán iniciado por las mujeres de abandonar la habitación de Alma. Con la respiración seccionada, como si un cuchillo afilado les hubiera atravesado el pecho, se toparon de frente con una mirada gélida, petrificada en un rictus tosco y un gesto rudo y altanero de gravedad infinita. Parecía que las odiara más que nunca. La Bestia estaba en la puerta del dormitorio y, junto a ella, el doctor que mandó llamar cuando supo que Alma no estaba bien. Solo había tardado quince minutos desde que una de las mujeres de la orquesta se había presentado en su oficina y, siguiendo las instrucciones de Hilde, le había informado del estado de su directora. Mandel había escuchado el relato de Violetta sin decir una palabra, sin formular preguntas, enmudeciendo sus dudas, acallando los bramidos que su garganta ya había comenzado a fabricar, y con sumo cuidado de no hacer notar su presencia, algo impensable en su condición de *SS-Lagerführerin*. El resto de las presas que esperaba en el Bloque de Música no había abierto la boca ni siquiera para advertir de su llegada, impactadas por su figura, como siempre sucedía.

Cuando Violetta la vio se arrepintió de haber dado voz a las frases pronunciadas por Alma. «¡Los rusos ya están aquí! ¡Ya vienen los rusos!» Aquellas palabras se convirtieron en un látigo sobre su conciencia, y temió que tuvieran consecuencias para ella, para la directora de la orquesta y para todo el grupo. No se podía nombrar al enemigo, mucho menos cuando las últimas noticias alentaban los intereses de Stalin. «¡Los rusos ya están aquí! ¡Miradlos, ya llegan los rusos!»

—¡Fuera! —exclamó Mandel, descargando toda la rabia y la preocupación—. ¡Ahora! —gritó más fuerte, al entender que las mujeres no obedecían su orden con la suficiente premura.

Todas las integrantes de la orquesta desaparecieron con la celeridad que otorga el anhelo de adquirir una invisibilidad inmediata, mientras la Bestia dirigía un gesto mudo al doctor para que se aproximara al camastro. En él, el cuerpo de Alma seguía envuelto en temblores y sacudidas involuntarias, barnizado de un intenso sudor a causa de la fiebre alta. Mandel no quería escuchar a nadie ni conocer más detalles. Necesitaba silencio absoluto hasta que el doctor tuviera un diagnóstico. Es lo único que le interesaba, saber qué le pasaba realmente a Alma Rosé y cuál era su gravedad.

El dictamen del facultativo no dejaba lugar a dudas acerca de su trascendencia.

—Hay que llevarla al Revier —se limitó a decir, refiriéndose al complejo de bloques que conformaban el hospital de mujeres de Auschwitz-Birkenau—. Al Bloque 4. No hay tiempo que perder. Necesito más pruebas y material adecuado.

—¿Puede caminar? —preguntó Mandel.

—En el estado en que se encuentra, imposible —respondió

el doctor, empeñado en que su prescripción médica tomara forma de sentencia.

—¡Corre! ¡Que vengan los malditos camilleros! —le gritó la Bestia a la misma mujer que se había presentado en su oficina para informarle del estado de Alma—. Diles que es una orden directa de la *SS-Lagerführerin*. ¡Rápido! ¡A qué estás esperando!

Tras confirmar con un gesto afirmativo del doctor que era viable mantener un contacto con la enferma sin peligro de contagio, Mandel se acercó a la cama de Alma y le puso la mano en la frente para comprobar la fiebre que la envolvía en continuos desasosiegos. Pronunció su nombre con dulzura, un registro desconocido para casi todos los que observaban atónitos la escena.

—Alma, ¿puedes oírme? —le preguntó en un intento de sacarla de la inconsciencia donde parecía haberse perdido.

Sin obtener respuesta, más que una ligera apertura de ojos y un movimiento descontrolado de la cabeza, como si tratara de fijar la mirada en algo concreto, Alma alargó la mano ante una silueta difusa; parecía que se esforzaba por alcanzarla.

—Ella —dijo al fin con un hilo de voz, sembrando el desconcierto en todos y dejando un gesto de terror en el rostro de la aludida.

—¿Qué es lo que quiere de ti? —La mirada de Mandel se debatía entre la curiosidad y el odio, como si envidiara que la petición de su protegida se dirigiera a su mascota judía y no a ella.

—No lo sé —titubeó Ella, dudando si debía contestar o si recurrir al silencio seguía siendo la mejor opción para sobrevivir.

—Ella... —volvió a retomar el habla Alma—. Guárdame el secreto. ¿Prometes que lo harás?

—¿De qué está hablando? —Furiosa, la *SS-Lagerführerin* no tardó en levantarse para ir en busca de Ella, que se encontraba cerca de la puerta de la habitación, junto a Regina y a Hilde. La salida precipitada del resto de las mujeres al grito de la Bestia las había arrinconado en ese extremo de la sala, sin que el miedo les hubiera permitido cambiar de ubicación—. ¿A qué secreto se refiere? —insistió, haciendo acopio en su mirada de una furia que a Ella le resultaba familiar.

Quizá por eso retrocedió aterrorizada, por temor a una reacción violenta, mientras negaba insistentemente con la cabeza. Alma estaba delirando, no había ningún secreto que guardar porque era algo que ya había comunicado a todo el mundo. Ella agradeció que el médico le comentara el tema de los delirios a la Bestia.

La entrada de dos camilleros en el Bloque de Música abocó la conversación al olvido. Ella se sintió aliviada por tan oportuna llegada. Nunca sabía gestionar los ataques de ira de Mandel, sus argumentos absurdos, sus preguntas retóricas ansiosas de una respuesta inoportuna para golpear a quien tuviera la osadía de contestar. Pero se había confiado demasiado pronto. Allí dentro solo se olvidaba a los muertos, nunca a los que seguían con vida.

—Tú vienes con nosotros —le dijo la Bestia.

Lo hizo en un tono de contenida venganza, hambrienta de un ajuste de cuentas si la explicación requerida no satisfacía su curiosidad, mientras abandonaba el barracón junto al médico y a Regina, a la que también ordenó que se uniera al grupo. Con ella no empleó el mismo tono. Regina era la asistente personal de Alma. Sabía muchas cosas sobre la directora de la orquesta que quizá pudieran ayudar a la hora de realizar un diagnóstico más completo.

Cuando llegaron al Bloque 4, Mandel ordenó con voz firme y gesto de preocupación mal disimulada que condujeran a Alma Rosé a una habitación privada, donde no hubiera más enfermos que ella, lejos de miradas ajenas. Como no había estancias privadas en el pabellón del hospital porque todos los prisioneros compartían una misma sala —y la mayor parte de las veces, la misma cama—, carente del material médico adecuado y de las condiciones higiénicas que hicieran viable la recuperación de los pacientes, decidió acondicionar una de las consultas del edificio. Esa decisión improvisada obligó a desalojar a una trabajadora del campo, que se recuperaba de una infección intestinal, y que no entendió por qué a una presa judía se le dispensaba esa clase de privilegios en detrimento de una operaria alemana sin una gota de sangre sucia en las venas.

La orden de Maria Mandel era clara: hacer todo lo necesario para que Alma Rosé se recuperara lo antes posible. Para ello, destinó a los dos doctores principales del Revier y a un equipo de siete prisioneras, entre médicos, enfermeras y asistentes, a quienes ordenó una vigilancia exhaustiva y personalizada. Rápidamente empezaron a hacerle pruebas, a inyectarle soluciones medicinales en la vía que acababan de ponerle en uno de los brazos y a extraerle varias jeringuillas de sangre para proceder a su análisis.

—Todo tiene que pasar por mí. Todo. Cualquier prueba, resultado o diagnóstico —ordenó la Bestia a la doctora eslovaca de origen judío Ena Weiss, a quien designó para encabezar el equipo médico, siempre bajo la dirección de los dos doctores alemanes al frente del hospital, ambos de la máxima confianza de Josef Mengele.

Pensó en pedirle a su amigo que se acercara al hospital, pero al final se conformó con llamarle e informarle personalmente, esperando a ver la evolución de Alma.

Maria Mandel hablaba con voz enérgica y regia, sabiéndose superior a todos, como si estuviera al frente de un gran hospital, cuando lo único que hacía especial aquel recinto era la sensación de vacío que se vivía en la habitación, el aire lúgubre de la estancia, y que solo el cuerpo de la directora de la orquesta ocupara la única cama que había en la sala. Aunque tenía previsto llamar a la doctora Mancy —una de las mejores amigas de Alma Rosé— para que también contribuyera a realizar un diagnóstico preciso de su estado, no hizo falta requerir su presencia ya que la noticia se había extendido por todo el campo y, después de obtener un permiso, Manca, como cariñosamente la llamaba Alma, se presentó en el Bloque 4.

La doctora Mancy, Margita Svalbová, era una judía eslovaca de veintiséis años marcada con el número 2675 desde la misma noche que llegó a Auschwitz. A pesar de su juventud y de que su condición judía le impidió ejercer su profesión por culpa de las leyes raciales, su destreza y sus conocimientos médicos eran vastos, y eso hizo que se convirtiera en una voz autorizada dentro del campo, incluso para el propio Josef Mengele. Su entrega en el cuidado de los prisioneros, incluso de aquellos a los que apenas les quedaban horas de vida, le hizo ganarse rápidamente la confianza de la población reclusa y una merecida fama de mujer valiente y de gran corazón. Desde que ambas coincidieron en Birkenau, Mancy se había convertido no solo en el médico personal de Alma, sino en una de sus mejores amigas.

Lo primero que hizo, siempre bajo el consentimiento de Mandel, fue pedir toda la información sobre la cena de cumpleaños de Frau Schmidt. Quería saber qué clase de comida y bebida se consumió en la fiesta, y si alguien más presente en esa cena había enfermado o presentaba los mismos síntomas que Alma. Todo era una maraña de hipótesis, suposiciones, vacilaciones y preguntas sin respuesta. Nadie sabía nada. Nadie había visto nada especial que mereciera ser apuntado, excepto que la paciente comenzó a sentirse mal. Solo cabía esperar que la evolución fuera positiva y los resultados de las pruebas dieran margen a la esperanza.

Al día siguiente, Alma parecía estar mejor. Le había bajado la fiebre, que llegó a alcanzar los 39,4 grados, y las convulsiones habían desaparecido. Pero el dolor de cabeza persistía, y la presión en el pecho seguía oprimiéndola con tanta fuerza que le dificultaba la respiración. Apenas podía hablar, por el esfuerzo que eso suponía, pero respondía a los cuidados de la doctora Mancy, que no se separó de su cama ni apartó su mano de la suya, mientras comprobaba la temperatura, el estado de los ojos, el color de la lengua y la evolución de los moratones que plagaban su piel y que parecía ser lo que más le preocupaba a la doctora, no así al resto de los facultativos. Alma mantenía los párpados cerrados porque cuando los abría era incapaz de fijar la mirada en un punto, como si le sobrevinieran continuos mareos que le dejaban los ojos en blanco. Deliraba, llamaba a gente que nadie allí conocía, por lo que entendieron que pertenecían a su vida anterior.

—Arnold... Justine... Váša... August... Gustav...

Su padre, su madre, su primer marido, el segundo esposo —fruto de un matrimonio ficticio con vocación redentora—, su tío...

—La inconsciencia siempre rescata los nombres de las personas a las que más has querido —subrayaba Manca.

A veces los delirios contenían frases completas que repetía una y otra vez, hasta que volvía a caer en un mutismo entrecortado, que duraba apenas unos segundos. «La hija de Justine se ha casado. La hija de Justine se ha casado», era una de las más reiteradas. Solo la explicación de la doctora Mancy, después de asegurarse de que nadie más excepto Ella pudiera escucharla, le hacía entender algunos delirios.

—Es el mensaje que Alma escribió en la carta que envió a sus padres cuando aún no había sido detenida. Quería decir que estaba a salvo, que alguien la estaba cuidando —reveló Mancy con un hilo de voz.

Al contemplar aquellos episodios y escuchar las explicaciones de la doctora, Ella pensó qué nombres saldrían de su boca si cayera en un estado de inconsciencia. Se asustó de lo que podría decir si algún día se viera en la misma situación que Alma.

El nombre de Joska, el de Nadine, el de André, el de Mia... ¿Y si decía algo de las fotografías sustraídas del Kanada? ¿Y si ella misma desvelaba el secreto de las postales escritas y enterradas en el suelo de Auschwitz? ¿Y si hablaba de los planes de Joska de volar el crematorio? Se asustó de lo que aquellas palabras podrían implicar. Pero no supo cómo podría controlarlo, y decidió concentrarse en los delirios de la enferma, por dolorosos que le parecieran.

La mejora de Alma solo duró veinticuatro horas. Resultó ser un espejismo como tantas otras cosas que, para ser siquiera deseadas, requerían de una carga de esperanza. Era el particular juego de los espejos, y del ensueño alevoso que gobernaba Auschwitz con mano de hierro.

La entrada de Josef Mengele en el Bloque 4 dos días después recrudeció la percepción de la gravedad del estado de Alma. No era habitual ver al doctor en ese bloque para visitar a un enfermo. Él solía reservarse para el Bloque 10, donde realizaba sus particulares experimentos médicos, esos que, según Mandel, lo elevarían a la categoría de genio científico el día que la humanidad entendiera la importancia de su trabajo. Su presencia siempre imponía, especialmente a las prisioneras, enfermas o no, pero también a los oficiales de las SS. A todos excepto al comandante del campo. Las presencias también tenían grados.

Nada más entrar en la habitación de Alma, su mirada hizo un barrido sobre las personas que se encontraban en su interior. Maria Mandel, la doctora Mancy y Ella, que seguía sentada en una esquina, esperando a que alguien le dijera que podía abandonar la sala, salir del Bloque 4 e ir a trabajar al Kanada. Pero nadie le había dicho nada, quizá porque se habían olvidado de ella, quizá porque la ignoraban o porque la necesitaban justo donde estaba. Mengele la observó durante unos segundos, como si buscara en ella alguna explicación de lo sucedido.

Esa forma de mirarla siempre conseguía estremecerla, y le hacía difícil mantenerse en pie sin temblar. Hubiese preferido permanecer sentada, pero la presencia de un miembro de las SS obligaba al prisionero a mostrar una posición de firme. Antes de retirar la mirada, como correspondía a su condición de presa, pudo notar cómo el doctor Mengele la inspeccionaba, como si tuviera una deuda pendiente con ella esperando a ser cobrada desde hacía demasiado tiempo.

—¿Qué hace ella aquí? —preguntó a Mandel.

—Nada. Le pedí que viniera porque Alma la mencionó por algo —improvisó Mandel—. Pero ahora mismo ordeno que se vaya.

—No. —La negación rápida y abrupta del doctor Mengele interceptó el amago de orden de la Bestia, que quedó rápidamente anulado: Ella se quedaba.

El caminar fuerte y regio de sus botas contra el suelo alimentó el eco de sus pisadas, que resonaron en toda la habitación, logrando empequeñecerla y hacerla aún más tétrica. Mengele se aproximó a la cama para examinar a Alma, que había vuelto a perder la consciencia.

—Cuéntenme —exigió al nutrido grupo de doctores que acudió ante la llegada de Mengele.

Su gesto permaneció serio, mientras escuchaba la retahíla de pruebas, resultados y elucubraciones médicas que habían logrado reunir sobre el estado de Alma Rosé. Hasta que, finalmente y después de dar alguna muestra de impaciencia, escuchó el diagnóstico de boca de la doctora Ena Weiss.

—Descartado el tifus, teniendo en cuenta que la última epidemia se erradicó del campo y que la paciente está vacunada, y una vez descartado asimismo que pueda ser una intoxicación alimentaria como pensamos de inicio, creemos que puede tratarse de un caso de encefalitis o de un principio de meningitis. A no ser que nos enfrentemos a una nueva epidemia y la paciente haya sido la primera en presentar los síntomas.

—Es demasiado pronto para descartar que se trate de una intoxicación. —La doctora Mancy no había solicitado permiso para hablar, y esa indiscreción desvió la mirada del doctor Mengele hacia ella.

—¿Por qué es demasiado pronto?

—Porque hemos ido a buscar a Frau Schmidt a su bloque y no la hemos encontrado. Ha desaparecido. No damos con ella.

—En Auschwitz-Birkenau las personas no se pierden ni desaparecen sin que nosotros lo sepamos —le recriminó el doctor Mengele—. Tendrá que expresarse mejor, doctora Mancy, o buscar a Frau Schmidt en otro sitio.

—Disculpen —interrumpió una de las enfermeras—, pero a ese respecto debo decirles que Frau Schmidt ingresó en el hospital hace unas horas. Lo ha hecho en otro departamento del edificio. Quizá por eso no dieron con ella... y nosotros no sabíamos que la estaban buscando... Pero al decir ahora su nombre, me he acordado de su ingreso... —Un renqueante titubeo evidenciaba su nerviosismo, aunque a ella nadie le había preguntado por ninguna admisión nueva—. Ha venido con síntomas muy parecidos a los de Alma Rosé pero no tan graves, tan solo un poco de fiebre y continuos vómitos.

Tras la nueva información, el doctor Mengele miró a la doctora Ena Weiss, exigiéndole que concretara su diagnóstico.

—Es cierto que hay síntomas que comparten la meningitis, la encefalitis y algunas intoxicaciones alimentarias; todas son dolencias que afectan al sistema nervioso central, y eso explicaría los delirios, la fiebre, las convulsiones. En ambos casos puede darse una inflamación del cerebro —reconoció la doctora Weiss, midiendo cada una de sus palabras con más miedo que certeza médica ante la intimidación del doctor—. Sin embargo, convendría descartar primero una posible meningitis, encefalitis o incluso sífilis. Así podremos estar más seguros de si se trata de una infección bacteriana o una fúngica, de si hablamos de un sangrado alrededor del cerebro, de una inflamación del mismo... Es nuestro criterio.

—Está bien —determinó Mengele, al ver que uno de los doctores principales del campo, Hans Wilhelm König, coincidía con el diagnóstico expresado—. Extraigan una muestra de líquido cefalorraquídeo que nos facilite el diagnóstico. Vayan realizando la punción espinal. Yo mismo rellenaré el impreso para que lo analicen en el laboratorio con carácter de urgencia.

—Vayan a por uno de los impresos para el doctor Mengele —ordenó Maria Mandel, que empezaba a estar nerviosa ante la lenta recuperación de Alma, después de dos días sin visos de mejoría.

—Vaya usted a por ellos, *SS-Lagerführerin* Mandel. Cuanto antes los traiga, mejor —le pidió Josef Mengele—. Y ahora, salgan todos de la habitación, excepto quienes vayan a realizar la prueba. Usted, quédese —le ordenó a Ella, que maldijo el mandato, ya que no se sentía con fuerzas para observar cómo realizaban la incisión en la parte baja de la espalda de Alma e introducían una aguja de grandes dimensiones entre dos vértebras, y cómo la succión rellenaba la jeringuilla de un líquido viscoso.

Sus temores se confirmaron en cuanto empezaron con el proceso de extracción. A juzgar por los gemidos, la operación le estaba resultando muy dolorosa a Alma. Ella prefirió mirar hacia otro lado, algo que no le pasó inadvertido al doctor.

—Ustedes las mujeres francesas son muy delicadas —le comentó justo cuando Mandel entraba en la habitación.

Llevaba los impresos en la mano y se los entregó al doctor, para después acercarse a la cama de Alma. Mengele salió de la sala, llevándose consigo a Ella y conduciéndola a una estancia adyacente.

Nada más entrar, reconoció el lugar. Era la misma habitación donde la llevaron la noche de su llegada a Auschwitz, para que el doctor le hiciera uno de sus peculiares reconocimientos médicos. La visión de la camilla barnizada en blanco, de los dos armarios acristalados, de las mesas con el instrumental médico, del pequeño lavabo donde Mengele se había frotado las manos con un jabón que olía diferente al resto, de la silla sobre la que entonces había un gramófono y que ahora se hallaba desierta, lo que le hizo pensar que aquella primera noche habían traído el aparato expresamente para ella, para que la música del *Rêverie* de Schumann tapara sus gritos. Todo estaba prácticamente igual, tanto que la escena logró retrotraerla a aquella noche. Sintió un escalofrío semejante al que experimentó cuando su cuerpo desnudo tocó el frío metal de la parihuela, y cómo, con las primeras notas de Schumann resonando en la sala, intuyó la presencia de Mengele sobre ella.

—¿Estaba usted allí?

La pregunta del doctor la sacó del *déjà vu* en el que se encontraba inmersa. Su abstracción hizo que Mengele tuviera que explicarse.

—En la cena de cumpleaños de Frau Schmidt; ¿asistió usted?

—No. Yo no estaba invitada. Fue Violetta quien acompañó a Alma. Era ella quien debía cantar una canción.

—Ese secreto del que habla en los delirios, ¿se lo contó realmente? —preguntó, mientras se encendía uno de sus cigarros de boquilla dorada.

—Lo compartió con todas, no solo conmigo. Estaba feliz porque se marchaba de Auschwitz. Iba a salir del campo para tocar para soldados de la Wehrmacht.

—Marcharse de Auschwitz... ¡Qué absurdo todo! —murmuró él entre dientes, haciendo que sus labios jugaran con el cigarro. Negó con la cabeza y se sentó ante el escritorio para empezar a rellenar el impreso que Mandel le había entregado—. A quién se le puede ocurrir algo tan... —Dejó inacabada la frase y logró confundir a Ella, que seguía a su lado, viendo cómo su letra iba dejando un rastro en la cuartilla de la solicitud de estudio médico, en cuyo margen izquierdo sobresalía un membrete sobre el resto:

Hyg.-bakt. Unters.-Stelle
der Waffen-SS, Südost

Las dobles eses imitaban el trazo característico del logo de las SS; se había cambiado la tecla correspondiente en todas las máquinas de escribir del campo, como así se reflejaba en la mayoría de los formularios. Estos detalles tipográficos no eran nuevos: antes de entrar en Auschwitz, Ella ya supo que Hitler, a través de un decreto que entró en vigor en enero de 1941, había prohibido el uso de la letra gótica, de supuesto origen hebreo, en favor de la tipo Antiqua, lo que había obligado a todos los medios escritos a cambiar sus cajas de imprenta y desterrar de ellas la Frakturschrift.

El doctor iba rellenando a mano los campos del formulario y Ella pensó que Mengele tenía una letra hermosa, como la de un maestro de escuela. Fue una reflexión absurda e inoportuna, pero le sorprendió que una persona con tanta carga de maldad y nula empatía fuera capaz de tener una letra elegante, limpia, cuidada y pulcra. Vio cómo escribía el nombre de Alma Rosé, acentuando delicadamente la e que cerraba su apellido; el número 50381, colocado en la casilla *Dienstgrad Einheit* del impreso —«Unidad de grado», lo que Ella interpretó como el número de prisionera de Alma—; la palabra «meningitis» en el apartado de posible diagnóstico; y la fecha del día en el que solicitaba el estudio médico: 4/IV/1944. Le extrañó que escribiera el mes en números romanos. No supo por qué, pero aquel detalle le llamó la atención.

—¿La vio usted llegar al Bloque de Música? Allí sí estaba, por lo que tengo entendido —insistió el doctor Mengele.

—Sí, pero no vi nada.

—¿Nada? ¿Acaso había algo que ver? —interpeló, consciente de que sus preguntas siempre conseguían incomodarla.

Terminó de rellenar el requerimiento que elevó al Instituto

de Higiene de las SS para que se procediera al análisis del líquido cefalorraquídeo. Después de firmarlo, miró a Ella, que seguía sin poder retirar la mirada de la caligrafía.

—¿Le preocupa a usted que no lo escriba de manera correcta?

La pregunta hizo que Ella retrocediera tímidamente, todo lo que la pared le permitió, lo que no era mucho.

—Yo también tengo una letra bonita, ¿no está de acuerdo? Y no es algo habitual. La gente no cuida lo que escribe ni cómo lo escribe. Nuestra caligrafía dice mucho de nosotros mismos. Todo cuanto nosotros callamos lo cuenta nuestra escritura. Es muy indiscreta. Nos desnuda y deja ver lo que no queremos que se vea. La palabra escrita no necesita suero de la verdad ni interrogatorios violentos. Cuando no te fías de una persona, lo mejor y más efectivo es hacerle escribir y estudiar su letra. Esa es la revelación más veraz que puede hacer nadie —le confió mientras, tras una última calada, apagaba el cigarrillo en el cenicero que había sobre el escritorio.

Era el mismo recipiente metalizado que vio hacía meses, el mismo donde el doctor también aplastó los restos de su tabaco alemán. Siempre estaba limpio, como si rechazara expresamente la imagen del exceso de ceniza y los restos de colillas.

—Usted y yo deberíamos escribir algo juntos —dijo el doctor, sin obtener más respuesta que el rostro avergonzado de Ella, que optó por apartar los ojos del papel con el mismo sometimiento y la misma rapidez con los que solía retirar la mirada ante su presencia.

Era cierto: su escritura era impoluta y su firma perfectamente legible, en la que solo garabateó su apellido con un trazo repleto de altibajos, parecidos a los que dibuja la aguja sobre el papel de los cardiogramas. Si en ese momento hubieran medido los latidos del corazón de Ella, seguramente la gráfica de su frecuencia cardíaca registraría varias arritmias y algún bloqueo coronario.

—Regrese a la habitación de Alma. Quédese con ella, no se aparte de su cama. Es una orden que prevalece sobre cualquier otra que puedan darle. Si hay alguna novedad, informe a la *SS-Lagerführerin* Mandel —le ordenó, mientras se incorporaba del escritorio muy despacio y arrinconaba a Ella contra la pared, anulando cualquier distancia entre su espalda y el tabique.

Mantuvo su intimidación durante unos segundos en los que Ella ancló la mirada en el único horizonte posible cuando Mengele se situaba tan cerca: la botonadura del uniforme de color verde, el mismo color de las tapas del *Fausto* de Goethe que Alma le había prometido. Cuando se sentía amenazada, su pensamiento saltaba de un lugar a otro, como si con eso cambiara de escenario, de mundo, de dimensión, en un desdoblamiento astral que le permitiera alejarse y mantenerse a salvo. Junto a la botonadura dorada de su chaqueta, contempló la Cruz al Mérito Militar de segunda clase con espadas, la KVK2, que acababan de concederle por su papel en la erradicación de varias epidemias en Auschwitz-Birkenau; un reconocimiento que a Mengele le había valido el ascenso a primer médico del campo. Ella fijó la mirada en la condecoración: tenía forma de cruz maltesa en bronce, con cada uno de los brazos acabado en punta, y con una esvástica en la parte central, rodeada de una corona de hojas de roble y dos espadas transversales que sobresalían de entre los brazos de la cruz, prendida de una cinta con tres barras de color rojo, blanco y negro. Los gritos de dolor de Alma se oían al otro lado de la pared: el dolor le había devuelto la consciencia. Podía sentirlos demasiado cerca, tanto que dudó de que realmente existiera un muro entre ambas salas. A la directora de la orquesta de mujeres no le habían puesto a Schumann para acallar sus aullidos.

—Quiero que mantenga usted los ojos y los oídos bien abiertos, que lo observe y lo escuche todo, y cualquier dato reseñable me lo comunicará de inmediato. ¿Lo ha entendido? —La obligó a mirarle—. Todavía tenemos pendiente lo que le prometí en esta misma sala la noche que llegó usted al campo y me aseguré de que su salud fuera buena para poder mantenerla con vida.

Al oírlo, Ella abrió los ojos más de lo normal, con el fuerte presentimiento de que algo malo estaba a punto de sucederle. Entonces se acordó de su heterocromía y de la fascinación que le provocó al doctor, solo comparable con la llegada de gemelos al campo, que le hacía salir del barracón gritando, presa del júbilo, *Zwillings, zwillings!*, olvidando su condición de héroe de guerra, su rango militar de *SS-Hauptsturmführer* —reflejado en la insignia de plata que lucía en los emblemas de su chaqueta, con las tres cuentas de su graduación de capitán en el lado izquierdo del cuello y las runas de las SS en el derecho—, y su estatus de eminencia médica, en palabras de Mandel.

—Exactamente eso. Sus ojos. Tenemos mucho que estudiar. Ahora vaya y manténgalos bien abiertos.

Al regresar a la habitación donde estaba Alma Rosé, acariciando su suerte por haberse librado de las garras de Mengele, vio cómo una de las enfermeras se llevaba el tubo de la jeringuilla con el líquido extraído de la espalda de la paciente, que parecía más tranquila después de media hora de dolor y de gritos.

Maria Mandel había desaparecido, lo que contribuyó a aliviar aún más el ánimo de Ella. Intentando no hacer ruido, se acercó a la doctora Mancy, que seguía cuidando de Alma, más como amiga que como doctora, y retiraba con un trapo de algodón mojado en agua el exceso de sudor acumulado en la frente de la paciente. En ese momento, Alma dormía.

—El líquido era claro. No es meningitis —le susurró a Ella, tras comprobar que nadie estuviera lo suficientemente cerca para escucharlo—. No me importa lo que digan. No es meningitis, ni encefalitis, ni sífilis, que ya supongo que es lo que intentarán vendernos desde el laboratorio.

—Y entonces ¿qué es? ¿Qué le pasa a Alma?

—Le pasa que se atrevió a soñar despierta, con los ojos abiertos y en voz alta —respondió la doctora Mancy con cierto énfasis y mirándola fijamente, para que el entendimiento de Ella fuera más allá de lo que sus palabras decían—. Eso es lo que le ha pasado a Alma.

14

Ella estuvo a punto de irse al suelo en más de una ocasión, debido a las placas de hielo que se habían formado en el campo durante la madrugada del martes 4 al miércoles 5 de abril, sobre las que había empezado a caer una lluvia delgada, fina, que amenazaba con adentrarse en una intensidad perenne y convertía el firme en un terreno resbaladizo. Patinó varias veces, pero no podía dejar de correr. Había sido una orden directa del doctor Mengele y ni siquiera tenía la potestad de discutirlas mentalmente. Las botas que le habían permitido coger del Kanada, con suelo de goma y con el interior forrado de piel, le seguían salvando la vida y asegurando su supervivencia, aunque estuvieran usadas y raídas en exceso.

Cuando llamó a la puerta de la oficina de Maria Mandel, donde la *SS-Lagerführerin* había decidido permanecer a la espera de noticias procedentes del Revier, todavía no sabía qué palabras elegiría para comunicárselo. Hubiese preferido escribírselas, le resultaría más sencillo, aunque igual de doloroso. Temió que una mala elección le hiciera pagar una culpa que no tenía, pero de quién fuera la responsabilidad seguía sin importar en Auschwitz. Una voz desde el interior de la cueva de la Bestia le permitió la entrada. No le hizo falta abrir la boca, ni siquiera emitir sonido alguno. Mandel lo hizo por ella.

—Alma —pronunció el nombre de la única judía a la que había respetado, exhalando un lamento ahogado a modo de sudario en el que envolver su respuesta.

Eran las cuatro y veinte de la madrugada.

No necesitó mayores explicaciones. Ella solo había tardado veinte minutos en llegar al destino indicado para informar de la muerte de Alma.

El contorno del rostro de la Bestia se desfiguró, como si la piedra robusta en la que habitualmente se tallaba su semblante fuera, en realidad, un bloque de cera que comenzaba a derretirse por el calor. Sus pensamientos parecían batallar en una guerra interna y fratricida con sus palabras, en la que estas perdían posiciones y contabilizaban un mayor número de bajas, al igual que le sucedió al ejército alemán hacía un año y dos meses en la batalla de Stalingrado frente al Ejército Rojo; una derrota de la Wehrmacht de la Alemania nazi y de sus aliados del Eje, que en Auschwitz se intentó acallar, aunque los *Sonderkommandos* la conocían y se encargaron de expandirla. Quizá por eso, en los primeros delirios que la atormentaron la misma noche en la que enfermó, Alma gritaba «¡Los rusos ya están aquí! ¡Ya vienen los rusos!». Era el sueño de todos: que llegaran los rusos para liberarlos del infierno.

Mandel necesitó unos segundos para dotar de continuidad a su habla. No pensaba en rusos, ni en Hitler, ni en su Alemania nazi, ni en su pelo, ni en sus botas negras, tampoco en su alfombra de piel de lobo. Solo podía pensar en Alma y lo que su muerte significaría para ella.

—¿Cuándo?

—Ahora mismo. Solo hace unos minutos, lo que he tardado en llegar desde el Revier.

—¿Ha sufrido? —quiso saber la jefa de campo, provocando el desconcierto de la única persona que podía escucharla.

Ella no podía entender que alguien, y menos la Bestia, fuese capaz de preguntar aquello. Comenzó a cimentar su respuesta dentro de su cabeza, donde supuso que permanecería para siempre. Alma había muerto en la cama del barracón de uno de los peores campos de concentración y exterminio que el Tercer Reich tenía a lo largo del territorio europeo. Por supuesto que había sufrido, pensó, sin querer frenar el odio que sentía hacia la Bestia por la desfachatez de su pregunta. Tuvo que hacer esfuerzos para no escupirle su razonamiento a la cara, aprovechando su aparente debilidad. Pero cuando más decidida estaba a hacerlo, ocurrió algo que le impidió moverse.

Maria Mandel, la Bestia de Auschwitz, rompió a llorar. Un llanto ahogado, renqueante, que alternaba amagos de respiración ronca con agudos silbidos nacidos del pecho, una congoja sincera, atropellada, que parecía difícil de atajar. Sus ojos no daban abasto para almacenar las lágrimas, que corrían por sus mejillas con la misma celeridad con la que Ella deseaba huir de allí. Tenía la boca abierta y desencajada, y pronunciaba unas palabras absolutamente ininteligibles. Cuando sus manos no estaban intentando amordazar el llanto —con los dedos enredados en telarañas de saliva—, se enmarañaban en su pelo alborotado, sin rastro de su distintiva pulcritud. Mandel parecía más bestia que nunca. Un animal herido, aullando el dolor que le provocaba una herida imposible de sanar. Alma lo había vuelto a hacer. Había logrado emocionar a la Bestia, aunque ya no le serviría de nada, ni a ella ni al resto.

Mandel se dejó caer abatida en el sofá donde solía dejar su fusta después de completar un castigo, mientras Ella aguardaba. De nuevo sintió esa incertidumbre de no saber si permanecer en el lugar que ocupaba, o desaparecer. Le perturbaba pensar que no sabría qué hacer si no recibía una orden, si habrían aniquilado también su poder de decisión, aparte de su capacidad de reacción. Hacía unas horas había escuchado el lamento de Alma al otro lado de la pared de la sala del Revier, y ahora eran los bramidos de Mandel los que la rodeaban. Como entonces, esperaba una orden, un mandamiento que le permitiera seguir con su vida.

Fuera, el cielo encapotado de nubes grises había cumplido la amenaza que dejó caer sobre ella en su carrera desde el Bloque 4 hasta la oficina de la *SS-Lagerführerin*. Había comenzado a llover con más intensidad y el sonido de la lluvia, que a Ella siempre le recordó al de la ducha, consiguió amainar la crisis que había mermado a la Bestia. Poco a poco su figura de animal malherido se fue recomponiendo. Primero su rostro, del que limpió todo rastro de secreciones; luego su pelo, que recogió en la nuca; y más tarde su uniforme, dejando para el final la compostura interior. Cuando creía que todo estaba en su sitio y que la serenidad volvía a regir su conducta, el brazo de Mandel se desplegó como si fuera a golpear a alguien, pero en vez de eso batió el aire y arrambló con todo lo que había sobre el escritorio: cartas, documentos, libros, vasos, abrecartas, botellas, la fusta de la que no se separaba y que, al menos por esa vez, no ocupaba su lugar encima de la radio... De entre todos los objetos que salieron disparados, uno llamó la atención de Ella sobre el resto: el reloj de arena con la esvástica grabada en su parte superior se había estrellado contra la pared y había rebotado hasta caer a sus pies. Milagrosamente, los bulbos de cristal no se rompieron, gracias a la protección de la armadura de bronce que los rodeaba.

Mandel ni siquiera se volvió para contemplar la siembra de su ataque de ira. Irguió la espalda. Inspiró tres veces de manera profunda, espirando por la nariz y manteniendo la boca sellada para evitar el grito, afirmándose mentalmente en que poseía el gobierno de la situación. Se situó ante el espejo para cerciorarse de que su imagen era la correcta.

—¿Su cuerpo continúa en el Revier? —preguntó ante el temor de que alguien no hubiera cumplido sus órdenes, y lo hubieran trasladado a otro lugar sin consultárselo de antemano. Cuando Ella asintió, terminó de ponerse la capa de cuero, que se abrochó a la altura del cuello—. Nos dirigimos allí. Más tarde yo me encargaré de comunicárselo al resto de la orquesta de mujeres. Que nadie diga nada hasta entonces. No quiero rumores ni chismes recorriendo el campo.

Ella sabía que no le estaba comentando la agenda del día. Le estaba informando de que sería una larga jornada, henchida de tensiones y silencios. Para eso no necesitaba el reloj de arena. Quizá por ese motivo lo había lanzado por los aires y se había desinteresado por la suerte que había corrido.

Cuando llegaron al Bloque 4, Maria Mandel exigió quedarse a solas con el cuerpo de Alma Rosé. Más de una hora estuvo encerrada en la habitación, sin testigos, sin peticiones, sin que se oyera ningún ruido procedente del interior, sin más orden que la de no permitir el acceso a nadie de menor rango que ella. Ninguna de las personas que esperaban fuera de la sala sabía lo que sucedía dentro, y nadie se atrevió a preguntarlo, más allá del cruce de miradas inquietas y a la vez prudentes y contenidas. Nada más salir, Mandel cumplió su palabra y se dirigió al Bloque de Música para comunicar a la orquesta que su directora había muerto. Antes de seguir sus pasos, Ella tuvo tiempo de observar el interior de la habitación durante unos segundos. La visión le resultó impactante. El cuerpo de Alma yacía en la cama, cubierto por una sábana blanca. En Auschwitz, ningún cadáver se cubría con ninguna tela, mucho menos de color blanco, tan solo se amontonaban los unos sobre los otros en las inmediaciones de los barracones, en las alambradas electrificadas, en las cámaras de gas, en los hornos crematorios, en las fosas excavadas en la tierra o en el carro de madera donde los miembros del comando de limpieza transportaban los cadáveres de los prisioneros. No había sudarios, ni lutos, ni duelos, ni sábanas blancas. Solo se vio una en la historia del campo y estaba cubriendo el cadáver de Alma Rosé, de una judía, una *mischlinge*, una mestiza de sangre aria y judía, un linaje sanguíneo al que las leyes raciales imponían el marchamo de semita, sentenciando a sus portadores a una muerte segura; una de aquellos para quienes se habían construido los crematorios y las cámaras de gas.

No fue la única regla que Maria Mandel rompió en el campo tras la muerte de Rosé. Al día siguiente, la Bestia de Auschwitz permitió a todas las mujeres de la orquesta ir a ver el cuerpo de su directora para darle el último adiós. Los rostros de las prisioneras internadas en el hospital, al igual que los del personal médico, evidenciaban la sorpresa ante la decisión de la jefa de campo. Empezó a correr el rumor de que la orquesta iba a interpretar un concierto especial en memoria de Alma. Pero alguien decidió que no era lugar para honrar a una presa judía. Se dijeron muchas cosas en aquellas horas. Cualquier suceso que alteraba la vida del campo solía enmarañarse en un laberinto de leyendas, farsas e invenciones de difícil confirmación.

—¿Un concierto en memoria de Alma? Menuda estupidez. A ella no le hubiera gustado. Algunos parecen olvidar que estamos en Auschwitz y no en Viena, ni en Cracovia ni en París. Lo más probable es que esa idea solo existiese en la imaginación de Mandel —comentó la doctora Mancy—. Como el *Ave María* de Schubert que Alma creyó oír antes de morir. Estaba convencida de que las chicas de la orquesta se habían reunido en el exterior del barracón para interpretarla y que se sintiera mejor. «¿Puedes oírlas, Manca?», me preguntaba sin apenas voz. —Lo recordó con cierta emoción en el habla, que intentó disimular con parte de la irritación que aquella situación le provocaba—. ¿Tú escuchaste algo?

—No. —Ella había estado toda la noche junto a las dos mujeres y ninguna música había roto aquel silencio fúnebre. Si hubiera sonado Schubert, lo habría oído.

—Yo tampoco. Pero Alma incluso seguía la pieza con los dedos como si estuviera tocando el piano, y eso que los tenía agarrotados. No conseguí que sus falanges estuvieran rectas. Tenía unas manos tan bellas...

—A veces me pregunto si todas recordaremos lo mismo cuando salgamos de aquí.

—No vuelvas a decir esa frase en voz alta. No quiero volver a escucharla jamás —la instó con voz bronca la doctora Mancy.

Aquellas cuatro palabras, «cuando salgamos de aquí», lograban sacarla de quicio. Quizá eran demasiado parecidas a aquellas otras tres, «cuando me vaya», que había pronunciado Alma en presencia de Ella, la tarde que le confesó sus planes de futuro.

—¿Me has entendido? Nunca más. Ya hemos tenido bastante.

El Bloque 4 no solo acogió a las integrantes de la orquesta. Por la sala donde se encontraba el cuerpo sin vida de su directora también pasaron las máximas autoridades del campo, las mismas que acudían cada domingo a escuchar el concierto que Alma Rosé había preparado para ellos. Gracias a su dirección y a su talento, los domingos eran distintos al resto de los días, también para las SS, que podían relajar tensiones escuchando sonatas, oberturas y óperas de Schubert, Beethoven, Wagner, Schumann, Puccini, Suppé...

El doctor Mengele fue uno de los últimos en presentarse en el bloque. Había sido un día intenso en cuanto a llegadas de transportes, y la maquinaria del horror no paraba en Auschwitz por la muerte imprevista de nadie, aunque se llamara Alma Rosé. Su entrada en la sala levantó un nube de murmullos. Llegaba impecablemente vestido, como siempre: con el uniforme impoluto y ceñido al cuerpo como si se tratara de un maniquí; el abundante cabello negro perfectamente peinado con una marcada raya lateral y afeitado bien rasurado, como si su trabajo en aquel lugar se correspondiera a su imagen cabal. El doctor Mengele se aproximó al cadáver de Alma y se quedó ante él unos instantes. La imagen sobrecogía. Nadie sabía lo que iba a pasar a continuación, pero parecía que el capitán de las SS Josef Mengele estaba mostrando sus respetos a la muerta. Todo era tan absurdo como creíble, fiel al espíritu de Auschwitz.

—Míralos —susurró Hilde, incapaz de disimular la angustia que la muerte de Alma le había producido—. Ninguno de ellos viene a presentar sus respetos. ¿Crees que sus cerebros enfermos son capaces de olvidar que la que yace ahí es una judía, una *dreckjude*, como ellos nos llaman? Vienen para alimentar el morbo, para asegurarse de que es cierto, que siguen muriendo «judíos de mierda» porque ellos nos matan.

—Mirad a Mandel y a Mengele. Si no están llorando, poco les falta —dijo Regina, haciendo esfuerzos para contener su indignación.

—Como cuando la escuchaban interpretar al violín las *Sonatas y Partitas* de Bach, o esa que tanto emocionaba a Mengele, *El rey de los elfos*, de Schubert. No sé si por la intención, la intensidad o por la dificultad de la ejecución, pero ese cerdo se emociona como un niño... —recordó Hilde.

—¡No le va a emocionar! *Der Erlkönig* está inspirado en un poema de Goethe —se sumó Violetta, haciendo que a la mente de Ella regresara el *Fausto* de pastas verdes.

—Unas presas de la Administración me han preguntado si es verdad que la noche que Alma murió, el doctor Mengele se presentó compungido en el Revier para colocarle el violín entre los brazos. ¿Os lo podéis creer? —preguntó retóricamente Hilde—. No sé quién se inventa esas patrañas. Esa noche aquí no apareció más que Maria Mandel, que se encerró con ella una hora y después de ese tiempo salió escopetada.

—Me han contado que en las letrinas se decía que la Bestia había puesto un crespón negro en el Bloque de Música, y que la orquesta masculina también lo hizo en Auschwitz I. Alguien incluso se aventuró a decir que Mengele se había presentado en el bloque, se había plantado ante el crespón negro y se había cuadrado, haciendo chocar los talones de sus botas. Y cuando intentas decirles que tú estabas ahí y que no viste nada de eso, te miran con recelo y se van convencidos de que les estás ocultando algo.

—Creo que alguno sí se muestra sincero, Regina. A Alma la apreciaban, no como al resto —se atrevió a replicar Ella, que aún no había sido capaz de borrar de su memoria la escena del llanto de Maria Mandel.

—¿Sinceros? No seas estúpida, Ella. ¿Acaso Mengele es sincero contigo cuando te está violando?

El comentario brusco de Fania volvió a pecar de inoportunidad y mal gusto. Todas las presas la miraron reprochándole su observación, para después volver la vista hacia Ella, entre la pena, la solidaridad y la sorpresa. Ella la miró, más asombrada que dolida por lo que acababa de decirle. Fania no decía las cosas para hacer daño, sino para expresarlas con la veracidad que tenían. No le preocupó que las demás conocieran lo que le estaba pasando, le angustió que Joska pudiera saberlo y eso le hiciera sufrir.

—Siempre estás fuera de lugar, Fania —le espetó la doctora Mancy, con todo el desaire del que pudo hacer acopio—. Nunca sabes dónde está el límite. Eres despreciable.

—Ni siquiera eres capaz de mostrar respeto ante una prisionera muerta, una muerta que, por cierto, te salvó la vida cuando defendió ante Mandel tu incorporación a la orquesta. Lo mínimo que podrías hacer es guardar silencio. Y deja a Ella en paz, que no tiene por qué pagar tu exceso de soberbia —zanjó Hilde, que optó, junto al resto de las integrantes de la orquesta, por alejarse de Fania.

—Perfecto —les dijo Fania mientras las mujeres se dirigían al otro extremo de la habitación—. El aceite ario y el agua judía no se mezclan. Eso es lo que me dijeron el primer día cuando me incorporé al Bloque de Música. Y es verdad. Eso es lo que ocurre y no me tomé a mal la sinceridad. Ni en la orquesta de mujeres, ni en la mesa de copistas, ni en este simulacro de velatorio con el que nos quieren engañar. Aceite ario y agua judía se repelen. A eso se reduce todo —sentenció, y luego imitó a sus compañeras de orquesta y cambió de sitio, no sin antes dirigirse a Ella—: Discúlpame, no quería molestarte, aunque yo no soy la culpable de lo que te ocurre. Al oírte hablar de sinceridad, apelando a una supuesta bondad de las SS, no he podido contenerme. Espero que me perdones.

Cuando también la doctora Mancy tuvo que marcharse, Ella se quedó sola. Lo agradeció. Demasiada tensión para un cuerpo que ya venía presionado desde hacía días. Siempre sucedía lo mismo. La mala relación entre las mujeres judías y arias de la orquesta —especialmente las rusas, las polacas y las francesas— desesperaba tanto a Alma que muchas veces optaba por encerrarse en su despacho del Bloque de Música para no escucharlas y enfadarse con ellas. Ella respiró. Un momento de soledad tampoco le vendría mal. Tenía demasiadas cosas en las que pensar. El recuerdo de Joska consiguió abrigarla, aunque deseó que apareciera pronto, tal y como le había prometido. Necesitaba verle, estar con él, escuchar su voz, observar sus ojos.

—¿Crees que algún día dejaré de darte miedo?

La pregunta, susurrada en su oído, hizo que se sobresaltara, pero ni siquiera se giró. El doctor se le había acercado por la espalda y su voz sonaba diferente, como si en ella hubiera introducido una dosis de aflicción y consternación que le hacía modular de forma distinta las cuerdas vocales. Y de nuevo el inquietante tuteo, con el que él disfrazaba una agresión de intimidad. Al escucharlo, más por cómo lo dijo que por lo que dijo en sí, Ella sintió un terror todavía más profundo que el que solía producirle su presencia. Intentó que la situación no la desbordase, como de costumbre. Recordó las palabras que Alma le confió una noche en la que Maria Mandel había pagado su frustración contra ella. «Para encontrar un mundo mejor, elige una sonata de piano de Beethoven y vete con ella: tócala, escúchala, da igual, pero déjate llevar por ella y olvídate de todo lo demás.» Lo intentó, aunque fue imposible. Ninguna sonata de Beethoven sonaba entonces en su cabeza. No tenía esa facultad, ella no era Alma, como bien le repetía la Bestia. El esperpento de la situación le hizo desear salir corriendo. Siempre anhelaba lo mismo cuando estaba a punto de sufrir una sacudida, el mismo desvarío que irremediablemente naufragaba en la abrupta realidad. La pregunta de Mengele consiguió golpearla lo suficiente para desear correr hacia ese otro mundo beethoviano que preconizaba Alma.

—¿Crees que algún día será posible que dejes de sentir miedo cada vez que me acerque a ti? —repitió de nuevo, manteniendo tanto el tuteo como el aliento en la nuca de Ella, justo donde la primera noche en Auschwitz descubrió que tenía vello, al sentir cómo se erizaba cuando el *Todesengel* se acercaba.

Cuando quiso darse cuenta, el doctor Mengele había desaparecido, abandonando su condición de sombra alargada. Fue todo tan rápido e imprevisto que incluso pensó que había sido una ensoñación, una treta de su mente, agotada y abatida por el cansancio acumulado de los últimos días. Miró a su alrededor para confirmar que su cerebro no le estaba jugando una mala pasada. No tuvo que mirar muy lejos. A menos de dos metros, la Bestia abandonaba la sala junto al doctor Mengele, que le dirigió una de sus miradas oscuras antes de irse. Pudo ver claramente la intención en sus ojos. Estaba demasiado cerca como para no hacerlo. No había sido una alucinación. Era la misma pesadilla que la consumía. Pensó en alejarse de la puerta de cristales traslúcidos, pero al otro lado empezó a escuchar el inicio de una conversación con demasiadas palabras que le interesaban.

—Tienes que ordenar una autopsia. —La petición de Maria Mandel sorprendió al doctor Mengele tanto como a Ella, que agradeció que una de las hojas del portón quedara ligeramente entreabierta para facilitarle la escucha.

—Conoces bien las reglas. Alma no ha muerto en la mesa de operaciones. No puedo ordenar una autopsia. —La voz de Mengele había regresado a su habitual registro duro y áspero, aunque fuera con su amiga Mandel con la que hablaba.

—Tú sí puedes. Hazla tú mismo si es necesario. Te estoy pidiendo un favor, Josef. —Era la primera vez que Ella oía a la Bestia referirse a él llamándolo por su nombre de pila; lo pedía como un favor personal, e intentaba remarcarlo.

—Está muerta —dijo mientras encendía uno de sus cigarrillos de boquilla dorada—. ¿Qué sentido tiene saber las causas?

—Eso no puede estar saliendo de tu boca. Precisamente tú no puedes decirme eso —le contestó, obstinada en su petición y sabiendo lo que disfrutaba el doctor Mengele con sus experimentos médicos. Tomó aire, como si necesitara aumentar sus reservas de oxígeno para verbalizar lo que se disponía a decir—. He estado hablando con los médicos, con los nuestros. Alma ha podido ser envenenada —dijo, y encontró lo que buscaba en la mirada del doctor. Acababa de despertar su interés. Le conocía demasiado bien como para no saber cuáles eran sus puntos débiles—. Tú has podido ver el color del líquido cefalorraquídeo. Era claro, casi transparente. No había presencia de bacterias, quizá el número de leucocitos un poco elevado, pero nada más. Nada que haga sospechar que murió por meningitis o por encefalitis. Absolutamente nada. Sin embargo, las manchas en la piel, el dolor de estómago, los vómitos, los delirios, la fiebre alta..., eso sí es sospechoso, sobre todo descartando el tifus y la escarlatina. Estaba vacunada de todo, como tú y como yo.

—¿Quién te ha dicho eso? ¿La doctora amiga de Alma?

—Eso no importa. Si ha muerto envenenada, estaríamos hablando de asesinato. ¿Y si ella no era el verdadero o el único objetivo?

—Te estás dejando llevar por la paranoia. Es normal, sentías consideración hacia esa mujer. Lo entiendo. Yo también, pero...

—Mengele meditó sus palabras antes de pronunciarlas, como si empezara a madurar el argumento expuesto por Mandel—. También pudo comer algo en mal estado.

—La comida de la cena de cumpleaños de Frau Schmidt se hizo en nuestras cocinas. Había varios oficiales de las SS presentes en la fiesta. Margot Drexler estaba allí. ¿Sabes lo que todo esto puede significar? —le preguntó, dispuesta a convencerle—. He podido hablar con Frau Schmidt. Me ha dicho que ella comió lo mismo que Alma pero en menor cantidad, sobre todo unas latas con una carne embutida, una especie de salchicha cocinada. Y también me aseguró que el vino que se sirvió en la cena había venido en un transporte de judíos húngaros que llegó al campo a finales de marzo. —La revelación hizo que Mengele anclara su mirada en la de Mandel—. Debes de acordarte de ese tren repleto de húngaros porque prácticamente los enviamos a todos directos al crematorio.

Mandel se acercó a él y bajó la voz. Detrás de la puerta, Ella aguzó el oído, incapaz de dar crédito a lo que decían.

—Sabes que ha salido información comprometida del campo. Nada es tan hermético como antes. Han desaparecido dos presos. Los números 44070 y 29162 —dijo mirando el papel que sacó del bolsillo de la chaqueta—: Rudolf Vrba y Alfred Wetzler. Uno trabajaba en el departamento Effekten, recogiendo las pertenencias de los recién llegados. El otro, en la oficina de la Administración del campo. No los encontramos, ni siquiera los perros han sido capaces de dar con ellos. Si no aparecen en tres días, ya sabes cuáles son las reglas: tendremos que mandar un telegrama a Himmler dando parte de la huida. Si han conseguido fugarse de algún modo, no dejarán de hablar y ya puedes suponer lo que van a contar. Los dos saben muy bien lo que pasa en Auschwitz. Y ese es el problema, Josef: hay demasiada información fuera de lo que pasa aquí dentro. Corre el rumor por los guetos, y no solo por Berlín, como bien nos explicó el comandante Liebehenschel, de que los paquetes que llegan al campo, así como las pertenencias que traen los deportados, se quedan en manos de las máximas autoridades o de cualquier miembro de las SS que lo intercepte. El vino que bebió Alma en la fiesta de cumpleaños de Schmidt podría estar envenenado.

—Mandel... A ti nunca te han gustado los rumores ni los cotilleos. Te he visto azotar, patear y matar a prisioneras por entretenerse con chismes.

—Tampoco me gusta que intenten matarnos en nuestra propia casa. Ordena esa autopsia y saldremos de dudas. Creo que me lo debes. Y a Alma, también. Te he visto emocionarte con su música más de una vez. No te estoy pidiendo tanto.

—Está bien. Lo haré —dijo pasándose la mano por la nuca, como si quisiera apaciguar la tensión alojada en su cuello—. Se lo pediré al doctor Hans Münch.

—¿Al «hombre bueno de Auschwitz»? —preguntó Maria Mandel con un tono burlón; tenía en baja estima a aquel doctor de las SS, a quien los prisioneros apodaban de esa manera—. ¿El mismo que no quiere formar parte de las selecciones ni ser testigo de los asesinatos, el que se preocupa más por salvar la vida de los prisioneros que por cumplir su cometido? ¿Ese Hans Münch?

—Es un buen médico, hace bien su trabajo y está familiarizado con las autopsias en Auschwitz-Birkenau. De todas maneras, mandaré el cadáver al campo principal —el *Stammlager*—, para que extraigan muestras de tejido cerebral e intestinal. A ver qué nos cuenta esta vez tu querida Alma —aceptó finalmente el doctor. Arrojó el cigarro al suelo, lo pisó con la bota y se giró hacia Mandel—. ¿Quién va a sustituir a Rosé al frente de la orquesta?

—Una pianista ucraniana: Sonya Winogradowa. La conoces, es una de las copistas.

—¿Es buena?

—No tanto como Alma. No es una líder.

—¿Judía?

—No —respondió tajante Mandel.

—Me alegra que no vuelvas a cometer el mismo error. Los judíos siempre dan problemas. Siempre. Sin excepción.

Al día siguiente, la normalidad regresó al enjambre de barracones que tejían el engranaje deletéreo de Auschwitz-Birkenau a lo largo de ciento setenta y cinco hectáreas. Los transportes seguían llegando hasta bien entrada la madrugada, las altas y tubulares chimeneas de los edificios de ladrillo rojo de los crematorios siguieron escupiendo fuego y cubriendo el cielo de una densa nube de humo negro, las cenizas continuaron tapizando el suelo del campo de lodo y barro, y los cadáveres de los prisioneros siguieron acumulándose en la parte trasera de pabellones, algunos convertidos en un festín para las ratas, que roían la tétrica montaña de huesos y pellejos. La rutina había regresado al campo, siempre lo hacía. Las SS seguían bramando insultos y fustigando a las presas, mientras ladraban órdenes como si los altavoces que colgaban de los postes habitaran realmente en su garganta, y las prisioneras seguían cayendo al suelo, donde exhalaban el último aliento de una vida que sentían que les sobraba. La normalidad tenía nombre de muerte. Los equipajes de los deportados continuaron llegando al Kanada, donde los brillantes seguían apareciendo, al igual que las latas de conserva, las alianzas de matrimonio, los juguetes, la ropa, los zapatos, las dentaduras postizas, las prótesis, incluso los periódicos de días, semanas y meses atrás. Ella no entendía por qué los deportados introducían en sus equipajes esos diarios antiguos, a no ser que fuera para recordar que un día existió un mundo distinto, aunque la nueva realidad los privara de recordarlo con claridad. Le hacía daño rememorar la felicidad de una vida pasada, lo entendía como una tortura. También seguían apareciendo fotografías que las SS confiscaban para quemar en una enorme pira junto a los libros, documentos identificativos, pasaportes, mapas, rollos de la Torá, escrituras y demás pergaminos y papiros que pudieran encontrarse en los equipajes. Todas las fotografías ardían entre las llamas, excepto las que Ella seguía «organizando» del Kanada para más adelante utilizarlas como contenedores de palabras.

Una tarde de domingo, Ella regresaba de su escondite secreto limítrofe al crematorio IV donde enterraba las postales y las fotografías. Era el más cercano al Kanada y eso la ayudaba a no atravesar el campo con el peligroso botín escondido entre su ropa. Además, en esa zona no solía haber nadie. Fue el lugar que le propuso a Hilde cuando la jefa de las copistas le preguntó por un emplazamiento seguro donde esconder una pequeña agenda telefónica de pastas negras, dividida por separadores de páginas en las que aparecían ternas de las letras del abecedario, y con un diminuto lapicero negro prendido en uno de sus laterales. Lo había encontrado en la habitación de Alma. En ella, madame Rosé, como a veces la llamaban las mujeres de la orquesta, guardaba nombres, direcciones, teléfonos e incluso el arreglo inacabado de una obra de Frédéric Chopin.

—Yo misma trabajé con ella. Lo hicimos a escondidas. Se había convertido en una obsesión realizar el arreglo de una melodía popular basada en el *Étude* de Chopin en E mayor, opus 10, *n.º 3*, «Tristesse». Llegamos a soñar con el «In mir klingt ein Lied», seguramente porque era algo prohibido. Pero era tan bello... El propio Chopin lo reconoció: «En toda mi vida, nunca he escrito una melodía tan hermosa». ¿Me ayudarás a terminar de transcribirlo?

Ella aceptó al instante. Fue la última vez que hablaron del secreto musical de Alma. Tampoco supo si Hilde siguió sus consejos sobre el escondite. Jamás la vio en las inmediaciones del crematorio IV.

Se sorprendió al encontrar un ramillete de tréboles de cuatro hojas surgiendo del terreno cercano a las instalaciones de la muerte. El calendario alentaba el nacimiento de esas hierbas, pero el lugar debería disuadirlo. Lo que había contado el hijo del carpintero en el vagón de tren que los llevó a Auschwitz era cierto. Estaban en Polonia y en esa zona del bosque de abedules abundaban los tréboles de cuatro hojas. Cometió el error de arrancar uno, como si estuviera tentada de pedir un deseo y de apelar a la buena suerte que se les achacaba. Lo contempló durante unos segundos en la palma de la mano. Se acordó de lo mucho que le gustaba escribir su nombre en el colegio, en la clase de ciencias naturales, y de cómo la profesora la hacía salir al encerado para que escribiera con su bonita letra el nombre científico del trébol: *Trifolium*. Le gustaba su trazo. Se esmeraba especialmente en la delineación de la *T* y de la *f*, y también le seducía el sonido de su pronunciación. «Hay palabras que hacen más bellas las cosas que representan», le decía su profesora René. No supo por qué se acordó en ese momento de su maestra. Quizá por el *Trifolium*, quizá porque, junto a su madre, fue la primera persona que le habló del poder curativo y embellecedor de las palabras.

Arrojó al suelo el trébol de cuatro hojas cuando rememoró el día en el que la Gestapo detuvo a René, porque aquella mañana, cuando fue a la panadería, se olvidó de cumplir con el saludo obligado por los nazis, el ineludible *Heil Hitler!* Nunca más volvió a verla. Ni siquiera en Drancy, ni en Auschwitz, donde asomaban todos los desaparecidos. Tampoco la había encontrado en sus recuerdos hasta que apareció el trébol de cuatro hojas. Se encargaría de escribir su nombre en las postales. René se había ganado un lugar en ellas y también el derecho a ser recordada.

El trébol de cuatro hojas era una rareza biológica, una deformación de la naturaleza, como su existencia en aquel campo. Ninguna de las dos presencias —ni el trébol ni Ella— debería haber aparecido nunca en ese lugar y, sin embargo, allí estaban. Se reafirmó en su decisión. Hizo bien en deshacerse del trébol. Aquel no era su lugar en el mundo.

Había retomado su camino, atravesando el campo, y fue justo entonces cuando observó un carro de madera estacionado cerca del pabellón del Revier. Al acercarse, descubrió el cuerpo de Alma tendido en su interior. Estaba completamente desnuda, sobre una manta gris y cubierta de mala manera por una especie de sábana de color grisáceo que un día debió de ser blanca. Entre los pliegues de la tela, que dejaba a la vista parte del cadáver, pudo ver que una gran cicatriz la atravesaba desde el cuello hasta más abajo de su ombligo. No le dio tiempo a fijarse en más detalles que la ayudaran a entender qué hacía allí el cadáver de Alma Rosé, cuatro días después de su muerte. Dos trabajadores del comando especial de limpieza salieron del hospital, observaron a Ella con displicencia y se llevaron el carro, no sin antes cubrir por completo el cuerpo de Alma con la sábana. Pensó en preguntar dónde lo llevaban, pero hubiera resultado inútil y tampoco estaba segura de querer saberlo. La cicatriz que había visto le hizo recordar la conversación entre Maria Mandel y Josef Mengele. El doctor había cumplido su palabra sobre la autopsia, pero nadie supo nada del resultado ni tampoco se conocieron las causas de la muerte de la antigua directora de la orquesta de mujeres.

Cuando el carro desapareció por una de las calles del campo, se dio cuenta de que aquel era el primer domingo sin concierto en Auschwitz-Birkenau. Mandel había decidido suspenderlos. Algunos pensaron que era por respeto a Alma, pero todos sabían que su sustituta no cumplía con los parámetros acordados. Sonya Winogradowa no tenía ni el talento ni el liderato necesarios para lidiar con las mujeres de la orquesta y con un repertorio que se le antojaba imposible. Además, la presencia de las SS le imponía aún más que su nuevo cargo.

Así fue como la música dejó de sonar en forma de concierto los domingos.

Quizá algo tan hermoso nunca debería haber sonado en un lugar tan perverso.

La sábana blanca que cubría el cuerpo de Alma, los tréboles de cuatro hojas, el *Fausto* de Goethe, los periódicos de hacía días, semanas e incluso meses que daban cuenta de una vida pasada con pocas o ninguna posibilidad de regresar a ella, un gramófono sobre la silla de una sala de hospital, la pequeña agenda telefónica de Alma, las postales escondidas en una lata bajo la tierra de un campo de exterminio, a modo de sarcófago de la memoria, un chelo interpretando la *Suite n.º 1* de Bach, acompasando la industria de la muerte...

Ella lo observaba todo con la pretendida condición de testigo de cargo. Escenas y objetos que se exhibían extemporáneos en Auschwitz, adulterando su esencia, ya que aquel no era su sitio ni su lugar en el mundo.

15

Pipel.

La primera vez que escuchó aquella palabra le resultó extraña.

Pipel.

Le hubiese gustado verla escrita, seguramente la hubiese ayudado a entenderla mejor. Pero la palabra había sido pronunciada de manera cantarina por una de sus compañeras del Kanada, Norah, una de las mujeres con más información de lo que pasaba en el campo, en las alcantarillas, en el subterráneo, donde realmente se escondía la verdad, como no se cansaba de repetir. Era tanta su insistencia por el subsuelo que Ella temió que Norah diera con su lata repleta de fotografías y postales.

—Tienes correo —le susurró, evitando que alguien más lo oyera. La información descolocó a Ella.

No podía tener correo. No había nadie que pudiera mandarle nada, ni carta, ni postal, ni paquete. Pensó en Mia. Rezó para que su hermana no hubiera cometido una locura. Un nuevo susurro de Norah despejó sus temores.

—Hay un *pipel* ahí fuera con algo para ti. No le hagas esperar. Estas personitas vuelan para que no los cacen.

Así que pidió permiso para beber un poco de agua y aprovechó para escabullirse unos instantes al exterior del barracón, donde encontró a un niño con cara de adulto.

—¿Eres Ella? —le espetó nada más verla aparecer, con una seriedad y rudeza que no casaban con su rostro infantil. No se quedó muy satisfecho con la afirmación recibida e insistió—: ¿Estás segura? No quiero problemas.

El gesto de ella, incrédulo aunque divertido al mismo tiempo, hizo que el *pipel* se fiara.

—Está bien. Esto es para ti —dijo conforme tendía hacia ella un trozo de papel doblado varias veces sobre sí mismo; se lo entregó como si le quemara en las pequeñas manos—. Tú y yo no nos hemos visto.

Las tres últimas frases las había pronunciado en el mismo tono, con la misma cadencia en la voz. En Auschwitz, los niños no existían. Y los pocos que había, ya no lo eran. En Auschwitz, los niños hablaban con voz de adultos, miraban como adultos, pensaban como adultos y, lo más aterrador de todo, morían como adultos. La inocencia, como sus vidas, se había perdido en algún lugar comprendido entre los brazos de sus padres y los vagones que los trajeron al campo.

A Ella le dio la impresión de que aquel crío, que apenas levantaba más de un metro del suelo, se asemejaba a un personaje sacado de *Las aventuras de Huckleberry Finn*, *Oliver Twist*, *Las aventuras de Tom Sawyer*, o de alguna otra novela del estilo que su padre les hacía leer a ella y a Mia cuando eran niñas. Lo miró como si se tratara de una aparición, un espejismo, una de las muchas ilusiones ópticas que la enfermedad, el cansancio, la fiebre o el hambre propiciaban en el campo. No tendría más de seis años, quizá siete, aunque resultaba complicado acertar la edad porque la malnutrición y las condiciones deplorables del campo convertían cualquier cuerpo en una ruina. Era escuálido; su cara, manchada de barro y polvo negro, se había aflautado, sus ojos estaban apagados, su piel tenía un tono grisáceo, sus pequeños dedos parecían cosidos con cicatrices y heridas, y el uniforme de rayas que vestía, con más tela abrazándole que huesos y piel que abrigar, incidía en su condición de fantasma. Así eran los niños en aquel infierno, los pocos que sobrevivían por algún extraño motivo o burdo interés.

El *pipel* desapareció de su horizonte como había aparecido en él, sin apenas advertirlo. No era habitual ver a un niño corriendo entre los barracones de Auschwitz y, mucho menos, llevando papeles escondidos en las ropas o, por temor a las inspecciones aleatorias de los oficiales, ocultos en algún orificio del cuerpo. Ella había visto a niños corriendo detrás de un oficial de las SS que les entregaba caramelos y dulces, entreteniéndolos lo suficiente hasta llegar a su verdadero destino: la cámara de gas y el crematorio. Si los padres no entendían el engaño inicial de los uniformados, los hijos mucho menos podrían hacerlo.

No pudo evitar la comparación. La visión del *pipel* le recordó al niño gitano que Maria Mandel adoptó durante una semana. Y no fue el único recuerdo comparativo. El día anterior el doctor Mengele la había obligado a acompañarle a uno de los barracones donde pensaba realizar una selección de niños. Eran todos extranjeros y se precisaba un intérprete. Al traductor que solía utilizar el doctor lo había enviado a la cámara de gas hacía un par de días, y necesitaba a alguien que arreglara ese «contratiempo» y le reemplazara con celeridad. Ella fue la elección.

El capitán de las SS Josef Mengele llegó en la misma bicicleta en la que solía montar Irma Grese y, algunas veces, Maria Mandel. Una bici algo destartalada, con el manillar torcido, difícil de enderezar, que aún conservaba parte de la pintura blanca que revestía originalmente la estructura metálica y que los prisioneros se encargaban de repintar. Tenía un timbre que únicamente hacían sonar para aterrorizar a los presos anunciando su llegada, y una cadena que, cuando se partía, Irma Grese utilizaba para azotar a alguna presa, antes de mandar colocar una nueva. Les parecía divertido y práctico moverse en bicicleta por el campo, y también que su sonido sembrase el terror entre los prisioneros porque sabían que se aproximaban y podían golpearlos con un palo, un látigo, un arma de fuego o cualquier objeto que las SS portaran. Mengele se apeó de su particular medio de transporte y se estiró la chaqueta de su uniforme, incluidas las mangas, para asegurarse de que lucía la misma imagen intachable que siempre le acompañaba. Después lanzó una mirada a Ella, instándola a situarse a su lado por si en cualquier momento necesitaba que tradujera sus palabras, y se acercó al grupo de unos ciento cincuenta niños, obligados a formar de a cinco mientras esperaban su llegada.

Mengele caminó de izquierda a derecha, observándolos, como si fueran ganado, que seguramente era como los percibían sus ojos. En apariencia, eran todos menores de catorce años, de modo que serían combustible para los hornos crematorios, pero siempre había sorpresas que podían desembocar en excepciones puntuales. El doctor mantenía los labios apretados. Ella sabía que no era buena señal.

—Aquellos de ustedes que tengan menos de catorce años sitúense a la izquierda. Los que tengan más permanezcan en la derecha. —Mengele proyectó la voz de manera innecesaria, ya que nadie entendía el alemán—. Traduzca —le ordenó a Ella.

Los niños obedecieron con la misma premura con que ella trasladó la orden. Poco a poco, el conjunto se fue rompiendo hasta quedar dividido en los dos grupos que prescribió Mengele. Era imposible concretar la edad exacta de cada uno. No todos estaban igual de desarrollados, ni habían crecido al mismo ritmo y, como no disponían de sus documentos de identificación, confiaban en que su palabra valiera. Uno de los pequeños a la derecha permanecía en mitad del grupo, tratando de pasar más inadvertido. Era un niño rubio, de ojos azules y cara de espabilado, que se empeñaba en erguirse lo que su corta estatura le permitía. Mengele se fijó en él. En cuanto Ella comenzó a escuchar la conversación, supo que no le gustaría. Conocía la manera de preguntar del doctor, sus tonos, sus miradas, sus intenciones. Pero aquella vez era peor porque sería su voz la que trasladara las preguntas y las respuestas.

—¿Cuántos años tiene usted? —preguntó al niño rubio, que contestó mirando a Ella, intentando sacudirse de encima los miedos.

—Casi quince, señor —repitió Ella en alemán la respuesta del chiquillo, pero incluyendo el tratamiento de «señor» en su contestación.

—¿Me está usted mintiendo?

—No, señor. —Eso no necesitó traducción.

—¿Seguro que dice la verdad? No me gustan los mentirosos, aunque sean pequeños. —Al no oír la voz de Ella, Mengele desvió la mirada para recriminarla—. Traduzca. Está usted aquí para eso.

Al doctor Mengele no le gustaban las mentiras y a Ella no le gustaban sus preguntas. Recordó las veces que le había preguntado si era judía, y las veces que ella le había mentido diciéndole que no. Temió que el niño rubio de ojos azules, que intentaba atajar su corta edad con un derroche de coraje, no tuviera tanto aplomo o tanta suerte como ella.

La respuesta afirmativa del niño hizo que Mengele entrara en cólera. Sabía que no podía tener catorce años, la edad que permitía seguir con vida. Viéndole, no sería arriesgado aventurar que no tendría más de diez u once. A voces, el doctor ordenó a sus soldados que le trajeran un palo, una cuerda y un martillo. Ella se echó a temblar cuando escuchó la extraña petición. No comprendía para qué quería una cuerda ni un palo, y mucho menos un martillo, pero ninguna de las hipótesis resultaba esperanzadora. Pronto lo entendió.

Mengele mandó colocar el palo en vertical, clavándolo en el suelo y enterrándolo hasta que encontrara resistencia en el terreno. Después ordenó atar la cuerda a una determinada altura de la estaca que él mismo marcó con un dedo, hizo que uno de sus hombres la tensara lo suficiente para dejarla recta, y entonces mandó que los niños fueran pasando uno a uno por el artilugio que acababa de orquestar. Para alguien que observase la escena a distancia, podía parecer un juego infantil, no muy diferente al que los niños de cualquier lugar del mundo jugarían en la calle con sus amigos. Pero en Auschwitz los juegos siempre acababan mal y siempre ganaban los mismos, los únicos que se divertían.

—Enseñemos a estos jovencitos lo que vale la palabra dada —dijo en un tono frío y controlado, como un tenebroso maestro de escuela.

Todos los niños que pasaron por debajo de la cuerda sin necesidad de agacharse fueron enviados al grupo de la izquierda. Aquellos cuya estatura sobrepasaba el cordel permanecieron en la derecha. Fueron exactamente seis. Tan solo seis de los ciento cincuenta niños superaron la macabra selección de Mengele. Al niño rubio de ojos azules lo dejó para el final. Le hizo pasar la prueba hasta en tres ocasiones. El pequeño se estiraba todo lo que podía, poniéndose de puntillas, incluso se metió arena y piedras en los zapatos para elevar su estatura y parecer más alto. Erguía el cuello, aguantando la respiración, como si eso le fuera a facilitar crecer unos cuantos centímetros. Una vez. Dos veces. No había manera de que rozase siquiera la cuerda de la tenebrosa criba disfrazada de juego por el doctor.

—No ha llegado usted —le decía Mengele—. No va a lograrlo. Es demasiado bajito —insistía—. Le daré una última oportunidad.

La tercera resultó igual de inútil que las anteriores. Cuando el chiquillo se disponía a intentarlo por cuarta vez, Mengele, sin mediar palabra, se acercó a él con paso firme, desenfundó su Luger y le descerrajó un tiro en la cabeza. Con la misma tranquilidad volvió a enfundar la pistola en la cartuchera. Nadie dijo nada. Ni un grito, ni una expresión de asombro, de queja. Nada, ni siquiera cuando la sangre del niño se extendió rápidamente por el suelo. Todos callaron porque sabían que podían ser los siguientes. Se limitaron a cumplir las órdenes de las SS que les indicaban dirigirse a su destino: fueron enviados directamente a la cámara de gas y al crematorio, sin necesidad de ser tatuados, sin que nadie les cortara el cabello, sin mediar evaluación médica alguna.

Siempre sucedía lo mismo con los transportes de menores. Por eso, no solían verse muchos niños en Auschwitz. Desaparecían nada más llegar al campo. Era la magia del doctor Mengele, la misma prestidigitación que empleaba Mandel con los niños y las madres. Esta vez no había necesitado que los menores se desnudaran como la Bestia y el Ángel de la Muerte obligaban a hacer a todas las mujeres. Era una táctica que tenían bien estudiada. Mientras pasaban revista para la selección, las SS iban levantando los senos de las prisioneras con la punta de la fusta. Las mujeres cuyos pechos permanecía firmes cuando la fusta era retirada iban a la derecha. Las presas cuyos senos caían por la gravedad eran condenadas a situarse a la izquierda, el camino más corto hacia el crematorio. Los criterios utilizados por las SS durante la selección variaban según el día, los gustos y el ánimo de los verdugos. La vida y la muerte era un juego, una lotería donde la suerte casi nunca acompañaba.

De pie ante la puerta del almacén, veinticuatro horas más tarde, Ella despejó la mente de visiones y se concentró en el trozo de papel plegado sobre sí mismo que continuaba en sus manos tal y como se lo había entregado el *pipel*.

Con mucho cuidado, deshizo los pliegues que armaban la pequeña cartulina. En cuanto vio la letra, su corazón voló como había hecho el mensajero. Podría reconocer su letra como él distinguía la de ella.

Misma hora, mismo día, mismo lugar.

Por fin. Joska.

En un segundo, la vida viró para ella. Había una esperanza de llegar al próximo domingo y encontrarse de nuevo con su prometido en el Kanada, al mediodía. Los conciertos del domingo se habían cancelado desde la muerte de Alma Rosé, casi cuatro meses atrás. La orquesta de mujeres seguía ofreciendo conciertos, cuando así lo ordenaba alguna autoridad del campo por el motivo que fuera, pero la periodicidad dominical desapareció con Alma por decisión de Maria Mandel. No habría problemas para cuadrar los horarios.

Antes de regresar a su puesto en el bloque del almacén, pensó qué hacer con el trozo de papel. Tenía que deshacerse de él. Era pequeño, así que la idea de tragárselo, como había visto hacer a alguna prisionera en alguna ocasión, se le pasó por la cabeza. Pero era la letra de Joska. Hacer desaparecer esas seis palabras escritas por él se le antojó doloroso. Por ahora, era lo único tangible que guardaba de él en el campo. Decidió que no tenía que hacerlo en ese momento, que podía deshacerse del papel un poco más tarde. Conocía sus propias mentiras, sus excusas disfrazadas de verdades, pero aceptó engañarse. Guardó el papel en el interior de su sujetador. Ni siquiera lo pensó. Una nota escrita de puño y letra por Joska debía ocupar un lugar especial, esconderla en su parte más íntima, lo más cercana posible al corazón, en el lugar que le correspondía. Sonrió al pensar que por fin algo en el campo de Auschwitz ocupaba el lugar que le pertenecía. Pero su mueca se borró de inmediato. En ese instante, la imagen de Mengele apareció en su cabeza; la idea de un posible encuentro con él hizo que no dudara en cambiar de ubicación la nota e introducirla en su dobladillo. Tendría que sacar una nueva fotografía que había escondido allí, pero merecía la pena pecar de egoísta por un día.

Al entrar en el Kanada, tuvo que hacer esfuerzos para desterrar de su rostro cualquier vestigio de alegría. Se lo pusieron fácil. Maria Mandel la había hecho llamar a su oficina. Esta vez se tomó con más calma el trayecto. No corrió ni aceleró el paso como había hecho la tarde del *Kaffee & Kuchen*, o la madrugada en la que falleció Alma Rosé. Se había dado cuenta de que no servía de nada, que la noticia sería la misma llegara antes o después, y las consecuencias, malas o buenas, tampoco variarían. No lo hicieron cuando tuvo que comunicarle la muerte de Alma ni cuando la Bestia había decidido comprobar la robustez de su fusta contra su cuerpo, sin que mediara más excusa que el hecho de que no todos los deportados húngaros aceptasen escribir una postal. Apremiar el tiempo de las cosas no hacía que estas cambiasen. Lo comprobó nada más entrar en la oficina.

Mandel estaba sentada en su escritorio, muy concentrada en los papeles que tenía sobre la mesa, de los que apenas había retirado la vista hasta que advirtió la presencia de Ella.

—Desde hoy, ya no formas parte de la orquesta de mujeres. Ya no hay razón para que estés en el Bloque de Música.

La voz sonó autoritaria, como lo era su mirada, fija en Ella. No era habitual; la mayoría de las veces lanzaba sus mandamientos sin dirigirle un vistazo, incidiendo en la indiferencia que su presencia le suscitaba. La Bestia se quedó contemplándola durante unos instantes.

—No es un castigo. Es que ya no se requieren copistas. No sirven de mucho, la verdad. No hay música que escribir. La que se necesita, está toda escrita. Y están Hilde y Sonya para realizar esas funciones. Dos son más que suficientes viendo lo que tenemos. ¿Lo has entendido? —preguntó al no encontrar ningún gesto de decepción en el semblante de Ella. Quizá esperaba algo más de dolor en su expresión, algo más parecido a lo que el ocaso de la orquesta le estaba suponiendo a su creadora—. Seguirás trabajando en el Kanada. Por supuesto, continuarás siendo mi asistente, pero te incorporarás a un nuevo destino con el doctor Mengele. Te necesitará como intérprete más que nunca. Están llegando muchos transportes con carga de otros países que no entienden nuestro idioma. Te ocuparás de que comprendan las órdenes. —Mandel observó que Ella no se movía de su sitio. Ahora sí, su gesto parecía quebrado, al escuchar el anuncio del nuevo destino junto a Mengele—. ¡Oh, vamos! No te preocupes —comentó con sarcasmo—. Seguiremos viéndonos tanto como antes, al menos de momento. Yo misma colaboraré con el doctor Mengele en muchas de sus... pruebas científicas. Eso es todo. Puedes irte.

Pruebas científicas.

Ella conocía perfectamente en qué consistían las llamadas «pruebas científicas». La última la había realizado a mediados del mes de mayo, cuando en un transporte procedente de Hungría llegaron los Ovitz, una familia de artistas. Doce miembros judíos de un pueblo llamado Rozavlea, del distrito de Maramures, en el norte de Transilvania, de los cuales siete eran enanos. Aquel viernes 19 de mayo de 1944, Ella había presenciado cómo uno de los ayudantes del doctor Mengele corría como un loco para informarle de la excepcionalidad de la carga; era consciente de que esa nueva llegada haría feliz a su jefe, y no se equivocó. Durante meses, Mengele sometió a los Ovitz a todo tipo de torturas, que él calificaba de «pruebas científicas», extrayéndoles sangre en cantidades ingentes, arrancándoles los dientes, las uñas, el pelo, las pestañas, diseccionando partes de sus cuerpos, succionándoles fluido de la médula espinal, inyectándoles todo tipo de líquidos en los oídos, en sus órganos vitales, en los ojos, dejándolos ciegos durante días, inoculándoles bacterias para ver las distintas reacciones anatómicas... Un calvario que le tuvo tan ocupado que muchas veces ni siquiera asistía a las selecciones de los nuevos transportes que llegaban al campo. «Con ustedes tengo trabajo para veinte años», solía decirles el doctor Mengele.

Ella había observado cómo el doctor se mostraba amable, incluso afectuoso, cuando acudía al barracón donde estaban los enanos, y cómo hablaba con ellos, sin insultos, sin amenazas, sin gritos. Parecía estar de buen humor cada vez que los visitaba. Para Ella, al igual que para los Ovitz, aquel hombre suponía un misterio. Le odiaban por lo que les estaba haciendo, pero dentro de su perspectiva de supervivencia, le estaban agradecidos por mantenerlos con vida y no enviarlos a la cámara de gas, como hacía con la mayoría. No le sorprendió escuchar a la pequeña de la familia, Perla, decir que Mengele era tan guapo como un actor de cine, un comentario que también había oído en boca de algunas presas refiriéndose a Irma Grese. Al principio no entendió que hablaran de sus verdugos en esos términos. Costaba comprender la lógica del caos cuando no se vivía en el infierno. Perla se lo explicó una tarde de domingo: «A mí y a mi familia nos está salvando la gracia del demonio».

Ella salió de la oficina de Mandel contrariada por su nuevo destino junto a Josef Mengele y también porque iba a dejar de compartir tiempo y espacio con mujeres como Hilde, Violetta, Regina, Anita y Fania, a quien guardaba cierto cariño pese a sus raptos de soberbia mal administrada y su exceso de sinceridad no requerida. Aquel lápiz que le regaló con la inscripción *Made in England* seguía siendo una de sus más preciadas posesiones, a pesar de que la rebeldía de la inscripción podía ocasionarle problemas, sobre todo ahora, que ya no estaría en la orquesta como copista y no tendría excusa para tener en su poder semejante arma. A decir verdad, llevaba tiempo esperando aquella noticia. Desde la muerte de Alma Rosé, la orquesta apenas ofrecía conciertos, y habían obligado a muchas de sus integrantes a compaginar los ensayos con otro tipo de trabajos más manuales y menos artísticos, bien en las fábricas, en la Administración, en el hospital, en los comandos de limpieza del campo o en las letrinas. Si alguna vez no entendieron la condición de privilegiadas que tenían gracias a Alma, a partir de su muerte lo comprendieron, aunque para algunas ya era demasiado tarde.

A Ella le habría afectado más si la hubieran apartado del Kanada, y no solo por las fotografías que dejaría de «organizar», sino por lo inoportuno del momento, cuando solo quedaban unos días para que llegara el domingo y se encontrara nuevamente con Joska. Echó mano a su dobladillo para asegurarse de que la nota manuscrita por él seguía ahí. Se dio cuenta de su torpeza y soltó la falda de inmediato. Si algún oficial de las SS, o incluso algún *kapo* con un mal día o con necesidad de hacer méritos, veía cómo se echaba mano a una parte de su vestuario, al tiempo que sonreía, entendería que llevaba algo oculto —comida, medicinas o algún tipo de tesoro en forma de brillante o alianza de oro— y no dudaría en ir a por ella hasta arrebatárselo a golpes.

El domingo tardó en llegar más tiempo que el marcado por el paso de los días y las noches, al menos en el ánimo de Ella, sembrado de una impaciencia lógica que hizo que la espera se le hiciera eterna. Los últimos días del mes de julio estaban siendo muy calurosos en Auschwitz-Birkenau y las autoridades del campo permitieron que las prisioneras pasaran más rato en el exterior que dentro de los barracones. Por la mañana, aprovechó para encontrarse con Hilde en las inmediaciones del Bloque de Música. Solo llevaba unos días sin verla pero había bastado para echarla de menos. Además, no venía con las manos vacías. Del bolsillo cosido a su falda, otra de las exenciones que les permitían a determinadas prisioneras privilegiadas —y ellas dos aún lo eran por pertenecer una a la orquesta y la otra al Kanada—, extrajo un libro de pastas verdes. Ella sonrió al verlo. De nuevo *Fausto* aparecía en su vida. Alguna vez pensó que aquel Goethe, como el roble del mismo nombre que se salvó de la salvaje deforestación del campo de Buchenwald ordenada por los Koch, sería lo único que sobreviviría en Auschwitz.

—Una de las noches, en el hospital, Alma me dijo que te lo entregara si pasaba algo irremediable. No todo fueron delirios sin sentido —reconoció, intentando forzar una sonrisa que se nubló por un recuerdo inoportuno. Se repuso rápidamente.

—*Fausto.* —Ella sonrió emocionada—. No pensé que se acordaría.

Estuvo tentada de comprobar si la fotografía del niño regordete en brazos de la mujer serena y elegante seguía entre sus páginas, pero prefirió esconder rápidamente el libro entre su ropa. Si alguien la descubría, tendría problemas.

—Perdona, te lo tendría que haber entregado antes, pero me dolía desprenderme de él, es como si Alma todavía estuviera conmigo. Y con todos estos cambios en la orquesta... —dijo a modo de disculpa. Sonrió antes de añadir, con una mueca cómplice—: Yo me he guardado otros recuerdos. —No se lo dijo, pero Ella supo que se refería a la agenda telefónica de color negro y a ese arreglo musical de Chopin. Intuyó que tenía planes para aquella libreta, aunque no supiera en qué consistían—. Y no fue lo único que me dejó para ti. Solo espero que sepas entenderlo y que no cometas locuras. No creas que no me he pensado varias veces si entregártelo o no, pero tenía que respetar la voluntad de Alma —le advirtió Hilde, mientras extraía del mismo bolsillo una pequeña cápsula de cristal, con un contenido blancuzco en su interior, que sus dedos trataron con una delicadez extrema.

La sorpresa dejó a Ella sin palabras y miró a Hilde intentando encontrar una respuesta. No hizo falta preguntarle por la naturaleza del líquido albo de la cápsula. Había visto alguna en el Kanada, en el mercado negro que existía en el campo, donde las cápsulas de cianuro eran más preciadas que los brillantes, e incluso que los zapatos o la comida, pero desde hacía meses resultaba imposible encontrar una y eso le había impedido cumplir el encargo de Joska. Prácticamente habían desaparecido de los equipajes de los deportados, que a esas alturas ya conocían lo que sucedía en los llamados eufemísticamente «campos de trabajo». Pero ahora tenía una. Pensó en Joska, en su petición y en la herencia tan oportuna que Alma le había legado, y no entendía nada, no era capaz de dar forma y sentido a lo que se le pasaba por la cabeza.

—Pero ¿por qué? Quiero decir... —titubeó al principio—. ¿Cómo sabía Alma que...?

—Para eso no me dio ninguna explicación, ya sabes cómo era. Y, sinceramente, creo que prefiero no saberlo. Solo te pido que tengas cuidado. Nada más. Si ella confiaba en ti, yo también. Esto está yendo muy rápido, están cambiando muchas cosas en poco tiempo. Y ni Alma ni yo estaremos para cuidar de ti.

—Siempre estaréis —le aseguró, cargada de una emoción que no pasó inadvertida a Hilde. La jefa de copistas supo retenerla.

—Ni se te ocurra echarte a llorar y abrazarme. Nos matarían aquí mismo —le dijo medio en broma, pero siendo conscientes las dos de la verdad que encerraba su aviso.

Se separaron. A Ella comenzaban a darle miedo los domingos, si en ellos pesaban más las emociones que los peligros. Los segundos los controlaba, los primeros le devolvían su verdadero yo, ese que no tenía ninguna posibilidad de sobrevivir en el campo. Su particular resistencia consistía en escribir nombres y mensajes en el reverso de las postales y las fotografías, en esconder historias entre las palabras, y ahora parecía ir más allá con encuentros clandestinos en los que manejaba artículos de contrabando. Y tanto el *Fausto* como la cápsula de cianuro lo eran. Por no hablar de la nota manuscrita de Joska. Si en aquel momento alguien decidiera someterla a una inspección, seguro que no saldría con vida. Era una bomba en movimiento.

Una vez escondido el libro en su barracón, corrió al Kanada. Esta vez sí, aceleró la marcha. No tenía tiempo que perder. Su próximo encuentro podía cambiar las cosas.

Al contrario que la vez anterior, no tardó en verle. Joska estaba esperándola, apoyado en la mesa, como si estuviera en su casa. Al entrar no había visto a nadie vigilando el bloque del Kanada para advertir de la proximidad de algún peligro en forma de SS. A Ella le sorprendió el ambiente distendido, alejado de toda precaución, que parecía reinar en el barracón del almacén. Estaba todo demasiado calmado, una sensación desconocida en Auschwitz.

—¿Dónde están todos? —preguntó aún extrañada.

—¿Necesitas a alguien más? —bromeó Joska, mientras se acercaba a ella para besarla—. Está todo controlado para que nos podamos concentrar en lo que importa. Nosotros.

La llevó al mismo lugar donde hacía meses yacieron juntos por primera vez, aunque todo parecía diferente ahora: el propio almacén, sus cuerpos, sus miradas, sus manos; un peregrino *déjà vu* que mejoró la referencia original.

Ella confió en él y en sus palabras, encontrando un familiar aunque desterrado placer en la voluntad de dejarse llevar sin cautelas, sin preguntas, confiando tan solo en el instinto, y no en la lógica del miedo que gobernaba con autoridad aquel infierno. Era una sensación anómala y desconocida en el campo, pero le gustó recuperarla. El encuentro fue más tierno y entregado que el anterior, como si ambos recobrasen el verdadero sentido de su existencia, como si en realidad todo hubiera sido un mal sueño, una pesadilla de la que despertarían cuando más unidos consiguieran estar. El rostro de Joska había recuperado sus facciones de antes de la entrada en Auschwitz; el ejército de sombras que deambulaba ennegreciendo su semblante se había desplegado en un acto de sumisión, sus labios parecían más abiertos a un vocabulario delicado y suave, exiliando de él la brusquedad, y su mirada se había deshecho de oscuridades para centrarse en el rostro y en el cuerpo de Ella. Lo volvía a definir con sus manos, como siempre había hecho, dibujando momentos sobre la piel, que olvidaba su memoria grisácea para crear recuerdos de colores nuevos o, al menos, relegados.

Si hubieran cerrado los ojos, algo que no hicieron para no negarse el placer de contemplarse y autentificar que lo que tenían era cierto, podrían haber imaginado que estaban lejos de los barracones de madera y de piedra, del bosque de abedules, de los edificios de ladrillo rojo, de los uniformes de las SS, del carro de madera que transportaba los cadáveres, de los altavoces ladrando en alemán, de todo el mundo de dimensiones grotescas que había abocado al ostracismo al mundo real. Recuperaron el lujo de pensar en ellos mismos, de exterminar al resto como el resto hacía con ellos, de erigirse en los únicos habitantes del mundo, aunque ese narcisismo imaginario fuera el pasaporte más directo a una muerte segura en un lugar como Auschwitz.

Quizá por eso la realidad volvió rápidamente a la boca de Joska, aunque aquel domingo su voz no sonaba tan grave. No quería que, por culpa de sus palabras, Ella perdiera el nuevo brillo que había encontrado en su mirada. Podría perdonarse muchas cosas, excepto esa.

—Ya no les importa la guerra. La están perdiendo. Y Berlín lo sabe. Todos los gerifaltes pueden oler el cerco del enemigo desde sus despachos, abusando del whisky escocés y del coñac francés, y viciando la atmósfera con su tabaco alemán mientras examinan los mapas de Europa. Lo huelen. Los rusos por el este, los aliados desembarcando en Normandía por el oeste. Los van a asfixiar territorialmente, los están estrangulando.

Las palabras que armaban el argumento de Joska emergían de su boca con una naturalidad realista y ponderada, como si siempre hubieran estado allí, aunque escondidas, amorradas, esperando la oportunidad de salir. A Ella le seguía sorprendiendo que los labios de Joska pronunciaran semejantes palabras, cuando siempre se habían alimentado de términos médicos, sanadores, curativos, terapéuticos que, a decir verdad, sonaban mucho mejor en su voz que los análisis de posiciones bélicas.

—La única preocupación de los nazis somos los judíos. Después de unos meses en los que no dejaban de llegar trenes repletos de judíos, algo ha cambiado. Desde mediados de julio la afluencia se ha reducido. O nos han deportado a todos, o poco les falta. Ya no llegan tantos trenes como antes. Y, sin embargo, no paramos de gasear y cremar cadáveres. Ya no saben cómo deshacerse de ellos. Han colapsado sus cálculos. Están desbordados. Su problema no es matarnos, sino hacernos desaparecer.

La descripción de Joska coincidía con lo que Ella había vivido en el Kanada, donde los equipajes se amontonaban como nunca antes y los presos no daban abasto para abrir y seleccionar los bienes, una copiosidad que obligó a apilarlos en grandes montañas, esperando su turno de ser inspeccionados, ya no solo en el almacén, sino en el mismo andén de la estación de tren.

—Llegaron todos de golpe en los últimos meses, sobre todo húngaros. El doctor Pasche ha contabilizado en solo dos meses la llegada de cerca de medio millón de judíos deportados, y seguro que se le ha despistado alguno, sencillamente porque ni siquiera han tenido la posibilidad de llegar a las cámaras de gas y a los crematorios. Ha sido una locura. Solo entre el 15 de mayo y el 9 de julio, cuatrocientos treinta mil judíos húngaros han sido deportados a los campos de concentración, la gran mayoría han llegado a Auschwitz, y más de la mitad de ellos han sido gaseados. «Salami húngaro», así los llaman las SS. Tenemos los datos gracias a nuestro contacto en la Administración. Ya sabemos por qué regresaron a Auschwitz Rudolf Höss como jefe de la guarnición de las SS y Josef Kramer como flamante jefe de campo de Auschwitz-Birkenau: para acelerar el exterminio.

Según escuchaba el relato de Joska, Ella confirmó que todo se había desarrollado tal y como había adelantado Irma Grese en la casa de la comandancia. En el campo se decía que había sido una decisión del propio Himmler, para que Höss gestionara personalmente la liquidación de los judíos húngaros.

—Sabíamos que esto iba a recrudecerse desde que a mediados de mayo trasladaron a Liebehenschel al campo de Majdanek, y a Hartjenstein, al de Natzweiler. No desplazas de un plumazo a los comandantes de Auschwitz y Auschwitz-Birkenau sin una razón de peso, y el exterminio de los judíos parece un buen motivo. Lo que se entiende menos es que hayan colocado como comandante de Auschwitz a un pastelero como el *SS-Sturmbannführer* Richard Baer, en sustitución de Liebehenschel. Todo es una locura. Te asombrarías si vieras los números del doctor Pasche.

Joska hablaba del doctor Pasche con admiración. Según contaba, era un médico francés destinado con los *Sonderkommandos* que arriesgaba su propia vida al dejar por escrito la contabilidad de los asesinados en los crematorios y en las cámaras de gas. Nombres, apellidos, profesiones, nacionalidades, religión, todo estaba por escrito. Según Joska, era un héroe porque sabía que no saldría de Auschwitz con vida pero, en su defecto, sí lograrían hacerlo sus estadísticas que, como Ella hacía con sus postales, escondía en algún lugar secreto para que cuando todo aquello terminara, el mundo conociera los datos del exterminio. Ella llegó a dudar de su existencia, de si realmente había alguien que respondiera a ese nombre o si, como sospechó en más de una ocasión, el famoso doctor sería el propio Joska, después de escucharle hablar y enumerar la retahíla de cifras y números de muertos, deportados, cremados y fusilados. Prefirió no dar margen a su imaginación que, a buen seguro, terminaría venciéndola. Estaba demasiado a gusto junto a Joska, los dos abrazados, tumbados sobre una montaña de ropa cubierta por una especie de tela de seda, que alguien había preparado para que pudieran acomodarse. También tenían algo de comida dispuesta en uno de los rincones del bloque, unas latas de conserva, unos paquetes de carne ahumada y gelatina, que aliviarían el hambre de la pareja.

Ella miró con desconfianza las latas. Desde lo de Alma, y por culpa de los rumores que recorrían el campo, que incluían todo tipo de conjeturas y leyendas sobre su muerte, su desconfianza hacia los alimentos enlatados había aumentado. La voz de Joska seguía fluyendo.

—Ni siquiera se molestan en hacer selecciones como antes. Los matan a todos. Cuando las cámaras de gas y los cuatro hornos crematorios de Birkenau, más el de Auschwitz I, no dan abasto, los ejecutan como hace años, con inyecciones de fenol en el corazón, o los fusilan directamente como si ya no les importara el coste de las balas, o abren fosas en la tierra que convierten en piras humanas. Hemos oído que han vuelto a habilitar las casitas para deshacerse de más judíos.

—¿Qué casitas? —La información de Joska llegaba muchísimo más lejos que la de ella.

—El Búnker I y el II, la Casita Roja y la Casita Blanca. Están en el bosque. Son dos cabañas que los nazis construyeron en dos granjas expropiadas a sus dueños polacos y que convirtieron en cámaras de gas. La Casita Roja fue la primera cámara de gas en Auschwitz-Birkenau y empezó a funcionar en marzo de 1942. La Casita Blanca, tan solo unas semanas más tarde. Dejaron de funcionar a principios de 1943, pero ahora la maquinaria de matar se les ha quedado pequeña. Todo se ha quedado minúsculo ante la dimensión de esta barbarie, incluso ellos mismos y sus logros pasados. El día de la inauguración de las nuevas instalaciones de los hornos crematorios y las cámaras de gas de Birkenau, los nazis celebraron por todo lo alto que habían exterminado a doce mil judíos polacos en un día. ¡Doce mil, hace algo más de un año! Ahora son cientos de miles en menos de dos meses. Según Pasche, han llegado a eliminar a veinticinco mil personas en un día. Es una industria de muerte sin fin, y los nazis son los mejores. Su verdadera obsesión es exterminar a los judíos, ni siquiera ganar la guerra. A veces, creo que esta guerra solo se ha hecho para acabar con nosotros. Y lo están consiguiendo. Pero les falta tiempo para deshacerse de tanto judío, no saben cómo hacerlo. Superamos sus expectativas. Somos demasiados. Han abarcado más de lo que sus fábricas de la muerte pueden procesar. Están liquidándonos a la desesperada. Están nerviosos, cometerán errores y eso juega a nuestro favor.

—¿Hay algo que juegue a nuestro favor, Joska?

—Hace unos días atentaron contra Hitler en el mismo cuartel general de la Guarida del Lobo, en el Wolfsschanze, en su refugio militar de Prusia Oriental. Y el sabotaje surgió de la propia Wehrmacht. El intento de asesinato del Führer se preparó desde las fuerzas armadas. ¿Sabes lo que eso significa? Lo hizo un grupo de oficiales liderados por el coronel Claus von Stauffenberg. Nos han contado que incluso Arthur Nebe, el jefe de la KriPo, la Policía Criminal del Reich, participó y estaba implicado en el ataque. No salió como lo planearon, no consiguieron matarle, tan solo causarle algunas heridas. Todo por una maldita mesa de roble, que desvió la explosión del verdadero objetivo. Stauffenberg colocó el maletín con la bomba bajo esa mesa, pero nada salió como esperaban. Nos han dicho que murieron cuatro oficiales nazis, pero no lograron matar a Hitler. Sin embargo, algo ha temblado en Berlín. La Operación Valkiria no es el primer atentado frustrado contra el Führer, pero es el que más daño le ha hecho porque los enemigos estaban en su casa, en su ejército; son los suyos quienes le quieren muerto porque saben lo que está haciendo en sitios como este. —Joska sonrió—. No creo que a Hitler le hayan quedado ganas de escuchar a Wagner.

—Tampoco creo que al doctor Mengele le queden muchas ganas de seguir silbando *La Cabalgata de las valquirias* —añadió Ella.

Sin dejar de sonreír, él acercó dos vasos, los llenó del vino que alguien les había dejado preparado después de «organizarlo» del Kanada, y propuso un brindis.

—Por el coronel Claus von Stauffenberg, que a esta hora debe de estar muerto como todos los que se sublevaron. Pero su nombre tendrá un lugar en los libros de historia. Era un hombre justo, aunque fuera alemán. —Joska observó la reticencia de Ella a la hora de probar el vino—. Amor, ningún vino de procedencia húngara mató a Alma Rosé. Puedes beber tranquila. Además, este es francés, de casa.

Sus palabras lograron convencerla, al menos para mojar tímidamente los labios.

—Si algo se está moviendo ahí fuera, es porque saben algo de lo que pasa aquí dentro. Hace casi cuatro meses se escaparon dos prisioneros de Auschwitz.

—Lo sé. Dos días después de la muerte de Alma. —El gesto de sorpresa de Joska le resultó divertido, y decidió dejar el vaso sobre la madera del suelo. Esas informaciones solían llegar a los *Sonderkommandos*, pero no era habitual que lo hicieran a los presos comunes—. Se lo escuché a Mandel mientras hablaba con Mengele. Y créeme que les preocupaba, a ella más que a él. ¿Tú lo sabías?

—¿Quién crees que les dio la idea a Vrba y a Wetzler de esconderse bajo una montaña de tablones de madera que iban a utilizar para construir los barracones de los judíos húngaros que estaban a punto de ser deportados a Auschwitz? Les dijimos que esparcieran gasolina y tabaco mascado sobre la madera para despistar el olfato de los perros de las SS, que no pudieron encontrarlos durante los tres días de búsqueda que marca el protocolo. Es curiosa la vida. Seguro que desde su escondite, situado muy cerca de la entrada del campo, podían leer el maldito letrero: *ARBEIT MACHT FREI*, «El trabajo os hará libres». Lo que son las cosas, tres días escondidos sin trabajar fue lo que los hizo libres. —Joska sonrió, abstraído en un recuerdo, con la mirada fija en el techo del barracón del Kanada—. Pude verlos antes de esconderse. Llevaban un reloj robado y una especie de mapa rudimentario arrancado de las páginas de un libro infantil, ambos sustraídos de alguna maleta de los deportados. Y una etiqueta de un bote de Zyklon B. Espero que lo hayan logrado, y que esquivaran todos los peligros, entre ellos un más que posible encuentro con la KriPo. Si realmente llegaron a Eslovaquia y difundieron la información que llevaban, en la que incluimos mapas, fotografías y las estadísticas realizadas por el doctor Pasche, el mundo ya debe de saber la infamia que están cometiendo en los campos de concentración y exterminio. Como decía Vrba, Auschwitz solamente ha sido posible porque las víctimas que llegaban no sabían lo que ocurría aquí.

No se equivocaba; el informe sobre la deportación masiva de judíos húngaros había llegado a los centros de poder de Budapest para después trasladarse a Londres y a Washington, lo que había motivado las protestas del presidente de Estados Unidos, Franklin Delano Roosevelt, y del rey de Suecia, Gustavo V, entre otros muchos.

—Solo espero que su informe haya caído en mejores manos que el de Witold Pilecki, que logró escapar en abril del año pasado, cinco meses antes de que llegáramos nosotros a Auschwitz —comentó Joska refiriéndose al oficial polaco cofundador del Tajna Armia Polska (el llamado Ejército Secreto Polaco, un movimiento de resistencia fundado en noviembre de 1939 en la Polonia ocupada), que se infiltró voluntariamente en el campo de concentración de Auschwitz para denunciar las atrocidades que allí se cometían. Logró formar un grupo de resistencia con varios presos y construir una radio clandestina, a través de la cual pasó información al Gobierno polaco en el exilio instalado en Londres durante más de tres años—. Pero su informe W cayó en manos equivocadas; seguro que habría quien lo calificaría de exagerado, o quizá es que tampoco quisieron creer lo que veían sus ojos. Hasta ahora. —Y volvió a dibujar una amplia sonrisa en su rostro.

—Me gusta verte sonreír —le confesó Ella—. La última vez no estabas así y me preocupó.

—¿Sabes el chiste que se está contando ahí fuera? Hitler está escribiendo la segunda parte de *Mein Kampf*, «Mi lucha», y ya está pensando en titularlo *Mein Fehler*, «Mi error». —Joska dejó escapar un risa ahogada. Ella también rio.

—Estás de muy buen humor, pero nunca has sabido contar los chistes.

—Estoy con la persona que más quiero en el mundo. —La besó de nuevo—. Y veo señales que me permiten pensar en una vida juntos, fuera de aquí. Debo estar de buen humor.

—Voy a conseguir que lo estés más. —Ella alargó la mano para alcanzar su falda y sacar de su dobladillo la cápsula de cianuro que le había pedido Joska en su anterior encuentro.

—¿Cómo lo has conseguido? —Observó asombrado el pequeño cilindro de cristal que su novia sostenía entre el pulgar y el índice—. A estas alturas, son difíciles de encontrar. Las SS se dieron cuenta del uso que muchos deportados hacían de ellas y se empeñaron en decomisarlas. Quizá como última escapatoria para cuando les llegue su final.

—Es la cápsula que escondía Alma.

—¿Madame Rosé? —preguntó sorprendido, con una inflexión que a Ella no le gustó—. ¿Qué hacía la directora de la orquesta con una cápsula de cianuro? Es de los productos más codiciados en el mercado negro. Dime, ¿es cierto que cubrieron su cuerpo de flores blancas, y que las SS se inclinaron ante él? Me costó creerlo cuando me lo contaron.

—Eso es mentira. Yo no vi nada de eso. Y no es que no se lo mereciera. Alma se portó muy bien conmigo y con muchas prisioneras, Joska. Y ahora gracias a ella tienes tu cápsula de cianuro.

—No estoy diciendo lo contrario. Tan solo digo que se oyen cosas.

—Y no todas son ciertas.

—Ya lo creo que no lo son. ¿Una judía liberada? ¿Quién pudo creerse una estupidez como esa? Es más factible que fuese envenenada. ¿Qué demonios hacía la SS Margot Drexler en la cena de la *kapo* Schmidt? No me digas que no te lo has preguntado. ¿Recuerdas la última vez que nos vimos aquí? Esas dos mujeres llegaron juntas, y gracias a Róża pude salir a tiempo, aunque vosotras dos os las encontrasteis de frente. Estoy seguro de que Drexler movió los hilos para que Schmidt accediera a invitar a Alma a su cena de cumpleaños, y así poder cerciorarse de que las cosas salieran como tenía planeado.

—Pero Drexler es amiga de Mandel. Nunca iría contra ella.

—Pero sí contra su protegida, y más si era judía. Quizá estaba haciéndole un favor a su jefa. Si Mandel se obsesionó con liberar a Alma, esa decisión terminaría volviéndose en su contra, y Drexler, como amiga, querría evitarlo. Rosé se estaba convirtiendo en alguien con demasiado peso en un lugar donde solo se persigue el exterminio de judíos. Era contraproducente para sus intereses, a todas luces inviable. De hecho, no creo que la Bestia se planteara en ningún momento la libertad de Alma. Ni siquiera ella está tan loca. Es una sádica, pero no es idiota. Aunque todo eso ya da igual. Qué importa de qué haya muerto. Está muerta y punto, como tantos otros —reconoció Joska.

Ella le miró. Sus palabras se parecían demasiado a las que pronunció el doctor Mengele ante una Mandel que le pedía que procediera a la autopsia de Alma para conocer los verdaderos motivos de su muerte.

—Que tenía poder nadie lo duda —siguió él—. La posesión de esta cápsula lo corrobora. Ya solo se encuentra alguna escondida en algún orificio del cuerpo de los recién llegados, o entre sus pertenencias. El otro día encontraron una en un tubo de pasta de dientes, y hace tres días yo mismo encontré una en la vagina de la esposa de un prestigioso doctor. —Al ver la expresión de horror de Alma, Joska no tuvo más remedio que contárselo—. A los *Sonderkommandos* nos obligan a registrar los cadáveres cuando los sacamos de las cámaras de gas. Te sorprendería lo que hemos llegado a encontrar y en qué lugares. —Se lo había dicho de la manera más delicada que pudo. La expresión de Ella no mejoró, por lo que volvió a centrarse en la cápsula dc cianuro—. Son los médicos y sus familiares los que tienen acceso a esos venenos y, a estas alturas, cuando son detenidos y les comunican que van a ser deportados a los campos de concentración, saben perfectamente a lo que se enfrentan. —Se quedó callado contemplando la cápsula, ahora entre sus dedos.

—¿Qué vas a hacer con ella?

—Nada. No te asustes. Es solo como último recurso. —Cuando vio cómo sus palabras afectaban a Ella, la envolvió entre sus brazos para hacerle la promesa que estaba esperando—. Si lo que te preocupa es que me la tome, te prometo que no lo haré. No hasta que me asegure de que estás a salvo. No pensarás que voy a dejarte sola en esta pesadilla.

—Tienes que contarme qué vas a hacer.

—Ya lo sabes. Volar el crematorio IV y la cámara de gas. Y si puedo llevarme por delante a unos cuantos perros de las SS, mejor.

—¿Cómo?

—Eso no necesitas saberlo.

—¡Cómo! —insistió Ella, endureciendo su tono.

—Con la pólvora que un grupo de prisioneras está robando de las fábricas de armamento donde trabajan. Todos los días sacan cantidades ínfimas que esconden en las mangas de sus chaquetas, en pequeños trapos que envuelven, atan con hilos y ocultan en sus partes íntimas, en el interior de los zapatos o incluso bajo las uñas. Cualquier escondite es bueno. Si tienen suerte y no las descubren, la pólvora le llega a Róża y ella nos la entrega a los *Sonderkommandos*. Nosotros la metemos en latas de sardinas o en las cajas redondas del betún, esas son muy buenas, tienen el diámetro y el fondo perfectos, y construimos artefactos a modo de granadas. Y así vamos formando nuestro arsenal. Llevamos meses haciéndolo. Es un trabajo muy laborioso. A veces, en su regreso a Birkenau desde las fábricas de armamento, las prisioneras se encuentran con inspecciones sorpresa y tienen que tirar la pólvora al suelo, encargándose de mezclarla con la tierra, con la grava, con el barro, incluso con las cenizas de los muertos que expulsan las chimeneas, para que no se note la diferencia de textura. Todavía nos falta. Pero lo conseguiremos. —Se quedó pensativo durante unos instantes—. Tenemos que hacerlo.

—Pero ¿qué hacéis con todo eso? ¿Dónde lo escondéis para que no os descubran?

—¿Dónde escondes tú las postales y las fotografías?

—Es una locura.

—La única locura es ser judío y creer que van a liberarte porque eres bueno en lo que haces. —La mención directa a Alma acalló la respuesta que tenía Ella preparada, a punto de salir de su boca—. ¿Has dejado de confiar en mí?

—Nunca.

—¿Sabes lo que verdaderamente me tortura? Cuánto tiempo tardarías en darte cuenta de que ya no estoy, si un día me voy —dijo sin poder evitar que la mirada se le nublara.

—No digas eso. Eso no puede ocurrir.

—Puede, ya lo creo que puede. Hace tiempo que esto ha dejado de ser algo que les pasa a los demás, para pasarnos a nosotros. Pero no ocurrirá. Te doy mi palabra. —Joska recuperó la sonrisa más como una obligación que como un ademán natural—. Tú eres la experta en palabras. Pero vamos a centrarnos en lo que tenemos ahora —le propuso, acercándose a ella y abrazándola nuevamente—. Ya habrá tiempo para el resto.

Ella se entretuvo en el aluvión de besos y abrazos que le regalaba Joska, pero no pudo olvidar sus palabras. Él tenía razón: aquello había dejado de ser algo que solo les ocurría a los demás.

16

La primera vez que vio un número tatuado en el pie de un recién nacido, ese día cambiaron las dimensiones de su mundo. La perspectiva de la realidad nunca más sería la misma después de ese ultraje, que quedó grabado en su retina. En Auschwitz, las proporciones siempre echaban un pulso a la realidad, que habitualmente acababa distorsionada y arrojada a un mundo espectral. Había visto construir un ajedrez con una caja de cerillas y guardar sus minúsculas piezas en una caja de sardinas, o convertir una caja de betún en una granada. Pero ante el pie de un bebé tatuado con cinco números, todo lo anterior le pareció un crisol de menudencias, anécdotas que no merecerían ni media palabra en sus postales. Ni siquiera fue capaz de recordar los dígitos, la imagen en su conjunto era tan impactante que estrangulaba la memoria del pequeño detalle.

Su nuevo destino junto al doctor Mengele, con Maria Mandel como inseparable centinela, le abrió los ojos a lo que jamás pensó que vería. La Bestia también se sorprendió al ver el marchamo de tinta azul en el pie del bebé, sobre todo a esas alturas del exterminio, cuando la aniquilación inmediata no dejaba tiempo para tatuar a los recién llegados. Según dijo, era una práctica común hasta hacía un año. Se podía ver a los niños judíos, nunca a los arios, con números tatuados en el muslo o en una de las nalgas, ya que el brazo era demasiado diminuto para poder marcarlos. Supuso que de alguna manera se tenían que divertir en Auschwitz.

Uno de los primeros días, el doctor Mengele requirió su presencia en el Bloque 10, utilizado habitualmente para los experimentos médicos. Llegó tarde porque creyó que debía dirigirse al Bloque 19, donde estaban internadas las mujeres embarazadas, ya que le habían dicho que la necesitaban como intérprete para una presa italiana que estaba a punto de dar a luz. La falta de puntualidad siempre traía consecuencias adversas para las prisioneras. Al entrar, vio que el doctor estaba asistiendo a un parto. No era habitual que atendiera personalmente a ninguna prisionera y menos en un alumbramiento, para eso ya estaban los médicos de las SS destinados en cada bloque. Ella lo entendió mejor que nadie; tampoco era normal que Mengele se ocupara de la revisión médica de las presas, y con ella lo hacía. Algún interés tendría en esa atención personalizada. Vestía su bata blanca, que ya mostraba grandes manchas de sangre. Le llamó la atención la delicadeza, incluso el mimo, que estaba mostrando con la madre, una mujer que no tendría más de veinte años, recién llegada al campo en uno de los transportes. Observó la concentración del doctor y cómo sus manos bailaban con solidez pero con aparente suavidad entre las piernas de la joven. Le pareció acceder a un nuevo escenario, uno de esos agujeros que se abrían en la realidad como un paréntesis en mitad del paraíso del mal. Sintió un alivio egoísta al pensar que la abstracción que mostraba Mengele con la parturienta impediría que su retraso le pasara factura. Su presencia tan solo mereció una mirada reprobatoria de Maria Mandel, que participaba como testigo ocular.

Una voz femenina a su izquierda la sustrajo bruscamente del agujero.

—Un parto prematuro —dijo la desconocida.

Llevaba una blusa blanca, la misma que usaban algunas prisioneras que trabajaban en el hospital y que representaba una especie de visado para seguir vivas, como lo había sido en su día la orquesta de mujeres y aún lo era el Kanada. Y su voz tenía un deje que a Ella le resultó familiar, pero no se detuvo a pensarlo, había algo más urgente.

—Se está complicando todo —aseguró la mujer—. Debemos actuar con celeridad. Sitúate al lado de la madre y ve diciéndole lo que te diga el doctor.

Ella obedeció. Obedecer se había convertido en un acto inconsciente, tan irreflexivo y mecánico como el respirar, que se realizaba con independencia de quién lo ordenara y sin detenerse a pensar si estaba bien o mal, si era o no viable. El imperativo no se discutía en Auschwitz. Se situó en la cabecera de la camilla para intentar interpretar las palabras que se escondían entre los gritos de la embarazada. Le llevó unos segundos dar sentido a lo que salía de su boca, empañado por gemidos de dolor, de rabia y de impotencia.

—Dice que es pronto, ¡que es demasiado pronto! Que solo está de doce semanas.

—Cállate —le ordenó Mandel—. Limítate a traducir lo que diga el doctor, no lo que tenga que decir ella. A ver si ahora una judía italiana va a saber más que una eminencia médica.

Ella no entendía lo que estaba pasando. Sus nulos conocimientos clínicos tampoco la ayudaron a comprender por qué no había anestesia para la mujer, que debía soportar con dolor la complicada cirugía que orquestaba Mengele en su útero.

Tal y como había dicho la desconocida, las cosas se complicaron. La gran cantidad de sangre que salía de las entrañas de la embarazada y caía en cascada al suelo, el fuerte olor a materia orgánica que impregnaba la sala, los gritos ensordecedores de la mujer, la mirada impertérrita de Mengele y del resto de los ayudantes, el gesto impasible de Mandel, el sudor que bañaba el rostro de la misteriosa mujer con un deje familiar en la voz y el calor que comenzaba a asfixiar el ambiente... Todo eso hizo que la consciencia de Ella se diluyera y su cuerpo cayera al suelo, tras perder el conocimiento. Jamás había estado en una sala de partos, mucho menos había presenciado uno, así que en el simulacro de alumbramiento que se estaba produciendo en el Bloque 10, su inconsciente decidió hacerla desaparecer secuestrándole el sentido. Todo se esfumó. El mundo enmudeció. Los gritos, el cruce de las palabras italianas con las alemanas, las órdenes médicas, el ruido del material quirúrgico, la mirada de Mengele, la sangre, las batas blancas, los brazos sujetando a la embarazada para evitar que se moviera, cada nimio detalle que pincelaba la escena dejó de existir. El silencio y la ceguera seguían siendo las únicas curas para sobrevivir en el campo.

Al abrir los ojos, se advirtió sentada en una silla, encorvada sobre una mesa. Sintió un progresivo dolor en la nuca y fue allí donde dirigió una de las manos con la intención de contenerlo, como si ese gesto estéril fuera a aliviar la molestia. Se incorporó lentamente, mientras iba acostumbrándose a su recuperada consciencia e intentaba enderezar su sentido. Entonces vio algo que le hizo urgir su recuperación y ponerse en pie tan aprisa que arrastró la silla y, con ella, su propio cuerpo, que terminó estrellándose de nuevo contra el suelo. Aun así, la impresión por lo que continuaba ante sus ojos hizo que se levantara en el acto, como si algo le quemara o la persiguiera. Un enorme frasco de cristal ocupaba parte de la mesa. Contenía un feto de unas diez o doce semanas, sumergido en formol. Su consciencia ya estaba sobradamente recobrada para entender de dónde procedía el contenido del tarro. Una incontrolable arcada, más imbuida por el terror que por cualquier sentimiento de aprensión, le ascendió impune desde el estómago a la boca, amenazando una vez más con perturbar su equilibrio.

La voz de Mengele fue lo único que consiguió que retirase la mirada de la grotesca visión.

—Sigo pensando que ustedes las mujeres francesas son muy delicadas. Eso siempre trae problemas —comentó desde el otro lado de la mesa, sosteniendo uno de sus clásicos cigarros de boquilla dorada entre los dedos y contemplando orgulloso su nueva adquisición, que le depararía largas horas de estudio y experimentación—. Si esa va a ser su resistencia, tendremos que tomar medidas. No puede usted entorpecer una intervención quirúrgica.

La referencia a la «intervención quirúrgica» se quedó envuelta en un eco obstinado en su cabeza. La terminología de los nazis seguía prostituyendo el lenguaje y envileciendo el verdadero significado de las palabras. Ella miró a su alrededor y pudo comprobar que estaba en la misma sala donde había perdido el conocimiento, aunque no fue capaz de determinar cuánto tiempo había pasado desde que desapareció de la escena. Sobre la camilla continuaba la mujer italiana, sin vida pero aún con los ojos abiertos al igual que el vientre y las piernas. Nadie había limpiado la sangre del suelo. El olor era el mismo, igual de fuerte, impuro, viciado y orgánico que cuando lo percibió por última vez, cuando se alojó en su cerebro, en su garganta e incluso pudo sentirlo en el velo del paladar, sin poder explicar por qué se había instalado allí un sabor metalizado. Ninguna de las personas que rodeaban la camilla donde la presa gemía y gritaba que era demasiado pronto permanecía en la sala. Tan solo el doctor Mengele había recobrado la dignidad que solía evidenciar en una imagen pulcra y perfecta. Su bata lucía blanca, limpia, su pelo repeinado hacia atrás, con la característica raya a un lado dividiendo de manera estricta su cabello, como en las selecciones que realizaba. Tampoco llevaba ya los guantes con los que solía hacer las intervenciones y los reconocimientos médicos, excepto los que le realizaba a Ella. Un ligero olor a limpio alcanzó su membrana pituitaria y entonces distinguió el aroma del jabón de Marsella que el doctor solía utilizar para lavarse las manos una vez finalizaba su labor.

La puerta se abrió a su espalda. Era el comando de limpieza y, junto a ellos, hicieron su entrada dos trabajadores cuyos rostros Ella reconoció. Eran los mismos hombres que salieron del Revier y se llevaron en el carro el cuerpo de Alma, con una gran cicatriz atravesándolo de arriba abajo. También se llevaron el cadáver de la prisionera italiana. Seguramente al crematorio. Nadie dijo nada, ni preguntó nada, ni siquiera ordenó nada. Las únicas certezas solo se planteaban en silencio y jamás rebasaban la frontera del pensamiento. Ella se preguntó si el crematorio habría sido también el último destino de Alma.

—Ven conmigo. —La mujer desconocida con un deje familiar en la voz había vuelto a escena para coger a Ella del brazo, indicándole que debía acompañarla.

—Sí, llévesela —la conminó el doctor Mengele en un tono displicente—. Y explíquele que de nada nos van a servir sus seis idiomas si su actitud y sus hechos ralentizan nuestro trabajo. A ver si a usted logra entenderla.

Las dos mujeres abandonaron la sala y caminaron juntas, una al lado de la otra, sin decirse nada, sin mirarse, solo adecuando el paso al de su acompañante. Una vez que salieron del Bloque 10, fue la mujer desconocida la que empezó a hablar.

—Me llamo Gisella. Soy doctora, aquí ejerzo como tal, pero soy tan prisionera como tú —dijo con un gesto muy leve hacia su blusa blanca—. Me trajeron hace días en un tren junto a mi familia, mis padres, mi marido y mi hijo. No sé dónde están, ni siquiera sé si están vivos. Soy de Sighetu Marmaţiei. ¿Conoces Transilvania? —Ella negó con la cabeza, pero aquello no le impidió continuar—. Allí trabajaba como ginecóloga cuando el ejército alemán invadió Hungría y en cinco días nos deportaron a todos los judíos de la zona, a los catorce mil que vivíamos en el pueblo y en sus alrededores. Y acabamos todos aquí.

Escuchar el país de origen de Gisella, a Ella le infundió ánimo y confianza aunque solo fuera porque le recordaba a Joska. Esa era la sonoridad que le resultó familiar al entrar en la sala. Transilvania había sido tierra húngara hasta que después de la

Gran Guerra entró a formar parte del Estado rumano en 1920, aunque en 1940 las potencias del Eje decidieron que volviera a ser parte de Hungría. Pero los acentos y la sonoridad del habla de sus ciudadanos no cambiaban con la misma facilidad que las lindes territoriales.

—Habíamos oído que sucedían cosas en estos campos, leyendas horribles que no queríamos escuchar ni menos aún creer. Ahora comprendo lo ciegos que estábamos. Todo es mucho peor de lo que imaginábamos, de lo que nos contaron.

—¿Qué ha pasado ahí dentro? —preguntó Ella, como si precisara escuchar algo capaz de borrar la realidad inmediata. No es que no quisiese escuchar la historia de Gisella, es que necesitaba erradicar el horror que se había instalado en su memoria con la misma fuerza con la que se aferraba el olor a carne quemada en la garganta de todos los que habitaban en el campo—. Me dijeron que una mujer italiana estaba dando a luz, que debía traducir las indicaciones del doctor y que ella...

—No ha habido ningún parto —le confesó Gisella, sin que la dureza de sus palabras contagiara su mirada—. El doctor Mengele no asistía a esa mujer en un alumbramiento. La estaba matando, a ella y a su hijo. Los estaba sometiendo a una vivisección, sin barbitúricos, sin antisépticos, sin condiciones ni medidas higiénicas y, por supuesto, sin ningún permiso, ni ética, ni humanidad. Estaba diseccionando el cuerpo de la madre para estudiar el funcionamiento de sus órganos internos durante la gestación, y hará lo mismo con el feto que ha metido en formol en una maldita vasija como si fuera un trofeo de caza. Eso es lo que ha pasado ahí dentro.

—Pero... —titubeó Ella.

El relato de Gisella resucitó el recuerdo de Alicja y su relato sobre las barbaridades médicas que se hacían en el campo de concentración de Ravensbrück bajo la supervisión de Maria Mandel, que participaba y elogiaba cada una de las intervenciones quirúrgicas que se cobraban la vida de las prisioneras.

Había oído hablar de las atrocidades que se cometían en algunos barracones, pero no era lo mismo imaginarlo a raíz de un relato en boca ajena, que presenciarlo en directo y archivarlo en una mirada que había perdido la capacidad de observar la normalidad.

Gisella se detuvo en seco, la cogió del brazo y la obligó a mirarla, cara a cara.

—Te juro que haré todo lo posible para que esto que acabamos de presenciar no vuelva a producirse. No nacerán más niños en este campo, te doy mi palabra. Mientras yo esté aquí, ningunas manos de ningún sádico con bata blanca entrarán en la vagina de una mujer para estirar el útero como si fuera de goma, ni tampoco penetrarán en el útero de una mujer para arrancarle el feto y meterlo en un frasco. Antes de permitirlo, soy capaz de cualquier cosa. Pero necesito ayuda. ¿Me ayudarás?

Los deseos de Mengele se cumplían tanto o más que sus órdenes. «No quiero mujeres embarazadas ni tampoco bebés. Auschwitz no es una maternidad», solía repetir una y otra vez. Esa era la orden en todas las selecciones, y así era cumplida. Cada vez que llegaba un nuevo transporte, los mandos de las SS, con Mengele y Mandel a la cabeza, preguntaban si había embarazadas. Cuando el miedo hacía que muchas escondieran su estado, el doctor daba un paso al frente y tomaba la palabra para asegurar que disponían de un programa especial para las mujeres encinta, un lugar acondicionado donde ellas y sus futuros hijos estarían mejor atendidos, con cuidados especializados a la medida de sus necesidades médicas y con una alimentación adecuada, incluso entraba en detalles sobre harinas, leche y proteínas. «¡Doble ración de pan y leche! —gritaba con su voz convertida en trueno—. ¡Incluso triple, si es necesario o si alguna de ustedes está embarazada de gemelos!» Solo entonces, algunas mujeres se animaban a identificarse. Era un engaño más. Todas acababan en el crematorio, excepto aquellas que el doctor Mengele podía aprovechar para sus experimentos, a poder ser jóvenes y hermosas, lo que además colmaba las expectativas de Maria Mandel e Irma Grese, que veían satisfechos sus caprichos.

La orden del Ángel de la Muerte era enviar a los niños recién nacidos directamente al crematorio, y con ellos, a las madres. Era algo nuevo en el campo, debido a la superpoblación que existía en Auschwitz, especialmente en Birkenau. Había que deshacerse de ellos; solo unos pocos podían ser los elegidos para retrasar unos días su exterminación. Iban a morir sin remedio, pero la vida les daba una pequeña prórroga arbitrada por Josef Mengele. Lo hacía en un acto altruista, uno de sus gestos de bondad de los que Maria Mandel tanto hablaba. «No puedo ser tan cruel de separar a un niño de su madre. Y no puedo dejar a un niño judío con vida porque con él persistiría la raza. No me queda otra opción», solía decir el doctor, no como justificación, sino para lastrar aún más la conciencia y el ánimo de las prisioneras. Ella asistía atónita a sus elucidaciones casi siempre retóricas. Lo que más le aterraba era que el doctor realmente se creía lo que decía, quizá porque le avalaba un sentimiento de impunidad ante todo lo referente a los presos. Nadie iba a reprobarle su actitud, y tampoco pagaría por ello. Sus conejillos de Indias ya estaban muertos antes de someterse a sus experimentos. Daba igual cómo o cuándo desaparecieran los prisioneros; al final su muerte —dependiendo de su raza y su religión— quedaría recogida en el registro del campo o en el telegrama que mandarían a su familia comunicando su muerte.

Las madres solo tendrían alguna posibilidad de seguir con vida si el niño nacía muerto o con una esperanza de vida inferior a las veinticuatro horas. Era una regla no escrita y jamás comunicada a las parturientas.

Un día, la doctora Gisella decidió seguir el traslado de estas mujeres a las que Mengele había prometido un tratamiento mejor. Había algo que no le cuadraba; palabras, miradas, sonrisas, muecas que nacían en los rostros de los médicos de las SS y que no auguraban el itinerario ofrecido a las madres y a sus hijos. Cuando conoció lo que realmente les esperaba, decidió hacer algo, aunque la naturaleza de su decisión no se entendiera en un primer momento. Pudo ver cómo las SS golpeaban sin piedad o azotaban con los látigos a mujeres recién paridas y sus bebés, así como a embarazadas, y, a las que intentaban escapar, los uniformados les soltaban a los perros. Entre las SS, Gisella reconoció a Maria Mandel y a Irma Grese, que parecían disfrutar del espectáculo, jaleando a sus compañeros o siendo ellas mismas las encargadas de infligir la violencia. Ese día, Gisella se prometió que no volvería a suceder algo parecido mientras ella pudiera evitarlo. Si los hijos no tenían ninguna posibilidad de vivir, al menos sus madres no compartirían el mismo destino.

La primera vez que el doctor Mengele se fijó en Gisella Perl fue cuando supo de su formación médica. Decidió que su presencia en su equipo sería algo habitual cuando descubrió que su especialidad era la ginecología. Le prometió que su marido y su hijo estarían bien. No necesitaba hacer uso del chantaje, ya que su condición de prisionera la abocaba a una obediencia sumisa, pero Mengele conocía el poder de persuasión que una hipotética protección de los seres queridos ejercía sobre las presas.

La primera orden que le dio consistió en reanimar casi de la muerte a las mujeres encerradas en un barracón, a las que se les extraían importantes cantidades de sangre, que sería enviada al frente para cubrir las necesidades de plasma de los soldados alemanes. Fue la primera vez que Gisella entendió la mentira de la pretendida supremacía aria que rechazaba la *Rassenschande*: hablaban de la contaminación de la raza si se mezclaba con sangre judía, pero esa misma sangre era buena si servía para salvar la vida de las milicias arias. La doctora hizo lo que pudo, pero las extracciones de sangre de aquellos cuerpos famélicos eran tan exageradas que la muerte era irremediable.

Cuando el doctor Mengele le exigió que reconociera a las mujeres para comprobar si estaban o no embarazadas y de cuántos meses o semanas era la gestación, empezó a idear su particular acto de resistencia, ese sentimiento que desarrollaban la mayoría de los prisioneros ante la imposibilidad de rebelarse de otra manera más contundente y visible. Pero su renuencia necesitaba de cómplices, de otras manos, de otros ojos y de mentalidades abiertas y prácticas, una cosecha escasa en Auschwitz-Birkenau. La pregunta de la ginecóloga seguía flotando en el pensamiento de Ella, intentando hilar una respuesta. «¿Me ayudarás?»

A Ella le gustó esa mujer de verbo convincente y aplacado, a pesar de la dureza de su relato. Su mirada tenía más fuerza que el timbre de su voz, que parecía empeñado en disimular la furia que escondía tras un tono sosegado. Y, sin embargo, cada vez que aparecía en su horizonte, encontraba demasiadas historias terroríficas para las que no tenía suficiente espacio en las postales con las que seguía sembrando de memoria la tierra del campo.

Lo descubrió una noche en el interior de un barracón que nada tenía que ver con el Bloque 19, ni con el Bloque 10, designado como el escenario para los experimentos médicos, no solo protagonizados por Mengele sino por un equipo de médicos conformados por doctores de las SS y por algún preso elegido personalmente por él. Josef Mengele prefería a los doctores polacos, pero su favorito era un médico forense húngaro de origen judío, Miklós Nyiszli, que había llegado con su familia en el mes de junio de 1944 y se había convertido en su asistente. Miklós, al que muchos en el campo llamaban «el Bisturí de Mengele», se dedicaba a sobrevivir, como todos.

Ella ni siquiera sabía qué barracón era, ni su letra, ni su número, ni su nombre, en caso de que lo tuviera. Las indicaciones de la ginecóloga habían sido muy básicas. Conocía el campo de memoria pero, en plena noche, era complicado acertar con las direcciones, sobre todo para alguien con nulo sentido de la orientación. En su camino casi a ciegas, tan solo había reconocido el Bloque de Música y el Kanada. Había seguido las instrucciones de Gisella, pero dudó de su destreza. Todo estaba demasiado oscuro y entraba en territorio desconocido. Los barracones de las presas comunes no tenían nada que ver con aquellos donde se alojaban las privilegiadas, aunque la diferencia residiera en tener una luz, una manta y una almohada. Era una noche sin luna y la negrura convertía la travesía en una trampa. Solo un débil bisbiseo a escasos metros de donde se encontraba hizo que Ella se detuviera y caminara hacia la voz.

La visibilidad no aumentó como esperaba que sucediera cuando llegó al pequeño grupo de mujeres que rodeaban a una embarazada acurrucada en una de las esquinas del barracón. Poco a poco, sus ojos se fueron acostumbrando a la penumbra y vio lo que estaba pasando. Una mujer francesa de origen judío estaba dando a luz. Estaba desnuda, de rodillas, con la cara desencajada y los rasgos desfigurados por el esfuerzo. Mantenía los labios y los dientes apretados para retener cualquier grito de dolor. Nadie podía oírla. Si algún mando de las SS descubría que estaba pariendo con la complicidad de algunas mujeres, no dudaría en enviar a todas al crematorio. Ella la contempló. La escena le pareció infernal. Era como si el horror se hubiera quedado sin voz y esa afonía, lejos de restarle dramatismo, lo aumentara. Nunca había presenciado una escena muda que expresara tanto. La mujer, bañada en sudor, concentraba toda su energía en empujar para que el niño saliera. Gisella estaba situada a su espalda, sujetando su anatomía doblada por el dolor y el esfuerzo, y haciendo lo posible para que la mujer volviera a comprimir su cuerpo hacia el suelo.

Cuando la doctora vio a Ella, le pidió que ocupara su sitio.

—Solo tienes que sujetarla y decirle al oído lo que yo te vaya diciendo. Pero en voz muy baja. No queremos que nos oigan —le susurró.

Y así Ella le fue repitiendo todo lo que Gisella decía sobre gestionar contracciones y respiraciones. Pero allí nadie tenía tiempo de respirar. La única que parecía saber lo que hacía, y quizá por eso mantenía la serenidad y el rostro impasible, era la doctora Perl. La parturienta solo la miraba a ella, porque le infundía tranquilidad y confianza. Al encontrar su idioma materno en la boca de Ella, le confió su nombre.

—Cosette, como el personaje de *Los miserables* de Victor Hugo. Mis padres me lo pusieron porque significa la victoria del pueblo. Les gustaba, y a mí también. Creo que los nombres acompañan el destino de las personas —le reveló a su improvisada traductora.

También le confió el nombre de sus padres y la dirección completa de su casa en París. Le sorprendió que obviara el nombre del padre de la criatura, pero no era su problema; quizá era demasiado el dolor, los nervios, la incertidumbre, las ganas de gritar para calmar la rabia y aplacar el sufrimiento. También le contó que estaba de siete meses, que era pintora y que solo quería darle un beso a su hijo antes de que fuera tarde. Ella no entendió el sentido de su última petición, pero no tardaría en hacerlo. Gisella pidió silencio a las dos mujeres.

—Dejen la cháchara para más tarde —les dijo utilizando una expresión húngara que Ella reconoció en la boca de Joska, y también en la de Alma Rosé, cuando pretendía poner fin a una conversación demasiado larga entre dos integrantes de la orquesta.

La doctora introdujo la mano derecha entre las piernas de la parturienta y tiró de la cabeza del niño, que parecía resistirse a salir, como si conociera de antemano su destino. El diminuto cuerpo cayó al suelo, y las miradas de espanto de las cuatro mujeres que lo observaban parecían anunciar lo inminente. Las manos de la doctora, manchadas de sangre y con resto de fluidos corporales, atraparon apresuradamente al recién nacido para evitar que llorara, mientras la madre lo buscaba con desesperación con la mirada. Cuando Gisella se disponía a ponerlo sobre su propio regazo para taparle la boca, Ella le recordó la petición de la madre.

—Quiere besarlo.

Gisella la miró y luego sus ojos se posaron en la madre, envuelta en lágrimas, olvidándose del dolor, de la sangre y de los bramidos encerrados en su garganta. Solo quería besar a su pequeño.

—Por supuesto. —La doctora le acercó al niño con la delicadeza de una madre que, en ocasiones, por la frialdad con la que debía actuar, obviaba.

Cosette besó a su bebé una y mil veces. El recién nacido todavía no había reaccionado, como si también estuviera conteniendo el llanto hasta que su madre terminara de decirle que nunca lo olvidaría y que confiaba en que pudiera perdonarla cuando volvieran a encontrarse. Después de un par de minutos, Gisella recuperó al niño con el consentimiento reticente de la madre, volvió a colocárselo sobre el regazo y empezó el ritual que todos conocían, excepto Ella. Con una de las manos le tapó la nariz, hizo que el pequeño abriera la boca y dejó caer en ella unas gotas, extraídas de un frasquito que sacó del interior de una de sus botas. El recién nacido inició unos tímidos movimientos que apenas se apreciaron. Unos segundos más tarde, había muerto. Cuando Gisella se disponía a abandonar el barracón para enterrar al recién nacido, la madre elevó un poco la voz, lo suficiente para poder ser escuchada.

—Se llama Nathan. Significa «el enviado de Dios». Así el Creador lo reconocerá en cuanto llegue y cuidará de él. Nathan, ese es su nombre. Todo el mundo necesita uno. Es la prueba de que un día existió, al menos para su madre —dijo sonriendo, mientras se tragaba el hipo. Luego se volvió hacia Ella—. Él ya sabe el mío. Así podremos encontrarnos cuando nos busquemos en el otro mundo.

Todas asintieron ante la declaración de Cosette y muchas tuvieron que volver el rostro para ocultar la emoción.

No fue el único beso que se llevó el recién nacido. También Gisella lo besó. Más tarde, Ella supo que lo hacía siempre que se veía en la obligación de acabar con la vida de un bebé. Muchas veces, la doctora no podía contener las lágrimas, aunque intentaba esconderlas para no empeorar el estado anímico de la madre que, aunque sabía de antemano lo que iba a suceder con su recién nacido, siempre bordeaba la locura cuando contemplaba su muerte.

Ella salió al exterior del barracón tras los pasos de la doctora Perl. La encontró junto a otra mujer que la ayudaba a cavar con sus propias manos un agujero profundo en el suelo, a la espalda de uno de los barracones próximos. Habían pensado enterrarlo en las inmediaciones de las letrinas, pero Gisella se había comprometido con la madre a enterrarlo en la parte trasera de su propio barracón. Después de darle la única sepultura que podían, dispusieron la tierra escarbada lo más parecido a como estaba antes de hurgar en ella y se alejaron de allí.

La mirada de Ella se cruzó con la de Gisella. A la doctora no le sorprendió. De hecho, lo esperaba.

—Eso que le has puesto al niño en la boca, ¿qué era?

—Eso ya da igual —respondió tajante Gisella, pero sin perder la suavidad en su voz.

—No —contestó Ella contrariada. Era la tercera vez que escuchaba la misma respuesta al respecto de la causa de la muerte de una persona, y ninguna de las tres veces había podido entenderlo, sobre todo cuando salía de la boca de un prisionero—. Si quieres que te ayude, tienes que decírmelo. Es lo justo —añadió, y se sorprendió a sí misma al hablar de justicia en el infierno de Auschwitz.

—Era veneno. Una solución diluida, sencilla y rápida. No ha sufrido. El niño debía morir. No tenía ninguna posibilidad de seguir con vida y, de hacerlo, sentenciaría a su madre a muerte —respondió entre susurros Gisella. Ni siquiera entonces flaqueó la dulzura de su mirada—. Si las SS descubrieran que la madre ha ocultado su embarazo y ha dado a luz en la clandestinidad y no en el Bloque del Hospital, para que puedan hurgar en su cuerpo como les convenga, mandarían a los dos al crematorio. Si puedo salvar al menos a uno de ellos, lo haré. Es lo que he hecho esta noche.

—Pero... lo has matado —acertó a decir Ella, doliéndose de su réplica pero sin ser capaz de encontrar la perspectiva del entendimiento.

—He salvado una vida. Tú eres judía, aunque sé que lo niegas. No te culpo; cada uno debe comportarse como mejor considere en cada momento para salvar su vida, y nadie tiene derecho a juzgarlo. —Gisella sonrió como lo haría una madre, tanto que Ella creyó encontrar en esa mueca el rostro de Nadine—. Estoy convencida de que conoces la Mishná, el tratado Sanhedrín 4:5.

—«Quien salva una vida es como si salvara al mundo entero» —musitó Ella entre dientes, aprovechando el murmullo para recitar unas palabras que le supieron a memoria arrancada, como esos olores de la infancia que regresan en la época adulta y reconfortan el ánimo—. Nuestra tradición reconoce el valor sagrado de salvar una vida.

—La Torá nos dice: «No permanezcas impasible frente a la sangre de tu prójimo». Vaikra 19:16. Eso es lo que hemos hecho esta noche, no permanecer impasibles. Y también salvar una vida. Y dejemos de hablar en estos términos, si no queremos que nos maten.

—Pero actúas como ellos: tú eliges quién muere y quién vive...

—No elijo nada, Ella. Y no vuelvas a decirme que soy como ellos. Nadie es como ellos. Pero si yo no hago nada, matarán a los dos. Si actúo, solo uno morirá. Jamás nadie entenderá lo que siento cada vez que tengo que quitarle la vida a un niño. Y ojalá tú nunca puedas entenderlo.

—Perdona, no tengo derecho... —reconoció Ella, avergonzada de sus propias palabras.

—Tienes todo el derecho —le dijo Gisella, que comprendía muy bien lo que se le estaba pasando por la cabeza a su nueva ayudante. Era todo demasiado reciente para que la razón se impusiera al duelo—. Pero antes de juzgarme deberías haber visto lo que yo vi: a esos bestias de las SS arrojando a madres e hijos al crematorio cuando aún estaban con vida, riéndose de cómo sus cuerpos maltratados de todas las maneras imaginables se retorcían entre las llamas, ajenos a sus gritos, al olor a carne quemada, al sonido del crepitar de sus huesos. Si lo hubieras visto con tus propios ojos, quizá te resultaría más fácil entender mi decisión, que no es más que un acto de resistencia, el único que tengo en mi mano en este maldito lugar. Ellos nos arrebatan una vida, pero nosotros les arrebatamos otra, salvando la vida a la madre. Así se salva el mundo.

Gisella suspiró con fuerza y negó con la cabeza aunque Ella apenas podía verla bajo aquel cielo sin luna.

—Ahí fuera, yo traía nuevas vidas al mundo. Aquí dentro ayudo a que esas nuevas vidas no sufran una muerte horrenda, y además salvo la vida que ya existía antes, la de sus madres —le explicó la doctora, sin utilizar un tono de reproche, pero con el convencimiento de que estaba haciendo lo correcto—. Claro que tienes derecho a pensar lo que quieras, pero no a juzgarme, como yo no te juzgo a ti ni juzgo a esas presas que deciden lanzarse contra las alambradas y acabar con su vida, ni a los presos obligados a convertirse en *Sonderkommandos* para engañar a sus semejantes diciéndoles que entren en una sala, que solo será una ducha, cuando saben que morirán gaseados. Aquí dentro se actúa, no se juzga. Deberías saberlo, llevas más tiempo aquí que yo. —Calló un instante y le mostró una sonrisa amigable, lejos de todo el resentimiento que sus palabras podrían haberle provocado—. Y también tienes el derecho de dejar de ayudarme si así lo consideras, porque te aseguro que, si continúas conmigo, verás cosas peores. Solo recuerda que estás ayudando a salvar una vida, la de la madre. Y que si esas mujeres escuchan hablar en su lengua materna, las ayudará a sentirse tan acompañadas como abrazadas.

A Ella le costó asumir el mensaje de Gisella, aunque entendió su sentido.

Conforme fueron pasando los días, las semanas y los meses, la comprensión fue absoluta y terció en admiración, hasta desarrollar un sentimiento de gratitud que nunca podría ser retribuido de manera proporcional. Entendió que las manos de la ginecóloga eran el único instrumento a su alcance para salvar la vida de miles de mujeres embarazadas, y así rebelarse ante los planes de exterminio que las SS tenían para ellas por el simple hecho de llevar una criatura en su vientre, muchas veces fruto de una violación perpetrada por los propios nazis. Día a día, consiguió admirar a la doctora porque era capaz de luchar contra sus propios fantasmas y sus más arraigadas convicciones para ganarles unas cuantas batallas a los monstruos de la guerra. Gisella era médico, como Mengele, pero ella solo se valía de la muerte como medio para salvar vidas. La tarde que vio cómo el doctor Mengele ordenaba tapar con esparadrapo los pechos de una lactante para comprobar cuánto tiempo podría el recién nacido mantenerse con vida sin ingerir leche materna, y qué proceso anatómico viviría la madre al impedir vaciar de leche sus pechos, supo que la presencia de la doctora Gisella en el campo de Auschwitz era un milagro, una bendición aunque, puesto en palabras, aquello resultase monstruoso. Ella sabía que en Auschwitz regían otras reglas que en el mundo real, el que esperaba allí fuera, en el que nadie parecía hacer nada para mejorar las cosas y tenían que hacerlas las personas de bien que habitaban dentro.

Cada vez que la doctora practicaba un aborto en las letrinas o en el suelo de un barracón, siempre con la complicidad de la noche y de sus sombras, sin medidas higiénicas, sin agua, sin toallas, sin material quirúrgico, sin medicamentos, con las mismas carencias y los mismos riesgos con los que asistía los partos, salvaba una vida, aunque fuera arrebatando otra que ni siquiera había empezado. Gisella practicaba abortos en gestaciones de cuatro y cinco meses igual que ayudaba a dar a luz a mujeres en el sexto, séptimo y octavo mes de embarazo. No era habitual que ninguna llegara al noveno mes de gestación, por la precariedad de su estado y el del bebé. Gisella aconsejaba no esperar tanto tiempo ya que las SS siempre estaban pendientes del vientre de las mujeres aunque, salvo alguna excepción, ninguno de esos vientres malnutridos era demasiado abultado como para levantar sospechas, y menos debajo de unos uniformes siempre excesivamente holgados. Pocas veces se podía permitir llevar a las parturientas a la enfermería. De día resultaba imposible, por el carácter suicida de la misión, ya que tendrían que entregar al niño y a la madre a las SS, a no ser que el niño naciera muerto y entonces la madre podría ser recuperable para el trabajo. Tan solo la noche, a poder ser sin rastro de luna y en las primeras horas de la madrugada, cuando los uniformados dormían, permitía una escapada furtiva a la enfermería, donde Gisella podría encontrar más comodidad para acometer su trabajo. Alguna vez la suerte estaba de su lado y hallaba algún tipo de analgésico, de desinfectante o incluso alguna inyección letal que acelerara la muerte del recién nacido, pero no era lo habitual.

Durante la interrupción del embarazo o, en su caso, del alumbramiento, reinaba un absoluto silencio, tan solo algún siseo prácticamente inaudible, algún consejo a la madre, muchas veces comunicado por Ella, que se había acostumbrado a traducir las instrucciones con un hilo de voz tan débil que ni siquiera reconocía su sonido. Siempre intentaba buscar las palabras más suaves para animar a las mujeres, aunque algunas veces se escuchaba la voz de una presa veterana que elegía otro tipo de confidencias: «Reza para que tu hijo nazca muerto si quieres tener alguna posibilidad de seguir con vida, regresar a tu barracón y algún día salir de aquí para buscar a tu familia o formar una nueva. No pienses en lo que está a punto de suceder, tan solo reza».

A Ella le costaba entender que se pudiera rezar para que un inocente naciera muerto. La prostitución del lenguaje, y no solo en boca de las SS, se estaba convirtiendo en una epidemia que lograba adulterar el sentido de las palabras. Le asustaba esa falsedad y lo único que pudo hacer para evitar la peligrosa tergiversación de términos como «rezar» fue desterrarlos de su vocabulario. Por eso, al principio Ella rezó para morir. Luego rezó para que murieran otros. Finalmente ya no rezó. Una palabra menos de la que preocuparse.

Gisella lo escuchaba en silencio y cuando sentía que algún comentario estaba fuera de lugar o que alguna voz se alzaba demasiado, mandaba callar. Tampoco era fácil para la doctora. A veces, su gesto se nublaba y Ella sabía que su pensamiento volaba hacia su hijo, con el que había llegado al campo. Contaban que tenía otra hija que había logrado esconder en su país, pero nunca habló de ella, quizá por el mismo motivo por el que Ella nunca habló de Mia. Cada vez que provocaba la muerte de un recién nacido, la doctora Perl se acordaba de su pequeño y de la suerte que habría corrido. «Estar tan apegada a la muerte no te hace ser muy optimista —solía decir—. Pero confío en que alguien vele por él, como yo velo por las madres de esas criaturas que llegan en el peor momento y al peor lugar de la tierra.»

Al final, todo dependía de eso, de la oportunidad, de la que se tenía pero también de la que se perdía.

17

El aire siempre tenía un significado especial en Auschwitz-Birkenau. Sobre todo, el que se colaba por determinados lugares, rendijas, escondrijos, esquinas y refugios, y se travestía de mensajero de futuros vilipendios. El aire viciado no solo se alojaba en forma de nube sobre el campo, en lo más alto de los edificios de ladrillo rojo, en las camillas infectadas de presos moribundos o en las fosas rebosantes de cadáveres regados con gasolina y prendidos sin la menor ceremonia con el cigarrillo encendido del primer oficial de las SS que se ofreciera a hacer los honores en una nueva pira humana. También había otro aire que expulsaban en forma de susurro algunas bocas y que anunciaban infamias. Ella, como casi todos los presos de Auschwitz, descubrió el terror que un silbido podía despertar.

Aunque la orquesta había cesado sus conciertos de los domingos, el doctor Mengele continuaba anunciando su llegada silbando fragmentos de composiciones de Wagner y de Schumann. Quizá por la morfología de sus labios, delgados y prensados, o por la disposición de sus dientes delanteros, separados entre sí —una escueta ranura por la que se podía escapar fácilmente el aire—, el silbido del doctor era perfecto. Escucharlo era advertir una presencia que traería problemas.

Esa mañana, su silbido sonó pulcro, fino, un tanto afilado,

como si un cuarteto de cuerda estuviera afinando sus instrumentos minutos antes de un concierto. Wagner jamás habría imaginado que *La valquiria* acabaría en los silbidos de un capitán de las SS. Cuanta más tensión existía, con más tranquilidad silbaba.

Cuando entraron en una de las estancias del Bloque 19, la mujer estaba a punto de dar a luz. Era una griega, morena, con unos ojos verdes enormes que destacaban en el conjunto del rostro, y un vientre desproporcionado. Las contracciones cada vez eran más frecuentes y los dolores iban ganando en intensidad, a juzgar por los gritos y por cómo se revolvía sobre la camilla. Se agitaba con una energía extraña para un cuerpo tan menudo, un ardor que hacía necesario que varios brazos sujetaran sus extremidades. Gritaba en un tono muy alto, empeñándose en una frase que repetía sin parar y que nadie entendía, hasta que se acercó Ella. Chapurreaba un extraño italiano con un marcado acento griego que comprendió sin esfuerzo, aunque, al escuchar sus palabras, decidió no traducirlas. Creyó que omitir esa información la ayudaría. Quizá el doctor Mengele no quisiera entretenerse en un parto más y terminaría abandonando la sala, dejándolo todo en manos de Gisella y de alguna presa que trabajara en el bloque. Si no había nada de especial en aquel alumbramiento, para qué quedarse allí más tiempo.

Pero Mengele tenía otros planes. El doctor se acordaba de la mujer griega de ojos verdes y de su pelo enmarañado en bucles perfectos de color azabache, ahora lacio y sudoroso. Era de complexión pequeña, no tendría más de veinte años y con una belleza exótica que hizo sospechar a Mengele en un cruce racial de sus padres. Tanto Maria Mandel con Irma Grese se habían interesado por ella, y esa era la mayor prueba de que la joven atesoraba una belleza que le traería problemas en el campo, a ella y a su familia. Mengele recordaba que había llegado con un crío en los brazos, que entregó a su madre, creyendo que estaba aumentando sus probabilidades de supervivencia, y con un hombre que le susurraba cosas al oído mientras ella asentía a todo lo que le decía. La memoria del doctor era prodigiosa y eso le daba ventaja sobre los demás.

—Me acuerdo de usted —le dijo a la mujer, que se retorcía con las contracciones y buscaba con la mirada los labios de Ella, que eran los encargados de traducirle las palabras del doctor—. Yo mismo le pregunté si estaba usted embarazada y me dijo que no. Por lo que estoy viendo, me mintió. No soporto las mentiras, son el inicio de gran parte de los males que asolan a la humanidad. Las falsedades no traen nada bueno.

Ella siguió traduciendo, pero no había ninguna pregunta en la arenga de Mengele. Le gustaba alargar los momentos de tensión, utilizando tonos muy calmados cuando el nerviosismo lo asfixiaba todo. Cuando eso sucedía, las preguntas desaparecían de su boca.

—Las mentiras son peligrosas y tienen sus consecuencias.

Mengele se acercó a la parturienta y le cerró las piernas, provocándole un dolor que ahogó a la mujer en un grito endemoniado. Después ordenó a dos de los asistentes médicos que solían acompañarle que ataran las piernas de la parturienta con cuerdas.

—Ese niño no debe salir de donde está. Y la madre no debe continuar aquí —ordenó el doctor, sin un ápice de inflexión en su voz.

Se retiró de la camilla para observar la operación a cierta distancia, mientras sacaba su pitillera del bolsillo interior de la chaqueta, extraía un cigarrillo de boquilla dorada y se lo colocaba entre los labios. La ceremonia habitual.

Gisella le observaba con un gesto de terror. Pensaba que era una crueldad más en el nutrido repertorio del Ángel de la Muerte. Le había visto hacer de todo: inyectar líquidos viscosos de color blanco en el útero y en los pechos de las mujeres; quemar sus órganos reproductivos con placas de rayos X; dejar ciegas a mujeres al intentar cambiarles el color de los ojos; obligar a miembros de una misma familia —a hermano y hermana, a padres e hijos— a mantener relaciones sexuales para estudiar su descendencia; coser los cuerpos de dos gemelos uniéndolos por la espalda, una intervención que les provocó la muerte; realizar la vivisección de un enano llegado en uno de los transportes; inocular gérmenes y bacterias de enfermedades letales para ver la evolución de los prisioneros; inseminar a mujeres con semen de animales para ver el resultado de una posible gestación; esterilizar a mujeres a través de quemaduras, inyecciones y lámparas de electricidad para estudiar la reacción de sus órganos reproductores... La consulta del doctor Mengele era una descomunal fábrica de los horrores. Sabía que era capaz de todo sin que su peinado se alterase, sin que su rictus se turbase, sin que sus manos temblaran, sin que su mirada se desviase del resultado de sus órdenes. Pero aun así Gisella pensaba que aquella escena terminaría en algún momento, que mandaría desatar las piernas de la mujer y le permitiría dar a luz, aunque luego se deshiciera del recién nacido.

La espera se alargaba demasiado y la orden anhelada no salía de la boca del doctor, así que ella adelantó su posición unos pasos para implorarle que parase, que diera la orden que le permitiese asistir a la madre, que le consintiera parir y que luego hiciese lo que mejor considerase. Pero sus palabras no lograron ningún efecto. Solo la total indiferencia de Mengele, encantado con su condición divina. Le gustaba sentirse superior; no solo le divertía, le hacía sentirse único, especial, diferente al resto. Era una sensación plena que le dejaba una expresión de satisfacción en el rostro, muy difícil de entender en un lugar como Auschwitz.

—Por favor, doctor, déjeme hacer mi trabajo —rogó Gisella, en un exceso de valentía que solo podían permitirse determinadas presas, especialmente las que vestían la blusa blanca que las distinguía como doctoras.

—Cuando quiera saber su opinión, se la pediré. Por ahora,

vaya pensando una explicación a por qué no detectó que esta mujer estaba embarazada. Y, lo que es más grave, si descubrió que lo estaba, por qué no me lo comunicó de inmediato. Si hubiese hecho usted su trabajo, tal y como ahora me implora, se habría evitado todo esto —le respondió en un tono sereno, sin dirigirle una mirada, ocupado en contemplar cómo se convulsionaba la embarazada, a la que tenían que sujetar cuatro personas para que se mantuviera en la camilla—. Esto que está pasando es culpa suya, doctora Perl. Madre e hijo morirán por un error exclusivamente suyo y de nadie más, por su falta de profesionalidad, porque falló en el desempeño de su trabajo. El sufrimiento de esa mujer es responsabilidad suya. No busque más culpables. Ellos morirán y usted seguirá viviendo. Recuérdelo la próxima vez que tenga una opinión que darme, porque yo no lo olvidaré.

Mientras el doctor Mengele continuaba con la mirada fija en la parturienta, que se había quedado afónica por los gritos y había regresado varias veces de la inconsciencia, Gisella se apartó a un lado e intentó buscar otro punto dentro de la sala sobre el que posar los ojos. La impotencia y la rabia le impedían pensar con claridad y elucubrar cómo podría terminar aquello. La maldad del doctor Mengele se superaba cada día y era imposible ponerle un límite. A unos metros, Ella también clavó la mirada en el suelo y se fue apartando poco a poco de la escena, caminando sobre sus pasos, sin mirar hacia atrás, sin querer saber dónde acabaría al desandar el camino, como si haciéndolo revirtiera el tiempo y el drama no existiera, hasta que su espalda dio contra la puerta de la sala.

—No sale nadie de esta habitación hasta que yo lo diga —aclaró el doctor Mengele al advertir las intenciones de Ella, que enseguida frenó la retirada, pero sin despegar sus ojos del suelo—. Nadie.

No supo calcular el tiempo que transcurrió hasta que los bramidos de la prisionera griega dejaron de oírse. Sucedió sin más, como todo en Auschwitz. Un gran ruido y, de repente, un silencio aterrador, alentador de vilezas y guardián fiel de ignominias. Ella no se atrevió a mirar, aunque a veces era mejor enfrentarse a las imágenes que ofrecía la realidad y no a las tejidas por la imaginación. Pasaron unos minutos hasta que escuchó decir a uno de los médicos presentes que el corazón de la presa había fallado. Reconoció aquella voz. Pertenecía a otro de los doctores del campo, inseparable de Mengele durante los experimentos médicos, con quien compartía una falta de empatía y una crueldad de las que no se enseñan, porque son intrínsecas, inherentes a la persona que las ejerce. Era el *SS-Obersturmführer* Fritz Klein, uno de los personajes más sanguinarios de los que se escudaban en una bata blanca para acometer todo tipo de atrocidades, y si era contra mujeres, mejor.

Después de escuchar las palabras del doctor Klein, Ella respiró. Podría guardarse el secreto gritado a voces por la prisionera griega, y que nadie excepto ella había entendido. Cuando se consolaba con el alivio que le procuraba el saber que todo había acabado, que la joven madre ya no sufriría más, la misma voz que segundos antes le había administrado el consuelo le arrancó de cuajo la esperanza para volver a sembrar la angustia en su ánimo.

—El niño continúa con vida. Su corazón sigue latiendo —informó Fritz, que auscultaba el vientre de la mujer—. ¿Lo sacamos?

—No —ordenó el doctor Mengele—. Observaremos. Nos ahorrará trabajo. También al comando de limpieza.

Ella se giró ligeramente para observar qué pasaba. El gesto del doctor Klein continuaba serio y concentrado, empeñado en oír a través de su estetoscopio, mientras insistía en seguir explorando el vientre de la fallecida.

—Hay algo extraño. Percibo demasiados latidos, de distinta intensidad, como si hubiera dos corazones. Puede que haya gemelos aquí dentro.

—¿Está seguro? —preguntó Mengele, que ni siquiera fue consciente de cómo le mudó la expresión.

—No puedo asegurarlo al cien por cien con los medios de que dispongo, pero creo que sí. A no ser que el niño tenga dos corazones. Eso explicaría por qué hay unos latidos que suenan con más fuerza que otros.

—Eso sería incluso mejor. —Mengele se quitó la chaqueta del uniforme y se puso de nuevo su bata blanca—. Señores, esto cambia las cosas. Vamos a abrir. Doctora —dijo dirigiéndose a Gisella—, haga su trabajo y, esta vez, procure hacerlo bien. Y usted, espere fuera. Ya no tiene nada que hacer aquí.

Obedeciendo la orden directa, Ella aguardó al otro lado de la puerta hasta que escuchó dos llantos distintos, con una diferencia de un par de minutos entre ellos. Gisella había hecho bien su trabajo, aunque no como ella hubiera deseado. No quiso pensar en el final que les esperaría a esos niños, aunque no diferiría mucho del de su madre. Recordó cómo hacía unos días, en uno de los barracones, la doctora había tenido que asfixiar a un recién nacido al que besó cuando ya no existía en él un aliento de vida. Aquella vez tardó tres días en hacerlo, porque la madre se negaba a soltar a su hijo, aunque eso pusiera en peligro a todas. La doctora intentó convencer a la madre, que durante tres días tuvo suerte y pudo ocultar a su hijo, aun a riesgo de su vida. Cuando el llanto del niño casi descubre el gran delito que representaba tener un hijo en Auschwitz, la madre cedió al reclamo de Gisella, que por una vez dejó su mirada amable y su tono suave para hacerle entender que eso debía acabar o irían los dos al crematorio, acompañados de todas las cómplices del parto clandestino: estaba poniendo en peligro la vida de un barracón entero. No fue la primera vez que Ella presenciaba cómo, a falta de veneno, las manos de la doctora tapaban las vías respiratorias del recién nacido y solo las retiraba cuando el pequeño cuerpo dejaba de moverse. Justo como había hecho Joska con el niño gitano del que se encaprichó Maria Mandel.

Deseó que la doctora Perl hubiera hecho lo mismo con los bebés de la prisionera griega, sobre los que Mengele iba a realizar todo tipo de experimentos, aún más crueles por su condición gemelar. Imaginó lo que tenía preparado para ellos: quemaduras para ver si sus reacciones eran parejas en ambos, experimentos homólogos para comprobar si sus anatomías reaccionaban igual ante una misma intervención, autopsias comparativas para investigar su información genética... Gisella podría haberles ahorrado ese sufrimiento a los gemelos y haber salvado la vida de la madre. Pero la griega no quiso escuchar nada sobre interrumpir embarazos ni sobre la posibilidad de dar a luz en el rincón de un barracón, de rodillas, muda de impotencia y preparada para perder a su descendencia nada más parir. Le parecía desalmado. Estaba segura de que la crueldad de las SS no podía llegar a esos extremos y que tendría un límite. Era una recién llegada. No había visto lo suficiente para negarse a conceder un mínimo de humanidad en sus verdugos.

Mientras esperaba a que todo acabara, si es que eso podría suceder en algún momento —recordó lo que Joska le dijo en su primer encuentro: que aquello no iba a acabarse nunca por iniciativa propia, que serían ellos los que tendrían que ponerle fin—, vio llegar a Maria Mandel y a Irma Grese. La Bestia de Auschwitz y el Ángel Rubio. Las dos compartían el andar cantarín, aunque el contoneo de las caderas de Irma era más pronunciado, seguramente adrede. Tenía que hacerse notar, aunque fuera al lado de su maestra, una actitud que a Mandel no le importaba, al contrario, la enorgullecía. Venían con una imagen perfecta, con el peinado impecable, cumpliendo las directrices de una aplicada mujer aria y una vestimenta sin mácula. Grese siempre aparecía maquillada como una actriz de cine, Mandel prefería la naturalidad. Varias presas habían visto cómo el Ángel Rubio ensayaba ante el espejo los gestos, las miradas, las risas, cómo ladeaba la cabeza a un lado y a otro, y actuaba con las manos, con cuyos dedos se frotaba los dientes.

Sin duda, las dos pensaban asistir a una fiesta. La voracidad letal de su mirada lo explicaba todo. Venían atraídas por el olor de la sangre, de la muerte y del hallazgo de gemelos que alguien se habría encargado de transmitirles. Ella pudo oler el perfume de agua de rosas con el que Irma prácticamente se duchaba a diario. Nunca tuvo manera de comprobarlo, pero estaba convencida de que esa insistencia en perfumarse era una forma más de torturar a las prisioneras, enfatizando la diferencia entre ellas y las guardianas nazis, remarcando qué lugar ocupaba cada una en el campo. Y el suyo siempre olía a agua de rosas. También ese hedor estaba fuera de lugar en Auschwitz, como los tréboles de cuatro hojas, el *Fausto* de Goethe, el gramófono en una sala de hospital escupiendo el *Rêverie* de Schumann y la sábana blanca que cubría el cuerpo sin vida de Alma.

La voz de Mandel quebró sus pensamientos.

—Así que gemelos. Eso sí que son buenas noticias. ¿Estabas dentro? —preguntó con una extraña felicidad.

—Sí.

—¿Y qué haces aquí fuera? Puede que tengas que traducirle algo a la madre.

—La madre está muerta. —Ella pensó en explicarle que su corazón se había parado, seguramente explotado, cuando le ataron las piernas para impedirle dar a luz, pero creyó que ese detalle lograría satisfacerla y optó por callárselo.

—Irma, querida, ni te molestes. No hay nada para ti aquí dentro —le dijo a Grese, que no pudo contener un gesto de contrariedad. No podría divertirse esa vez. Tendría que esperar una nueva ocasión.

—Lástima —comentó con rabia, mientras se atusaba el pelo y se ajustaba el cinturón con el que insistía en marcar su cintura—. Habría sido bonito.

—Vuelve a la oficina o a lo que estuvieras haciendo. Yo quiero ver a esos niños y conocer la hoja de ruta del doctor Mengele.

—Me conformaré con ocuparme de mi grupo de judías. Necesitaría al doctor Klein para que pasaran la revisión médica. Pero, al parecer, está ajetreado y aún tardará. Tendré que entretenerme un poco más con ellas.

Irma se refería a las trescientas quince mujeres seleccionadas para la próxima remesa de prisioneras que serían conducidas a la cámara de gas. Debían pasar una inspección médica, sobre todo para comprobar si había algo en sus cuerpos que tuviera valor, desde un objeto escondido en algunos de sus orificios hasta un simple diente de oro. Las trescientas quince mujeres tuvieron que esperar tres días más encerradas en una diminuta sala de un barracón, tan abarrotado que ni siquiera había opción de sentarse en el suelo, siendo golpeadas y azotadas, sin comida ni bebida, sin dónde hacer sus necesidades fisiológicas, sin poder dormir, sin luz, sin apenas respirar por la falta de aire. Tres días en un estado de abandono inhumano hasta que el doctor Klein pudo ausentarse de su trabajo con el beneplácito de Mengele, y dedicar su tiempo a las mujeres de Irma Grese.

Mandel accedió a la sala, hambrienta de una escena de la que cualquier ser humano normal huiría. Pero Ella sabía que el horror siempre podía ir a más cuando la Bestia entraba en escena. Su deambular invariablemente llevaba el terror consigo. Por un segundo, deseó que Mengele ya hubiera aniquilado a los niños, o que al doctor Klein se le hubiera resbalado uno de los bebés al suelo, antes que dejarlos en manos de la jefa de campo, capaz de ahogar en un cubo de agua a un recién nacido con la misma facilidad con que lanzaba sus cuerpos al crematorio. Había visto cuál era su comportamiento con los recién nacidos y no deseaba volver a verlo. Lo que nunca entendió fue su reacción con el niño gitano, aunque compartiera el mismo final que el resto de los infantes.

Las salvajadas que contemplaba se confabulaban en una íntima hermandad para que cada día entendiera mejor la rebelión emprendida por la doctora Gisella en Auschwitz-Birkenau. Mientras Ella barruntaba si realmente deseaba que hubiera más médicos como la ginecóloga en el campo, un atronador ruido procedente del exterior congeló sus pensamientos y los de todos los que se hallaban cerca —en su mayoría personal médico y prisioneras, tanto enfermas como trabajadoras—, mientras iban de una sala a otra del Bloque 19. Algunos hicieron el amago de agacharse y tirarse al suelo, en un acto reflejo aparejado a la amenaza constante de muerte que pendía sobre ellos.

Se había oído una fuerte explosión, una especie de fogonazo que, aunque parecía lejano, había transportado el eco del estallido por todo el campo, también al bloque en el que se encontraban.

Se oyó un enjambre de gritos en alemán donde las preguntas se entremezclaban caóticamente con las órdenes.

El silencio inicial dejó paso a un reguero de gritos de miedo, de incredulidad, de confusión.

El sonido de las sirenas monopolizó el aire.

Los pasos que se apresuraban por los pasillos fugazmente se convirtieron en carreras atropelladas.

Una sensación de desconcierto, un miedo que por una vez compartían los uniformados.

Ella permaneció quieta. Era lo único que podía hacer. Ya había aprendido que no servía de nada correr de un lado a otro sin saber qué dirección sería la correcta, si es que había alguna. Apoyó la espalda contra la pared, como si eso le garantizara algún tipo de protección.

Solo podía pensar en un nombre: Joska.

El primero en salir de la sala fue el doctor Klein, en busca de una explicación al estruendo de fuera. Solo encontró la mirada de Ella, que ni siquiera contempló. Además, sabía que era territorio del doctor Mengele, así que no perdería el tiempo ni tampoco se arriesgaría a perder rango y condición por una estupidez. Ya tenía suficiente con los rumores sobre la terna Kramer-Grese-Mengele, a la que a veces se unía Mandel, como para añadir más leña a las habladurías.

Ella también le conocía bien. Sabía que ese hombre era el responsable de un pequeño experimento, que rápidamente terció en juego siniestro, entre las mujeres que llegaban al campo: reunía en una sala a todas las que en ese momento estuvieran con el menstruo y les ordenaba desnudarse y permanecer así durante horas, sin ningún tipo de paño protector que evitara que sus piernas se llenaran de sangre, mientras varios soldados y oficiales de las SS miraban y se esforzaban en humillarlas, entre comentarios groseros, risas, amenazas e insultos. Después, les informaba de que en las próximas horas serían asesinadas, como lo habían sido sus familias, describiendo qué métodos utilizarían para matarlas, sin ahorrarse detalles sobre el tiro en la nuca, la inyección de fenol en el corazón, el enterramiento en vida en una fosa común o las dentelladas de los perros de presa. La conmoción de las mujeres era tan grande que a muchas se les retiraba el período a las pocas horas. Klein siempre definió sus juegos macabros como «experimentos científicos» y los justificaba como parte de un estudio destinado a observar las consecuencias que una gran impresión anímica tenía sobre el flujo menstrual de las mujeres. Había tenido al mejor maestro, el doctor Mengele, que observaba con buenos ojos sus estudios y a menudo se interesaba por sus resultados. Y no era el único: tiempo más tarde apareció un artículo escrito por un profesor de histología de Berlín, experto en tejidos orgánicos, que versaba sobre la incidencia de los factores externos, en forma de noticias devastadoras, en las hemorragias menstruales.

Ese era el monstruo cuyo rostro, ávido de información, asomaba por la puerta. Pero algo apareció en el horizonte de Ella que hizo que dejara de contemplar su cara, mientras sentía que el corazón le iba a explotar como lo había hecho el de la presa griega. Las pulsaciones aceleradas amenazaron con hacerle perder la visión, como siempre que vivía un episodio de tensión. Insistió en sujetar la espalda, aún con más fuerza, contra la pared para no caer al suelo.

El infame doctor Klein se apoyaba en una de las hojas del portón con la mano derecha, y el reloj que siempre llevaba el padre de Ella —un peculiar modelo Baume & Mercier en oro amarillo, con el dial color vainilla en el que aparecían dos minúsculas esferas de cronómetro y que había sido un regalo de su esposa Nadine por uno de sus aniversarios de boda— adornaba su muñeca.

Sintió que el estómago se le licuaba por dentro y que alguien le estaba oprimiendo el pecho para evitar que siguiera respirando, y lo estaba consiguiendo. Que ese reloj estuviera en la muñeca del doctor Klein solo podía significar una cosa: que su padre estaba muerto, que sus días de *Sonderkommando* habían terminado. Primero Nadine, y ahora André.

Se preguntó por qué Joska no le había dicho nada la última vez que se vieron, o si tampoco lo sabría, o si por entonces su padre aún estaba vivo. Se sintió culpable y egoísta por no haberle preguntado por él en su último encuentro, aunque sí lo hiciera en el primero. Desde su ubicación, podía ver con detalle el movimiento de las agujas del reloj, el número 13 encerrado en la ventana que marcaba la fecha del calendario —13 de septiembre—, la correa de piel marrón que siempre rodeaba la muñeca de su padre; incluso creyó advertir el sonido del mecanismo del péndulo, aunque quizá fueran los latidos de su corazón, que seguían la misma cadencia. Intentó serenarse aunque se le antojó complicado conseguirlo. No tenía por qué ponerse en lo peor, aun cuando fuera el lugar más propicio para hacerlo. Quizá su padre lo había cambiado en el mercado negro, o le había sido confiscado con el resto de sus pertenencias que habrían llegado al Kanada, o podría ser que se hubiera despistado en las manos de cualquier oficial de las SS que pudo haberlo robado antes de llegar al almacén.

Intentó armarse de argumentos, cualquiera que permitiera la entrada de aire en sus pulmones valía. Joska tampoco había conservado su reloj y eso no significaba que estuviera muerto. Su congoja iba a más, adecuándose a la velocidad de sus especulaciones. Las ubicaciones fuera de lugar continuaban sucediéndose en el campo. Tampoco la muñeca del doctor Klein era el sitio natural de ese reloj.

—¿Y a ti qué te pasa? —le espetó de malas formas el doctor Klein—. ¿Nunca has visto un reloj?

El estrépito de unas botas contra el suelo hizo que la atención se distrajera hacia la entrada del Bloque 19. Un oficial de las SS se presentó sudoroso y con la respiración entrecortada. Había venido corriendo desde la oficina de Administración y traía noticias de lo sucedido. Antes de que empezara a hablar, salió el doctor Mengele, advertido por el eco de las pisadas de las botas. Reconocía el sonido de la carrera de un oficial de las SS y casi nunca anunciaba algo bueno, al menos para los prisioneros.

—Bombardeos aéreos, señor. Aviones estadounidenses como la última vez. Quizá bombarderos B-17 de la Fuerza Aérea. O puede que B-24 del Grupo de Bombardeo 464. Todavía están recopilando y contrastando la información con Berlín. —El oficial hablaba con voz trémula, haciendo esfuerzos por disimular un ligero titubeo. Quizá eran los nervios por la situación o por la presencia de los mandos de las SS a los que estaba informando. Cuando la respiración se acompasó y pudo recuperar el aliento, abandonó la narración a modo de telegrama con la que había comenzado—. El objetivo era de nuevo Monowitz, suponemos que la fábrica de IG Farben. Pero esta vez algunas bombas han caído más cerca de Birkenau, aunque no han dañado ni las cámaras de gas ni los crematorios. Sí que ha habido desperfectos en algunos barracones, especialmente del campo Auschwitz I. Los más graves, los de algunos oficiales de las SS y guardianes del campo, pero también en un tramo de la vía férrea, el más nuevo, el que conduce a los crematorios, y han destrozado parte de un almacén de ropa del Kanada —dijo el oficial, que dejó para el final el recuento de bajas humanas, como si fuera lo menos importante—. Por ahora se han contabilizado quince bajas en las filas de las SS, y casi medio centenar de prisioneros, más una treintena de civiles que trabajaban en las fábricas aledañas. Todavía estamos cuantificando los daños.

La noticia sobre el bombardero desterró sus temores sobre una posible implicación de Joska en la explosión, pero Ella solo podía pensar en el reloj que rodeaba la muñeca del doctor de las SS.

No era el primer bombardeo aéreo que sufría el campo de concentración y exterminio de Auschwitz. Hacía menos de un mes, el 20 de agosto de 1944, mientras París se levantaba contra los alemanes, aviones de la Fuerza Aérea de Estados Unidos bombardearon las fábricas de goma y caucho sintético para fines militares en Auschwitz-Monowitz, un área cercana al campo de Birkenau, dejando serios daños materiales y la sensación de que su hasta entonces inquebrantable seguridad estaba en peligro. El principal objetivo eran las instalaciones de la empresa IG Farben y su fábrica, la planta química Buna, pero, aunque resultó parcialmente dañada, no fue destruida. Unos días antes, aviones estadounidenses habían bombardeado un área próxima al campo de Auschwitz, provocando daños en la planta química de Blechhammer, así como en la refinería de petróleo ubicada a unos veinte kilómetros al nordeste del campo. Pero este nuevo ataque había ocurrido más cerca, alcanzando instalaciones de Birkenau, de Auschwitz I y de algunos terrenos aledaños, la conocida «Zona de Interés», donde se emplazaba la fábrica de armamento y munición de la Weichsel-Union-Metallwerke.

—O no tienen puntería, o no saben sobre qué demonios están bombardeando —comentó el doctor Mengele—. Llevamos tres o cuatro ataques en apenas dos meses, y ninguno ha dado en el blanco. Para ser aliados, les falta suerte o destreza, y ambas carencias nos favorecen.

—Dañan pero no destruyen —añadió Maria Mandel, que se había unido a la conversación, parapetada a la espalda de los doctores—. La pregunta es por qué.

—Quizá sea un bombardeo accidental. Es raro que tengan tan poca precisión. Cualquiera diría que se les caen las bombas, más que apuntar sobre un objetivo claro —intervino el doctor Klein.

—¿Accidental? —Josef Mengele parecía perplejo—. Tres bombardeos en menos de cuarenta días no parece algo accidental, doctor.

—No soy un experto —se atrevió a intervenir el oficial recién llegado de las SS, buscando la venia del doctor Mengele, el mando de los presentes que más imponía—, pero por lo que sabemos, la precisión del B-17 solo alcanza el objetivo en el tres por ciento de las ocasiones. Un pobre resultado. Además, los bombarderos estadounidenses, tanto los B-17 como los B-25, están diseñados para lanzar sus proyectiles desde una altura de hasta treinta mil pies. No hay piloto con pulso suficiente para asegurar la precisión del ataque. Es imposible.

—Si son Consolidated B-24 Liberator, como todo parece indicar, pueden acribillarnos a bombas desde una altura de siete mil quinientos metros —apuntó Mengele, mirando al doctor Klein.

—Lo único cierto es que saben dónde estamos.

—Lo importante sería saber si conocen lo que estamos haciendo —precisó el doctor Mengele, aunque Mandel negó con la cabeza.

—Si así fuera, ya habrían liberado el campo. A no ser que a los aliados les importen los judíos tanto como a nosotros, lo cual tampoco sería una gran sorpresa.

—Les preocupa derrotar a Alemania, no salvar vidas judías. Lo que quieren en verdad es nuestra industria, nuestra petrolera. Lo demás les resulta indiferente. Tiene toda la lógica del mundo.

—Los aliados deben estar más preocupados por los posibles avances de Alemania en su programa de bomba atómica, doctor Mengele —comentó el doctor Klein—. Eso sí que debería preocuparles.

—No se arriesgarán —volvió a intervenir el oficial de las SS—. Solo con que hagan un poco de memoria se darán cuenta de que el precio que deberán pagar puede ser muy alto. Lo comprobaron el pasado octubre cuando bombardearon la fábrica de balineras y proyectiles de Schweinfurt. No solo no alcanzaron su objetivo, sino que perdieron un centenar de aviones, con las bajas humanas que eso supuso.

Ella asistía atónita al debate improvisado de las SS en la puerta de la sala donde el personal médico compuesto por prisioneras, entre ellas la doctora Gisella, esperaba junto al cadáver de la mujer griega a la que le habían atado las piernas para que no pudiera dar a luz. También había dos recién nacidos, gemelos, que habían captado el interés de Mengele con la misma precisión que una hiena se relame ante la visión de su víctima indefensa. Pero el nuevo ataque aéreo sufrido sobre Auschwitz, el análisis de los bombardeos de los aliados, la precisión de sus aviones, la falta de puntería y la vaguedad de sus objetivos parecía ser más interesante y urgente que lo que aguardaba en el interior de la sala.

Ella tampoco podía desterrar la imagen del reloj de su padre en la muñeca del doctor Klein, que prevalecía sobre lo que se hablaba en la espontánea tertulia de las SS y sobre los gemelos que esperaban en el interior.

En Auschwitz la vida siempre podía esperar. Era la muerte lo que realmente urgía.

18

—Dicen que hay una estación experimental especializada en inseminación artificial. Está a unos treinta o cincuenta kilómetros de aquí; no pude oírlo bien, mi alemán no es tan bueno como el tuyo. Pero sé que mandan a las mujeres más jóvenes y hermosas para inseminarlas, seguramente por soldados alemanes. Han enviado allí a un gran número de prisioneros médicos, polacos y húngaros en su mayoría. Mengele tiene una paradójica obsesión con ellos; los admira pero no les permitirá vivir, y no porque muchos sean judíos, sino por ser testigos de las aberraciones médicas que se están realizando. No quieren que nadie pueda dar testimonio de lo que ocurre aquí. Y la muerte es la única manera de acallarlos. ¿Me estás escuchando, Ella? —le preguntó la doctora Perl.

No lo estaba haciendo. A veces optaba por no prestar demasiada atención a las palabras que flotaban a su alrededor, especialmente aquellas que sabía que no la ayudarían. Prefería encerrarse en las suyas, en las escritas, en las pensadas, en las imaginadas. Llevaba unos días extraña, desconectada del mundo y de su propio cuerpo, y su pensamiento se le presentaba con un halo ignoto. Ver el reloj de su padre en la muñeca del doctor Klein le había removido el estómago y la memoria. Necesitaba saber si su padre seguía con vida, y su ánimo zozobraba. Se dejaba gobernar con displicencia por una desconocida sensación de letargo, quizá por la falta de descanso.

Las caminatas en mitad de la noche para asistir a los partos y a los abortos clandestinos le estaban pasando factura. El trabajo en el Kanada no cesaba; cada día tenían que abrir, dividir, seleccionar y separar más pertenencias, que parecían multiplicarse por cien en las últimas semanas. Le contrariaba encontrar cada vez menos fotografías en los equipajes, como si a las personas les diera miedo llevar una prueba que pudiese desvelar quiénes eran sus seres queridos. Joska tenía razón, una vez más; estaba llegando mucha información al mundo exterior de lo que ocurría en esos campos, y cuando la Gestapo detenía a alguna familia y la obligaba a hacer su equipaje de manera rápida y seleccionando lo imprescindible, sabían qué podían meter y qué no convendría que cayera en manos de los nazis. Aun así, la presencia de fotografías y de postales resultaba numerosa. Era lo único que conseguía alentarla, escribir en su reverso para mantener vivo el recuerdo.

Debía aumentar la cautela a la hora de extraviarlas desde su lugar de origen hasta el dobladillo de su falda. Podía seguir confiando en aquel escondite, aunque no tanto en su capacidad para mantenerse alerta, como aquella tarde de domingo de principios de septiembre, en la que volvió a bajar la guardia.

—Yo también he escrito un diario. —La aparición de una voz desconocida la sorprendió, aunque se tranquilizó al levantar la mirada y descubrir ante sí a una chica de sonrisa bondadosa y ojos calmos, vestida como todas las prisioneras. Tenía que ser más cuidadosa, se recordó Ella.

—No es un diario lo que escribo.

—Bueno —dijo mirando ahora la postal que Ella trataba de ocultar, sin éxito—, pero seguro que se le parece. Los que escribimos lo hacemos con la callada ambición de que, algún día, alguien lo lea. —La joven decidió sentarse junto a ella, sin pedir permiso, un requisito indispensable para cualquier cosa que se quisiera hacer en el campo. Se notaba que no llevaba mucho tiempo en Auschwitz. Esa libertad no olvidada revitalizó a Ella—. Yo empecé a escribir mis diarios a los doce años, el 12 de junio de 1941... El diario fue un regalo. Empecé a escribirlo cuando todavía estaba en libertad. Pero a partir del 6 de julio, mi escritura se volvió clandestina. Creo que nunca podré olvidar esa fecha. Tuve mucho tiempo para hacerlo, dos años escondida de los nazis en una buhardilla en Ámsterdam. El último lo escribí el 1 de agosto de este año. No me dio tiempo a más. Alguien nos delató y detuvieron a toda mi familia, pero pude escribir varios cuadernos y muchas hojas sueltas que escondí entre ellos. Lo dejé oculto y a buen recaudo. Estoy segura de que me lo guardarán. —Acompañó con una sonrisa su convencimiento—. Me encanta escribir. Me relaja, me libera, es como entrar en un mundo nuevo, con toda la libertad que puedas imaginar. ¿Sabes qué? Espero que algún día alguien los lea. Con que lo haga una sola persona, me sentiría satisfecha.

—Me gustaría leerlos —reconoció Ella, que no podía dejar de observarla. Le agradaba la cadencia de su voz, la manera que tenía de hablar, la forma en la que sus finos labios dibujaban una sonrisa serena.

—Y a mí me gusta tu pelo. Nunca había visto a alguien con el cabello tan rubio y tan bonito. Yo tenía el pelo largo, pero mis padres me obligaron a cortármelo, igual que me hicieron llevar aparato en los dientes durante dos meses. Por cierto, soy Ana. —Sonrió y le tendió la mano, algo que Ella no veía hacer desde hacía mucho tiempo. A pesar del riesgo que suponía, decidió estrechársela.

—Yo me llamo Ella —dijo devolviéndole la sonrisa y agradeciendo el cumplido sobre su pelo, mientras mantenía el contacto con su mano. También hacía demasiado tiempo que no escuchaba un halago, desterrados por los insultos, las amenazas y las órdenes bajo el humo de Auschwitz—. No te había visto antes.

—Llegué hace unos días. Me ha dado tiempo a fijarme en algunas cosas. ¿Cómo lo llamas?

—¿El qué? —preguntó Ella, algo desconcertada.

—Lo que escribes. Yo a mi diario lo llamé Kitty. Algunos piensan que es una tontería, pero creo que hay que poner nombre a las cosas, igual que a las personas. Eso nos hace únicos y nos diferencia de los demás. —Ana calló, al ver cómo el rostro de Ella se oscurecía—. ¿He dicho algo malo?

—No. Me has recordado a una mujer que conocí un día. Se llamaba Cosette. También pensaba como tú. Por eso quiso ponerle un nombre a su hijo, que murió nada más nacer. Nathan, me acuerdo de su nombre. Se llamaba Nathan.

—¿Ves? Gracias a tener un nombre, puedes recordarle. Por eso escribimos las cosas, para no olvidarlas y para que los demás tampoco las olviden.

—Me gusta tu manera de pensar.

—Y a mí me gusta tu letra. Es muy bonita. Mucho más que la mía. Ahora me tengo que ir con mi hermana. Margot siempre me dice que soy muy confiada y que hablo demasiado. Yo creo que es ella la que se preocupa en exceso por mí, aunque eso me hace sentir bien —dijo mientras se incorporaba—. Espero volverte a ver, Ella.

—Yo también a ti, Ana.

No volvió a verla. Por ese recuerdo construido hacía semanas erraban sus pensamientos cuando la voz de Gisella volvió a invadir su espacio mental. Odiaba que eso sucediera. Era como si alguien la despertara en mitad de un sueño agradable y reparador para darle una mala noticia. Y costaba tanto soñar en Auschwitz, que el despertar podía considerarse un delito.

—¿Me estás escuchando? —insistió Gisella.

—La verdad es que no.

—¿Qué te pasa? Estás como si estuvieras en otro lugar. Y hoy más que nunca debemos tener en alerta los cinco sentidos.

Era la primera vez que Ella notaba a la doctora aterrada por lo que iban a hacer.

—Ese es el problema, que no sé por qué lo hacemos. ¿Ayudarla a abortar? ¿A ella? Lo más seguro es que nos mate, pero no antes de azotarnos y golpearnos. Puede que si está muy cansada, deje el látigo y nos eche a los perros.

No solo le preocupaba eso. Por fin, después de dos meses de espera, había recibido otra nota y esa misma tarde de domingo vería a Joska. Al menos tenía que seguir con vida hasta entonces. Ella no podía esconder el fastidio que todo eso le suponía. Odiaba a Irma Grese, a Maria Mandel, a todo aquel que llevara uniforme y lanzara gritos.

—Lo que no entiendo es por qué quieres que te acompañe —insistió—. No me necesitas para nada. No hace falta que traduzca nada.

—Es una orden directa de Mandel. La Bestia quería que estuvieras presente —le recordó Gisella, intentando borrar la mueca de niña contrariada del rostro de Ella—. Además, mi alemán sigue siendo malo.

—Las dos hablan a gritos. Ese idioma lo entiende cualquiera que lo haya escuchado alguna vez.

Había sucedido hacía menos de veinticuatro horas. Después de una de las vivisecciones realizadas por el doctor Mengele, que no quisieron perderse ni Maria Mandel ni Irma Grese, la Bestia ordenó que la doctora Gisella se dirigiera a una sala contigua y esperase allí. Tenía algo que comunicarle. El anuncio no era alentador. Las notificaciones de las SS siempre terminaban mal, sobre todo si se daban en una estancia cerrada. A los pocos minutos, Irma Grese hizo su entrada, seguida de su máxima valedora que, en un primer momento, decidió mantenerse en silencio. Se aseguró de que no hubiera nadie más en la habitación y, entonces, empezó a hablar con una voz regia, ruda, evidenciando que era una orden lo que salía de su boca y, como tal, la prisionera Gisella tendría que acatarla.

—Tengo un problema que necesito que resuelvas. Sé que eres buena doctora y que sabes lo que es un aborto. Necesito que me hagas uno. Será mañana. En el Bloque 19. A las cinco de la mañana. Es domingo, habrá menos gente, todo estará más tranquilo —explicó el Ángel Rubio con la frialdad que la caracterizaba. Parecía tenerlo todo planeado desde hacía tiempo—. Sin testigos, sin más personal que alguien de confianza que tú elijas y que cuente con mi consentimiento.

—Ella sería una buena opción. —Mandel decidió abandonar el segundo plano—. Nadie más. Y por supuesto, máxima discreción. Si alguien se entera de esto, tú y Ella seréis condenadas a muerte.

—Pero yo no... —intentó explicarse Gisella, más preocupada porque las SS conocieran su labor clandestina en el campo con las embarazadas, que por la petición de Grese, aunque tampoco era de su agrado. Aborrecía a esa mujer. No solo era cruel como la mayoría de las SS, además estaba loca, perdía el control con demasiada facilidad y eso la convertía en una sádica peligrosa.

—Pero tú, nada —cortó Mandel en seco, dejando a la doctora con la palabra en la boca y el miedo en el cuerpo—. Es una orden. Tienes la obligación de cumplirla y de hacer bien tu trabajo. Y eso es lo que te pedimos.

—Te ordenamos, para ser exactos —añadió Grese, que al darse cuenta de que quizá estaba siendo demasiado dura con la doctora que iba a intervenirla en unas horas, decidió enmascarar su prepotencia y disfrazar la orden de intercambio comercial—. Quiero que sepas que te pagaré. Tu amiga y tú no solo tendréis un desayuno en condiciones, con café, leche, chocolate, pan, mantequilla, queso y confitura, sino que te obsequiaré con un abrigo que te vendrá muy bien para las noches de frío y, por lo que sabemos, son muchas las que contabilizas. —El tono le dio a entender a Gisella que estaba muy al tanto de su labor clandestina, y si no era un conocimiento exacto, se le acercaba bastante. Eso la dejaba en una situación complicada. Estaba vendida a esas dos mujeres—. Recuerda. Mañana a las cinco de la madrugada. En el Bloque 19. No soporto la falta de puntualidad y, al igual que con todo lo que no tolero, lo hago desaparecer sin contemplaciones. ¿Lo has entendido?

La doctora Gisella asintió. Las ordenes, lejos de entenderlas o discutirlas, se cumplían. No había nada más que decir, y las dos mujeres de las SS abandonaron la sala como habían entrado en ella, siendo conscientes de su poder.

—Deberíamos aprovechar para matarla —dijo Ella, sorprendida por la tranquilidad con la que había enunciado la propuesta—. No vamos a tener una mejor ocasión.

—Nos están convirtiendo en asesinos —replicó con una estudiada hilaridad Gisella, aun sabiendo que en sus palabras y en las de Ella había un resquicio de verdad. Las oportunidades en el campo surgían solo una vez y había que prestar atención para aprovecharlas—. Pensar que el niño puede ser de Mengele o de Kramer es lo único que me arma de entereza para practicar este aborto.

El comentario de Gisella hizo que Ella se abandonara en un silencio sordo. El hijo de Mengele. ¿Cuántos hijos tendría el doctor en el campo? ¿A cuántas prisioneras habría violado como a ella? ¿Era esa la razón de su rechazo absoluto a las mujeres embarazadas y a los recién nacidos? Sacudió la cabeza con la intención de airear sus pensamientos. No existían las explicaciones sencillas, casi nunca resultaban veraces. El escalofrío que sintió no era por la temperatura exterior. Aunque faltaba media hora para que fueran las cinco de la madrugada, el estremecimiento de Ella era más mental que físico. El abrigo que la guardiana Grese le había prometido a Gisella le habría venido bien en aquel momento. Violetta no le había devuelto el que le prestó la aciaga noche que acompañó a Alma Rosé al cumpleaños de Frau Schmidt. Con el barullo de su muerte olvidó rescatarlo y de eso hacía ya medio año. El domingo empezaba destemplándola. No quiso elucubrar sobre cómo terminaría. En Auschwitz solo existía el presente más inmediato y el suyo estaba en el barracón de las embarazadas.

Irma llegó a las cinco en punto al Bloque 19. Entró en la sala vestida con la misma soberbia y altanería que lucía a diario en el campo, dejando claro quién ostentaba la autoridad, el poder sobre la vida y la muerte, y quiénes debían doblegarse ante ella. Pero la historia estaba a punto de cambiar. Conforme la guardiana nazi fue desnudándose y desprendiéndose de su uniforme —algo que hizo detrás del biombo de tres hojas dispuesto en la sala—, fue despojándose también de su superioridad. El desnudo iguala a víctimas y verdugos, por eso es una perfecta radiografía del alma, incluso más que del cuerpo. Ahora entendía Ella por qué las SS lo primero que hacían para dominar a un prisionero era obligarle a desnudarse y escrutar su desabrigo. La voz de Nadine regresó a su mente. «Ten miedo de todo aquel que te haya visto desnuda.»

Irma había cubierto su desnudez con una mínima bata blanca, pero fue consciente de que estaba desnuda al acomodarse en la camilla blanca sobre la que, esta vez sí, había dispuesta una sábana. Siguiendo sus órdenes, aparte de Grese allí solo estaban la doctora Gisella y Ella. Con miradas veladas y esquivas, ambas observaron que la guardiana tenía una bonita figura, proporcionada, de caderas anchas, piernas musculadas —seguramente por el ejercicio que hacía y obligaba a realizar a otros prisioneros—, espalda amplia, pechos voluminosos —quizá más de lo que dejaban entrever las blusas de seda que solía vestir cuando no llevaba el uniforme, todas saqueadas del Kanada o encargadas en las mejores *boutiques* francesas—, y un vientre terso y blanquecino que comenzaba a notarse ligeramente abultado. Eran los únicos testigos de su anatomía. Nadie más podía acceder a la estancia. No era algo que el Ángel Rubio quisiera que se supiera en el campo, por eso la hora temprana para realizar el aborto.

Irma parecía asustada. Estaba nerviosa y el exceso de verbo lo evidenciaba. Tenía un miedo descomunal al silencio, como si temiera que sus entrañas escondieran un peligro. Parloteaba sin apenas coger aire entre frase y frase, sin sentido, sin control sobre lo que decía. Podría haber contado los mayores secretos de las SS de haberlos conocido sin necesidad de suero de la verdad, solo por la aprensión que le provocaba sentirse en inferioridad de condiciones. Las batas blancas, unidas al olor a desinfectante y alcohol etílico característico de un hospital, le imponían tanto como al resto. No era su hábitat. No era ella la que solía estar en la camilla mientras el resto observaba. Se hallaba a merced de una persona a la que consideraba inferior. Que su vida estuviera en sus manos no constituía algo que sosegara su espíritu ni mucho menos su respiración, que seguía alterada y hacía que su pecho se elevara como si estuviera enchufado a un respirador artificial.

—¿Sabes? Yo también quise ser enfermera —le confió a Gisella, que ni siquiera se molestó en recordarle que ella era doctora; estaba convencida de que lo había hecho con la intención de degradarla, pero no lo consiguió—. Lo intenté de todas las maneras posibles. Desde pequeña lo tuve claro: a los quince años hice mi primera solicitud para entrar en uno de los campos del Tercer Reich, pero me dijeron que aún era muy joven. Ese ha sido mi sino, mi juventud. Siempre han creído que era joven para ciertas cosas hasta que les he demostrado que la edad no es impedimento de nada, como tampoco lo es el sexo. A las mujeres no nos ponen las cosas fáciles.

El comentario provocó el primer cruce de miradas entre Ella y Gisella. De haber podido, Ella le hubiera dado un buen bofetón como los que aquella mujer endiablada solía dar a las prisioneras, con tanta fuerza e intención que las tiraba al suelo. Y, de haber podido, Gisella la habría anestesiado por completo, pero ni había suficiente anestesia ni un miembro de las SS hubiera permitido nunca que dos presas la durmieran. Irma continuaba hablando, sin pausa, sin control.

—No quería seguir estudiando, quería trabajar. Pero no en la lechería de mi padre en Wrechen. Yo quería hacer algo grande. La medicina siempre me ha atraído, pero la vida da muchas vueltas. Yo misma, de pequeña, era una niña tímida, reservada, a la que le asustaban los gritos y las peleas. Cuando se producía una riña en el colegio, corría a refugiarme en los brazos de mi padre, un hombre extraordinario, de carácter fuerte, con firmes convicciones, afiliado al partido nazi y defensor de Hitler. Siempre quiso lo mejor para su niña. Cuando me alisté en la BDM —la Bund Deutscher Mädel, la Liga de Muchachas Alemanas, sección femenina de las Juventudes Hitlerianas—, se sintió muy orgulloso. Fue justo después del suicidio de mi madre en 1936... —Calló durante un instante, apenas cinco segundos—. Sin embargo, no vio con buenos ojos que comenzara mi formación en el campo de Ravensbrück. No sé si perdió la confianza en el Führer o en mí. Me echó de casa. No tuve más remedio que denunciarle. Me dio pena que le encarcelaran, pero no me dejó otra salida. Lo primero es lo primero. Y lo primero, sobre todo, siempre es Alemania.

Irma no paraba de hablar. Tenía miedo. En realidad, estaba aterrada. Un aborto en Auschwitz siempre entrañaba riesgos. A pesar de que Gisella dispuso de más medios y de todas las medidas asépticas con las que soñaba poder contar en el resto de los abortos y partos que realizaba, una interrupción del embarazo siempre conllevaba un peligro. Tumbada en la camilla de una de las salas del Bloque 19, viendo cómo las manos de la doctora Gisella le separaban las piernas e introducían en su vagina los instrumentos de metal fríos e invasores, la *SS-Oberaufseherin* Grese sintió una desconocida aprensión que alimentó la inseguridad y el recelo que se estaban apoderando de su ánimo. Ella y Gisella no podían disimular el placer que les daba ver a un verdugo adoptando la posición de víctima. No había palabras para definirlo, al menos en voz alta. Irma había ordenado a Ella que se colocara en la cabecera de la camilla; no quería que nadie la viera expuesta al desnudo más íntimo, excepto la doctora Perl, y porque no había más remedio. Les pareció curiosa esa timidez en una mujer que disfrutaba con los desnudos ajenos, especialmente si podía destrozarlos a golpes, latigazos o si podía abusar sexualmente de ellos. Irma tenía la mirada fija en el techo. No quería mirar la bandeja donde estaba el material quirúrgico, las gasas, las compresas, las botellas de desinfectante, los escalpelos, las tijeras, las cuchillas, las pinzas, varias gomas gruesas de un color marrón tierra y las bolsas de sangre que habían dispuesto por si algo se complicaba durante la intervención. Ella estaba convencida de que Gisella había colocado más cosas de las necesarias para atemorizar a la supervisora nazi. Era su pequeña venganza. Como siempre decía, había que aprovechar las oportunidades porque rara vez se volvían a presentar. Quizá al otro lado de las alambradas sí; en Auschwitz-Birkenau, nunca.

La mirada de Grese solo se desanclaba del techo para dirigirse intermitentemente a la puerta de la sala. Esperaba la llegada de Maria Mandel. Le había prometido que iría en cuanto pudiera, pero esa madrugada había exceso de trabajo con la llegada imprevista de un nuevo transporte. «Malditos judíos italianos —le había confiado Mandel, que compartía con el doctor Mengele una memoria prodigiosa—. Cada vez que llega un transporte desde Italia me recuerda a Alma. Tan solo cinco días después de su muerte, llegó uno con novecientos treinta y cinco judíos que venían de Fossoli di Carpi, Mantua y Verona. Mandamos seiscientos noventa y dos a las cámaras de gas. Pero te prometo que actuaremos con la misma diligencia para poder estar contigo lo antes posible», le había asegurado.

Irma se impacientaba por la ausencia de la Bestia. Necesitaba un aliado allí dentro y no llegaba. Para acallar sus miedos y sus recelos, e intentar maquillar la realidad que empezaba a devorarla por dentro, optó por ahogarlos con el sonido histriónico de su voz.

—Algunos días me pregunto cómo sería mi vida si me hubieran aceptado como enfermera. Quizá nos hubiéramos conocido en algún hospital, incluso puede que estuviéramos trabajando juntas —imaginó Irma. Barruntó un segundo lo que acababa de decir y rápidamente lo desestimó—. En realidad, no lo creo. La vida le da a cada uno lo que merece. Yo estoy contenta de ser lo que soy. No todo el mundo llega a ser la segunda mujer de más alto rango en el campo, después de mi maestra, la *SS-Lagerführerin* Maria Mandel. Tengo a treinta mil prisioneras a mi cargo. Estoy demostrando mi valor ante los hombres. Es toda una proeza que algún día sabrán recompensarme.

Cada palabra que decía invitaba a Ella y a Gisella a intercambiar miradas repletas de mensajes en clave. Ambas sabían lo que había en la cabeza de la otra, aunque no pudieran expresarlo en voz alta. Ese era un privilegio que se les había negado, pero la voz interior también calmaba y abrigaba.

—Cuando la guerra termine, dejaré las SS y me convertiré en una famosa actriz. Lo he decidido. Creo que tengo un gran futuro como artista y modelo. Sé que soy guapa y eso gusta a los hombres, que son los que deciden todo. Tampoco quiero que me regalen nada. Estoy estudiando para lograrlo y tengo aptitudes innatas. El físico me ayudará y las amistades que me esperan fuera también lo harán. Os acordaréis de mí cuando me veáis en las portadas de revistas, en la pantalla de los cines con las estrellas más importantes, y no solo alemanas y europeas: pienso ir a Hollywood. Quizá allí sea más fácil comenzar una carrera artística. Siempre me han dicho que mi voz es muy parecida a la Marlene Dietrich, no sé si es verdad, pero seguro que...

—Es mejor que guarde silencio —le espetó Gisella, cortando en seco su verborrea. No podía soportar ni un minuto más su voz, su prepotencia, su falta de sentido de la realidad—. Necesito concentrarme para que todo salga bien. Si no deja de hablar, no permanecerá quieta y eso dificultará la operación. Será lo mejor para todos.

Fue la primera vez que Irma obedeció a una presa, y el dolor de aquella sumisión superó las molestias que empezó a sentir en la parte baja de su vientre, a pesar de que para ella sí hubo calmantes que amainaran los dolores, e incluso una dosis de anestesia que la doctora Gisella había inyectado en la zona lumbar poco antes de la intervención, aunque se aseguró de no presionar el émbolo de la jeringuilla hasta el final para poder quedarse con algo. Le daría a ese fluido un uso apropiado con otras mujeres que lo necesitarían más que la guardiana. El silencio pareció multiplicar el dolor y el desasosiego de Irma, que intentaba disimular su debilidad, aunque en mitad de los pinchazos y los calambres que la recorrían no pudo evitar soltar algún gemido, acompañado de un insulto o improperio que Gisella escuchó, por vez primera, con gran satisfacción. Ella recordó el consejo de Alicja: «Si gritas, amortiguas el dolor de los golpes». Al menos, pudieron arrebatarle ese privilegio. En un momento dado, el dolor era tan intenso y el silencio pesaba tanto que Irma Grese no pudo evitar las lágrimas. Tenía suerte de no ser una prisionera a la que llorar le estaba prohibido.

La puerta de la sala se abrió sin previo aviso, con brusquedad, lo que hizo que la mano de la doctora que sujetaba un afilado bisturí temblara y le provocara un pequeño corte en el interior de Irma, que soltó un alarido.

—¿Cómo va todo? —preguntó Maria Mandel, mientras accedía a la habitación y se dirigía a Irma para darle la mano.

—Esta maldita judía me está haciendo mucho daño.

El comentario hizo que la Bestia mirase a la doctora Gisella.

—Hago lo que puedo. Le he puesto toda la anestesia que había, pero estas operaciones son complicadas. Ya lo advertí y ustedes lo saben. Además, no para de hablar y eso hace que los músculos no estén relajados.

Al escuchar a la doctora Perl, Ella recordó la noche en la casa de la comandancia, cuando Alma mandó callar a la orquesta para espetar a la plana mayor de las SS de Auschwitz que guardara silencio o, de lo contrario, no seguiría tocando. Esa licencia para dirigirse a las SS como merecían era patrimonio exclusivo de algunas prisioneras. Y Gisella, con su blusa y su bata blanca, igual que Alma con su violín, era una de esas privilegiadas.

—De todas maneras, todo está saliendo bien. Las molestias son normales.

—¡Pues intenta que no lo sean! ¡Y yo diré lo que es normal y lo que no lo es! —gritó Irma, empapada en lágrimas y con un rictus de dolor que deslustraba su belleza. Gritaba como forma de desahogarse y con la seguridad que le daba la presencia en la sala de una de las suyas.

—¿Cuánto queda? —quiso saber Mandel; tenía prisa.

—Ya estoy terminando —contestó la doctora sin levantar la mirada y regresando a su tono de voz suave y pausado.

«El milagro de las palabras», pensó Ella.

Al salir del Bloque 19, Ella y Gisella se miraron después de demasiado tiempo esquivando el contacto visual para no agravar la situación. Como había sucedido en el interior de la sala donde acababan de practicarle un aborto a Irma Grese, no necesitaron decir nada para entenderse. Sabían que habían perdido una oportunidad. Nada más. Gisella se frotaba las manos insistentemente como si hubiera en ellas algo que le provocara una alergia repentina, o quizá intentaba borrarse la memoria del camino recorrido en las últimas dos horas. A Ella le recordó a sí misma intentando quitarse los restos de la tinta azul Pelikan que permanecían entre sus dedos después de caligrafiarle a Alma

Rosé su tarjeta de felicitación para Frau Schmidt. Por mucho que se frotaba y lamía los dedos, no conseguía quitarla. Eso debía de estar sintiendo Gisella. Había sido una intervención complicada en la que no se atrevió a añadir más obstáculos; estuvo tentada de hacerlo, pero la llegada de Maria Mandel frustró sus intenciones. No hubiese tenido problemas de conciencia. Si lo hacía con seres inocentes que ni siquiera habían tenido la oportunidad de hacer ningún mal, por qué no iba a hacerlo con la personificación del demonio.

—¿Crees que nos dará el desayuno? —le preguntó Gisella.

—¿Acaso te ha dado las gracias por lo que acabas de hacerle? —Ella no esperaba respuesta de la doctora porque ya la conocía.

—Me habría venido bien el abrigo.

—No te preocupes, yo te conseguiré uno en el Kanada. Y no te voy a pedir nada a cambio. —Se cobijó en un silencio durante unos segundos hasta que se decidió a hacer la pregunta—: ¿De cuántos meses crees que estaba?

—De unos tres, más o menos. El feto era pequeño. Es complicado saberlo. Quizá trece o catorce semanas.

—Como yo.

La repentina confesión de Ella no entraba en los planes de nadie, tampoco en los de la doctora. Gisella frenó su caminar y dejó de rascarse las manos, exigiéndole con la mirada la explicación que su boca no pedía, no por un falso reparo, sino porque estaba demasiado impresionada para hacerlo. Hasta que venció su aparente prudencia.

—¿Cómo es posible? —Sonó a reproche—. Con lo que estás viendo a diario...

—No siempre depende de mí —respondió Ella.

Su respuesta dibujó una mueca de arrepentimiento en el semblante de la doctora. Estaba al tanto de los continuos abusos sexuales que el doctor Mengele cometía contra ella. En aquel inicio de reprimenda, Gisella solo había pensado en los encuentros con Joska, de los que Ella le había hablado. Su apreciación no había sido justa. Se sintió mal por culpabilizar a una víctima. Quiso disculparse, pero Ella ya estaba en un tramo más avanzado de la conversación.

—No sé de quién es. No tengo manera de saberlo, a no ser que me reconozcas y me ayudes a calcular de cuánto estoy exactamente. Pero mi corazón me dice que su padre es bueno, y en esa categoría, solo hay un candidato.

—Me asusta que hables de padres. Empiezas así y terminas pensando en un nombre para ese niño. Ella, sabes cómo funcionan aquí las cosas. Si estás embarazada y ellos lo descubren, te matarán. Os matarán a los dos. Pero antes, el doctor Mengele y sus amigos te someterán a todo tipo de experimentos, torturarán tu cuerpo como les plazca y lo harán con total impunidad porque, entre otras cosas, te habrán obligado previamente a firmar un papel en el que permites a las SS deshacerse de tu hijo. Y esta absurda burocracia la harán contigo por ser una presa privilegiada, que si no, ya sabes cómo actúan.

—Entonces habrá que conseguir que no se enteren.

—Tenemos que hablar de esto —dijo Gisella con una rotundidad fría que no era la habitual—. No estás viendo las cosas con claridad.

—Lo haremos, te lo prometo. Pero antes he de hablarlas con alguien más. Es importante. Ahora tengo que irme. Esta tarde veré a Joska en el Kanada. Necesito decirle tantas cosas...

—Quizá no debas decírselo hasta que sepas con seguridad quién... —Gisella frenó su consejo. Con independencia de las palabras que eligiera para terminar la frase, no iban a sonar bien. Aun así, lo intentó—: Hasta que no sepas con seguridad si realmente estás embarazada o si vas a tenerlo. Si lo estás, apenas se te nota. No creo que estuvieses de más de ocho semanas. —Gisella confiaba más en el condicional de su frase que en la certeza de Ella.

—Ocho semanas. Ojalá... —deseó.

Ella encontró en la mirada de Gisella una preocupación maternal y ese detalle la enterneció. Si no temiera que las sorprendiese alguna *blokova*, o *kapo* o algún miembro de las SS indiscreto, la habría abrazado en mitad del campo.

A ella misma le sorprendió su repentina sinceridad. No tenía previsto decírselo a nadie pero sucedió así. Quizá si Gisella no hubiera empezado el día hablando de la estación experimental especializada en inseminación artificial que los nazis tenían a treinta o cincuenta kilómetros de allí, quizá si hubiese obviado la referencia a la posible paternidad de Josef Mengele en el embarazo interrumpido de Irma Grese, quizá si el domingo no hubiera comenzado destemplándole el cuerpo...

Separaron sus caminos, Ella se dirigió al Kanada. Faltaban todavía unas horas para reencontrarse con Joska. Tendría tiempo de encontrar alguna fotografía más e, incluso, de escribir en su reverso. El lápiz que le regaló Fania seguía ocupando su dobladillo. Tenía las armas que necesitaba para su particular acto de resistencia, incluso tenía una nueva creciendo en su interior. Todavía no había decidido si compartiría la noticia con él. Quizá conocer la verdad no le ayudaría, más bien al contrario, le añadiría más responsabilidad a la que ya tenía. Todo dependería de cómo lo encontrase. Si su estado de ánimo era parecido al que mostró durante el último encuentro, se lo diría sin ninguna duda. De nuevo, la oportunidad del momento marcaría su decisión.

Durante la espera, recordó a Ana, a esa joven de pelo negro que compartía su misma afición escribiente. Ojalá volviera a verla. Salió al campo con la esperanza de provocar el encuentro. Era domingo. La primera y última vez que la vio también era domingo. Quizá tendría suerte. Pero la única persona que apareció fue Róża para confirmarle la cita con Joska y, de paso, romperle toda esperanza sobre un posible encuentro con la joven que escribió un diario clandestino en una buhardilla de Ámsterdam. «A Ana y a su hermana Margot las han trasladado al campo de Bergen-Belsen. Lo siento», añadió la disculpa, al ver su gesto de decepción.

Otra oportunidad perdida. Otro encuentro fallido. No podía permitirse más.

Aguardó a que las horas pasaran escribiendo en una postal, asegurándose de no ser vista. El trazo azul empezó a caligrafiar el papel:

Ana. Margot. 8 semanas.

Le hubiese gustado tener un reloj para calcular el tiempo, pero tuvo que fiarse de las indicaciones del sol. No podía dejar de pensar en el reloj de su padre luciendo en la muñeca del doctor Klein, en el diario que había escrito Ana mientras se escondía de los nazis, en los gritos de dolor de Irma Grese, en la mirada de Gisella cuando le confió su mayor secreto. Con todas cargó hasta el Kanada.

—Joska, ha pasado algo. Tienes que ayudarme —dijo nada más verle, corriendo hacia él en busca de uno de esos abrazos pródigos.

Pero Joska no parecía el mismo. Su mirada había vuelto a cambiar, su rostro semejaba esculpido en acero, lejos de la tranquilidad que irradiaba durante el último encuentro. Estaba a centímetros de él, pero la distancia entre ellos volvía a ser abismal. Sus manos no podían quedar quietas, como si buscaran algo a lo que aferrarse, y solo encontraran la gorra que solía usar como la mayoría de los presos, especialmente los *Sonderkommandos*. Tenía la respiración agitada y, aunque Ella no era lo que tenía en la cabeza, intentó besarla como siempre, atraparla en un abrazo y sostener su cabeza bajo su barbilla mientras le acariciaba el pelo. Era el mismo fetiche, el que nunca fallaba, el que siempre lograba tranquilizarla, pero una inoportuna fuerza invisible parecía empeñada en separar sus cuerpos. Joska dejó de acariciarla. No podía permanecer quieto. Necesitaba recorrer la habitación a zancadas, perdiendo la mirada en los rincones, aguantando el habla para no asustarla hasta que no pudo más. Algo había pasado. Ella venía hambrienta de respuestas, especialmente sobre el paradero de su padre. Pero la cabeza de Joska parecía rondar por otros derroteros.

—¿Por qué no nos bombardean? Estamos dentro de su campo de acción, los estadounidenses operan desde las bases italianas... ¿Por qué no lanzan bombas contra las cámaras de gas, los crematorios o contra la maldita vía férrea que les impida seguir transportando seres humanos como si fueran piezas de ganado y llevarlos directos a las cámaras de gas? Tienen que ver que siguen llegando transportes llenos de judíos desde Grecia, Italia, Bélgica, Francia, Hungría, Eslovaquia... ¿Por qué no lo hacen? ¿Por qué se conforman con bombardear terrenos alejados de Auschwitz, y se limitan a lanzar migajas de bombas sobre las fábricas de Monowitz? —Joska se desesperaba. Hablaba con vehemencia, caminando en círculos, como si no tuviera interlocutor, como si sus palabras alimentaran un soliloquio retórico y no una conversación—. ¿No saben interpretar las fotografías? Uno de los *Sonderkommandos* está convencido de que los aviones sobrevuelan la zona para tomar imágenes. ¿Por qué no bombardean las fábricas químicas de IG Farben? Pero de manera contundente, no rozándola como sucedió hace días. Al menos así cesaría la producción de Zyklon B. ¿A qué están esperando? Hemos podido saber que en junio la BBC informó sobre el campo de Auschwitz, y en Estados Unidos *The New York Times* publicó un reportaje sobre las cámaras de gas. Si lo saben, ¿por qué demonios no hacen nada?

Joska le hablaba como si vivieran en realidades diferentes, como si Ella no fuera consciente de lo que estaba pasando. No podía dejar de mirarle. Le inquietaba su exaltación, su manera de hablar. Ni siquiera se preguntaba cómo podía saber qué publicaban los medios de comunicación internacionales, porque conocía las compañías que frecuentaba. Sabía que Joska estaba bien informado, y eso en Auschwitz siempre resultaba peligroso. Por eso, sintió miedo por él.

—¡Qué mierda hace la comunidad judía! —siguió Joska—. ¡Qué hace Roosevelt! ¡A qué espera Churchill! ¡Qué hacen los británicos! ¡Qué hace el mundo que no reacciona!

—Quizá no sea tan sencillo —arguyó Ella, más con la intención de tranquilizar su alterado discurso que por conocimiento real.

—La política nunca es fácil. Solo es interesada. Y al parecer, les interesamos poco.

—Una bomba sobre Auschwitz podría matar a más judíos y prisioneros que a miembros de las SS. Hay barracones que están a cien metros de los crematorios. Impactaría contra nosotros antes que contra ninguna instalación. Los aviones no tienen la suficiente precisión.

—¿La suficiente precisión? ¿Desde cuándo eres una experta en ingeniería de guerra? —preguntó Joska, extrañado por la respuesta de Ella.

—Los oigo hablar y están muy preocupados por los ataques aéreos. El último les asustó más que los anteriores.

—¿Ataques aéreos? Solo son fuegos artificiales. No han dañado nada importante: un trozo de vía, un refugio, la oficina de un oficial nazi, una de las paredes de la fábrica de combustible... No han volado toda esta mierda por los aires, y ellos pueden hacerlo. Tienen los medios, la legitimidad y la obligación. Los aliados controlan el cielo. La aviación alemana está muerta. Jamás podrán encontrar mejores condiciones climáticas. ¿Por qué no destruyen desde el cielo lo que hay en esta tierra? Tienen el poder para hacerlo. Pueden hacerlo. ¿Por qué nos abandonan? ¿Por qué nos ven pero no nos miran?

—Porque nos matarían, Joska. Nos matarían los aliados como nos matan los alemanes.

—Creo que los escuchas demasiado, Ella, y no es la primera vez que te lo digo. Si nos hubieran bombardeado en mayo o en junio, cientos de miles de personas podrían haber escapado de la muerte si «los buenos» hubieran reaccionado a tiempo, cuando les llegó la información. Ahí fuera ya hablan de los «Protocolos de Auschwitz», pero todo se queda sobre el papel, no pasan a la acción. ¿Por qué no detienen este exterminio masivo? —Joska calló unos segundos. Parecía abatido, cansado. Si Ella no le conociera bien, diría que se había rendido—. Ellos no lo van a hacer. Tenemos que hacerlo nosotros. Pero no hay tiempo. Debemos darnos prisa. Seguimos llegando demasiado tarde. Quizá no tengamos remedio. El mundo siempre llega tarde. Tu padre tenía razón.

Como si se tratara de una señal del cielo, ese que según Joska dominaban los aliados, la última frase le sirvió como pie para la conversación que Ella realmente quería mantener.

—De eso quería hablarte. De mi padre, y no de los bombardeos de los aliados —le dijo con tono de reproche. De nuevo, la muerte apremiaba más que la vida en la realidad del campo—. He visto su reloj en la muñeca de un doctor de las SS. Era el mismo. Podría reconocerlo entre un millón. Necesito saberlo, no intentes protegerme de la verdad. ¿Mi padre está muerto?

El rostro de Joska confirmó sus temores, pero aguardó a oírselo decir. La espera se le hizo eterna.

—Falleció hace unas semanas —dijo abatido, apagando la voz que hasta entonces estaba manteniendo en un tono alto.

—¿Falleció? Creía que nos mataban, no que «fallecíamos».

—Tu padre falleció. Nos enteramos de que su nombre estaba en la lista de los *Sonderkommandos* que las SS tenían previsto mandar a la cámara de gas. Intentamos quitarle de esa lista, pero fue imposible. Su muerte era inevitable. Pero no le mataron. Al menos, ellos no pudieron hacerlo.

—¿Qué quieres decir? —preguntó confundida.

—¿Recuerdas la cápsula de cianuro que me diste? Te la pedí para cuando llegara el día. Y sabía que el de tu padre estaba cerca. Estaba enfermo y difícilmente podría cubrirle durante más tiempo. Yo le di la cápsula. Y se fue en paz. Y agradecido.

—¿Mi padre se suicidó? —No podía dar crédito a sus palabras.

—No. André se rebeló y ejerció su libertad para elegir la manera de irse de este mundo. Les arrebató a los nazis el derecho sobre su vida. Eso es lo que hizo tu padre.

—Es imposible. Él jamás hubiera...

—Los «jamases» de fuera no tienen validez aquí dentro.

—¿Yo le facilité la cápsula de veneno con la que se quitó la vida? ¿Es eso lo que me estás diciendo? —preguntó horrorizada, sintiéndose responsable—. ¿Ya lo sabías la última vez que nos vimos, cuando me hablabas de salir de aquí, de tener una vida juntos, de formar una familia? —Ella empezó a llorar lo que no había llorado en el año que llevaba en Auschwitz-Birkenau—. ¿Cómo pudiste hacerlo? ¿Cómo fuiste capaz de ocultarme algo así?

—No. La última vez que nos vimos, tu padre estaba vivo. Todavía no había muerto. De todas maneras, ¿de qué habría servido cargarte con ese peso? Dime, ¿qué habrías ganado haciéndote partícipe de esa carga? Hay informaciones que, aquí dentro, matan. Ella, mírame. —Le sujetó la cabeza con las dos manos, como si necesitara el contacto visual para infundir veracidad a sus palabras—. Salvaste a tu padre. Así lo entendió él, así lo entendemos todos. Me salvaste incluso a mí. No hubiese soportado mantenerle la mirada mientras él entraba en la cámara de gas, no hubiese podido sacar su cuerpo de la sala para introducirlo en el crematorio. No hubiese podido hacerlo.

—¿Dónde está el cuerpo de mi padre? —preguntó seria,

tragándose las lágrimas y desconcertando a Joska, que no esperaba esa pregunta.

—Eso ya no importa. ¿Qué más da? Ya no está. No sufrirá nunca más.

—Como vuelva a oír que «eso ya no importa», seré yo quien mate a alguien —dijo contrariada. El silencio de Joska le dio una idea del posible paradero de su padre. No insistió—. ¿Te dijo algo?

—Que te quería. Que estaba orgulloso de ti... Se enteró de que escribías esas postales. Me dijo algo sobre que la vida no dura, pero permanece, y que tú lo entenderías. Creo que por eso quería que siguieras escribiendo esas postales, porque nuestras vidas no durarían pero tus palabras harían que permanecieran. —Joska sonrió. Había recordado algo—. Me juré no decírtelo, porque creo que te arriesgas demasiado al escribirlas, pero no he podido callármelo.

Fue entonces cuando Ella cambió sus planes. Se había prometido a sí misma no decírselo si le veía agitado. Pero las promesas en el campo duraban lo que la vida, poco, un suspiro, justo lo que tardaba en desvanecerse, en ser truncada y arrebatada. Sabía que no tenía sentido, que no serviría para nada excepto para dar problemas, pero necesitaba hacerlo. Como Joska, tampoco ella podía callárselo. Había demasiada muerte alrededor como para ocultar algo así.

—Yo también tengo algo que decirte. También es sobre la vida.

—¿Qué sucede?

—Estoy embarazada.

Por un instante el rostro de Joska se vació de sombras, pero las recuperó al segundo. Las buenas noticias no existían en Auschwitz y el oído humano había dejado de esperarlas, ya ni siquiera las diferenciaba. Escucharlas parecía un error, un sueño, algo quimérico sin credibilidad ni verdad alguna. O algo peligroso.

—¿Embarazada? ¿Sabes lo que eso significa aquí dentro, lo que te puede pasar si lo descubren?

—Claro que lo sé. Convivo con ello a diario. Pero estoy decidida a arriesgarme. La doctora Gisella me ayudará... Es un ángel, una ginecóloga de Transilvania que cuidará de mí, incluso arriesgando su propia vida —añadió al ver que Joska no conocía a la aludida—. Además, estoy segura de que todo esto acabará muy pronto. Tú mismo lo dices, tenemos que luchar desde dentro y eso es lo que vamos a hacer. Eso es lo que va a hacer este niño.

—No se lo puedes decir a nadie —le pidió, rozando el mandato—. Cualquiera podría utilizar esa información. La delación es algo común entre los prisioneros. Ni siquiera puedes fiarte de los que tienes más cerca y consideras amigos, porque no lo son. O quizá sí lo sean, pero te pueden delatar por miedo o por asegurarse un favor ante un oficial de las SS. Hazme caso, no se lo digas a nadie. Ni siquiera vuelvas a hablar de esto.

En ese momento, Joska supo que debía acelerar sus planes. Ya no podía dar marcha atrás, por muchas dificultades y complicaciones que hubieran aparecido en los últimos días para que su plan saliera adelante con éxito. Que Ella estuviera embarazada suponía un milagro y Auschwitz no era un lugar donde proliferaran, no podía esperar que sucedieran más. En eso pensaba mientras la observaba en silencio, sin poder apartar sus ojos de los suyos, en una comunión única, especial, en la que compartían más de lo que los había unido hasta ahora.

Ella le observaba con el mismo embelesamiento pero con un profundo sentimiento de miedo, un temor seco, áspero, desconocido hasta entonces, que le impedía disfrutar de la incipiente alegría que Joska estaba desarrollando en su interior, después de procesar unos instantes la noticia, y el arrojo que parecía estar infundiéndole. En ese momento volvió a rezar, después de meses sin poder ni querer hacerlo. Rezó para que Joska no hiciera preguntas, para que no quisiera saber detalles sobre los meses de gestación, para que la duda no se asentara en su cabeza y surgieran los recelos lógicos, como había sucedido con Gisella y con ella misma. Rezó para que el nombre de Mengele no saliera de sus labios, para que el silencio que se había instalado entre los dos no fuera un lapso para hacer cálculos temporales, para que brotaran desconfianzas, temores, sospechas, dudas sobre la naturaleza de la buena nueva. Joska se limitó a sonreír, a mirarla y a besarla.

A Ella le extrañó que, después de tanto tiempo de sequía, sus oraciones fueran escuchadas. No supo si agradecérselo a un Dios que quizá no estaba tan ocupado como aseguraba Mandel, o a un exceso de generosidad y amor por parte de Joska. Cualquiera que fuera la respuesta correcta, le valía. Se había quitado un gran peso de encima. Por haber puesto en palabras su gran secreto, previamente revelado al escribir ese «8 semanas» en una postal, y porque Joska se mostraba feliz, sin nada que encapotase su mirada. Recordó la confesión que le hizo en el encuentro anterior sobre ese temor que tenía. «¿Sabes lo que verdaderamente me tortura? Cuánto tiempo tardarías en darte cuenta de que ya no estoy, si un día me voy.»

La vida recuperaba su pulso cada vez que estaban juntos.

—Haré que el reloj de tu padre vuelva a ocupar el lugar que le corresponde —le prometió Joska.

Y Ella le creyó.

19

—¡Mis plegarias han sido escuchadas!

En la boca de Maria Mandel, incluso hablar de un Dios complaciente anunciaba un infierno a punto de desencadenarse. La Bestia recorrió medio campo de concentración para entregarle al doctor Mengele uno de sus últimos caprichos, recién llegado de Berlín: todo lo que pedía Mengele se le daba, y lo que no, lo cogía.

En Auschwitz, los prisioneros soñaban con un baño de agua caliente, con pasteles, con pan recién hecho, con zapatos de goma y forro de piel, con chocolate y con cigarrillos. Las SS soñaban con un microscopio de fluorescencia. Los sueños definían el abismo que existía entre los dos mundos.

La felicidad de las SS siempre era inversamente proporcional a la de los prisioneros. El doctor estaba inmerso en unos letales ensayos sobre esterilización, tanto de hombres como de mujeres. Durante los últimos dos meses, se había centrado en la castración química y quirúrgica de un grupo de mil varones, entre los catorce y los quince años, a los que había estudiado física y psicológicamente. Se les sometía a numerosas pruebas, para poder estudiar los efectos que sobre ellos tenían la radiación y las inyecciones químicas. Para eso necesitaba el doctor Mengele su microscopio de fluorescencia. Para que sus estudios fueran más precisos. Gracias a su nuevo juguete podría estudiar las diferencias entre los espermatozoides vivos y los muertos, y no conformarse solo con la mera observación de materias y tejidos muertos, como hacía con un microscopio normal. Para cuando pudiera observarlos a través de las lentes y obtener sus resultados, los adolescentes ya estarían en las cámaras de gas o alimentando los hornos crematorios. Habrían dejado de ser útiles.

No era su única línea de estudio e investigación. Con la ayuda de un médico húngaro, escogía a mujeres jóvenes para someterlas a duros «tratamientos especiales». Había dos modalidades. Una consistía en la introducción de líquidos espesos en el útero de las prisioneras, en el pecho y también en las encías, a través de una sonda rudimentaria ligada a un aparato metálico. Las jóvenes, atadas con correas a la camilla para evitar que las convulsiones las hicieran caer al suelo, no tardaban en retorcerse de dolor, mientras gritaban que algo las quemaba por dentro. Los doctores tenían orden de repetir la operación cada día durante varias semanas, aunque no todas lograban superarlo.

En la habitación donde había entrado Ella se realizaba otro tipo de esterilización aún más perversa. Contaba con la colaboración de dos destacados ginecólogos, famosos por la crueldad de sus tratamientos. Cuando vio a Carl Clauberg y a Horst Schumann, supo que iba a presenciar un espectáculo inhumano. Ella recordaba el nombre de ambos, especialmente el de este último, ya que se llamaba igual que el compositor favorito de Mengele, lo que daba lugar a todo tipo de bromas en el campo. Le vio inocular diversas bacterias a las prisioneras, disfrutando en particular el instante en el que les inyectaba el tifus para estudiar los efectos de la enfermedad en el cuerpo humano. Asistía como traductora el día en que contempló cómo introducía sus propias manos en la vagina de una presa y, ayudándose de un aparato semejante a unos fórceps, extraía el útero, mientras obligaba a un prisionero con una cámara fotográfica a inmortalizar el momento. El preso fotógrafo —vestido con su uniforme de interno en el que aparecía el número 3444 y la letra P, que evidenciaba su nacionalidad polaca— a punto estuvo de desmayarse. Pero el doctor le gritó: «¡Wilhelm Brasse, como te desmayes y dejes de fotografiar la operación, te envío directamente a la cámara de gas! ¡Verás como allí te vuelven las ganas de hacer fotografías!». Brasse se había convertido en el fotógrafo del campo, inmortalizando la vida y, sobre todo, la muerte. Y tenía entre las SS a un gran admirador de su trabajo: el *SS-Hauptsturmführer* Josef Mengele, para quien «las fotos son justo lo que necesitamos». Cuando le comunicaron a Brasse que trabajaría en el servicio de identificación de Auschwitz, no imaginó que su nuevo trabajo consistiría en retratar a las víctimas de los experimentos científicos del *Todesengel* y sus adláteres.

El doctor Mengele había ordenado encerrar en una de las salas a un grupo de mujeres de entre catorce y veinte años, en su mayoría griegas, alemanas y húngaras, todas ellas judías. Había dado instrucciones a su equipo para que colocaran una gruesa plancha metálica sobre el abdomen de las jóvenes, y también en su parte anterior. Acto seguido, un comando de trabajadores entró con unos rudimentarios aparatos de rayos X.

Cuando la doctora Gisella vio esas máquinas y entendió que iban a utilizar rayos de onda corta en el cuerpo de las prisioneras, palideció. Miró a Ella y la obligó a salir de la habitación, ante el desconcierto del doctor, que no dudó en abortar la orden de la doctora Perl. A Mandel, siempre ocupando un lugar de excepción en las tropelías que solía acometer el doctor Mengele, también le enfureció la actitud de Gisella. Su comportamiento estaba fuera de lugar. Dar órdenes no entraba en sus cometidos, al menos cuando no estaba realizando una operación y había en la sala un mando superior de las SS. Aquello no era un aborto clandestino de una guardiana nazi a la que pudiera ordenar callar para poder hacer bien su trabajo. Ella, sin entender nada de lo que estaba pasando, se quedó en la sala ante el nerviosismo de Gisella y la mirada del doctor que, más que mirar, escrutaba. Siguiendo las indicaciones de Mengele, fue traduciendo las preguntas que los médicos les hacían a las mujeres y las respuestas que daban ellas. Cada vez que se acercaba para entender mejor lo que decían las jóvenes, la doctora Gisella se removía, como si algo la inquietara. La mirada de Mengele seguía clavada en ella.

La radiación sobre el vientre de las prisioneras se fue intensificando conforme pasaba el tiempo, y la voz del doctor ordenaba aumentar su potencia, provocándoles quemaduras tanto externas como en el tejido interno. A Mengele le interesaban las repercusiones de la onda corta en la matriz y los ovarios de las jóvenes, que no dejaban de vomitar y se quejaban de fuertes dolores provocados, en parte, por las graves quemaduras. Algunas perdieron el conocimiento y otras desearían haberlo perdido, antes de seguir padeciendo. Pasado un tiempo, el doctor ordenó que las dejaran descansar, y comunicó a su equipo que, en unas horas, se procedería a abrirlas para observar los resultados y extirparles los órganos. Una jornada de trabajo más en los bloques experimentales de Josef Mengele.

Cuando todos se disponían a abandonar la sala, el doctor reclamó su atención.

—Doctora Perl, quédese. La voy a necesitar —dijo mientras escribía algo en unos papeles, con la ayuda de otro médico. Luego se fijó en Ella y le ordenó—: Usted, vaya a mi consulta y espéreme allí.

Ella obedeció. Antes de abandonar la sala, miró a Gisella. Su rostro seguía macilento y en su semblante reinaba una inquietud que no había logrado serenar. Le preocupó más la turbación de la doctora que lo que solía significar entrar en la consulta del doctor Mengele. Solo podía pensar en que no le hiciera ningún reconocimiento médico. Preferiría la violencia habitual antes de que descubriera su embarazo. Agradeció que Maria

Mandel declinara permanecer con ella hasta la llegada del doctor: había quedado con Irma Grese, que —según le había dicho— quería contarle «novedades importantes», y el tratamiento se había alargado tanto que llegaba tarde a su cita. Ella ya estaba lo bastante nerviosa como para aguantar una nueva excentricidad de la Bestia. Se tranquilizó como siempre hacía, pensando en Joska. Al día siguiente era domingo y quizá recibiría una nota o un mensaje de algún preso que le comunicara que acudiría a verla.

Al cabo de un par de horas, Mengele entró en la consulta habilitada como su despacho y sacó de una bolsa una pastilla de jabón de color blanco, de Marsella. Ella lo había reconocido: un olor agradable no siempre alcanzaba la categoría de buen recuerdo.

—Este maldito hedor a podrido se mete en la garganta y se agarra a ella. Es imposible deshacerse de él —se quejó el doctor Mengele.

Sacó de su bolsillo una cajita cuadrada ligeramente rectangular, la abrió y se metió un caramelo de color indeterminado, entre el verde y el amarillo, en la boca. En la tapa superior, que dejó sobre la mesa, podía leerse en letras verdes la palabra «Strepsils». «Pastillas antisépticas para las infecciones de boca y garganta. 20 unidades», rezaba otra de las leyendas, esta vez en letras rojas.

Ella se quedó contemplando aquel recipiente de metal. Su memoria recuperó las palabras de Joska en el Kanada sobre las cajas de betún que empleaban para meter la pólvora en su interior y construir granadas de mano. Esa caja de caramelos sería perfecta, pensó. No se dio cuenta de que Mengele también la observaba con el mismo detenimiento.

—¿Quiere usted uno? —Le tendió el envase, pero Ella negó con la cabeza—. No creerá que voy a envenenarla... —comentó con sorna—, sobre todo teniendo en cuenta que me acabo de tomar uno.

Ella volvió a negar con la cabeza. Desconfiaba de la bondad de las SS porque no existía, siempre era una artimaña para conseguir algo. Hubiese preferido morir antes que aceptar un caramelo del doctor Mengele. O quizá, pensó durante unos instantes, hubiera sido lo más inteligente. Entendió que su decisión habría resultado baldía en ambos casos cuando el doctor se acercó a ella.

—Le hice a usted una pregunta el día después de morir Alma Rosé —le recordó el doctor, mientras sus dientes comenzaban a triturar el caramelo, sin dar opción a que su jugo llegara lentamente a la garganta para borrar el hedor que tanto rechazaba—. ¿Nunca voy a dejar de darle miedo?

De manera inconsciente, Ella dirigió la vista más allá de la sala, hacia la zona en la que Mengele había estado realizando sus experimentos con la onda corta. Él supo interpretarlo.

—¡Ah! Le inquieta lo que acaba de contemplar. Me limito a hacer mi trabajo. Soy un hombre de ciencia y también un hombre leal. Yo no inventé Auschwitz, ni las cámaras de gas, ni los hornos crematorios. Solo soy un engranaje más de un gran proyecto de ingeniería bélica. Debo cumplir con mi obligación científica y con mi lealtad a nuestro Führer. Soy un soldado que cumple con su deber y que utiliza la medicina como la maquinaria del Reich me permite para proteger la salud del pueblo alemán, siempre siguiendo las ideas de pureza aria del nazismo. Es fácil de entender. Los judíos no pertenecen al género humano y deben erradicarse como los bacilos, los microbios y las larvas, que lo infectan todo si se les permite. Por eso no puedo consentir que una mujer judía engendre a nuevos niños judíos. Y por eso no puedo dejar con vida a ningún niño judío. No hay judíos libres, no existen. Y pronto no habrá ni judíos. Ni siquiera se hablará de ellos. Como dice Hitler, ¿quién se acuerda hoy de la aniquilación de los armenios? —le dijo, aumentando el nerviosismo de Ella. No le gustaba cuando empezaba a hablar de esa manera, jugando con ambigüedades y amenazas veladas—. Es imposible. Es una raza que debe desaparecer y la ciencia debe ayudar a ello. Se llama «eugenesia», del griego «buena raza». Usted, que conoce idiomas y domina las palabras, debería saberlo. Igual que yo sé que debo acometer esa higiene racial. La raza como destino. Nadie puede escapar de ella, como tampoco del destino. Pero eso a usted no debe importarle, porque sigue sin ser judía, ¿verdad?

—No, no lo soy —murmuró Ella, que empezaba a notar que su mentira se iba deshaciendo.

—Mucho mejor. Eso siempre facilita las cosas —reconoció, mientras se tomaba un tiempo que invirtió en coger otro caramelo de la caja y llevárselo a la boca—. ¿Por qué Gisella quería que saliera usted de la sala de los rayos X? ¿No estará usted enferma?... Conteste —la apremió, al ver que no respondía con la celeridad esperada.

—No —dijo sin poder disimular su miedo.

—No sé por qué le provoco tanto terror. No soy un monstruo —aseguró Mengele, como si sintiera la necesidad de defenderse. Acababa de tragarse el segundo caramelo, que sus dientes habían vuelto a hacer añicos, algo parecido a lo que estaba consiguiendo con el ánimo de Ella—. Me gustan los niños, pero solo si son míos. Yo mismo he sido padre hace unos meses, el pasado marzo. Y todavía no conozco a mi hijo porque debo permanecer aquí. ¿Cree usted que es fácil para mí? Para ninguno de nosotros lo es. No somos ogros. A Rudolf Höss también le gusta leerles cuentos a sus hijos antes de que se vayan a dormir, fotografiarlos cuando su madre los viste con sus mejores galas, jugar con ellos y ver películas de Walt Disney sobre las rodillas del tío Heini cuando el *Reichsführer-SS* Himmler va a visitarlos. ¿Es tan difícil de entender? Somos personas normales cumpliendo su deber en circunstancias excepcionales. Nosotros también somos víctimas. Nuestros cuerpos también se resienten cuando nos vemos obligados a cumplir con nuestro trabajo. Aquí ha nacido una nueva dolencia, la llamamos los «cólicos del Este»: desórdenes digestivos, cuadros de fiebre alta, visión borrosa, insomnio crónico, depresiones, trastornos nerviosos... El Reich ha tenido que abrir un hospital en Karlsbad para que los miembros de las SS se repongan. Y nada de privilegios como alguno podría pensar. Impera una dieta sana, consistente en pan tostado y en la eliminación total de patatas cocidas. No es fácil ser un buen soldado de las SS. —Mengele la miró y, lejos de molestarle su gesto de incomprensión, pareció encontrarlo divertido—. Pero tampoco creo que a usted eso le importe. Así que vayamos a lo que nos incumbe a los dos.

Siguió mirándola unos segundos, en silencio, mientras, después de desechar la idea de un tercer caramelo, encendía un cigarrillo, expulsaba el humo muy despacio entre los dientes y se le acercaba poco a poco.

—Dime, Ella, ¿a ti te gustan los niños? —La tuteó, olvidada ya cualquier formalidad falsa: el depredador asomando entre las palabras.

Detectó el temblor que su presencia provocaba en su víctima y sonrió abriendo ligeramente la boca y dejando escapar el olor al mentol del caramelo mezclado con los efluvios del tabaco. Le divertía ver aquella reacción de miedo, le colmaba porque remarcaba su condición de superioridad y su absoluto dominio de la situación y de la vida ajena.

—Sigo dándote miedo. Puedo notarlo. Cada día tiemblas más cuando me acerco a ti. No te imaginas lo especial que es esa sensación para mí.

Toda la compostura que había logrado mantener durante su estancia en Auschwitz-Birkenau se estaba desmoronando. Ella no sabía mantener una mentira. Mengele se aproximó aún más a ella.

—¿Estás embarazada? —preguntó a bocajarro, sin obtener más respuesta que el estremecimiento de un cuerpo convertido en un saco de temblores. Se impacientó, como quedó reflejado en su tono—. ¿De verdad pensaste que no me daría cuenta? He visto cómo la doctora Perl intentaba impedir que te expusieras a la radiación. Y eso solo puede significar una cosa. —Le colocó la mano en el vientre con tanta fuerza que Ella intentó retirarse, aunque él se lo impidió y volvió a invadir su cuerpo, esta vez abriéndole la camisa y apretándole el pecho con las manos. Se lo había visto hacer a otras mujeres que negaban estar embarazadas, hasta que el puño del doctor Mengele apretaba con fuerza sus senos y de ellos salía un líquido denso y amarillento que demostraba que mentían—. ¿Cuánto tiempo hace que no menstrúas? ¿Acaso crees que soy estúpido?

El silencio de Ella, preso en la máscara de terror en la que se había convertido su rostro, hizo que el doctor Mengele saliera de la sala como si le urgiera hacer algo. Regresó a los pocos minutos con la doctora Perl, que accedió a la estancia sin entender nada, mirando a Ella, intentando encontrar la respuesta a por qué estaba allí. Ella tenía la camisa abierta, dejando entrever el pecho, que trataba de cubrirse con los brazos.

—Examínela y dígame si está preñada —le ordenó con voz grave, mientras obligaba a Ella a tumbarse en la camilla y le abría bruscamente las piernas—. Y procure hacer un buen trabajo, doctora. Me gustan tan poco los errores como las mentiras.

—No creo que...

—No me interesa lo que usted crea, sino lo que pueda demostrar. Examínela.

La petición seguía desconcertando a Gisella. No podía negarse, pero tampoco veía cómo acatar esa orden. Todo se había precipitado. No lo habían planeado así. Se culpó por su reacción al ver los aparatos de rayos X, la había traicionado su instinto de protección hacia Ella y quizá ese acto reflejo la había condenado a muerte.

—Si no lo hace usted, doctora Perl, lo haré yo. Tengo métodos más efectivos para averiguarlo —dijo mientras cogía un bisturí y amenazaba con rasgar el vientre de Ella, que ni siquiera pudo gritar al ver sus intenciones.

Estaba totalmente noqueada. Ahora comprendía por qué los prisioneros no se revolvían contra sus captores. La violencia los paralizaba, no entendían el grado de maldad que se alzaba contra ellos y, al no entenderlo, no podían reaccionar en el acto. No era cobardía, ni sumisión; era incredulidad, una reacción demasiado humana.

El grito que ella no pudo fabricar salió de la boca de Gisella.

—¡No! —La doctora se lanzó sobre la mano del doctor Mengele, intentando desplazar la dirección del escalpelo—. Lo haré yo. Permítame, por favor —le pidió, mientras creaba una barrera entre él y la presa.

El doctor Mengele se situó a un lado de la camilla, dispuesto a contemplar el espectáculo. Ella ni siquiera podía tragar saliva; su garganta se había convertido en un pozo de yeso denso y amargo, tan compacto como asfixiante, que apenas le permitía respirar. Gisella la miró por encima de sus rodillas antes de disponerse a realizar el examen ordenado. Ya conocía el resultado, pero debía cumplir la orden de Mengele, que no dejaba de observarla. Colocó la mano izquierda sobre el vientre. Ella se prometió no llorar; no podía hacerlo, y no solo porque se lo impidiera el código interno de la maldad nazi. Cuando los dedos de la mano derecha se disponían a desplegarse en el interior de la vagina, como Ella había visto hacer en tantas ocasiones durante los partos y los abortos, una fuerte explosión sacudió la sala con violencia.

El taburete sobre el que estaba sentada la doctora se desplazó y la hizo caer al suelo; el golpe le abrió una pequeña brecha en la cabeza, que tiñó de rojo parte del firme. Ella no corrió la misma suerte porque se aferró a la camilla, aunque eso no habría evitado su caída si los brazos del doctor Mengele no la hubieran sujetado.

Sus miradas se cruzaron durante un instante, el efímero intervalo del tiempo que tardó el doctor en dirigirse a la puerta para inspeccionar qué estaba pasando. Los pasillos se llenaron de personas que corrían de un lado a otro, médicos, enfermeras, personal del hospital, enfermos, prisioneros..., y el doctor Mengele desapareció entre esa marabunta.

Ella miró a su amiga, que ya se había incorporado del suelo y se limpiaba la herida de la cabeza, intentando controlar la hemorragia, más escandalosa que grave.

—Me va a matar. Lo he visto en sus ojos —le dijo Ella. Sin saber por qué, agradeció que Gisella no hubiese podido ver cómo Mengele la sujetaba para evitar que cayera al suelo desde la camilla. Le había dado la impresión de que por un segundo él estaba preocupado por ella, pero eso era demasiado irracional para poder explicarlo y entenderlo—. Va a matarme.

—No, si antes le matan a él.

Mengele había dejado la puerta abierta, y Ella se vistió mientras observaban el caos que reinaba en el exterior. Algo había agitado el avispero del campo. El ulular de las sirenas monopolizó el cielo, en competencia directa con la densa nube de humo y cenizas, rasgándolo y haciéndolo trizas, como sucedía cada vez que alguien se fugaba del campo o lo intentaba. Cuando esto ocurría, las SS se revolucionaban y se armaban como si estuvieran en el frente de batalla y saltaran de las trincheras para avanzar campo a través en busca de un enfrentamiento cuerpo a cuerpo con el ejército enemigo. Gritaban, corrían, golpeaban a los prisioneros que se topaban por el camino y lo hacían acompañados por sus perros, adiestrados para acabar con la vida de un preso en menos de dos minutos. La ferocidad de los ladridos se hermanaba con los bramidos de los altavoces, y con los gritos ciegos de rabia y los ensordecedores silbatos de las SS, con la misma voracidad que el humo se escapaba de las chimeneas de los edificios de ladrillo rojo. Pero quizá el sonido que más incidía en el ánimo de los prisioneros era el de las botas de los miembros de las SS contra el suelo. Un sonido basto, monótono, devastador, anunciador de peligros inminentes, en cuya partitura la violencia y la muerte tendrían un lugar privilegiado. Era el sonido del infierno asentándose en la tierra y aferrándose a ella con unas garras de hierro que ni el fuego podía fundir, el único instante en el que el olor nauseabundo que impregnaba el enjambre de barracones —el mismo que se alojaba en la garganta del doctor Mengele y que intentaba desincrustar con caramelos de mentol— pasaba a un segundo plano y se hacía casi imperceptible. Un improvisado concierto propio de Auschwitz en una tarde de sábado, muy alejado del recital sinfónico que otrora solía amenizar los domingos.

Conforme transcurrían los minutos, el diluvio atronador de las sirenas y de los gritos desembocó en un murmullo calmado de asombro y barnizado de incredulidad. Nadie había intentado huir del campo. La primera hora de la tarde de un sábado no era un momento propicio para una fuga: demasiada luz, demasiados ojos vigilantes, un recuento de riesgos que no podría asegurar un saldo exitoso. Ningún avión había sobrevolado el campo, por lo que un nuevo ataque de los aliados no podría ser la causa. Lo que rompió la rutina del campo el 7 de octubre de 1944 fue algo más grave e imprevisto, al menos para las SS, que tardaron en reaccionar porque no podían dar crédito a lo sucedido.

Gisella y Ella desobedecieron la orden de permanecer en el Bloque 10 y, al salir fuera, se toparon con una imagen que lo gobernaba todo. Una inmensa columna de humo negro ascendía hacia el cielo como si ansiara conquistarlo. La nube densa y espesa había mudado de color, no se dejaba embaucar por los tonos grises como sucedía siempre, era de un color pardusco y oscuro. El olor tampoco era orgánico como de costumbre, sino bélico e industrial; no era un hedor a ceniza mojada sino a pólvora carbonizada. Olía a goma y a gasolina quemada, no a carne cauterizada ni a cabello chamuscado. Un ligero viento apareció en el campo para esparcir la corrupción del aire que se condensaba en las inmediaciones de uno de los crematorios, como si alguien, más allá de las nubes, quisiera que todos percibiesen el olor de la rebelión.

El crematorio IV acababa de saltar por los aires. No habían sido los bombarderos B-17 o B-24 de la Fuerza Aérea de Estados Unidos, ni una operación orquestada por Churchill y legitimada por Roosevelt a raíz del informe elaborado por los dos presos fugados hacía meses, bautizado en manos de los aliados con el nombre de los «Protocolos de Auschwitz». Nadie había bombardeado el crematorio IV desde el cielo. El cielo estaba seco de culpa, vacío de responsabilidad y cobarde por inacción. El cielo no se había abierto para dejar caer ninguna bomba como pedía y suplicaba Joska. El fuego, como de costumbre, había venido del interior del crematorio. Ninguno de los presos que observaban la escena podía saber lo que había pasado. No podían imaginar cómo una lata de betún dejaba de servir para lustrar las botas de cuero de las SS y se llenaba de la pólvora que las prisioneras que trabajaban en las fábricas de munición del campo habían ido sacando a escondidas. No podían saber que una caja de sardinas era capaz de convertirse en una granada de mano, en un artefacto que, lanzado sobre los hornos crematorios, los haría saltar por los aires. Ninguno, excepto Ella, cuyos ojos se llenaron de lágrimas.

—¿Qué te ocurre? —preguntó Gisella al verla.

—Joska —musitó, moviendo tímidamente sus labios, por donde las lágrimas se colaban como si fuera su refugio natural, inundándole el habla y ahogando sus palabras.

No estaba en condiciones de hablar. Quizá por eso la doctora decidió guardar silencio y reprimir sus preguntas.

Su voz temblorosa evidenciaba el temor por lo que hubiera pasado. Todavía no conocía las dimensiones del ataque, pero sí que no había sido una rebelión cualquiera. A juzgar por el semblante de los oficiales de las SS, la sublevación había hecho daño moral, estratégico y humano. La osadía de un grupo de doscientos cincuenta prisioneros judíos —la mayoría miembros de los *Sonderkommandos* que trabajaban en las instalaciones de la cámara de gas y del crematorio— había hecho más ruido que las sirenas, los ladridos, los gritos y el retumbar de las botas de las SS contra el suelo, sembrándolo de ladrillos rojos, restos de hierro y fragmentos de cuerpos humanos vestidos con el uniforme de las SS. Por unos minutos, el sonido de la insurrección silenció el eco de la infamia vociferada desde hacía tiempo.

El doctor Mengele se cruzó con ellas cuando regresaba al hospital. Antes había pasado por el edificio de la Administración del campo y las noticias no eran buenas: el crematorio IV había sufrido daños importantes, varios miembros de las SS habían muerto y otros se encontraban heridos a consecuencia de la fuerte explosión. Parte de los hornos y de las instalaciones de las cámaras de gas había quedado inutilizada. Berlín se mostraba más preocupado por la demora en el exterminio de judíos que por los desperfectos en el crematorio, pero también por el fallo garrafal en la vigilancia de los presos que había provocado el atentado y por el precedente que aquella insurrección podría representar para el resto de los prisioneros del campo. Ya existían antecedentes de rebelión en los campos de Treblinka y Sobibor, el 2 de agosto y el 14 de octubre del año anterior. Las noticias de las sublevaciones en otros campos corrían como la pólvora y contagiaban a otros, que no tardaban en incendiarse.

El Ángel de la Muerte traía la mirada ardiente de rabia, impotencia y con una sed de revancha que estaba dispuesto a saciar como fuera. Sus ojos no esquivaron los de Ella. Cualquier rastro de protección había vuelto a esfumarse en ellos, si es que alguna vez lo hubo, y la escrutó con odio, madurando una venganza en ciernes, como si fuese la culpable de lo sucedido. Necesitaba desahogarse y tenía a la víctima perfecta, aunque el desagravio, al igual que el reconocimiento de la doctora Gisella en el vientre de Ella, tendría que esperar. Pero las deudas siempre se terminaban pagando y cobrando en un lugar como Auschwitz, al menos cuando afectaba a uno de los miembros más destacado de las SS.

Mientras llegaba ese momento en el que se ajustarían las cuentas pendientes, Ella intentó seguir con su rutina. Acudía todos los días al Kanada, donde el trabajo nunca faltaba. Intentaba mantener la cabeza ocupada, no solo en encontrar fotografías y retratos familiares, sino en buscar algún rostro amigo que le pudiera dar información sobre Joska. No iba a ser fácil.

Desde la sublevación de los *Sonderkommandos*, la situación privilegiada de este cuerpo de prisioneros adscrito a las instalaciones donde se realizaba el exterminio se había visto recortada, y ya no tenían un acceso tan directo al campo, especialmente al Kanada. Imploró para que Róża apareciera por el bloque del almacén. Sabía que esa mujer polaca tenía un papel activo en la resistencia organizada por un grupo de prisioneros de Auschwitz, y que había participado en el plan de rebelión. Joska le había contado que ella era la encargada de dirigir al reducido comando de mujeres —cuatro en total, contándola a ella— que trabajaban en una de las industrias de munición del campo —la Weichsel-Union-Metallwerke, ubicada en un terreno situado entre el campo principal de Auschwitz I y la vía férrea en dirección a Auschwitz-Birkenau, donde las SS habían instalado las fábricas y talleres de armamento, una zona llamada Industriehof, dentro de un área más amplia, de unos cuarenta kilómetros cuadrados, que rodeaba los campos principales, conocida como *Interessengebiet*, o «Zona de Interés»— y que se habían ofrecido voluntarias para robar y sacar la pólvora con la que los *Sonderkommandos* fabricarían los explosivos caseros.

Cuando las mujeres regresaban al campo de Birkenau después de la jornada de trabajo, traían consigo la pólvora y se la entregaban a Róża, que la escondía en algún lugar secreto, muchas veces entre las cajas de basura o enterrada en el suelo cerca de algún barracón, hasta que podía entregársela a un *Sonderkommando*. Ese hombre era Joska. Si había alguien en quien Ella podía confiar y que supiera qué había pasado con él, esa era Róża. Solo deseaba que la polaca apareciese antes de que Maria Mandel o Josef Mengele decidiesen cobrarse la venganza aplazada.

Apareció por fin un día, un domingo por la tarde. Sabía dónde podía encontrar a Ella: escondida en uno de los rincones ocultos del campo, en un terreno próximo al Kanada e intentando encubrir su letra garabateada en fotografías y postales. Cuando Ella la vio llegar, no pudo controlarse.

—¡Por fin! ¿Dónde está Joska? ¿Está bien? ¿Qué le ha pasado? ¿Está vivo? —Las preguntas se le amontonaban en la boca.

—¡Calla! —le ordenó Róża, mirando a un lado y a otro—. Baja la voz. ¿Qué quieres, que nos maten?

—Necesito saberlo, por favor. He oído de todo.

—No puedo decirte nada. Todavía no. Ni siquiera yo sé qué ha pasado ni dónde está. No te voy a engañar. Algunos presos consiguieron escapar, pero sé que muchos han muerto, como el doctor Pasche. —Al escuchar ese nombre, Ella se alegró de que sus sospechas sobre que el doctor y Joska fueran la misma persona no fuesen ciertas—. Pero desconozco la suerte de Joska.

—Entonces... ¿no sabes nada? —preguntó sin poder disimular su decepción, como si no entendiera la razón de la presencia de Róża. Si no tenía noticias de Joska, ¿por qué había ido a buscarla? Se sintió mal por pensar así. Debería estar agradecida. Al menos, se preocupaba por ella.

—He venido a traerte algo, y también a pedirte un favor. —Se metió la mano en el sujetador, de donde sacó un pequeño objeto envuelto en un trozo de tela color crema—. Joska me hizo prometer que te daría esto. Insistió mucho, como si le fuera la vida en ello. Fue antes de la explosión. Quizá temía no poder... En fin, quería asegurarse de que lo tuvieras.

Ella cogió el pequeño paquete que Róża le ofrecía y que aún conservaba parte del calor de su cuerpo. Cuando deshizo los pliegues del trapo, no pudo contener una exhalación ahogada y quejosa.

Era el reloj de su padre. El que había visto en la muñeca del doctor Klein. El que Joska le prometió recuperar para ella.

Las lágrimas corrieron irrefrenables por sus mejillas. En solo unos días había llorado más que en casi catorce meses en Auschwitz-Birkenau.

—Es el reloj de mi padre. Lo había visto en... —empezó a explicarle Ella, aunque resultaba complicado porque el llanto ahogaba las palabras.

—No me cuentes la historia. Será más seguro para las dos si no sé nada de esto. Solo palabras sueltas, nada de historias. Eso podrá mantenernos con vida. Y ahora el favor —le anunció Róża mirando a su alrededor, para cerciorarse de que nadie más pudiera escucharla—. Escribe esto en una de tus postales: «Sean fuertes y tengan coraje». Debemos asegurarnos de que todos conozcan nuestro mensaje. Especialmente los de fuera. Pero también los de dentro, los prisioneros. Nada de esto habrá servido si los demás no continúan con la resistencia.

Róża forzó una sonrisa que no terminó de dibujarse en su cara y, a su lado, Ella pensó que aquello sonaba a una especie de testamento. Las investigaciones de las SS estaban dando sus frutos y pronto darían con todos los responsables, sin importarles el grado de participación que hubieran tenido en el levantamiento de los *Sonderkommandos*.

—No tardarán en dar conmigo y con las demás. Es algo que Ala, Regina y Ester ya saben. No tienen miedo. Han visto y hecho demasiado para que algo les asuste. Ellas mismas tuvieron que esconder la pólvora en el interior de los cadáveres de algunos de sus compañeros que iban a ser incinerados; era la única forma de asegurarse de que la munición llegara al crematorio donde la recogerían los *Sonderkommandos*. ¿Te puedes imaginar por lo que han pasado? —Róża calló unos segundos, con el ceño fruncido—. Estos cabrones no son tontos. Llevan días investigando la procedencia de la pólvora. ¡Mierda! No sabíamos que había más de un tipo de munición. Pensamos que la pólvora era pólvora, sin más. ¿Por qué se empeñan en complicarlo todo? —se quejó con rabia. Ella notó que no hablaba de la munición, sino de otra cosa—. ¿Sabes que nada salió como planeamos? Tendríamos que haber volado todos los edificios, los cuatro crematorios, al menos los de Auschwitz-Birkenau. Pero en el último momento muchos desertaron y nos dejaron vendidos. Yo los llamé «cobardes», pero Joska intentó convencerme de que no era culpa de ellos, que las SS habían conseguido que también tuvieran miedo de rebelarse. Además, tuvimos problemas con los explosivos y con la pólvora, porque unas horas antes de la explosión, un líquido, quizá un poco de agua, se filtró y los inutilizó. Ni siquiera las armas que algunos partisanos nos iban a dejar enterradas cerca de la alambrada fueron tantas como nos dijeron en un principio.

»Todo se complicó. Intenté persuadir a Joska de que retrasara el plan; no de suspenderlo, sino de demorarlo un tiempo —recordó Róża, mientras negaba con la cabeza—. Llevábamos meses preparándolo, ¡qué más daba unos días más! Pero no quiso. Se negó. No hacía más que repetir lo que pasó en el campo de Drancy en 1943, con el túnel de huida que empezó a cavar un grupo de prisioneros. Casi lo consiguieron. La evasión estaba prevista para el 11 de noviembre. Eligieron ese día porque era festivo, y los responsables del campo retrasarían una hora el pase de revista matutino. Pero las SS lo descubrieron el 9 de noviembre. Por dos días, solo por cuarenta y ocho horas, no lograron alcanzar su objetivo. Por eso Joska no quería ni oír hablar de aplazar nada. Aunque me dio la impresión de que había algo más que no me contó. Parecía tener prisa, como si algo le urgiera, como si no pudiera esperar ni un día más para salir de aquí y acabar con todo esto.

Al escucharlo, el rostro de Ella se tensó. Entendió que la culpa era suya por haberle dicho que estaba embarazada. Quizá eso lo precipitó todo.

—Me dijo algo extraño, poco habitual en él —seguía diciendo la polaca—. Que ahora no solo tenía a alguien por quien vivir, sino que también tenía a alguien por quien morir. Me pareció demasiado dramático para él. Pero lo entendí; durante los últimos días, hubo momentos de mucha tensión, era complicado parecer uno mismo. Es normal que las personas recurran a las palabras para hacer fácil lo difícil. Tú debes de saberlo bien. —Róża la miró—. ¿Lo harás por mí?

—¿El qué? —preguntó algo perdida, todavía pensando en el peso que su confesión habría tenido en la acción de Joska.

—¿Escribirás lo que te he dicho en una de tus postales?

—Por supuesto. Cuenta con ello —le prometió Ella—. Y tú recuerda que tienes que decirme qué le ha pasado a Joska.

—En cuanto sepa algo, te lo haré saber. Si no puedo hacerlo personalmente, enviaré a alguien para que te informe. Pero no seas demasiado optimista. He oído que algunos lograron escapar del campo en mitad de la confusión, pero no sé si consiguieron huir o los apresaron, o si todavía están con vida. Espero que así sea, porque uno de ellos llevaba un carrete con cinco fotografías que pudo hacer de manera clandestina, donde aparecen los nazis quemando cadáveres en fosas abiertas en la tierra, y escoltando a los prisioneros a la cámara de gas y al crematorio. Entre sus fotos y las palabras escritas que algunos habéis decidido enterrar en esta tierra, el mundo conocerá lo que aquí sucedió. —A Róża no le gustaba adornar la verdad. Era clara, directa y concisa. Al menos, en ese lugar—. No todo está perdido. Queda todo por ganar. Es lo que siempre nos decía Joska.

—¿Decía? —preguntó Ella, asustada. Era el mismo pretérito imperfecto que Joska había utilizado para referirse a su padre, y a los pocos días supo que estaba muerto. No le gustaban los verbos en tiempo vencido—. ¿Decía? —insistió.

—Lo dirá siempre. Son palabras eternas. Como las que tú escribes en tus postales. En ellas no existe el tiempo, tampoco el verbal. Me sorprende que te den miedo las palabras. Yo, como mis compañeras, tampoco tengo miedo a la muerte. Los nazis que nos matan nos están haciendo inmortales y son tan estúpidos que ni siquiera se dan cuenta de su gran error. Gracias a ellos, existiremos siempre. Esa será nuestra mayor venganza y su mayor condena.

Sean fuertes y tengan coraje.

Así lo escribió Ella en el reverso de una postal que más tarde introduciría en la lata de leche condensada y enterraría en su escondite bajo tierra. Por un momento, se preguntó si la explosión en el crematorio IV habría desenterrado su secreto. Imaginó todas las postales y fotografías que había escrito alfombrando los restos de la insurrección. Tendría que esperar para comprobarlo, como también tendría que esperar para saber dónde estaba Joska. Volvió a la escritura.

Sean fuertes y tengan coraje.

Empleó para ello su mejor caligrafía. Si en verdad era un testamento, había que esmerarse. Mientras contemplaba las cinco palabras escritas en azul con el lápiz que le regaló Fania, deseó que no fueran las últimas de la valiente Róża. Ni tampoco las últimas trazadas de su puño y letra.

20

Fueron semanas de investigación sobre el terreno, de detenciones de prisioneros y encierros en celdas de castigo, de torturas, de interrogatorios brutales y de puniciones colectivas sobre la población reclusa. La expiación se hizo extensiva a todos los prisioneros, con responsabilidad directa o no en el atentado de los *Sonderkommandos* contra el crematorio IV. Todos sufrieron las consecuencias.

Ella tampoco se libró del interrogatorio que, al igual que los reconocimientos médicos, sería personalizado y realizado por el propio doctor Mengele. El lugar donde la llevaron no era el habitual, tampoco lo era el barracón. Ni siquiera se trataba del Bloque del Hospital, ni el de los experimentos médicos, ni el de las embarazadas. Era una construcción distinta en la que nunca había estado y supo que tampoco era la misma donde habían interrogado al resto de los prisioneros. Ella conocía la retorcida mente de los nazis y sabía que un lugar desconocido y alejado de su hábitat de humillación usual lograría atemorizarla más. Cuando accedió al interior, le extrañó lo que vio. Parecía una habitación acondicionada para vivir. No olía mal, había luz eléctrica, una limpieza exquisita y estaba correctamente amueblada. Le recordó a la oficina de Maria Mandel, pero más grande y más lujosa. Pudo contemplar un amplio sofá de piel con un dibujo acolchado sobre su superficie, un escritorio atestado de papeles y objetos, una mesa de comedor con algunas sillas alrededor, lámparas de pie, un mueble lleno de botellas de vidrio labrado, cuadros en las paredes, varios armarios, alfombras y un perchero. Había dos puertas, una a cada lado, que conducían a sendas estancias que no tuvo oportunidad de ver. Lo que sí reconoció fue el gramófono que escupió el *Rêverie* de Schumann durante la primera violación de Mengele, la misma noche de su llegada al campo. En un mueble contiguo había una nutrida colección de discos que no pudo distinguir, pero supuso que serían las arias, las óperas y los conciertos, cuyas melodías solía silbar el doctor antes, durante y después de cada selección o experimento médico. En ese instante no silbaba, y Ella fue incapaz de discernir si aquello significaba algo, y si ese algo era bueno o malo.

Entendió que se trataba del despacho de Mengele. El doctor no estaba solo. Maria Mandel se hallaba con él y también Gisella, que había acudido con su pequeño maletín de mano. Había sido una orden de Mengele, seguramente para seguir intimidando a Ella. Al principio, la presencia de la doctora logró infundirle el ánimo que ya comenzaba a renquear, pero luego comprendió que quizá no era tan buena señal. No sabía lo que iba a ocurrir con ella, pero si Mengele requería la presencia de una prisionera doctora significaba que iba a necesitar sus servicios. En determinados momentos, el doctor prefería no mancharse las manos.

La luz amarillenta de una lámpara potente iluminaba la habitación. No supo por qué aquel recuerdo cruzó su mente, pero rememoró la luz que siempre estaba encendida en la habitación de Alma cuando el insomnio la visitaba. Fue el propio Mengele quien dispuso las dos sillas que ambos ocuparían. Una frente a la otra, sin más mobiliario entre ellos, ni siquiera la habitual mesa que solía separar al verdugo de sus víctimas. La instó a sentarse frente a él, algo que los dos oficiales de las SS que la habían conducido hasta el despacho de Mengele interpretaron como una orden directa, y la obligaron violentamente a tomar asiento. Una mirada del doctor bastó para que esos mismos oficiales abandonaran la sala.

—Por lo visto, no soy el único que hace su trabajo. Según tengo entendido, su novio y otros prisioneros judíos han volado el crematorio IV —le espetó Josef Mengele, tras coger una carpeta del escritorio que quedaba a su espalda, al alcance del brazo.

Al abrir el cartapacio de color marrón, Ella pudo ver tres fotografías de Joska prendidas con unas grapas en una ficha escrita en alemán. De perfil, de frente y de medio perfil. A ella también se las habían hecho, como al resto de los prisioneros seleccionados tras la criba. Pensó que habría sido Wilhelm Brasse el encargado de realizarlas, al igual que le obligaron a hacer con los demás presos para el archivo del campo. «Las fotos son justo lo que necesitamos.» Recordó las palabras de Mengele a Brasse al observar sus fotografías, que ahora tomaban un nuevo cariz, ya que habían servido para dar caza a los responsables. En ellas, Joska aparecía con la cabeza afeitada, parte del rostro amoratado y el uniforme de rayas característico de los prisioneros. En la última, un gorro de la misma tela del uniforme le cubría la cabeza. Tenía los cinco botones de la chaqueta abrochados hasta el cuello, como regían las normas de vestuario para los presos. Seguramente se las hicieron los primeros días de su llegada al campo, después de pasar la selección y antes de ser asignado a la facción de los *Sonderkommandos*. La fotografía consiguió que su respiración se acelerara, aunque hizo intentos de frenarla. Fue inútil. Tenía frente a ella a todo un experto de la mentira.

—¿Tiene usted algo que decirme?

—No era mi novio —dijo, desafiando su propia mentira. Ahora más que nunca debía mentir para mantenerse con vida. Al menos, debía intentarlo. Estaba siguiendo los consejos de su padre, de Joska y de la propia Gisella. Mentir para sobrevivir. Cualquiera podría entenderlo.

—No sé si lo era. Pero le puedo asegurar que ya no lo es.

El comentario de Mengele la quebró por dentro. Él no mentía. Podía disfrazar las palabras, retorcerlas para corromper su significado, recurrir a un sarcasmo cruel y a una ironía macabra, pero nunca mentía. Y su mirada, tampoco. En ese momento supo que Joska estaba muerto. Aquel maldito pretérito imperfecto que había usado Róża para hablar de él regresó a su mente con toda su sonoridad. «Decía.» Ya no volvería a decir. El tiempo de aquel verbo había alcanzado la categoría de las palabras eternas, según la catalogación de la polaca. De nuevo, su mente tomó el mando, rescatando la última confidencia que Joska le había hecho. «¿Sabes lo que verdaderamente me tortura? Cuánto tiempo tardarías en darte cuenta de que ya no estoy, si un día me voy.» Joska estaba muerto y ella se encontraba ante la persona que posiblemente lo había asesinado o, al menos, quien había ordenado hacerlo. Habían descubierto su implicación en la revuelta. Ella le miró a los ojos, se concentró en sus iris, como el doctor Mengele solía abstraerse en su heterocromía, como si buscara en ellos la última imagen de Joska con vida. Podría haberse quedado grabada allí; solo quería verle una vez más, aunque fuera en la retina de su asesino. El doctor supo que su última observación había dado en el blanco, y sonrió. Disfrutaba viéndola sufrir, le hacía sentir que mantenía el control sobre su cuerpo y su mente, como siempre. El batallón de palabras de Mengele comenzaba a desplegarse y lo haría en un terreno minado para su víctima favorita.

Ella se preparó para empezar a recibir un aluvión de trampas y humillaciones en formato de pregunta. Le entristeció lo rápido que se resigna uno a su destino. Estaba herida por la noticia de la muerte de su prometido, pero tenía que ser fuerte y aguantar lo que estaba a punto de recibir. Recordó la frase que Róża le pidió que escribiera en una de sus postales: «Sean fuertes y tengan coraje».

—Los judíos siempre se creen más listos de lo que son —dijo Mengele, mientras fingía que buscaba papeles en aquella carpeta, aunque Ella estaba segura de que ya conocía toda la información recogida en ella—. Al parecer, no cayeron en que trabajamos con diferentes tipos de pólvora. Eso nos facilitará saber quiénes han sido los ladrones, más bien ladronas, que han conseguido los explosivos y que colaboraron con los sublevados. Daremos con ellos. Con todos. El grupo de su novio ha logrado que los matemos. Aunque no van a ser los únicos que paguen por ello. Un buen número de prisioneros morirán por la traición y la rebelión de unos pocos. El cálculo es sencillo: la vida de un judío es muy inferior a la de una persona normal, y para alcanzar un mínimo de justicia, estamos obligados a compensar vidas y muertes. Han muerto demasiados miembros de las SS, muchos han resultado heridos. Eso tiene un coste. Y una responsabilidad que hay que pagar.

Responsabilidad colectiva. Así llamaban los nazis a las represalias. Cada vez que un prisionero realizaba una acción reprobable bajo el criterio de las SS, las consecuencias se extendían al resto de la población reclusa y un buen número de prisioneros morían para resarcir el atrevimiento y los posibles daños. Ella lo conocía muy bien, era ella a quien Mandel obligaba a elaborar las listas de las prisioneras que serían ajusticiadas por «responsabilidad colectiva». Gracias a la información que le había facilitado Róża, Ella sabía que no hubo muchos muertos en las filas de las SS. Recordaba perfectamente que le habló de tres o cuatro, y apenas una docena de heridos. Quizá el número había aumentado. Un cálculo pírrico en comparación con las cifras de muertos que se producían a diario en Auschwitz. Pero a los nazis debían cuadrarles las cuentas según sus algoritmos, y eso implicaba jugar con los números. Había doscientos cincuenta *Sonderkommandos* muertos y otros tantos prisioneros elegidos al azar para cumplir con la responsabilidad colectiva y, de paso, compensar las muertes de los miembros de las SS. Eran los guarismos que reflejarían las hojas de cálculo de los uniformados. Pero todavía quedaban números por hacer y nombres de los que hablar.

—¿Conoce usted a una prisionera llamada Róża Robota?

—No. Creo que no.

—No me mienta. Sabe que lo detesto. Y también sabe que nunca termina bien.

—No sé quién es. Lo juro.

—A veces se pasaba por el Kanada para llevar o recoger ropa —intervino Maria Mandel desde el otro extremo de la habitación—. Tienes que saber quién es.

—No me acuerdo de todas las mujeres que pasan por allí. Yo no sé nada.

—¿No sabes nada sobre qué? —volvió a intervenir la Bestia, y Ella sintió que se había equivocado al elegir esas cuatro palabras, algo muy similar a lo que barruntaba el doctor.

—Esa maldita frase otra vez —susurró Mengele, como si llevara días y semanas escuchándola. Quizá los llevaba—. Nadie sabe nada. Al final será verdad que los judíos son una panda de ignorantes. —Se acercó aún más a Ella. La tenía justo donde quería, atemorizada, muerta de miedo. Y volvió a la carga con sus preguntas—. ¿Mantenía usted una relación con el *Sonderkommando* de las fotografías que acabo de enseñarle?

—No.

—¿Conocía usted sus planes de atentar contra el crematorio IV?

—No.

—¿Es usted judía?

—No.

—¿Está embarazada? —interpeló con premura, sin dejar tiempo entre las preguntas, como si quisiera cogerla en un renuncio y poder acusarla de mentir a todo un capitán de las SS.

Ella tardó unos segundos en responder. Era inútil mentir como había hecho en sus anteriores respuestas. Estaba ya de cuatro meses —al menos, esos eran sus cálculos deseados— y la persona que tenía delante, escrutándole cada gesto, era un doctor obsesionado con los embarazos, las preñadas, los fetos, las matrices, los úteros y los ovarios. Era su particular patio de recreo. No serviría de nada mentir. Le hubiese gustado buscar la mirada de Gisella, pero ese ademán podría entenderse como un gesto de complicidad que la condenaría también a ella, por no haber comunicado a Mengele su embarazo. Tragó la escasa reserva de saliva que guardaba en la garganta. Deseó poder tener algunas pequeñas piedras como las que los presos se introducían en la boca para fabricar algo de saliva con la que limpiar sus heridas.

—Sí —respondió con un hilo de voz. Vio que el doctor acusaba el golpe: no le había gustado la respuesta. Lo notó en el ardor de su mirada y en el leve temblor de las aletas de la nariz.

—¿Está usted embarazada del judío?

—No —contestó Ella, confiando en que su respuesta realmente fuera una mentira.

—Miente.

—¡No! Lo juro. Nunca tuve relación con él. Solo era un amigo de la familia que llegó con nosotros al campo.

Enseguida se arrepintió de su respuesta. Ya era la segunda vez que la tensión lograba traicionarla. Debería haberse callado, limitarse a contestar con monosílabos, como le había enseñado Joska, sin extenderse. De lo contrario, corría el riesgo de dar más información de la precisa, que podría ponerla en peligro, no solo a ella, sino a más personas. Hizo un ejercicio de deducción atropellado: acababa de confirmar que había llegado junto a su familia, y si guardaban la información de todos los deportados, podían llegar a descubrir que era judía. Intentó arreglarlo sobre la marcha.

—En realidad, era un compañero de trabajo de mi padre. Los dos trabajaban en el hospital.

—Vaya, un colega médico. Qué casualidad. —A Mengele pareció divertirle—. Sí que es pequeño el mundo.

No dijo nada más. Se levantó bruscamente de la silla y le cruzó el rostro a Ella de una bofetada, con tanta fuerza que la derribó. Su boca y su nariz empezaron a sangrar en abundancia, pero Ella intentó no asustarse: sabía que en esas zonas la hemorragia es muy escandalosa pero no suele revestir gravedad. Ni siquiera se limpió la sangre con la mano. Era un gesto que no podía hacer hasta que le dieran permiso para ello. A las SS les gustaba verlas sangrar, daba igual por dónde, y las prisioneras no tenían el derecho de privarles de esta visión. Se concentró en mantener el control mental de la situación, ya que el físico estaba en poder de otra persona. Debía levantarse lo antes posible. Era algo que tenía bien aprendido: cuando un miembro de las SS golpeaba a un prisionero, este debía incorporarse de inmediato una vez terminado el castigo. No hubo tiempo. Los brazos del doctor Mengele la recogieron del suelo y la tumbaron boca arriba sobre el escritorio, encima de la montaña de papeles que lo cubrían. Utilizó los dedos para esparcir la sangre de las heridas por el rostro de Ella, como si estuviera pincelando un cuadro. A pesar del miedo que anulaba parte de sus sentidos, pudo percibir el olor a tabaco alemán cuando la mano del doctor recorrió su cara. De nuevo, ese hedor estuvo a punto de provocarle el vómito, como había sucedido minutos antes de la sublevación de los *Sonderkommandos*.

A Maria Mandel le costaba disimular la excitación que sentía al presenciar como testigo lo que estaba ocurriendo. Las últimas semanas se mostraba más cruel y violenta que de costumbre, quizá por la desaparición casi definitiva de uno de sus grandes proyectos: los altos mandos del campo habían decidido trasladar a las integrantes judías de la orquesta al campo de Bergen-Belsen, y a las no judías al campo principal, a Auschwitz I, con lo que la orquesta de mujeres de Auschwitz-Birkenau quedaba prácticamente desmantelada. Tampoco ayudaba a serenarla la noticia de que en diciembre Josef Kramer se iría en calidad de comandante a Bergen-Belsen, al cambiar este complejo la denominación de «campo de prisioneros» por la de «campo de concentración». Una vez más, el endiablado juego de palabras de los nazis. Lo peor era que Irma Grese había solicitado irse con Kramer —uno de sus más reconocidos amantes, de la larga lista que tenía—, y también acabaría en la Baja Sajonia, a diecisiete kilómetros de Celle. Mandel no pudo negarle el consentimiento que le pidió su aliada, pero no le gustaba tener que separarse de ella. Sus caminos estaban condenados a disgregarse. La propia Mandel preparaba un cambio de aires, aunque todavía no se lo había comunicado a nadie, excepto al doctor Mengele. No estaban siendo unos días fáciles para la Bestia, tampoco para la Alemania nazi. Por eso deseaba tanto participar del escarnio que estaba a punto de sufrir Ella, aunque sabía que tendría que esperar su turno y obtener el beneplácito del doctor, el miembro de las SS con mayor rango en la habitación y, al menos ese día, también en el campo de Auschwitz-Birkenau.

Cuando Ella pensaba que la violaría allí mismo, delante de Gisella Perl y de Maria Mandel, e intentaba prepararse mentalmente para una nueva humillación, el doctor le apretó el cuello con la mano izquierda, con fuerza, como si quisiera ahogarla, y alargó la derecha por encima de su cuerpo, para alcanzar algo situado en el otro extremo del escritorio. No tardó en saber qué era. Lo había visto en otra ocasión en el despacho de la Bestia, junto al reloj de arena con el soporte de bronce y una esvástica tallada en una de sus bases. Reconoció aquella daga de hierro con una empuñadura en la que aparecía grabada una cruz gamada junto a la leyenda: «Orden y lealtad. La traición se paga con sangre».

Lo que nunca antes había llegado a leer eran las palabras cinceladas en la hoja, ya que siempre la contemplaba a distancia, o enfundada. Aquella vez sí pudo observar la inscripción con más detenimiento porque Mengele la había situado encima de su cara: *Deutschland über Alles*, «Alemania por encima de todo». Allí, a centímetros de sus ojos, brillaba desnuda la hoja. El canto afilado de la daga dibujó el contorno de su rostro y fue bajando muy despacio hasta llegar al ombligo, donde, respondiendo a un movimiento de muñeca de Mengele, rasgó la falda y la ropa interior que la cubría, quedando de cintura para abajo completamente desnuda. Cuando notó la frialdad de la cuchilla sobre su vientre, arañándole la dermis, Ella perdió definitivamente el temple que estaba intentando mantener desde el primer golpe. Su respiración se volvió jadeante y las convulsiones regresaron, como los gemidos de súplica a su garganta. Trató de incorporarse pero otra bofetada de Mengele volvió a tumbarla. De nuevo el sabor metalizado de la sangre bañó el interior de su boca y sus labios.

En ese momento, Mengele agarró con más fuerza la empuñadura de la daga y la dirigió sobre el abdomen de Ella, que solo pudo contraerse y curvar las caderas para evitar el contacto de la cuchilla. Pero su resistencia no detendría las intenciones del doctor.

—¡No! —gritó Gisella lo más fuerte que pudo, saltándose la orden no escrita de mantenerse en silencio si un miembro de las SS no te daba permiso para hablar—. Ella jamás estuvo con ese hombre, no de esa manera. Lo puedo demostrar clínicamente. Es imposible que esté embarazada de él. Completamente imposible.

—Es mentira —terció Mandel fuera de sí, al ver cómo la mano con la daga se detenía—. ¿Desde cuándo nos creemos la palabra de una judía? —dijo dirigiendo su pregunta a Mengele.

—Desde que creímos a Alma Rosé —respondió el doctor, regio en su contestación, endureciendo la mirada en un intento de hacerle entender a Mandel que allí mandaba él, también sobre ella. Volvió el rostro para buscar el de la doctora Perl—. ¿Puede usted demostrarlo?

—Por supuesto. En cuanto nazca el bebé. Será fácil corroborarlo con un análisis de sangre y alguna prueba más.

El doctor Mengele empleó unos segundos en decidir si creía o no a Gisella. No existían buenos precedentes en los que basar su confianza, ya que sabía que la doctora había ocultado el embarazo de muchas presas a las que practicaba abortos clandestinos. Tampoco había cumplido la orden que le había dado de comunicarle qué mujeres estaban embarazadas, pero al menos le ahorraba un trabajo: deshacerse del niño.

—Si descubro que me miente, la mataré. A usted, a ella y al bebé —amenazó mirándola directamente a los ojos; los suyos ardían en el fuego frío que dictaba sus actos.

Ella seguía tumbada boca arriba sobre el escritorio, custodiada por Mengele, esperando que terminara de realizar su particular venganza o que desistiera de violarla, si las palabras de Gisella habían logrado convencerle. Lo hicieron, pero solo en parte. En la cabeza del doctor ningún propósito había cambiado.

Mengele contempló a Ella. Una de sus manos seguía aferrada a su cuello, para asegurar su inmovilidad. La tenía bajo su control, el dominio era absoluto. Retiró la mano de la garganta para poder virar su cuerpo y doblarlo sobre la mesa. Por la brusquedad empleada, Ella se resintió de un golpe en el vientre pero ni siquiera se quejó. Con la otra mano y con la misma facilidad con que había volteado a su víctima, Mengele giró la daga, la enfundó y la sujetó por el filo ahora cubierto. Su afilada lámina de acero no hendiría el vientre de Ella, como había pensado en un primer instante, pero la empuñadura de la daga entraría igualmente en su organismo. La prisionera tenía que pagar de alguna manera por lo que había hecho. Cuando Gisella vio la intención del doctor, trató de convencerle de que no lo hiciera, pero Mandel abortó su ademán, mientras celebraba el castigo.

Ahora sí, los gritos de dolor de Ella resonaron en toda la habitación, lo que aumentó el placer de Mandel y del propio

Mengele. No recordaba un dolor similar. Deseó perder el conocimiento, como había visto en algunas prisioneras, pero tampoco en eso la acompañó la suerte. No tuvo tiempo de fijar la mirada en un punto fijo, como le había recomendado Alicja para que el dolor disminuyese, ni siquiera sabía si permanecía con los ojos abiertos o, por el contrario, estaban cerrados. No podía ver nada, no podía pensar en nada. Había perdido el control de su ser. Pero aún podía escuchar la voz del Ángel de la Muerte.

—Nadie viola las sagradas leyes del Tercer Reich. Nadie —le susurró al oído, mientras le infligía el correctivo—. «Orden y lealtad. La traición se paga con sangre.»

Ella reconoció en las palabras de Mengele la inscripción grabada en la empuñadura de la daga, junto a la esvástica. Una vez más, confirmó que las palabras no mienten, aunque puedan engañar.

Cuando terminó, el doctor Mengele dejó la daga sobre el escritorio, justo delante del rostro de Ella, para que pudiera observarla, por si todavía no había entendido cómo se cobraban las traiciones al Reich. Los restos de sangre teñían la empuñadura, aunque todavía se podía ver el dibujo de la cruz gamada y la leyenda cincelada. Ella estaba segura de que Mengele no limpiaría la sangre, como tampoco la limpiaron del suelo cuando ejecutaron a los doscientos cincuenta *Sonderkommandos*, para que todos los prisioneros pudieran verlo. También se negaron a retirarla cuando decidieron matar a otros doscientos cincuenta miembros del comando de los crematorios y las cámaras de gas como parte de la responsabilidad colectiva. La sangre reseca alfombraba el suelo de Auschwitz, y continuó allí hasta que llegó la lluvia y logró mezclarla con el barro, la arena y el lodo. Era una demostración de fuerza y de dominio, como el cazador que exhibe las cabezas de los animales que mata.

El doctor Mengele se alejó de su víctima mientras le ordenaba a Gisella que se ocupara de ella, y frenaba la intención de

Maria Mandel de continuar con el castigo, como había hecho mil veces antes.

—Mañana —le dijo el doctor, sujetándola por la muñeca y obligándola a bajar la fusta—. Por hoy, ya ha tenido suficiente. Y tú también —añadió al observar el brillo de placer que aún destellaba en su mirada.

—Lo único que siento es que Irma se lo haya perdido. —Mandel le sonrió, admitiendo la sugerencia aunque, en realidad, sabía que era una orden—. Habría sabido disfrutar la escena.

Ni siquiera se molestaron en bajar la voz, aunque Gisella estaba más preocupada por los desgarros que presentaba Ella en la zona forzada, que por el intercambio de opiniones de sus verdugos. La doctora se avergonzó de su pensamiento, pero no pudo evitarlo: hubiera preferido que la violase de otra forma en vez de sodomizarla, para que aquel embarazo terminase cuanto antes. Sabía que lo que le esperaba a Ella no iba a ser fácil, y su preñez no la ayudaría. De momento, había evitado que la afilada hoja de la daga de Mengele se clavara en su vientre. «Quizá hubiera sido lo mejor», pensó.

Unos días después, Ella recorría el campo de Auschwitz-Birkenau camino de la oficina de Maria Mandel. Arrastraba su cuerpo aún magullado que, sin embargo, le dolía menos que el recuerdo del ultraje vivido. Pasó cerca de la alambrada que Alicja eligió para morir y la miró vacilante. Era demasiado cobarde para terminar de una manera tan rápida, o quizá demasiado valiente para seguir afrontando la vida como le era dada. Llevaba más de un año cohabitando su existencia con una vida sobrevenida, alejada de la vida elegida y ganada. La suya, como la del resto de los prisioneros, era una existencia vegetada, cedida, que en cualquier instante podría ser negada. La alambrada suponía una constante tentación, una incitación a la rebelión que, sin embargo, dejó pasar. A esas alturas del calendario, a pocas semanas de finalizar el año 1944, tampoco era garantía de nada. En los últimos días había visto cómo muchas mujeres se lanzaban contra el alambre, y solo conseguían que las púas les abrieran heridas en la piel, ya que los guardias de las SS decidían desconectar la electricidad de la alambrada durante la mayor parte del tiempo. Ya no les importaba que los presos intentaran escapar. Sabían que en su estado y con el frío glacial y las tormentas de nieve que asolaban la zona, no llegarían lejos. Ni siquiera se divertían con los que intentaban huir del campo como lo hacían antes, colgándoles un cartel de madera al cuello con las palabras *Hurra, hurra, ich bin wieder da!*, «¡Hurra, hurra, estoy de vuelta!», antes de torturarlos y ahorcarlos.

Ella siguió avanzando en su camino hacia su irremediable destino. No se había imaginado una tarde de domingo como esa. Aquella tarde, más que ninguna otra, añoró los conciertos de la orquesta de mujeres, la concentrada seriedad de Alma al sujetar su batuta o acariciar su violín. Recordó a las cuarenta y siete mujeres que habían formado parte de su vida durante un tiempo y que también ellas, como otros muchos, habían desaparecido. Le dio la impresión de que aquellos recuerdos correspondían a otra vida, tan lejana como irreal. Fania, Violetta, Anita, Regina, Hilde, Sonya... Apenas había tenido oportunidad de volver a verlas. Casi todas habían sido enviadas a Bergen-Belsen, como aquella muchacha de sonrisa infantil, Ana, que había escrito un diario a escondidas en una buhardilla en Ámsterdam. Aquel infierno tenía demasiados agujeros negros por donde las personas entraban y desaparecían. Así se sintió cuando se encontró frente a la oficina de Maria Mandel: ante su particular agujero negro, cuyo interior ya conocía.

Cuando vio que la Bestia la recibía cogiendo la fusta con la que tantas veces le había marcado el cuerpo, Ella supo por qué le había ordenado que fuese. Sabía cómo acabaría aquella visita. La misma historia, el mismo lugar y la misma víctima. Estaba acostumbrada a sus escenografías repletas de amenazas, pero aquella vez las piernas le flaquearon. Se sentía demasiado débil para seguir sufriendo las embestidas salvajes de Mandel y estaba segura de que en la próxima, fenecería. Por eso se armó del valor necesario para expresar un último ruego.

—Por favor, no.

La macilenta súplica pareció construir un muro de contención en la intención de la Bestia, que detuvo su ataque. Quería despedirse de Auschwitz a lo grande, dejando su marca sobre uno de sus caprichos preferidos, como siempre había hecho, pero algo en el ruego de su «mascota» la contuvo. O quizá fue el futuro incierto que se abría ante ella, al igual que ante todas las SS. Ella seguía sin fiarse de la bondad de los monstruos grises, como tampoco de un supuesto arrepentimiento. Había visto, escuchado y sufrido demasiado para confiar en aquellas bestias uniformadas, cuya única pasión estribaba en matar, daba igual a quién ni en nombre de quién. La guerra para ellos solo constituía una excusa, un medio perfecto para dejar fluir su maldad. No era obediencia ni lealtad a unos ideales, ni siquiera a ningún Führer; era una vía de escape para dar rienda suelta a su crueldad. Todo era mentira, también las inscripciones del tipo *Deutschland über Alles*, «Alemania por encima de todo», que aparecían grabadas en varios objetos, como en la hoja de la daga del doctor Mengele. Maria Mandel empezó a jugar con la fusta y con el reloj de arena con armadura de bronce.

—Nos tendríamos que haber llevado mejor —le espetó para sorpresa de Ella—. No has sabido entenderme. Alma siempre lo hizo. Pero tú... —No sonaba a reproche, sino más bien a decepción.

Ella se armó para no caer en la trampa de creer en un supuesto ejercicio de contrición. No tenía más remedio que escucharla, pero sus palabras no iban a cambiar nada y mucho menos a convencerla de algo.

—Mañana abandono Auschwitz. Quería decírtelo personalmente. Me trasladan al subcampo de Mühldorf, en el campo de concentración de Dachau. Pensé en llevarte conmigo pero, al parecer, el doctor Mengele tiene otros planes para ti.

A la *SS-Lagerführerin* no le gustaba romper la rutina, en especial si había sido diseñada por ella y la gobernaba con absoluto despotismo. Le había costado mucho erigir su reino para tener que abandonarlo y conquistar uno nuevo. Ya lo había hecho en Ravensbrück, de donde tuvo que salir para reconquistar Auschwitz. Pero tendría que hacerlo otra vez. Mandel volvió a buscarle la mirada, y esta vez parecía haber recuperado la intención cruel.

—Has logrado convencerle de que no eres judía y de que estás embarazada de él. Pero yo sé que no es verdad. Desde el primer día que te vi supe que eras una sucia judía de mierda, una *dreckjude*. Seguramente serás una *mischlinge*, como lo era Alma. Una francesa judía, muy bella, con un pelo rubio precioso, unos ojos embaucadores, una piel fina, suave y blanca, y unas pecas que son el complemente perfecto para una identidad simulada, pero convincente. He visto demasiadas mujeres como tú. Pero me gustaste nada más verte, esas cosas no pueden evitarse. Cada uno tiene su forma de expresar el cariño que siente hacia otra persona. Y esta ha sido la mía.

Mandel arrojó la fusta sobre el sofá de su despacho y dejó el reloj de arena sobre el escritorio. Solo entonces, Ella pudo recuperar el aliento, aunque sabía que no debía bajar la guardia. Seguía siendo la Bestia y actuaría como tal. Mientras se aflojaba la corbata negra que rodeaba el cuello de su camisa, la *SS-Lagerführerin* se sirvió una copa, quizá la última que se tomaría en Auschwitz, frente al último capricho que le quedaba de su reinado en Birkenau.

—Voy a echar de menos todo esto. Los buenos tiempos, no estos. Y te echaré de menos a ti. Espero que algún día lo entiendas, aunque no confío en ello. Solo he hecho mi trabajo. Tan solo eso. Sé que no todos lo entenderán, pero esto es una maldita guerra y los soldados nos limitamos a obedecer y cumplir órdenes —dijo como si fuera el mismo mantra que salía de la boca de los miembros de las SS para justificar sus acciones; Ella se preguntó si todos los oficiales se convencerían utilizando la misma mentira—. «El deber de destruir a un enemigo dentro del Estado no se diferencia en nada del que nos obliga a aniquilar a nuestro adversario fuera, en el campo de batalla» —recitó de memoria las palabras de su admirado Rudolf Höss.

A Ella le extrañó que la soberbia y el ego que siempre acompañaban a Mandel le permitieran rebajarse a soldado raso, aunque en realidad, en la maquinaria nazi, aquella mujer, como cualquier otra, vistiera o no uniforme, era mucho menos que eso. O quizá es que aquella inminente llegada de los rusos que ya se anunciaba en los delirios de Alma Rosé —«¡Los rusos ya están aquí! ¡Ya vienen los rusos!»— le había nublado la razón, emborrachándola de un sentimiento de desasosiego parejo con la esperanza que embriagaba a los prisioneros.

—Muchas veces, al observarte mientras te golpeaba, pensaba qué habría pasado si nos hubiéramos conocido en otras circunstancias, en otro lugar, en otro tiempo. Seguramente, me habrías gustado igual. Y quién sabe, puede que hasta hubiéramos sido amigas.

Las palabras de Mandel seguían enfermando a Ella. No sabía cómo terminaría aquel monólogo, pero jamás lograría convencerla.

—¿Nunca lo has pensado? ¿Qué hubiera sido de nosotras de haber estado en una tierra diferente a esta? Dime, ¿me guardarás rencor? ¿Me saludarás si algún día, dentro de dos años o de diez, nos vemos en algún restaurante de París, de Berlín o de Roma? —Ante la ausencia de respuesta, Mandel subió la voz—: Te ordeno que me contestes.

—Eso ya da igual —se atrevió a responder, obligada por el mandato. Por primera vez, podía ser ella la que pronunciara esas palabras que tanta desazón le producían en boca ajena.

—Al final, habéis terminado hablando como nosotros. Esa es otra de nuestras grandes victorias —dijo Maria Mandel con cierto orgullo, mientras sonreía de la misma manera perversa que cuando castigaba a las presas. Se incorporó del sofá y se dirigió a Ella—. Pero tienes razón. Eso ya no importa porque mañana yo no estaré aquí y lo más seguro es que tú tampoco lo estés, vengan o no los rusos, porque lo primero que harán esos malditos bolcheviques es mataros, terminar el trabajo que nosotros dejamos pendiente. Jamás volveremos a encontrarnos. Y si lo hiciéramos, tendrías la misma actitud de sumisión que ahora, el mismo miedo que siempre has tenido en mi presencia. Eso se quedará contigo siempre, aunque yo ya no esté para recordártelo. He conseguido permanecer en ti para siempre. Jamás podrás borrar mi recuerdo. Vivirás y morirás con él. Eso te lo garantizo.

Ella odiaba que sus temores encontraran siempre una confirmación en la realidad. Ni siquiera intentó resistirse cuando Mandel la arrojó sobre el sofá, boca abajo, despojándola parcialmente de la ropa. Apenas le costó someterla. Su presa ni siquiera intentó escabullirse, ni esquivar el previsible golpe que le tenía preparado. Desterró toda resistencia de su voluntad porque sabía que no serviría de nada, tan solo agravaría más la situación. Solo quería que todo acabase lo antes posible. Cuando esperaba una nueva arremetida, sin ni siquiera pensar en la naturaleza de la misma, sintió las manos de la Bestia buscando un lugar preciso en el final de su espalda. Tenía las manos frías, heladas, lo que provocó una contracción involuntaria.

—Quieta, o todo será peor —oyó que decía.

Obedeció y se quedó exánime, esperando que la voluntad de Mandel escribiera su destino. No entendió lo que pasaba hasta que algo punzante le desgarró la piel. La hoja de un cuchillo o un arma bien afilada le rasgó la zona lumbar; sintió una hendidura penetrante. La intención no era atravesarle profundamente la dermis, sino romperla. El dolor no era tan fuerte como pensó que sería, pero sí ardiente, como si algo la quemara. Mandel estaba buscando eternizar su memoria en la piel de su mascota judía y lo hizo grabando en su dermis una M. Pensaba grabar sus iniciales a fuego en su cuerpo, como había hecho con otros prisioneros, entre ellos Alicja. Ella recordó el día que la presa polaca le enseñó las dos emes marcadas a fuego en su piel, como si fuera una pieza de ganado. Mandel había hecho lo mismo con Ella. Pero no hubo tiempo de hacerlo con hierro candente; eso habría supuesto acercarse al crematorio y contar con la complicidad de algún preso, algún *kapo* o algún miembro de las SS. Desistió de su idea preliminar; quería que fuera su secreto, que nadie lo viera. Perseguía eternizarse en Ella y solo le interesaba que su mirada y su dolor contemplaran su obra de por vida. No necesitaba más testigos.

No llegó a verlo porque su cabeza seguía parcialmente hundida en el sofá, pero pudo percibir cómo la Bestia observaba con placer el trazo de su firma. Ella notó que la parte baja de su espalda comenzaba a arder con más intensidad y que la sangre empezaba a brotar de la herida. Notó algo viscoso recorriéndole la piel. Cuando supo qué era, sintió náuseas: Mandel había pasado la lengua por la herida abierta, como si quisiera limpiarla y lustrar su obra. Pudo confirmarlo cuando la Bestia repitió su acción, una y otra vez. La repugnancia que le provocó prácticamente hizo inaudible el mensaje que Maria Mandel arrojó en su nuca.

—Siempre estaré contigo. Nunca desapareceré de tu cuerpo ni de tu mente, me tendrás siempre aquí —dijo tocando con los dedos la M que había escrito sobre la piel de su víctima—. Y agradece que no te lo haya escrito en la frente. O que no te haya dibujado una esvástica. Lo nuestro va más allá de un ideal.

Ni siquiera entonces se movió. Tan solo reaccionó cuando Mandel arrojó sobre la herida una solución líquida con olor a desinfectante que le abrasó de nuevo la piel. Un acto reflejo la llevó a morder el trozo de cuero que tapizaba el sofá y que quedaba bajo su boca. No quería gritar, ni llorar, ni emitir ningún gemido que intensificara el placer de la Bestia. Notó que algo caía cerca de su cabeza. Era la misma daga que había utilizado días antes el doctor Mengele para acometer su venganza por la sublevación de los *Sonderkommandos*. Sabía que no era algo aleatorio. Mandel quería que Ella la viera, y que recordara que las dos personas que más la habían hecho sufrir en Auschwitz compartían el mismo artefacto para desgarrar su cuerpo y hacerlo inmune al olvido. Y también la misma letra. La misma M inicial en sus apellidos, como si el destino se hubiera aliado contra ella.

Maria Mandel volvía a acertar en sus predicciones. Ella nunca podría borrar su recuerdo, ni de su mente ni de su cuerpo. Sería imposible escapar de aquel lugar y de aquella presencia, aunque en ese momento llegara todo el Ejército Rojo acompañado de las tropas aliadas. Ya era tarde. Volvían a retrasarse demasiado, y cuando la salvación llegaba tarde, al igual que la justicia, quedaba anulada e invalidada. La demora se había vuelto crónica, sentenciando a muerte la salvación y la propia vida. Huir de ese mundo de muerte, lodo, cenizas y sangre le resultaría imposible. Incluso si su mente algún día desertara de ella, su piel registraría la huella de la crueldad de los nazis.

En ese instante, fue consciente de su mayor condena. Jamás lograría salir de Auschwitz, aunque sus pies consiguieran llevarla fuera, aunque fuese liberada. La condena era doble: mental y física.

Un plan tan perverso que parecía casi perfecto.

21

Nada de lo que sucedía en el campo lograba cambiar su rutina. Ni las muertes, ni los castigos, ni las violaciones, ni las iniciales grabadas a cuchillo en la piel, ni las evacuaciones forzosas de prisioneros, ni las huidas de los mandos de las SS disfrazadas de traslados. Tan solo las órdenes que llegaban desde Berlín trastocaban mínimamente la tradición de muerte instalada en Auschwitz.

Las cosas no iban bien para los intereses de Hitler. Los aliados ganaban terreno y las líneas del ejército alemán cada vez estaban más retraídas, como también lo estaba la moral de sus tropas. Por primera vez, los trenes no descargaban personas en Auschwitz, las trasladaban a otros campos. El término exacto que aparecía escrito en las disposiciones era «evacuación inmediata». Había orden de vaciar el campo y evacuar a miles de prisioneros, no para liberarlos, sino para matarlos en las inhumanas marchas a pie que los obligaron a emprender hacia otros campos de concentración, sin importar si estaban a cien kilómetros, a quinientos o a un millar, sin ropa, sin calzado, sin alimento, sin agua. Las directrices de Berlín eran claras. Había que matar a todos los judíos, no podía quedar ninguno. Si las cámaras de gas, los crematorios y las fosas abiertas en la tierra para incinerar a los prisioneros, vivos o muertos, no podían satisfacer las expectativas de exterminio, utilizarían las marchas. El tiempo apremiaba. Y no era la única orden de erradicación. Había llegado el momento de empezar a destruir la evidencia, borrar las tropelías, reescribir la ignominia realizada en aquel lugar.

Las prisas por eliminar la historia de muerte que se había escrito en la tierra y en el cielo de Auschwitz afectaron a todas las SS. Ya en noviembre de 1944, se habían empezado a quemar papeles, documentos, libros de registro, gráficos, hojas de cálculo, mapas de Europa con el número de muertos en cada gueto, campo de detención, concentración o exterminio. La actividad destructora era endiablada, no solo de prisioneros, sino también de todo el material físico que existía en papel.

Antes de abandonar el campo de Birkenau, Maria Mandel había ordenado que Ella y otras prisioneras redujeran su jornada en el Kanada para trasladarse al barracón de las oficinas de la Administración, con el objetivo de empaquetar o destruir la documentación existente, siguiendo las indicaciones de los mandos de las SS. Fue allí donde Ella descubrió planos y gráficos que le permitieron hacerse una idea de la magnitud de la barbarie. Uno que logró captar su atención por la perfección y la minuciosidad de los dibujos fue un plano de la Unión de Repúblicas Socialistas Soviéticas, con todas las ejecuciones realizadas por los *Einsatzgruppen*, un comando de escuadrones de la muerte, que actuaba de manera itinerante para matar judíos. No podía detenerse en contemplar cada detalle, pero habían dibujado pequeños ataúdes para contabilizar el número de judíos muertos en 1941, especificado por regiones, a manos de estos grupos de operaciones itinerantes. La cifra aparecía al lado de cada féretro y del nombre de la ciudad y del gueto judío instalado en ella:

Bielorrusia 128.000 – Minsk ghetto 41.828.
Letonia 35.238 – Riga ghetto 2.500.
Lituania 136.421 – Kauen ghetto 15.000 / Schaulen 4.500.

Por sus manos también pasaron los cálculos mecanografiados por la Administración de las SS. Una ecuación escrita en uno de los papeles logró impactarla más que el resto de los números:

50 vagones × 50 prisioneros × 1,5 trenes × 1.066 días ≈ 4.000.000 evacuados.

Según los dibujos y las anotaciones al margen que pudo leer con una celeridad que dificultaba su comprensión, esas cifras correspondían a los trenes que habían llegado a Auschwitz entre 1941 y 1944: llegaban una media de 1,5 trenes diarios. Los convoyes de la Deutsche Reichsbahn y la Ostbahn tenían más de cincuenta vagones, con capacidad para cincuenta personas, que hacían un mínimo de dos mil quinientas personas diarias en cada convoy. Las cifras comenzaban a marearla. Ni siquiera supo si los cálculos eran realistas o reales. Los nazis eran especialistas en hacer cuadrar los números, daba igual cómo. Tampoco sabía si las palabras se correspondían con su verdadero significado, si eran evacuados, deportados, asesinados, exterminados... No tenía tiempo, ni cabeza, ni tampoco ánimo para comprobarlo. No podía seguir. Todos esos números tenían nombres y apellidos, y también una historia que contar. De repente, la M grabada en su piel empequeñeció, se hizo casi insignificante.

—Deja de leer —le dijo una mujer a su lado; envolvió su orden en un susurro para que nadie pudiera escucharla—. Intenta robar todo lo que puedas. Cualquier documento que pueda servir como prueba ante un tribunal. Cuanto más grave parezca, mejor. No entres a valorarlos ni intentes comprenderlos. Sencillamente, hazlo —la apremió, mientras introducía de manera precipitada entre su ropa interior unos papeles que previamente dobló en varias partes. Por lo que luego le explicó, eran planos de las instalaciones de Auschwitz I y Auschwitz II-Birkenau, de las cámaras de gas y de los crematorios.

El nombre de aquella mujer era Vera Foltynova, una arquitecta checa de origen judío que, según el registro, fue detenida por su militancia comunista antes de ser conducida a Birkenau. Nadie podía fiarse de la información sobre los prisioneros que aparecía en sus fichas. Ella se acordó de Odette, la primera mujer con la que habló en el vagón del tren que la llevó a Auschwitz y para quien escribió su primera postal. A la joven que soñaba con convertirse en una pianista reconocida mundialmente, a la que miembros de la Gestapo le destrozaron las manos, la detuvieron por pertenecer a la resistencia francesa. Eso decía su ficha cuando, en realidad, su único delito había sido dar clases de piano y hacer el mismo recorrido todas las mañanas para comprarle el periódico a su padre. Los cargos se inventaban, como las culpas.

Por la pericia que Vera mostraba en la ocultación de documentos y planos, Ella supo que no era la primera vez que lo hacía. Por sus conocimientos, estaba destinada como prisionera a una de las oficinas de diseño y construcción que tenían las SS en el campo. Había tenido la oportunidad de hacerlo, y no lo dudó. Los ojos de Vera se cruzaron con los suyos, que parecían confusos por lo que acababa de escuchar.

—¿Un tribunal? Debes de estar loca para creer que podrás...

—Los rusos están a punto de llegar a este infierno. ¿Por qué crees que les han entrado las prisas por destruirlo todo? ¿Acaso crees que a Hitler le ha sobrevenido un ataque de conciencia? —Vera la observó de nuevo con un gesto de sorpresa fingido, que insistió en que pareciera cómico—. ¿Loca? Tú no me has mirado bien. Hay un arma sobre la mesa de ese cabrón de oficial de las SS. Si estuviera loca, la cogería y le pegaría un tiro. Fíjate si estoy cuerda, que prefiero conseguir las pruebas que le lleven a un tribunal donde le condenen a muerte. Y ese día, yo estaré allí. Y tú también. Y tu hijo. —Y señaló su vientre de cinco meses, aunque parecía que la gestación era de menos tiempo.

Ella estaba muy delgada, apenas pesaría cuarenta kilos, y no solo por la falta de comida. El último encuentro con Mengele le había minado la moral. Sin embargo, las palabras de Vera la animaron. Decidió hacerle caso. No tenía nada que perder excepto la vida, y eso era moneda de cambio en el trueque cotidiano en el que se había convertido el campo.

—Y otra cosa: si ves el nombre de algún conocido o familiar en esos papeles, olvídalo. Sé que es complicado, pero destiérralo de tu cabeza. No puedes entretenerte en sentimentalismos. Parecerías débil y nos descubrirías.

Ella la miró como si hubiese dicho algo grave. Le había aconsejado lo mismo que Heinrich Himmler a los miembros de las SS en su discurso de Poznan. Se lo había escuchado a Maria Mandel cientos de veces. Fuera sentimentalismos. Las emociones mataban. Recordaba la cena del pasado marzo en la casa de la comandancia, y cómo la cúpula del poder de Auschwitz en aquel momento rememoraba sus palabras entre muestras de júbilo y vítores. Le asustó que todo allí dentro se pareciera, incluso las palabras. La profecía de Mandel seguía cumpliéndose: habían conseguido que hablaran como ellos y que no dejaran de pensarlos. La Bestia no tenía intención de abandonar ni su piel ni sus pensamientos. Ella decidió concentrarse en el tiempo presente, que era el único que tenía por escribir, ya que el pasado le vino escrito. Siguió las indicaciones de Vera y procuró robar todo lo que pudo. Más tarde se lo entregaría a la prisionera arquitecta que, a buen seguro, sabría qué hacer con lo sustraído. También ella estaba en contacto con la resistencia del campo, que permanecía dormida desde la sublevación de los *Sonderkommandos*, pero solo en apariencia. La maquinaria de rebelión de los presos continuaba bullendo, al igual que el engranaje exterminador de las SS. En varias ocasiones, Ella le preguntó a Vera por Róża, pero siempre eludía su respuesta, la distraía o simplemente la ignoraba con educación. No era buena señal. Si Vera Foltynova conocía la suerte de la prisionera polaca, no eran buenas noticias.

La urgencia por destruir las pruebas también afectó a Josef Mengele, que, en los últimos días del año 1944 y principios de 1945, actuaba más como capitán de las SS que como doctor. Tenía que hacer desaparecer demasiados informes médicos, no solo de los prisioneros normales —que jamás le interesaron, en su mayor parte—, sino de aquellos a quienes utilizó para sus experimentos. Se resistía a quemar el fruto de su trabajo, que en realidad tampoco había sido como él esperaba. La doctora Perl estaba con él y fue testigo de todo. Pero la faena burocrática que tanto desesperaba al doctor Mengele no le quitó las ganas de seguir sembrando el mal. Lo entendía como una especie de tratamiento de desintoxicación, después de tanta tarea administrativa. Una de sus últimas órdenes la dio el doctor en diciembre de 1944, cuando obligó a un grupo de prisioneras rusas y polacas a entregar a sus hijos. Reclamó la presencia de Ella, porque necesitaba sus servicios como traductora.

A esas alturas del calendario, las cámaras de gas y los crematorios habían dejado de funcionar en Auschwitz y los prisioneros eran trasladados a otros campos de exterminio para que otros miembros de las SS terminaran la labor encomendada. Aseguraron a las madres que iban a ser evacuadas y que cuando llegaran a su destino, ellos mismos se encargarían de enviar a sus hijos para que se reunieran con ellas. Nadie creyó sus mentiras. No solo estaban perdiendo terreno en los campos de batalla, sino también en los campos de concentración. Para entonces, casi todo el mundo en el campo sabía por qué los niños desaparecían y lo que sucedía con ellos cuando el doctor Mengele y su equipo los encerraban en los distintos barracones. Volvieron las escenas de gritos, de llantos incontrolados; muchas madres se desgarraban la cara con las uñas de pura impotencia y desesperación. Algunas reaccionaron de la única manera que pudieron, colgando del cuello de sus pequeños alguna cruz hecha a mano en el campo, utilizando un trozo de madera o los dientes de un tenedor. Una de ellas rodeó el cuello de su hijo con su única posesión: un rosario hecho con miga de pan que ella misma había elaborado privándose de ese alimento. Las súplicas de las mujeres resultaron tan yermas como las promesas de las SS. Aunque la vigilancia en el campo se había rebajado, porque los guardianes tenían cosas más importantes de las que ocuparse que la población reclusa, el miedo de los prisioneros no lo hizo y sus reacciones continuaban siendo tibias. La vigilancia podía haberse relajado, pero los verdugos seguían teniendo armas, palos, perros, látigos con los que golpear y matar a los presos. La misma sed asesina del primer día.

Esa noche, un camión descargó en el interior de una gran fosa la carga compuesta de cientos de niños, la mayoría bebés, para después prenderles fuego. Ella no pudo saber si el camión acababa de llegar o era uno de los que decidieron ahorrarse el trayecto del traslado de prisioneros a otros campos. Seguramente sus madres, obligadas a marchar a pie hacia un destino incierto fuera de Auschwitz, pudieron ver desde la distancia el resplandor de las llamas que salían de la tierra. Ella solo deseó que no oyeran también los gritos de los pequeños llamando a sus madres, mientras el fuego los consumía. Mengele la obligaba a quedarse casi hasta al final para asegurarse de que lo viera, y solo abandonaba el lugar después de que el doctor lo permitiese. La mayoría de las veces, especialmente desde que estaba embarazada, terminaba vomitando, aunque procuraba hacerlo a escondidas, para que ningún miembro de las SS lo presenciara.

—Por eso estás tan delgada —le había dicho Gisella, mientras le procuraba los cuidados de una madre, entre ellos, intentar que se alimentara y que no tuviera un contacto continuado con el resto de los prisioneros enfermos—. Entre lo poco que comes y lo mucho que vomitas, vas a terminar echando al niño por la boca.

El intento de broma se vio recompensado con un amago de sonrisa en el rostro de Ella.

—¿Por qué crees que va a ser un niño? —le preguntó.

—Porque este mundo sigue sin ser un buen lugar para una mujer, por muy pequeñita que sea —respondió Gisella, quizá con demasiada franqueza. Se percató de que Ella no necesitaba más dosis de realismo e intentó arreglarlo—. Aunque puede que finalmente sea una niña, y que termine trayendo la solución a todos los problemas de esta humanidad enferma. No me extrañaría que así fuera. Así que come. Que, sea lo que sea, tiene que llegar fuerte. Y descansa.

Descansar. Esa palabra había adquirido otro significado desde que Maria Mandel había desaparecido de Auschwitz, aunque como bien le auguró, no lo había hecho de su vida ni de su cuerpo. Sin embargo, no pudo descansar. Otro fuerte estruendo en el exterior del campo consiguió despertarla. No era una explosión, como la que se oyó en el campo durante la voladura de parte del crematorio IV, ni un bombardeo poco acertado como el que vivió Auschwitz-Monowitz o el propio Auschwitz-Birkenau entre los meses de julio y septiembre. Era un sonido más familiar, que salía de los mismos altavoces que escupían las señales acústicas que cada mañana despertaban a los prisioneros. Los altavoces seguían ladrando como los nazis, según la fiel descripción de Alicja, con la misma suciedad de siempre, lo que obligaba a afinar el oído para poder entender las palabras que salían de ellos. Era normal; el cometido de los altavoces era lanzar sonidos y gritos, las palabras se les resistían.

Ella, como muchas de las prisioneras, salió del barracón para saber qué pasaba. Alguna ilusa vaticinó que serían los rusos, pero tampoco esa vez fueron ellos. Eran los de siempre actuando contra los de siempre.

Miembros de las SS habían clavado al suelo dos vigas de madera, unidas por una tercera en horizontal sobre ellas. Debajo del travesaño habían situado cuatro pequeños taburetes, uno bajo cada una de las cuatro sogas que pendían del madero, separadas entre sí unos centímetros. Los extremos de las cuerdas colgaban en el aire y terminaban en un gran nudo, dejando la holgura de un agujero fantasma.

Un patíbulo.

Iban a colgar a cuatro personas y, como no querían que nadie se perdiera el espectáculo, lo estaban anunciando por megafonía. Como si de un pase de revista más se tratara, la voz de los altavoces, ayudada por las gargantas de los miembros de las SS, ordenaron formar en fila de a cinco a los prisioneros. Pero no en el exterior de campo correspondiente a cada barracón, sino en un terreno cercano al campo principal. Ella no conocía bien esa zona, ya que no solía salir de Birkenau. Según los comentarios de una de las prisioneras, se trataba de una parcela situada entre los Bloques 4 y 5 del campo. Eran las cinco de la mañana. Hacía frío. Las presas tiritaban. Alguna prisionera se quejaba de no haber tomado su agua manchada de barro, como las más veteranas llamaban al sucedáneo de café que las SS daban a la población reclusa como desayuno. El ambiente se vició más de lo normal cuando las internas situadas en las primeras filas vieron aparecer a las cuatro prisioneras que iban a ser ajusticiadas. El nombre de una de ellas, pronunciado en voz baja por una de las mujeres de la formación, hizo que Ella despertara de su letargo.

—Róża. Es Róża.

Estiró el cuello y trató de abrirse camino entre el resto de las presas, para ver si podía confirmarlo. Llevaba sin verla desde su último encuentro, en el que cumplió la promesa que le hizo a Joska y le entregó el reloj de su padre, que Ella había guardado en la lata de leche condensada junto a las postales y fotografías. La conversación que mantuvieron las dos mujeres regresó a su cabeza. Recordaba cada palabra, cada mirada, cada gesto, incluso los tonos, la ironía y la decepción que impregnaban sus frases. Unos días atrás, había escuchado algo sobre su posible detención y encierro en el Bloque 11 del complejo de Auschwitz I. Todos conocían la fama de ese bloque, una prisión dentro de la prisión, tal y como lo denominaban, en cuyo sótano se producían torturas salvajes en condiciones inhumanas, sin aire, comida ni agua. De allí solo se salía para ir directo a la muerte, bien fuera camino del crematorio, la cámara de gas, el tiro en la nuca o la horca.

Las investigaciones de las SS sobre la sublevación de los *Sonderkommandos* habían dado sus frutos, y cuatro mujeres fueron declaradas culpables: Róża Robota, Ala Gertner, Ester Wajsblum y Regina Safirsztain. Una tras otra, las obligaron a subirse a sus respectivos taburetes y les pusieron la horca alrededor del cuello. La voz de un oficial de las SS dio la señal. La bota de ese mismo guardia fue empujando las banquetas una a una, dejando los cuerpos de las cuatro mujeres balanceándose en el aire. Antes del golpe de la bota, aún tuvieron tiempo de lanzar un último grito de libertad. Alguna de las condenadas gritó algo al resto de los prisioneros que la observaban con el terror tatuado en la mirada:

—¡Venganza! ¡No tengáis miedo!

Otro grito se escuchó todavía más alto y claro:

—¡Sean fuertes y tengan coraje!

Ella no tuvo duda de quién era la propietaria de esa voz. Era Róża. Eran las mismas cinco palabras que le había pedido que escribiera en una de sus postales, algo que hizo la misma tarde de domingo que se lo demandó. Ella repitió, con un hilo de voz, aquel testamento legado.

—Sean fuertes y tengan coraje...

Gisella entendió el murmullo como una pregunta, como una duda que requería ser despejada.

—Es la frase bíblica que Jehová dirigió a Josué después de la muerte de Moisés.

—No creo que Dios pueda estar nunca en un lugar como este —murmuró Ella.

—Yo creo que solo en un lugar como este puede tener sentido la existencia de Dios.

A la mente de Ella regresó la última reflexión de Róża, que ahora resonaba con más fuerza e integridad que nunca: «Los nazis que nos matan nos están haciendo inmortales y son tan estúpidos que ni siquiera se dan cuenta de su gran error. Gracias a ellos, existiremos siempre. Esa será nuestra mayor venganza y su mayor condena».

El 6 de enero de 1945, Róża y sus tres compañeras acababan de alcanzar la inmortalidad, entre un murmullo de horror, suspiros torpemente acallados, y un mar de lágrimas que las prisioneras se apresuraban a borrar antes de ser vistas. El espectáculo había terminado. Los miembros de las SS obligaron a las presas a regresar a sus barracones. El lugar se fue vaciando, pero Ella siguió allí, observando el cuerpo de Róża y de sus tres compañeras de infortunio. Los responsables del campo habían dado orden de dejar los cadáveres a la vista de todos durante un tiempo indefinido. No podía creer que Róża hubiera acabado de esa manera. Apenas tenía veintitrés años. Contemplar aquella imagen le dolía, pero sentía que se lo debía.

Cuando se disponía a apartar los ojos de las cuatro mujeres ahorcadas, se encontró con la mirada del doctor Mengele. Estaba allí, observando, no los cadáveres sino a Ella. Aquella mirada que escrutaba vidas y decretaba muertes seguía teniendo el don de amedrentarla. La doctora Gisella tiró de ella.

—Aquí ya no hay nada que ver —le dijo, prácticamente arrastrándola.

Por una vez, se equivocaba. Todavía quedaba infierno por quemar.

Los acontecimientos se precipitaban demasiado rápido, tanto como la cercanía de las tropas rusas. A primera hora del 17 de enero de 1945, un destacamento especial de las SS entró en Auschwitz. Venía con una orden de inmediato cumplimiento: arrasar con todos los documentos médicos referentes a los prisioneros internados en el hospital, y con los estudios realizados por el doctor Mengele y el resto del personal médico de las SS. Todo debía agruparse en el exterior del hospital y, allí mismo, se le prendería fuego. No debía quedar nada, ningún papel que pudiera representar una prueba.

Durante todo el día, varios miembros de las SS se encargaron de recoger los objetos de valor que pudiera haber en el campo, especialmente en los barracones que alojaban a los altos mandos responsables de su gobierno, la Administración, el hospital —de donde sacaron todo el material quirúrgico y demás aparatología e instrumental médico de valor, incluido el apreciado microscopio fluorescente de Mengele— y el Kanada. Como era de esperar, el bloque del almacén lo desvalijaron por completo, arrasando con los objetos de mayor valía, especialmente joyas y otros materiales preciosos. Todo lo cargaban en camiones que abandonaban el campo en una continua procesión. El resto de las pertenencias —ya fueran gafas, zapatos, vestidos, abrigos, maletas, productos de higiene, juguetes, libros, prótesis y todo lo que significaba algo en la vida de los deportados pero carecía de valor para los nazis— se abandonaba o se destruía.

Auschwitz se vaciaba al mismo ritmo que se había llenado. Cada día moría más gente sin necesidad de ir a las cámaras de gas ni a los crematorios, que los nazis se encargaron de hacer volar por los aires antes de su marcha definitiva, aunque sin conseguir destruirlos por completo, como también habían hecho con otras instalaciones del campo. Los prisioneros morían por abandono, devorados por la enfermedad, por inanición, por el frío, y las SS ni se molestaban en recoger los cadáveres. No merecía la pena perder tiempo o arriesgarse a un contagio, por lo que evitaban todo contacto directo. Ni siquiera los comandos de limpieza estaban ya activos en el campo, en gran medida porque todos habían muerto o desaparecido. Querían limpiar Auschwitz de toda huella, pero no sabían cómo hacerlo de manera efectiva en tan poco tiempo.

Esa misma noche del 17 de enero, Ella decidió desenterrar su gran secreto. Sabía que en cuestión de horas también ellos desaparecerían, como lo estaba haciendo la documentación que registraba la infamia cometida, como lo hacían los miembros de las SS, que poco a poco fueron abandonando el campo. Debía recuperar su única posesión: las postales y las fotografías guardadas en una lata. En el interior de aquel cofre oxidado, más por la humedad del suelo que por el tiempo transcurrido, también estaba la primera y única nota que Joska le había escrito de su puño y letra, y que le había entregado el *pipel*, hacía ya una vida —*Misma hora, mismo día, mismo lugar*—, y el reloj de su padre con la esfera color vainilla y su correa de piel marrón. Solo le faltaba el ejemplar del *Fausto* de Goethe encuadernado en piel con tapas color verde que le había regalado Alma Rosé. También lo recuperaría. Desde que Hilde se lo entregó, había tenido la precaución de cambiarlo de lugar, fuera de su barracón. Estaba en otro escondite, entre las tablas del suelo del Kanada. Si alguien lo encontraba allí, no podrían responsabilizarla a ella. En aquel lugar, cualquier objeto era posible.

Volvió a convertir la oscuridad de la noche en cómplice, para acercarse a las inmediaciones de lo que quedaba del crematorio IV. Mientras caminaba, pensó en Joska y en la traición que había sufrido de los suyos, aquellos que desertaron de la sublevación a última hora. Si todos hubieran mostrado el mismo valor, si la pólvora no se hubiera mojado, si las armas que dejaron los partisanos en el límite de las alambradas hubieran sido más y mejores y todo hubiera salido según lo planeado, el crematorio IV al que se dirigía ni siquiera existiría. Y probablemente, su secreto tampoco. El sarcófago de recuerdos en el que se había convertido la lata de leche condensada habría volado por los aires y se habría transformado también en ceniza y humo. Lo habría preferido, si con eso Joska hubiera salvado la vida y ambos hubieran conseguido huir. Si se lo proponía y hacía un esfuerzo, seguramente podría recordar los nombres, las historias, las fechas y cada una de las palabras que había escrito en las postales y las fotografías de los deportados. Pero no tenía que hacer ningún esfuerzo de memoria porque Joska estaba muerto, y esa historia no podía cambiarse ni tampoco reescribirse.

Cuando apenas le quedaban unos cuatro metros para llegar al lugar exacto donde había enterrado su tesoro, su corazón estuvo a punto de detenerse. Del interior del crematorio IV salió Josef Mengele, jugueteando entre los dedos con un encendedor de oro, que seguramente habría robado del Kanada. Su intención no era prender uno de sus cigarrillos de boquilla dorada —llevaba ya uno entre los labios—, sino una montaña de papeles. Mengele había quemado en los hornos del crematorio algunos de sus manuscritos, los que contenían información más sensible y secreta, y se disponía a continuar con la cremación en la inmensa pira que había formado en el exterior. Su imagen no era tan pulcra como acostumbraba cuando vestía su uniforme de las SS: la chaqueta estaba abierta, sin el sello de una botonadura perfecta sobre su pecho, y llevaba desabrochados los botones superiores de la camisa blanca, lejos del rigor habitual. Cuando vio a Ella, se extrañó.

—¿Qué hace usted aquí? —preguntó como si su presencia le inquietara.

—Me envían para asegurarme de que no queda ningún papel que...

—¿Quién le ha dado esa orden? —la interrumpió él.

—No lo sé. Era un oficial de las SS. Desconozco su nombre. Es uno de los que han llegado esta mañana.

—Está bien —respondió Mengele. La creyó: era lógico, tampoco él recordaba el nombre de los miembros del nuevo destacamento—. Acérquese. Quiero que lo vea.

Mengele dio una profunda calada a su cigarrillo y lo arrojó contra la montaña de papeles —libros, carpetas, cuadernos de registros, informes médicos, gráficas y fichas de los enfermos—, que parecía esperar su destino como el resto de los testigos. Hizo el amago de tirar el encendedor al fuego, pero cambió de idea y lo guardó en el bolsillo de su pantalón. Quizá lo necesitase más tarde si las previsiones que le habían entregado por la mañana se cumplían. Durante unos segundos, ambos contemplaron cómo las llamas iban creciendo poco a poco, escalando la colina de papel, hasta alcanzar cada rincón del montículo. El festival del fuego había comenzado y nada ni nadie podía apagarlo.

—Así de sencillo desaparece todo. En un segundo, lo que un día fue deja de existir. Qué sensación tan revitalizadora —comentó Mengele, observando las llamas que, al menos esta vez, no consumían cuerpos sino montañas de papel—. Nada de lo que ha pasado aquí ha dejado huella. Como si nunca hubiera existido, como si jamás hubiera sucedido. Nada ha sido real. El fuego es el mejor desinfectante de la historia. Todo lo consume, lo destruye, todo lo convierte en cenizas.

—Todo es real —respondió Ella con la rabia que nunca se había atrevido a expresar delante de un miembro de las SS, muchos menos del doctor. Se arriesgaba a que la matase allí mismo, pero algo la animó a hacerlo, quizá el tono de voz calmo del doctor. Se equivocó.

—Qué pasaría si le disparo aquí mismo. —Había desenfundado su pistola.

Al igual que ocurrió cuando Mandel le marcó la piel casi dos meses atrás, se mostró sumisa. Aunque Auschwitz se vaciara, seguía sin servir de nada mostrar una mínima resistencia. Mengele todavía ostentaba el poder sobre su vida y no había nada, al menos en el cuerpo a cuerpo, que ella pudiera hacer.

—¿Sabe usted lo fácil que me resultaría matarla y hacerla desaparecer al igual que esos papeles?

—Yo ya estoy muerta —replicó, sin rechazar la confrontación.

Mengele se acercó aún más a ella con una mirada letal. La

cogió del cuello, la giró, como tantas veces había hecho, y se colocó a su espalda, eludiendo su rostro y obligándola a mirar las llamas que consumían la montaña de papel. Ella sintió la frialdad del cañón en la sien. Iba a matarla. No tenía duda. Por primera vez en Auschwitz, cerró los ojos y pensó si quizá la muerte era la que iba a traerle la vida.

—Judía insolente —le dijo, refiriéndose a ella con esa expresión por primera vez.

Mengele disparó su arma. Después de oír el estallido de fuego, Ella dejó de respirar. Estaba muerta, pero seguía notando los latidos de su corazón. O la puntería del doctor era tan mala como los bombarderos aliados, o no le había alcanzado ningún órgano vital. Notó que el brazo del Ángel de la Muerte le rodeaba el torso a la altura del pecho y lo estrellaba contra el suyo. Seguía a su espalda, y desde allí le habló.

—No estarás muerta hasta que yo lo ordene. Me perteneces. Me debes la vida.

Se lo dijo al oído, entre dientes, como esforzándose por masticar toda la ira, pero Ella podía notar cómo esa furia devoraba su frialdad habitual, que a esas alturas se había contagiado del calor de las llamas.

Estaba furioso y parecía incapaz de gestionar la rabia. En realidad, tenía miedo de lo que fuera a pasar. Por primera vez, y a pesar de su discurso, no detentaba el control de la situación. Quizá por eso disparó al suelo y no a la cabeza de su víctima. Su respiración era jadeante, entrecortada, Ella podía sentir las fuertes palpitaciones de su corazón a través de la camisa del uniforme nazi. De haber tenido la chaqueta abrochada, estaba segura de que también las hubiera sentido. Mengele volvía a tenerla sometida, pero ya no le importaba. Tampoco a él, a juzgar por el discurso que comenzó a salir de su boca.

—Esto puede cambiar para los dos. Hay una nueva realidad ahí fuera y solo nosotros podemos escribirla. Da igual lo que haya sucedido aquí dentro; los dos hemos sido víctimas de nuestra historia. —La giró para quedar cara a cara—. Yo tengo planes. No me resultará sencillo, pero he tomado precauciones; por algo rechacé tatuarme el grupo sanguíneo en el brazo o en el pecho, como el resto de los soldados y los oficiales de las SS. Y decidí hacer lo mismo contigo; por eso ordené que no te tatuaran un número en la piel. Sueño con una vida docente en una universidad donde pueda impartir clases y seguir con mis estudios científicos. Y no me importaría compartir ese sueño...

La insinuación de Mengele le dio más miedo que ese tuteo al que recurría cuando trataba de acercarse a ella. Se había vuelto loco. Su rostro se mostraba enrojecido y cubierto de una fina pátina de sudor, pero no se debía a la proximidad del fuego. Era la fiebre. Estaba enfermo, no solo mental sino físicamente. Tenía los ojos acuosos, próximos al delirio. Por un segundo, Ella se preguntó si sería tifus. No le dio tiempo a dotar de más sentido a sus pensamientos porque la boca del doctor atrapó la suya, al tiempo que la estrechaba contra sí. Los labios de Ella ni siquiera se movieron. Permanecía petrificada, inmóvil. Pensó todo lo rápido que pudo que, en aquellas circunstancias, no era mucho. Quizá el disparo sí la había alcanzado, quizá tenía la bala alojada en la cabeza y padecía un delirio *post mortem*. Notó la mano de Mengele avanzando bajo su ropa, y cómo, de repente, se detuvo.

Apartó parte del ropaje que la cubría y le bajó parcialmente la falda en un gesto brusco. Se quedó observando.

—¿Qué demonios es esto? —dijo, mientras recorría con los dedos la herida en forma de M que la Bestia le había grabado en la piel la noche antes de abandonar el campo. Sin apartar su mirada de la incisión, esperaba una respuesta que solo encontró en el silencio de Ella. Era la misma respuesta de siempre—. Mandel... —Negó con la cabeza, no para lamentarlo sino para celebrarlo, a juzgar por la sonrisa que dibujó en su rostro y que rápidamente terció en una sonora carcajada, que Ella recibió con la misma apatía que el beso enfermo que le había arrancado hacía unos segundos—. Esa endiablada mujer... —Parecía gustarle en sumo grado la M, se sentía identificado con aquella letra—. Al menos eso ya lo tenemos hecho. Una cosa menos de la que ocuparnos.

La llegada atropellada de un soldado de las SS abortó el absurdo de la escena. Venía en busca del capitán Mengele. Había llegado la hora. Debían abandonar el campo inmediatamente.

—He preparado tu salida. Te irás con la doctora Perl, ella cuidará de ti —le dijo el doctor—. Solo tienes que preocuparte de seguir con vida. Yo te encontraré.

Ella no supo si la última frase era una promesa o una amenaza, pero no le gustó cómo sonó. Después de pronunciarla, el doctor Mengele metió la mano en el bolsillo de la chaqueta y sacó el encendedor de oro. Lo colocó entre las manos de Ella, como si fuera la llave de su libertad. Por un momento, pensó en encenderlo y quemarle el rostro, y así sería el rostro deformado y abrasado lo que recordaría de aquel monstruo. También meditó arrebatarle el arma, que seguía empuñando, y descerrajarle el tiro que él no se atrevió a disparar contra ella. Pero no lo hizo. Recordó las palabras de Vera Foltynova: mejor hacerse con pruebas que pudieran llevarlos ante un tribunal donde serían condenados a muerte, que acabar con su vida de una manera tan rápida. Además, la presencia del oficial de las SS recién llegado dificultaba las cosas. Seguramente, el soldado la mataría antes de que le diese tiempo a moverse. Seguía siendo una prisionera. No valía nada.

Observó cómo el doctor Mengele se marchaba y se alejaba de ella. Solo deseó que la distancia fuera definitiva, y que el camino que por fin los separaba y que cada vez era más grande no pudiera ser desandado. Cuando su uniforme desapareció, corrió al lugar donde estaba enterrada la lata con las postales. Había llegado la hora de recuperarlo todo. Retiró la tierra con las manos lo más rápido que pudo, agradeciendo el resplandor que desprendía la pira de documentos. La noche era demasiado cerrada y la oscuridad dificultaba el trabajo. Era como una de esas noches sin luna que la doctora Perl aprovechaba para realizar los abortos y los partos clandestinos.

—¡Ella! —La voz de Gisella pronunció su nombre, mientras la contemplaba como si se hubiera vuelto loca—. Pero ¿qué haces? —La doctora miró a su alrededor, como si temiera la presencia de alguien—. ¿Dónde está Mengele?

—Se ha ido.

—Nosotras también nos vamos. ¿Me puedes decir qué estás haciendo?

—Ven, ayúdame. Acabaremos antes —le pidió.

Entre las dos no tardaron en desenterrar la lata.

—¿Qué es eso?

—La memoria de los que han pasado por aquí. Su recuerdo, la prueba de que existieron. —Su amiga no pareció entenderlo, pero le llevaría demasiado tiempo explicárselo y Ella decidió dejarlo para más tarde—. Deberíamos entrar en el crematorio. Allí Mengele ha estado quemando documentos y debía de considerarlos demasiado importantes y delicados si quiso destruirlos sin la presencia de testigos. Quizá si entramos, podamos encontrar algún resto, alguna prueba...

—Otra loca, como Vera Foltynova. ¿Es que no has tenido bastante? —le reprochó Gisella con el mismo tono maternal que utilizaba cuando las palabras de Ella lograban enfurecerla—. ¿De verdad piensas que Mengele no se habrá asegurado de que no quede ni rastro de sus tropelías antes de salir del crematorio, antes incluso de abandonar Auschwitz? Acabo de ver a su asistente salir con dos maletas. Si queda alguna prueba documental de lo que ha hecho, va en ese equipaje. Mengele es un hombre inteligente, se habrá quedado con algún documento con el que negociar su salvación o su libertad, en caso de que lo detengan. Olvídate de entrar en el crematorio, ¿me oyes? Vámonos. Antes de que cambien de opinión y decidan matarnos aquí.

—¿Dónde vamos?

—Primero a un campo situado en Hamburgo. Eso me ha dicho Mengele. He oído que a él lo trasladaban al campo de concentración de Gross-Rosen, en la Baja Silesia. Cualquier lugar donde no esté él será bueno.

—¿Has dicho que primero a Hamburgo? —repitió Ella, asombrada ante un traslado con escalas—. ¿Y luego?

—A Bergen-Belsen.

—¿Allí?

Ese nombre no auguraba nada bueno. Allí estarían esperándolas Josef Kramer e Irma Grese, trasladados el pasado diciembre. Pero también muchos de los prisioneros de Auschwitz, entre ellos las mujeres judías de la orquesta femenina del campo. Y aquella joven de la que solo sabía el nombre, Ana, y su compartida afición por la lectura y la escritura.

—Quizá no lleguemos. Quizá podamos quedarnos en algún lugar intermedio, o nos liberen, o podamos escondernos. Pero tenemos que salir de aquí.

—Está bien. Pero antes tenemos que pasar por el Kanada. Tengo que recoger algo —le pidió, con la mente puesta en las pastas verdes del *Fausto*.

Se prometió no hacerlo, pero no pudo evitarlo. Cuando Ella abandonaba el campo, volvió la mirada para contemplar cómo Auschwitz se alejaba de su vida, tal y como horas antes se había alejado Mengele. El infierno se vaciaba. El fuego lo destruía todo menos la memoria. De la tierra emergía un resplandor azafranado camino del firmamento grisáceo, quizá anhelando un perdón y un indulto que sabía perdidos. Se aferró a su lata. A nadie le llamó la atención el gesto. De hecho, algunos prisioneros pudieron salir con algo de comida. Hubo quien se metió entre la ropa, en los zapatos o en los bolsillos trozos de carne, azúcar, alguna lata de conserva, algo de pan y margarina, un poco de confitura y cualquier resto de comida que hubieran encontrado en el Kanada antes de que el bloque del almacén también fuera destruido, al menos en parte. Algunos presos habían podido agenciarse un abrigo, botas altas o alguna prenda con la que combatir el frío durante el traslado. Pero fueron los menos, los más afortunados, no los más de sesenta mil a los que obligaron a iniciar una de las muchas marchas de prisioneros, escoltados por oficiales de las SS que ni se inmutaban cuando caían al suelo, donde quedaban muertos, a merced del frío, del hielo y de la ventisca de nieve.

Desde la distancia, Ella pudo distinguir cómo ardían parte de los barracones. Supuso que eran los doscientos cincuenta construidos en madera, ya que el resto —los de piedra, hasta llegar a trescientos— no ardía con tanta facilidad. No supo que había tantos barracones en Birkenau hasta que lo leyó en uno de los papeles que Vera la instó a salvar, escondiéndolo entre sus ropas. Tampoco sabía que cuando llegó al campo, en septiembre de 1943, había casi cien mil prisioneros y, en poco más de un año, la cifra se duplicó. Pero solo eran cifras y las habían escrito las SS. Tan vacías y tan frías como el telegrama que había encontrado en la Administración dirigido a la esposa de un prisionero polaco no judío, y que a alguien se le olvidó enviar: «Marido muerto en campo de concentración de Auschwitz. Firmado: El Comandante». Así se comunicaba la muerte de un preso a la familia. Se acordó de la Redada del Velódromo de Invierno de julio de 1942 en París y de la orden de la policía del Gobierno colaboracionista de Vichy: «Sin mediar palabras inútiles y sin comentarios».

La realidad contabilizaba al alza y no a la baja, como hacían las máquinas de escribir de los nazis y sus lápices de mina roja. Los barracones de madera ardían, y los de piedra los habían dinamitado en parte las propias SS, que también lo intentaron y lo lograron, al menos parcialmente, con las cámaras de gas y los crematorios. No debía quedar nada en pie. Las SS no se habían conformado con destruir cualquier rastro en papel, también intentaron hacer lo mismo con las piedras de los muros que dividían los campos, los hierros de los hornos, las latas de Zyklon B, las celdas de castigo, las fosas abiertas en la tierra, las vías del tren, las toneladas de ropa, zapatos y demás propiedades de los deportados que esperaban en el Kanada, el acero de las duchas prendidas del techo de las cámaras de gas...

Auschwitz debía convertirse en el reino de lo invisible después de haber sido durante años el reino de lo imposible. Ninguna prueba, ninguna huella dc los crímenes cometidos por los nazis debía sobrevivir, como no lo habían hecho la mayoría de las personas que habían pasado por aquel campo de concentración y exterminio. Allí quedaban Nadine, André, Joska, Alicja, Alma, Róża y tantos nombres que aparecían escritos en sus postales donde sí permanecían vivos. Ella pensó que, posiblemente, aquellas postales, fotografías y trozos de papel, entre los que también había alguna partitura que distrajo en sus tiempos de copista en la orquesta de mujeres, eran de los pocos documentos que lograron salir de Auschwitz, y que se habían librado de alimentar el fuego de la desmemoria, como lo habían hecho los planos y los gráficos robados por Vera Foltynova, los informes de los presos que lograron huir del campo, el informe W del oficial de inteligencia Witold Pilecki o los ya famosos «Protocolos de Auschwitz», aunque ninguno de los prisioneros podía saber de la popularidad de esos papeles.

Viendo los tonos anaranjados y ocres con los que el fuego pintaba el horizonte, Ella se entretuvo pensando qué más habría enterrado allí, qué encontrarían los rusos o las tropas aliadas si realmente un día entrasen en el campo para liberarlo y decidían levantar la tierra. En algún lugar tenía que estar el registro pormenorizado del doctor Pasche, al que tanto admiraba Joska, o la agenda de teléfonos de Alma Rosé que Hilde guardó cuando la directora de la orquesta de mujeres falleció. En algún lugar debía estar toda aquella vida. Detuvo su pensamiento cuando recordó que los fetos y los recién nacidos que la doctora Gisella había ayudado a nacer y a morir también estaban enterrados en las inmediaciones de los barracones, bajo el mismo barrizal. Solo removiendo la tierra del campo podría escribirse la historia que se vivió en su superficie. De nada serviría el fuego. Bajo el suelo, bajo toda esa tierra arcillosa, se encontraba la verdadera historia de Auschwitz.

No era la única que veía arder el infierno. La doctora Gisella tampoco podía apartar los ojos de aquel cuadro apocalíptico. Sabía que quedaban más de siete mil prisioneros tan débiles o enfermos que ni siquiera habían sido evacuados. Los abandonaron para que murieran solos, en el olvido. Las SS pensaron que, con un poco de suerte, cuando llegaran los rusos ya estarían muertos y no podrían relatar nada de lo vivido allí.

Pero no era lo único que ocupaba la mente de Gisella. La suerte de su familia, de sus padres, de su marido y de su hijo la tenía secuestrada en sus propias elucubraciones. Confiaba en que estuvieran vivos, en que quizá los encontraría en Bergen-Belsen o, mejor aún, en Hamburgo. Quizá sus servicios médicos a las SS, siempre prestados bajo amenaza de muerte y por imperativo nazi, podían haber tenido alguna recompensa. Quizá Mengele también se había ocupado de ellos, como se encargó de que las dos fueran trasladadas al destino al que se encaminaban.

Todo Auschwitz estaba quedando reducido a escombros y a ruinas, como sus vidas.

22

La mañana en la que Ella y la doctora Perl entraron en el campo de concentración de Bergen-Belsen junto a otros prisioneros, estuvieron a punto de traicionar sus recuerdos añorando Auschwitz-Birkenau. El tiempo y la distancia pueden jugar malas pasadas a la memoria, incluso a la más reciente.

El campo situado al norte de Alemania era uno de aquellos agujeros negros que a veces surgían en Auschwitz. En 1940, se estableció como campo de prisioneros de guerra, especialmente franceses, belgas y más tarde soviéticos, aunque ya actuaba como Stalag XI-C para prisioneros aliados desde finales de 1939. Tres años más tarde, una parte del terreno se convirtió en un campo de residencia y detención donde se retuvo a prisioneros judíos como presos de intercambio. Hacía unos meses, en diciembre de 1944, Bergen-Belsen había sido catalogado como campo de concentración aunque, en realidad, llevaba tiempo funcionando como tal. Sin embargo, en esos días se había convertido en un contenedor de prisioneros moribundos, enfermos, hacinados en barracones infectos, desnudos y malnutridos. Ella había escuchado en boca de un oficial de las SS que Bergen-Belsen era como un campo de finalización, el lugar donde los prisioneros de otros campos de concentración llegaban para morir, un auténtico cementerio de elefantes de la mitología africana.

De allí no se salía con vida. Recordó cómo se divertían algunos miembros de las SS diciéndoles a los deportados que llegaban a Auschwitz: «De aquí solo se sale por ahí», mientras señalaban la chimenea del edificio de ladrillos rojos, que no dejaba de escupir humo y cenizas. Entonces no sabían nada, aunque pudieran imaginarlo. Sin embargo, Ella había salido del campo y lo había hecho por su propio pie. No albergaba tantas esperanzas en tierras alemanas, pero en su pensamiento solo alojaba una idea que no se cansaba de repetir: «No voy a morir aquí».

Bergen-Belsen tenía una capacidad oficial para diez mil prisioneros, pero cuando ellas llegaron, bien entrada ya la primavera, había entre cuarenta y cincuenta mil presos esperando una muerte segura. La gran mayoría eran mujeres. Llevaban seis días sin ingerir alimento ni bebida alguna. Era imposible caminar por sus calles sin toparse con montañas de cadáveres, muchos en estado de descomposición, a los que la urgencia de la muerte no les había dado la oportunidad de dejarse caer contra las maderas de algún barracón para exhalar su último aliento. La muerte los pillaba mientras se dirigían a ella, llevándola muchas veces a cuestas, a rastras, como habían hecho con una vida que ya ni siquiera recordaban.

En los últimos meses, treinta mil prisioneros habían muerto, la mayoría por inanición, el resto por enfermedad o ajusticiados por las SS que aún tenían ganas de matar.

La doctora recomendó a Ella que velara la mirada, pero resultó inútil. Era imposible desviar la vista del espectáculo de la muerte, negarse a la posibilidad de contemplar aquellos cadáveres famélicos, sin rostro ni nombre, consumidos por el hambre y la sed, los piojos, el tifus, la disentería, la fiebre tifoidea o la desidia de los responsables del campo. Había hombres, mujeres y niños, pero a menudo resultaba imposible distinguir el sexo e incluso la edad de los cuerpos. Eran una masa compacta sin nada que evidenciara su condición humana, mucho menos su identidad. En aquel agujero los presos descubrieron que había algo peor que el que las SS desplegaran toda su maldad contra ellos, y era que los dejaran agonizar abandonados a su suerte, sin ofrecerles la esperanza de morir de un disparo, de una paliza o con una inyección letal. Por las calles del campo caminaban algunas personas que apenas podían tenerse en pie, esqueletos vivientes, sin equilibrio ni conciencia, que ni siquiera veían al resto. Algunos prisioneros se abrazaban llorando a un cadáver, gimiendo desde la afonía, pero aferrados a su ser querido, a quien nadie más parecía importarle. Ella no podía dejar de mirar, a pesar de la recomendación de Gisella. Era la única forma de creer lo que estaba viendo. Sabía que muchos de los presos evacuados de Auschwitz desde noviembre de 1944 habían acabado en Bergen-Belsen, cerca de veinte mil, y buscaba algún rostro o alguna voz familiar en aquel moridero. Lo necesitaba para sobrevivir. No tuvo suerte. El primer rostro conocido que vio fue el del nuevo comandante de Bergen-Belsen, Josef Kramer, a quien ya apodaban «la Bestia de Belsen».

—¿Todavía estás viva? —le preguntó extrañado nada más verla, observándola con la misma superioridad con que lo había hecho siempre—. No hubiese apostado por ello. Y además, embarazada. —Hizo un gesto hacia su ya abultado vientre—. Lástima que Josef no esté aquí. Habría sabido qué hacer contigo. Si hablo con él, le haré saber que estás aquí, aunque algo me dice que ya lo sabe. Tendrás que conformarte con el doctor Klein.

Fritz Klein, el mismo que llevó durante un tiempo el reloj de su padre, justo hasta que Joska logró recuperarlo sin que ella supiera nunca cómo, porque no tuvo ocasión de preguntárselo. Pensar en ese monstruo hizo que Ella casi se pusiera de parto.

—La última vez que vi al bueno de Fritz paseaba tranquilo entre los cadáveres de la fosa 3, muy cerca de aquí. Morís todos a la vez, es desesperante. Nunca habéis tenido orden —comentó Kramer, con una irritante ironía. Cuando a punto estaba de dar la vuelta y seguir su camino, se detuvo y se dirigió de nuevo a Ella—: Tú formabas parte de la orquesta de mujeres de Auschwitz-Birkenau, ¿verdad? Recuerdo haberte visto en el grupo. Algunas de ellas están aquí, sorprendentemente vivas. Ayer por la noche ofrecieron un concierto en mi casa. A mis hijos les gustó, aunque no han visto muchos conciertos. Cuando vean uno de verdad, se volverán locos.

A Ella, ese encuentro con Kramer le desagradó tanto como la mención del doctor Klein. Otro monstruo de Auschwitz al que evitar. Rezó para no encontrárselo, ni a él ni a Irma Grese. También estrenaba mote: «la Perra de Belsen». Atrás había quedado lo del Ángel Rubio. Solo pensar que podría verla aparecer con sus botas de cuero negro, su pelo bien peinado, oliendo a perfume de agua de rosas y con su látigo recubierto de celofán en la mano, le revolvió el cuerpo. En realidad, hacía días que en su interior se estaba librando una batalla que solía acabar en mareos, vómitos y pérdidas de sangre. Según sus cálculos, estaba a punto de entrar en su noveno mes de embarazo —aunque era consciente de que podría estar de unas semanas más, por mucho que intentara desterrar ese cálculo— y a pesar de los cuidados de la doctora Gisella, no le estaba resultando fácil. Pero, al menos, pudo sacar algo bueno del desagradable encuentro con Josef Kramer. Sabía que algunas de las integrantes judías de la orquesta estaban vivas y seguían allí.

Sin embargo, los encuentros anhelados y las buenas noticias se resistían a aparecer. A las pocas horas de estar en Bergen-Belsen supo por Gisella que Ana —la joven de los diarios escritos de manera clandestina y con quien solo habló una vez, pero cuyo recuerdo prometió guardar siempre en la memoria— había fallecido hacía unos días. A la doctora se lo había contado una de las presas que trabajó con ella en el Bloque 19 de Auschwitz, y que también había acabado en Bergen-Belsen.

—Murió tres días después que su hermana Margot. Las dos habían contraído el tifus —le explicó. Prefería ser ella quien le dosificara las malas noticias.

No eran las únicas novedades. Nada más llegar, les contaron que las tropas rusas habían liberado Auschwitz el 27 de enero, justo diez días después de su marcha. Ella se preguntó si era una nueva venganza del destino o del doctor Mengele. Si se hubieran quedado en Birkenau, haría dos meses y medio que serían libres. No era un cálculo más, ni una encrucijada de números y cifras. Su hijo podría haber nacido libre, y si las cosas no cambiaban, nacería con la condición de prisionero. No entendía por qué el campo de Auschwitz había sido liberado y en el que ellos se encontraban, no. Era 14 de abril de 1945. Habían pasado setenta y siete días desde la liberación de Auschwitz. Era imposible que no supiesen que estaban allí.

—Mañana todo esto acabará. Van a destruir el campo. Se lo he oído decir a un grupo de oficiales de las SS —anunció una de las presas más veteranas de Bergen-Belsen. Hizo una pausa, quizá valorando la conveniencia de compartir semejante información con una embarazada a punto de parir. Pero decidió hacerlo en la firme creencia de que, aunque fuera por una vez, todos merecían saber la verdad—. Van a quemarlo todo. Tienen previsto encerrarnos en los barracones a las tres de la tarde, tapiarlos con tablas y prenderles fuego con nosotros dentro.

—Podrías tener un poco más de delicadeza —terció la doctora Gisella.

—¿Quieres delicadeza en este lugar? ¿Crees que nos servirá de algo? Creo que es mejor saber a lo que nos enfrentamos.

—Yo solo quiero que mi hijo nazca —intervino Ella—. El resto me da igual.

—Aquí nos han traído a morir a todos los judíos y tú solo piensas en dar a luz a uno nuevo. Siempre ha ido por libre la francesita con la letra bonita —dijo una voz familiar.

Cuando Ella se giró en busca de la propietaria de aquella voz, le costó unos segundos reconocer su rostro. Fania Fénelon, la misma Fania rebelde, soberbia, altiva, que se enfrentaba a todo y a todos, la que no tenía miedo a las palabras y seguía sin tenerlo, la misma que la obsequió con la mejor arma para llevar a cabo su particular resistencia, estaba demacrada, ojerosa, era todo huesos. No pesaría más de treinta y cinco kilos. La doctora Gisella supo que estaba enferma de tifus en cuanto la vio. La tos, la sangre al expectorar, el velo negruzco en sus encías y en los dientes superiores, la sensación de fiebre alta... Su aspecto era idéntico al que presentaban casi todos los prisioneros en Bergen-Belsen.

—¡Fania! ¿Eres tú? —exclamó Ella.

—Por supuesto que soy yo, quién va a ser capaz de cantarles las verdades a estos malditos cabrones. Tú resiste, te prometo que sacaremos a esa criatura de ahí dentro y de aquí dentro —dijo señalando con su mano el vientre de Ella y el recinto de Bergen-Belsen, por ese orden.

—Todavía guardo tu lápiz *Made in England.*

—Me gusta que te aferres a las cosas con ese coraje. Ahora solo tienes que aferrarte a la vida y te juro que te haré un regalo mayor.

Un día en Bergen-Belsen era una eternidad, una oportunidad perdida para morir y descansar de tanta barbarie. Pero el cuerpo de Ella no conocía de oportunidades ni gestionaba bien las eternidades, y a primera hora de la mañana empezó con las contracciones. Gisella trató de tranquilizarla y encontrar el lugar idóneo para que pudiera dar a luz. Era absurdo, no existían los lugares idóneos en Bergen-Belsen: o daba a luz dentro de algún barracón, consumido por piojos y por un olor nauseabundo a muerte concentrada y a excrementos humanos, o lo hacía fuera, sobre un manto de cadáveres macilentos por la epidemia del tifus que asolaba el campo. Había una tercera opción: hacerlo encima de un carro de madera que localizó en la parte trasera de un barracón. De lejos, le pareció ver encima algo de paja y pensó que podía ser un buen refugio. Al acercarse, comprobó que en su interior había una docena de prisioneros muertos, alguno moribundo, pidiendo una ayuda imposible con el hilo de voz que le quedaba.

La doctora miró a su alrededor. Tenía que encontrar un lugar, fuera del alcance de las SS. Con el hospital no podía contar, ya que, a esas alturas, era un barracón más, con mayores posibilidades de contraer una enfermedad y morir, que de propiciar cualquier curación. Lo que sí hizo fue acercarse para pedir unas gasas y algo de desinfectante. La enfermera, una prisionera belga sin más experiencia que la adquirida en los campos de concentración en los que había estado, miró a Gisella como si se hubiera vuelto loca.

—Aquí no hay nada, excepto muertos y tifus —le explicó.

Al insistir un poco más, la doctora Perl logró hacerse con una botella de antiséptico. Necesitaba unos trapos lo bastante limpios y le pidió a la enfermera el que llevaba atado a modo de delantal.

—No puedo. Es parte de mi uniforme.

—Escúchame —replicó Gisella—. No vas a necesitar un uniforme con el que impresionar a nadie. Aquí están todos muertos.

Estaba a punto de abandonar el hospital con el delantal por fin en la mano, cuando vio, entre el material quirúrgico abandonado en una de las mesas, un bisturí y unas inyecciones que reconoció de inmediato. Eran las mismas inyecciones de fenol que utilizaba el doctor Mengele para matar a las prisioneras cuyos cuerpos había utilizado para sus experimentos médicos, especialmente los de esterilización. Dudó unos segundos y, aprovechando que la prisionera belga no miraba, cogió un par de ellas y el bisturí. Se arrepintió al momento, pero no pensaba devolverlos. No sabía lo que pasaría, y debía estar preparada.

Corrió fuera al oír los gritos de Ella, mientras tomaba una decisión: ningún terreno iba a ser perfecto, así que, al menos, que estuviera próximo. Vislumbró un muro de piedra a escasos metros, que escondía tras él un pequeño montículo de tierra sobre la que ya había empezado a crecer un fino velo de hierba. Ahí sería. Con la ayuda de algunas presas, consiguió llevar a la parturienta hasta el lugar elegido como improvisada sala de partos. No supo cómo lo había logrado pero una de las prisioneras apareció con una manta que colocó sobre la tierra para que Ella pudiera tumbarse en ella. La doctora Gisella imploró al cielo que la frazada no estuviera plagada de piojos, algo prácticamente impensable.

Las contracciones cada vez eran más seguidas. Cuando el parto ya era inminente, un grupo de presas se colocó alrededor de Ella para intentar ocultar lo que estaba ocurriendo en el interior de aquel círculo. Algunas de ellas vigilaban para avisar en caso de que se acercara algún miembro de las SS. Resultaba inocente pensar que conseguirían algo por advertir de la presencia de algún responsable del campo, pero era lo único que podían hacer. Gisella se colocó frente a Ella y le pidió que abriera las piernas. Le sonrió para infundirle ánimos y confianza. No era lo único que escaseaba. Miró el bisturí que tenía en la mano, con el que haría un incisión si la dilatación de Ella no era la suficiente.

—Si tuviera algo para poder quemarlo —comentó, pensando en una rápida y rudimentaria desinfección. Al escucharla, Ella sonrió.

—Al final, va a servir para algo... —Y extrajo de su bolsillo el encendedor que Mengele le entregó ante la pira de papeles, poco antes de abandonar Auschwitz.

La doctora Perl le pidió que no gritara y Ella recordó las veces que había pedido lo mismo a las mujeres que daban a luz en Auschwitz-Birkenau en las noches sin luna, de rodillas, pariendo con los labios y los dientes apretados, tanto que incluso se hacían sangre en la boca. «Recuerda que si tú no gritas ni lloras, tu hijo sabrá que tampoco debe hacerlo, y así podrá salvarte», les explicaba la doctora. Ahora le tocaba a Ella y tenía que comportarse como lo habían hecho las demás. Pero era difícil. Dolía demasiado y las palabras de Gisella no ayudaban. Necesitaba gritar para aliviar el dolor, como le había enseñado Alicja.

—¿Qué está pasando aquí?

Un oficial de las SS había aparecido como un fantasma.

Las prisioneras lo miraron aterrorizadas y en silencio, temiendo su posible reacción. Ni siquiera tuvieron fuerzas para mirarse entre sí y reprocharse quién había dejado de vigilar la zona por la que había llegado. Iba armado y lo tenía muy fácil para acabar allí mismo con todas ellas. Durante la noche, se habían oído ráfagas de disparos de las SS, matando a prisioneros como si tuvieran prisa y no pudiesen esperar a las tres de la tarde, hora estipulada para la destrucción del campo y la aniquilación de todos sus prisioneros. La única que no podía parar de hacer lo que estaba haciendo era Ella, que siguió apretando y retorciéndose de dolor para dar a luz a su hijo. El soldado alemán la miró sin mediar palabra, nadie supo si con desprecio o con absoluto desinterés. Había desenfundado la pistola y la mantenía en una mano, mientras que en la otra sujetaba una botella de licor, ya mediada. Para sorpresa de todas, retornó el arma al cinto del uniforme y se llevó la botella a la boca.

—Grita todo lo que quieras. Ya da igual. A nadie le importa —dijo. Y se marchó.

Era la primera orden de un oficial de las SS que iba a cumplir con ganas. Ella gritó, gritó todo lo que quiso y pudo, sin que nadie apareciera para hacerla callar. Bramó como si quisiera prestarles la voz a todas aquellas mujeres que no pudieron gritar porque incluso esa pequeña libertad les había sido robada. Gritó en solidaridad con la presa griega a la que el doctor Mengele ordenó que ataran las piernas para impedir que diera a luz, y con aquella parturienta a la que vendó los pechos para que no pudiera alimentar a su hijo y muriera de inanición. Gritó por Cosette y por su hijo Nathan. Gritó por todas ellas, y todas las presentes lo celebraron.

Solo hubo algo que consiguió acallar sus gritos. Provenía del exterior. Era un ruido de camiones, de vehículos pesados, un estruendo de neumáticos aplastando la tierra y las piedras, y levantando a su alrededor una gran nube de polvo. Una de las prisioneras se irguió para ver qué pasaba y contempló una nutrida columna de tanques aproximándose al campo, algunos de ellos entraban ya por la puerta. Le llevó unos segundos reaccionar. Ni siquiera cuando distinguió la bandera británica en uno de los tanques de la caravana militar se atrevió a festejar nada. Hasta que algunos de los hombres que conducían esos vehículos empezaron a gritar a través de unos altoparlantes.

—¡Somos británicos! ¡Venimos a liberarlos!

El sonido metálico ensuciaba en parte las palabras e hizo que los prisioneros tardaran en entender su mensaje.

—¡Son los británicos! —gritó una presa, imponiendo la voz incluso por encima de la de Ella—. ¡Son los británicos, que vienen a liberarnos!

Todas las demás prisioneras imitaron su reacción y corrieron a asegurarse de que de verdad eran las tropas británicas las que estaban entrando en el campo de concentración de Bergen-Belsen. Los primeros momentos fueron de confusión. Los presos no se fiaban de los uniformes militares y albergaban sus miedos. Pero cuando empezaron a ver cómo los miembros de las SS deponían las armas y se entregaban, y cómo los soldados británicos que se apeaban de sus vehículos intentaban ayudar a los prisioneros, no tardaron en unirse al júbilo, al menos los que podían hacerlo. Cuando quisieron darse cuenta, Ella ya había dado a luz.

Gisella sostenía en brazos al bebé, mientras Ella no podía dejar de llorar. Era misión imposible contener las lágrimas, aunque tampoco quiso hacerlo. Ya se lo habían prohibido bastante. Ese se había convertido en su nuevo acto de resistencia:

llorar todo lo que quisiera, sin límites, sin miedo, ya fuera de tristeza o de alegría.

—¡Tu hijo ha nacido en libertad! —le gritó una de las mujeres—. ¡Es libre! ¿Te das cuenta de lo que significa?

—¡Tu bebé nos ha traído suerte! —exclamó eufórica otra de las presas.

Enmudecieron al escuchar la voz de un hombre, un joven oficial británico que se aproximaba a ellas.

—¿En qué puedo ayudar? —preguntó al grupo de mujeres. Al ver la expresión de sus rostros, entre el susto y la esperanza contenida, entendió que debía presentarse—. Disculpen, soy el capitán de la 11.ª División Blindada del Ejército británico. Hemos venido a liberarlas. Por favor, díganme en qué puedo ayudar, y lo haré.

—Créame si le digo que ya lo ha hecho —le respondió la doctora Gisella. Había limpiado como había podido los restos de sangre y mucosa, valiéndose de uno de los extremos del delantal de la enfermera belga e incluso utilizando los primeros brotes de hierba que crecían sobre el terreno. Una de las mujeres hizo jirones su falda para que pudiera envolver al recién nacido y ponerlo en el regazo de Ella—. ¿Por qué han tardado tanto?

—Llevamos dos días esperando para poder entrar. No sabíamos si finalmente llegaríamos nosotros o los canadienses. Hace cuarenta y ocho horas que se firmó el acuerdo de rendición, aunque el proceso de liberación comenzó el 11 de abril. Pero teníamos órdenes estrictas de cumplir los plazos. Eran las condiciones del acuerdo. Los alemanes exigieron unos días para rendirse y entregar el campo. Sabemos que la mayoría de las SS huirían, pero no sus máximos responsables, que se han quedado para hacerse cargo de los prisioneros.

—Más bien para matarlos —comentó Gisella, que por el gesto abatido del joven capitán supo que ya había visto las pilas de cadáveres amontonados a lo largo del campo de concentración o en las fosas comunes abiertas en el terreno.

Ella escuchó aquel comentario sin poder evitar un gesto de desazón. Recordó los disparos de la última noche y pensó en los prisioneros que no habrían muerto si no se hubiera aceptado ese plazo en los acuerdos.

—Señorita, ¿se encuentra usted bien? —le preguntó el soldado.

A Ella le gustó escuchar su marcado acento británico. Hacía mucho que no oía esa musicalidad tan característica de los ingleses y también hacía mucho que nadie se dirigía a ella llamándola «señorita». Sonrió al oírle hablar en ese idioma. Recordó a Maria Mandel diciéndole, en la rampa del tren que la llevó a Auschwitz, que el inglés no era un idioma que utilizaran mucho. Era buena señal. El inglés ya se hablaba y le sonó a música celestial.

—Tengo un poco de sed —le respondió, utilizando su mismo idioma, algo que agradó al capitán.

—Deme un segundo, a ver cómo podemos arreglar eso —contestó amablemente antes de irse y regresar a los pocos minutos con un vaso de leche—. Beba, señorita, le sentará bien. Y al pequeño, también.

—No me gusta la leche. —Ella recordó las peleas que tenía con su madre cada vez que se negaba a beber la leche del desayuno o de la merienda. La respuesta hizo que el soldado británico soltara una carcajada.

—Confíe en mí. Esta sí le gustará.

—Ella, bebe —le instó Gisella—. Ni siquiera recuerdo cuándo fue la última vez que pudimos beber un vaso de leche.

Ella obedeció. Pero no como prisionera, sino como solía obedecer a sus padres, sabiendo que lo hacía por su bien. El capitán tenía razón. Le gustó. Lo saboreó tanto que el británico se ofreció para conseguirle un segundo vaso, y además trajo otro más para Gisella. Nada parecía suficiente para celebrar la llegada del bebé y, por supuesto, de los británicos. Pero aún faltaba algo.

No muy lejos de allí, alguien estaba entonando *La Marsellesa*. Era una voz de mujer y sonaba débil, pero la melodía se distinguía perfectamente. Ella ni siquiera reconoció la voz, a pesar de haberla escuchado muchas veces. Sonaba distinta cuando cantaba las arias de *Madama Butterfly* que encandilaban a Maria Mandel. Fue el capitán británico, que había cumplido su promesa y había regresado con dos nuevos vasos de leche, aumentando su generosidad al entregarles también dos grandes barras de pan, quien la sacó de dudas.

—Es una prisionera..., perdónenme —se disculpó rápidamente, al percatarse de su error—, es una mujer francesa que dice llamarse Fania y que quiere que le diga que es su particular regalo para usted, por el nacimiento de su bebé. Me lo ha dicho después de pedirle a mi general que se asegurase de matar a todos los nazis y que no quedara ni uno solo con vida. Supongo que la conoce —le dijo sin abandonar la sonrisa—. También me ha dicho que piensa cantar *God Save the King*. Parece que nos tiene cierto aprecio al pueblo británico —bromeó el capitán inglés, como hacía mucho que ningún hombre uniformado bromeaba.

—Lleva mucho tiempo esperándolos. Mire —le dijo Ella, mientras le pedía a Gisella que sacara algo del dobladillo de su falda. El lápiz con la inscripción *Made in England* pasó de las manos de la doctora Perl a las del capitán.

—Esto sí que no lo esperaba ver en un campo alemán —aseguró sin apartar la mirada del lápiz.

—Yo tampoco esperaba dar a luz al primer judío nacido en libertad en Bergen-Belsen —confesó Ella.

—Entonces habrá que inmortalizar este momento, no vaya a ser que no la crean cuando lo cuente. —El capitán llamó a un oficial de su brigada, que acudió presto a la orden—. Háganos una foto. Para el recuerdo. —Al observar el gesto de sorpresa de Ella, decidió tranquilizarla recurriendo a la cortesía y sin abandonar el carácter ameno que intentaba impregnar a la conversación—. No se preocupe. Está usted muy bella. Solo siga sonriendo así.

Ella le hizo caso. Confió en él como lo había hecho cuando le llevó el vaso de leche y le dijo que le gustaría. Sonrió en mitad de la algarabía que se vivía en el campo. A su alrededor pudo ver a numerosas mujeres con pañuelos en la cabeza y sus uniformes de prisioneras. Algunas se arropaban con abrigos masculinos o las chaquetas del uniforme de los británicos. Casi todos llevaban entre los brazos cuatro o cinco barras de pan que los soldados habían repartido entre los prisioneros, aunque algunos no eran capaces de sostenerlas entre las manos y para otros el reparto había llegado demasiado tarde. Con ese fondo hizo la fotografía el oficial británico. Por fin un retrato propio que no tendría que robar ni esconder en el dobladillo de su falda. Esa fotografía era suya. Ella no podía creer que estuviera despertando de la pesadilla y quizá por eso no quería descansar ni dormir, por miedo a que todo fuera un sueño.

De fondo, Fania Fénelon cumplía su promesa y comenzaba a cantar *God Save the King*. Ella se incorporó con la ayuda de Gisella, y vio a la cantante francesa entonando el himno ante una cámara. No quiso pensar cómo había llegado hasta allí un camarógrafo, como tampoco quiso imaginar en su día cómo llegó un piano o un violonchelo a la orquesta de mujeres de Auschwitz-Birkenau. Decidió abandonarse al olvido, y centrarse en las palabras del capitán Adam Crown, que así se llamaba el oficial británico según le había confiado.

—Y dígame, ¿ya tiene nombre para su hijo? —le preguntó él, mientras se despojaba de su chaqueta para ponerla sobre la espalda de Ella, que sujetaba al bebé entre sus brazos con fuerza, como si temiera que fueran a quitárselo.

—Es una niña. Y sí, ya sé cómo se llama.

Lo había sabido tan pronto como Gisella le comunicó que era una niña.

—Seguro que como su madre. Ella es un nombre precioso.

—El capitán Adam Crown se había quedado con el nombre de la mujer después de habérselo escuchado a Gisella—. Muy francés.

—Casi. Se llamará Bella. Ese será su nombre. Bella.

Había nacido a las once de la mañana del 15 de abril de 1945, cuando las tropas británicas entraban en Bergen-Belsen para liberar el campo de concentración. Nació desafiando al destino en un acto de resistencia ejemplar, y lo había hecho desde su primer aliento. Ella recordó la letra B del cartel que coronaba la entrada del campo de Auschwitz, *ARBEIT MACHT FREI*: esa *B* que los prisioneros polacos soldaron boca abajo como señal de resistencia y rebelión frente al horror nazi. Aquella letra rebelde que desafió a todo un régimen sería su homenaje a todos aquellos que entraron pero no pudieron salir, y qué mejor lugar donde situarla que en la palabra que las mantendría siempre unidas, en la palabra más hermosa que, desde ese momento, existía en la tierra: Bella. Mientras miraba a su pequeña, otras palabras regresaron a su mente, las pronunciadas por Joska, que aún daban más sentido al milagro: «No todo está perdido. Queda todo por ganar». Tenía razón.

Le dolió recordar al doctor Mengele en ese instante, pero lo hizo para reafirmarse en lo equivocado que estaba al decir que no se podía escapar de la raza, como tampoco se podía huir del destino. Claro que se podía escapar de él. Bella era el mejor ejemplo. Fue el último nombre que escribió en sus postales del Este:

Bella.

Desde entonces, Ella escribiría ese nombre millones de veces.

Bella.

No se cansaría nunca de caligrafiarlo y lo haría por placer, no por obligación, ni como muestra de resistencia, ni para constatar que un día existió. Y no lo escribiría en más postales, aunque sí en el reverso de una fotografía, su primera fotografía en libertad.

Era libre para poder escribirlo en el lugar que eligiese.

35 años más tarde

Abril de 1980
Una tarde de domingo. En algún lugar del mundo

¿Cuántas veces la gente usó un lápiz o un pincel porque no pudieron apretar el gatillo?

VIRGINIA WOOLF

Son las cosas que no conocéis las que cambiarán vuestra vida.

WOLF VOSTELL

Domingo

Resulta extraño recibir una postal de una persona fallecida a la que has querido más que a nadie. Y yo había recibido una caja repleta. Pero aún más inquietante es descubrir en ellas que se ha vivido a la sombra de una vida.

Me invadía una sensación desconcertante, como si mi existencia fuera una casa con todas las luces encendidas, pero sin habitante alguno. Desarraigada, desbordada, peregrinamente desubicada. La montaña de postales y fotografías que se escapaban de mis manos, los retratos familiares de personas a las que ni siquiera conocía y que me miraban como si ellos sí supieran quién era yo. De entre todas, solo una quedó enmarcada entre mis dedos.

Por más que observaba la fotografía, no podía comprenderlo. Una y otra vez la giraba en mis manos, debatiéndome entre el dorso y el anverso para leer las palabras escritas:

Ella, Bella y Adam. 15 de abril de 1945. Bergen-Belsen.

Me costaba creer que yo fuera el bebé que aparecía en aquella fotografía, en brazos de una jovencísima Ella, vestida con un uniforme de rayas parecido al de un preso que tantas veces había visto en películas y documentales. Mi madre me apretaba contra su pecho, mientras con el otro brazo aguantaba dos enormes barras de pan. A su lado, un jovencísimo capitán Adam Crown, al que yo siempre había llamado «papá». A pesar de saber quiénes eran, aquellas personas que insistían en mirarme desde la foto se me antojaban desconocidos, casi tanto como los habitantes del resto de los retratos. Era mi primera fotografía y había tardado treinta y cinco años en observarla por primera vez. Un retrato en blanco y negro, el binomio de color que dominaba mi vida en ese momento, de la que habían huido los colores por miedo a molestar o a sentirse intrusos en un lienzo que se había quedado desnudo.

Me sentía diferente, y tan solo había leído unas postales escritas con la letra de mi madre. No tenía ni idea de que todo podía pasar tan rápido, que una vida hecha podría desmoronarse a la velocidad de la luz. Eres una persona y, al instante siguiente, por culpa de unas letras garabateadas en un trozo de papel, has dejado de ser quien eras para ser otro individuo, con el mismo exterior pero con un interior completamente distinto. Mi vida era una ciudad abandonada, fantasma, asolada por un incendio, una guerra o cualquier catástrofe que deja huérfana de vida y de historia el terreno en el que se asienta. Aún peor, como si la peste se cebara con una parte del mundo y nadie pensara en regresar allí por temor a que el mal permaneciera en el subsuelo y pudiera escaparse por los pliegues de la tierra, como por las rendijas de la memoria.

Miré el reloj de mi muñeca. Me quedé observándolo, como si pretendiera reclamarle las respuestas que no me había dado hasta entonces. Me facilitaba la hora, no podía pedirle más. Tampoco él era responsable de estar donde otros lo habían puesto, y se limitaba a aceptar su lugar en el mundo. Sin embargo, ya no podía verlo de la misma manera; tampoco parecía el mismo. Ese reloj tenía una historia que yo desconocía, a pesar de ser la mía.

Eran tantas las preguntas que las postales del Este me habían dejado, que no sabía por dónde empezar. Intenté dotarlas de un orden, pero fue un esfuerzo inútil. Miré a Mia, que había regresado y me observaba con el mismo gesto de impaciencia y temor con el que yo contemplaba aquella retahíla de nombres y palabras sueltas. Había una falsa serenidad en su rostro que debía de parecerse mucho a la mía. Tampoco ella sabía por dónde empezar con sus respuestas. El silencio se cebó con las dos, cómodo en ese dominio. Esa falsa comodidad que otorga el miedo.

—¿Tú sabías esto? —pregunté, y al instante me di cuenta de lo absurdo de mi interpelación. Me dio igual. De alguna manera debía empezar con las preguntas. Los inicios nunca me parecieron fáciles.

—Sí.

—¿Desde cuándo? —Intenté que mi voz no traicionase mis emociones. Eran las primeras preguntas, debían llegar con cautela.

—Desde que Adam ayudó a mi hermana a buscarme y a dar con mi paradero. Durante la guerra, yo había huido a Suiza, como tenía pensado hacer mi padre si tu abuela Nadine no hubiera enfermado. La pobre siempre tuvo mala conciencia porque su enfermedad nos hubiera condenado a una muerte segura. Sus ojos estaban tan llenos de tristeza y culpabilidad... —dijo un tanto emocionada, dejándome advertir un gesto de ternura en su rostro, gobernado por la melancolía—. Y allí me quedé, estudiando Medicina, como le había prometido a tu abuelo. Hasta que París fue liberada en 1944 y regresé, no a mi casa, pero sí a la de unos amigos de la familia que, cuando me vieron, casi se mueren del susto. En todo mi tiempo en el exilio no había escrito una sola carta ni realizado ninguna llamada; me advirtieron del peligro que eso suponía. Por eso creyeron que estaba muerta, como yo pensé que lo estaría toda mi familia. Fue una época en la que todos dábamos por muertos a todos, a pesar de lo mucho que deseábamos que estuvieran vivos. Pero Ella no estaba muerta, era la única que había sobrevivido. No lo hicieron ni nuestro padre, ni nuestra madre, ni Joska...

Mia guardó silencio unos segundos. También ella necesitaba un tiempo para reubicar los recuerdos, porque no todos eran agradables; necesitaba sobreponerse a la memoria. Pero a mí se me agolpaban las preguntas.

—¿Cómo era él? Joska.

—Tenía una sonrisa tan poderosa, una mirada tan viva y unas manos tan fuertes, que tu madre siempre decía que eran capaces de protegerte de todo mal, tan solo con mirarlas. —Mia sonrió—. ¡Yo le adoraba! Creo que me decidí a estudiar Medicina por Joska, y no por papá. Ella siempre me decía en broma que yo estaba enamorada de él... Pero eso ya da igual —dijo recuperando el hilo de la narración.

Recordé aquella frase escrita en varias de las postales del Este. «Eso ya da igual.» Mi memoria se había poblado de vivencias y recuerdos ajenos que, sin embargo, ya había hecho propios. Como a Ella, tampoco me gustaba esa frase. Nada daba igual. Todo merecía una explicación. Y Mia lo estaba intentando.

—Durante meses traté de tener alguna información de ellos, pero fue imposible. Solo sabía que los habían llevado al campo de internamiento de Drancy y, desde allí, lo más seguro era que los hubieran trasladado a Auschwitz, pero tampoco estaba claro. Nadie me decía nada, nadie podía darme información porque no la tenían o porque no podían. Todos sabíamos que de esos campos casi nadie regresaba. Al final, fue tu madre quien me encontró a mí, con la ayuda de Adam. Fue bastante fácil, prácticamente estaba en el mismo sitio, eran ellos los que venían de un lugar muy lejano, tan recóndito e infame que ni siquiera los mapas se atrevían a nombrarlo. La primera vez que escuché el nombre de Auschwitz estuve buscándolo en el mapa como quien busca un tesoro escondido, sin éxito porque era imposible encontrar un fantasma. Qué sensación de impotencia tan indescriptible, no te lo puedes imaginar; saber por fin el paradero de tus seres queridos y descubrir que ni siquiera existe en el mapa. —Los dedos de Mia pasaron por encima de la colección de postales y fotografías desplegada sobre la mesa, como si necesitara tocarlas para saber que de verdad existieron, que eran reales—. Movieron hilos, recurrieron a contactos, hicieron llamadas y un día tu madre apareció en mi puerta. A partir de ahí, fue contándome lo que había pasado, poco a poco, a su ritmo.

—¿Y no pensó que yo también merecía saberlo y que hubiese sido agradable que me lo contara ella? —pregunté celosa; no aceptaba que me hubieran dejado fuera de ese círculo de intimidad entre hermanas. Estaba tan confusa que solo podía pensar en mí. Era la historia de mi madre, y yo pretendía que solo fuera la mía. No me recordaba siendo tan egoísta, quizá porque mis recuerdos ya no tenían la validez de antes.

—No juzgues lo que no conoces, Bella. Y sobre todo, no juzgues a tu madre. Todos tenemos historias que no queremos contar porque no podríamos soportar que otros las conozcan. Si no te lo contó, fue porque creía que estaba haciendo lo mejor para ti. Para ella no era fácil. Yo también quería saberlo todo cuando por fin nos reencontramos. Pero mi vida había seguido y la suya se había detenido. Alguien se la arrebató y le entregó otra bien distinta en la que se perdió. No habíamos vivido en el mismo mundo. Yo quería saber lo que había pasado, pero para Ella recordar era como volver a vivirlo. Fue algo tan devastador que incluso rememorarlo le daba miedo. Llegué a pensar que tu madre solo vivía para olvidar. Y no solo eso, también se enfrentaba a un incomprensible sentimiento de vergüenza, de culpa, de impotencia, de odio, con el que no sabía cómo vivir, mucho menos iba a saber cómo compartirlo. Igual que tú no sabes por dónde comenzar a preguntar, ella tampoco sabía por dónde empezar a contar. Siempre me decía: «Tú pregunta y yo respondo, pero no me pidas que forme un relato». No es fácil narrar el infierno cuando has estado en él. Un relato sin su contexto no es nada.

Mia me miró, intentando encontrar la comprensión en mi gesto. Yo era consciente de que no se lo estaba poniendo fácil, pero todavía estaba asimilando lo que acababa de descubrir. Todo en la vida tiene un tiempo, y yo estaba exigiendo el mío. Exactamente como hizo mi madre. Es verdad, no podía juzgarla, pero tampoco a mí podían reprocharme que necesitara más tiempo para comprender. Mia seguía hablando como si tratase de convencerme de algo.

—No solo le pasó a tu madre. Al principio, la mayoría de los supervivientes de los campos de concentración ni podían ni querían recordar lo que habían vivido, lo que les habían hecho. Era tan inhumano que no había palabras para expresarlo con toda su crudeza. Y los que se decidieron a contarlo necesitaron décadas para hacerlo. Y empezaron escribiéndolo, como si la escritura les permitiera mantener una distancia de seguridad entre su narración y ellos mismos. —Mia alargó los brazos para coger mis manos entre las suyas—. Tu madre estuvo a punto de contártelo muchas veces, pero sabía que iba a ser algo difícil de asimilar. Tenía miedo de hacerte daño, de romperte la vida, de arrancarte de cuajo una seguridad y una felicidad que no tenía derecho a arrebatarte solo porque a ella se la extirparan. Y luego vino la enfermedad, el alzhéimer... Quizá fue el mayor regalo que pudo hacerle la vida. Pero al perder la memoria, también perdió las palabras. Por suerte, te las dejó en herencia en estas postales.

Mia se levantó para entornar el ventanal del salón, como si sus últimas frases la avergonzaran. Hacía demasiado calor allí dentro. Y sentí mucho más cuando, al levantar la mirada, vislumbré la encuadernación verde del *Fausto* de Goethe, que ocupaba, como siempre había hecho, su lugar en la biblioteca de casa. La historia del hombre que vende su alma al diablo. Me pregunté cuántos vendieron la suya entre 1939 y 1945, por poder, por riquezas, por la libertad, por la moral o simplemente por seguir con vida. El diablo reclama sus deudas. Elucubré si, más allá de las páginas de esa novela, Fausto también se salvaría y el diablo terminaría burlado. No podía recordar las veces que me había perdido en sus páginas, y algunas de sus palabras ahora cobraban otro significado, como el momento de la salvación del alma de Fausto, con los ángeles cantando «A quien siempre aspira y se esfuerza, a ese salvar bien podemos».

Con las ventanas abiertas, un olor a lluvia entró en la habitación, el mismo olor a tierra mojada que siempre me había gustado, que me relajaba, que tenía la facultad de limpiar el ambiente. Inspiré para llenar de ese frescor los pulmones y oxigenar la cabeza. Quizá era eso lo que necesitaba. Renacer. Y Mia, también.

—Tengo tantas preguntas que no sé por dónde empezar —le confesé, aunque lo que me aterraba eran las respuestas a algunas de ellas, sobre todo a una, y no me atrevía a plantearla. Quizá yendo por otros derroteros, quizá dando un pequeño rodeo, llegaría al mismo destino y obtendría la contestación anhelada.

—Pregúntame lo que quieras y en el orden que consideres oportuno. Estoy aquí para responderte a todo. Aunque lo más importante ya lo has leído en esas postales.

—No te ofendas, Mia, pero hubiese preferido que me las contestara mi madre. —Sabía que estaba siendo cruel e inmadura, pero me sentía con el derecho de mostrarme así.

—Vas a necesitar mucho más que eso para que me ofenda. Y lo de tu madre ya es imposible. Además, es mejor así. A veces nos asusta nuestra voz cuando narramos nuestra propia historia, y eso hace que ahorremos detalles y omitamos vivencias. Por eso muchos recurren a escribirla, para no tener que escuchar en su voz su propia historia. Empieza a preguntar.

Tragué saliva. Dolía. Me ayudé con un poco del café que había servido a Mia, hacía ya unas horas. Estaba frío, demasiado amargo y ni siquiera me supo a café. Aun así, no bebí porque me apeteciera o porque tuviera sed. Bebí para ayudar a lubricar mis palabras.

—¿Por qué nunca me lo contó? —insistí.

Necesitaba saberlo para seguir formulando otras cuestiones más delicadas. Había una pregunta en especial que atravesaba mi pensamiento arrasando con todo lo demás. Me estaba quemando por dentro, pero me resistía a apagar ese incendio de manera rápida y directa. Estaba siendo cobarde, como pensaba que lo había sido mi madre al no compartir conmigo su historia de viva voz. Entendía mi cobardía pero no la suya, y eso no me dejaba en buen lugar.

—Siempre fuiste una niña friolera. Hasta en verano tenías frío, siempre con los pies helados y las manos congeladas. —Mia me miró y volvió a cogerme las manos, convirtiendo las suyas en un cofre cerrado—. Los recuerdos de tu madre tenían que darte calor, no llenarte de un frío gélido. Por eso te guardó de ellos. No quiso que fueras hija de esa época. Ella lo fue, y luchó para que tú nunca tuvieras que serlo. No quiso compartir contigo el odio y el dolor. Construyó para ti una nueva vida. Y puede que eso te salvara.

—Pero ¿por qué nunca habló de ello? —reclamé de nuevo, al entender que ninguna respuesta que confeccionara Mia me valdría.

—Sí lo hizo —reconoció mi tía, mientras su pensamiento removía sus recuerdos más lejanos, como si le costara acceder a ellos o no quisiera hacerlo por el dolor que le producía—. Un día tu madre decidió contarlo. Todos le decíamos que eso la ayudaría a superarlo, a sacarlo fuera. Las personas somos muy estúpidas cuando aconsejamos a los demás sobre algo que no conocemos. Nos gusta hablar, opinar, juzgar... Supongo que nos creemos superiores al hacerlo. Yo fui la primera en animarla.

Ella se armó de valor y lo hizo. Fue una noche que organizó una cena en casa. Eran todos amigos, alguno vino con alguna pareja que no conocíamos, pero eso no evitó que tu madre se sincerase. En los postres, decidió compartir la narración de lo que vivió en Auschwitz. Al principio se mostraba segura y serena, pero un estúpido le preguntó si era verdad que había una piscina en el campo, si existía un teatro, un cine, un club deportivo, un supermercado, una cantina y hasta un burdel, y si realmente había habido tantos muertos, porque él había escuchado no sé qué teoría negacionista del Holocausto. Eso era lo que quería saber, lo que más le interesaba de todo lo que estaba contando Ella. Al oír esa pregunta, tu madre sintió que se había equivocado, que el mundo seguía sin estar listo, que adolecía de la misma sordera que mostró cuando no quiso escuchar lo que estaba pasando en los guetos, en las calles, en las universidades, en las tiendas, y más tarde en los campos de concentración y exterminio.

»Esa falta de confianza, expresada con tanta frivolidad, representaba una traición a ella y a todos los que habían muerto. Los que menos confianza tenían con tu madre fueron los más respetuosos con la narración, los que apenas preguntaron, a los que se les llenaron los ojos de emoción al escucharla. Pero los otros... No me esperaba que reaccionaran así. Eran nuestros amigos, algunos eran incluso familia. Me enfadé mucho, más que tu madre, que prefirió dejarlo correr. Pero ¿qué mierda tenemos los demás que decir ante algo tan horrendo que ni siquiera hemos vivido? ¿Quiénes nos creemos que somos para juzgar? Fue algo semejante a lo vivido en los juicios de Núremberg o los de Bergen-Belsen, esa impotencia al escuchar las dudas sobre los testimonios de las víctimas. De nuevo, la banalización del mal. A muchos nazis no los condenaron porque los fiscales y los jueces dijeron que, a pesar de los numerosos testimonios que existían, las declaraciones de las víctimas no eran pruebas objetivas y que algunas de ellas incluso se contradecían en detalles nimios. Dijeron que la falta de evidencias documentales hacía imposible condenarlos. ¿"Falta de evidencias documentales"? ¿Qué esperaban los jueces, que los prisioneros fueran recogiendo pruebas mientras los mataban, los azotaban, los apaleaban, los torturaban, mientras los abrían en canal para experimentar con ellos o mientras corrían detrás de sus hijos para salvar sus vidas? Y aun así, muchos lo hicieron.

Mia tragó saliva para poder seguir. La emoción por los recuerdos era lo único que frenaba su relato. Ella tenía razón: es más fácil responder cuando te preguntan, antes que lanzarse a una narración. Empezaba a entender por qué le había resultado tan difícil a mi madre contármelo cara a cara. Si a Mia le estaba costando y no lo había vivido en primera persona, no podía imaginar lo que hubiera sentido Ella al hacerlo.

—No tuve vida suficiente para decirle a tu madre lo mucho que lo sentía. Pero ella le restó importancia. No le sorprendió lo que pasó porque ya sabía que iba a ocurrir. Esa noche me contó que Joska le había confiado el sueño que se le repetía una y otra vez en el campo de Auschwitz y que, al parecer, era el mismo que tenían muchos prisioneros: soñaba que por fin regresaba a casa, que se reencontraba con los suyos y cuando intentaba contarles lo que había pasado, se daban la vuelta y se marchaban. No querían escucharle, no les interesaba. Alguno incluso le decía: «Pero eso ya pasó, olvídalo». Ella sonreía al recordar esas palabras de Joska y siempre decía que era la prueba evidente de que los sueños se hacían realidad. —Mia también sonrió, aunque nada de lo que decía era gracioso—. Esa noche decidió que nunca más; que la gente, tal y como sucedió en la guerra e incluso mucho antes, no quería escuchar. La verdad les incomodaba, les complicaba demasiado porque era desagradable y no les dejaba seguir con sus vidas. Algunos incluso preferían negarlo porque les resultaría menos traumático.

Mi tía calló y esperé unos segundos antes de realizar mi siguiente pregunta. No sé si ese silencio resultaba más sanador para mí o para ella.

—¿Estuvisteis en los juicios?

—Únicamente en el de Maria Mandel, en Cracovia. Me costó convencer a tu madre de que debía ir. No solo para dar su testimonio, que ya lo había hecho antes por escrito, sino para poder mirar a los ojos a la Bestia y decirle que había perdido. Mi hermana había ganado porque era mucho mejor persona y, a pesar de todo cuanto Mandel hizo para impedirlo, viviría más años que ella. Esa sería su mayor venganza: vivir más y mejor que aquella que se levantaba cada día en Auschwitz-Birkenau con el único propósito de matarla. Es difícil estar más orgullosa de nadie de lo que yo lo estuve de mi hermana mayor.

—¿Pudo verla? —pregunté.

—Claro que pudo. No pestañeó ni un sola vez; la miró a los ojos todo lo que tenía prohibido mirarla mientras Maria Mandel era la Bestia de Auschwitz y ella tan solo su «mascota judía». Y Mandel no fue capaz de mantenerle la mirada durante más de cinco segundos. Según me contó Ella, los primeros días sí la reconocía tal y como era en Auschwitz-Birkenau, altiva, seria, fría, cortante en las respuestas, esquivando toda la responsabilidad, culpando a sus superiores, en especial al comandante del campo de concentración de Auschwitz, Rudolf Höss, refutando cada acusación que realizaban las víctimas, incluso encarándose con alguna de ellas, y todo sin un gesto que delatara lo que sentía por dentro. Pero el último día, el 22 de diciembre de 1947, cuando el tribunal la condenó a morir en la horca, aquella mujer ya no era la misma que se paseaba por el campo con su fusta, con su perro, con sus botas altas bien lustradas, con sus guantes blancos que inmediatamente se mancharían de sangre, su pelo recogido en dos trenzas... A través de sus auriculares, alguien le iba traduciendo al alemán el veredicto y la sentencia que la justicia dictaba en polaco, al tiempo que Ella lo susurraba: *Tode durch den Strang*, «muerte por ahorcamiento». Jamás el alemán me sonó tan bien. Para ser sincera, no ha vuelto a sonarme igual. —Mia hablaba despacio, como saboreando cada palabra que sin duda envolvía el recuerdo. Más que satisfacción, en su rostro se dibujaba el final de una pesadilla en la que el tiempo había signado la última rúbrica—. Se habían cambiado las tornas. Nos dijeron que cuando regresó a la cárcel de Montelupich escribió una carta de dos cuartillas, a mano y utilizando un lápiz de mina azul. Lo hizo en alemán, pidiendo clemencia al presidente de Polonia. Esa carta y esa letra sí que le hubiera gustado a tu madre poder verlas. La ahorcaron un mes más tarde, el 24 de enero de 1948. Nos dijeron que fue sobre las siete de la mañana. La obligaron a madrugar para morir, como hacía ella con las prisioneras para sus salvajes pases de revista. Pero lo suyo fue más breve, lamentablemente.

Mia recordó el relato de una antigua prisionera que había sido testigo de la escena: contaba cómo llevaron a la Bestia a una sala donde procederían a la ejecución. Iba con otros cuatro condenados a muerte. Mandel fue la primera en ser ahorcada. Gritó unas palabras antes de que su cuerpo cayera al vacío. La antigua presa tuvo que preguntar a otro de los testigos qué había gritado Mandel, para asegurarse de que había escuchado bien. No pudo creerlo. «¡Viva Polonia!», eso fue lo que gritó la mujer que más odiaba a las polacas en Auschwitz-Birkenau. Al parecer, tuvieron que esperar quince minutos a que el forense certificara su muerte. Y así murió la Bestia, contradiciendo su vida y sus propios odios.

Mia siguió hablando.

—Ella no quiso ir a presenciarlo. Pero yo sí quería, ¡ya lo creo que quería! No me mires así, Bella, simplemente necesitaba verlo. Deseaba ver cómo su cuerpo se mecía en el aire como Ella me contó que hicieron los cuerpos de Róża, Ala, Ester, Regina y de muchas otras prisioneras en Auschwitz. Sin embargo, respeté la decisión de tu madre y no fuimos, pero...

—¿Pero...? —pregunté, intrigada al ver que quedaba algo en el relato de mi tía que todavía no había contado y, por su expresión, parecía jugoso.

—No se lo dije a tu madre. Al menos, antes de hacerlo. Sabía que me pediría que no fuera y yo nunca pude negarle nada a Ella. Así que decidí decírselo más tarde, cuando ya no hubiera vuelta atrás. —Mia empezó a sonreír como los niños cuando son conscientes de que han hecho una travesura, pero solo lo saben ellos—. Me enteré de que el cuerpo de Maria Mandel había sido donado a la Universidad de Cracovia para que los estudiantes de Medicina experimentaran con él. —Mia negó con la cabeza, y buscó cierta complicidad en mi mirada—. "Justicia divina" lo llaman, ¿no es así? Me serví de mi condición de estudiante de Medicina para acceder a la sala de autopsias, aunque en realidad acababa de obtener el título. Tenía que asegurarme de que era la Bestia y de que realmente estaba muerta. Cuando la vi sobre la camilla de acero, me pareció una mujer insignificante. Supongo que ella pensaba lo mismo de las prisioneras que veía muertas.

»Allí estaba yo, frente al cadáver de una mujer de un metro sesenta y cinco de estatura, unos sesenta kilos de peso, treinta y seis años, aunque aparentaba casi el doble de edad, y con marcas amoratadas en el cuello, por la presión de la cuerda con la que había sido ahorcada. Me pregunté cómo una mujer de unas proporciones tan normales podía haber sido la Bestia que fue. Las personas siempre nos sorprenden, para bien y para mal. —Mia sonreía al realizar esos comentarios. Tampoco parecía ella misma, pero era lo que sentía y ninguna de las dos hermanas tuvo nunca miedo a las palabras—. Discúlpame por lo que voy a decir, pero sentía la necesidad de contemplar cómo la abrían en canal, tal y como Mandel había contemplado el cuerpo desnudo y abierto de miles de prisioneras, junto al doctor Mengele. Sí, justicia divina. Así es como se llama porque es exactamente lo que es. Cuando regresé a casa se lo conté a Ella. No me dijo nada. Y su silencio me lo dijo todo. Esa maldita mujer seguía afectándola, daba igual lo lejos o lo muerta que estuviera, como la Luna, que, estando a 384.400 kilómetros de distancia de la Tierra, sigue influyendo en las mareas. —Mia me miró y sintió la necesidad de explicarse—. Es algo que siempre nos decía tu abuela a tu madre y a mí. Una historia sobre las mareas, la pleamar y bajamar... ¿Te parezco un monstruo?

—¿Te sentiste bien? —le pregunté, sin querer contestarle.

—Sí. Y no me avergüenza decirlo. Me sentí estupendamente. Hubiese preferido ahorrarme esa satisfacción porque eso significaría que Maria Mandel no le habría destrozado la vida a mi hermana. Pero como la historia no puede cambiarse, sí, puedo decir que me sentí muy bien. Y así se lo dije a tu madre.

—¿Qué te dijo? ¿Te preguntó algo?

—Lo único que quiso saber es si Mandel tenía los ojos abiertos.

—¿Y los tenía?

—No.

—Lástima —repliqué, recordando algunas de las frases escritas en las postales del Este sobre morir con los ojos abiertos en Auschwitz.

—Eso mismo dijo tu madre.

—Pero nunca la vi odiar a nadie. Nunca una mala palabra, un mal gesto. A veces se quedaba pensativa, mirando al vacío, pero jamás vi rencor, ni rabia, ni odio en su mirada, ni en su rostro, tampoco en su boca. No lo entiendo. ¿Cómo pudo ser? ¿Cómo pudo vivir con eso en silencio? ¿Los perdonó? ¿Es eso? ¿Perdonó a Mandel, a Mengele, a Kramer, a Höss y a todos los demás, y por eso pudo seguir adelante?

—Nunca los perdonó. Pudo seguir viviendo por ti y porque esa era su mayor venganza: demostrar que no habían podido con ella. Pero jamás los indultó, ni siquiera de pensamiento. Fue algo demasiado grande para considerar un posible perdón. Tu madre no soportaba las disculpas, se ponía enferma. Me decía: «¿A quién se supone que debo perdonar? Lo importante es no olvidar, eso es más trascendente que cualquier perdón». Todavía recuerdo cómo se encendía al hablar de ello. Decía que el perdón está sobrevalorado porque siempre llega tarde, y los villanos interpretan el perdón como un billete al olvido, como si fuera un indulto por el mal cometido. Por eso se enfadó tanto cuando conoció la reacción que tuvo una antigua prisionera de Auschwitz, Stanislawa Rachwalowa, que coincidió con Maria Mandel en la prisión de Montelupich, en Cracovia.

Mia advirtió mi gesto de sorpresa ante el encuentro de un verdugo y una víctima fuera del campo de concentración de Auschwitz, y resolvió contarme la historia.

—Un tribunal militar polaco había condenado a muerte a Rachwalowa por ser enemiga de un Estado comunista, y el destino quiso que coincidiera con quien había sido su mayor torturadora en Auschwitz-Birkenau. La primera vez que vio a Mandel con el uniforme de presa de la cárcel y fregando de rodillas el suelo de los pabellones, se sintió la mujer más feliz del mundo. Por fin el tiempo la había colocado en su lugar. Era el sueño de todos los prisioneros, ver a sus verdugos condenados y humillados, y poder vengarse de ellos algún día, hacerles lo mismo que ellos les habían hecho. La dirección de la prisión se lo puso en bandeja cuando le pidió a Stanislawa que tradujera las órdenes a Mandel y a otra guardiana nazi con la que compartía celda. Era su oportunidad para ajustar cuentas, y lo hizo. Empezó a gritarles, a ordenarles que se pusieran en pie y, sin pensarlo, actuó como la Bestia en los campos de Birkenau y Ravensbrück, insultándola, humillándola y golpeándola en la cara y en el cuerpo, con fuerza, sin piedad. Hasta que se dio cuenta de que estaba actuando como Mandel, y paró. No le gustó lo que sintió mientras la golpeaba, quizá porque recordó cómo la golpearon a ella. Se fue a su celda y empezó a llorar por lo que había hecho, avergonzada de sí misma. Días más tarde, volvieron a encontrarse en las duchas. Fue la Bestia quien se dirigió a Stanislawa, que se puso a temblar como lo hacía en Auschwitz. La presencia de esa mujer todavía lograba imponerle. «Pido perdón.» Eso fue lo que le dijo la Bestia. Y, al parecer, Rachwalowa se lo concedió e, incluso, se estrecharon la mano. Cuando Ella se enteró de ese relato, se enfureció. Ni siquiera sé si fue cierto. Pero así lo contó la propia Stanislawa Rachwalowa y lo dejó escrito en una carta. Y debe de seguir haciéndolo porque, hasta donde yo sé, continúa viva.

Cuanto más me contaba Mia, más complicado me resultaba entender el comportamiento humano. Intentaba ponerme en la piel de la víctima y pensar en cómo reaccionaría yo si estuviera en su lugar. No quería juzgar ni opinar, sentía que no tenía derecho porque no me lo había ganado, pero era imposible no hacerlo. Quería sentirme cerca de mi madre, lo necesitaba. Quería sentir como ella, pensar como ella, mirar como ella, pero no sabía cómo hacerlo de la manera correcta, si es que existía alguna. Necesitaba acercarme a mi madre porque tenía la impresión de que aquellas postales escritas con su inconfundible letra me habían alejado de ella.

—¿Y cuándo empezó a olvidarlo todo? —pregunté.

—Que no hablara de ello no quiere decir que lo olvidara. Eso hubiera sido imposible.

—Me refiero a la enfermedad. ¿Crees que con el alzhéimer... en algún momento...? No sé... —Intentaba encontrar algo de lógica en mi pregunta y facilitar en parte la respuesta, pero me resultaba complicado hallar las palabras.

—Eso no puedo saberlo. Pero sí sé que la vida es eso que tendrás siempre, aunque lo hayas olvidado.

—O aunque no lo hayas conocido porque te lo han mantenido oculto —apostillé, sin conseguir que Mia entrara en el círculo vicioso en el que me empeñaba en permanecer. Mi tía decidió centrarse en mi anterior pregunta: en cuándo el olvido empezó a comer terreno al recuerdo.

—Tengo una fecha en la cabeza. El 7 de diciembre de 1970. Cuando vimos en la televisión al canciller de la República Federal de Alemania, Willy Brandt, arrodillarse ante un monumento en recuerdo de las víctimas del gueto de Varsovia. Muchos dijeron que era un gesto con el que Alemania pedía perdón por sus crímenes. Tu madre se enfureció al escuchar esas palabras. No podía admitirlas. Ya te he dicho que nunca aprobó el perdón. Ella pensaba que las personas solo piden perdón cuando se ven acorraladas, cuando son descubiertas y no tienen más remedio que aceptarlo. Se enfureció tanto ese día... Creo que en ese instante empezó a olvidar a través de la enfermedad.

A Mia se le llenaron los ojos de lágrimas. Era la primera vez, desde que había entrado por la puerta aquella mañana de domingo, que se permitió abandonarse plenamente a la emoción. No supe si las lágrimas fueron por mi madre, por su olvido o por su recuerdo, pero fue un desahogo que consiguió anegarme. Se secó rápidamente las lágrimas, como si sintiera que no tenía derecho a llorar, o para evitar que me acercara a consolarla. Había prometido a Ella ser fuerte y tenía que mantener su promesa. Al menos, le debía eso.

—Por fin se había liberado. Veintisiete años después de entrar bajo el cartel de *ARBEIT MACHT FREI*, por fin había logrado escapar de allí. Me decía que los prisioneros que estuvieron en Auschwitz jamás lograron salir de ese lugar, ni siquiera los que consiguieron escapar o fueron liberados. Puede que lo hicieran físicamente, pero la mente es mucho más poderosa de lo que creemos. Nadie pudo salir de allí, Bella. Sus vidas, tal y como las entendían, se quedaron atrapadas en el lodo del campo como lo hacían sus zapatos. Tu madre se liberó cuando perdió la memoria, después de arriesgar su vida para poder guardar la memoria de los demás.

—Entonces, nunca dejó de ser y de estar prisionera. ¿Cómo se puede vivir así?

—Ella necesitó mucho valor para poder sobrevivir a lo que vivió y continuar viviendo. Uno nunca sabe lo que es capaz de soportar hasta que la vida te obliga a comprobarlo.

—Tuvo valor para todo menos para contármelo.

—Lo hizo a través de la palabra escrita. Es más duradero. Eso resiste el paso del tiempo e incluso la enfermedad.

Me levanté. Sentía que el cuerpo me pedía reaccionar, pero no sabía cómo. Necesitaba hacer la pregunta, pero estaba aterrorizada. En realidad, no estaba segura de querer saber la respuesta si no era la que yo deseaba escuchar. Mia me observaba. Tenía la misma mirada que solía tener mi madre, con rayos X en los ojos, capaces de ver lo que estaba pensando antes de que yo misma lo supiera. En mi época de adolescente rebelde, llegué a odiar esa habilidad de mi madre. Era imposible ocultarle algo.

—Pregúntamelo —me dijo Mia—. Llevas con la duda revoloteando en tu cabeza desde que empezaste a leer las postales. Pregúntalo.

Me tomé unos segundos para acompasar mi respiración con los latidos del corazón. No sé lo que costaría escribir esas palabras, pero pronunciarlas me estaba resultando muy complicado.

—¿Quién es mi padre? —pregunté con toda la rapidez de la que fui capaz. Por fin, aquella duda había salido de mi boca. Y, sin saber por qué, me sentía culpable.

—Ella siempre dijo que era Joska.

—Pero no estaba segura. No podía estarlo.

—Digo yo que ella lo sabría mejor que nadie.

—No estás siendo sincera, Mia. Me dijiste que me contestarías a todas las preguntas —le reproché, en un intento de que me dijera la verdad; al menos, la que yo quería escuchar.

—Estoy siendo sincera. Tú eres la que no está siendo lógica.

—¡Lógica! ¿Quieres que te diga lo que me dice la lógica después de leer estas postales? Puedo ser hija del maldito doctor Mengele, de un criminal de guerra nazi. Y mi madre me lo dice en unas postales, cuando ya no puedo hablar con ella —respondí tan enfadada como aterrada.

Estaba furiosa con mi madre y me sentía mal por albergar ese sentimiento hacia la persona que más había querido en mi vida. Cuantas más explicaciones me daba Mia, más la entendía, la disculpaba, más la quería y, sin embargo, rechazaba ese sentimiento de comprensión. Quería seguir enfadada porque tenía el derecho a estarlo, ni siquiera porque lo quisiese o lo sintiese así. De repente, mi madre parecía otra persona. No era la dulce, comprensiva y espectacular madre que yo había conocido toda mi vida. Era Ella, una prisionera de Auschwitz-Birkenau, una superviviente del Holocausto. Esa dualidad no era posible en mi realidad. Alguien estaba cambiando las dimensiones de mi mundo como a ella le habían cambiado las dimensiones del suyo. Me parecieron egoístas esos sentimientos, pero no podía evitarlos. No tenía ni idea de cómo gestionar la nueva historia que me contaban de mi vida y opté por canalizarla a través de la rabia. Estaba enfadada con el mundo, no con mi madre, pero necesitaba desahogarme y enfurruñarme con alguien que me importara, y el mundo no era ese alguien. Volví a la carga.

—¿Por qué no hizo algo para averiguarlo? Un análisis, no sé, una prueba..., ¡algo! —Tenía ganas de llorar, pero ni una triste lágrima tuvo a bien aparecer. Quizá estaba demasiado enfadada. Quizá demasiado ofuscada.

—Bella, comprendo que estés contrariada y confusa pero debes entender... —empezó a decir Mia, pero paró de inmediato cuando vio mi gesto. Decidió que lo mejor era ser directa—. Cariño, no era posible. Ninguno de los dos estaba. Joska había muerto en el campo y el doctor Mengele desapareció, sigue desaparecido, quién sabe si también está muerto. A día de hoy, ni siquiera lo sabemos. No sé cómo piensas que tu madre podría haberse asegurado de algo. Solo tenemos su palabra y de eso debemos fiarnos.

Me sentí tan estúpida por mi pregunta que fui incapaz de reconocerlo e insistí en continuar con la misma actitud.

—Y si no tenía respuestas, ¿por qué me ha entregado tantas preguntas? ¡Es cruel!

—Creo que tu madre sabía muy bien lo que era la crueldad y créeme que ella nunca lo fue. Y mucho menos contigo —replicó Mia.

También ella comenzaba a contrariarse, pero tenía más motivos que yo. Quizá esperaba otra reacción por mi parte, más afable, más lógica, menos vehemente. Pero mi tía había tenido treinta y cinco años para procesarlo, y yo llevaba unas horas digiriendo la historia de mi vida y la de mi madre.

—Comprenderás que es poco común —dije, en un intento de apaciguar mi actitud.

—Lo poco común es valiosísimo, Bella. Como un trébol de cuatro hojas en un campo de exterminio. Son los detalles que marcan una vida.

Me levanté. Quería salir a la calle y empezar a correr, a gritar y a blasfemar, arrancar las flores y el césped de mi jardín, y también el de los vecinos, golpear los coches hasta que hiciera saltar las alarmas, destrozar todo el mobiliario urbano que encontrara en mi camino, los buzones, los cubos de basura, patear las bicicletas que los niños habían dejado en la entrada de sus casas, tirar piedras contra las farolas, las ventanas, zarandear a las personas que paseaban por la calle en una tranquila tarde de domingo... Quería destrozarlo todo como me habían destrozado a mí, no dejar nada de su mundo en pie, porque eso es lo que habían hecho con el mío. Nada ni nadie tenía derecho a seguir con sus vidas si la mía se había derrumbado. Pero no hice nada de eso. No sé por qué, recordé que había dejado algo pendiente momentos antes de la llegada de Mia y de que las postales del Este entraran en mi vida para ponerla patas arriba. La memoria siempre te lleva por donde quiere, sin que puedas hacer nada.

Me dirigí al cuarto de baño. Mi mirada supo dónde buscar. Estaba en el mismo sitio en el que lo había dejado. A decir verdad, puede que fuera lo único que se mantenía en el mismo lugar del mundo después del terremoto postal. Tomé con delicadeza la prueba de embarazo, y cuando vi el resultado en el pequeño recuadro, respiré hondo. Negativo. No estaba embarazada. La vida seguía negándome ese derecho.

Regresé al salón sin saber si quería compartir esta información o guardármela para mí. Me sentí más cerca de mi madre; también ella dudó antes de decirle a Joska que estaba embarazada. Salió de mi boca sin requerir mi consentimiento, como si alguien en mi cerebro estuviera tomando decisiones por mí.

—Tal vez sea lo mejor. No sé si estoy preparada para contarle a una hija una historia que ni siquiera me contó mi madre.

—Siempre puedes escribírsela.

—No es gracioso, Mia.

—No pretendo que lo sea. —Me cogió las manos, intentando recuperar la comprensión y la confianza que siempre había existido entre las dos. Mi tía estaba dispuesta a tener toda la paciencia a la que yo parecía haber renunciado. Quizá la vida no me permitía concebir un hijo porque seguía siendo una niña caprichosa y consentida—. En cuanto a lo de ser madre..., se me está ocurriendo algo.

La miré. Ahí estaba de nuevo. Ese brillo en la mirada, el mismo que tenía Ella cuando estaba a punto de hacer algo que podría cambiarme la vida.

Última postal

Mi vida se había convertido en un desierto de creencias, en un paraíso de incredulidades.

Nunca pensé que acabaría en la consulta de fertilidad del Hospital Monte Sinaí de Nueva York. Mis expectativas de convertirme en madre jamás pasaron por aquel lugar. Pero allí estaba, a punto de conocer a una eminencia médica en fertilidad que me imponía más que la posibilidad de ser madre. Ese día me acompañaron Mia, mi marido León y mi padre Adam, al que en los últimos meses mi tía solía referirse como «capitán Crown», como si se sintiera en la obligación de devolverle su identidad pasada y su rango militar. Por indicación de la facultativa, todos ellos tuvieron que permanecer en la sala de espera. Había encuentros que solo requerían la presencia de dos; lo demás sería un exceso innecesario y, como casi todo lo superfluo, contraproducente.

Cuando se abrió la puerta de cristal opaco situada a mi espalda —no sé por qué, en las consultas médicas, las sillas de los pacientes siempre están de espaldas a la puerta, como si quisieran darnos a entender que ya no hay salida ni escapatoria—, escuché por primera vez la voz de la persona cuyo nombre había leído tantas veces en las postales del Este. Fue algo extraño, en parte intimidatorio, pero ciertamente hermoso y emotivo.

—Eres tan bonita como cuando saliste de tu madre aquella mañana de abril. Y creo que me alegro de verte incluso más que aquel día.

Estoy segura de que Ella hubiera tenido la misma reacción que tuve yo. Ver a la doctora Perl, la misma Gisella fuerte y decidida que aparecía en las postales de mi madre —una mujer de setenta y dos años, regia, sonriente, impecablemente vestida, con una belleza serena y toda la dignidad que el horror nazi no logró arrebatarle—, me arrojó a un llanto incontrolable que a mí misma me sorprendió. Fue una reacción desbocada. Desde que conocí la verdadera historia de mi madre y, por ende, la mía, no había derramado una sola lágrima. Al parecer, aquel era el momento para desbordar la emoción contenida. Tenía las reservas llenas, así que, tan pronto vi y escuché a la doctora Gisella Perl, se abrieron las compuertas y ya no pude parar. Mi madre tenía razón, las cosas suceden cuando tienen que suceder, ni antes ni después, y eso deja fuera de la ecuación a la lógica, la conveniencia, lo oportuno e, incluso, lo moral.

—Tu madre reaccionó igual. —La doctora me tendió la caja de tisúes que había encima de la mesa, aunque en ningún instante me pidió que parase de llorar. Su voz seguía siendo dulce y calmada, tal y como Ella escribió en las postales—. Ni una sola vez vi a Ella llorar en el campo, y tuvo todos los motivos del mundo para hacerlo. —Mintió: claro que vio llorar a Ella. Rescató de su memoria el 7 de octubre de 1944. Ese día, mientras contemplaban la explosión del crematorio IV, consecuencia de la rebelión de los *Sonderkommandos*, lloró a mares. Pero pensó que no era necesario contarlo. Mentir, a veces, ayuda—. No, no lloró. Hasta el día en que dio a luz y apareciste tú, cuando nadie dábamos un centavo por ti. Y saliste gritando y berreando como si solo tuvieras pulmones. Ese fue el día que Ella eligió para romper a llorar sin importarle quién estuviera delante.

—Lo siento, pero es que... —Busqué una excusa mientras me acometía una congoja desconocida en mí.

El abrazo que me dio la doctora tampoco ayudó mucho a calmar los pucheros, que no tardaron en convertirse en un continuo e inoportuno hipo. Por unos segundos, me sentí ridícula, pero ese sentimiento apenas duró. Era inmensamente feliz y solo podía sentirme agradecida. Lo demás me daba igual.

—No lo sientas. Nada es tan liberador como poder gritar y llorar cuando a uno le place. Vosotros los jóvenes no sabéis lo que tenéis. ¿Escribió tu madre en esas postales del Este sobre una prisionera llamada Ana?

Asentí con la cabeza, y ella prosiguió:

—Esa jovencita, a quien primero le confió en Auschwitz que había escrito un diario en una buhardilla de Ámsterdam fue a tu madre. Y fue a Ella a quien primero le dijo que las personas libres jamás podrán concebir lo que los libros y las palabras escritas en ellos significan para quienes viven encerrados. Y tenía razón, ese reino de palabras regala vida. Ella tuvo el privilegio de poder leer el diario de Ana Frank, tal y como le prometió hacer cuando se encontraron en Auschwitz, y como lo hemos podido leer todos los que así lo hemos querido. Y tú has tenido el privilegio de leer las postales del Este de tu madre. Todos deberíamos estar contentos y orgullosos de las palabras escritas por aquellos a quienes apreciamos y amamos. Aunque por lo que me contó Mia, al principio te costó...

—Es raro saber que naciste en un campo de concentración, en la tierra, sobre el lodo...

—Creo que tu perspectiva no es la correcta, y eso te impide comprenderlo. No importa dónde nacieras, sino dónde estuvo a punto de morir tu madre. Nosotras vivíamos para resistir y resistíamos para vivir. ¿Sabes que algo parecido le dijo el capitán Crown a Ella, cuando vio dónde había nacido su pequeña? ¿Cómo fue aquello que le dijo?... Déjame pensar... —Gisella buceó entre sus recuerdos—. ¡Ah, sí! Que la flor de loto nace en el fango, y no solo es bellísima, sino que renace cada día, y cada día es más hermosa, resistiendo a la adversidad, plantándoles cara a los que la dan por muerta.

—Me siento estúpida. Una niña malcriada. Debe de pensar que soy una egoísta pero es que...

—Siempre es más difícil contar historias que escucharlas o leerlas. ¿Por qué crees que los supervivientes necesitamos tanto tiempo para poder narrar lo que vivimos? Y aun así, siempre hay gente que no quiere escucharlo, que no nos creen, que tienen más preguntas que respuestas necesitan. Así es el ser humano. Y tú quieres traer uno más al mundo.

—Quería...

—Quieres. Ya lo creo que quieres. —Sonrió dulcemente la doctora Gisella—. Conozco muy bien el rostro de las que desean ser madres y no renuncian a serlo, aunque no puedan o la vida se lo impida. Los he visto todos. Guardo en mi memoria un retablo de rostros y miradas maternales.

—Mi madre hablaba tanto de usted en las postales...

—Tu madre era muy buena escribiendo. Era la mejor. Y tenía una caligrafía tan bonita... Por eso debes apreciar lo que te dejó escrito. Es un tesoro que podrás legar a tus hijos.

—Es complicado... —comenté. No me refería a la gestación, que a tenor de los resultados negativos de mis pruebas, parecía más que compleja, sino a la historia de mi madre. No necesité explicarlo, la doctora Gisella lo había entendido.

—Claro que hay cosas que son complicadas de entender. Yo estuve allí, y todavía no lo comprendo. Y como yo, todos los que vivimos aquella pesadilla y tuvimos la opción de despertar. ¡Mírame a mí! Una experimentada ginecóloga que se vio obligada a practicar abortos y a matar a recién nacidos para que sus madres pudieran sobrevivir, y que ahora ayuda a las madres a traer niños al mundo —exclamó con un deje de orgullo que casi la hizo emocionarse—. La vida siempre es complicada de entender, por eso debemos hacerla más sencilla.

No podía dejar de observar a aquella mujer de sabias palabras.

La doctora Gisella Perl no había tenido una vida fácil, ni siquiera cuando salió del infierno de Auschwitz y de Bergen-Belsen. Dos años después de que los británicos liberasen este último campo, la doctora descubrió que toda su familia había muerto en los campos de concentración. A pesar de que aún le quedaba una hija que logró huir del horror nazi, Gisella intentó suicidarse. Más tarde, tuvo que enfrentarse a algunas acusaciones que la señalaban como colaboradora del doctor Mengele, solo porque se vio obligada a trabajar a sus órdenes en el hospital, como la mayoría de los prisioneros que fueron enviados allí. Cuando Mia y Adam me lo contaron, pensé que las personas podemos llegar a ser muy injustas en nuestros juicios sobre situaciones y vivencias ajenas, que ni siquiera podemos llegar a imaginar en su totalidad por mucho que nos cuenten. Entonces entendí lo injusta que había sido con mi madre después de leer sus postales. Al final, todo se aclaró y el testimonio de la doctora Perl, como lo hizo el de mi madre, sirvió para condenar a varios doctores de las SS por sus crímenes de guerra. Por la mirada acuosa de Gisella, supe que esos momentos estaban paseando por su mente.

—¿Sabes a cuántos niños he traído al mundo? Tres mil. Tres mil preciosos bebés, con estas manos —dijo mientras las mostraba en alto—. No sabes la vida que da eso. Creo que por esa razón disfruto de tan buena salud, aunque ya no ejerza profesionalmente. Pero no te preocupes, tú eres un caso excepcional y estaré encantada de ayudarte, como ya ayudé a tu madre, en otra vida. —La doctora Gisella me contempló durante unos segundos. No tuve duda de que buscaba a mi madre en mis facciones. Y, por cómo me miraba, la había hallado—. No intentes entender la vida, Bella. No eres tú quien vive la vida, es la vida la que te vive a ti; te atraviesa y existe a través de ti, te utiliza, te va poniendo en lugares y ante personas que tú no eliges, y te obliga a seguir, pase lo pase. No nacemos con una vida: la encontramos al llegar y vivimos con ella, como lo haces con un uniforme, sea de rayas o de militar. Lo único que puedes hacer es decidir cómo vas a vestirlo y el uso que le vas a dar. Y ahora —dijo, incorporándose de la silla en la que estaba sentada, justo a mi lado—, veamos cómo vas a convertirte en la madre de un bebé tan deseado como lo fuiste tú.

Las manos mágicas de la doctora Gisella obraron, de nuevo, el milagro. Un año más tarde, daba a luz a mi hija. Como dijo la doctora después de atenderme en el parto —algo que le pedí como último favor y que ella aceptó como si le hubiera hecho el mayor de los regalos—, mi hija era la segunda generación de bebés milagro, porque el hecho de que yo naciera y de que mi pequeña viniera al mundo solo podía considerarse como un suceso excepcional atribuible, más que a la mediación divina, a la intervención de personas maravillosas.

El horror del pasado nos mantuvo unidas en los malos y en los buenos momentos del presente. También cuando nació mi segundo hijo, y no pude esperar para llamarla y darle la noticia. La vida seguía jugando con nosotras ya que fue el mismo día, el 6 de junio de 1985, que exhumaron un cadáver que cerraba otra historia. En su lápida aparecía el nombre de Wolfgang Gerhard, fallecido en 1979 en una playa de Bertioga, en Brasil, al existir fundadas sospechas de que los restos fueran, en realidad, los de Josef Mengele. El estudio forense de su dentadura lo confirmó, gracias a la diastema de sus incisivos centrales superiores, esa que tanto obsesionaba a Ella.

Las postales del Este seguían contando la historia, que parecía no acabar nunca. Gracias a ellas, los recuerdos de mi madre se convirtieron en los míos.

Hasta la muerte de la doctora Gisella Perl, el 16 de diciembre de 1988 en Israel, mantuve el contacto con la mujer que había ayudado a mi madre a traerme al mundo. Según me dijo su hija, que estaba con ella cuando falleció, sus últimas palabras fueron casi un ruego, el mismo deseo que expresaban todos los supervivientes del horror nazi: «No dejes nunca de contar a las nuevas generaciones lo que nos pasó. Las personas olvidamos muy rápido, sobre todo los jóvenes. No puede volver a suceder. Nunca más».

A algunas personas, como a Gisella o como a mi madre, les pasa lo mismo que a determinados libros; llevan entre nosotros mucho tiempo, pero tiene que llegar el momento adecuado en el que se abran a los demás para que sus palabras puedan obrar el milagro.

Algo parecido a lo que sucedió con las postales del Este de Ella, que siguen esperando el momento adecuado para que mis hijos accedan a la historia de su abuela.

Una historia escrita con la letra más bonita del mundo, esa que consiguió convertir la historia más triste en la más bella.

Más postales del Este

✍ *Maria Mandel fue detenida el 10 de agosto de 1945 por el ejército de Estados Unidos, después de haber huido del subcampo de Mühldorf en Dachau en abril de ese mismo año. En octubre de 1946 fue extraditada a Polonia, en noviembre de 1947 comenzó el juicio en Cracovia y el 22 de diciembre fue condenada a la horca. Murió el 24 de enero de 1948, a los treinta y seis años de edad.*

✍ *Mandel fue responsable de la muerte de más de medio millón de prisioneros, la mayoría mujeres y niños. Ninguna otra mujer consiguió igualarla en crueldad.*

✍ *El mayor campo de concentración para mujeres del Tercer Reich fue Ravensbrück. Más tarde, se construyó Auschwitz-Birkenau, el segundo campo del complejo de Auschwitz.*

✍ *Durante los seis años que el campo de Ravensbrück permaneció abierto, pasaron por él más de 133.000 mujeres y niños y 20.000 hombres. Entre 200 y 400 españolas fueron internadas en este campo, entre ellas Neus Català, Conchita Ramos y Mercè Núñez. Es casi imposible hablar de cifras confirmadas, ya que la documentación del campo fue quemada en los hornos, en las pi-*

ras construidas en la tierra o arrojada a un lago cercano al recinto, pero se estima que entre 30.000 y 90.000 mujeres murieron en este campo.

Según datos oficiales, entre 3.600 y 4.000 mujeres de las SS trabajaron y fueron formadas en Ravensbrück. Mujeres como Irma Grese, Dorothea Binz, Hermine Braunsteiner-Ryan, Herta Bothe, Johanna Bormann, Margot Drexler, Johanna Langefeld y muchas otras, aunque ninguna de ellas superó en crueldad a Maria Mandel. Cuando el Ejército Rojo liberó el campo el 30 de abril de 1945, encontraron allí a 3.500 mujeres y 300 hombres. No todos lograron sobrevivir.

✍ *Josef Mengele falleció el 7 de febrero de 1979. Murió ahogado, posiblemente a causa de un ataque cardíaco, en la playa de la Ensenada, Bertioga, con el nombre de Wolfgang Gerhard. Según la documentación encontrada, era un austríaco de cincuenta y cuatro años y mecánico. Fue sepultado en el cementerio de Nuestra Señora del Rosario, en Embu das Artes. En realidad, el cuerpo era el de Josef Mengele y tenía sesenta y ocho años. Gerhard fue uno de los muchos nombres falsos que utilizó después de la guerra. Bajo el pseudónimo de Fritz Ullmann, trabajó durante cuatro años en una plantación en Baviera, en el sur de Alemania. En junio de 1949, huyó a Génova, y con pasaporte emitido por la Cruz Roja, escapó a Argentina, donde cambió nuevamente de identidad y se convirtió en Helmut Gregor. Cuando Alemania pidió su extradición, huyó a Uruguay. En 1959, emigró a Paraguay y, dos años después, a Brasil, donde pasó a llamarse Peter Hochbichler. Sus últimos días los pasó leyendo a Goethe, escuchando a Schumann, Strauss y Schubert, durmiendo con una Mauser bajo la almohada y adiestrando perros de los que se hacía acompañar en sus largos paseos en solitario. Vivió atemorizado por si los agentes del Mosad daban con él, como le había ocurrido a Adolf Eichmann en 1960, y acababan juzgándolo en Israel. Se ofreció por él una recompensa de 3,4 millones de dólares.*

La policía alemana interceptó unas cartas de los Bossert —una pareja de austríacos, Wolfram y Liselotte, que alojó a Mengele en su casa de verano cercana a la playa donde murió— dirigidas a Hans Sedlmeier, un antiguo trabajador de la familia Mengele, y puso sobre aviso a la policía brasileña. En 1985 se exhumaron los restos de Mengele. Varios equipos forenses confirmaron que se trataba del Ángel de la Muerte. La prueba de ADN se realizó siete años más tarde, en 1992: se encargó de ello el británico Alec Jeffreys, uno de los pioneros de la identificación genética en el mundo, después de que el hijo de Josef Mengele, Rolf, accediera a prestar su ADN.

✍ *El 9 de diciembre de 1946 se inició el llamado Juicio de los Doctores contra 23 médicos y administradores alemanes por crímenes de guerra y crímenes contra la humanidad. El doctor Mengele no estaba entre ellos. Después de 140 días de juicio, 85 testigos, 1.500 documentos presentados, el 20 de agosto de 1947 los jueces estadounidenses hicieron público el veredicto. De los 23 doctores acusados, 16 fueron declarados culpables. 7 fueron condenados a muerte y ejecutados el 2 de junio de 1948.*

✍ *Irma Grese fue detenida por las tropas británicas el 15 de abril de 1945, junto a Josef Kramer, en el campo de Bergen-Belsen. Fue juzgada en el denominado proceso de Bergen-Belsen junto a otras 44 personas, en un juicio celebrado en la ciudad alemana de Lüneburg, del 17 de septiembre al 17 de noviembre de 1945. La condenaron a morir en la horca. El 13 de diciembre de 1945 fue ajusticiada. Según su verdugo, Albert Pierrepoint, Irma le pidió que se diera prisa.* «Schnell», *le dijo, como solía gritarles a las prisioneras. «Era una chica guapa, alguien con quien a uno le gustaría quedar para dar un paseo.» En sus memorias, Pierrepoint reconoce que cuando le preguntaron por su edad, mintió al decir que tenía veintiún años, cuando en realidad acababa de cumplir veintidós. La noche anterior a su muerte estuvo cantan-*

do y riendo con sus amigas y compañeras de celda, las guardianas nazis Bormann y Volkenräth. Ese mismo día también fueron ejecutados el comandante Josef Kramer y el doctor Fritz Klein.

✍ *El 8 de octubre de 1945, la revista estadounidense* Life *publicó un artículo sobre Irma Grese, ilustrado con una fotografía suya y donde detallaba algunas de las barbaridades perpetradas con su látigo. Una foto suya durante el juicio, con el número 9 colgado del cuello y colocado sobre su pecho —su número identificativo de acusada—, ocupa la página 40 del número de la revista, con un texto donde se destaca lo «bella, bien arreglada y perfectamente peinada» que lucía la acusada 9. El reportaje señala que, mientras escuchaba la declaración de los testigos, Irma solo alteró su gesto una vez. Fue para reír.*

No fue la única revista estadounidense en la que apareció. Otras publicaciones, como Time, *también publicaron reportajes sobre Grese, a la que denominaban la alemana más famosa en Estados Unidos, detallando cómo los niños coreaban su nombre a la entrada y a la salida del juicio. Todavía hoy, algunos simpatizantes organizan homenajes en su ciudad natal. Su deseo de aparecer en las revistas americanas se cumplió, aunque no como la nueva estrella del celuloide que ella deseaba ser.*

✍ *El 28 de julio de 1947, la revista* Newsweek *publicó un reportaje sobre Ilse Koch y su marido, Karl Koch, en el que aparecían una serie de fotografías del matrimonio. Ilse denunció que esas fotos fueron robadas de sus álbumes privados, y que la publicación había ocultado aquellas que más la favorecían, en las que aparecía con sus hijos como una entregada madre de familia y ama de casa, como insistió en definirse durante el juicio. En el artículo también se especulaba con la posibilidad de que en la Nochebuena de 1946 un guardia polaco se colara en la celda de Ilse y la dejara embarazada. Otras fuentes aseguran que fue un prisionero alemán, que trabajaba en el barracón de la cocina. Ella nun-*

ca dijo de quién estaba embarazada, ni a su propio hijo. El 29 de octubre de 1947 dio a luz a un niño —su cuarto hijo— en la prisión de Landsberg, al que llamó Uwe, eligiendo como apellido el suyo de soltera, Uwe Köhler.

En 1948, la revista Time *dedicó un reportaje a Ilse Koch que tituló: «The Bitch Again», «La zorra ha vuelto». En otro reportaje publicado en la revista* Newsweek *en 1967, se detalla cómo Ilse se bañaba en vino de Madeira, se paseaba con un enorme anillo de diamantes que «Karli, como cariñosamente llamaba a su marido», le había regalado, propiedad de un prisionero, y protagonizaba todo tipo de abusos sexuales contra los presos.*

✍ *Ilse Koch, «la zorra de Buchenwald», fue condenada por el Tribunal de Dachau a cadena perpetua en 1947. Su pena fue conmutada por el general estadounidense Lucius D. Clay, que rebajó su condena a cuatro años de prisión por no existir pruebas concluyentes. Fue puesta en libertad, lo que provocó una gran polémica a nivel internacional. Unos días más tarde, fue nuevamente detenida y procesada. En 1951 Ilse Koch fue condenada a cadena perpetua. Años después, el 1 de septiembre de 1967, se suicidó ahorcándose con la sábana de la cama de su celda en la prisión alemana de Aichach. Dejó una carta de suicidio:* «Ich kann nicht anders. Der Tod ist für mich eine Erlösung» *(«No me queda otra salida. La muerte es mi única liberación»).*

✍ *Rudolf Höss fue capturado por los aliados y condenado a muerte por ahorcamiento, el 2 de abril de 1947. Fue ahorcado el 16 de abril de 1947, frente al crematorio de Auschwitz I, a pocos metros de la casa de la comandancia donde vivió junto a su familia durante el tiempo en que fue comandante del campo.*

✍ *El comandante de Auschwitz, Arthur Liebehenschel, fue juzgado por el mismo tribunal polaco que Maria Mandel, y condenado en 1947 a muerte en la horca por crímenes contra la hu-*

manidad. Fue ejecutado el 24 de enero de 1948 en Cracovia. Setenta años después, una de sus hijas, Barbara Cherish (Bärbel Liebehenschel antes del final de la Segunda Guerra Mundial) lo definió como «un hombre débil en un lugar terrible. No era un monstruo».

✍ *Heinrich Himmler fue capturado por soldados rusos el 20 de mayo de 1945 y entregado a los británicos. En sus documentos de identidad aparecía como Heinrich Hitzinger. El 23 de mayo de 1945, mientras le practicaban un registro de cavidades corporales, Himmler se suicidó mordiendo una cápsula de cianuro que ocultaba en la boca. El 5 de mayo de 1945, Himmler se había reunido con los principales mandos de las SS en la Escuela Naval de Mürwik para decirles: «Les doy hoy mi última orden. ¡Desaparezcan en la Wehrmacht!».*

✍ *En 1960, Adolf Eichmann fue secuestrado en Buenos Aires por un equipo de agentes israelíes. Fue juzgado en Jerusalén, declarado culpable de crímenes de guerra y colgado el 31 de mayo de 1962.*

✍ *El doctor Carl Clauberg fue capturado por las tropas soviéticas. Juzgado y condenado, en 1955 fue puesto en libertad y volvió a ejercer la medicina en la República Federal de Alemania, donde su principal carta de presentación era haber sido inventor de una nueva técnica de esterilización. Fue denunciado nuevamente por sus víctimas y falleció en 1957 de un ataque al corazón antes de ser juzgado.*

✍ *El doctor Horst Schumann consiguió huir de Alemania y en 1966 fue extraditado, condenado en 1970 y liberado en 1972 por «enfermedad grave». No murió hasta 1983, once años después de su liberación.*

✍ *Según datos oficiales, aproximadamente 8.000 miembros de las SS fueron destinados al complejo de Auschwitz. De los 6.500 que sobrevivieron a la guerra, solo 750 fueron condenados. Después de veinte meses de proceso, el 19 de agosto de 1965, se conoció la sentencia de los Juicios de Auschwitz celebrados en Fráncfort. De los 22 acusados que se sentaron en el banquillo por sus acciones en el campo de concentración y exterminio de Auschwitz-Birkenau, 6 fueron condenados a cadena perpetua, 3 fueron absueltos por falta de pruebas. El resto fue condenado a distintas penas de prisión.*

✍ *De los 24 directivos de la empresa IG Farben juzgados en los juicios de Núremberg, solo 13 fueron declarados culpables. Sus penas fueron calificadas de irrisorias —entre uno y ocho años de cárcel—, pese a las pruebas documentales existentes.*

✍ *Según datos oficiales, alrededor de 1.600.000 prisioneros trabajaron en las empresas alemanas ubicadas cerca de los campos de concentración nazis hasta 1945. Se calcula que un millón no logró sobrevivir.*

✍ *En 1941 se conocieron en Inglaterra las primeras noticias sobre el exterminio, gracias a los agentes del Gobierno polaco en el exilio. En julio de 1942, la* Polish Fortnightly Review *publicó un listado con 22 campos de concentración nazis. Auschwitz estaba entre ellos.*

✍ *El retrato de Vera Foltynova, la arquitecta judía de origen checo arrestada por su militancia comunista y que logró sacar planos de las cámaras de gas y crematorios de Auschwitz, se puede ver en una de las paredes del barracón número 15 de Auschwitz I.*

✍ *Wilhelm Brasse, el prisionero polaco conocido como el fotógrafo de Auschwitz, realizó cerca de 50.000 fotografías durante cinco años. El 21 de enero de 1945 abandonó Auschwitz para su traslado al campo de Mauthausen, y más tarde al campo de Melk, liberado el 6 de mayo de 1945 por las tropas norteamericanas. Los negativos de sus fotografías permanecieron en los archivos de Auschwitz. Al término de la Segunda Guerra Mundial, se recuperaron cerca de 40.000 fotografías.*

Brasse nunca volvió a realizar fotografías debido a las pesadillas en las que aparecían las víctimas judías a las que fue obligado a fotografiar. Falleció el 23 de octubre de 2012 en su ciudad natal, Żywiec, a la edad de noventa y cinco años.

✍ *El doctor Hans Münch era conocido como «el Hombre Bueno de Auschwitz». Münch era doctor de las SS y trabajó junto a Josef Mengele. Se negaba a presenciar los asesinatos en masa, a participar en las selecciones e intentó salvar la vida de algunos de los presos. En los juicios de Auschwitz celebrados en Cracovia, muchos supervivientes declararon a su favor, lo que hizo que fuera absuelto de crímenes de guerra. Murió en el año 2001, con un alzhéimer avanzado que le llevó a realizar algunas declaraciones polémicas a favor de la ideología nazi; la justicia rechazó investigarlas por entender que eran fruto de su demencia.*

✍ *Cuarenta años después de la muerte de Alma Rosé, el doctor Hans Münch escribió una carta en la que reconocía el botulismo como la causa más probable de la muerte de la directora de la orquesta de mujeres de Auschwitz, ya que como prisionera privilegiada tenía acceso a más y mejores alimentos, la mayoría provenientes del Kanada, donde proliferaban los productos enlatados, fuente potencial del origen del botulismo. A la misma conclusión llegaron la doctora Ella Lingens-Reiner y el doctor Erwin Tichauer —casado con una mandolinista integrante de la orquesta, Helen Spitzer, conocida como Zippy—, así como otros supervivientes con formación y experiencia médica en Auschwitz. La doctora Lingens-Reiner fue más allá, convencida de que fue una lata de carne, seguramente de chorizo o salchicha, lo que causó la muerte de Alma.*

✍ *Después de la guerra, Fania Fénelon retomó su carrera artística y recorrió el mundo con sus actuaciones. En la década de 1960 se instaló en la República Democrática Alemana, donde se convirtió en profesora de canto. Publicó unas polémicas memorias sobre su vida en Auschwitz y su experiencia en la orquesta de mujeres, unas memorias que fueron llevadas a la televisión con guion de Arthur Miller. Fania expresó su malestar porque fuera la actriz Vanessa Redgrave quien la interpretara en la ficción, por entender que era simpatizante de la Organización para la Liberación de Palestina. «¿Por qué no han elegido a Liza Minnelli, que es pequeña, activa, valiente y que canta casi como yo?», protestó. Murió en París, el 19 de diciembre de 1983.*

✍ *En Bratislava, cuarenta y un años después de su estancia en Auschwitz, la doctora Mancy habló sobre su gran amiga Alma Rosé. Fue allí donde mostró la tarjeta navideña que esta le había enviado en las Navidades del año 1943.*

✍ *El doctor Pasche fue ejecutado en un bosque cercano a Auschwitz, horas después de la explosión del crematorio IV por parte de un grupo de* Sonderkommandos.

✍ *En el castillo de Grafeneck, junto a la capilla, hay un Libro de los Nombres, los nombres de las víctimas. Hasta hoy, 8.000 nombres de víctimas han sido identificados gracias al comité Memorial de Grafeneck y al historiador Thomas Stöckle. Como enclave memorial, recibe más de 20.000 visitas al año. Un monolito de piedra recuerda a las 10.654 víctimas del programa de eutanasia Aktion T4 realizado por los nazis en Grafeneck.*

✍ *La familia Ovitz sobrevivió a los experimentos del doctor Mengele y logró salir con vida de Auschwitz. En 2001, Perla Ovitz, el último miembro de la familia que quedaba con vida, falleció en la localidad israelí de Haifa. Al ser preguntada por Josef Mengele decía: «A mí me salvó el diablo y que Dios se haga cargo de él».*

✍ *Uno de los psicólogos presentes en los juicios de Núremberg reconoció que los mandos de las SS que trabajaban en los campos de concentración «no están enfermos ni son raros. Son gente como la que podríamos encontrar en otras partes del mundo».*

✍ *Cuando el ejército soviético liberó el campo de Auschwitz, encontraron 44.000 pares de zapatos, 837.000 vestidos de mujer, 7,7 toneladas de pelo empaquetadas en fardos y miles de maletas, gafas, prótesis, instrumentos de cocina, ropajes religiosos judíos... El recuento humano fue mucho menor: 600 cadáveres, 7.000 prisioneros moribundos, según la investigación de Sybille Steinbacher.*

✍ *«Graben todo. En algún momento algún bastardo se levantará y dirá que esto nunca sucedió.» Fueron los palabras del general Dwight D. Eisenhower en 1945 a los periodistas, cuando entró en el campo de concentración de Auschwitz. Más tarde se convertiría en el 34.º presidente de Estados Unidos.*

✍ *Aunque los hornos crematorios de Auschwitz llevaban diez días apagados, cuando el Ejército Rojo liberó el campo, el hedor a carne quemada persistía en el aire.*

✍ *Se calcula que 1.300.000 personas fueron enviadas a Auschwitz, de las que 1.100.000 fueron asesinadas. Aproximadamente un millón eran judíos.*

Las cifras de muertos oscilan según las fuentes. Para el histo-

riador ruso Vladímir Makárov, especialista del Archivo Central del FSB, el antiguo KGB, las SS mataron en Auschwitz a más de cuatro millones de personas, judíos en su mayoría. Según Makárov, existen documentos de los servicios secretos rusos en este mismo archivo con testimonios de supervivientes que aseguran que fueron seis millones.

En realidad, se desconoce el auténtico coste humano del exterminio realizado en Auschwitz, así como durante el Holocausto. Un recuento oficial de víctimas, mortales o no, es prácticamente imposible.

✍ *Los nazis deportaron a 216.000 niños judíos, 11.000 gitanos, 3.000 polacos y 1.000 eslavos y de otras nacionalidades. Eran desechables desde el momento en que bajaban de los trenes y eran llevados directamente a las cámaras de gas. Cuando el 27 de enero de 1945 el ejército soviético liberó el campo, solo quedaban 650 niños y adolescentes, 450 menores de quince años.*

✍ *Se estima que 15.000 de los 60.000 supervivientes de Auschwitz fallecieron en las marchas de la muerte.*

✍ *En el Tercer Reich, se calcula que unos 10.000 alemanes fueron ejecutados bajo la sospecha de estar saboteando la guerra. Al menos 15.000 soldados del ejército alemán fueron ejecutados bajo la acusación de desertores.*

✍ *En Polonia, en 1939, vivían 3.300.000 judíos. Al terminar la Segunda Guerra Mundial, quedaban con vida alrededor de 380.000 en Polonia, Austria, Unión Soviética, y en los campos de concentración de Alemania, según datos de Yad Vashem, el Centro Mundial de Conmemoración de la Shoá. El resto de los judíos fueron asesinados, la mayoría en los guetos y en los seis campos de exterminio: Chelmno, Belzec, Sobibor, Treblinka, Majdanek y Auschwitz-Birkenau. Hoy, en Polonia, viven entre 8.000 y 10.000 judíos.*

✍ *El 30 % de los europeos reconoce saber muy poco o nada sobre Auschwitz. Uno de cada 20 europeos no ha oído hablar del Holocausto; uno de cada 3 jóvenes lo desconoce. Más de un 40 % de los estadounidenses no sabe lo que fue Auschwitz, según un estudio de CNN/ComRes. El 66 % de los millenials no ha oído hablar de Auschwitz y el 22 % desconoce lo que fue el Holocausto, según la Claims Conference.*

✍ *El 26 de enero de 2007 la Asamblea General de la ONU adoptó una resolución que condenaba la negación del Holocausto y proclamó el 27 de enero como Día Internacional de Conmemoración de las Víctimas del Holocausto.*

Las otras postales del Este

🖂 *El 13 de julio de 1943, una orden de las autoridades de Auschwitz-Birkenau, con la intención de ocultar el exterminio que se estaba realizando en las instalaciones del campo, obligó a todos los prisioneros judíos procedentes de Polonia y Grecia a escribir una postal a sus familiares, diciéndoles que estaban bien de salud, y requiriéndoles el envío de paquetes. Cuando las postales llegaron a sus destinatarios, ellos ya estaban muertos.*

🖂 *El 25 de enero de 1944, las SS de Auschwitz ordenaron a los 948 judíos provenientes de Westerbork, en Holanda, escribir una postal a sus familiares y amigos. Ese mismo día, 689 fueron enviados a la cámara de gas. A las pocas semanas, las postales fueron enviadas desde Auschwitz a sus destinatarios.*

🖂 *El 4 de marzo de 1944, los responsables del campo de Auschwitz recogieron las postales escritas por los judíos de Terezin (Theresienstadt, en la República Checa) que habían llegado al campo en septiembre de 1943. Les ordenaron que las dataran con fecha 25, 26 y 27 de marzo ya que, durante algún tiempo, no iban a poder escribir más postales porque iban a ser trasladados de campo. La noche del 8 de marzo fueron asesinados 3.791 judíos. Las SS empezaron a enviar las postales el 25 de marzo.*

✉ *El 25 de julio de 1944 llegaron 31 postales al gueto de Lodz, en la Polonia ocupada, enviadas desde el campo de concentración de Auschwitz. En todas ellas, el mismo matasello con fecha del 19 de julio de 1944. Los judíos remitentes de esas postales habían muerto asesinados después de escribirlas, varios meses antes.*

✉ *Entre los años 1945 y 1980 se encontraron enterrados cerca de los crematorios II y III de Auschwitz ocho testimonios, listas y diarios escritos en yidis, francés y griego por cinco* Sonderkommandos*: Zalman Gradowski, Zalman Lewental, Leib Langfus, Chaim Herman y Marcel Nadjary. Solo Marcel sobrevivió.*

✉ *Una joven judía neerlandesa, Ester Hillesum, escribió una tarjeta postal con fecha del 7 de septiembre de 1943, y la arrojó desde un vagón de ganado. En ella relataba cómo la trasladaban junto a su familia en un transporte con dirección a Auschwitz, en el que viajaban 987 reclusos, incluidos 170 niños. La postal se despide con estas palabras: «Me esperaréis, ¿verdad?».*

Murió en Auschwitz, el 30 de noviembre de 1943, a los veintinueve años.

Antes de esta postal, Etty Hillesum había escrito un diario durante la guerra entre los años 1941 y 1943. Estos textos se publicaron por primera vez en 1981, treinta y ocho años después de su muerte.

✉ *En los archivos del Museo de Auschwitz, erigido en julio de 1947 y conocido desde 1999 como Museo Estatal de Auschwitz-Birkenau en Oświęcim, se guardan alrededor de 2.500 fotos de familia traídas por personas deportadas a Auschwitz y 12.000 cartas y postales enviadas desde el campo por prisioneros.*

El contenido de este museo está en continua actualización.

Nota de la autora

Ella es una creación literaria, un personaje de ficción basado en experiencias y testimonios de mujeres reales que fueron enviadas como prisioneras al campo de Auschwitz-Birkenau.

Ella representa a todas esas mujeres víctimas de la sinrazón nazi.

El resto de los personajes que aparecen en la novela son reales, así como los hechos que en ella se narran mediante la ficción literaria.

Los verdugos aparecen con sus nombres y apellidos auténticos.

La mayoría de las víctimas que así lo reconocieron, dando su testimonio de manera explícita, y que pudieron ser identificadas, también aparecen con sus nombres verdaderos.

Aquellas víctimas cuya existencia fue reconocida por los testimonios de los supervivientes, pero no pudieron ser identificadas, aparecen con nombres ficticios, aunque, sin duda, existieron.

En esta historia se han novelado escenas para generar dramatización literaria.

Bibliografía

LIBROS

Álvarez, Mónica G., *Guardianas nazis. El lado femenino del mal*, Edaf, 2012.

Beruete, Santiago, *Jardinosofía: Una historia filosófica de los jardines*, Turner, 2016.

Camon, Ferdinando, *Primo Levi en diálogo con Ferdinando Camon*, Anaya & Mario Muchnik, 1996.

Cherish, Barbara, *El comandante de Auschwitz*, Laocoonte, 2010.

Eger, Edith, *La bailarina de Auschwitz*, Planeta, 2018.

Fénelon, Fania, *Playing for Time*, Syracuse University Press, 1997.

Frankl, Viktor, *El hombre en busca de sentido*, Herder, 2009.

Friedman, Violeta, *Mis memorias*, Planeta, 2005.

Guez, Olivier, *La desaparición de Josef Mengele*, Tusquets Editores, 2018.

Helm, Sarah, *Ravensbrück*, Anchor, 2016.

Hermann, Langbein, *People in Auschwitz*, The University of North Carolina Press, 2004.

Hitler, Adolf, *Mi lucha* [1925], Real del Catorce, 2016.

Höss, Rudolf, *Yo, comandante de Auschwitz*, Ediciones B, 2009.

Lagerwey, Mary Deane, *Reading Auschwitz*, Rowman Altamira, 1998.
Lengyel, Olga, *Los hornos de Hitler*, Planeta, 2014.
Lower, Wendy, *Las arpías de Hitler*, Crítica, 2013.
Lumsden, Robin, *Medals and Decorations of Hitler's Germany*, Motorbooks International, 2001.
Martí, Carme, *Cenizas en el cielo*, Roca Editorial, 2012.
Morris, Heather, *El tatuador de Auschwitz*, Espasa, 2018.
Müller-Hill, Benno, *La ciencia del exterminio. Psiquiatría y antropología nazis (1933-1945)*, Dirección Única, 2016.
Newman, Richard, y Kirtley, Karen, *Alma Rosé. Vienna to Auschwitz*, Hal Leonard Corporation, 2003.
Pauer-Studer, Herlinde, y Velleman, J. David, *Konrad Morgen. The Conscience of a Nazi Judge*, Palgrave Macmillan, 2017.
Perl, Gisella, *I Was a Doctor in Auschwitz*, Ayer, 1948.
Primo Levi, *Trilogía de Auschwitz* (*Si esto es un hombre*; *La tregua*; *Los hundidos y los salvados*), Península, 2018.
Rees, Laurence, *El Holocausto: Las voces de las víctimas y de los verdugos*, Crítica, 2017.
—, *Auschwitz: los nazis y la solución final*, Crítica, 2005.
Steinbacher, Sybille, *Auschwitz*, Melusina, 2016.
Vázquez-Figueroa, Alberto, *La Bella Bestia*, Martínez Roca, 2012.
Vrba, Rudolf, *I Escaped From Auschwitz: Including the Text of the Auschwitz Protocols*, Robson Books, 2002.
Weber, Thomas, *De Adolf a Hitler. La construcción de un nazi*, Taurus, 2018.
Wiernik, Jankiel, *A Year in Treblinka*, Normanby Press, 2015.
Wiesel, Elie, *Trilogía de la noche* (*La noche*; *El alba*; *El día*), Austral, 2013.
Wilson, James, *Hitler's Alpine Headquarters*, Pen & Sword Books, 2013.
Wittmann, Rebecca, *Beyond Justice: The Auschwitz Trial*, Harvard University Press, 2012.

Zev Weiss, Theodore, *Lessons and Legacies VI: New Currents in Holocaust Research*, Northwestern University Press, 2014.

OTRAS FUENTES

Estudio «Las mujeres y el Holocausto. Valentía y compasión», elaborado por el Programa de Divulgación sobre «El Holocausto y las Naciones Unidas», en asociación con el Instituto de Historia y Educación Visuales de la Fundación Shoá de la Universidad del Sur de California y Yad Vashem, la Dirección de Conmemoración de los Mártires y Héroes del Holocausto, Naciones Unidas, 2011.

Documentos y material audiovisual de la exposición «No hace mucho. No muy lejos».

Documentos y material audiovisual del United States Holocaust Memorial Museum.

Documentos y material audiovisual de The Auschwitz-Birkenau Memorial and State Museum.

Documentos y material de la página web *Third Reich in Ruins*, de Geoff Walden.

Documentos y material del Yad Vashem, el Centro de Investigación y Museo del Holocausto.